KB093395

민태원
선집

민태원
선집

권문경 엮음

H
현대문학

민태원 여권 사진. 하단에 경성 종로 경찰서 도장이 찍혀 있다.

『무쇠탈』의 표지 사진.

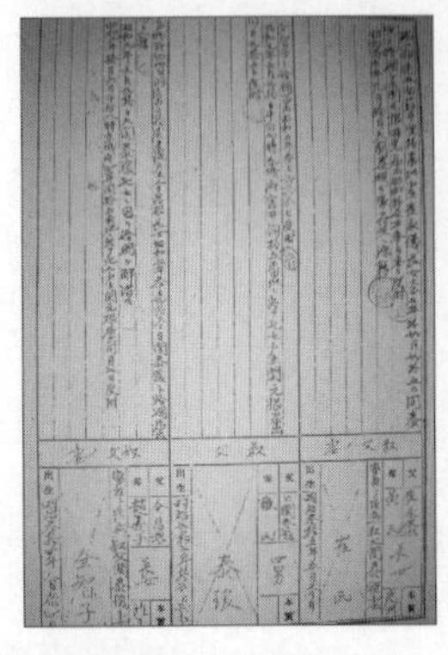

민태원과 두 번째 부인 전지자의 제적등본.

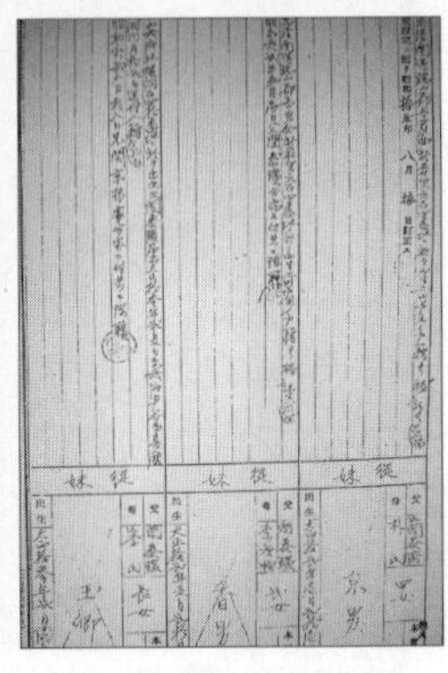

딸 옥경의 제적등본.

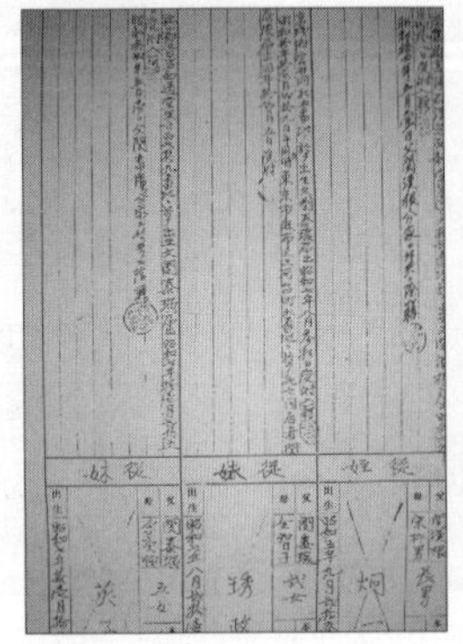

딸 수정의 제적등본.

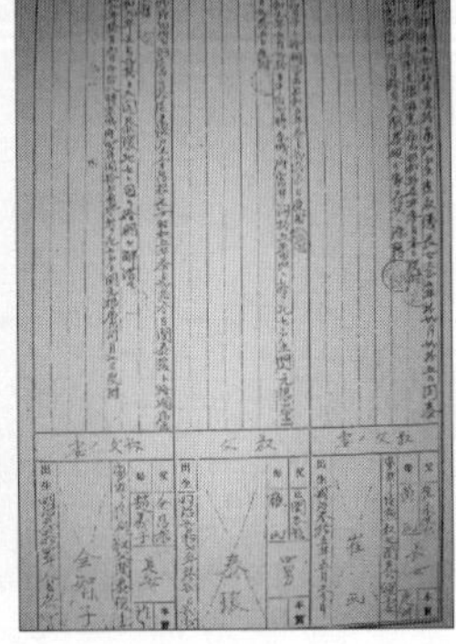

양자 경근의 제적등본.

민태원 생가터에 세워진 기념비.

서울 궁정동 자택 서재에서 찍은 것으로 보이는 민태원의 독사진.

민태원의 딸 옥경.

오른쪽에 앉은 이가 민태원. 와세다 대학 재학 중 찍은 사진으로 보인다.

첫째 부인 이용태, 앞에 앉은 여아가 딸 옥경, 오른쪽은 요절한 아들 충근으로 추정된다.

〈한국문학의 재발견-작고문인선집〉을 펴내며

한국현대문학은 지난 백여 년 동안 상당한 문학적 축적을 이루었다. 한국의 근대사는 새로운 문학의 씨가 싹을 틔워 성장하고 좋은 결실을 맺기에는 너무나 가혹한 난세였지만, 한국현대문학은 많은 꽃을 피웠고 괄목할 만한 결실을 축적했다. 뿐만 아니라 스스로의 힘으로 시대정신과 문화의 중심에 서서 한편으로 시대의 어둠에 항거했고 또 한편으로는 시대의 아픔을 위무해왔다.

이제 한국현대문학사는 한눈으로 대중할 수 없는 당당하고 커다란 흐름이 되었다. 백여 년의 세월은 그것을 뒤돌아보는 것조차 점점 어렵게 만들며, 엄청난 양적인 팽창은 보존과 기억의 영역 밖으로 넘쳐나고 있다. 그리하여 문학사의 주류를 형성하는 일부 시인 · 작가들의 작품을 제외한 나머지 많은 문학적 유산은 자칫 일실의 위험에 처해 있는 것처럼 보인다.

물론 문학사적 선택의 폭은 세월이 흐르면서 점점 좁아질 수밖에 없고, 보편적 의의를 지니지 못한 작품들은 망각의 뒤편으로 사라지는 것이 순리다. 그러나 아주 없어져서는 안 된다. 그것들은 그것들 나름대로 소중한 문학적 유물이다. 그것들은 미래의 새로운 문학의 씨앗을 품고 있을 수도 있고, 새로운 창조의 촉매 기능을 숨기고 있을 수도 있다. 단지 유의미한 과거라는 차원에서 그것들은 잘 정리되고 보존되어야 한다. 월북 작가들의 작품도 마찬가지다. 기존 문학사에서 상대적으로 소외된 작가들을 주목하다 보니 자연히 월북 작가들이 다수 포함되었다. 그러나 월북 작가들의 월북 후 작품들은 그것을 산출한 특수한 시대적 상황의 고려 위에서 분별 있게 이해되어야 할 것이다.

이러한 당위적 인식이 2006년 한국문화예술위원회의 문학소위원회에서 정식으로 논의되었다. 그 결과 한국의 문화예술의 바탕을 공고히 하기 위한 공적 작업의 일환으로, 문학사의 변두리에 방치되어 있다시피 한 한국문학의 유산들을 체계적으로 정리, 보존하기로 결정되었다. 그리고 작업의 과정에서 새로운 의미나 새로운 자료가 재발견될 가능성도 예측되었다. 그러나 방대한 문학적 유산을 정리하고 보존하는 것은 시간과 경비와 품이 많이 드는 어려운 일이다. 최초로 이 선집을 구상하고 기획하고 실천에 옮겼던 한국문화예술위원회의 위원들과 담당자들, 그리고 문학적 안목과 학문적 성실성을 갖고 참여해준 연구자들, 또 문학출판의 권위와 경륜을 바탕으로 출판을 맡아준 현대문학사가 있었기에 이 어려운 일이 가능하게 되었다. 이런 사업을 해낼 수 있을 만큼 우리의 문화적 역량이 성장했다는 뿌듯함도 느낀다.

〈한국문학의 재발견-작고문인선집〉은 한국현대문학의 내일을 위해서 한국현대문학의 어제를 잘 보관해둘 수 있는 공간으로서 마련된 것이다. 문인이나 문학연구자들뿐만 아니라 더 많은 사람이 이 공간에서 시대를 달리하며 새로운 의미와 가치를 발견하기를 기대해본다.

2010년 4월

출판위원 염무웅, 이남호, 강진호, 방민호

민태원은 「청춘예찬」이란 수필로 유명하다. 「청춘예찬」이란 수필이 저자의 이름보다 더 널리 알려져 있어 고향의 기념사업조차 민태원이란 이름 대신에 '청춘예찬마을'이란 명칭을 사용할 정도다. 저자의 이름마저 덮어버릴 정도인 「청춘예찬」이란 수필 이외에 민태원의 저술 중 알려진 것은 거의 전무한 실정이다. 하지만 민태원은 1920년대에 유명한 언론인이었으며 당대의 유명한 저널리스트답게 각종 출판물에 수많은 글을 기고했다. 스무 살의 나이에 《매일신보》에 입사해 『애사』를 번안해 발표했으며, 이후 《동아일보》의 지원을 받으며 와세다 대학에 유학하는 중에도 『부평초』, 『무쇠탈』, 『죽음의 길』 등 여러 편의 번안소설을 발표했다. 그 외 단편소설, 역사소설, 시, 희곡 등 다양한 장르의 수많은 작품을 남겼지만 대부분 사장되어 있는 형편이다. 민태원의 작품들이 사장된 것처럼 작가 연보 역시 오류로 가득 차 있다. 사망 연도조차 제대로 확정되지 않은 상태였으니 두말할 필요조차 없을 것이다.

민태원의 기초 자료들이 아직 정리되지 않았다는 점과 더불어 또 한 가지 문제는 민태원에 대한 오해다. 민태원이 친일 인사라는 오해가 바로 그것이다. 이는 민태원의 생애와 작품들이 사장되어 있었던 것과도 관련이 있을 것이다. 민태원에 대한 연구는 거의 전무했지만 몇 개의 기존 연구들은 거의 하나같이, 적극적으로 표현하든 소극적으로 표현하든 민태원을 친일 인사로 규정하고 있었다. 하지만 연구 내용에서 민태원이 왜 친일 인사인지에 대한 근거는 찾아볼 수 없었다. 얼마 전까지 우리를 지배하고 있었던 친일/반일이라는 이분법적 도식이 민태원에게 고스란히 적용된 것으로 보인다. 친일이라는 규정이 자료에 근거하지 않을 때 그것은 마녀사냥이거나 무책임한 낙인일 수밖에 없다.

문인이자 언론인으로서 민태원이 활동한 시기는 처음부터 끝까지 일본 식민지 시대였다. 필자는 민태원의 생애를 조사하면서 그가 친일 활동을 했다는 어떤 자료도 찾지 못했다. 유명한 언론인이자 문인이었던 탓에 수많은 논설을 남겼는데 그 논설들의 대부분은 민족을 계몽하기 위한 내용이었다. 물론 민태원이 언론사라는 제도권 내에 속해 있었기 때문에 그의 민족적 성격이 제도권 안에서의 개량이라는 타협적 성격을 가졌다고 말할 수 있다. 하지만 그렇다고 이것이 친일로 매도될 근거가 될 수는 없다. 민태원은 타협할 수 있는 부분과 타협할 수 없는 부분에 대한 구분이 명확했으며 타협 불가능한 부분에 대해서는 단호한 태도를 보였다. 예를 들어 《중외일보》에 쓴 사설 「직업화와 추화」는 내용도 배일적이지만 재판 과정에서 보여준 민태원의 태도 역시 단호했다. 민태원은 적어도 그 타협의 테두리 안에서 최대한 민족을 염두에 두며 활동한 것으로 보인다.

민태원의 생애와 작품이 왜곡되거나 사장된 시점에서 민태원 선집을 내는 것은 무엇보다 의미가 있을 것이다. 작가로서의 인생과 작품을 온전히 복원한다는 의미에서뿐만 아니라 식민지 시대에 대한 기존의 왜곡된 시각을 바로잡는 일이기도 하기 때문이다.

민태원 선집에 수록하고 싶은 작품은 아주 많았다. 그만큼 문학적으로 의미 있는 작품이 많았다고 하겠다. 이번 민태원 선집에 수록하지 못해 아쉬웠던 작품은 다음과 같다. 번안소설 중 『애사』와 『무쇠탈』이 이미 세간에 나와 있고, 번안소설은 작품 분량도 만만치 않아 수록 작품에서 제외하였다. 『설중매』, 『죽음의 길』, 『부평초』 등도 곧 세간에 나오게 되기를 기대한다.

민태원은 《매일신보》에 『새 생명』을 연재하는 중에 사망했다. 『새 생명』은 연재 당시 염상섭이 호평을 할 정도였는데, 연재 중 민태원이 사망해 미완성으로 남게 되어 제외하였다. 그 외에 《동아일보》에 실렸던 기행문 「백두산행」과 《중외일보》를 무기정간에 이르게 했던 「직업화와 추화」를 싣고 싶었으나 두 작품의 자료 상태가 너무 불량해 다시 정리할 기회가 있기를 바라며 이것들 역시 다음 기회로 미루었다.

이번 민태원 선집에 실린 『천아성』은 《매일신보》에 연재된 역사소설인데 보이지 않는 글자가 생각보다 많았다. 한 회는 인쇄가 번져 거의 전부를 알아보기 힘든 정도였다. 때문에 선집에 실리기는 했지만 아직 불완전한 작품이라고 할 수 있다. 이 작품의 완성 역시 다음을 약속할 수밖에 없다.

변명 아닌 변명을 늘어놓다 보니 욕심이 앞섰구나 하는 생각이 든다. 이번 선집을 디딤돌로 해서 다음에는 보다 완성도를 높인 민태원 전집이 나올 수 있기를 기대한다.

민태원은 민옥경이라는 딸을 두었고 민옥경은 김홍문과 결혼해 건상, 인상, 윤상, 태상, 영상의 다섯 형제를 두었다. 이번 선집을 내는 데는 이들 외손의 도움이 컸다. 제적등본을 찾는 데 도움을 준 것은 물론,

화보를 위해 소장하고 있던 사진 및 자료들을 선뜻 내주었다. 다시 한 번 감사드린다.

2010년 4월

권문경

* 일러두기

1. 이 책은 민태원의 작품을 묶은 문학 선집이다.
2. 수필, 단편소설, 역사소설 등을 실었으며 번안소설은 이미 세간에 나와 있어 선집에 함께 묶지 않았다. 「오호 고균거사」는 장르가 애매했지만 전기로 구분하였다.
3. 작품의 배열은 장르마다 발표순을 원칙으로 하였고, 출전은 작품의 말미에 밝혔으며, 어려운 단어의 주석은 각주로 처리하였다.
4. 원문 그대로를 살리고자 노력하였고 대화 내용의 경우 가능한 한 방언을 그대로 살렸다. 특히 「천아성」은 궁중의 대화 중 어미 부분을 가능한 한 그대로 옮겼다.
5. 현대어 표기는 국립국어원의 표준국어대사전을 기준으로 삼았다. 맞춤법에는 맞지 않지만 문맥을 통해 의미를 알 수 있는 경우 원문을 그대로 표기하였다.
6. 한자는 의미를 파악하는 데 꼭 필요한 경우가 아니면 가능한 한 삭제하였다.
7. 너무 긴 문장은 쉼표를 넣어 읽기 쉽도록 하고, 원문의 오자는 바로잡았다. 문맥상 맞지 않는 단어나 글자는 문맥에 맞게 고쳤으며, 보이지 않는 글자나 문장은 ㅇ로 처리하였다.
8. 독백 및 대화는 원문에 「」로 표시된 것을 모두 " "로 바꾸었다. 단행본은 『 』로, 잡지와 신문 등은 《 》로 표시하였다.
9. 작품의 끝에 있는 날짜는 작가가 탈고한 날짜이므로 그대로 살려두었다.

차례

제1부_수필

제2부_소설

제3부_전기

제 1 부 수필

화단에 서서

어젯날 하루 동안을 마차말 부리는 듯한 나의 약한 몸 흐늘흐늘하는 사지가 구들 위에 가로놓인 뒤에는 어떠한 모양으로 몇 시간이나 지내었는지 스스로 알 수가 없다. 그러나 나의 귀가 성음聲音을 보고하고 나의 눈이 광채를 전달하고 나의 코가 향취를 인식할 때에는 동창에 햇빛이 붉었더라.

투색渝色*하고 때 묻고 먼지 올라 남藍인지 검정인지 회색인지 분명치 못한 무명 이불은 피곤한 나의 몸이 밤새도록 안으며 감으며 부비대어 후줄근하게 되었다. 그 모양이 어제저녁 나의 몸과 다를 것 없다—마치 나의 몸과 나의 침구가 주야 교대로 안식하는 세음이라—구렁이 허물 벗듯 발치에 벗어버렸던 옥양목 고의적삼을 상체만 무릎과 가슴이 맞닿도록 꾸부려 끌어다 몸에 꿰고 툭툭 털고 일어나서 이불을 개켰다. 그리고 문밖으로 나섰다.

* 빛이나 색이 바램.

맨발 벗은 채 옷가슴 헤쳐놓은 채 문을 열어제치고 마루 끝으로 나갔다. 마룻바닥에 발을 옮겨 놓을 때마다 선득선득한 기운이 청량제를 주사하는 듯이 전신에 사무치어 신선한 아침 공기는 온몸을 둘러싸서 모든 털구멍으로 기어든다. 펴지기 시작하는 아침 햇빛은 내 눈의 가리움을 불의不意에 벗겨 갔다. 나의 정신은 상쾌하고 나의 몸은 싱싱하여 활기가 넘친다.

나는 무한히 감사하였으며 또 항상 이와 같기를 원하였다. 그래서 나는 하늘님께 기도를 올렸다.

"하늘님 자비하고 전능하신 하늘님!! 저의 무리를 사랑하시와 하루 밤 동안을 안식케 하시고 또 지금 이와 같이 참된 마음과 싱싱한 몸으로 하늘님 앞에 나오게 하시니 감사 감사하옵나이다. 하늘님이시여 간절 간절히 비올 바는 저의 무리로 하여금 항상 이와 같이 참된 마음을 보전케 하소서. 저의 무리는 한마悍馬*를 어거**하는 서투른 어자御者와 같아서 육체의 부리는 바이 되면서도 어찌할 줄을 모르나이다. 하늘님이시여 가련한 무리를 살피시옵소서."

이와 같이 기도를 올린 뒤에는 뜰에 나려가 화초 가운데에 들어섰다.

마루라 함은 동향으로 반 간쯤 되는 툇마루요 뜰이라 함은 그 앞에 가로놓인 세 평쯤 되는 지면이라 마루는 썩은 나무 빛과 같이 검고 엉성하게 틈이 났으나 육 척尺에서도 사 촌寸이나 부족한 이 몸을 용납하기에는 족하고 뜰은 비록 고양이 이마만밖에 아니 되나 그 안에는 화단이 있어 춘하추동의 때때가 빠지지 않고 찾아온다. 화단은 장방형으로 남의 담 밑에 붙었으며 그 가에는 마루 앞으로 ㄱ자형의 길이 났다. 길보다 한층 높은 화단가에는 화강암 외선이 둘렀고 그 돌에는 청전靑氈 같은 이끼

* 줄곧 달려 등에 땀이 밴 말.
** 원문에 한자 표기는 없으나 문맥상으로 보아 '馭車'의 의미로 보인다.

가 씌워 있다.

아…… 사랑홉다![*] 곱다!! 화초들은 아침 이슬에 단장을 하고 종용히 늘어섰다. 그 끝과 그 입은 펼 대로 펴고 섰다. 하늘을 우러보고 땅을 굽어보아도 뉘우침과 부끄럼이 없는 듯이 저렇듯 앙연昻然하게 부러움과 구할 바 없는 듯 만족하게 그리고 온순하기 처녀와 같다. 나는 너의 보기를 부러워하노라.

포플러 나무 어린잎에 종적 없는 바람이 와서 무엇이라 속살거릴 때 참새는 아침볕을 찬미하며 아침볕은 포플러에 광영을 나려 찬란한 광채를 번득이게 한다. 나는 선 자리에서 눈은 초화草花를 보며 귀로는 새소리를 듣고 탄희歎喜와 감격이 가슴에 가득하여 땅속에 뿌리박힌 듯이 석고의 소형塑形과 같이 털끝 하나 움직이지 않고 있었다.

저것 보아라! 저 한연旱蓮을 보아라. 잎마다 앉았다. 그리고 그 잔대 같은 잎과 불빛 같은 꽃을 손에 따 들고 뚫어지도록 들여다보았다. 그 꽃에서는 일종의 광채가 발산하기 시작하며 그 윤곽은 차차 희미하게 된다. 필경은 한낱 발광체가 되어 주위에는 달마루 같은 환훈環暈[**]이 둘린다. 나는 실신한 사람같이 무한히 들여다보았다.

나는 눈을 썩썩 부비었다.—이것이 시각의 착오라는 것인가—하고 다시 들여다보았다. 여전히 광채가 난다 이번에는 꽃을 낯에다 대고 맡아보았다. 참 청연한 향기가 난다. 그 잎을 입에 넣고 맛도 보았다. 역시 비위가 가라앉을 만하다. 눈을 현란케 하는 그 색채 코를 여는 그 향기 비위를 가라앉히는 그 맛 그것을 인공으로도 능히 만들 수 있을까. 조화의 능함은 우리의 엿볼 바—아니다.

내에게는 한 의문이 생겼다. 이 꽃은 제 몸을 장식하기 위하여 어디

* '사랑스럽다'의 옛말.
** 고리 모양의 햇무리.

로서 이러한 재료를 취하였는가? 햇빛과 물과 흙에서밖에 취할 곳이 없구나. 나는 다시 아침 햇빛을 바라보았다. 과연 찬란하고 숭엄하다. 다시 풀 끝에 맺힌 이슬을 살펴보았다. 수정같이 맑고 금강석같이 반짝거린다. 혹 진주도 같다. 그리고 발발 떨면서 풀 끝을 떠나지 않는다. 떨 때마다 비상히 반짝거린다.

다시 땅을 들여다보았다. 흙빛은 누리께하다. 그리고 살이 거칠다. 어제저녁 뿌린 수기水氣가 그저 남아 축축하고 서늘한 기운이 나의 얼굴에 끼뜨린다. 그리고 구수한 향기가 무룩무룩 올라온다. 나는 그 향기를 자세히 맡기 위하여 몸을 더 구부렸다. 마치 발자국 찾는 엽견獵犬같이 코를 땅에 끌었다. 싫지 아니한 충성충성한 향기가 자꾸 올라온다.

나는 고개를 수그린 채 땅을 들여다보고 있었다. 나의 눈은 현미경같이 밝아졌다. 누리께한 그 빛이 단순한 황색이 아님을 발견하였다. 동시에 내 손은 진흙 한 덩이를 움켜 들고 다시 검사하기 시작하였다. 흰빛 검은빛 붉은빛 푸른빛 누른빛 모든 빛이 다 섞여 있다. 마치 인상파의 그림과 같이 모든 색소의 공진회共進會임을 알았다. 금金같이 번쩍거리는 것, 은같이 반짝거리는 것, 보석 같은 가는 모래, 별 고운 것이 다 섞여 있다. 이 한 주먹 흙이 비할 데 없이 고귀하고 미려하게 보인다.

나의 마음은 기쁘고 나의 얼굴은 미소를 띠웠다. 큰 발견을 한 것같이 비상한 유쾌를 감感하였다. 그리고 앉았던 곳에 여전히 앉았었다. 우주의 만물은 미美가 있을 뿐이오, 추醜라는 관념은 우리 감각의 착각인가 하였다.

이와 같은 명상을 하기에 사람이 곁에 오는 것도 알지 못하였다. 돌연히 등 뒤에서 말소리가 난다. 그는 집안사람이 나의 행동을 괴이하게 여겨 부르짖는 소리러라—더러운 흙은 왜 들고 앉아 넋 놓고 보시오. 웃기는 무엇을 보고 웃으시오?— 그 소리에 나는 깜짝 놀라서 일어서며 손에 들었던 흙덩이를 땅에 던졌다. 그러나 흙으로서 얻은 무슨 큰 것 하나는 무한한 상쾌로 화하여 가슴에 그득하다.

—《청춘》 제9호, 1917. 7.

추억과 희망

1

일전 오후 2시 신문사 편집실로는 한참 바쁜 때에 신문사 김소춘* 형으로부터 전화가 걸려왔다. "이번에 《개벽》 지방 부록에 충남 일을 쓰겠는데 너는 충남 출생이니 무엇이든지 좀 써보아라." 하는 명령이었다.

나는 충남 출생이지만은 어려서 집을 떠난 뒤로 벌써 십오륙 년이 됨으로 충남 일에 대하여 귀중한 지면을 할애받을 만한 아무 지식이 없노라고 재삼 방새防塞를 하여보았으나 소춘 형은 일차 내린 명령을 용이히 철회하려는 기색이 없었다.

충남은 나의 요람이며 부형제질父兄弟侄이 지금에 사는 곳이언만은 충남의 일을 따로 생각하여본 적은 별로 없었다. 철없는 희망이 눈앞에 어른거릴 때에는 그 환영 같은 희망에 현혹하여 다른 것을 돌아볼 여가도 없었고 세상의 변천이 얼마간 현실성을 가지고 목전에 나타난 뒤로는 또

* 김기전. 호 소춘小春. 평북 구성 출생. 보성전문을 졸업하였다. 1909년 천도교에 입교한 후 매일신보사에 입사하여 월간 잡지 《개벽》의 주필을 지냈으며, 천도교 청년당 당두黨頭 등을 역임하였다. 1948년 평양에서 행방불명되었다.

그것의 응수가 열십자가 같은 부담이었으며 간혹 여가가 있으면 과거에 물리고 현실에 진저리 치는 약한 영혼이 황혼에 날치는 박쥐와 같이 그의 거옥한 활개 소리를 아무 광명조차 없는 미래 중에 들리고 있었다.

삼일운동이 있은 후로 우리 이 생활은 얼마나 많은 파도를 겪었으며 얼마나 심한 변천이 있었던가. 터지고 떨 듯한 긴장미도 있었으나 죽음의 해저 같은 침체도 있었다. 건설의 노력과 파괴의 운동이 꼬리를 마주 물고 번민할 때에 우리들 모든 청년의 피가 얼마나 끓었으며 팔다리가 얼마나 떨렸는가 생각하면 사상의 변천도 어지간히 격렬하였다. 갑갑한 굴속에서 생로生路를 찾아 헤매는 우리는 통한 길만 있으면 불계하고 전진할 수밖에 없었다. 몇 번이나 이마바지*를 당한 뒤에 다시 발길을 돌리어 간단없이 헤매인 결과가 이제 우리 대종대大縱隊의 선두는 좌경의 길로 보조步調를 옮기지 않았나. 적어도 나의 눈에는 그렇게 보인다.

이 대중과 같이 추이되는 와중의 일원이 고향의 일을 따로 생각하기에는 너무 분주하였다. 그러나 소춘 형의 이 명령은 나에게 잠시 한가**한 기회를 주었으며 따뜻한 부모의 슬하에서 철모르고 뛰놀던 즐거운 기억을 나에게 돌려보냈다.

이른 아침 햇빛이 가야산을 넘을 때와 낙조의 붉은빛이 도비산에 걸린 때에 천수만의 해파海波는 언제든지 정온하였다. 가까운 해면에는 은파銀波가 반사되고 수평선상에는 고범쌍범孤帆雙帆이 드나들 제 안민도의 푸른빛은 꿈속 같은 배경이 된다. 조로모연朝露暮煙이 이 사이에 점철하고 오계서아午鷄棲鴉가 이때에 들려오니 우리 집은 천수만의 제일 깊은 만두灣頭, 즉 서산군의 서남 해변이었다.

어린 가슴에 생각이 없건만은 이 장한長閒의 자연 중에 싸여서 끝없는

* '이마받이'로 보인다.
** '간가間暇'로 되어 있으나 '한가閑暇'의 잘못으로 보인다.

해면을 바라볼 때에 엷은 적막과 끌어 잡을 수 없는 시취를 느낀 것이다. 공상의 작은 새는 해상의 백구와 같이 무한제의 천지를 나는 것이었다. 가을밤 깊은 때에 해송에 깃들인 따오기가 무엇이 그리운 듯 우짖을 때에 어머니 무릎을 베개 삼아 등 밑에 누었을 때에는 애수의 감정조차 느껴본 때가 많았다.

이러한 회고를 기록할 때에 나는 말큼한 몽환경에 싸여 있다. 다시 돌아오지 못할 행복의 나라를 회복한 것같이 느낀다. 이에서 나는 소춘 형에게 다시 한 번 감사할 수밖에 없다.

2

내가 십육 세에 고향을 떠난 뒤로는 매년 하기방학에 잠시 귀근할 뿐이었으며 그 역시 수로水路 왕복하여 연로에 감촉되는 것이 없었을 뿐 아니라 일차 귀근한 뒤에는 애자애제愛子愛弟로 가정의 단란을 맛보는 이외에 아무것도 다른 감정을 느껴볼 사회가 없었다. 그러나 재작년 하기방학 때에는 충남 각 도에 강연 여행을 할 기회가 있었다. 그래서 몇 고을의 읍지도 보았으며 청년과도 접촉한 일이 있다. 물론 그 역시도 주마간산에 불과하였으나 우선 우리의 이목을 놀래든 것은 각 군의 추요지樞要地 경인이나 기타 도회에서 보던 것과 같이 전부 일본인에게 점령된 일이었다. 그리고 그네의 대부분은 고리대금의 성공자이며 현재 고리대금을 영업하는 자이란 말을 들었다. 또 읍저* 주막에서는 대개 건민한 농촌 청년들이 일이 없이 두류逗留**하는 것과 야심토록 음주훤화飮酒喧譁하는 것도

* 읍내.
** 객지에서 일정 기간 머물러 묵음.

보았다. 한편으로 이것을 보고 한편으로 저것을 볼 때에 나는 가슴이 선뜩하였다. 이것이 충남에 한한 현상이랴만은 너무도 분명한 현실을 볼 때에 새삼스러이 놀라지 아니할 수가 없었다.

나는 충남 사람의 특별한 장처와 특별한 단처도 볼 수가 없고 특별히 충남 사람에게 요구할 것도 없다. 그러나 충남 사람의 습성을 생각할 때마다 이상재 노인이 언제 호서 학생 친목회에서 우리에게 경고하던 말을 생각하게 된다. "고래로 호서 사람이란 것은 맨주먹 쥐고 유경留京을 하면서도 겨울이면 책력 한 권 여름이면 부채 한 자루라도 시골집에 내려 보내야 쓸 줄로 알고 지낸 사람이다. 이제부터는 그런 버릇을 버려야 되겠다." 이것이 이상재 노인의 경고였다. 나는 이 말이 비록 간단한 일례에 불과하나 충남인의 어떤 일면을 잘 형용한 말이라고 생각하였다. 그네들은 이마에 땀 흘리고 밥 먹을 줄을 잘 몰랐다. 이것은 조선인의 통폐라 할는지 범위를 좀 줄이면 조선 남반南班의 통폐라 할 것이지만은 이조 오백 년래에 반향班鄕을 자랑하던 충남인에게 더욱이 폐단이 심할 것은 상상할 수 있는 일이다. 그네는 의식에 한숙*하고 교제에 익으며 따라서 사령辭令은 묘하나 실지에는 어둡다. 적어도 그네 중의 어떤 부분은 외식과 체면이 생활의 전부인 느낌까지 주었다.

연전에 오천汚川 어떤 반가班家에서 이러한 비극이 있었다. 가세가 빈한하여 밥을 못 본 지 수일 만에 주부 된 노처는 인가에서 밥을 구하여 우선 그 남편에게 권하였다. 남편 역시도 기아에 쫓긴 몸이 미처 출처를 묻지 않고 밥상은 받았으나 상을 물린 뒤에 그 출처를 듣고 선비가 걸반乞飯으로 충복充腹함은 수치라 하여 결항結項 자진하였다. 이 모양을 본 노처가 무슨 면목과 무슨 낙으로 생존하랴. 즉시에 남편의 뒤를 따라 부종

* 단련되어 익숙함.

不從하고 그 사자嗣子의 내외도 뒤를 따랐다. 그래서 일가의 사구四口는 일시에 몰사한 비극이 있었다.

이를 무엇이라 평하면 좋을지 이를 들은 향리의 인사는 그 조수操守가 견고함을 칭찬하고 그 처우가 가련함을 애哀하여 만사挽詞와 제문이 답지踏至하였다. 이 실례도 충남인의 어떤 심리와 사상을 잘 설명하는 것 같다.

그는 왜 의관을 벗고 땅을 파지 못하였나. 그러면서도 어찌 그리 개결한 체는 하는가. 좀 현대인으로는 생각할 수 없는 일이다.

충남인의 과거 생활이 이러하고 충남의 현상이 이러하다 그러나 이는 차차 과거에 속하여간다. 적어도 그중의 많은 청년들은 현대 지식을 갈구하며 시대 순응에 노력하는 것을 보았다. 우리가 순강巡講할 때에 그네들은 무엇이고 새것을 얻고자 하는 진지한 노력을 보였으며 일반으로 팽창한 향학열은 혹 강습소의 설치로, 청년회의 수양기관으로, 또는 홍성의 고보 기성회 같은 운동으로 도처에 발기됨을 보았다. 이와 같이 열렬히 드러나는 지식의 기아증이 차차 충족됨을 따라서 경내經來의 병폐는 일소됨을 득할지며 그곳에서 새 생명의 약동을 보다 나는 일처의 희망을 이에서 발견하고 스스로 만족한다.

그러나 이는 희망으로 만족할 뿐이요 현실로 만족할 것은 아니다. 우리는 다 같이 긴장한 침묵 중에 손으로 할 일을 하고 발을 걸어 나가야 될 것이다. 꽃보다 더 열매를, 체면보다는 실익을 구하여야 될 것이다. 자기 일은 자기 손으로 처치하는 법을 배워야 될 것이며 소신을 실행하기에 용감하여야 될 것이다. 이와 같이 하여 많은 희망의 성취되는 날을 기다리며 붓을 던진다.

—《개벽》 제46호, 1924. 4.

청춘예찬*

청춘! 이는 듣기만 하여도 가슴이 설레는 말이다. 청춘아! 너의 두 손을 가슴에 대고 물방아 소리 같은 심장의 고동을 들어보라. 청춘의 피는 끓는다. 끓는 피에 동하는 심장은 거선의 기관같이 힘쩍다.**

이것이다 인류의 역사를 꾸며 내려온 동력은 꼭 이것이다 이성은 투명하되 얼음과 같으며 지혜는 날카로우나 갑 속에 든 칼이다.

청춘의 끓는 피가 아니드면 인간이 얼마나 쓸쓸하였스랴 얼음에 싸인 만물은 죽음이 있을 뿐이다.

그들에게 생명을 불어넣는 것은 따스한 봄바람이다 풀밭에 속잎 나고 가지에 싹이 돋고 꽃 피고 새 우는 봄날의 천지에는 얼마나 기꺼우며 얼마나 아릿다우냐 이것을 얼음 속으로서 불러내는 것이 따스한 봄바람이다 인생에 따스한 봄바람을 불어 보내는 것은 청춘의 끓는 피다 청춘의 피가 뜨거운지라 인간의 동산에는 사람의 풀이 돋고 이상의 꽃이 피

* 이 작품에서는 마침표를 찍을 때 저자의 의도가 있다고 생각되어 원문대로 마침표를 찍었다.
** '힘쩍게'는 '힘 있게'의 의미로 보인다.

고 희망의 노을이 돋고 열락의 새가 운다.

사랑의 풀이 없으면 인간은 사막이다.

오아시스도 없는 사막이다 보이는 끝끝까지 찾아다녀도 목숨이 있는 때까지 방황하여도 보이는 것은 덧거친* 모래뿐일 것이다 이상理想의 꽃이 없으면 쓸쓸한 인간에 남은 것은 영락과 부패뿐이다 낙원을 장식하는 천자만홍이 어디 있으며 인생을 풍부케 하는 온갖 과실이 어디 있으랴.

이상 — 우리의 청춘이 가장 많이 품고 있는 이상 — 이것이야말로 무한한 가치를 가진 것이다 사람은 크고 적고 간에 이상이 있음으로써 생존할 의미가 있는 것이며 이상이 있음으로 하여서 용감하고 굳세게 살 수 있는 것이다.

석가는 무엇을 위하여 설산에서 고행을 하였으며 예수는 무엇을 위하여 광야에서 방황하였으며 공자는 무엇을 위하여 천하를 철환轍環하였는가 밥을 위하여서 옷을 위하여서 미인을 구하기 위하여서 그리하였는가 아니다 그들은 커다란 이상 즉 만천하의 대중을 품에 안고 그들에게 밝은 길을 찾아주며 그들을 행복스럽고 평화스러운 곳으로 인도하겠다는 커다란 이상을 품었기 때문이다 그럼으로 그들은 길지 아니한 목숨을 사는가시피 살았으며 그들의 그림자는 천고에 사라지지 않는 것이다. 이것은 가장 현저하여 일월日月과 같은 예가 되려 하여서 그와 같지 못하다 할지라도 창공에 번쩍이는 뭇별과 같이 산야에 피어나는 군영群英과 같이 해빈海濱에 번쩍이는 모래와 같이 진주와 같이 보옥과 같이 크고 적게 빛나는 모든 이상은 실로 인간의 부패를 방지하는 소금이라 할지며 인생에 가치를 주는 원질이 되는 것이다.

이상! 빛나고 귀중한 이상 그것은 청춘의 누리는 바 특권이다 그들은

* '덧거친'으로 되어 있으나 '더 거친'의 의미로 보인다.

순진한지라 감동하기 쉽고 그들은 점염點染이 적은지라 죄악에 병들지 아니하였고 그들은 앞이 긴지라 착목着目하는 곳이 원대하고 그들은 피가 더운지라 실현에 대한 자신과 용기가 있다. 그럼으로 그들은 이상의 보배를 능히 품으며 그들의 이상은 아릿답고 소담스러운 열매를 맺어 우리 인생을 풍부케 하는 것이다.

보라— 청춘을! 그들의 몸이 얼마나 튼튼하며 그의 피부가 얼마나 생생하며 그의 눈에 무엇이 타오르고 있는가 우리 눈이 그것을 보는 때에 우리의 귀에는 생의 찬미를 듣는다 그것은 웅장한 관현악이며 미묘한 교향악이다 뼈끝에 심여 들어가는 열락의 소리다.

이것은 피어나기 전인 유소년에게서 구하지 못할 바이며 시들어가는 노년에서 구하지 못할 바이며 오직 우리 청춘에서만 구할 수 있는 것이다 청춘은 인생의 황금시대다 우리는 이 황금시대의 가치를 충분히 발휘하기 위하여 이 황금시대를 영원히 붙잡아두기 위하여 힘쩍게 노래하며 힘쩍게 약동하자.

—《별건곤》 4-4, 1929. 6.

이태왕李太王 국장 당시

하몽은 궁중 나는 편집

하몽荷夢 이상협李相協 군이 덕수궁 출입기자였고 지금은 천도교에 있는 김기전金起田 군과 당시 《청춘》 잡지 등에 여필麗筆을 둘러 문명文名이 높던 이상춘李常春 군과 또 정우택鄭友澤, 남상일南相日 제군이 유격기자遊擊記者로서 나서주고 그리고 내가 안에 있어서 편집자 되어 이러한 진용을 짜가지고서 당시 신문으로서는 유일이라든 《매일신보》에 거하여 이태왕 국장 기사를 취급하던 것이 어제 같건만 일월日月은 흘러흘러 반도 산하에 몇 번의 꽃이 피고 몇 번의 잎이 지더니 벌써 십오륙 년이 그 사이를 지나갔다.

실로 내가 신문기자 생활을 하여온 지 이십 년에 이 국장 당시와 같이 긴장되어본 때가 있었던가? 경건하고 엄숙한 마음과 뜻으로 원고지에 붓을 들어본 적이 있었던가?

이제 다시 마음을 깨끗이 하여 나는 당시의 나의 기자로서의 활동하던 자태를 적어 그 한때를 추억하고자 하노라. 다만 미리 고백할 것은 당시 내가 편집하여 놓았던 당시의 《매일신보》가 내 수중에도 없거니와 대정 팔 년(1919년)이면 도서관도 생기기 전임으로 시내 각 도서관에도 신문이 보관되어 있지 않고 본사인 매일신보사에도 전년의 대화大火로 소실되어 없음으로 그때 신문지를 들쳐보지 못하고 적는 까닭에 혹 충분치 못한 점이 있을까를 저어하노라.

그것이 대정 팔 년 일월 이십일 일이었다. 이날은 조선의 상하를 진해震駭*한 애끓는 눈물의 날로 덕수궁 이태왕께서 영원히 이 세상을 떠나 버리시옵던 날이다.

새벽 두 시 구중심궁 함녕전에서 돌아가시자 우리들은 그날 일은 아침에야 알았다. 그리하여 이상협 군이 출입기자로서 곧 덕수궁에 들어갔다. 하몽은 당시 궁중에 세력 있는 고의경高義敬 백작(얼마 전에 작고한)과 외척 간으로 어떻게 되는 관계로 기사 취급하는 데 퍽 편의한 지위를 가지고 있었을뿐더러 여러분은 아직 기억하시는지 당시의 매일신보사는 지금 경성부청 자리 높다란 고루에 있었음으로 바로 궁장宮墻하나머서** 서남부에 있는 덕수궁 대궐 안의 모양을 창만 열어서 바라볼 수 있어서 종척구신宗戚舊臣이나 대관명사大官名士들이 출입하는 모양을 대강 짐작할 수 있는, 말하자면 퍽이나 지리를 얻고 앉은 터이요, 또한 그때는 《동아일보》라든지 《조선》, 《중앙》 등 다른 신문이 없는 때임으로 경쟁지가 없느니만치 그렇게 몹시 덤비면서 기사를 취급할 필요가 없었기 퍽이나 침착과 정중한 태도를 잃지 않고 신문면을 편집할 수 있었다.

국장으로 호외를 발행하기도 여러 번이었으나 그때 표제 같은 것은 하나도 기억하지 못하는 것이 끝없이 섭섭하다.

* 몸을 떨며 놀람.
** '궁 담 하나 넘어'서의 의미로 보인다.

돌연한 비보와 당야當夜의 광경

세상에서 모두 놀랜 모양으로 우리들 기자들도 이태왕께서 이렇게 돌연이 훙거薨去*하심에는 몹시 놀래었다. 돌아가옵시던 당야의 광경을 아침 그때 이왕직사무관李王職事務官으로 있던 (그 뒤《조선신보》 부사장에 취임한 일까지 있는) 곤도 시로스케權藤四郎介 씨가 기록한 것을 보건대

실로 양 삼 년 내의 현안이든 왕세자 전하(현 이왕 전하)께서와 나시모토노미야梨本宮 마사코方子 여왕 전하께서의 어록담이 전년 가을에 성립되어 이왕가李王家의 내외는 희색에 찼고 더욱 이태왕 전하께서는 어말자禦末子이신 최애最愛의 은전하垠殿下께서 어경사御慶事를 거행하신다기 매우 기뻐하셨다. 이리하여 제반의 준비가 다 되어 일월 이십팔 일 도쿄 아자부麻布의 왕세자저에서 어경전御慶典을 거행하기로 되어 서울에서는 이왕 전하 및 비妃 전하의 어사로서 윤찬시장尹贊侍長, 태왕 전하의 어사로서 김찬시장金贊侍長을 위시하여 민장관閔長官, 국분차관國分次官 이하 직원과 어관척御觀戚을 대표하여 윤택영尹澤榮 후侯** 조동윤趙東潤 남男*** 귀족을 대표하여 이완용李完用 후侯, 송병준宋秉畯 백伯**** 민영찬 씨 등이 참렬의 광영에 욕浴하고자 일월 이십 일 모두 경성 출발하여 동상東上의 길에 올랐다.

그 전일 이태왕 전하께서는 희열만면으로 여러 참렬원參列員을 함녕전에 소召하여 알謁을 사賜하고 왕세자에 대하여 자애와 온정에 찬 전언을 탁托하셨다. 어찌 알았으랴, 이것이 최후의 말씀이실 줄을. 인생의 운명같이 난측한 것은 없다. 그리고 전하께서는 그날 밤은 어식후御食后 궁녀들을 모아놓고 여러 가지 이야기로 지내시다가 취침하신 지 한 시간도

* 왕이나 왕족, 귀족 등의 죽음을 높여 이르는 말.
** 후작.
*** 남작.
**** 백작.

못하여 돌연히 어뇌御腦에 급격한 일혈의 병상을 정呈하여 거의 순식간에 위독危篤에 함陷하시었다. 그리하여 이왕李王 전하를 비롯하여 이재각李載覺 후侯, 이지용李址鎔 자子*, 민영휘閔泳徽 자子, 조중응趙重應 자子 등의 근친 귀족들이 급변에 접하여 첨입添入하여 별실에 있고 총독부 의원의 모리야스森安 박사, 전의 안상호도 수연히 침두枕頭에 시侍하고 있어 전내는 숙숙하여 애수에 차고 일어一語를 발함이 없는데 오직 궁녀들의 느껴 우는 소리 궁 안 이곳저곳에 흐르고 있었다. 그러자 창덕궁 전하께서는 열차列次**를 돌아보실 사이 없이 겨우 두세 명의 찬시무관贊侍武官을 수隨하시고 참전參殿하시어 곧 어병실御病室에 들어갔었으나 온안 살아계신 듯한 자애 깊으신 부군 전하는 벌써 거룩한 영혼이 되어 있음으로 지순지효한 왕 전하께서는 그 자리에서 오래오래 통곡하시었다.

한참 만에 왕 전하께서는 근시近侍에 부측扶測받으시어 겨우 별실에 입하시었다. 그 존안을 배하옵건대 슬픔에 잠기시어 눈물을 씻으시며 낭하廊下를 걸어가시는 어자御姿는 힘이 없으시어 누구나 우러러뵈옵는 이 없었다. 그런 뒤 일동一同에도 최후의 배알이 있어 사후자伺候者는 순차로 침실에 진입하였다.

그러나 사실 이십일 일 오전 사십오 분에 훙거하셨으나 동경 관계도 있고 그 발표에 여러 가지 수속이 있느니만치 그 이튿날인 이십이 일 오전 여섯 시 이십 분에 훙거하신 양으로 이십이 일 오전 여덟 시에 세상에 발표되었다. 이리하여 도쿄 가던 민 장관 일행이 모두 돌아오고 이왕 전하(당시 세자 전하)께서도 어혼의御婚儀를 연기하시고 돌아오셨으며 이어 반도 산하는 수운愁雲에 잠기었다.

* 자작.
** 죽 벌여놓은 차례.

대장렬大葬列에 따라 금곡릉으로

우리는 이 동안에 각각 궁중으로 전하는 어장의御葬儀의 절차며 그 예산 사십만 원을 계산하였다는 소식이며 산릉山陵의 수축修築 및 장제葬祭의 전각 공사며 대소여大小轝를 비롯하여 모든 장구의 건조 모양이며 한편 대한문 앞에 봉도奉悼하는 군중의 모양이며 각지의 봉도식奉悼式 광경과 인산因山이 삼월 초순으로 결정되리란 보도 등을 혹은 사진을 넣고 혹은 도면을 그려 넣어 유감없이 보도하기에 전력을 다하였다.

더구나 하몽이 당시 궁중 출입기자로서 그 창달한 필치로 궁내 제사를 거세상보巨細詳報하여 신문 지면은 매일 긴장하였었다.

국장은 순종 때에는 전혀 조선식으로 하였으나 고종 때는 일본식으로 거행하였다.

그런데 그때 궁중에는 능묘 문제가 굉장하였다. 즉 이태왕께서는 생존하여 계옵실 때에 금곡릉을 봉릉으로 하시고 거기에 쓰라고 유지까지 계셨다. 그런데 찬시장인 윤덕영 자子는 돌연히 경비 절약을 이유로 청량리에 있는 홍릉에 민비와 합분하여야 한다고 주장하였다. 이미 유지까지 있는 봉능을 아니 쓰려 하는 이 설에 대하여 민영달閔泳達 씨 등 종척구신들은 크게 반대하였다. 이 논란이 한참 끌다가 결국 금곡릉으로 모시기로 되었다. 《매일신보》에 그때 경위는 자세히 보도하였던 것이다.

인산은 삼월 삼 일에 엄숙하게 거행되었다.

대한문을 나서는 노부鹵簿*는 조선의 고식古式에 의하여 대여大轝를 중심하고 순종, 이왕, 이강의 삼三 전하께서는 소의마관素衣麻冠으로 마차에 앉아서 이에 따르시고 제관장祭官長인 일본 공사 히로쿠니尹藤博邦 공公, 부

* 고려 · 조선 시대의 궁중 행사 때 사용한 각종 물품과 편성 인원 및 운용 방식을 일컫는 말.

관장副官長 조동윤趙東潤 남男 및 민 장관 이하의 직원은 모두 백상白橡에 의관의 위용을 갖추어 순전한 일본식으로 따랐다.

국무팔신대표國務八臣代表, 노다野田遲信 대신, 하세가와長谷川 총독 이하 문무관은 대체복大體服을 입었고 그 밖에 종척노신宗戚老臣들이 많이 따랐으며 의장병이 있었다.

나는 사社의 자동차로 하몽과 함께 타고 봉송자 가운데 끼어 금곡까지 갔다.

그때 국장의 식이 끝나고 내장內葬에 옮은 뒤 장렬을 정제하여 금곡리에 향하였는바 위의숙연하여 회장자會葬者 만여 명에 달하였고 연도 육십 리의 사이사이에는 흰 옷 입은 민중들이 길 위에 엎대어 통곡하였고 밤이 되자 촌촌에서 횃불을 켜 들어 행렬을 더욱 장엄 신비스럽게 하였다. 그리고 그날 금곡리에는 참렬자 수만을 편산편야遍山遍野 눈이 가는 곳곳마다 하-얀 백의로 찼었다.

금곡리의 식은 사 일로써 끝내고 오 일에 반전이 있었다. 물론 장렬葬列과 장장葬場이 무장한 군대로 경계되었던 것은 더 적을 것이 없으리라.

이 사이에 일어난 여러 사실은 더 기록하기를 피하거니와 다만 한 가지 초하룻날 외근 나갔던 김기전 군이 극도로 항분亢奮*과 긴장이 되어 뛰어 들어왔을 때 응접실에서 나는 김 군의 그 탐보 결과를 듣던 때의 광경이다. 김 군은 너무 흥분하여 말을 채 이루지 못하고 자꾸 울고만 있었다.

춘풍추우春風秋雨**— 몇 성상星霜이 흘렀는고. 나의 기자 생활 중 가장 인상 깊던 대사건이 많았으나 이태왕 돌아가시던 때 일은 그중에도 더욱 잊혀지지 않는 내 자신이 편집하고 취급한 가장 큰 사건이었다.

—《삼천리》, 1934. 5.

* 흥분.
** 봄바람과 가을비라는 뜻으로, 지나간 세월을 이르는 말.

제2부 소설

어느 소녀

내외 두 식구밖에 없는 고독한 우리 집에 새 사람이 난 뒤로 사람 사는 듯한 활기가 생겼다.

그러나 그 반면에는 일스럽고 귀찮은 계루繫累*가 생겼다. 첫째 어린애는 울기를 잘한다. 배가 고파도 울고 오줌을 싸도 울고 졸려도 울고 가려워도 울고 아파도 울고 무엇이던지 울음으로만 해결하고자 하였다. 조선 사람의 만세보다도 유력한 소요를 하루에도 몇 번씩 일으켰다. 마치 만세라는 두 가지 성음에 여러 가지 복잡한 의사가 포함된 것처럼 어린애의 울음소리에는 희망과 요구, 불쾌와 평화의 모든 의사가 포함되어 있었다.

어린애의 생활은 극히 단순하다. 생장하는 이외에는 욕망도 없고 야심도 없고 시기도 없고 경쟁도 없다. 담배를 먹는 것도 아니요 술을 마시는 것도 아니며 연애가 어떠하니 체면이 어떠하니 하는 건방진 수작도

* 딸린 식구.

없다. 그렇지만은 그 단순한 요구를 만족하게 하기에도 하루에 몇 차례나 소요를 일으켜서 어른의 주의를 환기할 필요가 있는 모양이었다.

말로 표시하는 소요는 근본 문제에 해결을 주지 않고 고식적 수단으로라도 일시 진정할 수가 있으며 자비와 동정 같은 우미優美한 감정이 아니라도 수응할 길이 있다. 그러나 어린애의 울음으로 표시하는 소요는 그렇지 못하였다. 대자대비한 ○정의 유로流露가 아니면 진정할 도리가 없으며 그러한 까닭으로 한번 소요가 일어나면 엄마 된 사람 그 신변의 모든 사위를 포기하고 소요 진정에 종사할 수밖에 없었다.

하루는 아침을 짓는 때에 또 소요가 일어났다. 저의 엄마는 행주치마에 손을 씻으며 허둥지둥 들어와서

"아침이 늦어가는데 네가 또 울어서 어떻게 하니?"

그는 이 모양으로 걱정을 하면서 어린애를 가로안고 젖꼭지를 물리더니 또 한 번 시계를 쳐다보면서

"여보서요, 아침이 늦어서 어떻게 해요?"

이번에는 내게까지 질청을 따라왔다. 나는 아무 말도 아니하고 금방 가져온 조간신문을 보고 있었다.

"이 애 보아줄 기집애 하나 있어야 되겠어요."

나는 조롱을 하느라고 말대꾸를 하였다.

"이런 애 하나를 가지고 주체를 못하니 둘만 되었으면 큰일 날 뻔하였지."

그는 조롱을 받을지라도 말대꾸하는 것만 다행히 여기는 모양으로

"좀 보시구료. 혼자 손에 어린애가 있으면 일이 되어야지요."

"일은 무슨 일을 그리 한다구."

"별로 하는 일은 없어도 우선 아침밥이 늦으면 누가 낭패에요."

"나는 낭패될 거 없어."

"그렇지요."

이런 이야기가 있은 뒤로부터 우리 집 내대신內大臣은 걸핏하면 애보기 필요론을 주장하였다. 나는 그에 따라 반대를 하면서도 속마음으로는 역시 필요가 있는 줄로 승낙하고 적당한 후보자를 듣보았다.* 그러나 경성에서는 아무리 구하여도 입에 맞는 떡으로 마침 알맞은 것이 없었다. 필경은 시골집에 편지를 하고 적당한 것이 있으면 기별하여달라고 부탁하였더니 며칠 후에 답장이 오기를 마침 적당한 것이 있으니 데려갈 터이면 편이 있는 대로 데려가라고 하였다.

그 뒤로부터는 애보기 문제가 날 때마다 시골 있다는 계집애의 모양을 상상하여보았다. 나이보다는 좀 숙성하고 투실투실하게 살진 건강한 소녀, 숭굴숭굴**하고 순직한 소녀를 상상하였다. 다홍치마 연두저고리에 어린애 업고 서성서성하는 모양까지도 상상을 하여보았으며 우리 내대신도 역시 여러 가지로 상상을 하면서 어떠한 때에는

"어떠한 것이 오려는지."

하고 혼자 걱정을 하는 일도 있었다.

그러한 중에 마침 나는 시골집을 갈 일이 생겼다. 문제 애보기를 데려올 기회가 들어왔다. 나는 길을 떠날 때에

"귀찮으시더라도 그 기집애를 부디 데리고 오세요."

나는 이러한 부탁을 받았다. 또 내 행장 속에는 십여 세 된 여아의 색옷이 들어 있었다. 난 맏형수가 있다. 그네들은 나의 살림을 삼백여 리 밖에서 주선하여주고 걱정하여주는 나의 살림에 대하여 나보다도 충실한 사람이다. 그러한 까닭으로 애보기를 구하는 데에도 나보다 성실하며

* 듣기도 하고 보기도 하며 알아보거나 살핌.
** 1. 얼굴 생김새가 귀염성이 있고 너그럽게 생긴 모양.
2. 성질이 까다롭지 않고 수더분하며 원만한 모양.

우리 집에서 문제가 된 만큼 문제된 모양 같았다.

시골집에 들어가던 날은 저물기도 하였고 반가운 생각이 앞을 서서 그런 이야기 저런 이야기를 못하였으나 그 이튿날 식후에는 내가 말을 하기 전에 내 맏형수가 먼저 물었다.

"서방님 요전 편지에 애보기 말씀을 하셨더니 그동안 달리 구하셨어요?"

"아직 못 구했습니다."

"그러면 이번에 데리고 가시겠어요?"

"글쎄요 맡겨진 것이 있으면 데리고 가지요."

"요전에 있다고 기별한 것은 그동안 말씀이 없기 때문에 이대로 민며느리를 갔어요. 그렇지만은 그것 아니라도 있기는 또 두엇이나 있어요."

"몇 살씩이나 된 것인데요?"

"아홉 살씩 된 것인데 좀 어리기는 하여도 갓난애를 업을 만하여요. 있다 놀러 올 터이니 자세히 보시지요."

"있다 보지요."

우리 수숙 간에 이러한 이야기를 한 지 얼마가 아니 되어 사랑에 나가 있노란즉 안에서 하인이 나왔다.

"서방님 잠깐 들어오시세요."

"들어가 본즉 내 형수는 마루 끝에 서 있는 기집애 하나를 가리키며

"서방님 이 애 보세요."

나는 그것이 애보기 후보자인 줄을 알았다. 자세히 쳐다본즉 마루 끝에가 고개를 소곳하고 서 있는 그 애는 동글납작한 얼굴이 조금 파리하고 머리도 가느다래서 하여서 모든 것이 좀 빈약하기는 하나 두 눈이 선선하고 얼굴에 너그러운 기운이 있어서 착착하고* 소견스러워 보였다.

"이 애는 뉘 집 애에요?"

"저 넘어 학성이라고 서방님 이왕에 보셨겠지요. 그 학성이 생질녀랍니다."

"제 부모가 있나요?"

"있기는 있어도 한 삼십 리 밖에 산대요."

"이 애를 데리고 가려면 갈 수가 있을까요?"

"글쎄 그것은 아직 장담 못하겠어요. 제 외삼촌을 불러다 물어보시지요."

"또 하나 있다는 것은 어떠해여?"

"그것은 인물도 이 애만 못하고 몸도 좀 더 잔작하지요."

"그러면 저 이 애를 물어보지요."

이와 같이 대답을 하고 발길을 돌려서 사랑으로 나가려고 하다가 나는 다시 들어서서 좀 시험을 하여볼 경론이 났다.

"이애 네 이름이 무엇이냐?"

"엄전이여요."

"엄전이! 이애 엄전아 너 나 따라서 서울 가련?"

서울 간다는 말에 호기심이 생겼던지 싫지 아니한 모양으로 상긋 웃으며 고개를 푹 숙였다.

학성이를 불러왔다. 교섭한 결과는 가부간 제 부모에게 물어보나 마나라고 대답하고 제 생각에는 좋을 듯하니 오늘 제 부모한테를 다녀온다고 하였다.

학성이가 다녀온 결과에는 일이 여의치 못하였다. 이제는 좋으나 안좋으나 그다음을 전형銓衡할 수밖에 없었다. 나는 안으로 들어가며

"아주머니 엄전이는 틀렸습니다. 제 부모가 내놓지 않겠대요."

* 말이나 일이 조리에 맞아 분명하다.

"그러면 할 수 없지요. 아쉬운 대로 이 애나 데리고 가실까요?"

이 애라는 애는 정말 볼경이 사나웠다. 굴뚝 쥐같이 새까만 옷을 명색만 걸치고 속감이 새끼같이 밀이 털 버서서* 어린애를 업고 서서 지금 한창 서울 서방님을 구경하는 중이었다. 동글고도 큰 눈은 지둔遲鈍한** 중에도 두려워하는 듯 경계하는 듯한 기색을 띄우고 쪼뼛한 이마 가로가로 관골顴骨이 비뚤어지고도 뾰족한 턱 꿩꿩한 피부 아무리 보아도 수수한 구석은 조금도 없으며 얼굴 전체가 나이보다는 늙어 보여서 조금도 애들다운 어수룩한 데가 없었다.

"그것이 어디가 사람 같습니까?"

"그것이 제 시집에서 가꾸어주지를 않아서 그 모양이지 옷이나 좀 갈아입히면 그보다는 낫습니다. 그뿐 아니라 고생살이를 하여보아서 심부름시킬 양은 오히려 다른 애들보다 낫습니다."

나는 시집이란 말에 깜짝 놀랐다.

"시집이라니요. 저것이 시집살이를 해요?"

"그럼요, 저것이 저 건너 사는 대성이에게로 민며느리를 들어왔답니다."

"당초에는 뉘 딸인데요?"

"명돈이란 이요. 이 앞 행랑에 들었던 명돈이 딸이여요."

"그러합니다."

나는 명돈이 생각을 하고 혼자 미소를 금치 못하였다. 그 호胡 강아지 같은 얼굴을 생각할 때에는 조화옹의 기괴한 장난을 아니 웃을 수 없었다.

"하하 그래요. 어쩐지 얼굴이 그렇더라. ……그럼 이것이 묵단입니

* 연음법칙으로 보면 '미리 털 벗어서'의 의미로 보이나 문맥이 어색함.
** 매우 우둔함.

다그려."

"그렇답니다."

나는 묵단이의 어렸을 때가 생각났다. 벌거벗고 흙투성이가 되어 걸어 다니던 일과 등더리에 퍼런 묵墨이 박였던 일과 소리를 지르면 고추 먹은 호개 모양으로 찡그리는 것이 우스워서 가끔 소리를 지르던 일이 눈앞에 보이는 것같이 생각났다.

"지금 명돈이 것들은 어떻게 되었어요?"

"그것들 말 아니지요. 명돈이 처가 죽고 명돈이는 의지가지가 없게 되어서 어디로 갔는지 부지거처지요."

"어찌 그 모양이 되었어요?"

이야기는 옆길로 들어서서 명돈이에게로 옮겨 갔다. 내 형수는 명돈이의 결딴난 이야기를 하였다.

"저것이 세 살 먹던 해에 명돈이는 상처를 하고 홀아비 세간살이로 그럭저럭 지내가더니 그래도 저것이 숙성하여서 여섯 살부터 조석을 지어 먹었습니다."

"저것이 여섯 살부터 조석을 지었어요?"

나는 정말 놀랐다. 첫째 여섯 살 된 것이 조석을 지었단 말도 첨 듣는 말이거니와 저 편편치 못한 것이 남 못하는 일을 하였다는 것은 아주 기적같이 들렸다.

"조석을 짓노라니 오죽하였겠습니까만은 그래도 제 아비가 일을 나가는 때에는 저것을 시켜 조석도 끓여 먹고 집도 보고 하더니 한번은 아무도 없는 동안에 저것이 소꿉장난을 하다가 집에 불을 붙여서 삼간 옴팡을 다 태워버리고 세간 하나 옷가지 하나 못 구하였지요."

"타 죽지 않은 것이 별일이지요."

"다행히 몸은 빠져나와서 타 죽지는 아니하였으나 그 지경이 되고 보니까 근본 아무것 없던 터에 살림을 할 수가 있겠어요. 그래서 그 모양이 되었지요."

나는 눈앞에 있는 묵단이 얼굴을 쳐다보면서 이 이야기를 들을 때에 그것이 사람으로 보이지 않고 무슨 요물의 환생같이 보였다. 그리고 한편으로는 그와 같이 화염을 일으킨 것이 차라리 당연한 순서같이도 생각하였다.

내 형수는 이와 같이 이야기를 하고 나서 그때의 광경을 생각하는 모양으로 잠시 동안 무슨 생각을 하더니 한번 한숨을 내쉬고 다시 말을 이었다.

"위연하거든 서방님이 데리고 가세요. 묵단이에게 좋은 일 시키는 셈 잡으시고."

"시부모는 있나요?"

"시부모 명색이 있으면 아무리 구차하기로 저 모양이야 하겠습니까. 대성이란 것이 역시 묵단이 모양으로 조실부모하고 갈 데가 없어서 지금 제 사촌에게 와 붙어 있는데 그 사촌 동서라는 것이 나이도 어리고 인정이 없어서 쇠약한 것을 변변히 먹이지도 않고 뚜드려 부리기만 한답니다. 물 긷기, 보리방아 찧기 갖은 힘든 일을 다 시키지요."

나는 불쌍한 생각과 교육하겠다는 생각이 들었다.

"한번은 어째요, 저것이 온통 얼굴에다가 피를 뒤여 쓰고 엉엉 울면서 집으로 쫓겨 왔겠지요. 그래서 그 까닭을 물어보니까 물을 긷다가 동이를 깨트렸다고 정수리를 때려서 그 모양이 되었다고 하겠지요. 어린 생각에도 물은 되고 어찌할 수는 없으니까 집으로 쫓겨 왔어요. 하도 끔찍끔찍하던 것이라."

나는 부지중에 입을 열었다.

그리고 소용이야 되고 안 되고 간에 구제하는 의미로 데려올 결심을 하였다.

내가 시골집을 떠날 때에 묵단이는 새 옷을 입고 따라나섰다. 그 얼굴에는 희망의 빛이 번득이고 묵단이 동도의 엄전이는 부러워하는 얼굴로 멀리멀리 가도록 바라보고 있는 것이 돌아다볼 때마다 보였다.

묵단이는 생후에 첨으로 기선을 타보았다. 인천 항구의 번화한 구경을 하였다. 이상하게 생긴 배들이 수없이 있고 높다랗고 붉은 집, 인력거, 마차, 자전거, 분주하게 왔다 갔다 하는 검정 사람들, 이상한 구경이 많았다. 묵단이 눈은 분주하게 구르고 묵단이 걸음은 아주 더디어졌다.

경성 남대문역에 도착한 것은 저녁이었다. 남대문 밖 넓은 길에는 전기등이 꿈속 같고 수십 채의 인력거는 사방으로 흩어져 가는데 묵단이는 이상한 집을 파고 그 사이를 달음질하여 지나왔다. 제일 어둔 골목 제일 작은 초가로 들어왔다.

묵단이는 우리 집 식구가 되었다. 그러나 묵단이는 말도 없고 웃음도 없었다. 처음 와서 며칠은 보는 것마다 자세히 물었다.

"이 나무는 어디서 들어와요? 이것은 무엇이요, 이것은 값이 얼마여요? 시골 돈 닷 돈이면 서울 돈으로 얼마여요?"

이 모양으로 물었다. 그러나 주위에 있는 것을 대강 안 뒤에는 좀처럼 말이 없었다. 묻는 말도 억지로 한 마디 톡 뱉는 것처럼 대답을 하면 고만이었다.

한 달쯤 지난 뒤로부터 물건 장수에게는 의례히 사말이요 남의 집 하인에게는 공대를 아니하였다. 한번은 가가 장수와 싸움을 하였다. 얼굴이 파랗게 질려가지고 길에서 뒹굴었다. 필경은 제 소원대로 하고 말았다.

그 입은 언제든지 바검이같이 삐죽하여 침묵을 지키나 그 눈은 언제든지 불구슬같이 굴려서 모든 것을 감시하고 모든 것을 경계하였다. 마치 구멍 밖을 나오려는 쥐눈과 같이 서울도 별 곳이 아니라 역시 사람 사는 곳인 줄을 알게 된 때에 사람이란 인정 없는 것, 모든 사람은 저를 천대하는 것, 비록 약하고 무지할지라도 제 몸에 대한 충실한 보호자는 역시 저밖에 없다는 눈물과 피의 경험이 가슴속에서 말을 하는 모양이었다.

"묵단이" 하고 부르는 사람이 있으면 대답을 하기 전에 우선 그 사람의 얼굴부터 쳐다보았다. 그 사람의 눈치, 그 옆에 있는 사람의 눈치까지도 비상한 속도로 돌아보았다. 그리고 졸지에 놀란 고슴도치 모양으로 고개를 움츠리며 등을 꼬부리어 자위의 준비를 하며 그 대답 소리에는 불쾌한 저항의 빛을 띄웠다. 만일 그 사람 한 얼굴에 좋지 못한 기색이 일어난 때에는 두 손으로 머리를 부둥켜안고 꽁무니부터 뒤로 빼었다.

나는 그러한 모양을 보는 때마다 일종의 비애를 느끼어 어떻게 하던지 그 불쌍한 병적病的의 습성을 규정規正하고자 하였다. 그 원인이 고독과 이해利害에 있음을 알고 아무쪼록 온정과 관대로서 대하였다. 그러나 얼굴에 박힌 습관은 제이의 천성이 되어 용이히 고쳐질 것 같지 않았다. 육 년간의 북풍한설이 어린 가슴에 지은 집은 도저히 일 년, 반년의 미지근한 햇빛으로 영구히 교정될 희망이 없다고 낙담을 한 일도 몇 번이었다.

어언간 묵단이의 서울 생애도 일 년이 지나갔다. 그동안에 애늙은이라는 별명이 생겼다. 그는 과연 늙은이 같았다. 인생의 비참한 반면半面만 경험한 소녀는 팔자 좋게 십 년을 지낸 사람보다도 "인생은 전쟁이라"는 맛을 잘 알며 그 전쟁에는 원군도 없고 성곽도 없고 다만 적나라한 자신의 무장으로만 지내갈 수 있다는 생각이 골수에 깊이 박혔다. 그러한 까닭으로 조막만 한 소녀의 일신은 언제든지 무장 상태에 있으며 그 가슴에 집여 있는 일종의 인생관은 가장 침통하고 진실하였다. 인생은 간난

한 것이다. 일시라도 방심을 불허한다. 끝나는 날까지는 안타까운 분투를 계속하여야 된다. 이것이 묵단이의 인생관이다.

그러한 까닭으로 묵단이 얼굴에는 좀처럼 웃음이 없다. 혹 웃는 일이 있을지라도 그것은 유쾌의 웃음이 아니요 개방의 웃음이 아니다. 또 어떠한 때에는 누구든지 남을 속이고 들어서서 웃는 것 같은 사기邪氣 만만滿滿한 웃음을 웃는 일도 있었다. 또 부끄럼이 없다. 더욱이 수줍어하는 부끄럼이 없다

한번은 이러한 일이 있었다. 그는 달 밝고 바람 선선한 여름밤이었다. 내 친구의 N군이 와서 물을 청하였다. 물 떠오라는 말에 놀라 깬 묵단이는 미처 입을 새가 없었던지 치마를 벗은 채로 물그릇을 들고 나왔다. 우슨 소리를 좋아하는 N군은 우선 그것을 발견하고 단장을 들어 궁둥이를 툭 치며

"기집애가 이게 무슨 행세야?"

하고 조롱하였다. 그러나 묵단이는 까딱도 아니하였다. 아주 못 들은 체하였다.

그 광경을 당한 N군은 움슬하였다. 그리고 한참 있다가

"여보게 그것을 집에 두고 어떻게 지내나? 사람이 아니라 바로 요물일세."

나는 서글픈 웃음과 같이 "왜?" 하고 대답하였다.

"왜가 무엇이야? 지금이 한창 부끄럼을 할 때인데 일테면 망신을 하고 실긋도 않는 것이 사람인가?"

또 이러한 일이 있었다. 그해 가을 찬 바람이 불 때에 무엇인지 작죄를 하고 저의 아씨에게 꾸지람을 들었다. 아씨가 꾸지람을 한 끝에

"이년 그렇게 말을 안 들을 터이면 내 눈 앞에 뵈지 말고 나가거라."

이와 같이 소리를 질렀다. 그 말끝에 묵단이는 정말 나갔다. 한 시간

이 되어도 들어오지 않았다. 우리 내외는 염려가 되어서 수색을 시작하였으나 도무지 간 곳이 없었다. 한참 대수색을 한 끝에 우연히 본즉 묵단이는 속것 끈을 끌러 어깨에까지 둘러쓰고 길가에 놓인 짐차 위에 누워 있었다. 조금도 걱정 없이 꿈속에 들었었다. 의지하는 집에서 단독일신으로 쫓겨나는 공포보다는 어떻게든지 내 몸은 처치한다는 자신이 앞을 섰던 모양이었다.

나는 그것을 보고 차마 꾸짖지 못하였다. 또 차마 꾸짖을 용기도 없었다.

그 뒤로부터는 묵단이에게 대한 태도를 고쳐보았다. 무슨 일을 하던지 방임하기로 하였다. 우선 옥조인 마음을 풀어주기 위하여 그리고 아무쪼록 근처 애들과 교유하게 하였다. 그러나 소꿉질을 배웠다, 숨바꼭질을 배웠다, 그러한 유희 중에는 부지중 어린애의 기분이 물젖어서 얼마큼씩 감화가 되는 것 같았다. 그의 장래는 아직 미지리未知理이다. 지금 묵단이는 윗목에 쪼그리고 앉아서 둥글고 큰 눈을 미묘하게 굴린다. 아아, 비극의 산물이여!

—《폐허》, 1921. 7.

음악회

1

번화한 첫 여름의 햇빛은 온 장안의 젊은 남녀를 가비엽게 그러나 떼치지 못할 힘으로 흥분 식혀가면서 가만가만히 종로 한바닥을 타고 넘어서 지금 새문 위에 가 멈추고 있다. 자기 힘으로 끌어낸 남녀들이 넓은 길바닥에 널려 있는 것을 보고 내숭스럽게 웃는 모양 같았다.

그 까닭인지 저 까닭인지 근래에 신수입된 사쿠라 구경도 한 무리가 지났건만은 요새의 큰길가는 매우 분주하였다. 비교적 한산한 경성의 전차도 요새는 사람이 넘칠 지경이며 우이동 왕복에 이십여 원씩 터무니없는 삯을 받는 자동차들은 호화자제를 실어 나르기에 여전히 분주하다. 지금도 동대문 편쪽에서 뿌웅뿌웅 하면서 기세 좋게 나오던 자동차는 경남 자동차 상회라고 커다랗게 간판 붙인 차고 앞에 가 멈추었다. 그 안에서는 횟독횟독한 젊은 애들이 툭툭 뛰어나왔으며 맨 뒤에는 분홍 면사를 어깨에 걸고 허리를 날씬하게 졸라맨 미인들이 따라 나왔다.

자동차에서 내린 그네들은 네거리를 향하고 올라가려는지 일행 중 한 사람이 운전수와 같이 사무실에 들어간 동안 여러 사람들은 모두 네거리 편쪽을 향하고 웃둑웃둑 서 있었다. 기생들은 앞뒤로 굽어보면서 치맛자락을 매만진 뒤에 역시 그네들과 같이 네거리를 바라보고 있었다.

이때 청년회 앞에서는 책상물림인 듯한 청년들 사오 명과 곤세루 양복을 입은 젊은 신사 두 사람이 우뚝우뚝 늘어서서 무엇인지 광고들에 쓰여 있는 것을 쭉 훑어본 후에 청년들은 우대 편으로 신사들은 아래대 편으로 갈라져 갔다. 청년들은 서로 돌아다보면서 무슨 이야기인지 분주한 모양이었다.

반일半日 행락에 잠깐 피곤한 모양처럼 한 발을 비스듬히 앞으로 내놓고 두 손을 마주 잡아 치마 앞에 늘어뜨렸던 산월이는 별안간 바른손을 들어서 청년회 현관 앞을 가리켰다. 그 손에 들었던 경첩한 손가방은 그 백어白魚 같은 손가락에 매달려 그네를 뛰었다.

"나으리 저기 무엇이 있나 보지요?"

"이 애는 별안간 저기 무엇이 무엇이냐?"

"아니 저 청년회 앞에 무슨 광고가 있지 않아요?"

"하하 그것 말이냐……."

그 남자가 말을 다 하기 전에 옆에 있던 홍매는 좀 나무라는 듯한 눈치로

"이 애는 그것을 첨 보니? 언제든지 그런 것이 서 있지 않던."

이때에 그 광고틀 앞에 있던 신사들은 이 앞을 지나가면서 한번 흘끈 돌아보고 갔다.

"그렇지만 이번에는 무슨 자미있는 것이 있나 보아. 지나가는 사람들이 일부러 한 번씩 훑어보고 가는데…… 아니지 적아니지 고대* 홍 변호

* 이제 막.

사도 보고 가더니 지금도 여러 사람들이 보지 않아."

이때 사무실에 들어갔던 사람은 부리나케 나오면서 좀 궁금한 모양으로

"무엇 말이야?"

"하하 산월 씨가 노동공제회 강연을 듣고 싶다네."

"아 이것 억척세구나."

"아니에요." 산월이는 발명하기 시작하자 일행은 그 광고를 앞을 도착하였다.

양지로 바르고 모지랑 붓질을 시꺼멓게 한 광고틀은 여러 개가 있는데 그중에서 내세운 지가 얼마 아니 되는 듯한 새 광고 하나만 전부가 다 보이고 그 나머지는 끝만 조금씩 보였다.

"이것 보세요, 나리. 그런 것이 아니라요, 이 광고를 보는 사람이 하도 많기에 좀 여쭈어보았더니 그 나리가 그러신답니다."

그 사람들은 산월이의 발명하려고 애쓰는 것을 자미있어하는 모양으로 싱글싱글 웃으면서 그 문제의 광고틀을 들여다보았다. 그중의 한 사람은 좀 앞으로 나서면서 자아 읽어 바칠 터이니 산월 씨 들으시오. 그러나 화류계에 노는 것을 더할 수 없는 성사로 알고 개선장군과 같이 종로 한바닥을 대낮에 휩쓰는 이약以若 그네의 면피로도 차마 목소리는 높이지 못하여 알아들을 만치만 읽어드렸다.

"임정자 독창회

회장은 종로 중앙청년회장.

기일은 래來 구 일 오후 일곱 시 삼십 분.

회비는 삼 원, 이 원, 일 원이고

주최는 동양시보사東洋時報社고요."

그 사람은 이와 같이 읽고 나서 자기가 생각을 하여도 좀 열적던지

이번에는 무안 풀이 겸하여 한층 더 적은 목소리로 활동변사의 구조口調*를 흉내 내어 눈에 보는 대로만 뒤에 가린 광고 글씨를 도막도막 주워 읽었다.

"그다음 보실 사진은 에 잠시 정전이 되었습니다. 노동공제회구요. 노동대회구요. 무슨 강연회구요……."

이와 같이 주워섬기는 동안에 나이 좀 지긋한 홍매는 그 사람들의 방향 없는 행동을 도리어 좀 민망히 여기는 기색으로

"어서 가십시다, 나으리."

하고 그중의 한 사람을 재촉하여 다리고 한 걸음 앞서 나갔다. 다른 사람들도 그 뒤를 대여서 걷기 시작하였다.

조금을 나가다가 바른편 골목으로 꺾여 들어간 그네들 사이에는 이러한 회화가 교환되었다.

"임정자가 일본 여자라지요? 심 주사 나리."

"응 일본 여자야."

"그런데 일본에도 임가가 있나요?"

"있고말고. 임가, 정가, 남가, 고가, 류가 다 있는데."

"그것두! 그런데 그 임정자라는 이가 노래를 잘한다지요? 어떤 노래를 해요?"

"글쎄, 서양 노래겠지. 하기는 잘한다는걸. 일본서도 일류라지."

"그리고 《동양시보》에 난 것을 보면 얼굴도 아주 이쁘던데요."

"그래 너만큼이나 이쁘단다. 하……."

"저 나리는 맨 그런 말씀만 하시지. 우리 구경 갈까요?"

"그래 가자. 꼭 약속했느니라."

* '어조'의 북한어.

"네, 염려 맙시오."

"흥 찰떡같구려. 우리도 한몫 끼어 상관없겠소."

"하……."

그네들의 일행은 명월관 지점이라고 현판 붙은 솟을대문 앞에 가 잠깐 안을 들여다보는 것처럼 하면서도 서슴지 않고 휩쓸며 들어갔다.

2

이 《동양시보》 주최의 음악회는 도처에서 이야깃거리가 되었으며 경성의 유식 계층, 그중에서도 청년 사회에서는 다대한 호기심과 반가운 맘을 가지고 기다리는 사건이었다.

과거 일 년 동안을 정치활동에 골몰하여서 격앙, 분노, 공구恐懼,* 염기厭忌,** 시의猜疑,*** 불평, 비애 등의 맵고 쓴 감정과 긴장한 신경으로 건조무미한 생활을 할 수밖에 없던 경성의 사회는 사실상 음악회 같은 것을 열어볼 기회도 없었고 또 열어볼 생각도 못하였다. 또 설령 그러한 일이 없었을지라도 몰염치한 경성에서는 음악회 같은 음악회를 열어본 일이 별로 없었다. 명색 음악회라는 것이 간혹 있기는 하였지만은 그는 흔히 야소교회의 주최로 자선 음악회 비스름하게 여는 소인素因 음악회뿐이요 정말 음악다운 음악을 듣기 위하여 진정한 의미의 음악회를 열어본 일은 없었다.

이러한 경성, 이렇게 지내든 경성에서 일본의 일류 성악가를 맞아서

* 몹시 두려움.
** 싫어하고 꺼림.
*** 시기하고 의심함.

《동양시보》라는 신흥 신문사의 주최로 음악회를 열게 된 것은 물론 진기한 사실이며 음악회라는 그 평화하고 유쾌한 말만 들어도 우선 비길 데 없이 반가운 감정을 느끼게 하였다. 또 한편으로 보면 세인의 호감과 주목의 목적이 된 《동양시보》가 창간 이후의 첨 정사政事로 이것을 주최한 것이 더욱더욱 소문을 높게 한 한 원인이다. 그러나 《동양시보》의 이 주최가 출인 의표意表인 것도 사실이었다.

이는 실상 세상 사람이 생각지 않던 일일 뿐 아니라 주최자가 되는 《동양시보》에서도 우연히 관계된 일이었다. 조금이라도 미리 계획이 있었다든지 그것이 좋겠다고 하여서 특별히 그것을 취한 것은 아니었다.

《동양시보》에서 이것을 주최한 것은 정말 우연이었다. 그러나 그 우연은 해롭지 아니한 우연이었으며 어떻게 생각하면 의례히 진행될 경로를 밟아서 진행되었다고도 할 만한 것이었다. 그는 즉 이러한 사정하에서 우연히 그러나 가장 자연하게 기회 되었다.

임정자는 일본 일류의 성악가이며 그 남편 임정렬은 모 대학 교수로서 종교철학을 전공하는 이외에 예술에 대한 이해도 깊었다. 그러나 세상 사람들은 그를 인도주의의 문학가라고 지목하였으며 사실상 인도주의자였다. 인도를 위하여 분투하는 그는 주의상 국경과 민족의 차이를 분개치 아니하며 더욱이 조선 예술에 대하여는 비상한 감흥을 가져서 연전에 조선을 시찰하고 여러 가지 기구를 사가지고 간 그는 자기 서재와 자기 침실을 전부 이러한 물품으로 장식하고 조금도 다른 물품을 쓰지 않는 그러한 사람이었다.

조선에 대하여 이와 같이 감흥과 동정을 가진 그는 과거 일 년 동안에 정치상 관계로 하여서 자기의 조국과 자기의 사랑하는 조선과 그 두 나라 민족 사이에 일복日復 일악日惡 감정이 깊어감을 보고 진정으로 불안한 생각이 났었다. 동시에 그 두 나라 민족이 순결한 예술만으로라도 서로 접근하고 서로 이해하기를 바랐으며 그 결과에 문학자인 자기는 「조선의 벗에게 드리는 글」이라는 문자를 발표하여 자기의 애정을 피로披露하고 성악가인 자기 부인은 조선에 건너가 조선인 앞에서 독창회를 열고자 하였다. 그래서 이 계획을 일본 신문 《독매讀賣》 지상에 발표하였다.

임 씨의 이 계획에 대하여 맨 첨으로 주의를 하고 또 찬의를 표한 사람은 안홍석이라 하는 유학생이었다. 그는 역시 문학을 연구하기 위하여 동경에 가 있었으며 따라서 일본의 문학자들과도 많이 상종이 있었는 고로 임 씨에 대해서도 그전부터 다소 이해하는 바가 있었다. 그러한 관계로 하여서 임 씨의 이번 계획에 대하여도 남 먼저 찬의를 표하고 동시에 서면으로 그 뜻을 전한 것이었다.

임 씨는 그에 대하여 우선한 사람이라도 찬성자가 있음을 기뻐하였으며 인하여 조선에 나가 음악회를 여는 데 대한 주의를 안홍석에게 부탁하였다. 이것이 이 음악회를 《동양시보》에서 주최하게 된 원인이 되었다.

안홍석은 그의 친구 김종섭이가 《동양시보》에 있음을 생각하고 또 이 음악회는 순전한 조선인 기관에서 주최할 필요가 있음을 생각하고 곧 동양시보사 김종섭 형이라는 편지를 써 부쳤다. 의논은 곧 성립이 되었다. 그래서 안홍석은 임 씨의 부처와 같이 조선을 건너오게 되었으며 음악회는 《동양시보》의 주최로 종로 중앙청년회관에서 열게 된 것이었다.

3

오월 칠일 날 오후의 일이다. 샌전 병문屛門* 뒷골목 하경자의 집에는

* 골목 어귀의 길가.

기왕 숙명여학교 시대의 동무가 찾아와서 주인 하경자와 자미있게 이야기를 하는 계제에 전화종이 따르르 울었다. 경자는 누구 대신 받을 사람이 없는가 하고 그 편쪽을 바라보면서

"어디서 전화가 왔을까? 혜경 언니한테서 왔나 보다."

하고 혼잣말을 하더니 두 번째 따르르 하고 울 때에는 벌떡 일어서서 전화 앞으로 갔다.

"네 그렇습니다. 네 제가 하경자에요. 누구십니까? 네— 오빠세요. 어디서 전화를 거세요? 동양시보사에요. 네…… 네…… 네…… 네 그런데 왜 저더러 가라세요? 어떻기야 무엇이 어떻겠습니까만은 싫은 것이 아니라요. 네…… 저 혼자에요. 혜경 언니도 나가서요. 네…… 그러면 나가지요. 내일 아침 차입니까? 아홉 시 반이요. 네…… 그럼 그만두세요."

지금까지 귀를 기우리고 듣던 경자의 동무는 경자가 들어오는 것을 보고 미처 앉기도 전에

"무슨 전화야? 어디를 가나?"

하고 물었다. 경자는 "응." 하고 우선 대답을 하면서 자기 자리에 가 털썩 앉더니 두 팔을 툭 던져 뒤로 짚고 몸을 비스듬히 뒤틀면서

"저어 차광식 오빠가, 영자도 차광식 씨를 알지? 혜경 언니 오라버니 말이야. 그 오빠가 전화를 걸고 《동양시보》의 부탁이라고 내일 아침 차에 임정자 부인이 오니 좀 나가 맞아달라는 말이야. 혜경 언니도 간다나. 내일 아침에는 공연히 또 바쁘겠군."

좀 귀찮은 것처럼 말을 하면서도 실상은 그러한 모양도 아니 보였다. 어찌 말하면 의례히 할 일을 하고 난 때와 같이 일종의 유쾌와 자랑스러운 생각을 가진 것도 같았다.

"좋구려. 그것도 경자나 하니까 《동양시보》에서 그런 부탁을 하지. 하하…… 그런데 혜경 언니는 요새도 경제화經濟靴* 를 신고 다니나? 내

일도 경제화를 신고 나오겠지."

"미투리나 안 신고 나오면 좋지."

"요새도 정말 그런 것을 신고 다니는 것일세."

"요새는 무슨 다른 때인가? 그전 버릇은 그대로 있지."

"그래도 미세스가 되었는데 이약 심○○○ 부인으로 그게 되었나?"

경자는 아무 대답도 아니하였다. 그러나 그는 미세스라는 말에 무슨 생각을 한 모양이었다. 그는 새까만 눈을 슬쩍 한편으로 몰면서 고개를 잠깐 트는 듯하더니 인해 눌러서 시선을 천장으로 향하고 꿈속 나라의 무엇을 보려는 것처럼 물끄러미 바라보고 있었다.

이때에 경자의 집 문간에는 인력거가 놓이며 손님이 찾아왔다. 그는 한산한 손님이 아니라 경자의 직업상 고객이었다. 경자는 매무새를 고치고 벽에 걸렸던 사무복을 떼어 입으며 응석 비스름한 어조로

"영자야 내 잠간 다녀 들어올 터이니 거기서 기다려라." 하고 만류하였다. 그러나 영자는 벌떡 일어서서

"에그 많이 놀았으니 가보아야지." 하고 작별을 하였다.

경자는 처녀였다. 그러나 직업을 가지고 있었다. 비교적 유족한 가정의 무남독녀로 태어난 그는 별로 직업을 가져야 할 필요는 없었지만은 현대의 조선 여자로는 어떠한 의미로 매우 행복스러운 그의 운명이 도리어 그를 몰아서 유식 여자를 만들었다.

그는 일찍이 부친을 여의고 편친시하에 자라났다. 따라서 그는 남과 같이 부친의 사랑이라는 것을 모르는 대신에 모친의 사랑은 더욱 깊었으며 형제자매가 없는 그는 동포의 사랑을 잘 모르는 대신에 자모의 한량없는 사랑을 한 몸에 싣고 그 따뜻한 품속에 파묻혀 자랐다.

* 예전에 신던 마른신의 하나. 앞부리는 뾰족하며 울이 깊고, 앞에 솔기가 없이 한 조각의 헝겊이나 가죽으로 만든 것으로 오른편짝과 왼편짝의 구별이 없다.

그러나 그의 모친은 흔히 과거寡居하는* 부인의 가지는 인자한 중에도 굳세인 기상이 있어서 아들이 없는 대신으로 딸자식이나마 남의 집 아들만 못지않은 훌륭한 교육을 하고자 하였다. 오늘날 경자가 동경까지 유학을 갔다 온 것은 이 까닭이었으며 머릿살 아픈 구습의 구속을 받지 않고 비교적 자유롭게 자연한 인생이 한 번씩은 당연히 경험할 일(가령 연애 같은 것)을 경험하여가면서 벗어갈 길로 벗어가게 된 것은 그 덕택이었다. 이것이 경자의 남보다 많이 타고난 복력이었다.

그러나 그 직업적 전문 지식을 받은 것과 꽃 같은 젊은 몸으로 직업에 종사하게 된 것도 역시 그에 행복을 주던 그와 같은 운명에서 배태된 것이었다.

여자의 몸으로 직업을 가지는 것은 불행한 일이다. 부자연한 일이다. 여자도 인생의 반분이라는 의미로 차대 인류의 교육자라는 의미로 상당한 교육을 할 것은 물론이며 차별 없는 인격을 줄 것은 물론이다. 그러나 직업을 가진다는 것은 좋은 일이 아니다. 구차한 집 살림과 같이 생활난에 쫓기는 이 사회는 여자의 직업을 강요하는 일도 있다. 그러나 이것은 불행이다. 여자에게는 이 세상의 무엇보다도 신성하고 귀중한 천직이 있다. 이 천직을 수행하기에 방해되지 아니하는 범위에 한하여 여자의 직업은 불행이 아니다.

그러나 경자의 직업은 불행은 아니었다. 부자연일는지는 몰라도 불행하다고 할 것은 없으며 자기의 의지를 세워가기 위하여 필요한 일이었다. 그는 곧 그 직업에 대하여 자유로운 태도를 가진 것 같았다. 언제든지 자연한 생활에 들어갈 자유는 보류하고 있으며 도리어 그 자연한 생활을 주관적으로 더 충실하게 하기 위하여 이 직업을 가진 것이라고 할

* 과부로 지냄.

수 있었다.

그는 영자가 간 뒤로 시간 반가량이나 손님을 수응하기에 바쁘게 지났다. 그래서 아까 생각하던 일은 다 잊어버렸다. 그날 저녁에도 역시 시시한 일로 하여서 별로 다른 생각을 할 기회가 없었으며 자리에 들 때에야 겨우 내일 아침에 정거장 나갈 생각을 하면서 정거장에서 지낼 일을 어렴풋이 상상하여보다가 어느덧 잠이 들고 말았다.

4

경자는 이튿날 아침 여덟 시가량쯤 하여 차혜경에게 전화를 걸고 아홉 시에 종로 네거리에서 만나기로 약속을 하였다. 그리고 아침밥을 먹고 난 뒤에는 옷을 갈아입으러 들어갔다.

의걸이 문을 열고 선 경자는 고동색 모사毛紗 치마를 꺼내다 말고 잠깐 주저하였다. 그는 언제든지 무슨 생각을 할 때에 하는 버릇으로 그 새까만 눈을 두어 번 미묘하게 굴리면서 속으로 이러한 생각을 하였다.

“일껏 마중을 나가달라고 부탁을 받았는데 너무 무색한 옷을 입는 것도 안 되었고!”

그러나 특별히 비단옷을 입고 나가기는 더구나 안 되었다고 생각을 하였으며 또는 그 유다른 차혜경이가 무엇을 입고 나올는지를 몰라서 제일 수수한 옥양목 치마에 옥색 저고리를 입고 나가기로 하였다.

두 사람은 종로 네거리에서 만났다. 혜경이는 역시 옥양목 옷을 입었으나 발에는 문제의 미투리를 신었었다. 그것은 첨 보는 일이 아니다. 그러나 경자는 그 미투리 신은 것을 볼 때마다 혜경의 남다른 사치를 우습게 생각하였다. 어떠한 때에는 밉살스럽다고 할는지 새암난다고 할는지 일종의 시기와 같은 감정을 느끼었다. 그러나 그는 다른 때와 같이 눈여겨보지도 않는 것처럼 본척만척하였다.

정거장에는 영접 나온 사람이 많았으며 그중에는 임 씨를 위하여 나온 사람도 많았다. 그리고 아침 소제에 뿌린 물이 아직 마르지 아니한 보랑에는 선득선득한 기운이 물결치고 있으며 마중을 온 사람들까지도 산뜩산뜩하였다.

두 사람은 겸손한 태도로 한편 기둥 앞에 가 서 있었다. 레일을 따라서 흘러가는 경자의 눈은 기다란 보랑을 지나서 아침볕이 명랑하게 반사하는 먼 선로 위에 가 지정하여 보는 것도 없이 멈추고 있었다. 정말 언제든지 단정한 태도를 잃지 않는 그는 두 팔을 양편 치마 옆으로 자연히 늘이고 대담은 하나 단정한 태도로 서 있었다. 새로 입은 저고리의 접은 솔기는 어깨에서부터 끝동까지 보기 좋은 곡선을 그리어내었다. 그러나 그 꿈속 나라를 동경하는 듯한 한 쌍의 검은 동자는 언제든지 의문이었다. 불가해의 미궁이었다.

기차는 들어왔다. 사람들은 여기저기로 넘나들며 각기 찾을 사람을 찾으며 차에서는 사람의 뭉텅이를 토하였다. 두 사람은 그동안에도 섰던 자리를 멀리 떠나지 않고 서성서성하면서 사방으로 주목만 하였다.

임 씨 일행도 내려왔다. 그를 본 차혜경은 그편을 향하여 걸어갔다. 그러나 경자는 주춤하고 걸음을 멈추었다. 그의 태도는 여전히 단정하였다. 그러나 그의 눈은 이상스러히 동요되었다. 만일 그의 얼굴을 자세히 본 사람이 있었으면 별안간 홍조됨을 깨달았을 것이다. 그러나 그의 표정에 이러한 동요를 준 것은 보랑을 걷는 바쁜 걸음이 몇 발을 옮겨 놓는 동안이었다. 그 뒤에는 여전히 돌 틈의 샘물같이 침정沈靜에 돌아갔다.

임 씨의 일행은 예술가에 상당한 인상을 주었다. 참되고 침정한 임 씨는 아직 세상 물결에 씻기지 아니한 곳이 있어 보이며 선선하고도 재조가 있어 보이며 해사하고도 개방적인 정자 부인 그의 눈은 아침 이슬과 같이 맑으며 그의 입가에는 부단의 웃음을 띄워 자녀를 갖은 부인으로는 너무도 처녀적이었다. 그러나 그중에서도 이채를 쏘는 사람은 안홍석이었다. 옷깃과 싸우는 더부럭머리며 응시하는 듯한 두 눈과 자존심을 말하는 결곡한 코는 인격의 개결을 표징하고 원遠한 침묵을 지킬 것같이 굳게 닫힌 입이며 구각口角의 모진 것과 두 볼의 여윈 것은 좀 긴장한 듯한 피로와 조화하여 냉담과 신경질을 표징하였다. 그리고 냉담한 그의 두 눈은 인생의 진리를 투시하고자 하였다. 그러나 그의 신변에는 접근키 어려운 무슨 거리가 있으며 그의 배후에는 고독의 그림자가 둘리어 있었다.

경자의 소유한 불가해의 두 샘에 물결을 일으킨 것은 이 안홍석의 풍채였다. 경자의 안저에 깊이깊이 인상되었던 무엇이 이 안홍석의 풍채로 하여서 부활된 것이다. 첨에는 바로 그것이 아닌가 하고 의심까지 하였다. 그러나 거리가 접근됨을 따라서 그렇지 아니한 줄은 알았으나 오히려 물을 수 없는 것은 묵은 인상의 부활이며 따라서 안홍석의 인상까지도 뒤편에 남아 있을 수밖에 없었다.

그러나 경자는 이 사람이 누구인 줄도 몰랐다. 일본 사람인지 조선 사람인지도 구별할 수 없었다. 또 인사를 할 새도 없었다. 그는 차혜경과 같이 내빈에게 호감을 주겠다는 생각도 없고 다만 삼가는 태도로 정자 부인과만 인사를 교환하였을 뿐이었다.

그날 저녁에 침실에 든 경자는 가벼운 피로를 느끼면서도 잠을 이루지 못하였다. 접영 이불을 반쯤 걸치고 반듯이 드러누운 경자는 두 눈을 딱 뜨고 십육 촉의 전등을 주목한 채로 가만히 누웠다가 두 다리를 내뻗고 길을 켜면서 선하품을 하였다.

5

"이애 경자야 그게 누구냐?"

하경자와 같이 정면 단상을 바라보고 있던 심숙정은 하경자의 옆구리를 꾹 찌르며 넌지시 물었다.

"글쎄 나도 모르겠다."

경자는 대답을 하면서도 눈으로는 단상을 바라보고 있었다. 그는 지금 단상에 올라와서 의자를 치워놓고 돌아 내려가는 안홍석의 뒷모양을 보고 있는 것이다.

"어제 아침에 마중을 나갔다면서 그래."

"정거장에서도 보기는 보았지만 누가 누구인지 알 수가 있나."

"좌우간 《동양시보》에 있는 사람이겠지?"

"아니야. 임정자와 같이 왔어."

"그러면 일본 사람인가?"

"아마 일본 사람인가 보지."

음악은 시작되었다. 임정자의 풍부한 성량으로 뿜어 나오는 음률은 미묘한 변화를 가지고 청중의 머리 위를 흘러간다.

한 곡조 한 곡조가 끝날 때마다 만장의 박수성은 급한 비같이 쏟아지며 수천의 시선은 일제히 악단을 향하여 모여들었다.

고운 얼굴, 화려한 의복, 부드러운 곡선의 윤곽 그림 같은 임정자는 악단 중앙에 단정하게 서 있고 비스듬히 뒤로는 한 아름이나 되는 꽃다발이 화병에 담기어 탁자 위에 놓여 있으며 그 왼편에는 비스듬히 돌려놓은 피아노 앞에 야회복의 반주자가 두 손을 버리여 건반 위에 올려놓고 다음 곡조가 시작되기를 기다린다. 그 변화하고도 긴장한 광경은 과연 청중의 주의를 집중시키는 힘이 있었다.

그러나 심숙정만은 그 힘의 영향을 받을 수가 없었다. 외양부터도 숭굴숭굴한 그는 성질조차도 쾌활하여 무슨 일에든지 골똘하는 법은 없으나 그렇다 하여도 한 가지 일에 집중할 수 없도록 변덕스럽지도 않다. 그러나 오늘 저녁에 한하여서는 무슨 까닭인지 한 가지에 집중을 할 수가 없었다. 막연한 압박적 정서가 가슴에 그득 차서 맘을 진정할 수가 없는 것도 같으며 새삼스러히 수줍은 생각도 나보았다가 남모르게 얼굴도 붉혀보았다가 저고리 앞섶을 들여다보면서 매무새를 고쳐도 보았다. 그리고 그의 눈은 악단을 향할 때마다 부지중에 홀려서 악단 너머의 병풍 친 곳으로 갔다. 그곳은 출연자의 휴식소로 임 씨의 일행을 위하여 설비한 곳이었다.

음악은 어언간에 제일부가 끝나고 십 분간의 휴식 시간이 되었다.

이때에 병풍 뒤에서 나온 사람은 안홍석과 일본 여자 두 사람이었다. 옷깃과 싸우는 긴 머리를 곱다랗게 빗어서 귀 뒤로 넘기고 검정 학생복에 몸을 싼 안홍석은 뚜벅뚜벅 자신 있는 걸음을 옮기어 부인석 앞으로 나오더니 같이 나온 일본 여자를 향하여

"何卒 ユチラへ　御掛けなすつて(여기 앉으십시오)."

하고 빈자리를 가리켰다. 그의 일본말은 일본 사람이나 조금도 다를 것 없이 유창하였다. 옆에 앉았던 하경자는 그 말을 들을 때에 속으로 이렇게 생각하였다.

"정말 일본 사람이로구나." 하고. 그러나 심숙정은 '아뿔싸' 하는 일종의 실망을 느끼었다. 저러한 남자가 왜 조선 사람이 아닌가 하는 생각이 있었다.

안홍석이가 도로 병풍 뒤로 들어간 뒤에 두 사람은 서로 의미 있이 얼굴을 쳐다보다가 곧 외면들을 하였다. 그리고 옆에 사람들이 보는가 하고 좀 수줍은 생각이 나서 얼굴을 붉혔다.

음악은 다시 시작이 되었으나 시간이 좀 오래짐을 따라 청중의 주의력이 감하여져서 회장 안은 좀 수떨한* 기운이 있었다. 이때 안홍석은 발끝으로 꺾여 디디어 소리 없이 걸어 나오더니 부인석 앞에 있는 동양시보사 사람을 보고

"회장이 요란하여서 노래를 하기가 어렵답니다. 좀 주의를 시켜주시지요." 하고 부탁하였다.

이 말을 들은 때에 심숙정과 하경자는 또 부지중에 서로 쳐다보았다. 이 사람들은 무슨 반가운 소식을 들은 때 모양으로 몸이 홀가분한 것같이 느끼었다. 심숙정은 하경자를 꾹 찌르며

"조선 사람인데그래?" 하고 말을 하고도 어찌 다른 사람들에게 주목을 받는 것 같아서 좀 무안한 생각이 났다. 즉시 외면을 하면서 악단을 쳐다보는 체하고 그 너머 병풍 친 안을 또 한 번 건너다보았다. 안홍석의 숑낙 머리가 얼핏 속으로 들어가 버렸다.

이 두 사람은 음악회가 끝난 뒤에 종로 네거리를 거쳐서 서대문 편쪽을 향하고 올라가다가 샌전 병문에서 걸음을 멈추면서 하경자는 심숙정을 끌었다.

"이애 정숙아 우리 집에 다녀가거라."

"지금 열 시나 되었는데 가보아야지."

"잠시 다녀가려무나. 바로 요긴데."

"그래도 들어가면 어디 그런가 자연 늦어지지."

"잠깐만."

"그러면 다녀갈까?"

두 사람은 샌전 병문 뒷골목으로 들어가서 경자의 집을 향하고 들어

* 수다스럽게 떠들다.

갔다.

경자의 침방에 마주 앉은 두 사람은 역시 음악회 이야기를 하였다. 심숙정은 먼저 입을 열어서

심 "어떻든지 하기는 잘하지?"

하 "잘하고말고 첫째 목소리가 어쩌면 그렇든가?"

심 "글쎄 말이야. 여자의 목소리가 어쩌면 그렇게 큰가?"

하 "일본서도 제일이라는걸."

심 "그만하면 그렇고말고."

하 "그런데 오늘 저녁에는 너무 떠들어서 하는 사람도 자미가 적었을 터이야."

심 "애 참 왜 그리 떠드는지. 좀 조용히 있었으면 좋겠더구먼."

하 "아직 정도들이 유치하고 음악의 취미를 모르니까 그렇지."

심 "그런데 좀 조용히 하여달라고 그 말을 이르러 나왔던 사람이 누구야?"

하 "글쎄 그게 누구인지 나는 첨에 꼭 일본 사람으로만 알았지."

심 "글쎄 말이지 말하는 것이 꼭 일본 사람 같지 않아?"

하 "아무렇든지 퍽 마지메*한 사람이지?"

심 "마지메하고말고. 나는 그렇게 마지메한 사람 첨 보았어. 그런데 어디 학교에 다니는 모양이지?"

하 "글쎄 학생복을 입었을 제는 필경 그런 것이지."

심 "어느 학교를 다니노?"

하 "글쎄 머리 기른 것하고 음악학교에 다니는 사람이 아닐까? 그렇지 않으면 미술학교나."

* まじめ: 진지함, 성실함의 뜻.

심 "그도 괴이찮지. 또 몰라, 문학이나 아닌지."

하 "아무렇든지 퍽은 마지메한 사람이야 말도 별로 없고."

심 "마지메하고말고 그 걸음걸이하고."

하 "몹시 꼭 한 사람 같지."

심 "외양으로 보기에도 무슨 자신을 가진 사람같이."

심숙정은 이와 같이 칭찬을 하고 그의 모양을 눈앞에 그리면서 혼자 생각을 하였다.—자신 있는 사람 참 그렇다. 자신 있는 사람같이 뵈었다. 아무렇든지 일종의 이채를 가진 남자였다.

내가 찾는 사람이 그러한 사람은 아니던가— 심숙정은 다시 입을 열어서

"그 사람이 누구인가 좀 알아보았으면."

하경자는 눈을 좀 크게 뜨고 심숙정을 바라보면서 빙그레 웃음을 띄우고

"퍽은 맘에 들던 것이로군." 하고 놀리기 시작을 하였다.

심숙정은 좀 계면한 듯한 감정을 억지로 누르고 아무쪼록 평탄한 태도를 보여가면서 그러나 열심히

"그런 것이 아니라 좀 궁금하지 않아?"

하고 하경자까지 끌고 들어가고자 하였다.

"나는 궁금할 것 없어."

하고 하경자는 싱글싱글 웃었다. 그러나 즉시 맘을 돌려서 속으로 여러 가지 생각을 하였다.— 이것은 농담으로 돌릴 것이 아니다. 저 사람이 저렇게 열심을 가지고 말하는데 나 혼자 실없는 말을 하면 안 되겠다. 아무렇든지 결혼이나 연애 문제는 신성한 문제이니까 그렇게 농담으로 말할 것이 아니요 더구나 우리네(고립한 소수의 교육 있는 여자)는 그에 대하여 참되게 생각하고 아무쪼록 피차에 서로 도와서 우리 생각하는 것을

관철하여야 된다. 아무쪼록 부모의 전제적 매작媒酌* 결혼을 피하고 피차에 이해 있는 남녀가 진중히 조사를 하여가지고 행복스러운 결혼을 하여야 하겠다. 그 목적을 달하는 데는 적어도 우리 동지끼리는 서로 도와주고 서로 편의를 보아주어야 한다. 우리는 옛날 처녀 모양으로 그것을 부끄러워할 이유도 없고 그것을 모르는 체할 수도 없다.— 이와 같이 생각을 한 하경자는 별안간 참된 얼굴로

"알아보지. 그리고 한번 만나보라구. 나 보기에도 매우 마지메하고 무슨 주의主義가 있는 사람 같으니 알아보아서 위연하거든 한번 만나보는 것이 좋지."

"글쎄 만나보아도 좋고."

"그러면 내 내일이라도 곧 알아보아서 통지할 것이니 그리 알라고."

두 사람은 이와 같이 하고 헤어져 갔다.

6

"야아!"

차광식은 하경자의 사무 보는 방문을 열고 들어오면서 이렇게 소리를 질렀다.

"오빠세요? 안녕히 주무셨어요?"

"오늘은 아무도 오지 않았군."

"몇 사람 왔다가 지금 들갔어요. 그런데 오빠 어젯밤에 청년회를 오셨어요?"

* 중매, 중매인.

"갔었지."

"그런데 왜 뵈울 수가 없었어요?"

"못 보기는 왜 못 보아 나는 너를 보았는데."

"그래도 저는 못 보았어요. 어떤 편쪽으로 앉아 계셨어요?"

"왼편 첫 줄 중간으로."

"그러면 자리가 멀어서 못 뵈었습니다그려……."

하고 무슨 말을 할 듯 할 듯하면서도 차마 못하는 모양 같더니 필경 입을 열었다.

"그런데 오빠 그 임 씨 일행과 같이 다니는 이가 누구여요? 머리 기다란 사람요."

"그것은 알아서 무엇하게?"

"글쎄 누구여요? 좀 가르쳐주시구료."

"기집애가 총각의 이름을 알아 무엇하게?"

차광식은 싱글싱글 웃으면서 마구 잡어 조롱을 하였다. 그러나 하경자는 조금도 뒤지지 않고 도리어 총각이란 말에 무슨 희망을 느끼면서

"기집애는 죽을 것이요, 그런데 그이가 총각인가요?"

"죽을 것은 아니지만은 어찌 수상하지 않으냐? 그 사람이 총각이니까 더구나 문제가 되지."

"대관절 이름이 무엇이어요?"

"글쎄 왜 묻냐는 말이야. 묻는 까닭을 알어야 대답을 하지."

"어떤 색시가 좀 알아달라고 그래요."

"색시! ……누구야?"

"그것까지는 말씀할 수 없어요."

"그러면 나도 말할 수 없어."

"인제 차차 알면 자미있는 일이 있으니 좀 가르쳐주서요."

"장래 뒷다리가 지금 앞다리만 한가?"

"그러지 말구요."

"그럼 또 가르쳐줄까? 그 사람이 안홍석이란다."

"그가 학교에 다니나요?"

"응 게이오慶應 대학 문과에."

"게이오 대학 문과여요? 사람이 어때요?"

"사람 얌전하지. 어떤 색시고 그 사람한테 시집을 가면 괜찮지."

하경자는 이 말을 듣고 눈을 까막까막하며 무슨 생각을 하다가

"이거 보셔요. 어떤 색시가 그이를 보고 하루 좀 만나서 이야기를 하였으면 하는데 한번 좀 같이 오시구려."

"언제쯤?"

"언제든지 저녁에만 오셔요. 미리 통지를 하시고."

"인제는 별일이 다 많구나. 그러면 그때는 누구인지 다 알겠구나."

"그렇지요."

"그러면 그렇게 할까 하……."

차광식이가 간 뒤에 경자는 전화통 앞에 가 서 있었다.

"숙정이요. 응 그런데 오늘 사퇴하여 나올 때에 우리 집으로 좀 다녀가구려. 응 그러면 꼭 기다릴 터이야."

한 시간 반쯤 지난 뒤에 심숙정은 책보를 왼손으로 받쳐 들고 모시 진솔 치마 뒷단을 홀쭉한 여구두 뒤축으로 슬쩍슬쩍 차며 샌전 병문 뒷골로 들어갔다.

"별안간 왜 보자고 그래?"

심숙정은 기왕에 부탁한 말을 잊어버린 것처럼 물어보았다.

"별안간이 무엇이야? 사람이 어쩌면 저렇게 시치미를 떼고 고맙단 말도 않고?"

"무슨 영문이나 알아야 고맙지."

"우선 거기 앉으라고. 어제 말하던 사람은 이름은 알았지."

"그래 누구야? 어떻게 알았어?"

"차광식 오빠가 왔기에 물어보았지."

"물론 내 말은 안 하였겠지?"

"하면 어떤가?"

"이 애가 공연히 남을 망신만 시키려고."

"그래 안 하였으니 그는 염려 마라."

"그런데 누구야?"

"안홍석이라나."

"응 안홍석이?"

심숙정을 깜짝 놀랐다. 그리고 머주하니* 앉아 있었다. 무슨 생각을 하는 것처럼

"왜 그렇게 놀라니? 왜 기왕에 알든 사람이냐?"

"응 피차간에 면분은 없지만은 사진은 본 일이 있었는데 사진과는 아주 다른데……."

"사진은 어떻게 해서 보았어? 언제 연담緣談이 있었던가?"

"연전에 우리 부모네들끼리 말질이 되다가 얼마 만에 그럭저럭하고 만 일이 있는데……."

"왜 그만두었어? 무슨 탈이 있던가?"

"그것이야 알 수 있나. 어른들끼리 말질하든 것을. 그리고 나는 그때 학교에 있을 때이니까 나도 그런 생각이 없고 하여서 그럭저럭하다가 식어버렸지."

* 머쓱하다.

"그러면 그 집 형편이라든지는 대강 알겠구먼."

"응 우리 아버지께서는 그 집과 친하시니까 자세히 아시겠지."

"그러면 더구나 좋구먼. 차광식 오빠 말에도 매우 좋은 사람이라고 하던데. 아무렇든지 한번 만나보지."

이렇게 권하면서 하경자는 심숙정의 얼굴을 들여다보고 있다. 일껏 자기가 조사하였는 것이 알고 본즉 당자가 더 자세하다는 말에 좀 헛심이 씨이기도 하고 심숙정의 뜻을 몰라서 그 속을 들여다보려는 것 같았다.

"글쎄 어떻게 할까……."

"내 벌써 말하여놓았으니 좌우간 만나보라고."

"만나보지."

하고 숙정은 분명치 못한 대답을 하면서 무슨 생각을 하기에 골몰하였다.

자기 집으로 돌아간 심숙정은 책을 좀 찾아볼 것이 있다 하고 자기 방으로 들어가 동생들도 들어오지 못하게 하고 자기가 기왕 쓰던 손그릇을 뒤지기 시작하였다. 그는 기왕에 보던 안홍석의 사진을 찾고자 한 것이다. 그러나 아무리 찾고자 하여도 없음으로 나중에는 싫증이 나서 이것저것을 함부로 뒤섞어서 집어넣다가 그중의 사진 한 장만 남겨가지고 자세히 자세히 보기 시작하였다. 그는 기왕에 자기 부모가 안씨 집과 통혼을 할 때에 보냈다는 사진과 같은 사진이며 자기가 열여덟 되던 해에 동경서 일복日服을 입고 박인 사진이었다.

숙정은 사진을 보면서 지금과는 좀 다르다고 생각하였다. 크도 적도 아니한 키와 출무성한* 체격과 숭굴숭굴한 얼굴 모습은 그리 변하지 아

* 굵거나 가는 데가 없이 위아래가 모두 비슷함.

니하였으나 사 년 전의 사진은 매우 애티가 있었다. 좀 길큼한 얼굴에는 살이 보동보동 찌고 추리한 긴 두 눈은 가느다랗게 열려 있어 한참 불은 꽃봉도 같고 손 치지 아니한 풋과실도 같으며 앳되고 숫적은 것이 지금의 성숙한 체격과는 딴 사람같이 보였다. 지금은 어찌 징그러운 기운도 있는 것 같고 필 대로 피어서 헤벌어진 꽃 같은 것이다. 또 안홍석이가 이 사진을 볼 때에 어떠한 생각을 하였을까 하는 생각도 하여보았다.

경자와는 그 사람을 만나보겠다고 하였지만은 덮어놓고 만나보기만 하는 것도 우습지 않을까, 만나보기로 말하면 무슨 결과가 있어야지 피차에 물끄럼말끄럼 아는 자리에 얼굴까지 알면서 또 새삼스러히 만나고자 하면 의례히 결혼 문제가 연상되려니, 그뿐 아니라 이편에서 희망을 가진 표시가 되지 않을까, 그 사람은 말로 듣던지 외양으로 보던지 상당하지만은 그 집이 어떠할는지 우선 듣기에 재산가는 아니던데 그것도 문제야, "금전을 위하여 결혼하는 자같이 악한 자는 없다." 하였지만은 또 "연애만 위하여 결혼하는 자만치 우愚한 자는 없다."고 하였는데 그도 아주 안 볼 수는 없어, 행복을 얻자는 결혼인데…… 지금 세상에 금전 없이는 행복도 없지. 첫째 부모께서도 그리 찬성하실 리 없지.

이와 같이 생각하는 숙정의 눈앞에는 한편으로 여러 가지 불분명한 광경이 소용돌이를 한다. 번갯불같이 왕래한다. 비단옷, 시체時體* 양복, 금강석 반지, 자동차 탄 젊은 내외, 양옥집, 앞뒤로 둘린 정원, 집 안에서 흘러나오는 피아노 소리.

그러한 꽃불이 한 바퀴 돌고 난 뒤에는 갑갑한 단칸살이 집, 손수 밥 짓느라고 연기에 눈물 흘리는 여자, 경황없는 얼굴, 무색한 의복, 필경은 대문 맞은 집 전당국에 드나드는 여러 사람들까지 눈에 보였다.

* 그 시대의 풍습·유행을 따르거나 지식 따위를 받음. 또는 그런 풍습이나 유행.

그도 짙은 재산은 없을지라도 상당한 지위나 있으면…… 그러면 상관없지. 일개 서생 아직도 미성품. 안홍석 같은 이는 장래 유망은 하지만은…….

심숙정은 이러한 잡념으로 몇 시간을 보내었다. 또 어떤 때에는 그러한 것이 다 스러져버리고 일전 밤에 청년회에서 보던 번화한 광경과 연단 앞으로 뚜벅뚜벅 걸어 나오던 안홍석의 참되고 자신 있는 얼굴이 분명히 뵈는 일도 있었다.

7

금강원 뒤채의 12호실에서는 가끔 청년들의 유쾌한 웃음소리가 흘러나오며 칠팔 인이나 되는 청년들만 모여서 무슨 이야기를 하고 있었다. 무슨 이야기인지 자세한 말은 들리지 아니하나 가끔 철저이니 노력이니 하는 힘들여 말하는 문자만 분명히 들렸다.

그 사람들 중에는 조선옷을 입은 사람도 있고 양복을 입은 사람도 있으며 아무렇든지 다 상당한 사람들인데 첫째 이만한 사회에 기생이 하나도 없는 것을 보고 요리점 뽀이들은 야소교인인가 하였다. 그러나 저녁식교자에 술병이 오르는 것을 보고는 이상히 생각을 하였다.

그네들은 대부분이 새로 창간 피로를 한 문예학술잡지《폐허》의 동인이었으며 그중에는 안홍석도 있고 차광식도 있었다. 이날은 이 사람들이 일간 조선을 떠나갈 안홍석을 위하여 송별회 모양으로 모인 날이었다.

저녁상을 치운 뒤에 한담들을 하다가 안홍석은 뽀이를 불러가지고

"차 한 그릇 갖다다고."

하고 일렀다. 옆에 있던 ㄹ은 안홍석을 쳐다보고 싱글싱글 웃으며

"총각이 의례히 남보고 해라를 한담. 참 완만한 총각이로구."

이 말 계제에 안홍석은 픽 웃으면서 "참 누가 날더러 장가를 들라고 하니 좀 들어볼까?" 하였다. 이 말을 들은 차광식은 며칠 전에 하경자에게 부탁받은 생각이 나서

"여보게 안홍석, 참 자네를 보고 꼭 한눈에 든 사람이 있다네."

안홍석은 한 무릎을 쑥 내놓고 빙그레 웃으면서

"그것 참 좋은 소식이로군. 대관절 누구란 말인가?"

그는 농담을 진담으로 들었다가 고지식하다는 조롱을 들을까 염려하여서 아무쪼록 지어서 하는 모양을 보이려고 하였으나 실상인즉 위연만한 열심을 가지고 반가이 달려들었다. 광식은 좀 자쎄는* 모양으로

"정말 꼭 한눈에 들었대. 우선 한턱을 하게. 그래야 가르쳐줄 터이니."

"앗다 한턱은 차차 하려니와 우선 누구인지나 알아야지."

농담이 아닌 줄을 짐작한 여러 사람들은 우선 사실이 궁금하니까 모두 안홍석의 편을 들어서

"아무렴 한턱은 물론이려니와 우선 알기부터 해야지."

"하하 실상은 나도 누구인지는 모르는걸. 그렇지만 자네가 나만 따라오면 대면할 수가 있네."

"그야 불원천리하고 따라가지."

"이 총각이 매우 급하군."

여러 사람은 일시에 깔깔 웃었다.

금강원을 나온 여러 사람은 종로까지 올라가는 동안에 다 흩어지고

* '자세히'의 방언인 '자시'로 보인다.

차광식과 안홍석 두 사람은 서대문 편을 향하고 올라간다.

"여보게 광식이 대체 가는 데가 어디인가?"

"잔말 말고 나만 따라와. 허허 안된 총각이로구."

"하하."

안홍석은 웃음을 웃는 중에도 속으로는 정말 궁금하였다. 이 사람이 실없는 말을 할 리도 없고 또 그것이 사실이라고 하면 대체 어떠한 여자인가, 첫째 내 얼굴을 알 사람이 별로 없을 터인데— 이 모양으로 곰곰 생각을 하며 따라갔다.

서대문 편쪽으로 좀 올라가던 차광식은 샌전 병문 뒷골목으로 들어서자 얼마 안 가서 어떤 대문 앞에 가 섰다. 그 집은 새로 수리한 조선집이며 문미門楣*에는 이소사라는 문패와 하경자라는 문패가 나란히 붙어 있었다. 그 문패를 본 안홍석은 또 한 번 놀랐다. 하경자, 하경자, 그러면 그 누구라는 것이 이 사람이던가? 아니 이 사람 같으면 기왕 약혼한 데가 있을 터인데. 그러면 누구인가? 이와 같이 생각하는 동안에 차광식은 좀 앞서서 대문 안으로 들어가며 미구에 문이 열리더니 주인 하경자가 나와서 반가이 맞아들였다.

"들어가도 관계치 않습니까?"

"네 들어오십시오."

차광식은 아주 무간한 모양이었다. 그러나 무슨 영문인지를 모르는 안홍석은 아무쪼록 말을 않고 앉아서 눈치를 보고자 한다.

하경자는 의자를 권한다, 다과를 내온다, 매우 관곡히 대접을 하였다. 그러나 보통 친구 대접을 하는 이외에 다른 의사가 있는 것은 같지 않았다. 그리고 자기가 생각하는 일을 대담히 고백하기도 하였다.

* 창문 위에 가로 댄 나무. 그 윗부분 벽의 무게를 받쳐준다.

"안홍석 씨 말씀은 많이 들었지요만은 뵈옵기는 이번에 첨 뵈었는데 저 어떤 분 한 분하고 똑같으서요. 혹 다른 어른들에게라도 그런 말씀을 들으신 일이 없으서요?"

안홍석은 그런 말은 들은 적이 없었다. 그러나 그는 아주 똑같다고 하는데 못 들었다기도 좀 미안한 것 같고 누구라고 분명히 말하지 않고 저 어떤 분 한 분이라고 말하는 것을 본즉 기왕에 본 일은 없지만은 필경 하경자와 약혼하였다고 소문 있는 X인 듯싶어서

"네 기왕에 혹 어떤 사람이 X하고 같다고 하는 말은 들었습니다만은……."

하고 어름어름하였다. 경자 역시 그래요 하기가 면괴하여서 별로 말은 아니하나 안은 자기 추측이 틀리지 아니한 줄은 알았다. 그리고 하경자의 대담한 데도 놀랐으며 또 자기를 좋아하는 사람이 이 사람이 아닌 줄도 깨달았다.

"저 그 번에 말하던 색시가 누구냐? 이제는 말을 해라."

"인제 차차 말을 하지요."

"차차라는 것은 다 무엇이야? 소원대로 이 안홍석 씨까지 데려왔는데."

"인제 자연 아시는 때기 있지요. 당자가 비밀을 지켜달라고 하니까 지금은 말할 수 없어요."

이때에는 안홍석도 참다못하여 싱글싱글 웃으면서 방조傍助를 하였다.

"나는 아직 총각입니다만은 좀 ツウツウシク出ル*하겠습니다. 그런데 말씀하시지요. 나 역시 궁금합니다."

*ずうずうしり出る. '뻔뻔하게 나가겠다' 의 의미.

경자는 잠시 주저하다가

"그러면 잠깐 기다립시오."

하고 바깥으로 나갔다가 얼마 만에 들어왔다. 차광식은 들어오는 얼굴을 보고 다짜고짜로

"인제 말해라. 누구냐?"

"나는 오빠가 계시니까 그만두겠소."

"이건 기집애가 어찌 이 모양이냐? 어서 말해라."

경자는 좀 난감한 모양으로

"이것을 어떻게 하나."

이때에는 안홍석도 입을 열었다.

"상관있습니까? 말씀하시지요."

안홍석의 말에 경자도 할 수 없어 비밀을 발설하였다.

"그럼 말할게요. 저 안홍석 씨 연전에 혼인 말씀을 하신 때가 있지요?"

"그것은 한두 군데가 아니니까 누가 누구인지 알 수 없지요."

"한 삼 년 전에 거의 일 년 동안이나 두고 설왕설래가 있었다는데요."

"삼 년 전에, 알 수 없는걸요."

"서로 사진까지 바꾸어 보신 일이 있다는데요?"

이 말을 들은 때에는 짐작이 났었다. 그러나 혹 실수를 할까 하여 모르는 체하고

"글쎄요……." 하였다.

"일본 가 공부하고 온 여자에요."

"그러면 심씨인가요?"

"네 바로 아셨습니다."

광식은 벌써 알아듣고

"심씨라니 그러면 심숙정이로구나."

하경자는 그제서야 음악회 이래의 설說파를 쫙 하고 자기 명함을 주어 인력거를 심 씨 집으로 보냈다.

인력거가 간 뒤로 안홍석은 여러 가지 상상을 머릿속에 그리며 기다렸다. 그러나 그 회보에 심숙정은 몸이 불편하여 못 온다고 하였다.

안홍석은 적지 않은 낙망을 하였다. 더구나 그는 일간에 떠날 사람임으로 다시 기회가 없을 것을 생각하고 매우 섭섭히 여겼다. 그러나 차광식은 그만한 일에 낙망을 하지 않고 억지로라도 불러오고자 하였다.

"이 안 군은 내일 떠날 터인데 오늘 못 만나면 되었나? 여간 감기쯤이야 어떨라고? 사람을 또 보내지."

"글쎄 내일 떠나서요? 그러면 안되었습니다그려. 어떻게 하나?"

경자는 이 모양으로 한참 고상고상하다가

"그러면 내가 가보지요."

얼마 만에 들어온 경자는 역시 허행이며 그의 보고는 이러하였다.

심규深閨가 앓는 것은 아니나 생각하는 일이 있어서 아니 왔다. 즉 안홍석 씨와는 기왕에 연담까지 있던 터인즉 이번에 만나보기로 말하면 연애가 성립되거나 그렇지 아니하면 결혼을 하여들여야 할 터인데 지금 나로 말하면 다른 데 연담이 있어서 거의 성립되다시피 한 터인즉 이다음 결혼한 뒤에나 만나뵈옵지요.

이 회보를 들은 안홍석은 별안간 꿈을 깬 사람같이 어찌 된 까닭도 모르고 아주 맹랑한 중에 일종의 흥분만 느끼었다. 그러나 원래 냉정한 그는 심숙정에 대하여 악감을 가지지 않고 도리어 호의로 해석하여서 '아무렇든지 이성이 있는 여자'라고 생각하였다.

8

이튿날 아침 차에 안홍석은 경성을 떠나게 되었다. 정거장에는 그가 매일 추축追逐*하는 《폐허》의 동인들과 하경자가 나왔었다.

안홍석은 경성을 떠나기가 정말 섭섭하였다. 그는 경성 태생으로 경성에서 생장한 사람이며 경성을 떠나 일본을 가는 것도 이번뿐이 아니언만은 이번같이 섭섭하게 생각한 일은 없었다. 그는 무슨 중대한 것을 두고 가는 것같이 서위하고 섭섭하여서 차마 발길이 돌아서지 않도록 경성을 떠나기가 싫었다.

그는 경성을 떠나기가 어찌 싫은 까닭을 생각하여보았다. 그러나 자기 역시 분명히는 설명할 수가 없어서 다만 경성 와서 이 주일 동안에 날마다 추축하던 동지들을 떠나기가 싫은 까닭이라고 하였다. 물론 그것도 한 가지 원인은 될 것이다. 지금까지 매양 고독히 지내던 그가 지나간 이 주일 동안에 경험한 생활은 과연 줄 수 없는 인상을 주었다. 대자연 이외에 미가 없고 대자연 이외에 순결이 없고 대자연의 품속같이 따뜻한 곳이 없다고 생각하던 그는 이번에야 첨으로 그를 포위한 사람들 중에서 인생의 순결한 반면도 보고 '청춘의 미'도 느꼈으며 인정의 따뜻함도 맛본 것이다.

그러나 이것이 그 까닭의 전부는 아닌 줄을 그는 기차가 움직일 때에야 비로소 깨달았다. 전송 나온 사람들에게 경례를 하여 돌아가다가 하경자의 눈과 마주친 때에 그의 가슴은 뜨끔하였다. 의외에 발생되어 의외의 결과를 맺은 심숙정의 일건이 아무리 생각하여도 갈 데까지 가서 그쳤다고 할 수 없으며 그 일의 끝나는 것을 보지 못하고 이 경성을 떠나

* 친구끼리 서로 오가며 사귐.

는 것이 아무리 하여도 섭섭하였다.

그는 기차가 용산, 노량, 영등포를 지날 때까지 섭섭한 회포를 진정치 못하여 잠잠히 앉아 있었으나 다행히 임정자같이 쾌활한 동행과 김해원이라 하는 정다운 친구가 동행을 하게 된 고로 일행은 자미 있는 이야기에 웃음이 그칠 새 없었으며 이야기에 물리는 때에는 트럼프 유희도 하고 창밖에 경치도 바라보아 동경까지 가는 동안에는 별로 다른 생각을 할 여가도 없이 지내었다.

그러나 동행을 작별하고 동경 시외의 대대목大大木 마을 한정閑靜한 객관으로 돌아온 그는 도로 고독한 생활, 사색의 생활을 하게 되었다. 달 넘어가고 고요한 밤에 나무 그늘 연못가로 묵묵히 거닐다가 하나 둘 푸르게 빛나는 별들을 향하여 마주 보고 깜짝일 때에 그의 뇌중을 왕래하는 생각은 역시 심숙정의 일건이었다.

'어찌 보자고 하였을고! 의문이다 의문이야. 그러나 미혼 여자의 몸으로 미혼 남자를 향하여 만나보겠다고까지 할 때는 물론 단단히 결심한 일이 있을 것이다. 그러면 못 만나보겠다는 것은 무슨 까닭인고. 선하심 후하심이던고. 첨에는 일시적 감정으로 그리하였다가 며칠 지나는 동안에 식어버렸단 말인가? 그렇게 경박할 수가 있다고? 교육도 있고 나이도 상당한 여자가 아니야. 그렇게 생각할 것은 아니야. 아무리 생각하여도 일시적 감정이라고는 볼 수가 없어. 그렇기로 말하면 사실이 괴상하지 않은가. 자기는 만나보고자 하였으나 곧 결혼까지라도 할 생각이 있었으나 그 부모가 불긍하여서 그만두었나? 사회적으로나 물질적으로나 아직 미성품인 안홍석을…… 하고 그 부모가 반대하였나? 혹 괴이치 않지. 그렇지만은 만일 그렇다고 하면 너무도 하잘것없지 않은가? 그래도 고등교육을 받고 신여자라고 하면서 자기 결혼 문제에 덮어놓고 부모의 말을 맹종할 리가 있나? 자기 의사를 전연히 희생하고. 그러면 역시 일시적 감정이던가? 아니야 남을 그렇게 업수이 여길 수는 없지. 그러면 대체 무슨 까닭이람. 나무에 오르라고 흔든다는 격으로 보고 싶다고 하여놓고 요다음 보자 하니 이것이 창기 같으면 혹 그러한 농락도 하겠지만은. 그러면 혹 이렇게 생각하였나? 여자의 몸으로 남자를 자청하여 만나보았다가 도리어 이편에서 꽁짜를 놓으면 어찌할까 하여서. 아니야 아니야 못 만나보겠다는 대답에— 만나보면 연애가 성립되던지 결혼을 하여들이던지— 하고 결혼하고 않는 것은 자기 장중에 달린 것같이 결혼을 하여주던지— 하는 여자가 그런 생각을 할 리가 있나. 대관절 그 말이 원체 안 되었어. 방자한 말이야. 결혼을 해주다니 내 의사라는 것은 전연히 안중에 사람이 없는 수작이지. 또— 나로 말하면 다른 데 연담이 있어서 거의 성립되었는데— 하니 당초부터 그럴 것 같으면 왜 다른 남자를 보자고 한담. 여자라는 그렇게 경박한 것인가? 여자는 원래 천성으로 남자와 달라서 상대자의 선택을 면밀히 하는 터이요. 또 모든 일이 소극적인데 여간 남자가 눈에 좀 들었다고 남을 놓아서 면회를 청구하다니 그럴 수가 없지. 그러면 그 며칠 동안에 소위 다른 데 연담이란 것이 돌연히 관계가 깊어져서 그편으로 맘이 쏠렸단 말인가? 그렇다고 한데도 불근신한 여자야. 심숙정이는 그런 여자가 아닐 터인데. 그뿐만 아니라 맘에 드는 남자가 그렇게 여기도 있고 저기도 있을 수가 있다? 내게도 맘이 있고 또 연담이 있다는 데도 맘이 있고? 그러면 또 내게는 맘이 있으나 추후로 조사한 결과에 우리 가정이 불만족하였단 말인가? 우리 가정, 홍덜컥 재산가 아닌 흠결밖에는 없지. 금강석 반지, 양옥집, 피아노 그런 것이 예산에서 벗어났단 말인가? 재물만 보고 혼인을 하는 자는 죄악이지. 설마 그렇게야 유치하려고. 아니 유치가 아니라 속악하려고. 그러면 누구의 말마따나 하경자가 심숙정을 이용하였나? 그렇지도 않을 터인데. 그럴 리는 없어. 경자의 눈치를 본데도. 그렇지만은 경자의 속을 눈

치로는 알 수 없어. 눈의 표정이 이상하니까. 눈! 불가해의 눈. 아아…… 역시 내 나라는 대자연이야.'

이때에 옷밤이* 소리는 더욱더욱 잦아지고 푸른 별은 깜박깜박 대대목 마을에 밤은 깊었다.

—1920년 7월

—《폐허》 제2호, 1921.

* 올빼미.

천아성天鵝聲

왕자의 탄생(1)

지금부터 걸신 이백 년이나 되는 옛날 일이었다. 먼저 임금 경종대왕께서 후사가 없이 승하하시고 세제世弟로 책봉되어 계시던 그 아우님이 왕위에 오르신 지도 벌써 열한 해가 되었다. 그러나 어쩐지 이번 임금께서도 아직까지 후사를 두시지 못하였다. 왕위에 오르신 지 사 년 되던 무신년에 숙종대왕 이하 세 분의 혈맥을 이어서 소중한 종사를 부탁할 유일의 후보자인 효장세자가 꺾이신 뒤로 벌써 칠 년이 지나 팔 년에 접어들었으되 늘어가는 것은 옹주들뿐이었다.

상감마마 춘추가 벌써 사십이 넘으셨으니 사삿집 인정으로라도 손세를 기다리는 생각이 간절하거든 하물며 한 나라의 막중 종사를 부탁할 곳이 없고 본즉 상감마마를 위시하오서 중궁마마며 대왕대비전에서 주소* 근심이 일어섰다. 또 상종을 받는 상궁들도 어떻게든지, 지종을 받는 상궁들도 어떻게든지 왕자 탄육하기를 신명께 축수하고 바라건마는 이

* 밤낮.

일만은 국왕의 힘으로도 왕비의 힘으로도 총희의 힘으로도 어찌할 수가 없었다.

이것은 궁중에서만 하는 걱정이 아니라 대궐 밖에서도 역시 일반이었다. 대대로 국록을 먹고 국은에 싸여 사는 벼슬아치 사회는 말할 것도 없거니와 나라님과 별로 관계가 없어 보이는 시골 선비들까지도 또는 다소 세상물정을 아는 백성들까지도 국본國本이 오래 빈 것을 걱정들 하고 있었다. 적어도 큰집에 손 없느니 만큼은 걱정들을 하였다.

"어서 왕자가 탄생되셔야 할 터인데……."

하는 정도의 걱정은 반드시 형세 조로만 하는 말도 아니었으니 그는 첫째 금상마마의 천품이 영명하신 데다가 일찍이 젊어서는 몸이 신하의 반열에 있어 민간의 사정을 널리 살피셨던 까닭으로 전고에 다시없이 명찰하신 성군이시라고 조정이 받들고 백성이 우러렀다.

이날은 을묘년 칠월 스무날이었다. 풍년의 징조라고 일컫는 탐스러운 함박눈은 어제 아침부터 말끔하게 개었으나 매봉 너머로 불어오는 찬바람은 매우 쌀쌀하였으며 스무날의 이지러져가는 달이 중천에 높이 올라왔을 때는 밤도 매우 깊은 모양이었다. 달은 날갓고 보면 깊고 깊은 궁궐 안에 인적이 괴괴하고 기다란 전각 처마에 가리워 충충하게 그늘지는 낭하의 어둔 빛이 눈 쌓인 기왓골에 백주와 같이 반사되는 달빛과 대조되어 얼룩덜룩한 그림자 속에서는 꼭 독갑이* 떼라도 몰려나올 것같이 무서운 광경을 이룰 뿐이지만 오늘은 밤이 길도록 수선수선하고 사람들 넘나드는 기척이 끊이지 아니하였다. 내전 지밀至密에서도 다른 날 같으면 벌써 퇴등**이 되고 고요할 터인데 이날은 아직까지 등불이 밝혀 있어 겹겹한 합문 밖에서도 은은한 불빛을 살필 수가 있었으며 간혹 그림자가

* 도깨비.
** 지방 관아에서 원이 잘 때 등불을 끄던 일.

움직이는 것을 보면 거행하는 근시들이 아직 좌우에 뫼시고 있는 줄을 알겠으나 원래 깊고 깊은 전각 안 일이라 사람의 음성만은 용이히 합문 밖에 새는 일이 없었다.

합문이 덜컥 열리며 사모관대 한 사람의 그림자가 나타났다. 그는 어깨가 으쓱하고 키가 큰 것을 알 수가 있었다.

"별감!"

음성은 여자의 음성같이 새되었다. 그러나 태도와 말구절 떼는 범절은 임금 앞에 뫼시는 이만치 결코 경솔치 아니하였다.

"상감마마 분부 내에 이 길로 곧 집복헌에 넘어가서 아지(아기)를 얼마나 들으셨으며 산모께서 다른 탈 없으신지 또 그동안 탕제(약)나 잡수셨는지 자세히 알고 오랍신다."

"네."

두 손길 마주 잡고 구부정하니 서서 황송한 모양으로 청령을 하던 별감은 커다란 소매를 밤바람에 출렁거리면서 월대(대돌)를 내려서 동북편을 향하고 걸어갔다. 집복헌이란 것은 큰 대궐 동북편으로 지붕마루를 열아문*이나 격하여 있는 나즈막한 전각으로서 마치 사가집 모양으로 다정스럽고 아늑한 입구자집이었으며 여기는 지금 상감마마의 총애를 일신에 모으고 있는 상궁 리 씨가 거처하고 있었다. 그런 까닭으로 체통으로 보아서는 그리 대단할 것이 없으나 사실인즉 결코 없수이 여길 수 없는 존재였으며 더욱이 이날은 리 씨 몸에 산점이 있어서 아까부터 비릇기** 시작을 하였음으로 온 대궐 안이 행여나 가뭄의 빗발같이 기다리는 왕자나 탄생되실까 하여 밤이 깊도록 그 하회를 기다리고 있는 것이다. 더구나 상감마마께서는 그 사랑하는 상궁이 신고하는 일을 생각하시고

* '여남은'의 잘못.
** 임부가 진통을 하면서 아이를 낳으려는 기미를 보이다.

겸두겸두* 애처로운 생각까지 나서 그야말로 일각이 삼추같이 기다리는 중이었으며 지금 별감을 보내는 것은 그 소식을 알고자 함이었다.

왕자의 탄생(2)

집복헌을 향하여 가던 별감은 어떤 전각 모퉁이를 돌다가 주춤하고 걸음을 멈추었다. 그는 어명을 받들고 가는 길이니까 아무런 일이 있을지라도 겁날 것은 없었다. 대궐에서 야심한 뒤에 빈 전각이 있는 근처를 가면 혹 독갑이 들어 있어 모래를 끼얹는다, 킁킁거리고 소리를 낸다, 여러 가지로 장난을 하는 일이 있지만 이르기를 어명을 받든 사람에게는 절대로 그런 일이 없다고 하였다. 그래서 대궐 안에 드나드는 사람들은 다 이 말을 믿으며 사실 어명을 받들고 나서 보면 몸에 천근의 무게가 실린 것 같아서 매우 든든하고 소중스러운 느낌을 주는 것이었다. 별감은 그런 자신이 있는 까닭으로 하여서 별로 겁을 집어먹을 것은 아니었으나 시꺼먼 그림자가 툭 튀어 나가는 것을 본 때 그는 거위 반사적으로 걸음을 멈춘 것이었다.

"거 누구요."

"나요."

그늘 밖을 비어져난 그 사람은 역시 별감으로서 대왕대비전에 맨 사람이었으며 한 대궐 안에 있어 같은 구실을 다녀먹는 까닭으로 그들은 서로 무간한 사이였다.

"김 별감인가 컴컴 속에서 툭 튀어나오는 바람에 깜짝 놀랐지. 하하

* '겸사겸사'의 잘못.

하 그런데 이 깊은 밤에 어디를 갔다 오나? 자네도 집복헌 문안인가."

"그렇다네."

"대왕대비마마께서도 여태 안 주무시나?"

"주무시는 게 무언가 오늘은 밤새었네. 대왕대비마마께서는 노인네가 되셔서 다심은 하신 데다 잠이 없어노시니 이런 일 있는 날은 영락없이 새었지 도리 있나."

"홍 동마마(동궁마마) 탄생하시는데 자네가 수고를 하네그려."

"홍!" 김 별감은 콧소리를 한번 하고 옆으로 다가서더니 나지막한 목소리로 말을 하였다.

"이거 큰 소리로는 안 할 말일세만 정말 동마마나 탄생이 되시고 이러면 하루밤쯤이야 상관없지. 나라에 경사가 있고 보면 우리네라고 해롭겠나만은 이거고 저거고 낳아놓고 이야기 아니야."

"그는 그렇지."

"자네 재작년 일 생각 못하나. 그때도 동마마 탄생되실까 봐 상감마마 이하로 상말에 눈이 빠지도록 기다리다가 급기야 탄생이 되고 본즉 옹주 아니시던가. 난 이번에 또 그렇지나 않을까 싶어 걱정일세."

"그래서 쓰겠나. 우리네 생각에 이렇게 죌 적에 삼전三殿 마마께서 정말 오죽하시겠나. 자아 어서 가보게."

"어이."

"에 춥다."

때마침 지붕 너머로 내리갈기는 찬 바람에 두 사람 다 목을 움츠리며 각기 자기 갈 곳을 향하였으며 잠시 동안 언 바닥에 옮기는 미투리 소리만 저벅저벅 들렸었다.

집복헌 안은 그야말로 벌컥 뒤집힌 형편이었다. 산모의 아기 비릇는 안까님* 소리는 방문 밖까지 새어 나왔으며 우아○채 각 방에는 불이 환하게 밝고 사람들의 조심스러운 말소리가 새어 나왔다. 대전과 대왕대비 전에서는 내인과 내시들이 일부러 와서 지키고 앉았으므로 곧 시각을 머물지 않고 기별이 있을 것이로대 무지금하고 기다리기가 갑갑하신 까닭으로 별감을 놓아서 연해 채근을 하시는 것이었다.

별감은 먼저부터 와 있는 대전 내관을 청하여 상감마마 분부를 전하고 분부를 받은 내관은 곧 전의를 청하여서 의논하였다.

"대전에서 지금 또 별감을 내려보내셨는데 무엇이라고 기별할까요?"

"글쎄요. 이제 진통이 차츰차츰 사이가 잦고 아프기도 몹시 아파하시는 양을 뵈면 얼마 안 해서 탄생되실 것 같습니다만은."

"산모께서 원기는 어떠하신가요?"

"원기는 충실하신 편이니까 그것을 염려하실 것 없을까 합니다."

"탕제는 그간 무엇을 쓰셨나요?"

"불수산佛手散**도 준비가 되었고 녹용도 다려놓아서 언제든지 쓸 수가 있도록 준비는 하여놓았습니다만은 아직 쓰지는 않았습니다."

"그건 쓸 필요가 없어서 안 쓰셨나요?"

"그런 약은 아기가 문을 잡고 나오기 시작할 때에 써야만 효력이 있지요. 공연히 미리 서둘러서 문도 잡히기 전에 썼다가는 산모가 더 고생을 하는 법입니다."

"네 그래요. 그럼 그런 대로 기별을 하겠습니다."

내관은 밖으로 나와서 별감을 불러가지고 지금 들은 것과 같은 연유를 이야기하고 그대로 가 아뢰라고 일렀다.

별감을 돌려보내고 난 내관은 다시 방으로 들어가 쭈그려 앉으며

"산전에서 대단히 갑갑하신 모양이로군!"

* '안간힘'의 의미로 보인다.
** 해산 전후에 쓰는 처방. 늑궁귀탕.

혼잣말처럼 이렇게 말하고 화롯불에 손을 쪼여서 한번 석석 비빈 후 관디* 소매에서 담배를 꺼내어 한 대 피워 물었다.

왕자의 탄생(3)

밤이 깊어갈수록 어디로서 몰려오는지 우수수하는 겨울바람이 이 전각에서 저 전각으로 몰려들어 다녔다. 뎅그렁뎅그렁하든 풍경 소리에 시작이 되어서 그 풍경들이 몸부림하듯이 흔들릴 때쯤은 또 뎅그렁젱그렁 하는 힘없는 소리를 뒤에서 남겨놓고 정처도 없고 행적도 없이 사라져버렸다. 반듯하게 싸고 들어앉은 겹겹한 집 안이언만 그 장난꾼이 지나갈 때에는 아무도 까닭 없이 목이 움츠러지는 것을 느낄 뿐이며 그 위력에 눌리지 아니할 사람이 없었다.

지금도 그 장난꾼이 또 지나갔다. 바람 소리가 고요하여지자 잠깐 그 소리에 석갈리던 산모의 신음하는 소리가 다시 들리기 시작하였다. 그는 꽁꽁 안간힘을 쓰면서 입을 악물고 고운 얼굴을 찡그렸다. 이마에서는 식은땀이 솟았다. 그럴 때면 옆에 앉은 노파는 한 손을 이불 속에 넣어서 슬슬 어루만지며 입안에 말로 신명에 축원을 하였다.

"삼시랑 마누라 그저 곱게 보십소서. 어리석은 인간이 무엇을 아오릿가. 그저 마누라 은덕에 의지하여 있사오니 잘못된 일 미욱한 일 있을지라도 하해 같으신 도량으로 용서하여주시고 그저 고이고이 보아주소."

노파라고 하여도 아직 오십가량쯤 되어 보이는 깨끗한 여자이며 더구나 오늘은 산실에 들어오는 까닭으로 남 끝동 흰 저고리에 눈빛 같은

* 옛날 벼슬아치의 공복公服. 지금은 전통혼례 때 신랑이 입는다.

앞치마를 두르고 약차하면 꿈쩍이는 데 방해가 아니 되도록 중동끈까지 잡아매었기 때문에 그야말로 씻은 배추 줄거리 같았다. 그러나 기도를 드리는 솜씨만은 다년 그것으로 밥벌이하는 무당이나 점툇집 노파 모양으로 청승스러웠다. 아주 그럴싸하게 정성이 똑똑 듣게 같은 말을 거듭거듭 중얼중얼 입안으로 옮기고 있었다.

산모는 이렇게 하다가도 잠시 동안 아픔 증세가 스르르 풀리고 보면 그 풀린 동안의 ○○ 시간을 세상에 다시없는 달고 단 잠 속으로 슬그머니 미끄러져 들어갔다. 그러한 때에는 얼굴에 나타나는 고통의 표정도 자연히 풀리고 거위 평시나 다름없는 표정으로 돌아갔다.

젊은 여자의 잠자는 얼굴, 더구나 미인의 잠자는 얼굴 이것은 예술품이다. 자연 가운데에만 있는 위대한 예술품이다. 산모가 잠이 든 때 노파는 기도하던 입을 멈추고 물끄러미 바라보았다. 몇 번째 해산을 하는 그는 벌써 앳되고 연연한 자태는 없었으니 과실로 치면 농익은 과실같이 흐물흐물한 중년미를 유감없이 발휘하였다. 더구나 그 궁중에서 ○○받은 고상한 품위는 그 고운 자질을 더한층 빛나게 하였다.

그의 머리는 당초부터 풀어 늘였었음으로 다소 살쩍*의 털이 히틀어졌었다. 그러나 그것은 도리어 그 얼굴에 부드러운 맛을 주는 것이었다. 기름하고도 옹골찬 얼굴, 반듯한 이마 전과 추리 긴 눈매는 슬기스럽고 총명한 표시라 하겠고 콧마루의 줏대가 실한 것은 당당하고 자존심이 있는 성격을 말하는 것일 것이다.

평화스러이 잠든 산모의 얼굴을 바라보고 있는 노파는 그만하여도 피곤한 까닭일 것이다. 어느덧 자기 몸의 청춘 시대를 회고나 하는 듯 그의 눈은 멀고 먼 꿈속의 나라를 생각하는 것 같았다.

* 관자놀이와 귀 사이에 난 머리털.

이가 해산을 하는 것은 처음 일이 아니고 원래 체격이 건장한 까닭으로 늘 비교적 순산이었다. 그런 까닭으로 이번 해산도 아주 안일을 하였었다. 아직 기운이 줄어질 이도 아니요, 몸이 축간 일도 없음으로 둘째 번이 첫 번보다 쉬웠으면 이번은 둘째 번보다도 쉬우리라고 생각하였었다. 다만 이번에는 배가 유명히 부르고 몸이 좀 유난히 고달프기는 하였으나 무슨 다른 일이야 있으랴 하는 것이 당자의 생각이었고 옆에 사람들도 다 같이 생각한 일이었다. 다만 남모르게 속으로 애를 쓰는 것은 이번에야말로 꼭 옹주가 탄생되지 말고 왕자가 탄생되셔야 할 터인데 하는 생각이었다. 그러나 혹 다른 사람이 옆에서 그런 말을 하면 그는 이렇게 대답하였다.

"삼전마마 기다리시는 것으로 하여서는 그리하였으면 천한 몸이 나라에 얼마나 유공하겠소만은 무슨 복덕에 그런 것을 바라겠소."

그러나 속말로는 역시 왕자를 탄생하겠다는 자신을 가지고 있었다. 애기 서서 만삭될 때 경험과 다른 것도 한 가지 위로가 되거니와 이번에는 음양을 짚어보나 점을 쳐보나 열이면 열, 스물이면 스무 사람이 다 득남한다 하였고 찬우물골 족집게 장님은 목 벨 다짐까지 하였다 하니 설마 이번에야 왕자가 탄생하시겠지 하는 것이 그의 자신이었다. 그러나 급기야 해산 자리를 당하고 본즉 조마조마하여서 차라리 배가 아플지라도 좀 더 끌어나갔으면 싶은 생각이 다 났었다.

왕자의 탄생(4)

이제 새벽인가 보다. 몰려다니는 바람 소리도 조용하여지고 바깥집(여염집) 닭 우는 소리가 아득히 들리는 것 같았다. 애 비릇는 산모의 약

약한 시간도 어느덧 많이 달아난 것이다.

이때 아기는 정말 문을 잡기 시작하였다. 이제는 만반 자세를 다 바로잡아놓고 밀고 나갈 일밖에 아니 남은 셈이었다. 아기의 머리통은 산모의 골반을 벌리고자 확장공사를 하는 중이었다. 따라서 산모의 아픈 모양도 아까와는 좀 달라졌다. 말하자면 지금까지는 살이 아팠고 지금은 위주로 뼈가 아픈 것이다. 아픈 맛이 둔하고도 무거우나 지금까지 모양으로 자릿자릿한 날카로운 아픔은 줄어졌다. 따라서 아까 모양으로 사르르 아프다가 사르르 풀려가는 증세는 없고 뻑적지근하게 아픈 채로 한동안 힘이 쓰였다 한동안 맥이 풀렸다 할 뿐이었다. 준비되었던 탕제는 이때 비로소 권하였다.

산모는 또 꽁꽁 힘을 주기 시작하였다. 팔을 부르걷고 몸부터 들어앉은 노파는 연해 산도의 변화를 주의하여 보면서

"아직 미리 힘주지 마서요. 저절로 맡겨두었다가 있다 힘쓰시랄 적에 힘을 쓰서요. 미리 헛가님을 많이 주시면 정말 나올 적에 어렵나이다."

정말 산모가 가님*을 쓰는 것은 본래 생리적으로 그리 되는 것이지 인력으로 하여 아니 될 일이며 쓸데없이 미리 노력을 하고 보면 그 노력으로 인하여 생기는 피로가 정말 생리적 힘에까지 방해가 되는 것을 이 노파는 경험상 잘 알았다.

힘주던 것도 또 일시 쉬었다. 이때 노파는 불이 낮게 일어나 기름불 대신에 촛불을 켰다. 촛불은 불꽃이 가물거려 눈을 현황케 하고 그을음이 있고 냄새가 난다 하여서 산실에는 참기름 불을 켰던 것이나 이제는 좀 밝은 불이 필요한 까닭이었다. 그리고 해산제구를 또 한 번 둘러보았다. 부인네의 수줍은 천성으로 산실에는 이 노파 이외에 아무도 들이지

* '간힘'의 잘못.

아니하였으며 해산제구는 있다가 집어 쓸 차례대로 차곡차곡 잇대어 마침 늘어놓고 있었다.

그러나 해산제구라는 것은 우리네 여염집에서 쓰는 것과 별로 다를 것 없는 검박한 물건이었다. 부드러운 무명을 깨끗하게 마전*하여서 거위 모든 것을 만들었으며 지금 세상이 산부인과 선생님께 뵈어도 칭찬을 들을 만치 위생적으로 준비되어 있었다. 또 넓은 방 안에는 등잔거리 이외에 아무것도 놓인 것이 없었다.

"땡…… 땡……."

바라 치는 소리다. 종로 큰 종의 우렁찬 소리가 깊으나 깊은 궁중에 들려온 것이다.

"이게 바라 소리가 아닌가?"

"그렇습니다. 바라 칠 때도 되지 않았겠습니까."

"승애야?"

"네."

담 칸에 대령하였다가 곧 대답을 하는 승애란 여자는 그가 늘 수하에 두고 부리는 하인이었다.

"대전이며 대왕대비전에서 내려오신 여러분 올라가셨느냐?"

"아니요. 그대로 다 기서옵고 밤에도 별감이 댓 번식 다녀갔습니다니다."

"저를 황송하여 어찌하리. 삼전에서 밤을 새여가시고나!"

그는 아픈 것도 불구하고 일어났다. 노파는 깜짝 놀라 손으로 만류하며

"왜 이러시나잇가. 그리 마압소서. 지금 어떻게 몸을 일으시겠나잇

* 생피륙을 삶거나 빨아 볕에 바래는 일.

가?"

여러 말로 말려보았으나 그는 무슨 말리지 못할 힘으로 움직이는 것 같이 일어앉았다. 두 손을 땅에 짚고 쪼그리고 앉아 돌아오는 머리채를 귀찮은 듯이 뒤로 돌리며 아주 공경스러운 태도로 바라 소리를 들었다.

"뎅…… 뎅…… 뎅……."

종소리에 놀라 정신이 난 그는 그 종소리가 무슨 신성한 소리로 들렸던 모양이다.

이윽고 그는 입을 열었다.

"천인의 몸에 산고가 있다 하여 삼전마마께서 이처럼 하오시는 것은 행여 왕자가 탄생되어 종사의 의탁이 생길까 하오시는 성의이실 것이로대 내 미천한 몸으로서 이러한 은권恩眷을 입사오니 망극한 성은을 어찌 보답하며 몸에 넘치는 영광을 어찌 감당하리요. 비나니 황천은 돌보오사 즉각으로 왕자마마 순산 탄생케 하여주소서."

"뎅…… 뎅……."

이 말을 하는 동안 그의 얼굴은 더욱이 신비하였다. 깜짝 놀라 말려보려던 노파도 그 정성스럽고 감격에 넘친 얼굴을 보고는 옆에서 감히 말을 붙일 수가 없었다. 자기 책임이 무엇이던 것을 잊어버린 사람과 같이 멀거니 앉아 있었다.

축원을 다 한 산모는 비로소 자리에 누웠다. 그러나 여전히 아픈 것은 잊은 사람 모양으로 온몸이 긴장되어 있었다.

안간힘 쓰는 소리가 다시 났다. 그러나 이번에는 아주 손쉬운 해산 모양으로 진행하는 속도가 빨랐다. 지금 축원한 효력이나 아닌가 하고 의심을 할 지경이었다.

정작 탄생되실 때가 되었다는 솔발*에 여러 사람들은 서리 아침의 추운 생각도 잊어버리고 산실 밖으로, 산실 다음 칸으로 모여들어서 신경을 긴장시키고 있었다.

왕비의 공상(1)

상감마마께서는 한 시간이 멀다 하시고 일어났다 누웠다 하시면서 별감을 보내어 소식을 알게 하시되 그래도 간간이 잠드신 숨소리가 들렸었다. 그러나 상감마마 권고로 한갓지기 위하여 옆방에서 자리에 드신 중궁마마께서는 도리어 두 눈이 반반하여 천사만려가 끈을 달고 일어났다. 전전반측하여 조급히 구는 모양을 상감마마께서 아시면 황송스럽다 하여 아무쪼록 몸을 움직이지 않도록 하고 치밀어 올라오는 선하품도 억지로 중간에서 삼켜버리거나 그러지 아니하면 소리 없이 흩어버리도록 하고 있었다.

중궁마마께서는 현숙 공정하시고도 대절을 존중하시는 성질이시라 이제 남의 몸에서 왕자가 탄생되어 종사를 계승할지라도 결코 그것으로 하여서 시새거나 혐핍하게 생각할 말은 아니었다. 아무의 몸에서라도 상감마마 혈육으로 왕자가 탄생되어 동궁의 주인이 생겼으면 하는 것이 평소에도 늘 충원하시던 바이며 이날도 왕자의 탄생을 바라는 정성이 결코 아무보다도 못지아니하셨다.

'여자가 시집에 들어와 첫째의 책임은 후손을 낳아 기르는 일이다. 그런 까닭으로 칠거지악에 무자한 것이 첫 조목에 올랐거늘 내 궁중에 들어와 할 책임을 못하였으니 나는 종사의 죄인인 것을 알아야 된다.' 이것은 중궁마마께서 늘 속으로 생각하고 있으신 일이었다. 그런 까닭으로

* 놋쇠로 만든 종 모양의 큰 방울. 위에 짧은 쇠자루가 있고 안에 작은 쇠뭉치가 달린 것으로, 군령이나 경고 신호에 쓴다.

"누구든지 왕자를 낳아 바치는 이가 있으면 종사에 유공할 뿐 아니라 나에게도 은인이다."라고 늘 말씀하셨다.

중궁마마의 생각대로 하면 오늘은 그의 막중 책임이 면제되느냐 아니 되느냐 하는 중요한 마디였다. 왕자가 탄생되면 아무렇든지 종사 의탁은 생기는 것이니까 자기 책임은 면제가 되려니와 만일 그렇지 못하면 후손 못 둔 책임은 여전히 두 어깨에 짊어지고 있어야 될 것이다.

해산을 기다리는 시간은 유명히도 지루하였다. 그러나 어쩐지 이번에는 산모도 그런 자신을 가진 것과 같이 옆에서 보기도 왕자가 탄생될 것 같았다. 그래서 왕자가 탄생되려니 이번에는 후사가 탄생되려니 이와 같이 생각을 하고 봄즉 왕비의 가슴속은 까닭 없이 평탄치 못하였다. 모든 것을 ○○로만 생각하려는 그 가슴속에도 역시 여자다운 정서가 남아 있는 것을 발견하였다.

중궁마마는 전에 없이 인생이 적막하다는 것을 느꼈다. 일껏 궁중에 들어와 가지고도 자기 혈육을 이 궁중의 주인으로 남겨놓지 못하는 일을 생각하면 세상 것이 다 쓸쓸하였다. 공수로 왔다가 공수로 간다. 이 운명이 결코 오늘로 결정된 것이 아니언만은 이제 몇 시간 안에는 모든 운명이 구체적으로 결정되어 나타나는 것을 보겠구나 하는 때에 별안간 생긴 일같이 신경을 자극하였다.

'예라 내 복덕이 부족하여 그런 것을 새삼스러이 안타까워하면 무엇하리. 이런 요사스런 생각은 버려야 한다.' 중궁께서는 이렇게 결심을 하고 잊어버리려고 애를 써보았다. 섭섭하고 쓸쓸한 느낌은 골수까지 감겨 들어가는 것 같았다. 그리고 이 대궐 안 일이 자기 중심으로부터 슬그머니 떠나가되 어찌할 수가 없는 것을 느꼈다.

'내가 이런 눈치를 얼굴에라든지 어차간에 나타내어서는 아니 되겠다.' 생각이 나는 동시에 시어머니 되시는 인현왕후 민 씨와 희빈 장 씨 사이에 일어나던 불상사를 연상치 아니할 수 없었다. 중궁마마 머릿속에는 웃대에 일어난 그 불상사가 바로 눈앞에 보는 듯하였다.

제일 먼저 머릿속을 번개불같이 지나간 것은 아까까지 일국의 국모로 받들던 왕비가 별안간 폐비 처분을 받고 장복章服과 관잠冠簪을 벗어논 후 두어 사람 내인을 딸려 요금문曜金門을 향하시는 쓸쓸한 뒷모양이었으며, 그다음 순간에는 그것이 자기 모양으로까지 뵈었다. 이때는 당신께서도 "쳇 방정맞은!" 입안으로 이렇게 말을 하며 부랴부랴 그 인상을 씻어버리려고 하였다.

그러나 그담으로 머릿속에 나타난 생각도 결코 그것을 씻어버리는 것은 아니었다.

'인현왕후께서 천생이 요조숙녀이시며 인자하고 명민하기로 유명하셨다는데 무슨 건과*가 있어 폐비의 처분을 받으셨으리요. 다만 궁중에 들어오신 지 여섯 해 동안에 일점혈육을 탄육치 못하신 것이 말하자면 모든 사단의 시초라고 할 것이었다.'

이와 같이 생각을 하고 본즉 역시 지금의 당신 신상과 비교하여 생각을 하게 되었다. 그러나 왕비께서는 다시 농쳐 생각을 하고 혼자 쓸쓸하게 웃어보았다.

'모든 것이 천의에 있고 모든 것이 사람 처단하기에 달린 것이니 어찌 처지가 근사하다 하여서 그런 불길한 일을 생각하랴. 우리 영명하신 상감마마께서 그런 불상사가 어찌 일어나랴.' 이와 같이 생각하였다.

* 그릇되게 저지른 실수.

왕비께서는 모든 것이 천의라는 말씀을 하고 곧 생각난 바가 있어 아픈 데를 찔린 것같이 움슬하였다. 인현왕후께서도 폐비 처분을 받으신 때에 역시 그러한 말씀을 하시더라는 것을 생각한 까닭이다. 요망스럽게도 서로 부합되는 말과 일이 하나라도 늘어가는가 하여 말이 섬뜩하였던 것이다.

'그래도 인현왕후께 무슨 실덕이 있으셨던가?' 왕비께서는 행여 전철을 밟을까 하고 조심하시는 나머지에 이러한 의문을 일으켜보았다.

그러나 지금까지 궁중에 들어와 들은 기억으로는 별로 그런 일이 없었다. 또 후일에 복위되실 것도 별반 실덕이 없으신 증거였다. 그러나 숙종께서 폐비 처분을 하실 때에 일반 선민에게 내리신 비망기에는 조목조목 이 죄과가 적혀 있었는데 첫째는 희빈이 간택된 뒤로 시기를 하였고, 둘째로 희빈의 몸에서 원자가 탄생된 때 그것을 기뻐하지 않는 기색이 현연하였은즉 이것은 사욕을 포함하여 국가의 후사를 방해한 것이라는 것이었다.

세상에 그런 일도 있을까? 빈궁 간택을 상감마마께 강권하신 이가 민비 그 어른이셨다. 언제인가는 선조대왕 따님으로 영안위永安尉 홍계원洪桂元에게 하가하여 계신 정명 공주께서 칠십여 세의 고령으로 상감께서 빈궁 간택하신다는 말씀을 듣고 놀라 궁중에 들어와 상감을 뵈웁고 간하였다.

"중전 춘추가 아직 늦지 아니하신데 빈궁 간택은 불가합니다."는 것이었다. 이때 상감께서는 역시 그 말을 좇을 양으로 하셨으나 이때에도 앞장을 서서 그렇지 아니한 도리를 설명하고 빈궁 간택이 필요하다는 것은 역시 민비 그 어른이셨다. 이렇게까지 자진하여 간권하시던 빈궁이 간택되기로 그를 보고 시샘 생각이 날까? 더구나 원자가 탄생된 데 대하여 기뻐하지 않는 일이 있을까?

어젯날의 왕비 같으시고 보면 물론 '그럴 리가 없다.'고 서슴지 않고 생각하셨을 것이다. 그러나 벌써 오늘 새벽의 왕비께서는 세상일을 그렇게 단순하게 판단할 수가 없이 되신 것이다. 마디마디 들어와 감긴 쓸쓸한 느낌이 사라지지 않는 동안 민비께서 빈궁 간택됨을 보고 시새지 아니하였으리라고 단언할 수가 없었으며 원자의 탄생을 좋아하지 아니할 수가 있을 것이라고 생각되었다.

"희빈은 얼굴이 어여쁘고 성질이 명리하여 간택되자 곧 상감마마의 총애를 일신에 옮겼고 더구나 간택 후 석 달 만에 산점이 있었는 고로 상감께서 위하고 아끼심은 물론이요 궁중이 다 떠받들었다." 함은 그때 일을 목도한 늙은 상궁의 이야기였었다. 예나 지금이나 추세하기 좋아하는 인간들이 이렇다 하니까 남 먼저 그편에 가 붙어서 조금이라도 곱게 보이고자 애썼을 것은 상상키 어렵지 않은 일이다. 즉 빈궁이 들어오던 날에 민비전에는 불이 꺼지고 희빈 처소에서 달이 뜨게 된 것이다.

이런 처지를 당하여 인현왕비께서 아무리 현숙하고 명민하셨을지라도 놀라지 아니하실 수는 없을 것이다. 내가 지금 느끼고 있는 것보다도 몇 갑절이나 되는 쓸쓸한 골짜기에 빠지셨을 것이다. 빈궁의 간택을 간권하시던 민비마마의 말 속에는 현재의 모든 관계를 그대로 두고 다만 왕자 탄생하는 기계 모양으로 빈궁 하나를 골라 들이고자 하신 것이며 또 그리될 것으로 믿으셨던 것이다. 그런데 이 무슨 청천벽력인가. 상감마마의 몸과 맘을 다 빼겼고 궁중의 중심세력을 마저 빼앗기셨다. 즉 민비의 당신께서 지금까지 독점하셨던 것을 일조일석에 다 빼겼을 뿐 아니라 앞으로 원자가 탄생되고 보면 영영 궁중의 주인은 당신이 아니요 희빈이란 것을 뜻밖에도 목전에 바라보실 때 아무리 현숙하시고 모양 있으신 민비께서도 맘이 편안하고 얼굴빛이 화평하지는 못하였을 것이다. 뉘우치는 생각, 상감께 원망하는 맘 이것이 없었을 리 만무한 것이다

왕비께서는 이렇게 생각을 하시며 민비의 처지에 동정하셨다.

그러나 여기까지 생각을 하자 왕비께서는 도리어 당신 처지에 대하여 얼마 좀 안심이 되고 옥죄이던 맘이 누그러지는 것을 느끼셨다. 당신 시어머님 되시는 민비마마의 정말 안타까운 처지에 대면 당신 처지는 아주 태평이라고 생각되었다. 왕자가 탄생될지라도 그로 하여서 당신 처지에 새삼스러이 무슨 변동이 올 까닭은 없다는 것을 생각하신 것이다.

'쓸쓸하다. 그러나 그것은 나의 타고난 팔자이니 할 수 없다. 이제는 소위 국모 된 처지를 잘 생각하여 궁중을 바로잡고 전하여 어느 법도이나 지키라.'

이것은 왕비 머릿속에 최○로 일어난 결심이셨다.

왕비의 공상(3)

잠 없는 긴긴 밤을 자리 속에서 보내기는 답답한 일이었다. 그 까닭인지 왕비께서는 일찍이 일어나셨으며 따라서 중궁에 매인 내인들은 다 일어나서 무슨 처분이 있기를 기다리는 형편이었다.

"아직 이르지?" 왕비께서는 다음 칸에 대령하여 있는 내인에게 물으셨다. 그 말씀 소리는 나지막하고도 조심스러웠다.

"바깥날이 추우냐?"

"네. 눈 온 뒤가 되어서 매우 춥삽나이다."

"너무들 일찍 일어나서 안되었구나."

"황송하옵나이다."

"좀 이르지만 소세할 준비를 하여다고."

"네."

누구인지 일어서서 문을 열고 나가는 소리가 들렸다.

"세수칸 준비가 되었나이다."

한참 만에 내고가 있었다.

"그럼 곧 가자."

"네."

다음 칸에 있던 내인은 손에 촛불을 켜 들고 문을 열었다. 그래서 불그림자에 조심을 하면서 중궁마마를 모시고 나갔다. 다음다음 칸에서 불을 촛대에 옮기고 나서 불빛이 환하게 비취는 한편 장지문을 연즉 거기는 조그마한 반침이 있다. 마주 뵈는 곳에 경대가 놓이고 경대 위에 거울이 버티어 있으며 방바닥에는 번쩍번쩍하는 전대야 세 개에 더운물이 치론이 담겨 있고 그 옆으로는 닭의 알껍질같이 얇고도 얌전스러운 당사기 비누함이 양치 그릇과 나란히 놓여 있었다.

앞서 오던 내인은 세수그릇 앞에 놓여 있는 진당홍 전방석을 바로잡아놓고 자기는 깨끗하게 세탁된 수건을 들고 옆으로 비켜섰으며 다른 사람들은 방 웃목에 서 있었다.

왕비께서는 바로잡아논 방석 위에 들어앉아 먼저 거울을 한번 들여다보신 후 앞에 놓인 대야에 손을 담그셨다. 따뜻한 물이 살에 스미는 것을 좋아하는 듯 잠시 동안 지그시 담근 채 이리저리 손길을 뒤척였다. 움파같이 곱고도 희던 손길에는 울연히 붉은빛이 솟았다.

손 씻고 양치질한 뒤에 첫째 대야는 들어내고 둘째 대야가 대신 가까이 놓였다. 왕비께서는 이 대얏물에 육안을 축이신 후 비누함을 여셨다. 보통 쓰는 팥비누도 있으며 서시옥용산 같은 약비누며 천화분동 속의 여러 가지가 있었으나 왕비께서는 이것저것을 열어보시다가 필경 팥비누를 집어 쓰셨다. 곱게 작말된 비누가 손바닥 위에서 뽀얀 젖 모양으로 풀렸으며 부드럽고 미끄럽게 풀린 그 비누에 씻은 살결은 무엇이라 형용할 수 없이 부드러웠다.

비누질한 얼굴은 둘째 대야에서 씻어버렸으나 오히려 미진하여 셋째 대야가 닥어져 놓였다. 그래서 셋째 대야에 맘껏 정하게 씻고 난 때의 상쾌한 기분은 무엇에 비길 데가 없었다. 왕비께서는 몸과 맘이 다 깨끗하여진 것 같은 상쾌한 맘으로 내인의 받들고 있는 수건을 받아 들고 이리저리 아주 미흡한 데 없도록 수건질을 하셨다. 곱게 씻기고 손길과 수건에 가볍게 마찰된 왕비마마의 고운 얼굴에는 우련히 붉은 기운이 나타나서 건강과 청춘의 남은 자취를 보여주고 있었다.

그 고우신 얼굴을 옆에서 바라보고 있던 나 많은 나인은

'아직도 혈분이 저렇게 좋으신데 왜 생산을 못하실까.' 속으로 이런 생각을 다 하였다. 그러나 왕비께서는 그저 언제든지 하시던 모양으로 경대를 닦아놓고 분단장을 시작하셨다. 왼손 손가락에 콩만 한 분 한 덩이를 깨여놓고 바른손 약지 이 손가락으로 물을 찍어 두서너 방울 떨어뜨린 후 곱게곱게 개기 시작하셨다. 만일 마마께서 여염집 부녀 같고 보면 차차 분단장도 시들할 때가 되었건만 모든 것을 법과 형식으로 꾸려가는 대궐 안 생활에는 그렇지 못하였다. 나이 아무리 많아지고 얼굴에 주름살이 생길지라도 진하게 분 바르고 입술에 연지 찍고 눈썹을 그리는 등 할 것을 다 하지 아니하면 울긋불긋한 장복을 입고 이상야릇한 큰머리를 얹은 때에 그 강렬한 색채와 형식에 눌려서 얼굴빛이 아주 무색하게 되어버리는 것이다.

분도 진하게 연지도 진하게 새로 단장을 하고 나신 왕비마마는 연세보다도 매우 젊어 보였으나 천성으로 타고나신 위엄은 더한층 늠름하게 뵈었다. 어쩐지 가까이하기 어렵고 실없이 할 수 없으며 앞에 당하면 저

절로 고개가 숙여졌다.

왕비께서는 자리를 옮겨 이편 넓은 방으로 넘어 앉으시며

"자아 머리를 좀 빗겨라."

옆에 대령하였던 내인 하나이

"네." 하고 대답을 하는 동시에 왕비마마 등 뒤에 꿇어앉아 옆으로 빗접을 펴놓고 빗질을 하기 시작하였다. 곱고 부드러운 머릿결 위를 주홍색 달빛은 슬슬 흘러내려 갔다.

이때 왕비의 머릿속에는 또 공상의 물결이 흔들리기 시작하였다.

득의와 감사(1)

밝는 날 아침의 대궐 안은 즐거움이 넘치고 경사에 빛났다. 만나는 사람마다 "나라에서 이런 경사가 없습니다."고 서로 경축을 하였으며 모여 앉은 곳마다 이야기가 그 이야기요, 보이는 이 웃음빛이었다.

"아지께서 어떻게 숙성하신 지 예사 백날 지난 아이만은 하시다는구려."

"저거 봐! 어쩌면 타고난 귀인이란 다른 게지."

"그렇지만 그러니까 그 어머니가 신고를 안 할 수 있소."

"글쎄 말이야. 전에는 늘 순산을 하던 몸인데 이번에 그렇게 신고를 한 것은 원세 아지께서 숙성하신 까닭이로구려."

"그렇지만 그런 사람은 팔자도 좋지, 유공 유공 하니 이렇게 유공하게 아지를 낳아 바칠 수 있소."

"글쎄 말이야."

이것은 늙은 상궁들의 모여 앉은 곳에서 주고받는 이야기였다.

이 기쁨은 대궐 안에서뿐 아니라 곧 대궐 밖에도 전하여나갔다.

행세하는 사람들은 만나면 첫인사가 원자 탄생된 기쁨이었으며 일없는 사람은 궐내 소식을 빨리 알았다는 자랑삼아서 일부러 소문을 전하고 다니는 일까지 있었다.

이날 조회에서는 개시 첫 공사가 이 나라의 경사를 만조백관에게 반포하는 일이었다. 넓은 바닥에 엄숙하게 늘어 있던 사모 쓴 머리가 일시에 물결치듯 동요되면서 나라의 경사를 기뻐하였다. 어전에 가까이 모신 삼정승 이하 고관들은 몸소 어전에 나가 진하*하는 말씀을 아뢰었다. 그리고 원자 탄생하신 경사를 기념하기 위하여 과거를 보되 아무쪼록 널리 하방에까지라도 은택이 균첨하게 하기 위하여 날짜는 아지 백날 되시는 사월 초하룻날로 한다는 것을 작정한 후 경축하는 의미로 조회를 일찍이 파하였다.

조회가 파한 후에도 상감마마께서는 진하를 받으시기에 도리어 골몰하셨다. 조회 때에 직접으로 진하할 자격이 없는 각 마을 관원들은 경축하는 뜻을 글로 적어 올렸으며, 또 조회에 참여 아니한 사람들 중에도 원임 대신들을 위시하여 종척의 대관들이며 기타 궐내에 승후할 자격이 있는 이들은 앞을 다투어 예궐하였다. 그런 까닭으로 이날은 대궐문 밖에 초혼 평교자가 낙역부절하였으며 대궐 안은 온종일 경축하는 말 속에 싸여 있는 형편이었다.

따라서 이번 경사의 근원이 되어 있는 집복헌에는 치하와 축복이 물결치듯 밀려들었으며 기쁨에 흥분된 산모는 난산에 지친 것도 잊어버린 듯이 비교적 원기가 충실하였고 식사도 입담어 잘하는 편이었다.

저녁 후에 한잠을 곤하게 자고 난 산모는 밤이 늦어서 잠을 깨였다.

* 나라에 경사가 있을 때에 벼슬아치들이 조정에 모여 임금에게 축하를 올리던 일.

잠이 깨자 그는 놀라는 듯이 옆에 누인 아지를 돌아다보더니 아지 역시 쌔근쌔근 평화로운 숨소리를 내면서 잠들어 있는 것을 보고 매우 만족한 듯이 물끄러미 들여다보았다.

"왕자 탄생! 왕자가 탄생! 아아 천우신조한 일이다."라고 무한 감사함을 느꼈다.

"아슬아슬도 하지. 삼전마마께서 그렇게 기다리시고 그렇게 바라시는데 만일 딸이나 또 낳았으면 어찌할 뻔하였나. 무슨 낯으로 상감마마를 뵈우며 웃전마마를 뵈었을 수가. 아아 다행한 일이다."

그는 이런 생각을 하는 동시에 아까 삼전마마로부터 칭찬하시고 고마워하시는 분부 내리신 것이며 각처로부터 치하와 축수가 빗발치듯 하던 일을 생각하고 그는 도리어 송구한 생각이 들었다. 어떻게 하면 이 몸에 넘치는 행복을 곱게 누려갈까 하는 것이 간절히 걱정되었다.

그는 자기 몸의 행복스러운 현재를 생각하는 동시에 자기 처지와 같은 이들이 과거에 얼마나 있었는가를 생각하여볼 수밖에 없었다. 그러나 이 회고는 그에게 더욱더욱 송구스러운 생각을 주는 것이었다.

미천한 몸이라도 왕자를 탄생하여 그 왕자가 종사를 잇는 몸이 되었고 보면 그 어머니는 나라에 유공한 사람인즉 비록 왕비나 대왕대비라는 영화스러운 지위는 누리지 못할지라도 상당히 귀하고 행복스러운 생활을 하는 것이 당연한 일이다.

그러나 사실에 있어서는 그렇지 못한 것이 너무도 적적스럽게 눈앞에 나타났다. 지금 상감마마의 형님이시며 바로 웃대의 임금이신 경종대왕을 탄육하신 희빈 장 씨는 어찌 되었나. 일시는 중궁에까지 책봉되었던 몸으로 필경 경황없는 세월을 취선당에서 보내다가 최종에는 약사발을 받고 비명으로 이 세상을 떠나지 아니하였나.

이 일을 생각할 때 그는 얼음같이 찬 기운이 전신을 꿰뚫고 지나가는 것을 느꼈다.

득의와 감사(2)

희빈 장 씨의 일을 생각하게 된 산모는 당연한 순서로 지금의 상감마마를 탄육한 숙빈 최 씨의 일을 생각하였다.

숙빈은 비록 희빈과 같은 참혹한 말로는 가진 일이 없으나 그의 일생에는 실로 기구한 파란이 많았었다.

그는 본래 충성스럽고도 정직한 성질이었으며 그간 숙종대왕께 총애를 받게 된 것도 충성스러운 그 행동이 임금의 맘을 감동하게 한 까닭이었으니 그에 대하여는 이러한 이야기가 전하였다.

숙빈은 본래 인현왕후 민 씨를 섬기던 내인이더니 민비께서 폐비되어 본댁으로 나가신 뒤에도 옛 주인을 생각하는 충성스런 생각은 조금도 변함이 없었다. 어느 해는 옛 주인의 생신날을 당하여 그대로 지내기가 섭섭한 생각으로 그 전날 밤 늦은 뒤에 남모르게 음식을 차려서 이튿날 본댁으로 가지고 가 뵈우려고 하였었다.

마침 이날 밤 상감마마께서는 밤늦도록 잠을 이루지 못하시고 홀로 뜰에서 거니시더니 최 씨 방에서 불빛이 새는 것을 보시고 무심히 그 앞을 가까이 가보셨다. 방에는 불만 켜 있을 뿐 아니라 방주인도 아직 자지 아니한 모양이었음으로 상감마마께서는 이상히 생각하셔서 기침을 하시고 문을 열게 하셨다.

천만뜻밖에도 이 비밀한 장면을 상감마마께 들키게 된 최 씨는 죽을 것을 각오하였다. 정직한 천성으로서 위에서 물으시는 때 거짓말을 여쭐 길도 없고 죄짓고 쫓겨난 옛 주인을 위하여 사사로이 이런 일을 한다는 것을 아시고 보면 추상같으신 상감마마 성품에 초로 같은 목숨이 남아날 것 같지 아니하였다.

상감마마께서는 말씀 없이 방으로 들어오셨으며 최 씨는 황송하여 감히 얼굴을 들지 못하고 부복하여 있었다.

"이건 무슨 음식이냐?"

상감마마께서는 어느덧 자리에 좌정하셔서 이와 같이 물으셨다.

최 씨는 다시 면치 못할 것을 각오하는 동시에 사실대로 말씀을 여쭈었다.

"그저 황송하오나 내일은 폐출되신 중궁마마 탄신이온데 소비가 그전 모시고 있던 본의로 이날을 차마 그대로 넘길 도리가 없삽기 소비의 정성을 도하느라고 이 음식을 차렸삽나이다."

응당 불쾌히 여기시는 무슨 분부가 있으려니 생각하였던 상감마마께서는 아무 말씀이 없으셨다. 은정이 자별하시던 옛날의 일을 추억하시는 듯 한참 동안 말이 없으시더니 이윽고 분부가 있으신 때에는 뜻밖에도 매우 부드러우신 음성이 들리었다.

"흥! 그 음식 나도 좀 다고"

청천벼락의 진노하신 처분을 각오하였다가 뜻밖에 관대하신 처분을 받게 된 최 씨의 눈에서는 아까부터 북받쳐 있던 눈물이 비 오듯 하며 흑흑 느끼는 소리까지 들리기 시작하였다.

상감마마께서는 느낌 많은 모양으로 말없이 앉아 계셨다. 이윽고 최 씨가 치밀어 오르는 울음을 억지로 진정하자 상감마마께서도 비로소 입을 여셨다.

"그리 말고 거기 앉아라."

이윽고 상감마마께서는 또 말씀을 하셨다.

"너는 알려니와 그전 중전마마께서 애매하시냐?"

"황송하옵지 옛 주인의 유죄 무죄야 소비가 어찌 판단하여 말씀할 길이 있사오릿가. 그는 오직 천의에 있으신 일이압나이다."

최 씨는 다시 느껴 울기 시작하였다. 말씀 없이 그를 바라보시는 상감마마의 가슴속에는 감개가 무량하였으며 더욱이 그 여자의 충직한 의리와 체면 아는 응대에 깊이 감동되신 바가 있었다.

또 눈물을 머금고 동하에 앉은 그 모양은 무엇에 비길 수 없는 풍정이 있었다.

"오냐 옛 주인께 드릴 음식을 지금 주인은 좀 못 주겠느냐. 그 음식을 나 좀 다고. 그리고 술도 있느냐?"

"네. 박주오나 조금 준비한 것이 있나이다."

"옳지. 그 술을 한잔 따라라. ……아니 찬술이 좋다."

상감마마께서는 이렇게 하여 석 잔 술을 잡수시고 앞에서 술 따르는 그의 손목을 잡으셨다.

"기특하다!"

무엇이 기특하다는 말씀인지 최 씨는 몸 둘 곳이 없었다. 손목을 잡힌 채로 안연히 있기도 어찌 황송하고 그렇다고 뿌리치거나 뽑을 길은 더구나 없어서 다만 부들부들 떨고만 있었다.

"너 오늘 밤에 시침하여라!"

상감마마께서는 필경 노골적으로 명령을 내리셨다. 짝을 바라보는 수사자와 같이 위엄 있는 가운데에 넘치는 사랑을 보이시면서 양과 같이 부들부들 떠는 연약한 여자를 바라보시는 것이었다.

그러나 이 명령에 대하여 최 씨는 과연 어떠한 태도를 취하였나. 네, 하고 대답을 하였을까?

최 씨는 옛 주인을 생각하고 눈물겨운 가운데 천위天威에 눌리고 뜻밖에 처분에 놀래어 창황망조한 형편이었으나 원래 천품이 충직하고도 굳센 까닭으로 자기가 지킬 바는 어디까지든지 잊어버리지 아니하였다.

"옛 주인이 밖에 나가 계시온데 소비가 어찌 감히 용태를 모시릿가. 천만의외의 처분이시압나이다."

이 체면 있는 대답에는 아무리 무상의 권력을 가진 국왕의 위력으로도 다시 무리하게 명령할 말이 없었다. 그러나 그의 반면으로 일상생활에 있어서 일찍이 항거라는 것을 알지 못하는 신분으로 더구나 이 경우에 당한 가벼운 항거는 도리어 이상한 인력이 되어 아무리 하여도 놓을 수 없는 뿌리 깊은 애착을 느끼게 하였으며 의리에 굳은 그 대답이 더욱더욱 국왕의 눈에 그를 사람답게 보이게 하였다.

그래서 상감마마께서는 속맘으로 '오냐 이 사람답고 아릿다운 계집을 세상없어도 심복하도록 만들고야 말 것이다.' 이와 같이 결심을 하셨다.

"네가 오늘 시침을 하고 보면 너의 옛 주인을 용서하리라."

상감마마께서는 필경 이와 같이 중대한 약속을 하셨다. 물론 이것은 목전의 일개 여자를 복종시키려는 수단이라기보다도 즈윽히 뉘우침과 느낀 바가 있어서 하신 말씀일 것이다. 그러나 상감마마의 이 한 말씀이 옛 주인에게 충실한 최 씨에게는 다시 움직일 도리 없는 착고*가 되었었다. 그처럼 생각하는 옛 주인을 용서한다는 교환조건 아래에서 다시 무엇이라 힐항할 말씀이 있을 까닭 없었으며 이것이 일개 내인 최 씨로 하

* '차꼬'의 취음取音. '차꼬'는 죄수를 가두어둘 때 쓰던 형구다.

여금 숙빈 최 씨가 되게 하고 지금의 상감마마를 탄육하게 된 동기가 되었었다.

그러나 충직함으로 인하여 의외에도 출세의 길을 얻게 된 최 씨는 충직함으로 인하여 고생도 많이 하게 되었었다.

하루는 시침 중 상감마마께서 실없는 말씀으로

"내가 너를 세워 중궁을 삼으리라." 하셨다. 이 말씀을 들은 최 씨는 말없이 밖으로 나가더니 도무지 들어오지 아니함으로 위에서도 의심이 나셔서 문을 열고 내다보신즉 때마침 큰 눈이 내려 눈발이 퍼붓듯 하는 가운데 뜰 앞에 엎드려 있는 사람이 있는지라. 상감마마께서도 놀라서 친히 내려가 보신즉 아까 나가던 최 씨가 눈 속에 묻혀 있었으며 이미 사지가 얼어서 움직이지 못하게 된지라 위에서 친히 끌어올려 녹이고 주물러 소생된 후 그 까닭을 물으신즉 최 씨는 늠름하게도 이러한 대답을 하였다.

"아까 상감마마께서 소비에게 내리옵신 분부는 천만부당하옵신 분부옵기 소비가 황공무지하와 죽기로 대죄함이압나이다. ……하물며 주모主母께서 죄과 중에 계시오니 소비도 죄인의 몸이올뿐더라 천첩으로 아내를 삼지 못하는 것은 대경대법이온데 어찌 이런 망극한 처분을 내리시나잇가."

이것은 자기가 천한 몸으로 일국의 국모가 될 수 없다는 것을 굳이 주장하는 이외에 중궁 민 씨를 폐출하고 희빈 장 씨로 중궁에 책봉하신 상감마마의 실태를 넌지시 비난하여 반성하심이 있기를 바라는 말이니 다행히 상감마마께서도 이미 뉘우치시는 생각을 가지셨고 또 최 씨를 총애하시는 생각이 범연치 아니하셨음으로 아무 일이 없이 지나갔으나 실상 최 씨 자신으로 말하면 이때에 일단 충직한 맘으로 목숨을 내놓고 한, 말하자면 무서운 모험이었다.

그러나 최 씨의 이 충직한 행동과 옛 주인을 생각하는 일단 향념은 비록 상감마마께는 용서를 받을 뿐 아니라 기특하게까지 생각하여주시는 성은을 입었으나 아무리 하여도 그대로 있지 못할 사람이 있었으니 그는 물론 그때의 중궁마마인 장 씨였다.

장 씨는 후일 민 씨가 복위되는 동시에 다시 지위가 떨어져서 희빈이 되었으나 그 당시에는 세력이 당당한 중궁마마이며 이 중궁마마의 눈으로 본 최 씨는 물론 거듭거듭 용서치 못할 존재였다. 자기와 영립할 수 없는 폐비 민 씨를 위하여 복위를 운동하는 것까지는 중궁께서 비록 몰랐다 할지라도 옛 주인을 잊지 않고 일단 향염이 여전하다는 것쯤은 눈치로도 짐작이 있었을 것이니 이것만 하여도 벌써 용서치 못할 조목이 되려니와 더구나 상감마마의 총애를 앗어 갔다는 점에 있어서 그는 도저히 용납할 수 없는 눈엣가시며 원수척이었다.

따라서 최 씨의 등 뒤에서는 항상 중궁마마의 비수같이 차고도 날카로운 시선이 번쩍이고 있었으며, 그 결과는 음으로 양으로 사사건건이 걸리기만 하면 트집이요, 책망이요, 심하면 형벌이었으며 또 어찌 된 까닭인지 걸리는 일도 지긋지긋하도록 많았었다. 더욱이 최 씨 몸에 태기가 있은 후 여러 달이 되어서 그 눈치를 알게 된 뒤에는 최 씨의 목숨이 풍전등화와 같은 형편이었다.

득의와 감사(4)

하루는 상감마마(숙종대왕)께서 가매(궁중에서 쓰는 말인데 낮잠이란 말)에 드셨더니 내전 월대(대뜰이란 말) 아래에 큰 독 하나가 놓여 있어 그 속으로부터 용이 머리를 내밀며 "대왕은 소신을 구하소서." 하고 애원하시는지라 깜짝 놀라 소스라쳐 깨시니 남가일몽이라. 이상한 꿈도 꾸었다 생각하시고 그대로 다시 잠이 드셨다. 이윽고 또 아까와 같은 꿈을 꾸시고 더욱 이상히 생각하였으나 원래가 낮잠 자던 베개 위에서 꿈속에 본 일이라 오히려 허탄히 생각하시고 다시 잠이 드셨다가 세 번째 또 같은 꿈을 꾸셨다.

상감마마께서는 깜짝 놀라 일어나시며 아무리 가매 중의 몽사일지라도 같은 일을 세 번씩 봄은 심상치 아니한 일이라고 생각하셨다. 그래서 급히 내전을 들어가 보신즉 과연 몽중에 보던 장소에 커다란 대독이 업혀놓여 있었다. 상감마마께서는 이를 보시자 더욱 이상히 생각하시와 "저 독은 웬 것이냐?" 이와 같이 급히 물으셨다.

아무도 대답하기 전에 중궁 장 씨가 전에 없이 얼굴에 교태를 지으면서 앞질러 나와 대답을 하였다.

"네, 이제 치울 것입니다."

그는 이와 같이 가볍게 대답하여 상감마마께서 그에 대하여 주의를 끄시지 않도록 하고자 한 것이었다. 그러나 상감마마께서는 뜰아래 서신 채 다시 물으셨다.

"이 독이 어찌 여기 나와 있어?"

사실 대독이 내전에 나올 일은 없는 것이매 아무도 그 말씀에 대하여 대답하는 사람이 없었으며 오직 중궁 장 씨만 초조한 가운데도 경련에 가까운 웃음을 띄우면서

"곧 치울 거라는데 그까짓 독은 가지고 왜 그러셔요?"

중궁의 던진 웃음은 상감마마의 주의력을 돌리는 데 아무런 가치도 없었으며 도리어 방색에 가까운 그의 태도가 상감마마의 의심을 돋울 뿐이었다.

"치울 독이면 지금 당장 치워라. 내전 뜰에 독이 당하냐?"

"네 곧 치우겠습니다. 어서 올라오십시오."

역시 중궁이 대답하였다.

"당장 치워라!"

상감마마의 입에서는 청천벽력 같은 호령이 내리셨으며 일이 이렇게 되고 보매 어느 명령이라고 감히 거스를 자가 있을 리 없었다. 좌우가 모두 당황하여 올지 갈지 하며 여하간 그 명령을 시행하기 위하여 동하였다.

장 씨의 얼굴빛은 토색이 되면서

"글쎄 곧 치운다는데 왜 그렇게 조급히 구셔요?"

이 말의 어조는 반은 발악이요 반은 애원이었다. 그러나 대독은 상감마마의 명령을 따라서 이르집어졌으며 그 속에서는 놀라운 물건이 나타났다.

상감마마께서는 벌건 핏덩이가 공석 위에 놓여 있는 것을 보셨으며 동시에 그것이 난장을 맞은 사람의 신체라는 것을 아셨다.

상감마마께서는 그 징그러운 광경에 몸서리를 치시면서도 급히 그 옆으로 가까이 가 들여다보셨다. 피비린내는 코를 찔렀다. 그러나 놀라고 진노하신 상감마마께서는 그런 것을 헤아릴 새가 없으셨다.

"이게 웬일이냐?"

상감마마께서는 이렇게 부르짖으시며 불이 번쩍번쩍하는 노여운 눈으로 내전을 바라보셨으나 그때는 벌써 중궁마마 얼굴이 보이지 아니하였다.

이 피투성이가 된 사람은 누구인가? 물을 것도 없는 최 씨였으며 더구나 태중의 몸으로 이 악형을 당한 것이었다. 그 원인과 가해자는 물어보지 않아도 다 아는 바였다.

상감마마께서는 중궁의 악독한 처사를 책망하시기보다도 불쌍한 최 씨의 목숨을 구하기에 급하셨다.

우선 최 씨를 방 안으로 옮겨서 편안히 누이는 동시에 일편으로 전의를 불러 응급수단을 하게 하시고 일편으로 내인들을 지휘하여 피를 씻긴다, 옷을 갈아입힌다, 백사를 제폐하고 꼭 친히 간검*하여 시키시면서도 가끔 측은한 생각을 못 이기어 콧등이 시큰시큰하는 것을 느끼셨다.

"죽지는 않겠느냐?"

이윽고 응급치료가 끝난 후에 상감마마께서는 전의를 보고 물으셨다.

"네 맥이 실하오니 믿음직하압나이다."

"오냐 어떻게든지 살려주어라. 그리고 태아는 어떠하냐?"

"앞으로 별증만 없사오면 염려 없겠나이다."

"몽조**가 이상하니 무사할 것 같다."

상감마마께서는 혼자 말씀처럼 이렇게 말씀하셨으나 물론 다른 사람들은 그 말씀의 의미를 알지 못하였다.

상감마마께서는 최 씨의 몸이 전쾌될 때까지 그를 당신 거처하시는 옆방에 두시고 친히 간검하여 만전의 치료를 시키신 결과 최 씨와 및 그 몸에 실렸던 태아는 무사히 살아난 것이었다.

득의와 감사(5)

파란 많은 소설과 같이 전하여오는 두 빈궁의 경력을 회고할 때에 그것이 바로 웃대의 일로서 모든 자취가 아직도 역력하니만치 산모의 감개

* 두루 살피어 검사함.
** 꿈에 나타나는 길흉의 징조.

는 더욱 깊었으며 여염집 살림과 달라 대궐 안 생활이 도무지 조심스럽고 송구스럽다는 것을 새삼스러이 느끼는 것 같았다.

희빈의 참혹한 말로 말하면 어느 정도까지 자기가 잘못하여 자취지화로 그리되었다고 생각할 수도 있는 것이었다. 물론 그런 면을 살피고 보면 복잡한 사정이 많았을 것이다. 기울어지는 자는 밀쳐 넘어뜨리고 바로 서는 자를 붙드는 것은 세상인심이다. 그러하거니와 세력과 세력이 숨 쉴 틈도 없이 서로 겯고트는 나랏일에 있어서는 이리 밀리고 저리 밀리는 그 세력의 물결로 하여서 뜻밖에 결과를 보는 일이 많이 있는 것이다.

그럼으로 궁중 생활을 하는 데 안전한 길을 취하라면 그 세력의 중심을 놓치지 말고 잡고 있거나 그렇지 아니하면 세력 관계 밖에 초연히 벗어나 있는 수밖에 없는 것이다. 그러나 세력의 중심을 놓지 않는다는 것은 그렇게 용이한 일이 아니다. 다만 세력 관계 밖에 초연히 벗어나고자 하면 그것은 자기 생각 하나로도 할 수 있는 일이다.

희빈은 빈궁이 되자 그 몸에 상감께 총애받음을 믿고 어느덧 세력의 물결을 타게 되었으며, 솟아오르는 첨서슬로 중궁 민비를 밀어내고 그 자리를 차지한 그는 벌써 다시 헤어나기 어려운 복잡한 세력 관계 틈에 빠져 있었다. 그는 민비를 적으로 삼는 때에 그 등 뒤에서 서리고 있는 노론이라는 뿌리 깊은 당파 세력을 적으로 하게 되었으며 동시에 그는 노론과 대립하게 되어 있는 남인이라는 당파 세력의 압박이 되었다.

민비가 폐출되고 희빈이 중궁으로 승차되어 한창 세력이 빼들 때에는 노론의 일파가 숨을 쉬지 못하였고 남인의 기세가 등등하였으나 화무십일홍이라 열흘 붉은 꽃이 없고 달도 차면 기운다는 말과 같이 그들의 세력이라고 어찌 영원히 유지되리요. 한번 형세가 뒤뚝하여 민비가 복위되고 노론의 세력이 다시 머리를 들게 되자 지금까지 눌려 지내던 반동으로 형세는 일시에 뒤집히게 되었으며 그 결과가 희빈의 신상에 어떠한 영향을 줄 것은 묻지 않아도 짐작할 수 있는 일이다.

희빈이 사약을 받은 것은 민비께서 승하하신 후 인산까지 지낸 때이며 그 죄목은 민비마마를 저주하여 그 까닭으로 비명횡사하게 하였다는 것이었다. 희빈이 과연 그러한 일을 하였는지 또 저주를 하면 그 저주를 받는 사람 신상에 과연 좋지 못한 영향이 있는 것인지 그러한 것은 알 수 없으나 취선당 서편에 지어논 신당 속에서는 화살 자국이 여기저기 뚫려 있는 민비마마의 화상이 드러났고 나무를 깎아 오색 비단을 입히고 또 흰 비단에 모년 모월생 곤명 민씨, 즉 민비마마를 저주하는 갖은 악담을 적어 같이 파묻은 것이 대궐 안 여기저기서 튀어난 것만은 사실이었다.

그러나 희빈이 그러한 일을 하였을지라도 응당 심복의 몇몇 사람 이외에는 절대 비밀히 하였을 것인데 이 비밀이 어떻게 하여서 상감마마께까지 알려져가지고 이런 결과를 보게 되었는가. 그 사이에는 세력 다툼으로 하여서 생겨나는 무슨 조화가 있는 것을 생각지 아니할 수 없는 것이다.

이런 일을 생각하게 된 산모 리 씨의 머릿속에는 그 당시의 여러 가지 극적 장면이 당장 눈앞에 보는 듯 주마등같이 달려 지나갔다.

리 씨의 눈앞을 지난 첫째 장면은 인현왕후의 임종이었다.

오랫동안 병환으로 수척하고 쇠약하신 민비마마께서는 소세를 고쳐하고 정한 의복을 갈아입으시고 자리에 일어앉으셨으며 방 안은 깨끗하게 치워져 있었다. 미구에 상감마마께서는 용안에 수심을 띄우시고 총총히 들어와 상대하여 앉으시며 이상한 모양으로 평시와 다른 방 안의 모양을 둘러보신다. 병중의 중궁마마는 먼저 처연한 음성으로 입을 여셨다.

"오늘은 이 세상 하직을 여쭙자고 청조웠나이다."

"그게 무슨 말이요?" 상감마마께서는 책망하시는 말씀처럼 이렇게 대답하셨다.

"신의 몸이 이미 황천길을 들어섰사오니 어찌하나잇가. 신이 성상의 후은을 입사와 복록이 극진하오니 이제 죽사와도 여한이 업사오니 다만 슬하에 일점혈육이 없어 망극하신 천은을 갚사올 길 없나이다. 바라옵건대 성상께서는 박명한 신을 생각지 마시압고 백세 안강하옵소서. 또 세자가 진중하오니 잘 배양하오서 나라의 무궁한 복이 되게 하소서."

말씀이 끝나자 옥루가 샘솟듯 하여 여위고 해쓱하신 옥안을 덥혔다.

상감마마 역시 눈물지으시며 위로하는 말씀을 하셨다.

"병중에 어찌 불길한 말씀을 하오. 안심하고 조리하여 하루바삐 평복* 이 되도록 하시오."

"신의 병이 이미 골수에 들어 구하지 못할 것도 무방하겠나이다."

중궁마마의 옥안에는 눈물이 쉴 새 없이 흐르는 것과 같이 상감마마 용안에도 눈물이 주줄이 내리셨다.

득의와 감사(6)

상감마마께서 처연히 낙루하심을 본 민비께서는 도리어 위로하는 말씀을 하셨다.

"사람의 수한이 정한 바가 있사오니 설워한들 어찌하오릿가. 바라옵건대 성상은 용체를 보중하시와 만민의 바라옵는 맘을 저버리지 마시압고 돌아가는 신의 혼령을 편안케 하여주소서."

상감마마께서는 여전히 말 없으신 가운데 낙루만 하시는데 중궁마마

* 병이 나아 건강을 회복함.

께서는 다시 세자를 불러 앞에 앉히시고 수척하신 옥수를 들어 어루만지시며

"효도를 극진히 하고 동기간 우애하여라."

이와 같이 경계하시고, 또 옆에 모시고 있어 눈물에 잠겨 있는 숙빈 최 씨에게도 조심하여 성상을 도와드리고 세자와 왕자를 극진히 보호하라 부탁하시고, 기타 좌우 시녀들에게까지라도 다 영결하는 분부를 내리신 후 상하 슬퍼하는 가운데 잠드시듯 승하하셨으니 춘추가 겨우 서른다섯이셨다.

리 씨는 그때의 광경을 머릿속에 그리면서 이 극적 결별이 여러 사람에게 특별히 깊은 인상을 주었으리라는 것도 생각하여보았다. 그리고 그와 동시에 그의 머릿속에는 희빈의 참혹한 말로가 한 조각 파노라마와 같이 나타났다.

희빈은 세자를 탄육한 몸이면서도 상감마마의 총애를 잃고 중궁의 지위로부터 다시 한낱 빈궁이 되어 적막한 세월을 취선당 안에서 보낼 때에 전각 서편에 신당을 지어놓고 세자를 위하여 축복을 한다 하면서 정말 세자를 보는 때에는 유중하신 그 아드님께 화풀이를 하는 일이 많았으며 심하면 때리고 꼬집는 일까지 있었으니 그는 곧 간접으로 상감마마께 투정을 부리나 다름없는 일이었다.

이 일을 아신 상감마마께서는 세자께 신칙하사 다시 취선당을 가지 못하게 하셨으니 세자를 가지고 이렇게 하면 혹시 상감마마께서 세자를 사랑하시는 맘으로 회심이 되실까 바라던 희빈의 처지로는 해방 구실이 되었을 뿐 아니라 한 대궐 안에 있으면서도 상감마마를 뵈옵지 못하는 적막한 가운데 세자조차 못 만나본다는 것은 사실 견디기 어려운 정상이었음으로 희빈은 할일없이 사람을 보내어 상감마마께 사죄를 하였다. 상감마마께서는 사죄를 받으신 후 정상을 가엾게 생각이 드셨던지 세자를

다시 보내주실 뿐 아니라 당신께서도 간간히 취선당을 들르시게까지 되었었으며 비록 한창 총애하시던 당년의 정분은 없으실지라도 그렇게 미워하시는 감정만은 없어지신 형편이었다.

사정이 이러하고 본즉 민비께서 승하하신 후 다른 탈만 없었고 보면 그전 지위에 다시 회복될 가망도 충분히 있었다고 볼 것이었다. 그러나 사실은 그와 같이 순조로 진행되지 못하였다.

중궁 민 씨께서 인상 깊은 극적 장면을 남기고 승하하신 후 상감마마께서는 얼마 동안 수라와 침수를 폐하시도록 슬퍼하셨으며 인산이 끝날 때까지 잠시도 잊지를 못하시는 형편이었다. 그러한 중 별로 구체적으로 말씀을 하는 사람은 없었으나 근시하는 상궁과 내시들 입으로 간혹 나오는 말눈치가 어찌 희빈의 처사를 미안스럽게 여기는 것 같았음으로 상감마마께서는 원래 일 년이나 끌어 내려온 중궁마마 환후 중 일차도 문후한 일 없는 희빈의 인사를 그르게 생각하고 계시는 중 이런 눈치를 살피시고 본즉 혹시 무슨 괴이쩍은 일이나 없는가 하는 것을 항상 생각하고 계신 형편이었다.

이때에 늦지도 않고 이르지도 아니한 마침 이때에 어떠한 소개로 들어왔던지 상감마마 앞에 나타난 것은 점도 잘 치거니와 망기望氣*를 할 줄 알아 온갖 기운을 바라보고 길흉을 판단한다는 괴상한 인물이었다.

그는 풀숲같이 우부룩한 눈썹 밑에서 음광한 두 눈이 반작반작 빛이 나고 길고 숫한 구레나룻은 붉은빛이 나는 오십가량의 노성한 사람이었으며 의복과 범절은 어수룩하여 촌 태도가 있어 보이나 보통보다도 희고 깨끗한 살빛과 어딘지 교활하여 뵈는 표정이 있는 것으로 보아서는 시골 사람 같지 아니하였다. 아무렇든지 호기에 범상치 아니한 것만은 사실이

* 나타나 있는 기운을 보아서 일의 조짐을 알아냄.

었다.

어전에 불려 나온 그자는 멀찍이서 네 번 절하고 꿇어 엎드렸다.

"고개를 들어라."

상감마마께서도 그 예사롭지 않은 얼굴 모양이 궁거우시든지 이와 같이 명령을 하셨다. 그러나 그자는 저에게 내리신 분부인 줄을 알지 못하는 듯이 일향 꿇어 엎드렸었다. 상감마마께서는 가까이 모신 내관을 바라보고 웃으시며

"고개를 들라고 그래라."

같이 지휘하셨다. 그 내관은 그자의 옆으로 가까이 가서 손으로 어깨를 흔들면서

"우에서 고개를 들라 하시오"

그자는 그제서 황송황송한 모양으로 고개를 들었으며 그 ○ 속에서 새어 나오는 불빛 같은 인광은 한층 더 반작이는 것 같았다.

득의와 감사(7)

"네가 망기를 한다지?"

상감마마께서는 그자가 고개를 들자 이와 같이 물으셨다.

"네, 황송합나이다."

"네가 대궐 안에 요사한 기운이 돈다고 말을 하였다니 과연 그러하냐?"

"네 그럿삽나이다."

"사불범정*인데 내가 있는데 궐 안에 어찌 요사한 기운이 있을 리가 있느냐?"

"있지 못할 일이 있삽기로 이것은 변괴라고 생각하나이다."

"요사스런 기운이 있으면 어떤 모양으로 있단 말이냐?"

"그 모양을 비교하여 말씀하오면 마치 조석 때의 연기 같삽나이다. 첨에는 굴뚝에서 연기가 나는 것처럼 여기저기서 요기가 떠오르되 나중에는 한데 어울려서 희미한 덩이가 되어가지고 떠도나이다."

"그러면 지금도 그 기운이 떠돌고 있나냐?"

"네, 떠돌고 있나이다."

"네 말과 같이 굴뚝에서 연기 나듯 하는 것이라면 그 요기가 떠오르는 곳에는 무슨 까닭이 있을 것 아니냐?"

"네, 그러합나이다."

"요사한 기운이 떠오르는 것은 무슨 까닭인고?"

"요사한 물건이 숨어 있는 곳에는 요사한 기운이 뜨는 것이온즉 그 까닭도 여러 가지가 있삽나이다."

"지금 대궐 안에서 요기가 떠오르는 것은 무슨 까닭이냔 말이다."

"요기가 떠오르는 곳은 여러 곳이온데 대개 땅바닥이오며 소신 생각에는 남을 저주하는 인형 같은 것이 묻혀 있는 까닭인 줄로 풀었삽나이다."

"틀림없을까?"

상감마마께서 음성을 돋우어 이와 같이 다지셨다.

"네, 어느 존전 앞이기로 허탄한 말씀을 아뢰오릿가."

"그러면 지금 당장 파낼 수가 있겠구나?"

"네, 분부가 계시오면 파낼 수 있삽나이다."

"만일 틀리면 어찌할고?"

* 바르지 못하고 요사스러운 것이 바른 것을 건드리지 못함.

"네, 소신의 천한 목숨을 바치겠삽나이다."

"오냐, 보자."

상감마마께서는 이렇게 말씀하신 후 근시의 내관을 바라보시며

"너 저 사람을 데리고 나가서 저 하자는 대로 몇 군데 파본 후에 고하여라."

"네."

내관은 그자를 데리고 나갔으며 뒤에 홀로 앉아 계신 상감마마께서는 기연미연한 가운데도 어찌 짐작이 나서는 것 같은 느낌이셨다.

얼마 만에 돌아온 그들은 울긋불긋한 비단 조각에 싸인 물건을 월대 위에 수북이 쌓아놓았으며 궁금하여하시던 상감마마께서는 말을 여쭙기 전에 그 모양을 친히 감하시고 먼저 물으셨다.

"그것이 무엇이냐?"

아까 점쟁이를 영거하고 나갔는 내관은 그중의 하나를 들어 어전에 가까이 갖다가 자세히 보시게 하면서

"이것은 인형이옵고 이편 비단에 적힌 것은 이런 황송스런 일이 없삽나이다만은 승하하오신 중전마마를 저주한 글발이압는데 해괴망측하여 무엇이라 말씀할 길이 없나이다."

상감마마께서는 동안이 변하셨다.

"어디 보자."

상감마마께서는 손수 흰 비단을 펴 드시고 거기 쓰여 있는 저주의 문구를 읽어보셨다. 동안에는 점점 불쾌한 빛이 깊어갔다.

"그게 모두 몇이냐?"

"서른다섯 개옵고 흰 비단에 적은 글발도 같은 수효입니다."

"이제 팔 것은 다 파내었느냐?"

"네, 중궁마마 춘추에 맞추어 서른다섯을 만든 모양 같사오며 이제

땅속에 묻힌 것은 다 파내였나이다."

"땅속 아닌 데도 또 무엇이 있단 말이냐?"

"네 황송하옵나이다."

"어디 무엇이 있단 말이냐?"

"소신의 눈에는 아직 일도 요기가 남아 있사온 거기는 땅바닥과 달라서 경거히 말씀할 길이 없삽나이다."

"아무 데면 상관있느냐? 말하여보아라."

"분부가 계시오니 말씀이지 취선당 서편에 있는 신당 속으로부터 아직 일도 요기가 떠오르고 있삽니다."

"취선당 서편의 신당!" 이 말을 들으실 때에 상감마마께서는 모든 의문이 일시에 풀린 것같이 느끼셨다. 중궁을 저주하였다면 물론 희빈을 의심할 수밖에 없으며 희빈을 의심하는 생각은 이제 첨으로 느끼는 것이 아니로되 적실한 증거가 없이는 꼭 그렇다고 할 수가 없는 일이었다. 그런데 최후로 일도 요기가 취선당 서편 신당에서 난다 한즉 신당은 희빈이 지어가지고 주야로 치성하는 집이라 그 집 속에서 무엇이 나오고 보면 그것은 희빈의 소위가 분명하다고 생각하시게 된 것이었다.

득의와 감사(8)

상감마마께서는 그자의 소위 최후로 남았다는 한 줄기 요사한 기운을 찾기 위하여 친히 취선당에 가 좌정하오시고 소위 신당이란 데를 수색케 한즉 그 속에서는 고 중전마마의 화상이 나타났으며, 그 화상인즉 화살 자국이 벌의 집같이 난 것이었다.

이것을 목도하신 상감마마께서는 일시에 전신의 피가 거꾸로 치미는 것같이 느끼셨으며 본래 위엄이 있으신 용안에는 살기가 가득하여지셨다.

"저런 변 봐라!"

상감마마 입에서 첨으로 나온 말씀은 놀라움과 분함이 한데 섞여 나오는 듯한 이 한마디 부르짖음이었다.

뜻밖에 청천벽력을 만난 취선당 안의 희빈 이하 여러 소솔들은 무슨 영문인지도 모르고 얼굴들만 흙빛이 되어서 부들부들 떨면서 웅기중기 모여 서 있었다.

"네 저년들 잡아 꿇려라."

두 번째의 벽력이 내리면서 희빈을 모시고 있는 시비들은 그대로 월대 밑에 잡아 꿇리었다.

"중궁마마 화상이 신당에 어찌 있어?"

추상같은 호령이 내리매 모두 위엄에 눌리어 입을 아우르지 못하는 중 일껏 정신을 차려 말씀한다는 것이 중궁마마 은덕을 추모하여 화상을 모시고 조석공양을 하였노라 여쭈었으나 벌의 집 같은 화살 자국은 무엇이라 발명할 도리가 있을 수 없었으며 상감마마께서도 더 추궁하며 심문하실 필요가 없다고 생각하셨다. 따라서 목전의 이 장면만은 그대로 지나갔으나 그대로 지나갈 수 없는 것은 다음에 닥쳐올 청천벽력이었다.

신당에 드나들며 기도에 관계하던 여러 궁녀와 시비들은 저저이 조사하여 일일이 능지처참의 엄형을 쓰게 되었으며 희빈에게는 사약을 내리시고 그에 대한 비망기를 내리되

"중궁 병환 중에 희빈은 일차 문안도 아니하였고 또 희빈은 취선당 서편에 신당을 배설하고 요사한 무리를 결련하여 중전을 저주하였음으로 중전은 마침내 비명원사하셨으니 그 죄는 시역弑逆이나 일반이라 용서치 못하겠기에 장 씨로 서인을 삼고 사약하노라." 이와 같이 하셨다.

이때 상감마마께서는 중전마마께서 일점혈육도 없이 일찍 승하하신 것이 그지없이 가엾고 불쌍하신 중 뜻밖에 이런 일을 발각하셨음으로 분하고 괘씸한 생각이 가슴에 가득 차서 다른 일은 아무것도 생각하실 여유가 없으신 형편이었다.

희빈에게 사약 처분이 내리자 유중하신 세자께서는 차비문 밖에 대죄하며 그는 드는 중신들에게 "우리 어머니 좀 구하여주오." 하고 일일이 부탁하였으며 중신들도 세자의 정지를 생각하여 용서합시사, 간곡히 말씀한 이가 있었으나 원래 천위가 진첩하신 터이라 어찌할 도리가 없었다. 말씀하던 대신들은 모두 견책을 당하고 약그릇은 필경 취선당으로 내리었는데 여기서 또 극적 장면이 벌어졌다.

"나는 약 받을 죄가 없으니 안 먹는다." 새 높은 목소리로 악을 쓰면서 명령을 거절하였다. 이 말을 들으신 상감마마께서는 더욱이 진노하시와 친히 빈궁에 나가 전좌하시고 궁녀들로 하여금 당장 약을 먹여라 호령하시니 이제는 희빈도 할 일이 없는 형편이었다. 발악하고 반항하던 태도를 고쳐 애원하는 모양을 지으며

"세자나 한번 보고 죽어지이다."

말씀하였다. 상감마마께서는 진노하신 중에도 모자의 정의를 막을 길 없다 하오서 세자를 불러다 상면하게 하였다. 유중하신 세자는 모친을 위하여 목숨을 구하고자 차비문 밖에서 대죄를 하면서 어디 가슴을 태우다가 소명을 받잡고 들어오셨다.

응당 눈물겨운 장면이 전개되려니 생각하고 있는 순간에 희빈은 별안간 세자께 달려들어 연약한 부자지를 잡아 훑으며

"내가 이왕 죽을 바에 리가의 종자를 전하여줄 것이 무엇이냐. 너와 나와 같이 죽자!"

세자는 당장 숨이 지는 것같이 에그그 소리를 치다가 기색이 되셨다.

상감마마께서 앉으셨다 부지중 일어서셨으며 궁녀들이 일제히 달려들어 간신히 손가락을 잡아 펴고 세자를 구하였다.

물론 그다음 순간에는 장 씨의 입으로 사약이 흘러 들어갔으며 세자는 간신히 피어나셨다.

우연히 잠이 깨여 자기 몸의 행복을 기뻐하는 나머지 웃대의 빈궁들을 생각하기 시작한 산모 리 씨는 숙빈과 희빈의 경우는 비록 다르나 다 같이 기구하던 경과를 눈앞에 보는 듯 머릿속에 그리면서 현재 자기 처지에 대하여 무한 감사함을 느꼈다. 희빈 모양으로 선불리 세력 다툼 가운데 끼어들지 아니한 것도 천행만행이려니와 그보다도 다행한 것은 지금 중궁마마의 심덕이 갸륵하신 것이었다. 대례를 지키시고 예법에는 엄격하시나 아랫사람에게 너그럽고 처사가 공정하신 중궁마마, 이러한 시앗을 가지게 된 것은 하누님께 감사하지 아니하면 아니 될 일이라고 몇 번이나 거듭거듭 생각하였으며 그와 같이 생각할수록 더욱더욱 자기 몸의 행복을 느끼는 것 같았다.

저성전儲聖殿(1)

이월 열하루날 이날은 새로 탄생되신 왕자의 삼칠일 되는 날이었으며 또 그 어머니 리 씨에게 빈궁 책정의 영전이 내리는 날이었다. 리 씨는 상총을 받은 지 이미 오랬으며 화평, 화협의 두 공주가 이미 그 몸에서 났으니 벌써 빈궁 책봉이 되었을 것이로되 효심이 남다르신 상감마마께서는 대왕대비전에서 무슨 처분 있으시기를 기다려 먼저 입을 열지 아니하시고 대왕대비전에서 중궁마마를 아끼시는 성의에 빈궁 책정하기가 그리 급하랴 하여 입을 여시지 아니한 까닭으로 이날 이때까지 그대로 밀려 내려온 일이었다. 그러나 이제는 종사를 이으실 소중한 왕자가 그 몸에서 탄생되었음으로 그 아지 삼칠일 되시는 날로 빈궁 책정의 영전을 내리게 되어 궁호를 선희궁宣禧宮이라 하고 빈호를 영빈暎嬪이라 하였다. 이제는 명의상으로나 실제로나 그의 존재는 뚜렷하게 된 것이다. 빈궁 책정의 은명을 받은 영빈은 산후 첫 출입으로 삼전마마께 사은을 가게 되었다. 이 일이 없을지라도 삼칠일이 되어 산실을 떠나게 되면 의례히 삼전마마께 문안을 하고 그간 여러 가지로 은총받은 일을 배사하여야 할 것이로되 오늘은 특별히 거듭거듭한 사은을 하게 되었으며 행복과 영광에 넘치는 영빈의 몸에서 새로이 장만된 빈궁의 복색이 영롱한 색깔을 자랑하는 듯 빛나고 있을 때에 궁중의 여러 사람들은 또 한 번 고쳐 보지 아니할 리 없었다.

영빈이 상감마마께 먼저 사은하고 대왕대비전과 중궁마마께 사은한 후 집복헌으로 돌아온즉 상감마마께서는 먼저 집복헌에 납시와 아지를 앞에 누이시는 중이었다.

"아, 이것 봐라. 이 애가 벌써 웃는고나!"

상감마마께서는 영빈이 들어오는 것을 보시자 귀여워 못 견디시겠다는 모양으로 이렇게 말씀을 하시며 그를 바라보셨다.

영빈 역시 용안이 전에 없이 화려하심을 보고 솟아오르는 기쁨을 억지로 억제하면서

"배안의 짓이옵지, 벌써 웃기야 무엇을 웃사오릿가."

"저도 보았스련만은 저러지. 배안의 짓이 그렇게 분명할 수가 있나. 바로 눈을 맞추며 벙실벙실 웃는 것 같던데."

영빈은 말없이 웃기만 하였다.

※ 40자 정도 알아볼 수 없음.

눈을 떠서 도리반도리반하고 천장을 바라볼 뿐이었다.

"속담에 애어미가 하루에 세 번씩은 거짓말을 한다더니 이건 내가 애어미 대신 거짓말을 한 모양이 되었구나. 하하하."

영빈도 아지를 가운데 놓고 상감 앉아 계신 맞은쪽으로 앉아서 아지 얼굴 들여다보면서 혀를 차고 고개를 끄덕여 보였다. 그러나 아지는 여전히 천장을 바라볼 뿐이었음으로 이번에는 상감마마를 우러러뵈우면서

"아무렇든지 체수며 범절이 숙성하기는 대단히 숙성하서요."

"그래, 삼칠일에 웃는단 밖에. 그보다 더 숙성할 수가 있나! 오냐 어디 영명 지주가 되어봐라."

"작히 좋사오릿가. 그러나 옛말이 이르기를 자식을 낳기가 어련 것이 아니라 기르기 어렵고 기르기가 어련 것이 아니라 가르치기 어렵다 하였사오니 앞일을 생각하오면 모두가 걱정 이냥 하압나이다." 영빈의 얼굴은 어느덧 진심을 나타내는 듯한 표정이 되었었다.

"염려 마라. 천품이 특이한 사람은 자연히 다 되느니라. 그뿐 아니라 아무러면 세자 하나야 잘 보도부액輔導扶腋할 사람이 없겠니?"

이렇게 말씀하신 상감마마께서도 역시 무엇을 생각하시는 듯 이야기는 잠깐 중단이 되고 말았으며 두 분의 시선은 아지의 신상에 모이고 말았다.

"백일이나 되거든 이 애를 저성전으로 옮기도록 할까 보다"

이윽고 상감마마께서는 이와 같이 말하셨다.

"저성전이오닛가?"

"음, 저성전은 본래 동궁 처소인데 그동안 주인이 없는 까닭으로 오래 비어 있었거니와 이제 주인이 생겼은즉 한시바삐 정한 처소에 가 있게 하는 것이 좋지."

"아지만 가시게 되오릿가?"

"암 그렇지. 왜 떨어지기가 섭섭하냐?"

"성의가 그리하시고 또 그리하는 것이 사태에 당연할 것 같사오면 섭섭하고 않고가 어디 있사오릿가."

"보고 싶으면 언제든지 가 보지. 거기서 묵어가며 있으면 어떠하려고."

"그러하압나이다."

"그럼 그리하기로 하자."

"네."

○○○ 아지는 백일이 되는 때 그 모친이 계신 대궐을 떠나서 동궁의 처소로 배포되어 있는 저성전이라는 큰 전각으로 옮겨 갈 일이 이 자리에서 작정되고 ○○○.

저성전(2)

영빈은 아지를 저성전으로 옮기겠다시는 상감마마 처분을 들을 때에 가슴이 선뜩하였다. 그 황량한 전각에 이런 아지를 보낼 수가 있나 하는 생각이 앞을 선 것이다. 그러나 무엇이라고 반대할 이유는 없었다. 상감마마 성의가 그러하신 것을 거스르기도 황송하거니와 어차피 아지는 유모의 젖을 먹고 보모에 손에 길리울 것인즉 꼭 어머니 품에 안겨 있어야 할 이유가 없고, 전각이 황량하다 하지만 지금은 비어 있으니까 그러하려니와 적당히 수리를 시키고 사람이 옮겨 들면 지금과 같지 아니할 것인즉 그것도 반대할 이유가 아니 될뿐더러 상감마마께서 어린 아지를 저성전으로 옮기고자 하시는 본의로 말씀하면 오랫동안 고대고대하시던 왕자 탄생을 보시고 기쁨을 이기지 못하여 사정을 불고하고 하루바삐 동궁의 주인을 삼고자 하시는 것인즉 이는 곧 새로 탄생된 아지의 지위를 미리 굳히는 셈이 되는지라 이러한 의미로 보아서는 반대할 수 없는 것이었다.

그러나 속맘으로는 여전히 선뜩한 느낌이 사라지지 아니하였다. 저성전은 본래 동궁 처소로 마련된 전각이요 그 곁에는 강연하실 낙선당과 소대*하오실 덕성합과 동궁숙하 받으시고 회강하오시는 시민당이 있으며 그 문밖에는 춘방**과 계방의 동궁 소속 마을이 있으니 본래 상당히 큰 전각인 데다가 근래 수년 동안 아주 비어 있었던 까닭으로 풍마우세에 맡겨둔 그 전각의 황량한 모양은 무엇이라 말할 수가 없었다. 그러나 영빈의 머릿속에 선뜩한 인상을 주는 것은 실상 그것이 아니었다.

이 전각은 오랫동안 주인이 없이 비어 있는 까닭으로 선대의 임금 경종대왕 배위 되시는 어대비魚大妃께서 여기를 쓰시다가 거기서 국상이 난 후 인하여 비었든 일이며, 또 그 전각 뒤로 바로 연접된 곳이 곧 취선당으로서 갑술년 이후로 장희빈이 거기에서 인현왕후 저주하던 것이며 무서운 사약을 받은 곳이라는 것이 영빈의 머릿속에는 더 음참스러운 인상을 주고 있는 것이었다.

그 음참스러운 인상을 주는 황당한 전각 가운데 백날밖에 아니 된 어린 아지를 주인 삼아 가 있게 하기는 말이 되지 아니하는 것이었다.

'아서라, 사람 죽이지 아니한 집이 어디 있으랴. 그런 것은 다 요사스러운 여자의 생각이다.' 이와 같이 무질러뜨려 생각을 하여 그 선뜩한 인상을 털어버리고자 영빈은 몇 번이나 맘을 다잡아보았으나 결국은 한 뭉치 어두운 그림자가 등 뒤에 남아 있는 것은 어찌할 수 없었다.

* 1. 왕명으로 임금과 대면하여 정사에 대한 의견을 상주하던 일.
2. 임금이 경연청의 참찬관 이하를 불러서 몸소 글을 강론하던 일.

** '세자 시강원'을 달리 이르는 말.

그러한 중에 이 일은 아주 완전히 되어서 삼월 달이 되면서부터는 저성전의 수리를 시작하였다. 수리를 하는 중에 또 영빈을 놀라게 한 것은 그 말썽스러운 취선당을 뜯어고쳐서 저성전에 매인 소주방(부엌—음식 만드는 처소)을 만든 것이었다. 생각만 하여도 맘이 불쾌하여지는 취선당에는 요기와 독기가 땅바닥까지 배어 있어서 거기서 만들어 올리는 음식을 먹고 보면 사람의 신상에 해로울 것 같은 불길한 느낌을 가지게 된 것이다.

'요사스러운 생각을 잊어버리자. 무슨 그럴 리가 있으랴.' 하고 몇 번씩이나 맘을 다잡아먹으나 결국은 그 당장뿐이요, 들어서면 선뜻한 것을 느끼면서도 이 일을 입 밖에 내었다가는 도리어 상감마마께서라도 꾸지람을 들을 뿐 아니라 불길한 일을 어찌 자기 입으로 이름을 지어 발설을 하랴 싶어서 영빈은 속맘으로 항상 불쾌한 느낌을 가지고 있으면서도 한 번이나 그런 눈치조차 하여보지 못하고 귀여운 애기가 자기 품 떠나가는 날을 기다리고 있었다.

그러나 영빈의 눈앞을 가리우던 컴컴한 그림자도 날자가 차차 지나감을 따라서 눈에 보고 귀에 들리는 것이 달라짐을 따라서 부지중 한 꺼풀씩 벗어져 달아나고 있었다.

황량하던 전각도 차츰 수리를 하는 대로 ○쇄하고 아늑한 맛이 생겨나고 사람의 자최가 날마다 끊이지 아니하느니만치 자연 반가운 기운이 도는 것 같았다. 또 한 가지 이 대궐을 명랑하게 뵈여주는 중요한 원인은 기후의 관계였다. 쓸쓸하고 음참하던 겨울날은 어느덧 다 지나가고 화창한 봄날이 해같이 길어졌다. 따뜻하고 두터운 볕은 대궐 안 구석구석에 가득 차게 내리쪼이며 후원의 송백조차 푸른빛이 선명하였다. 종남산에 아지랑이 끼고 공중에 솔개가 떠 있으며 후원의 모란 작약도 미구에 만발할 준비가 되어 있었다.

이와 같이 화창한 일기와 화창한 경치는 부지중 사람의 맘을 화창하게 만드는 것이다. 더구나 영빈으로 말하면 본래가 기쁨과 영광 중에 싸여서 모든 것이 즐거운 터인즉 일시 머릿속에 생기었던 컴컴한 그림자쯤이야 그럭저럭 흩어져 사라지기가 용이한 일이었으며 저성전의 수리가 거위 다 준공된 때쯤은 일시 잊어버리고 말았었다. 그러나 이 잊어버렸던 컴컴한 그림자는 후일 다시 그의 머릿속에 나타나고 만 것이었다.

저성전(3)

저성전의 수리가 끝나자 아지가 옮겨 가기 전에 먼저 좌우에서 거행할 사람들부터 마련을 하게 되었는바 상감마마께서는 여러 가지로 생각을 하셨다.

'어떠한 사람을 빼어 쓸까.* 주인이 점잖아서 능히 법도를 차리는 것 같을지라도 거행범절에 서투른 것들을 모아다 놓고 새로이 틀을 안치려면 상당히 귀찮은 일인데 하물며 주인이 저렇게 어리고 본즉 새잡이로 사람을 빼어 쓰기는 어려운 일이다. 그럼 어찌할고? 각 전에서 몇 사람씩을 뽑아다가 저성전의 인원을 충수하여놓고 각 전에 부족한 인원을 새로 빼어 쓰도록 하여볼까?' ……그러나 생각하면 이것도 귀찮은 일인데다가 저의끼리도 또 좋으니 싫으니 하는 뒷소리도 있을 것 같아 자미가 없이 생각되셨다. 새로 낳은 아기를 위하여 경사로이 하는 일에 어찌 일호반점이라도 불평을 살 필요가 있으랴 하는 것이 상감마마의 성의이신 것이다.

* '빼어 쓰다'의 의미로 보인다. '뽑아 쓰다'일 수도 있다.

"옳지. 그것들을 불러 쓰는 것이 옳고."

상감마마께서는 혼자 말씀으로 이렇게 말씀하셨다. 그것들이란 것은 전에 형님 되시는 경종대왕과 그 배위 되시는 어대비전을 모시고 있다가 국휼 삼 년 후에 각각 흩어 보낸 내인들이었다.

그들 같으면 나갔던 사람을 불러들이는 것이니까 좋아라고 올 것이요, 또 그들이면 궁중일에 한숙하니까 따로 틀 안칠 것도 없으니 가위 일거양득이라고 생각하신 것이다. 상감마마께서는 영빈을 대하오서

"내인들은 이왕 대전 내인 이대비전 내인으로 흩어 보낸 것들을 다시 불러 쓰련다."

"상감마마 처분이시지요."

영빈은 그에 대하여는 별로 생각도 아니하여보고 이와 같이 대답을 하였다.

"관계치 않겠지?"

"무슨 상관이 있사오릿가."

이렇게 하여 이 일이 또한 두말없이 결정되었으며 이튿날에는 그들을 불러들이기로 되었었다. 그러나 이 일은 결코 아무 상관도 없는 일이 아니었으며 후일의 비극, 즉 아버니로서 아든님을 죽이고 국왕으로서 동궁을 죽여내게 된 전례에 없는 비극도 실상은 이 일에서부터 일부가 배태되었다고도 볼 수 있는 것이었다.

이튿날 대전별감들이 붉은 소매를 펄럭거리며 사방으로 다녀가고 내인들끼리 연통할 데는 내인들끼리 연통을 하여 그전 대전 내인으로 흩어져 나갔던 사람은 늙은 상궁이나 젊은 내인이나 다 불려 들어왔었다.

그들이 다 모여든 후 상감마마께서 친히 불러 세우시고

"너의들은 이왕 궁중에 거행하여 충직한 소행을 아는 까닭으로 특별히 불러서 원자궁을 모시게 하는 것이니 각별히 조심하여 정성으로 거행

하여라."

이와 같이 이르신 후 그중에서도 지위 높고 나이 많고 사람 점잖기로 치는 최 상궁을 보모로 정하시고 그 지차로는 한 상궁을 정하여 두 사람에게 아지 보양할 것을 맡기셨다.

최 상궁은 나이 육십이 불원하나 몸집도 크고 기골이 차서 아직도 젊은 사람 못지아니한 기운이 있어 보이며 아래턱이 바치고 눈초리가 실쭉하여 좀 거드름스럽기는 하나 성질인즉 단순하고 충직하여 매우 믿음직한 곳이 있었으며, 한 상궁은 그와 달라서 몸집도 가냘프고 얼굴도 여자다웠으나 눈이 꼬부장하고 반짝거리는 것은 성질이 단순치 못함을 말하는 듯하였다.

상감마마께서는 두 사람에게 아지 보양할 것을 맡기시고 또다시 최 상궁을 제조상궁으로 정하시와 기타 세쇄한* 소임은 최 상궁에게 맡아 정하도록 하셨으며 여러 내인들은 지금부터 사흘 안에 일제히 대궐 안으로 들어오게 하라고 분부를 하셨다.

며칠 후의 저성전에는 만반 준비가 다 되어가지고 주인 되시는 이가 오시기만 기다리고 있었다. 이와 같이 준비가 다 된 후 상감마마께서도 친히 가서 감하셨고 영빈도 수차 가서 보았으며 기타 누구누구 할 것 없이 틈틈이 다 한 번씩은 가보았으며, 겉으로는 단청이 새롭고 안으로는 도배장판을 위시하여 조도집물調度什物이 다 새로웁고 비었던 집에 사람까지 들고 본즉 참 딴 천지가 된 것같이 훌륭하여졌었다.

그러나 대왕대비전과 대전의 늙은 내인과 늙은 내시들에게는 한 가지 이상한 감상을 주었으니 그는 원자궁을 겉으로 볼 때에는 꼭 경종대왕 생전 시의 대전을 뵈옵는 것 같다는 것이었다. 사람의 얼굴과 사람의

* 시시하고 자질구레하다.

배치가 전 모양을 그대로 옮겨놓은 까닭으로 그전 일을 아는 사람의 눈에는 그렇게 뵈이는 것이다.

물론 그것이 어떻다는 것은 아니었으며 실상이 어떠하리라고 생각할 것도 없는 일이었다. 그러나 사실인즉 이것이 결코 아무렇지도 아니한 일은 아니었다.

보는 사람 눈에 이러할 때에 그곳에 있는 사람들 감상은 더한층 간절할지며 따라서 새 주인 생각보다 옛 주인 추억이 앞설 것만은 상상할 수 있는 것이었다.

저성전(4)

오월 초이틀 이날은 아지가 나신 지 백날 되는 날이었다. 이날은 아지께서 저성전으로 옮겨 가실 날이며 또 경사를 기념하는 과거를 보이시는 날이었다.

아지가 나신 후로 첫 일헤에는 대사명을 내리어서 형조 금부로부터 팔도 각 읍에 이르기까지 옥중에 매어 있던 크고 적은 죄인을 일제히 놓아주었고, 두 일헤에는 팔도의 환과고독鰥寡孤獨*을 후하게 진휼賑恤하였고, 세 일헤에는 전에도 기록한 바와 같이 아지를 탄생하신 리 씨에게 빈궁 책봉 외 은전이 있었고, 이번 백일에는 경사를 기념하는 과거가 있는 것이었다.

이번에는 석 달이나 앞을 두고 미리미리 과거령을 내리었음으로 팔도 선비 중 과거 볼 만한 사람은 거위 다 모여들다시피 하였으며 그 까닭

* 외롭고 의지할 데 없는 처지.

으로 하여서 이 며칠 동안은 장안 거리가 시골 선비들로 하여서 떠들썩할 지경이었으며 서울서 사랑간이나 지니고 사는 사람치고는 시골 일가 시골 친구 몇 사람씩을 아니 겪는 사람이 없었다.

과거날은 되었다. 일은 아침부터 배오개 네거리로부터 통안 골목으로 몰려 들어가는 선비들 떼는 삼삼오오 짝을 지어 뭉턱이 뭉턱이 몰켜 다니는 모양이 마치 시골 대목장의 장군들과 같았다.

그들은 몇 사람 어울려 하나씩은 반드시 무슨 짐짝을 가졌으니 그 짐짝이야말로 오늘 과거 마당에서 쓸 요용집물이다. 글을 지어 쓸 명지*는 물론이어니와 붓과 먹과 벼루며 땅바닥에 깔 자리와 볕을 가릴 우산과 바람을 막을 휘장 등속을 몇 사람분씩 한데 뭉친 것이 이 짐짝이며 그들이 열고가 나서 한 걸음이라도 먼저 들어가고자 하는 이유도 남보다 먼저 들어가 제일 편리한 장소에다가 외막을 치고자 하는 까닭이다. 그들이 문을 들어갈 때에 질서 없이 앞을 다투는 모양을 보면 저 사람들도 공자 왈 맹자 왈 하고 글을 읽은 사람인가 싶었다.

물론 그중에는 노성한 사람과 정말 점잖은 선비도 많이 있고 적어도 자기 집 사랑이나 자기 시골에서는 점잖은 체하는 사람들이 대부분이언만은 그중의 연소한 사람들은 그야말로 군중심리에 흥분되어서 객기를 부리는 일도 있을 것이다. 그러나 대부분은 작란하기 위하여 작란하는 사람들이었다.

어릿광대라는 것은 어느 사회 어느 층 중에도 있거니와 이 과군들 가운데도 물론 어릿광대 소임을 하는 사람들이 섞여 들어온다. 글을 지을 줄도 쓸 줄도 모르며 친구들 따라 들어와 가지고 문 다툼이나 하고 의막 짓는 주선이나 하고 이리저리 다니며 시골 선비 놀려먹기나 하고 돌아다

* 과거 시험에 쓰던 종이.

니다가 같이 들어온 친구들이 자기 모가치를 다 짓고 나서 잘되던 못 되던 한 수 차작을 하여주면 남 하는 흉내 삼아 집어 들뜨리고 나가는 엉터리 작란꾼이 있는 것이다.

성균관 뒤요 창덕궁 동북 모퉁이로 수만 명 사람을 용납할 만한 넓은 터전이 있으니 여기가 오늘 과거를 보이는 춘당대春塘臺라는 데였다. 춘당대라 하는 조그마한 누각이 북편으로 있고 그 앞에는 마치 그네를 뛰려고 기둥을 세운 것같이 통나무 두 개를 세워 문 모양을 만든 것이었으니 여기는 글제가 걸리는 곳이다. 그리고 그 뒤로는 휘장이 둘리어 보이지 아니한다.

앞을 다투어 들어오는 선비들은 아무쪼록 이 휘장 앞 가까이 자리를 잡으려고 애를 쓰는 것이니 여기는 글제를 벗기기에나 글장을 바치기에다 편리한 까닭이다. 머리악*을 쓰고 먼저 들어온 선비들은 휘장 앞 가까이 자리를 잡고 쇠고리 달린 말뚝을 땅에 박는다. 그리고 한 간이나 되는 큰 우산을 펴서 자루를 말뚝 고리에 괴여 세우고 갓으로 돌아가며 휘장을 두른다. 이만하면 내리쪼이는 볕은 물론이어니와 심하지 아니한 바람까지 막을 수 있으며 그 안에 삼사 인쯤은 넉넉히 들어앉아 글을 짓고 쓰고 할 수가 있는 것이니 이것이 과유들의 요새지가 되는 것이다.

오늘은 춘당대 안 넓은 터전에 사람이 그득하였으며 유건도포를 입은 선비들이 장군 이상으로 와각거리고 떠들었다. 그들은 지금 다 같이 한줄기 희망을 가지고 용문龍門에 오르기를 기약하고 있다. 그러나 그들을 개인별로 점고를 하여본다 하면 별별 사람이 다 있을 것이다. 글 읽고 과거 보기에 좋은 세월을 다 보내고 귀밑에 흰 털이 성성하여진 감개 깊은 늙은 선비도 있을 것이요, 서울 오는 반비**조차 출처가 없어 동서취대

* '기氣'를 속되게 이르는 말.

하여가지고 비장한 결심으로 이 자리에 들어온 간구한 선비도 있을 것이요, 환과紈袴*** 자제로 세상이 무엇인지 모르고 곱게 자라난 귀공자도 있을 것이다. 손가락이 북두갈구리같이 되어 주경야독하면서 근고로 성가한 선비도 있을 것이다.

여하한 그들은 다 같이 설레는 가슴을 부둥켜안고 글제가 나와 걸리기만 기다리고 있었다.

저성전(5)

상감께서 춘당대에 친림하신 때에는 글제를 벗기는 소동도 저윽히 끝난 때였다. 상감마마께서는 한층 높은 곳에 옥좌를 놓고 좌정하여 계시며 그 앞으로 한층 낮은 곳에는 상시, 부시, 삼시가 모대를 정제하고 늘어앉았으며 뜰아래로는 사알司謁****과 별감이 늘어서서 글장이 들어오기를 기다리고 있었다. 이윽고 대통같이 또르르 말린 글장이 화살같이 휘장을 넘어 들어와 떨어졌다. 사알은 별감이 집어 올리는 것을 곧 받아가지고 어전에 갖다놓았다. 상감께서는 친히 몇 장을 감하신 후 나머지는 시관에게 맡기시고 먼저 환궁하셨다.

장중으로부터 돌아오신 상감께서는 바로 저성전으로 오시와 여기서 편복을 갈아입으시고 먼저 옮겨 와 계신 아지를 영빈의 품으로부터 옮겨 안으셨다.

백날 된 아지는 눈을 맞추어 벙실벙실 웃으며 무슨 말이나 하라는 듯

** 먼 길을 가고 오는 데 드는 경비.
*** 곱고 흰 비단緋緞 바지.
**** 조선시대에 액정서에 속하여 임금의 명령을 전달하는 일을 맡아보던 정육품 잡직.

이 옹알옹알 소리를 내었다. 왕께서는 용안에 가득한 웃음을 띄우시고 들여다보시며

"너 압바를 보고 인사를 하는 셈이냐? 어디 조얌조얌."

아지는 고사리 같은 손으로 조얌조얌을 하여 보였다.

"곤지곤지."

또 곤지곤지도 하여 보였다.

"짝작궁."

아지는 조그만 두 손을 흔들어 짝작궁을 하였다.

"오, 신통하다."

상감마마께서는 칭찬을 하시고 다시 영빈을 바라보시며

"아이가 어쩌면 이렇게 숙성히 자랄고. 참 비상한 일이로구나."

"참 비상하납나이다. 숙성하다는 아이도 더러 보았사오나 백날에 이렇게 되는 것을 본 일이 없사오니 아마도 상감마마 홍복으로 이런 특이한 아이가 탄생되셨나 보이다."

"어 참 비상하거든. 어디 너 좀 뒤쳐보랸."

상감마마께서는 아지를 방바닥에 내려 누이시며 이와 같이 말씀하셨다. 아지는 얼마 동안 두리번두리번하고 방 안을 둘러보며 고개를 이리저리 돌리더니 고만 힘들지 않게 벌컥 뒤쳤으며 고개를 꼿꼿이 곧우고 이리저리 둘러보았다.

"저것 보아라. 저러니 인제 미구에 기지 않겠니?"

"지금도 배밀이는 한 지 수일 되오며 저 모양 같아서는 또 며칠 아니 되어서 능준히 기어도 다닐 것 같삽나이다."

"허허허, 그거 참 기이한 일이다. ……옳지, 저것 좀 보아라. 정말 무릎을 꾸부리고 배 뗄 궁리를 하는구나."

"네 저렇게 하기는 오늘부터 시작이압나이다."

"허허허, 재조가 일취월장이로고나."

이 모양으로 아지 재롱은 숙성하고도 비상하였으며 따라서 아지만 앞에 놓으시면 상감마마께서는 세월 가는 것을 잊으시고 웃음과 기쁨으로 보내셨다. 이날도 늦도록 자미를 보시다가 인하여 여기서 유하셨으며 이로부터 풍우한서 간 거위 아니 오시는 날이 없고 환궁하시는 날보다 눌러서 유하시는 날이 오히려 많을 지경이었으며 영빈 역시 일반인 것은 물론이었다.

이와 같이 부모님의 지극한 총애 가운데 행복스럽게 자라시는 아지는 더욱더욱 숙성하고 영민하게 장성하여 시각으로 다르고 날마다 달라가는 형편이었다.

오월 달이 다 가기 전에 아지는 걸음마를 타기 시작하였다. 생후 넉 달 만에 걸었다는 말에는 아니 놀랄 사람이 없었으며 상감마마께서는 이 모양을 보시고

"가위 우리 집 천리구*다." 하시고 기뻐하셨다.

걸음마를 타는 아지는 또 말도 한두 마디씩 옮기기 시작하였다.

'엄마, 압바, 맘마' 등속은 제법 똑똑히 옮기게 되었고 그 외에도 무엇인지 모를 소리를 자꾸 옮기어 입을 익히고 있었다. 압바마마 무릎에 안겼다가 미끄러져 내려가 저만큼 기어가다가는 가만히 일어서면서

"엄마, 따따로." 하고는 벙실벙실 웃으며 자박자박 발을 옮기기도 하였고 "압바, 압바." 하고 압바마마의 길고 윤택한 용수를 잡어당기어 "이놈!" 하고 웃으시는 압바마마의 표정에 맞추어 같이 소리쳐 웃기도 하였다.

이와 같이 하여 여섯 달 되면서부터는 압바마마의 오시고 가시는 것

* 1. 천리마.
2. 뛰어나게 잘난 자손을 칭찬하여 이르는 말.

을 분명히 알아서 일일이 인사 여쭙는 모양을 하였고 일곱 달이 되면서는 동서남북의 방위를 틀림없이 가리키도록 되었었다.

아지가 이와 같이 숙성 영민함으로 부모 되시는 이의 사랑이 갈수록 특별한 것은 물론이어니와 항상 모시고 있는 보모와 근시하는 내인을 위시하여 궁중의 그 누가 칭찬하고 탄복하지 아니할 이 없었으며 이 말을 전하여 듣는 노신들도 국가의 더할 수 없는 경사라고 기뻐하였었다.

저성전(6)

아지마마 돌이 지난 뒤에는 몸이 석대하고 엄친한 것으로든지 걸음 걷고 말하는 것으로든지 남의 눈치 알고 수응하는 것으로든지 넉넉히 세 살로도 숙성한 아이만은 하였으며 그때부터는 글자를 배우기 시작하였다.

부모님네는 재롱을 보시노라고 별로 새로운 것을 가르치는 일은 적으셨다. 그러나 부모님네께서 본곁(본궁이란 말)으로 가신 뒤에는 보모들이 다투어가며 무엇을 가르치려고 애를 썼다. 위생사상이 발달된 지금 사람 같으면 숙성한 아기에게 재롱을 너무 가르치는 것은 신경과민을 만드는 장본이라 하여 삼가기도 하련만은 옛사람 생각에 그런 주의가 있기는 용이치 아니한 일이었다. 물론 옛날에도 특별히 지각 있는 사람들은 자손 중에 남달리 재조 있는 아이를 일부러 늦게나 입학시켜 먼저 신체의 발육부터 생각을 하였다는 이야기도 있었다. 그러나 무식한 상궁들이 이러한 것은 알 까닭도 없거니와 또 아지를 위하여 그렇게까지 친절히 생각할 성의도 없었을 것이다.

아지가 하도 숙성하시고 또 숙성하시다 떠드니까 아무쪼록 숙성한 것을 자랑하여보려는 호기심도 있거니와 첫째는 압바마마께 새로운 재롱을 보고하고 그 기뻐하시는 모양을 뵈우려는, 말하자면 일종의 요공거리로 그렇게 애를 쓰는 것이었다.

"상감마마 오늘은 아지께서 따디ㅅ자를 배우셨습니다."

"오오, 따디ㅅ자를 배웠늬? 어디 내 앞에서 강하여봐라. 허허허."

이렇게 말씀하시면 보모는 아지 앞에 책을 펴놓고

"따디ㅅ자 어디 있으오니까?" 하고 물었다. 아지는 손가락으로 따디ㅅ자를 가리킨다.

"따디." 하고 옮긴다.

"어참, 잘 아는구나."

상감마마께서는 대단히 기뻐하셨다.

이렇게 하여 두 살 되던 해에 분명히 기억한 글자가 육십여 자나 되었었다. 그러나 아지는 결코 보기에 팔랑팔랑 재조가 있어 보이거나 그렇지는 아니하였다. 자랄수록 몸 놀리는 것이나 입 놀리는 것이 대단히 진중하고 틀져서 엄연히 어른의 기상이 있었으며 슬금하고* 소견스러웠다.

세 살 되던 해의 일이었다. 보모가 다식을 들었더니 복 복福 자 목숨 수壽 자 박힌 것만 골라 자시고 팔괘가 박힌 것은 따로 골라놓았음으로

"이것 어찌 아니 잡수시나잇가? 잡수소서."

"팔괘는 아니 먹을 것이라 싫다."

아지 대답은 이러하였다. 또 역시 세 살 때의 일이다. 천자를 배우다가 사치할 치侈 감언 부富 하는 데 이르러는 치侈 자를 가리키고 몸에 입은 의대를 가리키며 이것이 사치라 하였으며, 압바마마께서 어려서 쓰시던

* 겉으로 보기에는 어리석고 미련해 보이지만 속마음은 슬기롭고 너그럽다.

감투에 칠보가 얽힌 것을 쓰시게 하니 이것은 사치라 하고 아니 썼으며, 고운 의대를 드렸더니

"남부끄러워 사치하기 싫다."

하고 아니 입으셨다. 보모가 하도 신기하여 명주와 무명을 각각 한 필씩 내어놓고

"어느 것이 사치오닛가?"

물은즉 명주를 가리키며

"이것이 사치다." 하고 대답하였으며 또 하는 양을 보려고

"어느 것으로 의대를 지어드려 입으시게 하면 좋사오릿가?"

한즉 무명을 가리키며

"이것이 좋다." 하여 좌우를 놀라게 하였다.

세 살의 어린 나이로 이렇게 소견스러운 것을 볼 때 어느 부모가 대견하고 기쁘지 아니하며 어느 누가 그 숙성하고 소견스러움을 칭찬치 아니하리오. 궁중이 모두 성군 나심을 기뻐하였고 신하들이 전하여 듣고 기뻐하여 모든 사람들이 무한한 희망을 저성전에 부치게 되었었다.

상감마마께서는 병진년 삼월쯤 아지 돌 지나간 지 석 달 되던 때에 세자 책봉을 하시와 어린 아지에게 정식으로 저성전 주인을 만드셨으며, 아지 나이 사오 세 될 때까지는 첨이나 조금도 다름없이 만기萬機*를 총찰하신 나머지에 틈만 있으시면 곧 저성전으로 납시와 세자 만나보시는 것으로 한락을 삼으셨다.

아무리 자주 오시고 머물러 침수하실 적도 많았다 할지라도 암만하여도 처소가 다르고 거리가 사이 뜨니만치 슬하에 데리고 계셔서 세쇄한 것까지라도 주의하여 보이고 몸소로도 하심만 같지 못하려든 하물며 세

* 임금이 보는 여러 가지 정무.

자궁 나이 사오 세 되시고부터는 상감마마께서 저성전에 납시는 도수가 차츰 줄었으며 따라서 어머니 되시는 영빈 역시 차차 돌아보는 일이 드물게 되었으니, 그는 물론 아직 장성하여짐을 따라 그만큼 안심하신 까닭이라고도 할 수가 있겠지만은 실상인즉 그런 까닭 이외에 실로 세미하고 기묘한 관계가 있은 것이었으며 뜻밖에 이것이 세자궁 양육에 적지 아니한 영향을 주었었다.

그 뒤의 저성전(1)

대궐 안 살림이란 모든 것이 법으로 움직이는 것이지만은 법 밖에 그들의 말과 행동을 지배하는 것은 세력이다.

사람의 목숨을 살리고 죽이는 것도 임금이요, 사람에게 부귀영화도 줄 수 있는 대신에 빈천과 고초도 줄 수 있는 것이 임금의 권세다. 물론 일국의 임금이라도 법을 무시하여서는 아니 된다. 하지만 그런 것은 다 이상론이요, 실지에 있어서는 권세를 잡은 사람의 하기에 있는 것이다.

임금의 권세로도 너무나 법을 무시하는 결과는 도리어 그 권세를 잃는 일도 있으니 이조 오백 년 동안에도 연산군 같은 이는 그렇게 하여 권세를 잃고 몸을 망친 한 전례이다. 그러니 결국 용상 뒤로부터 쫓겨 나간 연산군도 쫓겨 나갈 순간까지는 온 조정의 신하들과 온 나라의 백성들로 하여금 그 발밑에 꿇어 엎드려 벌벌 떨면서 목숨도 바쳤고 재물도 바쳤고 사랑하는 아내까지라도 바치게 한 것이다.

또 설령 임금이 현명하여서 법을 존중하고 법으로 제한하여놓은 금 너머를 넘어가지 아니한다 할지라도 그 위엄과 권세는 실로 막대한 것이니 대궐 안에서 생활하는 사람들은 이러한 사실을 바로 눈앞에서 날마다 경험하고 있느니만치 권세에 대한 감각이 특별히 예민하며 권세의 가벼웁고 무거운 것을 항상 저울질하여 조금이라도 무거운 자는 무거운 티를 하고 조금이라도 가벼우면 가벼운 대로 행세하는 것이 그들의 특색이라 할 것이었다.

그러한 까닭으로 같은 내인이라도 웃전 내인은 아래전 내인을 넘겨다보며 같은 액속掖屬*이라도 대전에 매인 자는 동궁에 매인 자를 넘겨다보는 것이 그들에게는 당연한 일과 같이 되어 있는 것이다.

저성전에 모여든 내인이란 것은 지금이야말로 동궁에 매인 내인이지만 전에는 대전에 매인 내인으로서 그중에 노성한 사람들은 지금에 상감마마께서 아직 왕세제로 계실 때부터 뫼었으며 어떤 사람은 세제도 되기 전 한낱 군으로 계실 때부터 뫼운 이도 있었다. 그런 까닭으로 그들은 옛날 지나던 습관상 현재 대전에 매인 사람들이 우스워 보였으며 내인들 서로 간은 말할 것도 없거니와 영빈부터 그들의 안중에 없었다. 지금 그가 동궁을 탄생하여 지위가 높아진 생각은 아니하고 옛날 동궁에 매인 한 젊은 내인이던 생각만 하여서 '제가 언제 적 빈궁이로라고.' 하는 아니꼬운 생각이 항상 턱밑에까지 올라와 있으며, 심하게 말하자면 상감마마께 대하여까지 다소 존경하는 생각이 부족하였었으며 상감마마께서도 이왕 웃전에서 거행하던 사람들이라 하여서 다소 관대하게 보아 넘기시는 점도 있었다.

그러나 그들이 대궐에 다시 불려온 지 얼마 동안은 다소 조심도 하였고 또 특별한 사고가 없었는 까닭으로 그러한 눈치가 보이지 아니하였으나 오랜 세월을 지나는 동안에는 속에 있는 생각이 자연 표시되지 아니할 수 없었다. 고분고분치 못한 말씨, 퉁명스러운 태도, 이만한 정도의

* 예전에 액정서에 속하여 궁중의 궂은일을 맡아 하던 사람을 통틀어 이르던 말.

불쾌한 일은 가끔 그네들 행동 가운데서 발견할 수 있었으나 대개는 눈 감아 넘기고 만 것이었다. 그러나 그것도 언제까지나 그렇게 넘어가고 말지는 아니하였다. 동궁마마가 네 살 되시는 무오년 정월 일이었다. 저 성전에서는 정월마다 하는 전례로 경을 읽게 되어 그 준비를 하려 할 쯤에 상감마마께서 특별히 사랑하시는 화평옹주和平翁主 부마 금성위錦城尉가 들어와 그를 영접하고 그를 대접하기에 경 읽을 준비가 늦어졌다.

화평옹주는 영빈 몸에서 나온 첫 따님으로 상감마마께서 특별히 고금에 없이 사랑하셨으며 따라서 그 옹주 외 부마도 특별히 사랑하셨다. 금성위 박명원朴明源을 부마 재목으로 빼어노시고는 행례도 하기 전에 대궐 안으로 불러들여 동궁 처소에서 놀게 하시더니 오늘도 또 들어온 것이었다.

고분고분치 못한 동궁 내인들은 그것이 맘에 마땅치 못하였다. 행례하기 전부터 부마를 불러들여서 은쟁반, 금쟁반에 떠받드는 모양도 눈에 서투르거니와 당치도 않은 새 상전을 모시고 치다꺼리하기가 귀찮았던 것이다.

"경 읽을 차비가 늦어서 어떻게 하여!"

"글쎄 말이지. 유난스럽게 성례도 하기 전부터 부마는 불러들여 가지고 왜 그 야단을 할고."

"그게 다 옆에서 잘못하여 그렇지. 제가 언제 적 빈마마라고 요새 그 곤대짓하고 다니는 모양이란."

내인들 저의끼리 이렇게 떠드는 소리가 마침 영빈 귀에 들어갔으며 영빈이 머리끝까지 성난 모양을 보시고 상감마마께서도 어느 정도까지 짐작을 하셔서 속으로는 대단 분하게까지 생각하셨다. 그러나 이 일로 하여 죄를 주고 보면 그 아끼고 아끼시는 옹주와 부마에게 칭원이 돌아갈까 염려하여 죄도 주지 못하시고 속으로만 불쾌한 인상을 가지시게 되었으니 이것은 높은 지위에 있는 이만이 가지고 있는 인내와 포용의 발로이다.

그 뒤의 저성전(2)

상감마마께서는 저성전 내인들에게 대하여 심히 불쾌한 인상을 가지셨으나 그 당장에 죄를 주지 아니한 이상 그것으로 하여서 다시 무슨 처분을 하실 수는 없는 일이었다. 그러나 불쾌한 인상만은 여전히 남아 있었으며 따라서 저성전에 납실 때에는 항상 컴컴한 그림자가 한편에 가리워 있는 것을 느끼게 되었다.

그 컴컴한 그림자를 눈앞에 아니 보는 방법은 두 가지밖에 없으니 하나는 저성전의 내인들을 갈아들이는 것이요, 또 하나는 저성전을 아니 가시는 것이다.

이러한 경우에는 아무쪼록 일 없이 조처하시는 것이 상감마마의 일관된 방침이시다. 만일 그 아버니 되시는 숙종대왕께서나 형님 되시는 경종대왕께서 이러한 일을 당하셨으면 물론 그 내인들에게 엄벌이 내렸을 것이다. 그 어른들은 생각나시는 것이 있으면 미처 깊이 살피기도 전에 맘이 내키는 대로 처분을 하시는 편이었다.

그러한 까닭으로 그 두 분이 왕위에 계신 동안에는 신하들의 당파싸움에 ○○되어 피비린내 나는 옥사가 여러 번 반복되었으며 오늘의 충신이 내일에는 역적이 되고 오늘의 역적이 내일에는 도리어 충신이 되는 것도 항다반의 일이었다.

상감마마께서는 본래 영명하심으로 왕위에 오르신 뒤로부터는 신하들의 당파싸움을 아무쪼록 없이하고자 힘쓰시는 동시에 형벌은 관대한 것으로 주장을 삼으셨다. 될 수 있으면 아니 쓸 일, 부득이 쓰게 되면 아무쪼록 경하게 쓸 일, 또 아무쪼록은 범위를 넓히지 않도록 주의할 일 이것은 상감마마께서 평생을 두고 힘들여 지키시는 가장 큰 신조이셨다.

이와 같이 인후관대한 신조를 가지신 상감마마께서는 도저히 저성전 내인에게 단호한 처분을 내리실 수가 없었으며 그와 동시에 상감마마의 저성전 거동은 어느덧 차츰차츰 드물어가기 시작하였다. 날마다가 하루 걸러 만큼이 되고 하루 걸러가 이틀 걸러 혹 사흘 걸러로 되는 동시에 영빈 역시 그에 따라서 발이 뜨게 되었었다.

부모 되시는 두 분 마마께서 돌아보시는 일이 드물게 되매 어린 세자궁은 순전히 내인들 손에 맡기신 모양이 되었으며 보모 최 상궁과 지차 한 상궁이 교대로 모시고 있었다.

몇 달 후에 저성전 대청과 복도에서는 무예 소리가 나며 기치창검이 번득거리고 발 구르는 소리와 웃음소리가 난잡히 들릴 때 많았으니 이는 어린 세자궁이 즐겨 노시는 광경이었다.

기치창검은 종이와 나무로 만든 것이요, 따라다니는 것은 어린 내인들이며, 이 놀이를 꾸며낸 것은 지차 보모 한 상궁이었다.

보모 최 상궁은 원래 성질이 엄격하고 충직한 까닭으로 다만 말 한마디라도 자기가 알고서는 그른 말씀을 세자궁께 들려드리는 사람이 아니었다. 그러나 어떤 때는 너무 엄격하고 무정한 말과 행동이 어린 아기를 보호하는 도리에 벗어날 때도 있었다. 이를 보고 가엾게 생각한 지차 한 상궁은 최 상궁과 의논하되

"사람마다 간하고 거스르면 아기네 맘이 울적하여 펴들 못하실 것이니 최 상궁은 엄히 구시와 옳은 도리로 인도하옵고 나는 노실 제도 있게 하여 소창*하시게 하리이다." 하였다.

이와 같이 하여 나무와 종이로 월도도 만들고 창검도 만들고 궁시도

만들어 어린 내인들에게 나누어 주고 최 상궁과 ○대할 때에는 마침 대령하였다가 무예 소리를 하며 달려들면 그칠 줄을 모르고 이 놀음을 하는 것이었다.

세자께서는 숙성하신 천품으로 네 살이 되셨으니 차차 뛰노는 유희를 좋아하실 나이거니와 원래가 영걸한 기상이시라 비록 어리신 나이로도 이런 무예 놀음은 특히 맘에 맞아서 이 놀음을 무엇보다 좋아하는 동시에 이것을 금하는 사람이면 아무쪼록 피하려는 습관까지 생기셨다.

그래서 압바마마가 아실까, 엄마마마가 아실까, 아무쪼록 압바마마나 엄마마마께 떨어져 있는 유희를 할 때마다 사방에 파수를 세우고 웃전에서 사람이 오는가 망을 보게 하다가 대전에서나 집복헌에서나 내인 하나만 번쩍하여도 가지고 놀던 모든 제구들 다 집어치우고 천연스럽게 앉아 있도록 꾀가 늘었었다.

으악 하고 창 쓰고 칼 쓰는 모양과 활 쏘고 말 달리는 모양을 하며 어린 내인들을 몰아서 때리고 차는 놀음을 하는 가운데 세자의 나인 다섯 살이 되었고 또 여섯 살이 되고, 일곱 살이 되었다. 속담에 미운 일곱 살이라 하여서 일곱 살이 되고 보면 범상한 아이들이라도 제 고집이 생기고 작란이 심하게 되는 것이거니와 몸이 장대하시고 지각이 숙성하신 세자궁께서는 이 점으로도 범상한 아이들의 몇 배 이상이나 거칠고 심하였던 것이다.

* 심심하거나 답답한 마음을 풀어 후련하게 함.

그 뒤의 저성전(3)

세자궁의 상없는 유희가 삼사 년을 계속하여 한참 ○끝에 오른 때, 즉 세자궁의 연세가 칠세 되시던 신유년에야 상감마마께서는 비로소 이 일이 있는 것을 아셨다. 아무리 넓다 하여도 같은 대궐 안에서 그처럼 소중하고 그처럼 사랑하시는 세자궁의 노시는 형편을 사 년 만에야 아셨다는 것은 아버니마마께서도 범연하셨다면 범연하신 모양이 되었다지만은 이것이 사가집 생활과 다른 점이며 또 상감마마께서 차차 쇠하여가시는 증거이기도 하였다.

상감마마께서는 이미 열력하신 바도 많으셨거니와 친히 만기를 다스리사 담을 쓰시는 일이 너무도 많으신 까닭으로 정사를 보신 나머지 시간에는 아무쪼록 귀찮은 일을 잊어버리고 맘에 맡겨진 곳에 계시기를 원하시게 되었으니 말하자면 다소 세상일에 피로를 느끼신 것이다.

상감마마께서 저성전에를 아니 납시게 된 원인도 실상은 여기 있는 것이었다. 사랑하는 아드님을 보시는 것도 좋지만은 거기를 가시면 한편으로 불쾌한 인상을 주는 것들이 있으니 그러한 것을 보느니보다는 사랑하는 빈궁과 옹주로 더불어 집복헌에서 즐기시는 편이 얼마큼 피로하신 성궁聖躬*을 휴식하시기에 편안하신 까닭이었던 것이다.

그러나 뜻밖에 세자궁의 상없는 작란을 들으신 상감마마께서는 그동안 비교적 무심히 맡겨두셨던 만치 더욱 놀라고 진노하셨으며 그 결과는 한 상궁이 쫓겨 나가고 모시고 놀던 여러 나인들에게까지 엄벌이 내리셨다. 그러나 세자궁 머릿속에 남아 있는 무예 놀음의 유쾌한 인상은 영영 사라질 까닭이 없었으며 따라서 이 종류의 유희가 저성전 자내로부터 아

* 임금의 몸을 높여 이르는 말.

주 없어질 리는 만무하였었다.

대체 어린 사람을 양육하는 데는 정신적으로 반드시 필요한 두 가지 요소가 있으니 하나는 참된 사랑이요, 또 하나는 우러러보고 어려워하는 위엄이다.

참된 사랑! 이것은 반드시 아끼고 위하는 형식으로만 나타나는 것이 아니요, 경우를 따라서는 도리어 노염과 꾸지람으로 표시되는 일도 있다. 그러나 이 사랑을 모르고 자라난 이에게는 결코 아릿다운 정서와 평화로운 기상이 집 지어서 들지 아니하고 어디인지 쓸쓸하고 더 거친 성질을 가지게 되는 것이다.

또 첨으로 철이 들기 시작하여 방향 없는 욕심이 여름날의 잡초와 같이 자라날 때에 위엄 있는 지도자가 있어 그것을 정리하고 지도하지 아니하면 일껏 타고난 총명과 지혜의 꽃은 물욕이라는 들소와 같이 우악한 발길에 밟혀 없어지고 마는 것이다.

이제 네 살 이후의 세자궁을 뵈옵건대 이 두 가지 요소가 다 없는 가운데 자라나신 것이었다. 뫼시는 보모들이 받들고 위하기는 하였을지라도 그들에게 참된 사랑이 있을 리도 없는 것이요, 더구나 그들이 위엄 있는 지도자 되리라고는 상상도 할 수 없는 것이다. 그럼으로 어리신 세자궁께는 어느덧 살벌을 좋아하는 습성이 생겼으며 또 내 맘대로 하려는 고집, 좀 더 자세히 말하자면 나를 굽혀가지고 남과 조화한다거나 남을 용납하는 것을 극도로 즐겨하지 아니하는 일종의 아름답지 못한 개성이 생겨 있는 것이었다.

그러나 상감마마께서는 이렇게까지는 살피시지 아니하셨다. 다만 몇 해 동안 방심하고 있는 동안에 당신의 유일한 후계자로서 당신을 닮아야 하겠고 당신 뜻을 받아야 할 사랑하는 세자께서 뜻하지 아니한 방향으로 달아날 뻔하였다고 깜짝 놀라신 것이다. 그러나 아직 정말 낭패를 하였다고까지는 생각지 아니하신 것이다.

상감마마의 엄명이 계신 이후로 저성전의 무예 소리가 매우 금지되었으며 또 이해는 세자궁 칠 세 되시는 해라 하여 글 배우기를 시작하셨다. 그리고 이듬해 임술년 삼월에는 태묘에 전알*하오시고 또 그달로 입학을 하시와 정식으로 공부를 시작하셨으며 이듬해 구 세 되시던 계해 삼월에는 관례를 하오시니 노상 아기로만 생각던 동궁마마께도 차차 대전을 지키고 대모를 차려야 할 시기가 돌아온 것이며, 따라서 압바마마께도 사사로 뵈옵는 기회보다도 의식의 절차를 따라 공식으로 뵈옵는 기회가 많게 되어 어느덧 육친의 은정보다 군신의 대례가 앞을 서게 된 것이다.

그 결과로 인하여 두 분 사이에 생겨나는 감정이란 것은 결코 자미스러운 것이 될 수 없었다. 세자궁에서 압바마마께 대한 감정은 오직 무섭고 어려운 생각뿐이었으며 또 압바마마께서 세자께 대한 감정이 즉 항상 정도에 지나치는 기대를 가지시다가 그 기대에 만족치 못하면 곧 미흡한 생각을 가지시는 일이 많았으니 이와 같은 결과가 부자분 사이에 친애와 이해를 만들어낼 수는 도저히 없는 일이었다.

그러한 중에도 세월은 물론 흘러갔으며 세월의 흘러감을 따라서 세자궁의 개성은 그 압바마마의 희망 여하를 돌보지 아니하고 자랄 대로 자라나고 있었던 것이다.

* 궁궐, 종묘, 문묘, 능침 따위에 참배함.

간택(1)

계해년 늦은 여름이었다. 삼복이 다 지났건만은 아직도 늦더위가 심하여 낮에는 좀처럼 출입을 할 수가 없었다. 그 까닭이었던지 남산 밑을 싸고도는 아침 안개가 아직 걷히기도 전에 안국동 홍 판서집 사랑에는 벌써 찾아온 손님이 있었다.

홍 판서가 시임 판서로 날리는 이 같고 보면 어느 날인들 새벽같이 대령하는 사람이 없으리요만은 실상인즉 홍 판서라는 노주인은 벌써 여러 해 전에 작고하고 지금은 그 자제 홍봉한洪鳳翰이가 주인이 되었으며, 새 주인 홍봉한은 당년 삼십일 세의 일개 서생으로 검박한 생활을 하는 터임으로 이른 아침부터 찾아오는 손님은 별로 없는 것이었다.

깨끗하게 소제된 사랑뜰에는 반송 한 주, 괴석 몇 개, 석류나무 몇 분이 놓여 있을 뿐이었으나 그래도 전일 재상의 집 규모라 과히 협착하지는 아니하였으며 사랑에도 문갑이며 연상이며 사랑 탁자 등속의 조촐한 세간이 각각 놓일 자리에 놓여 있어 옛 규모를 지켜가는 주인의 범절을 말하는 것 같았다.

원래 이 홍 씨 집은 선조대왕 사위님 되는 영안위 후손으로 문벌은 혁혁하나 조선 이래로 청검한 생활을 하여 선비 규모를 버리지 아니한 까닭으로 가세는 매우 빈약한 편이었다. 그러나 학식과 ○금으로는 결코 남에게 안 질 만치 독실한 편이었다.

식전에 일찍 일어나 소세를 하고 도포를 갈아입은 후 사당에 다녀 나와 그 계모 부인께 아침 문안을 하고 그게 해서 잠깐 이야기를 하고 있던 홍봉한은 손님이 왔다는 말을 듣고 사랑으로 나왔었다.

"날세, 시봉평안하신가?"

"어어, 시봉평안하신가?"

찾아온 사람은 서로 무간히 지내는 동색同色 친구로서 가위 축일상봉 하다시피 하는 사람이었다.

"자네 어찌 이리 조동인가?"

주인은 자리에 앉으면서 찾아온 친구를 바라보고 이와 같이 물었다. 별로 따로이 찾아와서까지 할 이야기는 없을 터인데 하는 생각이 앞을 선 것이다.

"응 여기 우리 삼촌 댁에 가는 길에 잠깐 들렀네."

그가 우리 삼촌이라고 하는 이는 시임 대신으로서 궁중에도 상당이 세력을 가진 이였다.

"응 그래."

주인은 이와 같이 가볍게 대답을 하여버렸으나 속으로는 그래도 무슨 까닭이 있어 들렀겠지 하고 저편에서 무슨 말이 나오기를 기다리고 있었다.

"자네 따님 있지. 올에 몇 살인가?"

"아홉 살일세."

"바로 동갑이로군."

"이 사람 동갑이라니 누구하고 동갑이란 말인가?"

"하하하, 세자궁하고 동갑이시란 말일세."

"예, 이 사람, 별안간 건 무슨 소리인가."

주인은 핀잔 비스름하게 말을 하면서도 속으로는 그것이 무슨 까닭으로 하여서 나온 말인지를 대강은 짐작하였었다. 즉 이번 세자빈 간택에 자기 딸을 뽑히도록 주선하려는 의사가 있는 것이라고 생각한 것이다.

"단자는 내놓았나?"(간택령이 내리면 어느 시기까지는 민간의 가취를 금하고 한성부 내 오부령으로 하여금 사대부 집 미혼 처녀의 단자를 수집하여 바치게 한 후 그중에서 후보자를 고르는 것이 간택의 제도이다.)

"아직 안 내었네."

"안 내서 되나."

"글쎄 사정으로 하여서는 그만두고도 싶으네만은 그렇기도 어려워서 자저*하고 있는 중일세."

"그게 말이 되나? 지어 자네 댁 하여서는 도위 후예요 잠영세족이신데 간택단자를 안 낼 수 있는가?"

(도위 후예란 말은 부마의 자손, 즉 나라님의 손이란 말이요, 잠영세족이란 말은 대대 벼슬한단 말.)

"그러게!"

"속히 내게. 자네 또 따님 덕에 부원군 하지 말라는 법 있는가."

"부원군이 내게 당한가만은 도리어 안 내기가 어려울 것 같아서."

"그다 이를 말인가. 다른 사람은 몰라도 자네는 안 내지 못하네. 그리고 또 간택에 나가면 관계치 않을 도리가 있을 것 같으네. 궐내에는 미리 좀 주선을 하여서 물론을 돌려두기로 하지."

"그건 다 생각 밖에 일일세. 미거한 자식이 간택에 뽑힐 리도 없거니와 뽑히기를 바라지도 않는 터이고, 설령 뜻밖에 뽑힌다고 하면 그 미거한 자식을 궁중에 들여보내 놓고 제일 사람이 조심스러워 살 수 있나. 자네 호의는 고마워만은 아예 그런 주선은 그만두소."

홍봉한은 준적이 거절하였다.

그러나 그 사람은 조금도 지지 않고 또 입을 열었다.

"그건 다 겸사의 말씀이요. 자네 따님은 범절이 출중하고 재색이 겸비한 천생귀인이란 말을 내 들었네. 이런 일은 억지로 못하느니 그런 줄

* 주저.

만 아소."

"그는 모르겠네."

그들은 이만하고 세상 이야기 하다가 서로 헤어졌다.

간택(2)

손을 보내고 난 젊은 주인은 아무도 없는 사랑에 홀로 앉아서 여전히 간택에 대한 일을 생각하고 있었다. 지금쯤은 간택 문제를 중심으로 하고 각 방면에 상당한 책동이 있을 것을 상상할 수가 있었으며 적어도 노론 소론 사이에는 어떻게든지 자기 편색 중에서 후보자를 내려고 은연중에 경쟁을 하고 있는 것이 사실이었다. 혼인을 아니하고서는 궁중에 세력을 심기가 어렵고 궁중에 뿌리박지 아니한 세력은 항상 고위함을 느낀다. 그러한 까닭으로 정권에 급급한 당인黨人들은 나라 혼인이라는 것을 심히 주목하여, 따라서 나라 혼인을 하는 사람은 자기 한 사람이나 한 집의 영달을 위하는 이외에 항상 자기 편색의 이해를 위하여 힘쓰지 아니하면 아니 되는 것이니 그러한 까닭으로 국책이 되는 사람은 자기 몸이 영귀하게 될 뿐 아니라 은연히 당인으로서의 세력도 가지게 되는 것이다.

벼슬을 아니하면 모르거니와 벼슬을 할 바에는 나라 혼인을 하는 것은 유리한 일이다. 그것도 명현名賢 자손이나 청백리 자손으로 도덕과 청절로만 가명을 유지하여가는 집에서는 도리어 국혼을 더럽게 생각하는 일도 있다. 그러나 홍 씨 집으로 말하면 원래 국혼을 하는 집이고 본즉 딸이 들어가 간택에 뽑힐지라도 기뻐는 할지언정 조금이라도 불만하게 생각할 이유는 없는 것이었다.

그러한 까닭으로 홍봉한도 간택에 뽑히는 것을 걱정하는 것이 아니었으며 그뿐 아니라 이번 간택에는 자기 딸이 뽑힐 것 같은 생각까지 들었다.

자기 딸이라도 외모와 재질이 숙성비범하여 천성으로 귀인의 태도를 갖추었으며 또 나을 제 몽조가 비상하여 흑룡이 반자에서 틈을 보았으니 이러한 일을 생각할 때에 자기 딸이 간택에 뽑힐 것 같은 생각이 들었다. 아까 찾아왔던 친구가 "이 일은 인력으로 못하느니." 하는 말에 대하여 "글쎄 그거 모르겠네." 한 것도 역시 속으로 생각한 바가 있는 까닭이었다.

그러면서도 그가 이번 간택에 도무지 뜨아한 생각을 가지고 있는 것은 두 가지 까닭이 있었으니 하나는 자부심이 강한 까닭이요, 또 하나는 부모다운 사랑하는 맘이었다.

그는 금년 삼십일 세의 일개 서생이지만 면목이 청수하고 기우氣宇가 현앙하여 어디를 가든지 닭 틈의 학 같은 기개가 있었으며, 또 문벌과 벌열*이 남만 못지아니함으로 조만간 벼슬길에 나서고만 보면 비록 국혼 같은 관계가 없을지라도 자기는 능히 국가의 동량이 되겠다는 자부심이 있었다.

그의 머릿속에는 어려서 그 백부가 자기 이마를 어루만지며 "이 아이 후일에 윤오음尹梧陰과 같은 팔자가 되리라." 하던 일이 생각났으며, 또 금년 삼월 달에 자기가 대학장의大學掌議로 순문당純文堂에 입시하였을 때 위에서 특별히 속망하사 알성謁聖 후 과거까지 보이신 일이 있었던 것을 생각하였다. 불행히 그때에는 천의가 자기에게 있음에 불구하고 과거에 참방되지 못하였으나 이러한 것은 다 그의 전도에 광영을 더하는 사건이

* 나라에 공이 많고 벼슬 경력이 많음. 또는 그런 집안.

었다.

이와 같이 자부심이 강한 그가 간택에 뜨아한 것은 결코 무리가 아니려니와 또 한 가지는 아무리 숙성하다 할지라도 아홉 살, 열 살의 어린 것을 제법이 삼엄한 궁중에 들여보내어 애를 씨울 일을 생각하면 부모된 맘으로 불현듯 가엾은 생각이 나서 세상 부귀가 다 우스운 것같이 느껴지는 것이었다.

그러나 혹시 말하기를

"선비 자식이 간택에 참여치 아니하여도 상관없을 것이니 단자를 그만두게. 어려운 집에서 의상 차리는 비라도 덜어야지."

이렇게 하면 그는 분연히 반대하였다.

"내 세록지신(대대로 녹 먹는 신하란 말)이요, 딸이 재상의 손녀이니 어찌 기망할 수 있으리요."

그래서 필경 단자를 내었으며 의복 준비에 애를 쓰게 되었다. 본래 가세가 청빈하여 주부가 재상의 맏며느리로대 폐물 한 가지 비단옷 한 벌이 없으며 사철 의복이 가려 입을 것이 없어 밤을 새어 빨아 입는 형편이었음으로 온당한 이름 없는 집 처녀가 한껏 모양을 내어 모여드는 천자만홍 가운데에 과히 빠지지 않도록 차려서 내놓기는 용이한 일이 아니었다.

첫째, 치마감이 문제가 되었었다. 그러나 그것은 규수의 형 되는 이 혼수에 쓰려고 유렴하였던 것을 닦아 쓰기로 하였다. 눈에 뵈지 않는 안감을 헌 것을 죽여서 그대로 썼으며 기타 부족한 결속은 빚을 내어 반계곡경*으로 준비를 하였으니 그는 다 어머니 되는 부인의 고심한 결과였다. 집에서는 어떠하였든지 입고 나설 때에는 과히 남부끄럽지 아니할

* 수단을 써서 억지로 함을 이르는 말.

만한 준비를 하여놓고 구월 스무여드레 날의 초간택이 돌아오기를 기다렸다.

간택(3)

계해 구월 이십팔 일 이날은 온 장안의 어린 딸 가진 부모들이 속을 졸이는 날이었다. 정말 불려 들어가는 어린 규수들은 아직 까닭도 모르고 기쁜지 이상한지 무서운지 놀라운지 얼떨한 가운데 줌* 안에 든 새가슴같이 어린 가슴을 달랑거릴 뿐이겠지만 규중에 깊이 길러 바람과 볕에도 쏘이지 않던 어린 딸을 일조에 내놓아서 무섭고 존엄한 임금님 앞에 서게 하는 부모들의 걱정은 그보다도 복잡하고 큰 것이었다. 그러나 그들이 딸을 보내는 감상도 열이면 열 사람이 서로 같지는 아니하였다. 어떤 사람은 뽑히기를 희망하고 어떤 사람은 뽑히려니 생각도 아니하며 또 어떤 사람은 뽑히지 않기를 희망도 한다. 또 같이 뽑히기를 바라는 사람에도 어떤 사람은 다소 반연과 주선이 있음을 믿고 혹시 뽑혀두 하여서 미래의 영달을 어슴푸레하게 꿈꾸는 것이요, 또 어떤 사람은 간택이 어떻게 하여 결정되는 맥락도 확실히 모르고 만인계에 든 자가 출통 번호를 기다리듯이 막연히 부원군을 꿈꾸는 것이다.

또 뽑히려니 생각지 않고 보내는 사람들 중에는 대궐 안 사정을 잘 아는 까닭으로 하여서 벌써 간택에 뽑힐 규수는 다 내정이 되었을 것인즉 내 딸은 가도 소용없다고 단념한 사람과 이런 것 저런 것 교계치 아니하고 다만 겸손한 생각으로 "미거한 녀석이 나라님 눈에 차실 리는 만무

* '주먹'의 준말.

하지만 숨길 길이 없어 내보내오니 보시기만은 한번 보십소." 하고 보내는 사람 등이 있는 것이다.

그리고 보내기는 보내면서 도리어 혹시나 뽑힐까 염려를 하는 사람은 체면 관계로 아니 보낼 수 없어서 보내기는 보내면서도 부귀에는 위험이 따르는 것을 깊이 염려하여 남 보기 영화롭고 속으로 애타느니보다는 차라리 빈한한 가운데 낙을 구하는 편이 낫다고 은둔사상 가진 사람일 것이다.

그는 어찌 되었던지 이날은 온 장안의 기화요초가 일제히 대궐 안으로 모여든 것 같았다. 서로 의논이나 한 듯이 당홍 치마에 노랑 곁마기를 입은 밀동자 같은 아가씨에 이들은 온 장안 행세하는 사대부 집 가정에 피는 그지없이 사랑스럽고 고운 꽃을 모아온 것이다. 구월 달이 다 가고 내일모레가 시월이건만은 일기조차 봄날같이 꼿꼿하였으며 바늘 낀 새 옷을 철 갖추어 입은 그들은 그 고운 두상에 다소간 상기가 됨을 느낄 지경이었다.

그들은 들어오는 대로 의막에 들어 쉬이고 한편으로는 한 사람씩 상감님 계신 보계寶階 앞에 나가서 점고를 마쳤다. 외양이 특별히 묘하거나 이름 있는 신하의 딸은 위에서도 특별히 유심히 보시고 말씀도 물으시며 사랑하는 은명을 내리셨으나 그도 저도 없는 규수는 남 하는 델 거쳐서 나갈 뿐이었다.

이 처녀들 틈에는 물론 안국동 홍 씨 집 처녀도 끼어 있었다. 그러나 그는 첨부터 대접받는 범절이 달랐었다. 아직 어전에 나가기도 전에 세자궁 어머니 되시는 선희궁 영빈이 미리 불러다 보고 특별히 어루만지고 사랑하였으며 또 내인들은 와서 어루만지고 안아주며 귀히 여겼다. 그리고 어전에 나가매 상감마마께서 이윽히 바라보시고 용안에 가득히 웃음을 띄우시며

"과연 명불허전이로구. 듣더니보다 낫게 두었구나. 천생려질이다."

이렇게 칭찬을 하시고 중전마마를 돌아보시니 중전마마 역시 기뻐하시며

"천생귀인이로소이다."

"네 부친이 누구냐고 물어보아라."

늙은 상궁이 상감 분부를 받자워 옆에서 다시 물었다.

"아가씨 부친 이름이 누구냐고 물으시우."

"유학신 홍봉한인 줄로 아리오."

고개를 소곳하고 그러나 옥반에 구실을 굴리는 듯한 차랑차랑한 음성으로 이렇게 대답하였다.

물끄러미 바라보시며 대답 나오기를 기다리시던 상감마마께서는 고만 좋아 못 견디실 것같이 웃음을 웃으시며

"허허허 그렇지. 홍봉한이 딸이지. 과연 기이하고나."

또 중전마마께서는 특별히 가까이 부르시와 손길도 만져보시고 머리도 어루만지시며

"절묘, 절묘하고나."

이 어른은 당신께서 생산을 못하시니만치 남의 자식이라도 이같이 묘한 자질을 보시면 남달리 사랑하시는 것이었다.

원래 화평옹주의 큰동서는 홍봉한의 매씨와 시뉘올케의 관계가 되었음으로 홍 씨 집과 금성위궁과는 서로 성기상통이 되는 터이며 따라서 상감마마께서는 그 특별히 사랑하시는 따님 화평옹주를 통하여 홍씨 집 규수가 절등하단 소문을 미리 들으셨으며 상궁들 입에서도 그런 말씀을 들으신 까닭으로 이 처녀에 대하여서는 특별한 인상을 가지셨고 또 실지를 보시는 바에 듣던 바에 지나치도록 절등기묘하였음으로 이와 같이 기뻐하시고 사랑하시는 것이었다.

상감마마께서는 특별히 사물賜物을 내리셨으며 그를 받자울 제 선희궁과 화평옹주는 집안 어른같이 행례하는 법을 가르쳐 친절히 인도하시는 등 자애가 자별하였다.

간택(4)

간택에 들어갔다가 상감마마며 중전마마께 특별한 칭찬을 받고 나온 안국동 홍 씨 집 규수는 그날 밤 전에 없이 어머니 품에 매달려 잤으며 어머니 역시 애쓰고 나온 것이 가엾어서 전에 없이 어루만지며 품에 안아 재웠었다.

이튿날 아침 일찍이 어린 규수는 그 아버니 음성에 잠이 깨였다.

"이 아이가 수망首望에 들었으니 어쩐 일인고."

이는 아버니의 근심스러운 음성이었다.

"한미한 선비의 자식을 들여보내지 마드면……."

이것은 어머니의 걱정스러운 음성이었다. 이것을 당초에 생각지 못한 바는 아니로대 정말 지목되어 수망에 들어놓고 본즉 부모 된 맘이 별안간 어린 딸을 가엾게 생각하는 것이다. 한참 기 펴고 천진으로 지날 나이에 예법이 무서운 궁중에 들어가 어린 가슴을 태울 생각 하면 간택에 들여보낸 것이 다 후회되는 것이다.

어린 처녀는 부모의 걱정스러이 주고받는 말을 듣자 공연히 맘이 구슬펐으며 어제 궁중에서 특별히 사랑하던 일이 일일이 생각나서 새삼스러이 모두가 놀라웠다. 어머니 품을 떠나게 되는가 하면 눈물이 쏟아지고 울음밖에 나오는 것이 없어 이불을 둘러쓰고 한없이 울었다.

"아희가 무얼 안다고 그러느냐, 우지 마라."

아버니는 꾸지람보다도 위로하는 모양으로 이렇게 말하였으며

"아가, 우지 마라. 왜 우니. 네가 무얼 안다고 공연히 그러느냐. 어서 그쳐라. 아가, 어서 그쳐."

어머니 역시 달래고 위로하였다. 그러나 그럴수록 설움을 채질하는 것 같아서 한없이 느껴가며 울었다.

실컷 울고 난 어린 처녀의 가슴은 한동안 텅 빈 것같이 느껴졌다. 그러나 아무것도 거리낌 없이 천진난만하던 그의 조그만 가슴속에는 첨으로 근심이란 것을 알게 되었었다. 그는 가을 안개와도 같고 봄 아지랑이와 같이 엷은 것이었다. 그러나 항상 물결치고 움직이는 것이었다.

간택에 뽑혔다 하니까 일가친척 간에 의례히 올 사람들은 말할 것도 없거니와 다른 때 별로 온 일 없던 사람까지 찾아와 인사를 하였으며 문하 하인들 중에 발 끊고 안 다니던 것들까지 찾아와서 홍 씨 집은 어느덧 전에 없이 번화한 시절이 돌아왔으며, 그들은 또 구태여 작은 아씨를 찾았으니 이 모양으로 전에 없이 숙덜한* 공기는 항상 어린 가슴에 물결을 일으키는 원인이 되었다.

시월 이십팔 일에 재간택이 되니 이번에는 첨과도 달리 무섭고 놀라운 생각이 앞을 가렸다. 어린 소견에도 오늘은 운명이 결정된다는 것을 생각하였고 당초의 예정대로 하면 세상에 또다시 없는 어머니 품을 떠나서 낯설고 눈 서투른 대궐 안에서 살게 될 것이라는 것을 잘 아느니만치 지금 부모의 앞을 떠나가는 것이 곧 다시 들어오기 어려운 길을 떠나는 것 같았다.

그래도 어머니께서 치장을 차려주시노라 분주하신 동안에는 거기에 정신이 팔려서 얼떨하게 서 있었으나 차릴 것 다 차리고 가마 앞을 나가

* 남이 알아듣지 못하도록 낮은 목소리로 조금 수선스럽게 자꾸 이야기하다.

게 되매 고만 어머니 치마 앞에 매달리고 싶었다. 소견스러운 그는 아무리 하여도 이 길이 아니 가지 못할 길인 줄을 아는 고로 어머님께 손길을 끌려 가마 안으로 들어가면서도 남은 것은 울음밖에 없었다.

어머니 아버지께서 들여다보시며

"오늘은 빠졌으면 좋겠다만은."

"오늘은 천행으로 빠졌으면."

이와 같이 바라기 어려운 것을 바라는 때에 어린 처녀의 울음은 필경 터지고 말았다.

"아가 우지 마라. 얼굴에 얼룩이 지고 치마 앞에 눈물 떨어진다. 울긴 무얼 울어. 대궐에 들어가면 저번처럼 또 귀여워하시고 이번에는 네 집에 가 잘 있거라 하실 터인데. 아가, 가면서라도 부디 우지 마라."

이렇게 달래시는 어머니 말씀 듣고 그는 느끼며 집을 떠나 대궐로 갔다.

대궐에서는 보계 가까운 곳에 특별히 의막을 정하여놓고 기다리다가 반겨서 거기로 불러들이시며 대접하는 범절이 모두 특별하였고 어전에 나간 상감마마께서 친히 엄내嚴內에 들어오서 어루만져 사랑하오시며

"내 아들다운 며느리를 얻었고나. 네 조부를 내가 생각한다."

이렇게 말씀하시고 또 거듭거듭 어루만지시며

"내 네 아비를 보고 사람 얻음을 기꺼하였더니 네가 홍봉한의 딸이로구나."

이와 같이 말씀을 하시고 무한히 기꺼하셨고 또 중전마마께서도 가까이 앉히시고 어루만져 사랑함이 전일보다 더하셨으며 선희궁과 여러 옹주들이 번갈아가며 손길을 만진다, 머리를 쓰다듬는다, 등더리를 어루만진다, 사람이 귀찮도록 귀여워하였다.

나올 때에도 즉시 내보내지 않고 경춘전이란 대궐로 데려다 머물게

하시고 낫것을 내셨으며 또 내인을 시켜 외양을 내게 하시니 비록 어린 소견인들 어찌 징험*이 없으리요. 놀라운 심사를 억지로 참았다가 가마에 들며 또 울음이 나왔다.

간택(5)

재간택을 마치고 경춘전을 떠나오는 그는 벌써 단순한 홍 판서 집 어린 처녀가 아니었다. 그가 탄 가마는 대궐 안 액예掖隷**들이 매었으며 그의 뒤에는 색장내인色障內人(편지 맡은 내인의 이름)이 역시 따로 배행을 하여 따랐다. 가마 속에서 우는 처녀도 나인 비록 어리나 이것이 무엇을 의미하는 것인지를 어찌 모르리요.

집에 당도하자 문간을 들어선 가마는 안으로 들어가지 않고 사랑으로 들어갔으며 가마 앞발을 거드치는 아버지는 도포를 입으신 것이 되었다. 그리고 붙들어 내는 모양이 어찌 기를 펴지 못하는 사람 같은지라. 그는 고만 도포 자락에 매달리어 울었다. 그러나 어머니께서 발을 여시거든 그 품에 매달리어 실컷 좀 울었으면 하던 소원과는 틀렸으며 아버지 도포 자락은 암만하여도 어머니 치맛자락과 같이 만만치를 못하여 울음조차 실컷 울 수 없었다.

그러한 동안 그리웁던 어머니께서는 자기를 안아줄 틈도 없이 분주하신 모양을 보았다. 그는 복식을 고쳐 할머니께 문안할 때와 같이 하고 상에다 홍보를 편 후 편지 하나는 네 번 절하고 받고 하나는 두 번 절하고 받았으며 황송황송하여하는 모양이 그지없어 보였는데, 먼저 받던 편

* 어떤 징조를 경험함.
** 궁에서 임금 등의 행차 등을 맡은 대전별감.

지가 중궁전 글월이요 다음 받던 것이 선희궁 글월이란 것은 추후에서 알았었다.

편지 내용은 물론 딸 잘 둔 치하와 재간에 뽑혔다는 통지였으니 이것이 어린 처녀에게는 어머니 품을 떠나게 하는 선고장이나 다름이 없는 것이었다.

이날부터 어머니, 아버지, 할머니, 아주머니, 이모, 고모 할 것 없이 웃어른들이 존대를 하여 말하며 시스런 손님같이 대접하고 아버니께서 송구스럽고 걱정스러운 모양으로

"대궐에 들어가시면 바깥 사삿집과 달라서 예법이 삼엄하오니 아무쪼록 공경하고 조심하셔서 예법을 잘 지키도록 하시고 어리신 옹주네가 유희물 같은 것을 가지고 노시더라도 그런 것은 본 체 말으시고 몸을 단정히 가지소서."

이런 부친의 훈계를 백 마디나 천 마디나 거듭거듭 하였다. 이러한 훈계 들을 때 어린 생각에 무슨 죄나 지은 것 같았으며 집 안에 있어도 집 안에 있는 것 같지를 아니하였으니 자연 나는 생각이 슬픈 생각이었으며 더구나 얼마 아니 되어 부모 떠날 일을 생각하고는 간장이 다 녹는 듯하여 만사에 경황이 없이 지났었다.

그러한 중 지친들은 말할 것도 없거니와 먼 일가들까지라도 입궐하기 전에 만나본다 하고 아니 와보는 이 없으며 그중에도 웃항렬 점잖은 이들은 다 각각 한마디씩이라도 경계하는 말을 하였다.

대부라는 이 하나는 의관을 정제하고 경계하는 말이

"궁금宮禁이 지엄하니 들어가신 후는 영결이로소이다. 공경하며 조심하여 지내소서. 내 이름이 거울 감鑒 자와 도움 보輔 자이니 들으신 후 생각하옵소서." 하였다. 가뜩이나 설움을 느끼는 어린 가슴에는 이러한 말이 그지없이 슬펐다.

그러나 이와 같은 슬픈 인상은 간 곳마다 그를 기다리고 있었다. 그는 종갓집 사당과 외조부모 사당에 하직키를 원하였더니 이 일이 금성위궁을 통하여 선희궁께 들어가고 선희궁이 또 상감마마께 말씀하여 그리하시라는 전교가 내리셨음으로 다니러 가게 되었었다.

종갓집이라는 것은 당숙 댁이었으며 당숙 내외는 딸이 없는 까닭으로 평시부터 심히 사랑하여 가끔 데려다 묵히어 보내는 터이었다. 그러나 이번에는 당숙모 되시는 이 심히 반가워하면서도 말을 경대함으로 전날과 같지 아니하였고 또 종갓집 사당에 자손이 다닐 때에는 뜰에서 허배하는 법이언만 이날은 정당에 인도하여 절하게 하니 이것도 전에 없던 일이라 어린 가슴에 놀랍고 슬펐으며 외가에를 가매 전에 업어주고 안아주며 무한 정친情親히 굴었던 외종들이 멀리 떨어져 앉아 가까이하지 않고 말을 경대하여 하니 어찌 모든 사람이 자기를 돌려내는 듯 슬펐으며 외삼촌댁이 떠나기 결연하여 하니 눈에 뵈고 귀에 들리는 그 어느 것이 새삼스럽고 슬프지 아니한 것이 없는 것 같았다.

집 떠나갈 일을 생각하고 어린 가슴이 이러할 제 그 어린이를 떠나보내는 부모의 생각이 어떠하리요. 어린 사람은 섧다 하여도 밤이면 어리니 품속에서 자고 낮이면 두 고모와 작은어머니 어루만지는 손끝을 떠나지 아니하였음으로 오히려 위로가 있다 하려니와 그를 보내는 아버니와 어머니는 그를 어여삐 여기고 잔인히 생각하야 마침내 잠을 이루지 못하였다.

재간택이 시월 이십팔 일이고 삼간이 십일월 십삼 일이니 그 사이가 불과 십여 일이라. 아끼는 세월일수록 덧없이 넘어가는 것이니 사랑하는 부모의 맘이 어찌 그렇지 아니하리요.

"이 치마를 입어보소서."

이렇게 말씀하는 어머니는 손에 진당홍 개지주치마를 들고 계셨다. 그는 금방 허리를 달아 인두질친 새 옷이었으며 타오르는 불빛같이 빛나고도 고운 것이었다.

"고운 옷을 못 입히고 이 치마를 하여주려 하였더니 궁금에 들으니 사사 의복 못 입을 것이매 내 하여 입히고 싶은 뜻을 이루고자 이 옷을 지었노라."

치마를 들어 입히는 어머니와 따님의 눈에는 다 같이 이슬이 맺힌 것을 보았으니 이 치마의 내력은 이러하였다.

처녀가 자라날 제 가세가 빈한한 소치로 호사로운 의복을 못 입으되 어린 아희 소견스럽고 숙성하여 남이 고운 옷을 입었을지라도 부러워하는 일이 없었다.

처녀의 나이 아주 어렸을 때 일이다. 외가에 혼인 잔치가 있기로 어머니를 따라갔었더니 년기 상적한 이종이 있어 의복을 찬란히 차리고 왔으며 처녀는 아직 복을 입을 나이 아니로대 조부 상중이라 하여 순색을 입은지라. 이를 본 어머님은 어떤 생각에 부러워하는가 하여 "아무는 저리 고이 입었는데 너는 곱지 못하니 저 아이와 같이 하자." 하였다. 그러나 어린아이는 뜻밖에도 "나는 할아버님 복이 있으니 그와 같이 못 합니다."라고 대답을 하였으며 어머니를 따라 지게 밖에 나지를 아니하였었다.

또 가까운 일가 중에 년기 상적한 처녀가 있어 그 집이 요부한 까닭으로 의복과 노리개에 없는 것이 없으되 부러워한 적이 없으며 한번은 당홍 개지주치마를 입고 왔는데 매우 고와 뵈는지라 모친께서 또 물어

가로대 "네 입고 싶으냐?" 하였다. 그러나 어린 처녀의 대답은

"있사오면 피하고 안 입을 것은 없사오나 장만하여 입기는 싫사오이다."

이 말을 들은 어머님은 혼자서 탄하시며

"너는 빈가 여자기 그러하니 네 성혼 시에는 이 치마를 하여주어 네 오늘날 어른같이 말하던 것을 표하리라."

이와 같이 약속을 하였었다. 이제 뜻밖에 간택에 뽑히어 궁금에 들게 되니 비단옷에 부족할 것이 없으리로대 어려서 남과 같이 못한 일이 한이 되어 어렵고 경황없는 가운데서도 궁금에 들기 전 이 치마를 지어서 입혀보는 것이었다. 치마는 과연 고왔다. 그러나 눈물에 가리운 어머니의 눈에는 한참 동안 그것이 바로 뵈지 아니하였다.

이와 같이 하여 삼간까지의 딸은 세월을 가진 힘을 다하여 사랑하고 어루만졌으나 십여 일의 총총한 광음은 어느덧 다 지나가고 삼간의 기일이 임박하여왔다.

재간 이튿날 보모 최 상궁과 색장 김효덕金孝德이란 내인이 나와 옷 치수를 하여 가더니 이제 최 상궁이 또 나오고 색장은 문다복文多福이라 하는 내인이 나왔으며 중전마마께서 지어 내리신 의복 일습이 나왔으니 초록 유단당저고리 한 짝과 진홍 오호포 문단치마와 저포적삼이더라. 그들은 내일 일찍부터 입궐하라는 재촉을 하고 궐내에 들어올 때는 중전에서 내리신 의복을 입을 것까지도 당부하였다.

마지막 집에 있는 십이월 십이 일 이날도 어느덧 저물었으며 밤이 되매 월색은 명랑하고 눈 위에 찬 바람은 쌀쌀하였다. 고모 되시는 이는 내일이면 나갈 어린 조카딸을 향하여

"집을 두루 살피소서." 하고 같이 나와 손길을 잡고 집 안을 두루두루 돌아다녔다. 어린 처녀는 이것이 하직인가 하매 눈물이 앞을 가리워 발

을 옮길 수가 없었으며 방 안에 들어와서도 이날 밤은 아침 내 잠을 이루지 못하였다.

이튿날은 이른 아침부터 먼촌 일가 부인들은 작별하기 위하여, 가까운 일가들은 별궁으로 가기 위하여 모여들었음으로 집안이 들썩하였었다. 그러한 중 어린 처녀는 사당에 하직하게 되었었다. 고유다례告諭茶禮를 지내고 처량한 목소리로 고유축告諭祝을 읽으니 이 일이 경사연만은 떠나가는 어린이를 위하여 눈물을 흘리지 아니한 사람이 없었으며 더구나 어린 처녀는 애를 끊는 듯 슬피 울었다.

그러나 그는 필경 대궐 안 사람이 되었다. 경춘전에서 잠시 휴식한 후 곧 통명전에 올라가 삼전마마께 뵈옵게 되었다. 대왕대비께서는 이날 첨으로 감하시고 기꺼하시며

"아름답고 극진하니 국가의 복이로다." 하시고 상감마마께서는

"슬거운 며느리니 내 잘 가리었노라." 하셨으며 중전마마와 선희궁 역시 비상히 기꺼하시니 어린 맘에 얼마큼 의지가 생긴 듯하여 위로됨을 느끼었다.

세수 고쳐 하고 원삼 갈아입은 후 상을 받고 날이 저문 후 삼전께 하직하고 별궁으로 향할 제 상감마마께서는 친히 덩* 타는 곳에 임하시와 손을 잡으시고

"조히 가 있다 오너라." 하오시고 또 "소학 보낼 것이니 아비에게 배우고 잘 지내다 들어오너라." 하오서 권권련련하오심이 자별하셨다.

* 공주나 옹주가 타던 가마.

원래 나라법이 삼간에 뽑힌 처녀는 사삿집으로 나가지 못하고 바로 별궁으로 나와서 그곳에 머무르며 가례 준비를 하는 법이니 삼간이 지나면 곧 대궐 안 사람이 되나 다름없는 것이다.

통명전에서 삼전마마를 하직하고 별궁으로 나온즉 해가 이미 저물어 촛불을 켰으며 보지 못하던 대궐 안 사람들이 좌우에 있으니 모든 것이 서투르고 쓸쓸하여 어머니나 모시고 자기를 원하였다. 그러나 보모 최 상궁은

"나라법이 그렇지 아니하니 내려가소서." 하고 엄연히 거절하여 다시 말을 붙일 수가 없었으니 이것이 대궐 안 생활의 첫 경험이었다. 그러나 이튿날에는 아버니도 들어오시고 삼촌들과 당숙이며 기타 집안사람들이 들어왔음으로 얼마큼 활기를 느꼈다.

이와 같이 집안이 단취*하여 앉았을 때 처녀의 아버니는 방 안에 쳐 있는 팔 첩 수놓은 용병龍屛을 보고 또 보고 하더니 아우들을 향하여

"그것 참 이상한 일이어든."

이와 같이 말하였다.

"왜 그러십니까?"

한 아우가 물었다.

"내 을묘 유월 십칠 일 날 꿈에 용이 반자에 서린 것을 보았다는 말은 이왕에도 하였거니와 그때 보던 용빛이 지금까지 눈에 역력하되 무엇이라 형용할 수가 없었더니 오늘날 이 병풍의 용빛이 그때 꿈에 보던 것과 아주 흡사하니 이상한 일이 아닌가?"

* 집안 식구나 친한 사람들끼리 화목하게 한자리에 모임.

을묘 유월 십칠 일이란 것은 이 방 임자인 처녀가 출생되던 날이다. 여러 사람의 눈은 수병풍에 모였다. 용의 몸은 검정실로 놓았으되 비늘은 금사로 놓았는데 금빛과 검은빛이 서로 어리어서 무엇이라 형언하기 어려운 색채를 나타내고 있었다.

여러 사람들은 무슨 신비한 자취를 보는 것 같았으며 과연 우연치 아니한 일이라는 것을 느꼈다. 여식이나 질녀가 오늘날 간택에 뽑혀서 이렇게 별궁 안 한 방에 와 있게 된 것은 결코 어찌어찌하다 그리된 것이 아니요, 그가 이 세상에 날 때부터 또 혹은 전생에서부터 작정된 운명이었던 것이라고 생각하였다.

이러한 생각은 어린 처녀에게도 있었다. 그래서 얼마큼 용기가 더치는 것 같았다. 이렇게 대궐 안에 들어오는 것이 천생으로 타고난 팔자 같고 보면 부모를 떠나는 것만 설워할 것이 아니라 좀 정신을 차려야 하겠다고 생각한 것이다.

우연치 아니한 일은 그뿐이 아니었다. 그 방 안에는 또 네 쪽의 수복수병壽福繡屛이 있었는데 그것은 처녀의 조부 되는 홍 판서가 생전에 사랑하던 물건인 줄을 알았으며 그것을 발견한 것은 처녀의 고모 되는 이였다.

"에그, 이 병풍이 아버님께서 치시든 병풍인데."

그 말을 듣고 본즉 과연 그러하였다. 고쳐 꾸민 까닭으로 얼른 알아보지 못하였으나 홍 판서가 사랑하던 물건으로 지난 경신년 홍 판서 작고 후에 내다 판 것이 분명하였으며 공교히 선희궁으로 들어와 있다가 오늘날 이 방에 치게 되었으니 조부에게 있던 물건이 금중으로 들어와 있다가 다시 그 손녀 마누라 방에 치게 된 것은 역시 우연치 아니한 반가운 일이었다.

그러나 그들을 기쁘게 하는 소위 우연치 아니한 일은 그뿐만이 아니었다.

선희궁에서 내리신 물건 중에 왜진주 노리개가 있었는바 이 물건은 본래 영명공주께서 가지셨던 물건으로 조 모에게 주셨더니 그 집에서 팔았던지 선희궁으로 굴러 들어왔다가 오늘날 공주 자손 되는 이에게로 다시 들어온 것이었다.

이러한 일은 아무가 당하던지 다 기이한 연분임을 기꺼하려니와 그렇지 아니할지라도 일문의 영달을 약속하는 경사를 앞에 둔 그들이 모든 일에 좋은 의미를 붙여 생각하며 모든 일에 즐거운 인연을 붙여 생각하려는 것은 인정으로 괴이치 아니한 일이었다.

그해 십일월 십삼 일에 삼간이 되어가지고 이듬해 갑자년 정월 십일일 날 가례가 되었음으로 그가 별궁에 머문 것은 오십여 일이나 되었다.

별궁으로 나오던 이튿날에 상감마마께서 소학을 보내시고 또 훈서라는 책을 보내셨다. 훈서라는 것은 현빈(효장 세자빈)이 대궐에 들어온 후 위에서 훈계하실 말씀을 글로 적어주신 것이니 말하자면 세자빈의 수신 교과서 같은 것이었다.

그는 날마다 아버니에게 소학을 배우고 배운 글을 익히는 여가에는 훈서를 또 읽었다. 다시 말하면 그의 별궁 생활 오십 일은 빈궁 노릇 하는 수신 교과서를 배워가면서 궁중 생활의 초보를 실습한 것이었다.

이러한 동안에도 삼전에서는 안부를 문자오시는 상궁을 가끔 내보내셨으며 그 상궁들은 나오면 본댁을 찾아 정숙히 대접하니 부지중 삼전 상궁들과도 낯익어지는 사람 많게 되었었다.

간택(8)

갑자 정월 초 구 일에 빈궁 책봉되고 십일 일에는 가례를 거행하기로 되었으니 가례 거행 후에는 이 별궁도 떠나 아주 궁중으로 들어가게 되는지라. 이제부터는 정말 부모 친척을 떠나게 되는 고로 어린 빈궁은 초십 일 낮 온종일을 울음으로 보내었다. 울어도 울어도 그지없이 섧을 뿐이었다.

이 모양을 보는 부모의 맘인들 결연한 생각이 오죽할 것 아니로대 여기는 집안과도 다르고 또 언제까지 연연한 태도를 보일 수도 없음으로 모든 감정은 가슴속에 집어넣고 오직 경계를 할 뿐이었다. 궐내에 들어가 당할 크고 작은 일에 거듭거듭 경계를 하여 느껴 우는 옆에서 들려주고 있었다.

"인신人臣의 집이 척리戚里 되면 영총이 따르고 영총이 따르면 문란이 성하고 문란이 성하면 재앙을 부르나니 내 집이 도위 자손으로 국은을 세세에 망극히 입었으니 나라를 위하여 부탕도화*를 이어 사양하리만은 백면서생이 일도에 왕실에 척연 되니 복의 징조가 아니요 화액의 기틀이 오니 오늘부터 우구憂懼하여 죽을 곳을 모르겠나이다."

어린 빈궁은 느껴 우는 가운데도 그 아버니가 두렵고 근심스러운 모양으로 하는 이러한 말을 알아듣기는 하였다.

"궁중에 들어가시거든 상전 섬김을 근신하여 효행으로 하시고 동궁 섬김을 반드시 옳은 일로 하시며 더욱이 말씀을 삼가 국가의 복을 닦으소서."

이러한 말은 어린 빈궁의 울음과 한 가지로 그칠 바를 알지 못하는

* 어떤 괴로움이나 위험한 일을 피하지 않는 태도를 이르는 말.

듯 백 마디 계속하였으매 어린 빈궁은 슬픈 가운데에도 특별히 조심하고 삼가야 할 것은 깊이깊이 깨달은 바가 있었다.

가례 당일의 십일 일은 돌아왔다. 어제 하루를 울고 지난 어린 빈궁도 이날은 아침부터 연지곤지 찍고 단장을 하랴 옷을 갈아입으랴 여러 내인들에게 시달리어 얼떨한 가운데 큰머리 쓰고 원삼을 입고 눈을 내리깔아 새색시 놀음을 하게 되었으며 본댁의 부모도 아버니는 당홍공복에 복두를 썼으며 어머니는 큰머리에 원삼을 입어 예모를 차렸었다.

이날은 빈궁의 본댁 편에서도 구경도 할 겸 마지막 이별도 할 겸 올 수 있는 사람은 다 모여들었고 대궐 안에서도 많은 사람이 나왔음으로 별궁 안은 천자만홍의 번화한 광경을 이루었다. 그러나 이날 별궁 안에서는 초례라는 간단한 의식이 있을 뿐이요 대례는 대궐 안에 들어가 거행을 하게 되었음으로 별로 구경할 것은 없었다. 그러니 비록 간단한 의식일지라도 벌여놓은 행장집물이며 차려놓은 범절이 찬란하니만치 그것도 구경이었으며 또 빈궁이 별궁을 떠나서 대궐로 들어가는 치장범절만 하여도 구경거리가 아닌 것은 아니었다.

이날은 궁중에 들어가 대례를 지내고 이튿날 조현이 있으나 사가로 이르면 현구고*였다. 조률만과수반棗栗萬果○盤이라 하는 폐백을 양전에 올리고 사배하여 뵈우니 상감마마께서는 폐백을 받드시고 나서 경계를 하셨다.

"네 폐백을 받았으니 내 한 말을 경계한다. 세사世嗣 섬길 제 부드럽게 하고 성색聲色을 가벼이 말고 혹 눈이 넓어도 궁중에서는 예삿일이니 모르는 체하고 아는 색을 뵈지 마라."

조현이 끝난 후 상감마마께서는 또 사돈 홍봉한을 인견하시와

* 신부가 예물을 가지고 처음으로 시부모를 뵙는 일.

"생녀를 아름다이 하여 국가의 경사가 되게 하니 네 매우 유공타." 하시고 여러 가지로 간절하신 은교를 내리신 후 선은하사 주효*를 내리셨다. 그는 황송히 이를 받자와 머리를 조아 사은하였으며 술을 따라 마시고 안주를 먹은 후 술 남은 것은 소배에 따르고 감자柑子** 씨는 몸에 품었다.

상감마마께서는 이를 보시고 세자빈을 행하오사

"네 부친이 예를 안다." 칭찬하셨다.

이튿날 정견에서 진하進賀를 받으실 제 특별히 빈궁과 본댁들에게 구경을 하라 하오시고 진하가 끝난 후 대조전에서 중궁마마께서 사돈댁을 인견하자 간곡히 접대하시며 선희궁이 또 곧 만나보고 정○히 수작하니 처지는 비록 다를지라도 인정에는 다름이 없었다.

빈궁은 통명전에서 사흘 밤을 지나고 저성전으로 들어와 관희합에 들었으니 여기는 빈궁이 영구히 거처할 처소였다. 여기까지 본 빈궁의 친모 부인은

"삼전이 사랑히 하오시고 큰 궁이 딸같이 귀중이 하오시니 효도에 힘쓰시면 국가의 복이오니 부모를 생각하시거든 이 말씀을 명심하소서." 하는 경계의 말을 남기고 태연히 작별하여 애끊는 듯 섭섭하여 하는 어린 따님에게 섭섭한 눈치를 보이지 아니하였다. 그러나 가마 안에 든 뒤에는 눈물을 머금고 여러 나인들에게 간절히 뒷일을 부탁하였다.

* 술과 안주를 아울러 이르는 말.
** 홍귤 나무의 열매. 갈증과 술독을 풀어주고 대변을 부드럽게 하는 데에 쓴다.

세자빈이 아주 궁중에 자리 잡게 되자 모부인마저 하직하고 나가시니 좌우에 남은 낯익은 사람이라고는 유모 아지와 시비 복네가 있을 뿐이었다. 복네라는 것은 대물린 하인으로 세자빈이 어려서부터 소꿉동무를 삼아 특별히 사랑하던 터이며 성질이 영리하고도 충성스러워서 가히 믿음직하였었다.

"복네야, 너 거기 있니?"

빈궁은 일없는 때에도 복네의 얼굴만 안 보이면 이렇게 찾았고 복네 역시도 낯선 궁중에 들어와 의지할 곳이 어린 상전밖에 없음으로 집에 있을 때와도 달라서 항상 곁을 떠나지 않고 입에 혀같이 시중을 하였다.

그담 십오 일에 선원전에 전알하고 십칠 일에는 또 종묘에 전알하니 이로써 대례가 끝난지라, 어린 나에 무거운 수식首飾을 이고 능히 실수가 없이 여러 날의 큰일을 치렀으니 가상하다 하오서 상감마마께서 칭찬을 하셨으며 선희궁에서 기꺼하는 모양은 예사가 아니었다.

이로부터 웃전과 중궁마마께서는 오 일에 일 차씩 선희궁에는 삼 일에 일 차씩 문안을 하기로 되었으며 문안을 갈 때는 반드시 예복을 입어야 되고 또 시간이 늦으면 아니 되는 고로 문안 가는 날이면 새벽에 일어나서 준비를 하지 아니하면 아니 되는 것이다.

"애, 복네야. 내일은 문안을 가는 날이다. 일찍 깨워다고. 아지도 정신 차려 일찍 깨워주."

문안 가는 전날 밤이면 빈궁은 언제든지 복네와 유모에게 이러한 부탁을 하였으며 충성스러운 두 사람은 혹시 상전에게 실례가 될까 하여 잠을 사로자고* 애를 쓰다가 먼동이 틀 때이면 세 사람이 다 같이 잠이 깨거나 그렇지 아니하면 복네나 유모 중에 누구나가 먼저 깨여서 아무리

봄 새벽의 곤한 잠이라도 한 번도 늦잠으로 하여서 실수한 일은 없었다.

사삿집이라도 출가한 새색시가 범절 있는 시집에 가면 물론 잘 잠을 다 자보지는 못하는 것이다. 밤이면 시부모를 위시하여 웃사람과 남편이 자리에 들기 전에 옷끈을 끌러보지 못하는 법이요, 새벽이면 아무도 깨기 전에 일어나서 우선 머리 빗고 소세하고 새 옷을 갈아입고 있다가 시부모 기침하시면 문안을 하고 나서야 큰머리 끌러놓고 부엌에 내려가 시부모와 남편의 아침상을 간금하여야 되는 것이다. 그런 까닭으로 새색시가 머리 빗는 모양을 남에게 들킬 지경이면 벌써 시원치 못하다는 뒷공론이 나는 것이었으니 날이 추우나 더우나 밤이 기나 짧으나 여일 일관으로 이 예절만 지키자 하여도 시집살이란 편한 것은 아니었다. 그렇기로 아이들 동요에도

형님— 사촌 형님
시집사리 엇덥덴가
고초당초 맵다 해도
시집가티 매울소냐

하는 것이 있으니 이 점은 사가나 대궐이나 다름이 없었다.

그러나 빈궁은 또 한 가지 맘 쓰이는 일이 있었으니 그것은 세자궁의 행동이었다. 대궐법에 빈궁은 아무리 일찍 준비가 되었을지라도 세자궁이 앞서지 아니하면 문안을 못하는 법이었다. 그러한 까닭으로 일찍이 소세하고 예복을 입고 무거운 큰머리를 쓴 어린 세자빈은 새벽같이 관회합을 떠나서 세자 계신 저성전을 가게 된다. 그래서 세자께서 소세하시

* 염려가 되어 마음을 놓지 못하고 조바심하며 자다.

고 예복을 차리실 때까지 기다리는 것이었다.

"동마마(동궁마마란 말) 의대(의복이란 말) 입으소서. 빈마마께서는 벌써 와 기다리시나이다."

모신 내인이 이렇게 재촉하기를 몇 차례나 한 뒤에 세자께서는 누구를 위하여 생색이나 내는 듯이

"어어 귀찮아. 자 의대 입자."

이렇게 허락이 나시면 그제야 내인들이 달려들어 봉지(바지란 말)와 동의대(저고리란 말)부터 입혀드린다. 족건(버선이란 말) 신고 대님 매는 것은 말할 것도 없거니와 봉지 춤 여미고 허리 매는 것이며 동의대의 고름을 매는 것까지 전부 하여드린다.

그러나 옷을 입고 나서도 소세를 하는 것은 여간 일이 아니었다.

"세수하시옵소서. 문안 가실 시각이 늦어가나이다."

내인이 옆에서 이렇게 여쭈면

"에이 귀찮아!"

이와 같이 말하시며 금방 세수간으로 갈 것같이 벌떡 일어나서 문 앞을 향하고 우르르 달려 나가다가도 무슨 생각으로 돌아와 앉으셔서

"지!" 하고 소리를 치셨다. 지란 말은 소변을 보겠다는 말이었으며 모시고 있는 내인들은 그렇게만 하여도 다 알아들었다. 요강을 갖다 놓고 봉지 앞을 헤치고 지를 누여드렸다. 그러나 지가 끝난 뒤에도 세수하겠다는 말씀은 또 없었다.

"세수하시옵소서."

내인이 또 재촉을 하면

"응할 터이다."

대답은 이렇게 하면서도 여전히 움직이는 일은 없었다.

세자께서 세수하기 어려워 뫼신 사람들은 진이 나도록 애를 씌우시는 동안에 세자빈은 무거운 수식을 머리에 쓰고 아픈 고개를 가누면서 기다리고 있는 것이 아주 식이 되었었다.

'어쩌면 세수 좀 하시기가 저렇게 어려우신고. 이상도 한 일이다.'

세자빈은 나 어리신 소견에도 이렇게 생각을 하였으나 무엇이라 말할 수도 없는 터임으로 남모르게 답답히 여길 뿐이었으며

'혹시 시간이 일러 저리하시는가.'

하는 생각도 하였었다. 그러나 세자궁께서 세수하기 싫어하는 것은 일찍이 문안 가시는 날뿐이 아니었다. 그렇지 아니한 날이라도 첫째, 서연에 나가시는 시간을 맞추기가 힘들었다. 빈료들이 다 모이고 시각이 늦어가게 될 때쯤이라야 할 수 없이 부대끼고 졸려서 세수를 하시는 까닭으로 언제든지 서연에 나가실 때는 바쁜 걸음을 걸으시는 것이었다.

세자궁 춘추가 아직 어리시고 첨부터 거스를 사람 없이 잉편하고 임의롭게만 자라신 터인즉 그러하시기 괴이치 않다 하면 그도 그럴듯한 말이다. 그러나 세자궁 행동이 무엇이고 다 이 모양으로 어리고 방향이 없으시냐 하면 결코 그런 것은 아니었다.

본래 천품이 영특하시고 발육이 특별히 숙성하오신 세자궁은 춘추에 비겨서 몸도 대석하시고 기상도 엄연하시며 지각도 회홍하셨다. 그런 까닭으로 강연 같은 데 나가서 빈료들을 인접하오실 때에는 태도가 엄연숙숙하오시고 강성講聲도 홍량하시며 문의文義도 잘 이해하시와 뫼옵는 이들이 다 거룩하오심을 일컬으며 따라서 밖으로는 영명이 높으셨다.

또 압바마마 앞에 나가신 때에는 옆에서 뫼옵기에 과하시다 싶으리만치 예모를 차리시와 감히 앉지를 못하시고 다른 신하들처럼 국축부복

하여 지내시니 이러한 것은 오히려 지나치는 일이라고 할 것이었다.

대체 세자께서 압바마마 앞에 이같이 과도히 하시는 것은 첫째, 철이 나시며부터 압바마마께 가까이 모시고 천통의 자애를 받아보신 일은 적고 일상의 예법은 엄한 까닭으로 자연 무섭고 조신스러운 생각이 앞을 선 것이며, 세자께서 이렇게 하실수록 상감마마께서는 도리어 그 아드님이 아직 어리신 생각과 당신께서 가르쳐야 하실 사람인 것을 잊어버리시고 성년 된 사람과 같이 대접하려시는 때가 많았고, 상감마마 ○대가 그러하실수록 세자궁 처지는 더욱 난처하게 되어 자연 꾸지람을 들으시는 일도 많게 되었다.

이와 같이 상감마마와 세자궁 부자분 사이가 우연히 서어하여진 결과 원인이 결과 되고 결과가 또 원인을 지어 점점 서어하여지신 조짐이 있는 중 또 두 분은 타고나신 성질이 서로 다르신 것도 한 중대한 고장이 되었다.

상감마마께서는 명민 활달하신 데가 역력히 많으시고 세자궁은 엄위 침묵하신 성질이시라 부자분 사이에 간단한 문답을 하실 경우에도 아버님은 건드리면 응하는 것 같은 민첩한 응대로 좋아하시건만 아든님은 번연히 아시는 일이라도 머뭇머뭇하여 이리 대답할까 저리 대답할까 생각을 하시다가 압바마마께서 짜증이 나실 때에나 겨우 대답을 하시니 그 대답이 설령 바로 되었다 할지라도 압바마마 심중은 벌써 불쾌하셨으니 자연 용안에 불쾌한 빛이 나타나기 쉽고 또 꾸지람도 뒤따르기 쉬우며, 이러한 일이 한 번 있어 두 번 있어 여러 번 지내일수록 아번님은 아든님의 행동을 갑갑히 여기시고 아든님은 압바마마를 점점 무섭게만 생각하여 역시 부자분 사이를 서어하게 하는 원인이 되었었다.

세자궁께서 본래 영웅 자질로서 호화롭고 자유로운 것을 좋아하시는데 한편으로는 강보로부터 내인들만 맡겨서 감히 거스르는 사람이 없이 자유라기보다도 방자스럽게 길리우셨으니 무엇보다도 싫은 것은, 싫다기보다도 고통을 느끼는 것은 남에게 눌리고 꺾이는 일이었다. 무엇이고 맘대로 못하면 공연히 부적이 나고 심기가 불평하였으며 그 자리를 옮기거나 그 일이 바뀌기 전에는 그 기분이 또한 바뀌어지지 아니하였다.

그러한 까닭으로 설령 압바마마께라도 꾸지람을 듣고 보면 그 불쾌한 생각은 일반이었으며 한번 꾸지람을 듣고 보면 고만 심기가 불평하여 그담부터는 사사건건이 순하게 풀리지를 못하며 이러한 일이 여러 번 거듭한 결과는 어느덧 압바마마 앞에만 나가도 두통이 나게까지 되었으며 이러한 결과는 세자궁의 천품이 영걸하면 영걸할수록 그에 정비례하여 크게 되는 것이었다.

그 후에 다섯 해(3)

세자궁에서 세수하기 어려워하시는 모양은 갈수록 예사롭지 아니하였다. 두 살, 세 살의 어린 아기와 달라서 아무리 잉편한 것을 좋아한다 할지라도 날마다 하는 세수를 그렇게 어려워할 까닭이 없음으로 좌우에 뫼신 사람들도 차츰 이상히 생각하여 혹시 무슨 병환의 조짐이나 아니신가 하는 염려를 하였으며 모여 앉으면 수군수군 이야기를 하게 되었었다.

"동마마 하시는 거동이 암만해도 좀 이상하지 않아?"

"글쎄 말이지. 오늘 아침에도 보아. 세수를 하시다 말고 무엇에 들린 사람처럼 건잡을 새 없이 뛰어가 버리시겠지."

"요새는 세수뿐만 아니서요. 참다랗게 노시다가도 별안간 노저개를 죄 두드려 부시지, 무얼 하시다 말고 금방 잊어버린 것같이 딴청을 쓰시지 정말 이상하서요."

"아무렇든지. 예사 아기네 선하게 노는 것과는 다르서요."

"그것도 무슨 병환이실까?"

"병환이시기에 그렇지 전에는 안 그러셨는데."

내인들의 이러한 뒷공론이 한참 계속되더니 을축년 가을철이 접어들자 정말 병환이 나셨다.

병환이 나셨다 하여도 더럭더럭 몸져서 앓으시는 것은 아니었다. 집어 아픈 것도 아니었으나 공연히 신기가 불평하신 모양이었다. 머리가 무겁고 가슴이 답답하다는 것이 제일 현저한 증세였으며 이 답답한 증이라는 것이 조화를 부렸다. 남 보기에 예사롭지 못한 행동을 하시게 하는 원인은 이 답답증에 있는 것이었으며 이 증세는 진퇴가 무상하였다.

병환이신 줄 알고 보매 물론 탕제도 쓰시려니와 당시 유명하다는 점쟁이를 찾아 문복도 하여보니 그들의 대답은 여출일구로 저성전에 계신 해라고 하였다. 그리고 경을 읽어야 하고 기도를 하여야 한다고 한 것은 물론이다.

선희궁에서 이 말을 듣고 본즉 당초에 상감마마께서 저성전 말씀을 하실 때에 가슴이 선뜩하던 묵은 기억이 새로워지면서 그때 되나 안 되나 말씀이나 하여볼 것을 하고 후회가 되었다. 그러나 지나간 일은 할 수가 없은즉 그들의 말을 쫓아 경이나 읽어보고 기도나 하여볼 수밖에 없었다.

이로부터 얼마 동안 허다한 재물을 허비하여 기도와 독경을 일삼았으나 기도나 독경으로 병환이 나으실 리는 만무한 일임으로 필경은 문제의 저성전을 떠나 대조전 서익실인 융경헌에 피우하시고 세자빈은 집목헌에 가 모빈을 뫼시고 지냈으며 이듬해 병인 정월에는 경춘전으로 옮기셨다.

여기서는 피우하신 효험이 있었다. 경춘전은 집목헌과도 가깝고 또 화평옹주가 거처하는 연경당과도 가까웠음으로 어머니 되시는 선희궁도 가끔 와 보시고 화평옹주도 그 오라버니를 귀히 여겨 연경당으로 청하여 정답게 지내니 화평옹주는 천성도 인후공검하거니와 상감마마께서 특별히 총애하시는 터임으로 그에 따라 세자궁께도 가까이하오사 전에 없이 자애를 베푸시니 이것이 기도보다도 독경보다도 탕제보다도 효험 있는 약이 되었었다.

세자는 기쁘고 즐거워하사 압바마마 두려워하시는 생각이 적어졌으며 병환도 어느덧 나으시게 되어 이듬해 정묘년쯤은 서연도 착실히 하오시고 아무 걱정할 일이 없게까지 되었었다.

그러나 이러한 상태는 오래 계속되지 아니하였다. 정묘년 시월에 창덕궁 행각에 화재가 있어 경희궁으로 이어移御를 하시니 세자궁 처소는 집회당이요, 선희궁은 약덕당, 화평옹주는 일녕헌인지라 사이가 멀어져서 상종하기 드물게 되니 사랑하시는 부모님과 누님을 떠나게 되신 세자궁은 다시 무예 놀음을 시작하게 되셨다.

그러나 고장은 그뿐만도 아니었다. 세자궁 춘추가 십사 세 되시던 무진년 유월에 세자궁께 없지 못할 누님 화평옹주가 작고하니 다시 부자분 사이에 있어 어려운 마디를 조화할 사람도 없이 되었거니와 상감마마께서 천륜 밖 자별하시던 따님을 잃으시고 거위 성체를 버리신 듯이 애통하시며 선희궁 역시 일반이었다.

부모 두 분께서 다 참척에 상심되시와 만사가 꿈같으신지라. 그렇지 아니하여도 그 아드님 교도에 어찌한 까닭이신지 범연하신 적이 많았거니와 이제는 더구나 임타하여 알은 체 아니하시니 세자께서는 넓은 천지에 거리낄 것 없는 형편이 되신지라 유희가 부쩍 심하게 되어 세상만사에 아니 하여보시는 일이 없이 되었다. 본래 좋아하시는 일이 무예붙이는 활쏘기, 칼 쓰기를 다 능란히 하시며 매양 노시는 것이 그 붙이를 좋아하시고 기타 그림 그리기를 좋아하시며 경문 잡서붙이를 공부하여 외우시니 유희에 이와 같이 맘이 딸리실 때 정말 경서 공부에 생각이 있으실 리 만무하였다.

그 후에 다섯 해(4)

화평옹주의 상사는 세자궁께 거듭거듭 여러 가지로 불리한 일이었다.

첫째, 압바마마께서는 본래 춘추도 높으시거니와 험난한 일을 많이 겪으사 세상일에 피로를 느끼심으로 나라의 중대한 일은 부득이 친히 총찰하시거니와 그 외의 일에는 도무지 무심하게 지나시던 중 제일 사랑하시는 화평옹주를 잃으시고 과도히 애통하신 결과 부지중 성체를 상하시와 전보다 상우上憂*도 가지시고 맘에 흥락하오신 여가가 전연 없게 되시니 그 결과는 소중한 세자 전하의 교도 감독하실 일까지도 전연 잊어버리신 것이었다.

거처 음식을 맡아 받드는 내인들이 있고 독서강학讀書講學과 보도책선補導責善에 맡은 관원이 있으니 다 잘하여드리겠지 하시는 성려이실 것이다. 그러함으로 혹 가다가 동궁 생각을 하실 때에는 사랑하시고 어루만지시려는 자애하오신 처분보다 요사이는 어떠나한가 하고 시험하여보려는 생각이 앞을 서게 되셨다. 요사이는 어떠한 놀이를, 공부는 얼마나 늘었는가 이러한 일이 궁거우신 중 세자궁께서 본래 영명숙성하신 줄로 생각

* 임금의 근심.

하시는 터이라 자연 그 시험하시는 말씀은 세자궁 정도에 지나치시는 일이 많았으며 또 세자궁을 부르시는 것은 항상 부자분이 마주 앉아 문답하실 수 있는 조용한 시간이 아니었다. 즉 상감마마께서는 비록 세자궁을 위하여서라도 한가히 쉴 수 있는 시각을 희생키는 원치 아니하시는 터임으로 자연 여러 신하들의 뫼신 자리에나 궁중이 많이 모인 자리였다.

예를 들면 이러하였다. 한번은 상우가 계시와 대왕대비전에서도 내려오시고 여러 옹주들이 다 모이고 월성, 금성의 두 부마도 들어오고 온 궁중이 다 모인 때 위에서 내인을 보내시와 세자 가지고 노는 것을 가져오라 하셨다. 물론 비교적 눈에 띄지 않는 물건으로 가져왔었다.

그러나 그는 역시 활이며 칼이었다. 상감마마께서는 이것을 여러 사람에게 돌려 보게 하시니 세자궁께서는 만좌중 무안을 당하셨다.

이러한 것도 상감마마 성려에 첨부터 여러 사람 면전에서 세자궁을 무안 주시려 하심이 아닐지나 그 결과를 보고서는 이상히 생각지 아니할 수가 없었다. 또 한 번은 상감마마께서 여러 신하를 데리시고 차대를 하오시다가 세자를 부르셨다. 당초의 성려이신즉 여러 중신들 앞에서 숙성하신 세자궁을 자랑하고자 하심일는지도 알 수 없으나 세자궁이 나가신 때에는 대학 가운데서도 제일 알기 어렵다는 대문을 내놓으시고 질문을 하셨다.

"대학에 차지위혈구지도此之謂絜矩之道라 하였으니 혈구지도가 어떠하단 말이냐?"

자리에 있던 노성한 신하들도 이것은 좀 어려운 문제라고 생각하였으며 고개를 들어 곁눈으로 세자궁을 슬슬 보았다.

"능히 대답을 하실까?" 하는 생각이다. 세자궁은 여러 신하들과 같이 국축부복하여 있을 뿐이었다.

"왜 대답이 없느냐?"

상감마마께서는 벌써 불쾌하오신 음성으로 이와 같이 재촉을 하셨다. 그러나 세자궁은 여전히 대답이 없으셨다. 본대 세자궁께서는 잘 아시는 것이라도 응구첩대*로 대답은 못하오시며 더구나 압바마마 앞에서는 이 증이 더하신 데다 본래부터 알기 어려운 문제가 뚝 떨어져놓았은즉 좀처럼 입을 떼실 수가 없이 된 형편이었다.

"그것을 안 배웠느냐?"

상감마마께서는 분명히 화증이신 음성으로 이렇게 다좆쳐 물으셨다. 세자궁은 그 대답에도 머뭇머뭇하시다가 겨우 입을 여셨다.

"배웠나이다."

상감마마께서는 답답증이 나셨다. 이제는 알고 모르는 것보다도 그 민첩치 못한 행동에 화를 내신 것이었다.

"배웠으면 어찌 대답을 못하느냐?"

상감마마께서는 또 다좆쳐 물으셨다. 세자궁은 등골에서 식은땀이 나셨다. 누가 무엇이라고 좀 여쭈어드렸으면 하고 속으로 생각을 하였으나 아무도 입을 떼는 사람이 없었다. 이때 세자궁께서는 상감마마 하시는 처분도 좀 야속하였고 여러 신하들의 방관적 태도도 맘에 불쾌하였으며 이렇게 불쾌한 생각이 들고 보면 다시는 잘 아시는 것도 조리 차려서 차근차근 말씀치 못하시는 것이 본 성질이셨다.

"그래, 배웠다는 것을 벙끗도 못한단 말이냐?"

마침내 꾸지람을 듣게 되매 세자께서는 다소 반항하는 생각이 나셨으며 그 기운을 빌어가지고 되나 안 되나 한마디 아뢰었다.

"기소불욕己所不欲을 물시어인勿施於人이란 말씀과 같은 말씀이압나이다."

* 묻는 대로 거침없이 대답함.

간단한 설명으로는 매우 잘된 설명이었다. 여하간 이만큼 대답을 하셨으니 가상히 여기셔도 좋으시련만은 상감마마께서는 또 어려운 질문을 하시었다.

그 후에 다섯 해(5)

세자궁에서 비록 변변하게 응대는 못하셨을지라도 대답하신 말씀이 글 뜻에 합당하게 되었으니 상감마마께서라도 그런 계제에 좋도록 한 말씀 이르시고 다시 다른 문제를 의논하도록 하셨으면 좋으련만은 어찌한 성려이시던지 거기 대하여 또 한 번 각박하게 어려운 질문을 하시었다.

"대체 뜻은 그러하다 하고 그것을 어찌 혈구지도絜矩之道라고 하였어?"

이것은 정말 어려운 문제였다. 내가 원치 않는 것은 남에게 베풀지 마라, 즉 내 몸을 미루어 남에게 미치는 일을 어찌하여 혈구지도라고 이름을 지었을까? 혈구라는 두 글자의 뜻으로 보면 혈絜 자는 법도라는 글자이니 지금으로 이르면 자나 맷돌같이 물건을 재는 데 쓰는 것이요, 구矩라는 것은 모진 것을 만드는 것인즉 지금 말로 하면 사각정근四角定根이라고나 할 것이다. 그리고 본즉 혈구 두 자가 한 데 합친 의미는 물건을 헤아리는 법도라는 뜻이 되거나 좀 더 복잡하게 꺾어서 새긴다 할지라도 물건을 헤아려 법도에 맞춘다는 의미밖에 아니 되는 것이다. 이것을 혈구지도라는 원대문大文과 맞추어가지고 어렵게 설명을 하면 혹 그럼 즉한 점도 있을는지는 모르거니와 아무리 생각하여도 글 뜻에 척 들어맞는 것은 아니다. 따라서 이것은 아무도 분명히 설명할 수 없는 문제이니 이것을 굳이 꿰어 묻는다는 것은 어떤 의미로 보아서는 사람은 어찌 사람이라 하였느냐는 질문이나 일반이다.

세자궁은 앞이 칵 막힌 것같이 느꼈으며 아무리 압바마마께서 하시는 일이지만 이렇게까지 하시는 것은 야속하다는 생각만 머릿속에 가득하였었다.

이때 비로소 대신 리종성李宗城이라는 이가 세자궁을 위하여 상감마마께 말씀을 여쭈었다.

"위에 아뢰오. 동궁에서 혈구지도를 기소불욕을 물시어인이라는 한 말씀으로 요약하여 대답하신 것으로 말씀하면 비록 노사숙유老士宿儒라도 더할 길이 없사오며 혈구지도의 본뜻을 그렇게 통루히 아실 적엔 지금 상감마마께서 하문하신 것도 동궁에서 모르실 리가 만무하시겠사오나 본래 그 문제는 알삽*도 하려니와 설명하기가 장황하온즉 동궁에서 비록 아시는 문제이실지라도 존전께서 장황한 문제 설명을 하시기 어려울 듯하오니 이 문제는 거두시고 다른 제목을 물으시는 것이 좋을 듯하오."

상감마마께서는 비로소 용안에 화기가 돌으시며

"그러할까? 경의 의견이 그러하니 그럼 이 문제는 그만두지."

이와 같이 말씀을 하시고 어전에 있는 책을 두어 권 뒤적뒤적하시더니 다시는 물어볼 흥미가 없으셨든지 그만두시고 세자궁께 물러가라신 처분을 내리셨다. 어전을 떠나시는 세자는 곧 소생이 된 듯이 기쁘셨으며 이때 리종성이 한이 없이 고마우셨다.

처소에 돌아오신 세자께서는 내관 유인식을 보시며

"과연 사람은 소론들이 낫구나. 그 노론 놈들이란 느물느물 추세나 하고 역적 놈들."

별안간 이렇게 말씀하셨다. 유인식은 깜짝 놀라며

* 문장의 조리가 잘 통하지 않아 알아보기 힘들다.

"동마마 별안간 그게 무슨 말씀이십는잇가? 말씀 조심하소서. 그런 말씀 누가 들으면 자미 없습나니다."

"들으면 어때? 역적 놈들 보고 역적이라기가 예사지."

"아니 그리 마시압소서. 설령 눈에 거치는 일이 있을지라도 속으로 생각만 하오실 일이지 그렇게 입 밖에 내어 말씀을 하시면 아니 되나이다."

"너는 왜 노론 놈들 역적이라고 가끔 하니?"

"그러기에 소인이야 혹 조용한 계제에 동마마께 지나간 일을 알아둡시사고 그런 말씀을 한 것이옵지 어디 다른 데서야 입을 떼나잇가?"

"그럼 나도 여기서 좀 하는 것은 상관없겠구나."

"여기서 소인 같은 놈 듣는 데는 아무리 하신들 상관잇사오릿가."

세자궁과 내시 유인식 사이의 이 회화를 유심히 듣고 보면 그 속에는 깊은 맥락이 흐르고 있는 것을 짐작을 할 수가 있는 것이다.

첫째 세자궁은 당시에 제일 세력 있는 당파인 노론들을 밀어서 역적이라고 하시는 동시에 소론들을 충성스런 신하로 아시는 경향이 있으시며 세자궁께 이러한 관념을 넣어드린 것은 뫼시고 있는 내시인들의 작용이라고 볼 수가 있는 것이었다. 이것은 앞으로 세자궁 신상에 실로 중대한 영향을 미치게 하시었거니와 이 일의 배태된 시초는 상감마마께서 웃전에 뫼시던 사람들을 불러 세자궁에 두신 데서 ○○었다. 이 사이 소식은 다음 또 자세히 알게 될 날이 있으려니와 상감마마와 세자궁 부자분 사이는 이러구러하여 부지중 점점 서어하게 되어가는 데다 화평옹주와 같이 부자분 사이에 있어 정성으로 조화를 도모하며 상감마마께서 진노하실 때던지 과거過擧*를 하실 때던지 능히 풀어 여쭐 사람을 잃었다는 것

* 정도에 지나친 거동.

은 무엇보담 큰 손실이었던 것이다.

애증의 불꽃(1)

위대한 장처를 가진 이는 그 반면으로 위대한 단처도 가지기 쉬운 것이니 세상일이 오로지 아름답기 어려운 것이다

이조 오백 년 군왕 중에도 영조대왕으로 말씀하면 특별히 영명활달하시며 신하들까지 사랑하사 조신들 사이에 당파싸움이 극도로 맹렬한 당시에 그 다년의 폐습인 파쟁을 없애고자 다른 임금께 뵈옵기 어려운 노력을 하셨다 함은 전에도 적은 바가 있었거니와 그와 같이 활달공평하신 영조께서도 당신 혈육을 받은 자녀분께 대하여서는 사랑함과 미워함이 극도로 편벽되셨으며 또 공사를 처리하심에 대하여는 당당히 대체를 잡으사 조금이라도 사곡한 생각을 용납지 아니하시면서도 궁중의 사사로운 일에 있어서는 꺼리고 가리는 것이 극도로 심하셨다.

영조께서 소생은 이남 십이녀나 되시지만은 이때 세자궁과 같이 자라던 이는 화평, 화순, 화협, 화원의 네 옹주가 있었는바 그중에서 화평옹주를 특별히 사랑하셨다 함은 전에도 적은 바와 같으며 그담이 화원옹주였다. 그리고 화협옹주는 바로 세자궁 위로 선희궁 몸에 낳은 옹주인바 그때 왕자가 탄생되기를 심히 기다리시다가 옹주가 출생된 것을 섭섭히 생각하사 그 옹주 자색이 절묘하고 천성이 효우하여 나무랄 곳이 없으되 끝끝내 자애를 받지 못하였으며 그에 딸리어 그 옹주 부마까지 총애를 받지 못하였었다. 그중에 세자궁으로 말씀하면 물론 첨에는 극히 사랑하시는 편에 드셨던 것이 어느덧 차츰차츰 서어하게 되사 필경은 사랑하지 아니하시는 편에 드셨다. 앞으로 종사를 이으실 유일의 아드님이

시니 소중한 점으로야 어찌 옹주네에 비길 것이 아니로되 소중은 소중이고 애증은 애증으로서 전연 따로히 구별할 수밖에 없는 형편이 되고 말았다. 상감마마께서는 사위하고 구기하는 것이 많으사 세쇄한 점에까지 주의를 하시는바 첫째 말씀을 가려 쓰시와 죽을 사死 자 돌아갈 귀歸 자 같은 것은 다 휘하여* 쓰지 아니하시며, 차대나 기타 공사로 밖에 나와서 보시던 의대衣帶는 갈아입으신 후에야 안에 듭시고, 불길한 말씀을 수작하오시거나 듣자오시면 내전에 드시기 전에 양치하시고 이부耳部와 면부面部까지 씻사오시고, 먼저 사람을 불러서 한마디라도 처음 말씀을 하신 후에야 안으로 드오시고, 좋은 일 하오실 때와 좋지 못한 일을 하오실 때에 출입하오시는 문이 다르오시고, 사랑하오시는 사람이 다니는 길로는 사랑치 아니하는 사람이 다니지도 못하게 하셨으니 애증의 분명하기 이보다 더할 수는 없는 것이었다.

제복이나 형조공사친국刑曹供辭親鞠이나 대궐에서 이르는 불길한 일에 범하신 뒤 화평옹주나 화원옹주의 방에 들어가실 때는 반드시 인견 의대를 가오신 후 들어가시되 세자께는 그렇지 아니하사 바깥에서 정사하고 들어오실 제 정사하오신 의대를 입사오신 채 길에서 동궁을 붙드신 후 "밥 먹으냐?" 묻자오서 동궁이 대답하오시면 그 대답 듣자오신 이부(귀)를 그 자리에서 씻자오시고 그 씻사오신 물은 화협옹주 있는 집 편으로 버리시었다.

설령 이렇게 하여 부정이 가시어진다 할지라도 부정을 가시오시라면 좌우에 뫼신 사람이 하구 많은 터에 누구에게 못하오서 그 소중하신 세자궁께 이처럼 박절한 일을 하시는지 그 이유는 아무도 추측키 어려운 일이로대, 생각하건대 상감마마께서 부정을 가시어 버리심은 그 사정하

* 입 밖에 내어 말하기를 꺼리다.

시는 따님네를 위하여 조심하시는 터인즉 여간 내시나 내인붙이에게는 부정을 풀어도 푼 것 같지 못하고 그 따님과 같은 사람이나 혹은 그 따님보다도 소중한 이에게 풀어버리고서야 비로소 성의에 만족하신 모양이니 애증의 편벽도 이만하면 극단이라고 할 것이었다.

세자궁께서는 천질인즉 효우가 과인하사 압바마마께 사랑을 못 입사오시고 가끔 답답한 질문을 당하시되 결코 기망하여 여쭙는 일이 없으며 누님들도 다 같이 사랑하사 화평은 압바마마께서 사랑하실 뿐 아니라 당신을 위하는 성의가 지극함을 아시는 까닭으로 극히 사랑하셨고 화순은 어머니 없음을 동정하여 특별히 아끼고 대접하셨으며 화협옹주는 당신을 정성으로 위하는 줄 아실 뿐 아니라 당신과 일반으로 압바마마께 고이지 못함을 가엾이 생각하사 또 이러한 까닭으로 특별히 우애하시더니 매양 화협옹주를 대하시면 세자께서는

"우리 남매는 씻자오시는 자비로다."

하시고 서로 바라보며 웃으시는 때가 많았으나 이 얼마나 쓸쓸한 웃음이었던고. 더구나 세자께 대한 상감마마의 편벽되신 처분은 이에서 그치는 것이 아니었다.

애증의 불꽃(2)

※ 인쇄가 번져서 알아보기 어려움.

애증의 불꽃(3)

기사년이 되니 세자궁 춘추가 십오 세이시며 동갑이신 세자빈 역시

십오 세가 되는지라. 정월 이십오 일에 세자비 관례를 하고 이십칠 일에는 비로소 합례를 하시게 되었었다. 그러나 그보다도 중대한 일은 빈궁 관례와 같은 날로써 세자궁께 대리령代理令이 내리사 참결만기參決萬機를 허락하신 것이었다. 대개 옛날 사람은 십여 세가 되면 성년이 된 것으로 쳤으며 그럼으로 남자 십오 세가 되면 호패를 차게 하였으니 호패를 찬다는 것은 그때 제도에 사회적으로 독립된 인격을 인정하는 것이었다.

(호패라는 것은 길이가 서너 치 남짓하고 폭이 칠팔 푼가량쯤 되는 납작한 패에다 성명과 생년을 새기고 과거한 사람은 모년 문과 또는 무과라고 새기며 등 뒤에는 소관 관청에서 검사의 낙인을 찍었으니 즉 일종의 신분증 패이다.)

지금 제도에는 만 이십 세를 성년이라 하여 비로소 법률상으로 한 사람 몫을 보건만 옛날에는 열다섯 살만 되면 한 사람 몫을 보게 되었으니 옛날 사람이라고 그렇게 모두 다 조숙하였을 리는 없는 것이로되 옛날 사회는 비교적 생활 관계가 단순하니만큼 그대로 인사나 바로 할 만큼 되면 한 사람 몫을 주어도 상관없다고 생각한 것으로 볼 수밖에 없는 것이다.

그때 영조께서는 춘추도 높으시고 세상일에 열력이 많으사 피로를 느끼시는 데다 특별히 사랑하시든 화평옹주를 잃으시고 애통이 과도하사 인하여 상우가 잦으신 터이라 마침 세자궁 성년 되시는 기회에 대리를 명하셨으니 있음 즉하다면 있음 즉한 일이어니와 한번 다시 돌려 생각할 때에 세자께서 성년이 되셨으니 과연 일국의 정무를 맡아 처단하실 만한 준비가 있으신가, 세자께서 본래 영명숙성하시지만 잘할 만한 의지의 발달 있으시며 또 배우신 바가 능히 제왕지학帝王之學을 체득하셨을까 이 점에 대하여서는 아직 의문이라고 아니할 수 없는 일이었다.

세자궁 천품에 대하여는 영명하시든지 용암庸暗하시든지 다시 바꿀 수 없는 자리인 만치 신민의 복불복에나 맡길 수밖에 없는 일이었다. 그러나 이제 다행히 영명호매하신 세자를 만났으니 그 좋으신 천품을 잘 확충하고 마탁하여 훨씬 원숙하실 시기까지 기다리게 함은 극히 필요한 일이라고 아니할 수 없는 것이다.

세자께서 영명숙성하신 천품으로 칠 세에 서연을 시작하사 이제 십오 세가 되셨으니 글을 읽으시며 빈료를 인접하신 지 이미 칠팔 년이 되는지라 그동안 배우신 바와 들으신 바가 적지 아니할지로대 그 자리만 떠나시면 무예 놀이와 경문 잡서 읽기로 시간을 보내셨으니 이 소위 십한일폭十寒一幅*이다. 열흘 주웠다 하루쯤 더운 볕이 쪼인데도 초목이 자라날 수 없는 것과 같이 빈료들을 인접하시는 시간은 짧고 내인들과 같이 무예 놀이 하시는 시간과 경문 잡서를 읽으시는 시간이 길고 보면 세자궁 머릿속에 남을 것은 결코 빈료들의 여쭈어드린 치국평천하하는 도리가 아닐 것은 물론이며 따라서 그 세자궁께 아직 만족한 정치를 바라는 것은 좀 무리한 일이라 아니할 수 없는 것이었다.

그러나 한편으로 생각하면 세자궁의 이 소임은 비록 노성한 사람이 따라 처리할지라도 극히 곤란한 지위가 될 것이었다. 대개 무슨 일이든지 책임을 가지고 독단하여 처리하기는 편하되 남을 대리하여 처리하기는 곤란한 것이니 독단으로 처리할 때에는 자기 생각에만 만족하면 곧 단안을 할 수 있으나 남을 대리하여 할 때에는 자기가 가장 좋다고 생각하는 방침을 정하여놓고도 또 한 번 대리를 맡긴 당사자의 의견이 이러할까 저러할까를 생각하여보게 된다. 이것이 생각하여 바로 알 수 있는 것 같으면 차라리 자기 의견을 희생하고라도 위임한 본인의 의견을 따라 처리할 수도 있겠지만 아무리 생각하여도 꼭 바로 맞추기 어려운 곳에 대리의 곤란이 숨어 있는 것이다.

* 열흘 동안 춥다가 하루 볕이 쬔다는 뜻으로, 일이 꾸준하게 진행되지 못하고 중간에 자주 끊김을 이른다. 『맹자』의 「고자상告子上」에 나오는 말이다.

보통 사삿일에도 대리의 처지란 이와 같이 거북살스러운 것이거니와 더구나 일국의 정사를 대리한다는 것은 극난 중의 극난한 일이라 아니할 수 없는 것이다. 처리할 바 일은 지극히 복잡하고 호번한데 대리를 맡기신 이는 영명노련하신 군왕이시고 본즉 인제 십오 세 되신 세자궁 수완으로 그 압바마마께서 만족하실 만한 처리를 한다는 것이 극히 곤란함은 말할 것도 없거니와 사람의 의견이란 같은 일을 보는데도 자연 다른 점이 있느니만치 비록 노련한 사람이 따라 처리할지라도 위임하신 이의 충분한 만족을 사기는 역시 어려울 것이다.

더구나 세자께서는 부왕의 총애가 없으시니만치 더한층 곤란이 있을 것은 각오하지 아니하면 아니 될 지위에 있는 것이었다.

대리령(1)

※ 대리령(1)은 빠져 있다. 번호를 잘못 붙인 듯하다.

대리령(2)

참결만기하사 공사를 대리하시는 것이 세자궁에 유리하던지 아니하던지 압바마마께서 명령을 내리신 이상 세자궁께서는 오직 복종하시는 한길이 있을 뿐이며 좌우의 신하들도 특별한 이유가 없는 이상 이 일에 대하여는 좀처럼 무엇이라 개구도 할 수가 없는 것이었다.

그러나 궁중에 오래 있어 부자분 사이의 평일 지나시는 형편을 잘 아는 궁인들 사이에는 이번의 대리령을 도리어 악의로 해석하는 일도 있었다. 즉 상감마마께서는 매양 공사 중 금부형조살옥禁府刑曹殺獄붙이 같은 불길한 공사에는 친히 임하지 아니하오시고 안에 옹주들 처소에나 계실 때에는 내관들만 맡겨서 처리하셨는바 아무리 불길한 일일지라도 항상 내관만 맡기기 답답하오서 이러한 일을 다 세자께 맡기시려는 처분이 이 대리령이라고 추측하는 것이다. 이것은 상감마마 성의를 이면으로부터 곡해하는 것임으로 도저히 입 밖에 낼 수 없는 말이나 일면으로 결코 근거가 없는 것은 아니었다.

세자께서 대리 후 공사는 내관 데리고 하셨으며, 한 달 여섯 번 차대에 망전 세 번은 대조大朝에서 하오서 동궁이 시좌하오시고 당후 세 번은 소조小朝에서 혼자 하셨으니, 이 망전 세 번의 차대만은 말하자면 세자궁께서 부왕의 처사하시는 것을 견습하시는 기회가 된 것이었다.

그러나 동궁께서 아무리 노력을 하실지라도 노력하신 결과는 항상 수포에 돌아가고 말았다. 일마다 순편치가 못하고 촉처에 탈이 많았다. 세자께서 천품이 영롱하사 임기응변을 잘하시는 터 같으면 데리고 공사하시는 공사청 내시들이 다년 압바마마를 모시고 있은지라 대강 일은 상감마마의 의향이 어떠하실 것을 짐작도 할 수 있을 것이요, 따라서 그들의 의견을 잘 채용하고 보면 압바마마 성의를 받들어가는 한 방도도 될 수가 있는 것이었다. 그러나 세자궁 성품은 전에도 항상 말한 것과 같이 이와는 정반대이셨다. 모지고 위엄 있고 무겁고 과단성 있어 무슨 일이고 처결할 때에는 결코 남의 의견을 용납지 아니하시며 한번 결정하신 일은 세상없어도 단행하려시는 성질이 있었으니 이 성질은 조부 되시는 숙종대왕과 같으신 점이 있으되 위엄과 과단성은 오히려 지나시는 편이었다.

공사청 내시들도 첨에는 어떻게든지 이 어리신 동궁을 도와서 대조와 소조 사이에 의견의 충돌이 나지 않도록 노력하고자 하였으나 며칠이 지나지 아니하여 그것은 전연 희망 없는 일인 줄을 알았으며 결과가 어찌 됨은 별문제로 하고 다만 그 앞에서 공손하게 복종할 수밖에 없었다. 그러나 노련한 그들의 눈에는 세자궁 처사가 상감마마께 꾸지람을 들을 뿐 아니라 유력한 신하들에게까지 환심을 잃으시는 결과가 되리라고 생각하였으며 따라서 충직한 성질을 가진 자는 그윽히 가엾어하였고 그렇지 못한 자는 뒤로 입을 비쭉거리고 있었다.

또 조신들도 첨에는 그렇지도 아니하였으나 세자궁 대리공사가 차츰 자리 잡힘을 따라 넌지시 세자궁 의사를 시험하는 일이 있었다. 첫째, 상감마마 탕평책에 눌려서 피차 편당 싸움의 악감정이 뱃속에서 부글부글 끓으면서도 감히 발표치 못하던 것을 세자궁 대리 후에 넌지시 상소를 올려보는 일들이 있었다. 뜻밖에 그것이 성공되면 천행이요 설령 아무 향항이 없을지라도 세자궁 의사만은 짐작을 하게 되는 까닭이었다. 또 상감마마께서 속 깊이 숨겨두신 몇몇 소론배에 대한 혐점 같은 것으로 말하면 상감마마께서는 일이 당신 몸에 관계되는 까닭으로 관대하신 성의로 불문에 부치셨다 할지라도 그 아드님 되신 동궁부터서는 일이 군부君父에 관계되느니만치 그대로 덮어둘 수 없다는 의리론까지 나타나는 것이었다.

그러나 이런 문안침이 들어간 때 동궁께서 하신 처사를 보면 대개는 소료에 벗어나는 것이었다. 전에도 말한 것과 같이 세자궁께서는 경종대왕 좌우에 뫼셨던 내시와 내인에게서 어리실 적부터 들어온 것이 소론은 충신이요, 노론들이 역적이라는 말이 있었음으로 지금 새삼스러이 소론을 역적으로 모는 상소가 들지라도 그 상소에 동감의 뜻을 보이시는 일이 없고 도리어 어떤 때는 불쾌한 기색을 뵈이셨으니 그 불쾌하신 표정에는 두 가지 이유가 있는 것이었다. 하나는 이 역적 놈들이 무얼 되술래잡기로 이리하노 하시는 뜻이요, 또 하나는 이러한 상소가 있을 때는 상감마마께 품한 후 처리를 하게 되는데 그 품하는 일이 세자께는 아주 극난한 마디가 되는 터임으로 세자궁께서는 이런 종류의 상소만 보시면 먼저 이마부터 찌푸리시는 것이었다.

대리령(3)

동궁에 대리령이 내린 이후로 대조와 소조 사이에는 어느 날 무사한 날이 없었다. 본래 부자들이 대면만 하시면 끝에는 무슨 말이 나던지 거북한 처분이 나고야 마는 터이나 전에는 별로 자주 대면하실 일이 없음으로 오히려 별일이 없었더니 대리령이 내린 뒤로는 소조에서 독단으로도 처리하시기 어려운 일이 많은 관계로 거위 날마다 대조에 품할 일이 있었으며 대소사 간에 품이 들어갈 적마다 순편하게 끝나는 일이 없었다.

더구나 뱃장 검은 신하들이 중궁의 의사를 훑어보려는 문안원 상소 같은 것은 번번이 탈이 나도 크게 나고야 말았다. 그런 상소의 내용인즉 대개 노성한 중신들에게 관계가 있거나 또는 선왕이나 상감께서 이미 처분하신 일을 변경하자거나 하는 것임으로 동궁에서 독단으로 처리하시지 못하고 대조에 품하신즉 대조에서는 번번이 격노하오서 소조에서 신하를 조화치 못하여 전에 없던 상소가 났으니 이럴 수가 있느냐고 꾸중하신다.

이 상소가 신하들 일이지 소조의 아실 바가 아니로대 당신께서 정사를 하실 때 없던 일이 소조에서 대리하실 때 생긴 것만은 소조의 책임이라고도 볼 수 있는 것이며 평일부야 소조에 사랑이 없으시니만치 그 책망이 혹독하셨다. 그리고 소조에서 비답을 어찌하올까 품하오시면 상감마마께서는 또

"그만 일을 결단치 못하여 번거히 내게 품하니 대리시킨 보람이 무어란 말이냐? 응 대리를 시킨 것은 내가 좀 편하자는 것 아니냐!"

이와 같이 책망을 하시며 진노하셨다. 그러나 만일 품하지 않고 처리하시면

"그런 일을 내게 어이 말 아니코자 답하리?"

하오서 진노를 하셨다. 이러한 일은 저리 아니하였다 함이 되고 저리한 일은 이리 아니하였다 함이 되니 그야말로 어느 장단에 춤을 추어야 될지 방향을 잡을 수 없는 것이 소조의 처지였다.

이와 같이 인사에 관한 일로 꾸지람을 들으심은 오히려 이유가 있다 하려니와 심지어 기후가 괴상하다거나 천변지이天變地異 같은 것까지 다 세자의 덕이 부족한 소치라 하여 꾸지람거리가 되었음으로 혹시 겨울 천둥이 있거나 여름 우박이 내리거나 겨울비만 와도 동궁에서는 벌써 조마조마하신 생각으로 대죄를 하다시피 하셨으며 지금 책력에는 날짜와 시간까지 미리 계산하여 발표하고 있는 일식, 월식 같은 것이 만일 있고 보면 그야말로 동궁의 책망이 대단하게 된다. 대개 옛날 사람들은 과학에 대한 지식이 없었음으로 천기에 대한 관념이 막연하였으며 따라서 임금이 덕이 있고 정사를 잘하면 우순풍조하여 재앙도 없고 풍년도 들되 만일 임금이 덕이 부족하면 천재지변이 생기는 것으로 알고 있었다.

그럼으로 천하가 태평하다는 것을 형용하는 말에 풍불명조風不鳴條 해불양파海不揚波라 하여서 옛날의 군왕과 대신들은 사람을 다스리는 이치에 천지음양을 어떻게 다스리며 사시절후를 어떻게 정리할 것인지는 아무리 생각하여도 알 수 없거니와 여하간 그와 같이 믿고 있는 그 시대의 일인즉 천지 변화가 세자궁의 책망으로 돌아감도 할 수 없다면 할 수 없는 일이었다. 그러나 그것도 한두 번 무슨 계제에 말씀을 하신다거나 또는 다심한 노인의 하는 예투로 혼자 앉아 탄식을 하시는 정도가 아니었

다. 좀 예사롭지 아니한 기후가 있으면 벌써 동궁을 불러 엄교를 내리셨으며 심지어 이러한 일까지 있었다. 정축년 이월에 중전마마(서 씨)께서 승하하시고 이듬해 무인년 여름에 상감마마께서 능행을 하실 제 소상이 지나도록 세자께서 모후 능침에 전알을 못하신지라 마지못해 수가隨駕를 허락하시더니 이때 마침 지리한 장마 끝에 대우가 내린지라, 대조에서 또 격노하오사 일세자*가 이러함은 소조를 데리고 온 탓이라 하시고 능상에 미처 가기 전 중도에서 동궁을 돌려보내셨으니 소조에서 비 맡은 용왕이 아니신 이상 이것까지는 좀 당하기 어려운 처분이라 아니할 수가 없었다. 소조께서는 모처럼 능형에 수가하셨다가 뜻밖에 꾸지람을 들으시고 비는 창대같이 내리는데 중로에서 쫓겨 들어오시니 백관과 군민 소시에 모양인들 오죽 창피하시며 아무리 부왕이실지라도 그 과도하신 처분이 어찌 야속하고 원통치 아니하리요. 중로에서 화기가 치밀어 바로 환궁 못하시고 의영고라는 공해에 들러서 얼마큼 진정하신 후 초초히 환궁하셔서 선희궁과 모자분 손을 잡으시고 통곡하셨다.

몽조夢兆(1)

동궁께 대리령이 내리시던 해이며 화평옹주가 돌아가던 이듬해 겨울이었다. 세자빈 꿈에 화평옹주가 자주 뵈였다. 침방에 들어와 곁에도 앉으며 웃는 얼굴을 보이기도 하였다. 그러자 세자빈 신상에 태기가 있으니 화평옹주 상사 난 원인이 태중에 순산을 못하여 그리되었는데 태기 있을 즈음 꿈에 그리 보이니 불길한 조짐이나 아닌가 하여 세자빈 생각

* '일기'의 의미로 보인다. '일세사'일 수도 있다.

에 남모르게 염려가 되었었다.

이듬해 팔월 달에 염려하던 탈도 없이 순산 생남하야 원손이 탄생되니 귀엽고 소중한 아기인지라 선희궁이 산실 근처에 첫 일해가 되도록 머물며 구호하였었다. 그러나 상감마마께서는 원손이 탄생되니 기쁘시기도 하지만 나 어린 며느님이 순산 생남함을 보시자 순산 못하고 상사난 일이 다시 새로워지시니 원손 보신 기쁨보다도 새로워지신 슬픔이 앞을 서시와 아드님을 보시고도

"네가 어느새 자식을 두었구나."

한마디 이르시는 법이 없으시고 아드님께는 사랑이 없으시되 그 며느님께는 총애가 별하신 터이언만은 순산 후

"네 순산 생남하니 기특하다."

한 말씀을 하시는 일이 없을 뿐 아니라 선희궁더러 옹주를 잊고 좋아만 하니 인정이 저럴 수 있느냐고 책망을 하시는지라 선희궁도 성심의 편벽되심을 탄식하였거니와 득남을 하고도 도리어 죄만 싶어 속으로 설워하시며 세자궁께서는

"나 하나도 어려운데 아해가 나서 어떠할는지?"

하고 탄식까지 하셨다.

그러한 중 하루는, 옳지 그것이 구월에 열하루 날이었다. 상감마마와 선희궁께서 일변으로는 슬프고 일변으로는 기쁘신 모양으로 두 분이 이어 오셔 홀연히 자는 아기 깃을 끄르고 벗겨보셨다. 아기 몸에는 어깨에 푸른 점이 있고 배도 붉은 점이 있었으며 이를 보신 두 분은 무슨 징험이 있는 듯 서로 바라보시고 참연한 모양을 하셨다.

이는 다름 아니라 상감마마와 선희궁 두 분 몽중에 화평옹주가 나타나 자기 몸이 원손으로 환생하였노라고 하였으며 그 증거로는 이왕 자기 어렸을 때와 같이 원손 어깨에 푸른 점이 있고 배에 붉은 점이 있으니 그

것 보고 징험하소서 하였는지라. 이날 두 분께서 서로 몽조가 이상함을 이야기하시고 같이 오셔서 살피신 결과 과연 징험이 있음으로 이 아기는 분명히 화평옹주가 환생한 줄로 생각하시고 그날부터 그 아기를 귀엽게 여기사대 화평옹주 형제분께 하시듯 하셨다.

세손이 첨 낳을 때 상감마마께서 그 아기 위하여 사위하시는 일 없으사 인견하시던 의대를 입으오신 채로 들어와 보시더니 이날부터 사위를 극진히 하여주시며 백일 후 황경전을 수리하여 옮겨 오시고 특별히 귀중하셨다.

상감마마께서 세손께 대하여 이와 같이 특별히 사랑하실 제 그 까닭을 알지 못하는 좌우에서는 요행 그 손주님으로 인연하여 아든님께 하시는 범절이 좀 나아지실까 축수를 하였으나 그는 헛일이었다. 상감마마께서 그 아기는 화평이 다시 온 줄 아오서 그리 사랑하오시나 소생 부모는 그로 인하여 더 귀여울 일이 없음으로 일향 전과 다를 것이 없으셨다.

그러나 그 아기에 대해서는 갈수록 사랑이 깊으오사 그야말로 불면 꺼질까 쥐면 터질까 애지중지하오시며 어떻게 하면 사랑하는 맘을 만족히 표시할는지 방법이 없음을 걱정하시는 형편이었다. 그래서 이듬해 신미년 오월에는 나은 지 열 달 된 어린 아기에게 세손 책봉을 하시니 마치 세자궁 탄생 시에 백일 된 아기를 저성전으로 옮기시던 것과 일반으로 옆에서 뵈옵기 과하신 듯하나 다 애중하시는 성의에서 나오심이었다.

특별히 총애하시는 화평옹주를 잃고 이 세상 살 자미를 일시에 잃은 것같이 슬퍼하시던 상감마마께서 세손의 탄생이 화평의 환생인 줄로 아시던 때에 이 세상은 어둔 밤이 일시에 밝아진 것같이 느끼셨다.

벙실벙실 웃는 세손을 무릎에 안으시고 이 아이가 화평의 후신으로서 장차 나라의 종사를 이을 것이라 생각하시면 대견하고 신통하오서 이 세상 낙이 모두 그 속에서 솟아나는 것도 같으셨다. 어서어서 자라나서

네가 말하는 소리를 내 귀에 들려다고, 네가 걸어 다니는 모양을 내 눈에 뵈여다고, 이렇게 생각하시며 싫어할 줄을 모르고 들여다보셨다.

상감마마께서 틈만 있으시면 황경전에 납시고 선희궁도 그리 부르시는 일이 많으니 강보에 싸인 세손의 호강이 이에서 더함이 없었거니와 선희궁에서는 감히 성의를 거스름이 없으면서도 내심으로는 오히려 성은이 너무 편벽되심을 싫어하였다.

몽조(2)

열 달 된 어린 원손에게 세손 책봉을 하시던 신미년 동짓달의 어느 날 밤이었다.

"여보, 여보."

하시는 세자궁 음성에 빈궁은 깜작 놀라 깨었다. 눈을 번쩍 뜨며 본즉 세자께서는 먼저 일어나 앉으셨으며 촛불 그림자가 그물그물하여 자다 깬 눈을 현황케 하였다. 빈궁은 따라서 벌떡 일어앉으며.

"안 주무시고 웬일이서요?"

"음, 내 급히 할 일이 좀 있어 깨웠어. 백통 한 필만 좀 꺼내게."

"주무시다 말고 백통은 무엇하서요?"

빈궁은 정말 까닭을 알 수가 없었다.

"글쎄 무엇에 쓰던지 어서 꺼내게."

빈궁은 다시 여러 말 하지 않고 옆방에 있는 반닫이에서 백통 한 필을 꺼내었다. 사면은 괴괴한데 반닫이 문 여닫는 소리가 특별히 두드러져 들릴 때에는 밤은 매우 깊은 모양이었다.

빈궁이 백통을 갖다 놓으며

"여기 있나이다."

하고 본즉 세자께서는 벌써 연상을 닦아놓고 먹을 가시는 중이었다.

"무엇을 하시겠나잇가?"

"음 내 이제 그림 하나를 그릴 터이니 구경하게."

세자께서는 이렇게 대답하시며 싱그레 웃으셨다. 그리고 황모무심黃毛無心 간필*에다 먹을 담뿍 먹여가지고 벼룻물에다 이리 다듬고 저리 다듬으면서 무슨 희미한 기억을 다시 불러일으키시려는 듯이 방 윗목 천장을 바라보셨다.

이윽고 백통필을 풀어서 발이 넘게 펼쳐놓으시고 이러저리 마련을 하시다가 붓을 들어 그리기 시작하셨다. 붓은 빠르고 공교스럽게 백통위를 달려서 옆에서 보고 있는 빈궁을 놀라게 하였다. 세자께서 늘 그림 공부에 취미를 붙이시는 줄은 알았지만 이렇게까지 필재가 있으시고 능란하신 줄은 빈궁도 몰랐던 것이다.

그리시는 것은 검은 용이었으며 그 용은 그려나갈수록 금방 살아서 꿈적거릴 것 같았다.

"그건 무슨 용이오닛가?"

침수 중에 별안간 일어나셔서 밤 깊은 줄을 모르고 이렇게 그리시니 그게 어찌된 용이냐는 뜻으로 물은 것이다.

"아, 용이 이 침실 안에서 여의주를 희롱하는 꿈을 내 꾸었네. 귀자를 낳을 징조일세."

이와 같이 대답하시는 세자궁 얼굴에는 기쁜 웃음이 있었으며 그 말씀하시는 모양이 마치 노심한 사람 같으셨다.

이윽고 그림은 침실 벽 위에 붙었으며 다음 달부터 빈궁의 몸에는 태

* 족제비 꼬리털로 낸 무심필.

기가 있어 이듬해 구월에 또 순산 생남하니 이 아기 후일에 정종대왕이 되신지라 몽조가 헛되지 아니하였다.

이보다 먼저 이해 봄에 원손이 요절되었으니 화평의 환생으로 아시와 특별히 애지중지하오시던 상감마마께서 그 애통 참석하심이 이루 형언할 길 없으시더니 이번에 다시 국본을 얻으시고 심히 기뻐하사 첨 원손이 탄생된 때와는 바이 다르셨다. 전번에는 어린 며느님이 순산 생남하되 기특하단 말씀 한 마디가 없으셨으나 이번에는 세자빈 대하오사

"원손이 상모 비범하니 척강의 도우심이라. 네 정명공주 자손으로 나라의 비가 되어 네 몸에 이 경사 또 있으니 네 나라에 유공타. 충자沖子*를 부디 잘 기르되 검박히 하는 것이 복을 아끼는 도리니라."

이와 같이 일변 치하하시며 일변 경계하사 매우 은권을 내리셨다. 또 세자궁께서도 전번과 달라 매우 기뻐하고 사랑하시며 아직 연소하신 처지로시대

"내 아들을 이렇게 두었으니 무슨 걱정이 있으리요."

하사 의지나 생긴 것같이 기뻐하셨으며 일반 신민들도 경오년 원손 탄생에 비겨 백배나 기뻐하였고 빈궁 본댁 부모께서 비길 배 없이 흔변경축欣抃慶祝하니 모빈께서도 이십 전 몸으로 나라의 경사가 자기 몸에 있은 것을 기꺼하였고 어쩐지 신비의 의탁을 얻은 듯 맘에 시답게 생각되었었다.

이 아기 낳으며부터 신채영위神采英偉하고 골격이 비범하여 과연 누가 보던지 범상치 아니하였으며 몸이 또한 석대하여 갓난아기 같지 아니하였으니, 그럼으로 그해 시월에 홍역이 대치하여 원손이 낳은 지 삼칠일 안에 낙선당으로 피우를 하게 되었으니 추슬러 옮아가기에 조금도 어리

* 예전에 '어린아이'를 이르던 말.

심을 걱정하지 아니하였었다.

이 아기 나중 자라 천고 역사에 전례가 없는 아버니 세자궁의 참변을 목도하였고 당신 역시 풍전등화같이 위태한 경우에 서면서도 모든 난관을 끝끝내 무사히 지나쳐서 필경 왕위에 올랐을 뿐 아니라 성군의 명성이 높으셨고 심지어 출천지효하시는 만고 군왕의 전례가 없어 오늘날까지 미담을 전하고 있는 형편이다.

재화(1)*

경황없는 세자궁에도 세월은 흘러갔으며 세월이 흘러감을 따라 동궁 병환은 차츰차츰 깊어갈 뿐이었다. 침중과묵하시던 성질은 어느덧 조급초열하신 성질로 변하시와 화기가 한번 뜨고 보면 미처 어찌할 수가 없도록 되시었으나 외신들은 물론이요, 대조에도 아직 그러하신 줄은 알지도 못하시는 형편이었다.

병자년 여름이었다. 병자년이면 세자궁 춘추도 어느덧 이십이 세이신즉 정말 훌륭하게 성년이 되신 때였다. 그러나 근래는 항상 병환으로 하여서 강연도 드물었으며 틈만 있으시면 취선당 밧소주방** 깊고 고요한 곳에 혼자 머무시고 있었다. 무슨 사물에 접촉하는 것이 모두 귀찮고 사람 볼 맛 나는 것도 번거로운 것 같아 아무쪼록 모든 것을 피하려고 하셨다.

아직 오월 달임으로 소낙비가 내릴 시기도 아니건만은 이날은 아침부터 별안간 비가 오락가락하며 가끔 천둥까지 들렸다. 일기가 이러한

* 원문에는 화재 1~3, 재화 4~7로 되어 있다. 이를 '재화'로 통일하였다.
** 외소주방.

까닭으로 가뜩 깊숙한 방 안은 문을 열어놓았건만은 오히려 컴컴한 겨울이 있는데 세자께서는 그 컴컴하고 깊숙한 방 안에 혼자 앉아 계셨다. 마치 낮잠이나 주무시고 나신 것처럼 망건 밑에 살쩍이 모두 빠지고 의대도 매무새가 푸수수하셨다. 이와 같이 몸가축*도 하실 경황이 없으신 세자는 무엇이던지 눈에 띄면 심화를 일으키는 거리가 되는 까닭으로 모든 것을 피하여 여기 와 계신 것이며 그럼으로 좌우에 항상 따르는 근시들도 다음 방에 있게 하였으며 말소리 웃음소리도 들리지 않도록 단속을 하시었다.

세자께서는 별안간 두 손을 들어 귀를 막고 엎디셨다. 그는 지금 서편쪽 하늘에서 천둥소리가 은은히 들려온 까닭이었다. 이때 세자께서는 천둥소리를 몹시 무서워하셔서 언제든지 천둥소리만 나면 이렇게 귀를 막고 엎디셨다. 그 소리가 그친 뒤에 일어나시는데 세자께서는 천둥소리만 그렇게 무서워하시는 것이 아니라 우뢰雷 벽력霹 같은 글자만 보아도 무서워하였으니 이것도 근래에 얻으신 병환이셨다.

경문 중에 『옥추경』이라는 것을 많이 읽으면 귀신을 부린다는 말을 들으시고 귀신을 부려볼 생각이 나서서 밤이면 읽고 공부하시더니 하루는 깊은 밤에 정신이 어둑하여지며 기성보화천존箕星普化天尊이란 신장이 보인다 하며 무서워하여 병환이 되시더니 그 후부터 천둥을 무서워하시는 병환이 나신 것이다. 천둥소리는 그쳤다. 세자께서는 고개를 드시고도 어릿어릿하시며 손을 일시에 떼시지 못하고 정말 천둥이 아주 그치고 아니 그친 것을 알려는 듯이 하셨다. 그러자 먼 곳으로 쫓겨 가는 것같이 스러져가든 우레 소리가 별안간 무슨 생각을 한 것같이 우르르하고 소리가 높아졌음으로 세자께서는 마치 숨바꼭질하는 아이들 모양으로 다시

* 몸을 매만지고 다듬음.

질색을 하여 엎디셨으며 천둥소리는 그리 요란치는 아니하였으나 무슨 공이나 굴리는 것처럼 이리로 몰려가며 우르르 저리로 몰려가며 우르르 하여 좀처럼 뚝 그치지 아니하였다.

세자께서 천둥이 끝나기를 기다리고 엎드려 계신 동안에 한 젊은 내인이 들어와 방 윗목에 말없이 앉아 있었다. 그는 세자께서 일어나시기를 기다리는 것이었다.

이윽고 천둥이 그쳤으며 비도 개는 모양이었다. 엎드렸다 일어나신 세자는 윗목에 앉아 있는 내인을 바라보시며 책망하는 것 같은 어조로 물으셨다.

"너 어찌 왔니?"

그러나 그 내인은 비교적 여력이 없는 기색으로

"소인은 여기 좀 못 오나잇가."

라고 대답하였다.

"누가 오랬어?"

이번에는 세자궁 음성이 좀 더 높으셨다. 천둥에 부대껴 화가 나신 끝에 마침 폭발될 곳이 발견된 셈이었다.

"오라신 분부는 없사와도 좀 아뢸 말씀이 있어 왔나이다."

이번에는 눈치가 다른 것을 알고 공손히 대답하였다.

"네 입에서 또 무슨 신신한 소리가 나오겠니? 다 듣기 싫다."

세자께서는 이렇게 말씀하시고 정말 듣기 싫다는 듯이 외면을 하시면서 문 열린 곳으로 하늘을 쳐다보시더니 비가 개인 모양을 보고 얼마큼 안심이 되신 것 같은 표정을 하셨다.

그 젊은 내인은 다시 대답지 않고 훌쩍훌쩍 울고 있었다. 여자의 눈물이란 많은 경우에 특수한 효력을 발생하는 것이거니와 이 경우에도 결코 예외로 취급할 것은 아니었다. 비가 그쳐서 다시 천둥이 없겠기니 하고 다소 안심을 하신 세자궁께서는 그 내인이 우는 모양을 보시고 다소 동심이 되셨던지 이번에는 좀 순순한 말씀으로

"말이 있으면 하던지. 울기는 왜 울꼬."

이 내인의 이름은 양제라 하였으며 세자궁께서 수년 전부터 상관을 하셔서 벌써 그 몸에 인이라고 하는 아들까지 있는 사이였다.

재화(2)

그 내인은 훌쩍훌쩍 울다가 야속스러운 듯이 세자궁을 바라뵈우며

"소인의 몸이 또 이상하압나이다."

이 말을 들으시자 세자께서는 부지중 눈살을 찌푸리셨다.

"이상하다니 또 태기가 있단 말이냐?"

"네, 암만해도 그런 것 같삽나이다."

"모른다, 난 모른다."

"마마 혈육이신데 마마께서 모르시면 누가 아시나잇가?"

양제는 야속스러히 쳐다보며 이렇게 대답하였다.

"지워버려라!"

세자께서는 이렇게 명령을 하셨다. 전번에 인이가 생겨난 때 속을 졸이던 일과 대조께 꾸지람 듣던 일을 생각하면 지긋지긋도 하거니와 빈궁의 몸에 금옥 같은 원손이 있겠다 지금 또 무엇이 천첩의 몸에서 생긴다는 것은 정말 화근밖에 될 것이 없는 것이었다.

여자는 또 울었다.

"마마께서는 그렇게 말씀하시지만 이 일도 맘대로 되나잇가. 먼저 때도 되지도 않는 것을 공연히 지운다고 이것저것 상약을 먹다가 사람만

고생하고 말았는데요."

비죽비죽하며 간신히 여기까지 말을 한 그는 다시 느껴가며 울었다. 남다른 처지에 계신 세자궁께서 전번에도 인이가 생긴 까닭으로 하여서 상감마마께 무한한 꾸지람을 들으시고 필경 장인 되시는 홍 정승께서 중간에 들어서서 주선하여서 겨우 낳도록 허락하던 일을 생각하면 지워버리라 하신데도 세자궁만을 야속히 생각하고 싶지는 아니하였다. 그러나 자기 신세를 생각하면 슬펐다. 장래에 일국의 임금이 되실 어른을 뫼셔서 장래에 군 될 아들을 낳았건만은 전번에는 만삭이 다 되도록 돌아보는 사람이 없었다. 세자께서는 압바마마께 꾸중 들으실 일이 끔직하여 지워버리라고 하시는 이외에 알은 체를 아니하시고 선희궁에서도 모르는 체하고 필경 할 수 없이 되매 미안스럽게도 세자빈의 주선으로 해산을 하였으며 그나마도 뒤끝에 탈이 붙어 빈궁이 상감마마께 전에 없는 꾸지람을 들었다.

"네가 남편의 뜻을 받노라 남대도록* 하는 투기도 않는구나."

하는 것이 상감마마 꾸지람이셨다. 투기는 사삿집에서도 악한 일로 치거니와 더구나 궁중에서는 아주 엄금하는 바이언만 웃어른이 이렇게 걱정을 하시면 역시 황송하게 들을 수밖에 없는 것이다.

그는 자꾸 울었다. 지나간 일을 생각하여도 슬프고 앞에 닥쳐오는 일을 생각하여도 한심하였다. 이렇게 남모르게 고생을 하거든 동궁마마께서 어찌하실 도리는 없을지라도 맘으로라도 가엾은 줄을 알아주셨으면 오히려 위로가 되겠고 지금은 이렇게 고생을 할지라도 장래 시절이 돌아오는 때 호강을 할 도리라도 있는 것 같으면 장래라도 믿고 산다 하려니와 그의 생각에는 그것도 저것도 다 없었다.

* '남대되'란 '남들은 죄다'라는 뜻이다.

동궁마마께서는 어쩌다 눈에 띄어서 상관을 하셨다가 베개 돌아서면 잊어버리시는 성질이시며 관계있는 계집이라 하여서 조금이라도 관심있이 보시는 일이 없었다. 더구나 태기가 있고 보면 귀찮은 일이 생겼다고 생각하시는 이외에 이 내 혈육이 저 몸에 실렸거니 하는 생각은 하시는 것 같지도 아니하였다.

전번에는 세자빈이라도 도와주었거니와 이번에는 그것도 바랄 수가 없었다. 속담에 이르기를 시앗에는 돌부처도 돌아앉는다는데 세자빈께서 도량이 넓어 전번에는 도와주었거니와 그때 이 일로 하여서 상감마마께 꾸지람을 듣고 미안하게 지났으니 이번에 또 보아주리라고 생각되지는 아니하였다. 그러니 배 속에 든 아기가 금지옥엽이고 본즉 여염집으로 나가서 아무렇게나 날 수도 없는 체면이라 정말 앞일이 답답하였다.

동궁께서는 그 우는 모양을 물끄러미 바라보시다가 인제는 정말 귀찮다는 듯이

"듣기 싫다. 저리 가거라!"

하고 퇴거 명령을 놓으셨다. 그러나 그 여자는 물러가는 대신에 발악을 하였다.

"모른다고만 하시면 소인은 무슨 죄오닛가!"

"무어 어째!"

동궁께서는 벌떡 일어나시며 손에 가지셨던 부채 자루를 꺾어 들고 그 내인의 등더리를 사정없이 갈겨댔다.

"냉큼 못 나가겠니!"

그러나 여자는 오도카니 앉아 있었다. 이러한 때에 말씀을 거스르면 매질이 나는 줄도 알고 매질이 나면 살이 터지고 피가 흘러서 반죽음이 나는 일도 가끔 있는 것을 잘 알면서도 악에 받친 그는 차라리 동궁께 매를 맞고 그 매로 낙태나 되었으면 하는 생각이었다.

부채 꼭지는 연거푸 사오 차를 여자의 등더리에 내렸으며 동궁께서는 애그그 소리가 귀에 들릴 때 여자의 적삼 등에서 피가 내비치는 것도 보셨다.

재화(3)

입직 선전관宣傳官 류진항柳鎭恒이 어전에서 보검 받아가지고 대궐문을 나선 것은 벌써 닷새 전 밤 일이었다.

별안간 직숙直宿 선전관 입시하라신 분부를 듣고 마침 번 들어 있던 류 선전이 들어가 보계 앞에 부복한즉 상감마마께서는 보검 한 자루를 주시며

"내 근래 들은즉 아직도 여염에 간 밀양범금密釀犯禁하는 자가 많은 중 소위 사부 명색하는 무리 중에도 범인이 있다 하니 한심통한 일이 아니냐? 전자에도 두 차 사람을 내보내 염탐을 시켰으나 하나도 잡은 것이 없으니 필경 그들이 태만하여 사실치 않거나 그렇지 아니하면 알고도 놓아주는 것이라. 오늘 특히 너에게 이 보검을 주는 것이니 내일부터 삼 일 안으로 범인을 사실하여 바치라. 만일 여전히 태만할 시는 네 목숨을 보전치 못하렸다."

이와 같이 정중하게 명령하셨다. 엄명을 받은 류 선전은 곧 집으로 나가며 혼자 생각하니 나올 것은 신세타령밖에 없었다.

류 선전은 본래 부유한 집 출생으로 사람이 호협하여 친구 좋아하고 놀기도 좋아하는 까닭으로 물려가진 재산도 다 탕패*하고 그것이 또 탈

* 탕진.

이 되어 전정이 막혀가지고 동관들 중에 벌써 병마사를 나가는 사람이 있는데 자기는 만년 선전관으로 눌어붙어 있었다. 이 일을 생각하면 없던 심정도 저절로 나는 형편인데 또 가다가 걸린다는 것이 아주 몹시 걸리었다.

류 선전이 집으로 나가며 곰곰이 생각하니 이 엄중한 금법 아래서 술을 빚어 팔 때에는 제가끔 목숨을 걸고 하는 비밀인데 사흘 동안에 사실을 하여낼 도리도 없거니와 설령 알아낸다 할지라도 여북하여 그 노릇을 하는 것이 아닐 터인데 그것을 들추어낸다는 것은 차마 못할 일이다. 그러나 그것을 알아내지 못하면 그때는 이편 목숨이 달아날 형편이니 기가 막히는 일이었다.

집에 돌아온 류 선전은 아무 말 없이 이불을 쓰고 드러누워 음식도 절폐하고 혼자 끙끙 앓노라니 사랑하는 첩이 담 날부터 까닭을 묻는다.

"나리 무슨 걱정이 있으세요? 그러십닛가?"

"심기가 좀 불편하여 그런다."

"아니요 병환은 아니십니다. 무슨 걱정이 있으신 게지요? 말씀이나 좀 하서요그려."

이와 같이 캐묻고 보니 류 선전은 본래 오입장이 풍도라 딴소○○○딱하였다.

"○○도 알다시피 술이 아니면 못살던 내가 벌써 여러 해 술 구경을 못하고 보니 정말 생세지락이 없구나. 세상에 되는 일은 없고 화밖에 치미는 게 없으니 병인들 안 나겠니?"

애첩은 이 말을 듣고 한참 동안 무슨 생각을 하더니

"그럼 좋은 도리가 있습니다. 염려 맙지요. 이따 해가 저물거든 내 나가 변통을 하지요."

하였다. 능청스런 류 선전은 실없이 한마디 한 것이 뜻밖에 결과를 얻는 것을 보고 속으로만 웃고 누워 있었다.

해가 지자 그 첩은 치마 밑에 병 한 개를 숨겨가지고 대문을 나서는 지라. 류 선전은 곧 일어나 그 뒤를 바삐 갔다. 낯익은 애첩의 뒷모양은 동존東存 연화방連花坊(지금 연지동 근처) 어떤 좁은 골목을 요리조리 들어가더니 어떤 초가집으로 쏙 들어가는지라. 류 선전은 그 집만 알아두고 먼저 집으로 돌아와 여전히 이불을 둘러쓰고 누워 있었다.

미구에 첩이 또 들어와 비밀히 구하여 온 술을 권하였다. 오래간만에 술내를 맡은 류 선전은 우선 반가워하며 잔을 기울인 후

"참 술맛이 좋구나. 이런 것을 몇 해씩 못 먹고 살았으니 사람이 병이 아니 나겠니…… 그런데 너 이 술을 어디서 사 왔니?"

"그건 알아 무엇하서요."

"사다 먹기까지 하였는데 알면 좀 어떠냐?"

"아니요. 잡수셨으면 그만이지 출처를 아시는 것은 부질없지요. 만일 탄로가 되고 보면 그 사람에게 못할 일이니까 그것은 말씀할 수 없어요."

이와 같이 거절을 하고 영영히 입을 떼지 않는지라. 류 선전도 고개를 끄덕이며

"그럴듯한 일이다."

하고 다시는 묻지도 아니하였다. 그리고 천연스러운 태도로 애첩의 따라주는 술잔을 받아먹더니 이윽고 일어나 옷을 빼어 입으며 첩을 보고 물었다.

"술이 얼마나 남았니?"

"술그릇이나 남았어요."

"그것 다 병에 담아다고."

첩은 깜짝 놀라며 물었다.

"그건 무엇하서요?"

"말 말고 담아다고. 재골 정 선전은 너도 알다시피 나와는 사생지교가 아니냐. 이런 좋은 물건을 보고서 나 혼자만 먹을 수 있니? 염려 말고 담아다고."

첩이 생각하건대 남편의 주량이 그만 술에 취하여 실수할 바도 아니겠고 평생 친구를 좋아하는 중에서도 정 씨는 특별히 절친한 사이인 줄을 아는 고로 조그마한 알맞은 병에 넣어서 주었다.

그는 웃옷 속에 병을 감추고 대문 밖을 나갔으니 과연 정 선전을 찾아갔을는지는 의문이다.

재화(4)

한 손에 술병을 한 손에 보검을 각각 숨겨 들고 집을 나선 류 선전이 찾아간 곳은 그의 막역 친구 정 선전의 집이 아니요 아까 애첩의 뒤를 밟아 알아두었던 연화방 골목의 납작한 초가집 대문이었다.

주인 리 진사는 삼대독자요 겸하여 편모시하인데 가세가 빈곤하여 굶기를 밥 먹듯 하는 중 그 드문드문 끓이는 양식이나마도 자기는 출처를 알지 못하고 오직 글을 읽기에 전심하였으며 오늘 저녁에도 다른 날과 일반으로 명색만 따로 있는 사랑방에 앉아서 밤이 늦도록 글을 왱왱 읽고 있었다.

문간을 들어선 류 선전은 두말없이 글소리 나는 방문을 열고 들어서니 본래가 기골 찬 데다가 군복을 입었고 밤중에 말없이 들어서니 방 안이 부듯하여 뵈는지라 주인 리 진사는 읽던 글을 정지하고 당황히 바라볼 뿐이었다.

"나는 봉명한 선전관인데 댁에서 술을 잠양潛釀하여 파신 줄 알고 왔으니 같이 가십시다."

그리고 류 선전은 술병을 내뵈면서

"이것이 댁에서 빚은 술로서 아까 초서름에 어떤 젊은 여자에게 판 것인즉 확실한 증거가 있는 이상 여러 말은 소용없겠고 곧 옷을 입고 나서시오."

말을 듣자 주인의 면상에는 사색이 질렸으나 이윽고 책을 덮어놓고 힘없는 목소리로

"죄적이 드러났으니 어찌 사피하겠소. 그러나 한번 가면 다시 못 올 길이니 사당과 노모에게 잠시 하직할 여유나 좀 주시오."

류 선전도 보아하니 점잖은 선비요 초사가 옹용*한지라 곧 허락을 하여주었다. 주인은 안으로 들어가더니 잠들었던 모친에게 선전관이 온 말을 하고

"이제 저는 그를 따라가겠습니다. 어머님을 받들어 백세를 마치지 못하고 사우祠宇를 부탁할 곳 없이 이렇게 가오니 불초한 자식의 죄는 무엇이라 말할 길이 없습니다."

말을 듣자 늙은 어머니는 방성대곡하면서

"나도 사붓집 부녀로 국법이 무서운 것을 모르는 것이 아니로대 집안은 간구하고 청상과수의 몸으로 너 하나를 길러서 이만큼이나 성인은 하였으나 항상 배를 곯고 글 읽는 것이 불상하여 어떻게 호구할 도리나 될까 하고 한 일이 도리어 네 몸에 화가 될 줄은 몰랐구나. 원래 내가 한 일이지 네가 아는 것이 아니요 삼대독자 네가 가고 보면 이름 있던 이 집에 후사가 끊일 것이니 늙은 내가 자수하여 죽는 것이 옳다."

모자가 서로 붙들고 목이 메어 우는데 며느리, 즉 리 진사 부인까지

* 화락和樂하고 조용함.

깨어 나와서 모자 내외 세 식구가 엉크러져 통곡을 하였다.

명색이 사랑이라 하여도 실상 벽 하나 사이밖에 아니 되는 형편이라. 이 일장의 비극은 류 선전의 귀에도 유무 없이 들렸으며 그 사정을 듣고 본즉 가엾은 생각이 불현듯 나서 견디일 수가 없었다.

이윽고 주인이 눈물 씻고 나와서

"구구한 사정으로 하여서 봉명관을 너무 기다리시게 하니 미안 막심합니다. 이제 어서 가시지요."

하였다. 이 말을 듣자 류 선전은 손을 들어 말리며 다시 자리 잡아 앉아서 서서히 입을 열었다.

"내 주인의 정리를 알고 보니 과연 가엾기 짝이 없소. 내 비록 일개 무변이로대 의협심은 약간 가졌고 또 나 같은 사람이 무슨 조감藻鑑이 있겠소만은 노형의 외양과 행동을 보니 장래 큰 그릇이 될 이요, 당신 같은 효자와 인재를 위하여서 내 한 몸이 대신 죽어도 좋소. 나는 시하도 아니고 또 자녀도 없고 죽으면 나 한 목숨 죽는 것뿐이니 위명한 죄는 내가 당하지요. 노형은 노모께 효양하고 자중하여 지내다가 후일에 대성을 하시오. 그리고 잠양은 오늘 저녁으로 단연히 치워버리시오. 그 대신 내 이 칼을 드리리다. 이 칼은 상감께서 하사하신 보검으로 백금의 가치가 있으니 이것을 팔아 봉친할 도리를 하시오."

이와 같이 말을 하였다. 그러나 주인은 체면이 있었다.

"천만에 말씀이십니다. 후의는 백골난망이요만은 죄지은 사람이 살자고 죄 없는 봉명관이 대명을 바칠 수야 있습니까?"

"두말 마시오. 나도 사내자식이 한번 말한 일을 도로 거두겠소? 그 일은 다시 말 마시오."

이때 주인 집안 식구는 체면 불구하고 뛰어나와 고두백배*로 치사를 하였으며 류 선전은 주인에게 술을 청하여 밤새도록 실컷 먹고 자기 손으로 술 항아리를 깨트려버린 후 새벽이 되어 일어섰다. 주인은 그를 붙들고 성명이나 가르치기를 간청하였으나 그는 끝끝내 고개를 내리면서

"성명은 알아 무엇하시랴오? 내가 어찌 후일을 바라고 이 일을 하겠소. 내게 그런 생각이 없는 이상 아예 그런 일은 묻지도 마오."

그는 끝끝내 성명도 이르지 않고 표연히 돌아가 버렸다.

재화(5)

동촌 리 진사 집으로부터 집에 들어온 류 선전은 나머지 이틀 동안 이불 속에서 보내고 이날 아침 일찍이 빈손을 쥐고 대궐에 들어왔다.

상감마마께서는 선전관 류진항에게 보검을 주어 내보내시고 설마 이번에야 본보기 낼 죄인을 하나는 잡겠지 하고 기다리시던 차에

"신이 봉명하고 나간 이후로 아무리 염탐을 하오나 범인을 찾을 길이 없사옵기 목숨으로 바치오."

하는 의외의 복명을 들으시고 실망을 하셨다. 번연히 술을 빚어 파는 자가 여염에 많이 있다는데 아무리 사람을 내보내도 잡지를 못하고 보니 어찌 당신 위령이 서지를 않는 것도 같고 신하들이 성의 없고 무능한 것 같아서 분하고 답답하셨다. 그래서 철여의鐵如意로 책상을 두드리시면서

"이놈들이 거행을 잘못하여 이렇지 설마 이럴 리가 있느냐!"

하고 호령을 하셨다. 그래서 류진항은 당장으로 목이 베지는 것을 좌우에서 여쭈어 특별 처분한 것이 흑산도 원찬이었다.

상감마마께서는 이 처분을 내리신 후에도 얼마 동안 불쾌히 지내시

* 머리를 조아리며 몇 번이고 거듭 절함.

다가 오래간만에 낙선당으로 동궁을 보러 가시니 이때 세자궁께서는 취선당 밧소주방에서 양제를 때려 피를 보시고 역시 불쾌한 기분으로 낙선당에 나와 앉으신 때였으며 따라서 소세하신 모양이나 의대 입으신 모양이 여전히 단정치 못한 채였다.

동궁의 이 단정치 못한 모양을 보신 상감마마께서 먼저 상상을 하신 것은 술이었다. 이것이 술을 먹었기에 몸 가진 모양이 저러하겠지 그렇지 않고야 저럴 법이 있으랴 생각하셨으며 동시에 대단히 분하게 생각하셨다. 내 술을 이렇게 엄금하거든 제가 어찌 감히 술을 먹으리요, 하는 생각이었다.

"몸 가진 모양이 거 무엇이니?"

상감마마께서는 뜰 앞에 국축시립한 동궁을 서신 채로 내려다보시며 우선 호령을 하셨다. 동궁께서는 물론 대답이 없으시다.

"수신제가 치국평천하라니 몸부터 닦은 뒤에야 제가도 하고 치국도 하는 법인데 몸 하나를 단정히 못 가지는 위인이 어떻게 나라를 다스릴까 보냐."

동궁께서는 더욱더욱 황송하여 국축부복하실 뿐이었다.

"망건 쓴 모양은 그게 무엇이고 옷 입은 모양은 그게 무엇이냐?"

동궁께서는 청천벽력 같은 문제였다. 그러나 여전히 침묵을 지키실 뿐이었다.

"분명 술 먹었지? 바른대로 대여라. 냉큼 대답을 못하겠느냐?"

상감마마 호령은 점점 추상같이 엄하셨다.

"왜 말을 못하느냐? 네 분명 술을 먹었지야?"

이제는 좌우간 대답을 아니할 수가 없었다. 그러나 동궁께서는 압바마마 앞에서 절대로 거짓말을 못할 뿐 아니라 이렇게 넘겨짚어 물으시는 말씀이 아무리 애매할지라도 안 그렇습니다, 발명을 하지 아니하는 성질이었었다.

이날도 신기가 불평한 위에 아침부터 우레 소리와 양제의 문제로 맘을 상하여 몸 가진 것은 아무리 단정치 못할지라도 술 먹은 일은 사실 없건만은 필경

"먹었삽나이다."

라고 자백을 하셨다.

"그 누가 술을 주더냐?"

이것이 또 난문제였다. 먹은 일 없고 따라준 사람이 없는데 준 사람을 대라 하시니 먹었습니다, 대답한 이상 아니 댈 수도 없는 것이고 누구든지 대고만 보면 목숨에 관계되는 큰 문제라 동궁께서는 또다시 난처한 경우에 빠지셨다.

"술 준 사람을 대라니까 왜 말이 없느냐? 어서 대여라."

동궁께서도 필경 면치 못할 줄을 아시고 아무나 생각나는 대로 말씀을 하셨다.

"밧소주방 큰 내인 희정이가 주옵더니다."

상감마마께서 넘겨짚고 이렇게 다조쳐 물으시면서도 꼭 먹고 아니 먹은 것은 의아 중이시다가 동궁께서 먹었노라 자백하고 술 준 사람까지 대고 보니 술 먹은 것이 분명한지라. 더욱 격노하시와 마룻바닥을 두드리시며

"이 금주하는 때에 네 술 먹고 광폐히 구느냐?"

엄책을 하셨다. 이때 보모 최 상궁이 옆에서 듣다 일이 너무도 원통한지라 상감마마께 아뢰되

"술 잡수었다 말씀은 지원하오니 술내가 나는가 맡아보오소서." 하였다. 그러나 이 말에 대하여는 상감마마께서 처분 있으시기 전 뜻밖에도 동궁께서 꾸지람을 하셨다.

"내가 술을 먹고 아니 먹었노라 아뢰었으면 자네 감히 말을 할까 싶은가? 물러가소."

동궁의 이 꾸지람은 소리가 높았으며 엄연한 위엄이 있었는지라 상감마마께서 또 격노하오서

"네 내 앞에서 노상궁을 꾸짖으니 어른 앞에서는 견마도 꾸짖지 못하거든 그럴 도리가 있느냐?"

이와 같이 꾸지람하셨다.

재화(6)

아무리 동궁에서 한 일이라도 이 엄금지하에 술을 먹었다는 사건은 결코 무사할 수가 없었다. 그뿐 아니라 상감마마께서는 동궁이 범법을 한 까닭으로 하여서 더 흥분하게까지 생각하셨다. 내가 그렇게 힘을 써서 일평생 사업으로 금주를 하는데 제가 범법을 하다니 법지불행法之不行은 자상범지自上犯之라고 법이란 항상 윗사람이 범하는 데서 문란해지는 것인데 내가 이렇게 힘들여 여행勵行하는 법을 제가 범하면 이 법이 잘 시행될 수가 있으랴 하는 것이 상감마마 생각이신 것이다.

임희정이라 하는 밧소주 큰 내인은 꿈에 모르는 죄목 아래에 청천벽력 같은 엄명을 받고 멀고 먼 귀향길을 떠나갔으며 동궁께는 대신 이하 인견하라시고 우선 춘방관이 먼저 들어가 면계*하라신 처분을 내리셨다.

이것이 동궁에 대한 법칙으로서는 아주 중한 처분이셨다. 동궁의 지위가 존귀한지라 형식은 자연 다를지라도 춘방관에게 면계를 당하고 이

* 상대를 앞에 놓고 타이름.

일로 하여서 대신 이하 여러 신하들을 인견하신다는 것은 결국 말하자면 죄짓고 회술레*를 당하는 셈이다. 보통 사람 같으면 죄진 사람 자기가 끌려들어 다닐 것을 지위가 존귀한 까닭으로 끌려들어 다니는 대신에 앉아서 당할 뿐이요, 결국 상피한 점에 있어서는 조금도 다를 것이 없는 것이었다.

동궁께서는 온몸의 뼈가 모두 거꾸로 올라가는 것같이 느껴졌으며 눈앞이 캄캄하고 우리수리하였다. 아까 상감마마께서 물으실 때에는 어찌하여 안 먹은 술을 먹었노라 대답하셨는지 그는 알 수 없거니와 여하간 애매한 일로 하여서 동궁으로서는 견디기 어려운 엄벌을 당하게 되고 본즉 치밀어 오르는 것은 화기밖에 없었다. 그리고 대신 이하 여러 신하들이 모다 저 혼자 충신인 것 같은 낯바닥을 하여가지고 어쩌다 그런 범법을 하시고 이게 무슨 모양이요 하는 듯이 하나씩 하나씩 눈앞에 나타날 일을 생각하매 그는 도저히 참을 수 없는 모욕인 것같이 느껴졌다.

이때 춘방관이 들어왔다. 원인손元仁孫이란 사람이 앞을 서고 또 한 사람은 뒤를 따라 들어왔다. 그들은 이제 상감마마 분부를 뫼옵고 동궁께 간하라 들어온 것이었다. 그러나 동궁께서는 그들을 보자 먼저 호령을 하셨다. 끓는 기름 가마 위에는 짚 검불 하나만 떨어져도 폭발이 되는 법이어니와 이제 동궁의 머릿속에는 불꽃이 소용돌이를 치던 중이었으며 춘방관의 입시는 그 불꽃에 기름을 끼얹으나 일반이었다.

"너희 놈들이 부자간에 화하게는 못하고 내가 원억한** 말을 들으되 너희 한 말 아뢰지 않고 감히 나를 돌아와 보느냐? 나가라."

이 호령은 가위 청천벽력이었다. 동궁께서 병환이 심하시되 바깥 인사들에게 대하여 실태하신 일이 없으신즉 첫째 그들로서는 이와 같이 호

* 예전에 목을 벨 죄인을 처형하기 전에 얼굴에 회칠을 한 후 사람들 앞에 내돌리던 일.
** 원통하게 누명을 써서 마음이 맺히고 억울함.

령을 듣는 것은 첨 당하는 일이었으며 둘째로는 호령을 하시는 세자궁 음성이 정말 벽력같았다. 맘이 약한 사람이면 이 호령 한마디에 넉넉히 어진혼이라도 빠질 형편이었다.

이 호령 소리에 두 사람은 문칫하였으며 뒤따르던 춘방관은 어마 뚝 하여라고 그만 나가버렸다. 그러나 원인손만은 썩 나가지 아니하고 말씀을 아뢰었다.

"저하께서 처분이 너무 과하십니다."

원 씨는 후일 대신 지위에까지 갈 사람인 만치 아무리 호령이 벽력같으실지라도 호령 한두 마디쯤에 혼비백산하여 그대로 쫓겨 나갈 위인은 아니었으며 따라서 그 담차고 다○진 거동이 동궁께는 더한층 분을 돋우는 대상물이 되었다.

"듣기 싫다. 나가라."

동궁께서는 가지셨던 부채로 방바닥을 두드리시며 또 이렇게 호령을 하셨다. 그러나 원인손은 여전히 문칫문칫하고 있었다. 자기는 비록 동궁에 매인 벼슬일지라도 지금은 상감마마 분부를 뫼옵고 면계차로 온 길인즉 맡은 바 사명을 다하기 전에는 떠날 수가 없다고 생각한 모양이다. 그러나 한번 폭발된 동궁의 감정은 불꽃같이 타오를 뿐이었다. 동궁께서는 앉으신 채로 몸을 솟구쳐 앞으로 나오시면서 방바닥을 두드리고 거듭거듭 호령을 하셨다.

"나가라는데 못 나가겠느냐?"

이때 좌상에 놓였던 촛대가 넘어지면서 온돌 남창에다 이 불이 붙었다. 촛불이 넘어져 붙은 불이니 곧 달려들어 끌 사람이 있었으면 아무 일 없었을 것이로되 불 끌 사람이 없이 불이 타기 시작하여 온 창문에 불길이 퍼지며 다시 세간에 옮겨붙으니 화세가 이미 급한지라. 이제는 원인손도 할 수 없이 쫓겨 나갔으며 동궁께서도 이제는 원인손을 쫓아내는 일보다도 우선 화재를 피하실 수밖에 없이 되었다.

그래서 동궁께서는 온돌 밖으로 뛰어나가시며 낙선당으로서 덕성합 내려가는 문 밖으로 나가셨다.

재화(7)

동궁께서 불을 피하여 덕성합 내려가는 문을 나서신 때에 마침 마주친 것은 대조에 입시하기 위하여 들어가는 조신들이었다.

매양 숭문당崇文堂에서 인견하오시면 집현문이 합문이 되어 입시하는 신하들이 건양으로 들어 시민당 앞으로서 덕성합서 연소대*하시는 길을 지나 보화문普化門으로 입시하는 터이라 입시하는 조신들이 덕성합 앞을 막 지나갈 제 동궁께서도 마침 거기를 나서시고 본즉 그들과 부득이 정면으로 마주치게 되셨으며 한참을 기가 오르시는 판에 그들이 점잔을 빼고 뒤뚝거리며 들어오는 모양을 보시자 마치 못 맡을 냄새를 맡은 때 모양으로 비위가 ○거슬리며 호령이 저절로 쏟아져 나갔다.

"너희가 부자간에 좋게 못하고 간할 줄을 모르며 녹만 먹고 입시는 하러 들어가니 저런 놈들 무엇에 쓰리요."

벽력같은 호령과 동시에 몸을 날려 길을 막으시며 들어오던 조신들을 다 쫓아내셨다. 그들은 뜻밖에 호령 소리를 듣고 우득우득 서서 눈을 휘둥그렇게 뜨고 둘러보았으나 까닭은 미처 알 수 없고 동궁께서 날치시는 모양을 뵈옵건대 어름어름하다가는 둥치를 밀려날 듯함으로 모두 다 입시를 단념하고 허둥지둥 들쳐서 나가며 서로 얼굴을 쳐다보았다.

* 임금이 신하에게 강론하던 곳.

"이 사람 이게 대관절 웬일인가?"

"별안간 당한 일이니 누구는 아는가?"

"동궁께서 병환이 있으시다더니 그게 병환이신가?"

"그도 알 수 없지."

"여하간 대단한 실체이신데."

그들의 이야기는 이 범위에서 넘어가지 아니하였다. 상대자가 동궁이시고 본즉 섣부른 말을 하였다가는 뒤탈이 있을까 염려를 하여서 수야모야 다 모인 자리에서는 결코 여러 말들을 아니하였으나 그들의 머릿속에는 제가끔 복잡한 생각이 있었다.

동궁께서 실태하심을 그저 애석하고 딱하게 생각하는 이는 비교적 충직한 신하거니와 그중의 일부분은 동궁의 처신에 이런 파탄이 생긴 점을 남몰래 기뻐하며 옳지 이런 일이 한 달에도 몇 번식 있었다고 하는 이도 있었다.

동궁께서 대리를 하신 이후로 뜻밖에 소론을 아끼고 노론을 배척하시는 경향이 있음을 알자 노론들 가운데는 벌써부터 동궁께 대한 공포증이 생겼으며, 따라서 그네들 중의 적극파와 또 개인으로 동궁께 미움을 받는 김상로金尙魯, 홍계희洪啓禧 같은 이들은 기회만 있고 보면 동궁의 지위를 흔들어보겠다는 불칙한 생각을 가진 지도 이미 오래였다.

그들은 물론 상감마마와 동궁 사이가 원만치 못한 것도 잘 아는 터이며 그럼으로 감히 이런 불측한 생각도 하는 것이다. 그러나 아무리 그래도 부자분 사이고 본즉 무슨 부르튼 핑계나 있기 전에는 첫째로 동궁께 대한 말씀을 어전에서 꺼낼 기회가 없으며 말씀부터 꺼낼 기회가 없고 본즉 그 이상 아무런 수단도 부릴 도리가 없는 것이었다.

그러나 오늘 모양으로 온 조정이 다 아는 실태를 하고 본즉 자연 말을 꺼낼 기회가 생겼으며 말 나고 보면 겉으로 위하고 속으로 깎는 수도 있고 수단은 얼마든지 있는 것이다. 더구나 조정의 유력한 신하들이 모두 이해관계를 같이하는 동색이고 본즉 여럿이 입만 모으고 보면 팥으로 메주라도 쑬 수 있다는 것이 그들의 생각이었다.

조신들이 무슨 생각을 하는지 그는 고사하고 당장에 당신께서 하신 일도 무슨 일을 하였는지가 분명치 못하도록 동궁마마 머릿속에서 화기가 타오를 제 낙선당의 화재도 제 맘대로 탔으며 필경은 양정합이라 하는 다른 전각이 연소되고 보니 일시는 대궐 안이 벌컥 뒤집히도록 소동하였었다.

화재가 진정되자 이번에는 화재의 원인이 문제였다. 상감마마께서는 아드님이 성질을 못 이기어 불을 지른 줄로 생각하시고 또 열 갑절이나 진노하오서 함인전에 여러 신하들을 모으시고 동궁을 부르시와 또 첨부터 둘러씌우는 말씀으로 꾸지람을 하셨다.

"네가 불한당이냐? 불은 어찌 지르니?"

동궁은 그만 쉽고 기가 막혀 다시 발명할 생각도 없으시던지 술 문제 때와 일반으로 끝끝내 그 불이 촛대가 굴러 제절로 붙었습니다, 말씀 한마디를 못하시고 당신께서 불을 지르신 것처럼 허물을 둘러쓰고 말았다.

그러나 거듭거듭 원통한 꾸지람을 듣고 어전에서 물러 나오신 동궁께서는 그만 기가 막혀 누웠음으로 좌우가 황황하여 청심환을 쓴 후에 간신히 정신을 차리셨으나 숨을 훅훅 몰아쉬시며 땅바닥을 두드리시더니 이윽고 벌떡 일어나시며

"아무리 하여도 못살겠다."

하고 버선발로 뛰어 내려가 저성전 앞뜰에 있는 우물에다 떨어지고자 하셨다. 다행히 황급히 보호한 까닭으로 우물에 떨어지시지는 아니하였으나 그 당황한 광경은 이로 형언할 수가 없었다.

동궁께서 아무리 지원*한 설움을 가슴에 품고 눈물과 울음으로 세월을 보내실지라도 그 동궁을 위하여 상감마마 앞에 말씀 한 마디 할 사람이 없다. 무정의 여러 신하들은 동궁께서 호령하시는 말과 같이 상감마마께 간하여 부자분 사이를 좋도록 만든 사람은 하나도 없는 대신에 기회만 있고 보면 도리어 이간중상을 하랴는 사람은 많이 있었다.

이때 상감마마께서는 이 일로 하여 광주 유수 홍봉한을 불러 내대하라 하셨으니 홍봉한은 동궁과 옹서 관계인즉 조신들 중에서는 동궁과 제일 가까운 처지인 까닭이었다. 홍봉한이 입시하여 위에서도 그동안 지난 일을 이야기하시고 걱정을 무수히 하셨으며 동궁께서는 또 동궁 처지가 원통한 말씀을 하였으며 따님은 따님대로 붙들고 울었으니 동궁을 위하여 애매하신 발명이라도 하려면 그리도 그밖에 없는 처지였으나, 그러나 그 역시도 동궁을 위하여 애매한 말씀은 아니하고 말았으며 다만 상감마마께는 더욱더욱 자애하신 처분을 내리소서 하였고 동궁께는 그러실수록 더욱더욱 효도하고 공경하소서 하였다. 말인즉 대체를 잡은 말이며 나무랄 점이 없으되 결국은 자기 처지를 무사히 하고 자기 인사를 닦는다는 이외에 한 걸음을 벗어나지 아니한 것이다. 아무 곳에도 애틋한 사랑이라든지 남달리 아끼는 표적이 드러난 데 없었으니 정리로 보나 이해관계로 보나 제일 가까운 장인부터가 그러할 때에 다른 신하들의 용심처사는 물론 짐작할 수 있는 것이다.

그러나 동궁을 해치고 동궁의 지위를 좀먹고자 하는 괴상한 무리는 뜻 아니한 곳에도 숨어 있었으니 그중의 심한 예를 들고 보면 문 소의 같

* 지극히 원통함.

은 이가 그것이었다.

상감마마께서는 본래 중전께 소생이 없으시고 먼저 정빈 리 씨 몸에서 경의군敬義君이라는 왕자를 탄생하였음으로 곧 세자를 책봉하시고 당신께서 어려서부터 거처하시던 건국당이란 집에 두었으며 아홉 살에는 풍릉부원군豊陵府院君 조문명趙文命의 따님과 가례를 지냈더니 열 살 되시는 이듬해에 불행히 일찍 하세하시니 이는 즉 효장세자孝章世子이시며 후일 추숭하여 진종眞宗이 되신 이라.

효장세자가 일찍이 하세한 후 세자빈은 그 집에 그대로 있었는바 효성이 극진한지라 상감마마께서 한편으로 불쌍히 여기시고 한편으로 거룩히 여기시던바 신미년 십일월 달에 또한 일찍이 상사 나니 상감께서 효부를 잃으시고 심히 슬퍼하오사 초상 장사에 친림하오서 곡진곡진하오셨는바 그러하오시는 중 그곳 시녀 내인이 있어 자색이 절묘함을 보시고 눈여겨두셨던지 상사 후 가까이하오서 건국당 아랫집 고서헌이란 곳에 두시고 총애가 자별하셨으니 이것이 이른바 문녀라. 위에서는 문녀에게 내인으로는 제일 높은 지위 가는 소의라는 이름을 주시고 그 오라비 문성국文性國이라 하는 자이 별감으로 있던바 사약司鑰 승차시키오사 또한 총애하오시며 후원 중정문 밖에 내관 전성해라 하는 자를 주어 문녀 차지를 만드시니 성국이 역시 그 내관 처소에 가서 뵈웁게 되는지라. 문녀와 성국의 세력이 은연중 무거웠으며 따라서 세력을 따르는 무리들이 넌지시 그 뒤를 붙좇게 되니 그중에는 당당한 조신들까지도 끼워 있는 형편이었다.

문녀가 상총을 받자온 후 미구에 태기 있어 계유년에 생녀하고 은총이 더욱 깊어가매 교만하고 방자한 생각이 나서 제일 먼저 동마마 어머니 되시는 영빈 리 씨를 상대로 사랑싸움을 시작하였다. 그래서 한번은 리 씨를 면대하여 후욕한 일이 있었던바 마침 대왕대비께서 이를 아시고 문녀를 부르시와 네가 동궁마마 체면을 본들 어찌 영빈에게 그리할까 보냐 하시고 종아리를 때려 징습*하신 일까지 있었으며, 그 끝으로 하여 문녀가 상감마마께 무엇이라 여쭈었던지 상감마마께서는 송현본궁으로 나가 앉으시고 들어오지 아니하시와 한동안 조정이 벌컥 뒤집힌 일까지 있었던 것이다. 그러나 사랑싸움 같은 것은 일이어니와 그담으로 문녀의 남매가 생각한 것은 결코 그만 정도에 그치는 것이 아니었으니 그는 곧 동궁의 지위를 좀먹고 될 수 있으면 그 자리로부터 차 떨어뜨리고자 하는 불측한 야심이었다.

이것도 첨에는 부자분 사이가 원만치 못함을 아는 까닭으로 상감마마 비위를 맞추어드리기 위하여 동궁의 험을 한두 가지씩 고하여바치는 정도이었으나 한번 불측한 야심이 생긴 이후로부터는 그들 남매의 말 속에 항상 독이 있고 가시가 박혔던 것이다.

후원에 피는 꽃(2)

문녀, 그는 후원에 피는 꽃이었으며 후원에서도 그늘에서 보는 사람도 없이 쓸쓸하게 피는 꽃이었다.

그러나 이제는 그늘의 꽃이 아니다. 햇빛을 정면으로 받고 양귀비와 같이 밝은 빛으로 사람의 눈을 끌고 있는 것이다. 그러나 그는 아직 그 후원에 피는 꽃이다.

이 후원에 피는 꽃인 문녀가 상총을 받게 되어 그 몸에 태기까지 있다는 것을 알게 된 때에 이 새로이 싹트는 세력을 남 먼저 눈여겨보고 제

* 못된 버릇 따위를 징계함.

일 먼저 악수의 손길을 내민 것은 사동 김 정승 대감이었다. 김 정승은 문녀의 오라비 문성국을 자기 작은집으로 불러서 조용히 만나보고 좋은 말로 쓰다듬어놓은 후 가끔 불러서 맛있는 음식과 필육필 돈량간으로 환심을 사놓았다.

임신년 가을 일이었다. 김 정승은 그 작은집 안사랑에서 문성국이와 마주 앉아 이야기를 하다가 이런 말을 들었다.

"그래 네 누의가 지금 태중이라지?"

"그렇습니다."

"허, 고마운 일이로군. 아든님이나 하나 낳았으면."

"소인네들은 차라리 옹주가 나셨으면 하고 죄는 됩지요."

"부중생남중생녀란 말도 있기는 하지만 그는 어찌?"

"소인네가 무얼 압니까만은 군이 되어 나시면 처신하기도 거북한 일이 많습지요. 신수나 불길하여 안 할 말씀으로 역적공초 같은 데나 오르고 보면 공연히 목숨만 위태하니겝시오. 차라리 옹주로 나시는 것이 낫다고 생각합지요."

"허허 이 사람 무슨 일을 잘못되는 것만 어찌 생각하노. 그래도 군으로 태어나야 바라는 것이 좀 크지 않은가."

"지금 형편에 무엇 바랄 것이 있어얍지요."

"허 세상일이 그런 게 아니야."

김 정승은 이자에게 불측한 생각을 품도록 꼬드겨두는 것이 동궁의 지위를 좀먹는 데는 제일 유효한 방법이라고 생각을 한 것이다.

"여봐라 성국아. 우선 알기 쉬운 일이 지금 상감마마께서는 숙종대왕 둘째 아든님이시고 그 어른 위로 경종대왕이 계셨으니 경종대왕이 세자로 계셨을 때에야 이 어른에 임금 차례가 계실 줄을 누가 알았겠니? 세상일이란 이런 것이다. 무엇이 어찌 될지를 누가 미리 안다던. 네 누의 몸에서 군이 나시고 보면 또 이렇게 되지 말라는 법이 어디 있노."

"그렇게 생각하면 그렇기도 합지요만은 지금이야 세자가 계시겠다, 세손까지 뚜렷이 계시고 보니 군이 생겨나신들 무슨 소용 있사와요?"

"그런 게 아니래도 또 저러는구나. 그야 옹주 낳기를 기다려도 군이 나시기도 할 것이고 군 나시기를 기다려도 옹주가 나오면 할 수 없는 것이니까 옹주 낳기를 바란다고 꼭 옹주가 날 것은 아니로대 이를테면 일이 그렇지를 않단 말이다."

"그야 무슨 소망이 있고만 보면 욕심이야 일반입죠만은."

김 정승은 눈을 가느다랗게 뜨며 소리 없이 웃었다. 차차 자기 소료대로 되어 들어가는 것을 기뻐하는 것이다. 그리고 목소리를 낮추어 은근히 말을 하였다.

"이거 참 큰 소리로 할 말도 못 된다만은 너는 지금 장성하신 동궁마마가 계시고 세손이 또 일찍 나셨으니까 지차로 나는 군이 무슨 소망이 있으랴고 생각을 하는 것이지만 실상 알고 보면 그렇지도 아니한 내력이 있단 말이다."

문성국은 눈이 둥그레졌다.

"병환 때문에 말씀입지요?"

"아니 그런 것이 아니야."

김 정승은 고개를 설레설레 흔들며 또 소리 없이 웃었다. 그리고 또 말을 계속하였다.

"너는 대궐 안에 있어도 이런 이면까지는 모를 것이다. 이것은 우리네 명색 양반이란 사람들의 비밀이니까. 우리네끼리는 물끄럼말끄럼 다 아는 일이지만 테 밖에 사람들로는 알기가 어려운 것이다. 그러나 네한테야 무슨 말을 못하겠니?"

김 정승은 잠깐 말을 멈추고 문성국의 얼굴을 바라보았으며 문성국

은 무슨 중대한 비밀을 얻어들은 것 같아서 긴장한 얼굴로 귀를 기울이며

"황송하옵시다."

라고 간단한 대답을 하였다.

"너도 알려니와 우리네 양반들 사이에는 소위 편색이란 것이 있지 않으냐?"

"네……."

"그 편색이 서로 다르는 틈에 가끔 기기괴괴한 일이 생긴단 말이다."

문성국은 잔뜩 정신을 차리고 앉았으나 아무 말이 없었고 김 정승은 다시 이야기를 계속하였다.

"나라에는 임금님이 제일이신 것 같고 또 정말 제일이시기도 하지만은 아래서 거행하는 사람들이 입을 모으고 보면 상감마마께서도 어떻게를 못하시는구나."

"그야 그럽지요."

"거봐라. 그러니까 다 자미 있는 도리가 있단 말이다."

후원에 피는 꽃(3)

김 정승의 말은 알듯 모를 듯 몽롱한 가운데에서도 힘 있는 암시를 주는 것이었다. 문성국은 무엇이라 대답을 하여야 옳을지를 알지 못하여 직수굿이 듣고만 있었으며 김 정승은 또 이야기를 계속하였다.

"좀 더 알아듣기 쉽게 말하면 지금 조정에서 세력을 잡는 것이 어떤 편색이며 그 편색에서 동마마를 좋아하는지 싫어하는지 그 눈치부터 알아야만 동마마 지위가 튼튼한지 위태한지를 안단 말이다. 이제 알아듣겠

니?"

"네 네, 알겠습니다."

"그런데 지금 조정에서 세력을 잡고 있는 노론 양반님네가 동마마께 좋은 생각을 가졌느냐 하면 아니란 말이다."

여기까지 이야기한 김 정승은 그래도 미심하여 또 한 번 뒤를 다졌다.

"이런 말은 참 입 밖에 내기가 난중한 말이다만 너도 이 자리에서만 들어두고 쥐나 새를 보아서 눈치 있이 굴란 말이다."

"네, 염려 맙시오."

김 정승은 문성국의 대답 들은 후 더한층 나지막한 목소리로 이야기를 계속하였다.

"실상인즉 지금 노론 양반님네가 입을 모아가지고 동마마를 밀어내려고 일을 꾸미는 중이란 말이다."

이 말에는 성국이도 놀랐다. 이것이 사실일 것 같으면 정말 놀라운 비밀이라 아니할 수 없었다.

그러나 일이 너무도 의외인 까닭으로 한편으로는 놀라면서도 한편으로는 이게 정말일까 싶은 의심이 났다. 이게 어떻게 무서운 말이라고 점잖은 대감이 거짓말을 할 리는 없는데 하고 다시 고쳐 생각을 하여보아도 이 말만은 무조건으로 믿어지지 아니하였다.

"대감마님, 그게…… 저 언제부터 일인갑시요?"

그게 정말이요 하는 질문이 목구멍까지 다 나온 것을 그렇게까지 물어서는 너무 실례라고 생각한 까닭으로 억지로 도로 삼키고 어름어름하다가 이렇게 물었던 것이다.

"음 그것이 언제부터라고는 꼭 집어 말하기가 어려우나 말하자면 동마마께서 대리를 하신 이후 일이지."

"노론 양반님네께서 왜 그러실갑시오?"

"그 일이 이상하지? 동마마께서는 말하자면 외가도 노론이시오(중마마가 노론의 집 따님이시다.) 처가도 노론이신즉 노론 양반님네와는 특별히 사이가 좋으실 것 같으되 그것이 그렇지를 않거든."

김 정승은 여기까지 말을 하고는 잠깐 멈추고 문가의 맘속을 들여다보려는 듯이 그 얼굴을 바라봤으니 그는 문가의 얼굴에 분명히 자기를 의심하는 기색이 움직이는 것을 본 까닭이었다. 사실 이때 문성국의 머릿속에는 이 사실을 의심하는 것보다도 김 정승의 말을 의심하는 생각이 떠돌았던 것이다. 이 양반은 편색이 소론이라는데 이게 다 넌짓하고 노론 양반님네를 먹어대는 수작이나 아닌가. 내가 지금 공연히 멋도 모르고 턱을 쳐들고 앉아 듣는 게 아닌가. 이런 생각을 하고 있는 까닭으로 자연 얼굴에도 의심하는 눈치가 나타난 것이었다.

노련한 김 정승은 이 눈치를 엮어보는 동시에 이야기가 좀 장황할지라도 이자의 의심이 풀리도록 설명을 하여야 하겠다는 것을 속으로 결심하는 동시에 다시 이야기를 계속하였다.

"동마마께서 노론 양반님네와는 사이가 퍽 좋으실 것 같으되 실상 그렇지 못한 까닭인즉 그 유래가 좀 장황한 것이다. 그러나 이왕 이야기가 나왔으니 한번 들어두어라."

"네."

문가는 다시 김 정승의 이야기에 귀를 기울였다.

"옛날이야기가 된다만은 지금 상감마마 아버님 되시는 숙종대왕 당년에 조정에는 남인과 서인의 두 편색이 나뉘어 있어서 세력 다툼으로 서로 싸움질을 하는데 그 싸움이 여간 굉장하였던 것이 아니다. 원래 싸움의 시초는 임진왜란을 치르시던 선조대왕 때부터 시작되어가지고 싸워 내려온 것이니까 그 지나간 관계를 알자면 여간 어수선하고 지루한 것이 아니고 또 알아서 긴할 것도 없거니와 아무렇든지 서로 죽이고 물어내고 하는 싸움을 올씬갈씬하여오던 사이고 보니까 같이 한 임금 밑에서 벼슬을 하면서도 속으로는 서로 원수척이란 말이다. 알아듣겠니?"

"네, 알아듣사와요."

"그래서 서로 올씬갈씬 싸워 내려오다가 경종대왕께서 등극하시기 전에 그러니까 현종대왕顯宗大王 당시로구나. 그때에 와서 기해예송己亥禮訟* 이라고 하여서 자의대비慈懿大妃 복제 마련을 하는데 또 서인과 남인 양반들 사이에 말다툼이 나가지고 필경 송우암宋尤庵 대감 이하 서인 양반들 손에 허미수許眉叟 대감 이하 남인 양반이 온통 몰려나고 죽어나고 하는 참혹한 일을 당하고 보니까 당연 조정은 서인 양반 세상이 되었던 것이다."

김 정승은 여기서 잠깐 말을 끊었다.

후원에 피는 꽃(4)

김 정승은 다시 이야기를 시작하였다.

"그러나 서인의 세상은 언제까지 계속되지는 아니하였다. 그 후 현종대왕께서 승하하실 제 세자궁께서(곧 후임의 숙종대왕) 춘추가 겨우 십사세의 충년이심으로 뒷일을 허적許積 허 정승 대감께 부탁하시고 보니 허 정승은 남인 영수인지라, 새 임금께서 등극하시고 허 정승이 고명대신顧命大臣으로 영의정이 되어 만사를 좌우하고 본즉 자연 남인 양반들이 다

* 1659년 효종이 죽자 인조의 계비인 자의대비 조 씨의 상복을 두고 논란이 벌어졌던 사건을 말한다. 효종이 인조의 둘째 아들로서 왕위에 올랐다는 사실을 고려해서 조 씨가 1년간 상복을 입어야 한다는 서인의 주장과, 맏아들이 아니라도 왕실의 종통을 이었으면 당연히 적자로 인정된 것이므로 3년 복을 입어야 한다는 남인의 주장이 맞섰다. 논쟁은 전국 유생들 사이로 확산되었으며, 송시열과 송준길을 중심으로 당시 정권과 사림을 장악하고 있던 서인이 승리했다.

시 일어서면서 서인 양반들을 몰아내어 거의 씨가 없이 되었더란 말이다. 그러나 그건들 어디 천추만세로 계속되란 법 있겠니?"

김 정승은 여기서 잠깐 말을 끊었다가 다시 계속하였다.

"그 후 경신년에 와서 허 정승의 아들 허견許堅이가 종실의 복선군福善君, 복창군福昌君 들과 내통을 하여가지고 역적모의한다는 고발이 생겼구나. 그래서 또 판국이 뒤집히고 송 정승宋時烈 대감 이하 서인 양반들이 다시 들어서면서 남인 양반들이란 것은 모조리 죽이고 내쫓고 하는데 이것이 소위 경신환국庚申換局이란 것이다. 요전에 쫓겨 나간 혐의도 있기야 하지만은 어떻게 혹독하게 쓸어내었던지 편색 싸움이 생겨난 후 첨 일이었고 여북하면 같은 서인 양반들 중에서도 소년 명사들 몇 분이 나서서 편색 싸움으로 이렇게 몹시 죽여내서는 나라의 큰 화근이 될 것이니 그리 말자고 주장을 하였구나. 필경 이 까닭으로 노성한 측들과 의견이 안 맞아서 그것이 꼬리가 되어가지고 같은 서인 양반 가운데서 소위 노론 소론이 갈렸지만은."

문가는 이야기를 들어도 좀 얼떨하였다. 그러나 아무렇든 소위 양반이란 작자들이 편싸움으로 하여서 몇 해에 한 번씩 서로 대가리가 터지고 모가지가 달아나는 관계가 계속되어왔다는 것만은 잘 알게 되었다.

김 정승은 다시 말을 계속하였다.

"그 후 십 년이 지나 기사년이 되자 숙종대왕께서 중전마마 민 씨(인현왕후)를 폐하시고 경종대왕 어머님 되시는 장희빈으로 중전을 삼으실 때 민비께서는 서인 양반 민유중閔維重의 따님이신 까닭으로 자연 서인을 싫어하시는 생각이 나셔서 다시 남인을 불러 쓰시고 본즉 남인 양반들이 세력을 잡자 십 년 전 경신환국 때의 갚음으로 또 서인 양반들을 물어내고 죽여내는데 송우암 송 정승 대감이며 문곡文谷 김수항金壽恒 김 정승 대감 같으신 이들이 그때에 다 몰려 돌아갔고 이것을 기사환국己巳換局이라고 하는 것이다."

김 정승은 잠깐 말을 끊었다가 또다시 계속하였다.

"그러니 몇 해만큼씩 서로 물어내고 죽여내고 하기를 벌써 몇 번이란 말이다. 그래서 남인이 또다시 전권을 잡았다가 그 후 여섯 해가 지나서 갑술년에 민비께서 복위가 되셔서 다시 대궐로 들어오시며 서인이 다시 세력을 잡았으나 그때는 다행히 약천藥泉 남구만南九萬 남 정승 대감이 영의정으로 계셔서 아무쪼록 공변되게 만일을 처리하시기 때문에 도무지 전 모양으로 혹독한 살육지폐는 없었으나 원래 남인 양반들 사이에 인물이 없었기 때문에 그 세력이 영영 꺼져버리고 말았으니 이것이 소위 경신환국*이라는 것이다.

이렇게 하여서 남인 양반과 서인 양반이 마주 서서 싸우던 싸움은 남인 양반의 몰락으로 끝장이 났으나 아까도 잠깐 말한 것과 같이 서인 양반 가운데서 다시 노론 소론이 갈려가지고 싸움을 시작하게 되었으니 아무튼지 세 붙은 데 싸움은 따라다니는 물건인가 보더구나. 허허허."

김 정승은 첨으로 소리 있는 웃음을 한번 웃어보았다.

"이애 성국아. 지금까지는 이야기가 너무 장황하여 잘 알아들었는지는 모르겠다만은 이제부터가 정말 긴한 관계이니 잘 들어보아라.

노론 소론이 갈린 것으로 말하면 전에도 잠깐 말하였거니와 경신환국 후에 남인 양반들을 하도 매몰스럽게 쫓아내고 죽여내고 하니까 현석玄石 박세채朴世采 박 정승 대감이라든지 동산東山 윤지완尹趾完 윤 정승 대감 같으신 이들이…… 그러니까 그때는 아직 젊으신 때였다. ……앞장을 서서 너무 그렇게 혹독히 하는 것은 나라의 화근이 될 것이니 그리 말자고 하였으나 송우암 대감 같으신 이가 말을 듣지 않고 보니 본래 서인

* '갑술환국甲戌換局'의 잘못으로 보인다.

양반들은 일이 옳고 그르고 간에 영수의 말을 잘 듣던 터이지만 이때부터 젊은이들 가운데 영수에 대하여 불편을 품은 이가 생겼고, 그 후 또 태조대왕太朝大王 시호 문제로 의논이 갈리고 또 송우암 대감 제자로서 당시 명망이 높으시던 명제明齊 윤극尹極 대감이 또 그 선생님과 의견이 달라서 따로 갈라서고 보니까 자연 젊은이끼리 모이고 노성한 이들은 노성한 이들끼리 모였으며, 그리되고 보니까 세상에서 노성한 측을 가리켜 노론이라 하고 젊은 측을 가리켜 소론이라고 한 것이 노소론의 갈린 시초로구나."

후원에 피는 꽃(5)

※150자 정도 알아볼 수 없음.

……편임으로 노론 양반님네가 일을 꾸며가지고 소위 무고옥巫蠱獄이란 것을 일으켰구나. 무고옥이란 것은 장희빈이 민비를 저주하여 돌아가시게 하였다는 것인데 필경 장희빈은 그 죄목으로 하여서 사약을 받았고 오늘까지라도 장희빈이 정말 죄를 지은 것처럼 전하여 내려오지만 실상은 노론 양반님네가 다 만들어낸 일이란 말이다.

내가 오늘날 앉아 이런 말을 하면 듣는 사람이 먼저 옳지 편색이 다르니까 저렇게 헐뜯는군 하고 생각을 할는지도 모르지만 첫째 알기 쉬운 일이 무고옥이 일어난 것은 민비께서 승하하신 후 연산까지 지난 뒤였으며, 또 이것을 장희빈이 할 수 없이 둘러쓴 증거라는 것은 그때 장희빈이 거처하는 취선당 서련당 속에 민비 영정이 걸려 있으되 화살 구멍이 무수히 뚫려 있었다는 것이니 정말 장희빈이 민비를 저주하기 위하여 그런 것을 만들어 걸고 활로 쏘았다 하면 민비 승하하시자 곧 치워버렸겠지 그 말썽스런 증거물을 몇 달씩 필요 없이 매달아둘 리가 만무한 것이 아니냐? 그와 같이 똥도 잘 닦지 않는 수작을 가지고 장희빈을 모함하여 죽이고 본즉 그때 세자는 장희빈 소생이신지라.

※200자 정도 알아볼 수 없음.

……무슨 말을 할 사람이 없으되 다만 대의명분이 까닭 없이 세자를 폐할 수가 없으니까 소론들은 동궁 보호를 주장하였건만은 노론들은 자기네 이해관계가 되니까 소론들의 이 주장을 몹시 미워하였단 말이다.

그러자 경자년에 숙종대왕께선 승하하시고 밀어내지 못하여 애쓰던 세자께서 등극을 하시고 보매 노론들이 당장은 세력을 잡고 있으나 언제 무엇이 어찌 될는지 모른다는 자격지심이 있어서 아주 드러내놓고 책동을 시작하였구나. 그래서 첫째 ○○은 아직 나이 젊으신 왕께 ○○을 주실 희망이 없으시다 하고 그○○ 보면 선대왕(숙종)의 혈육이요 효종대왕 이하 삼을 혈맥은 오직 연잉군延礽君 한 분이시니 곧 세제 책봉을 합시사고 졸라서 필경 자기네 소원대로 하였고 세제 책봉이 되자 그다음 얼마 아니 있다가 조성복趙聖復이라는 양반이 세제며 참결서무參決庶務를 허가합소서 하는 상서를 하였고 뒤를 이어서 몽와夢窩 김창집金昌集 김 정승 대감 이하 소위 노론 사대신이라는 이들이 또 대리를 시키십시사고 연명상소를 올렸구나. 그러니 아직 연부역강하신 임금께 부득부득 그만둡시사는 말이나 일반이 아니냐?

그네들 말에는 숙종대왕 생전 시에 그네들의 수령인 소재疏齋 이이명李頤命 이 정승 대감께 후사를 비밀히 부탁하신 일이 있어 그때 분부대로 하는 것이라 하고, 또 경종대왕께서는 괴상한 병환이 있으셔서 후사를 두실 희망이 없으실 뿐 아니라 정무를 총찰하시기도 어려우신 까닭으로 그러한 것이라 하지만 그런 것은 다 핑계에 지나지 못하는 일이고 사실 인즉 한시바삐 자기네 지위를 편안히 하자는 말이로구나.

※90자 정도 알아볼 수 없음.

후원에 피는 꽃(6)

김 정승은 또 이야기를 계속하였다.

"일이 이렇게 되고 보니까 경종대왕께서도 불가불 소론에게 의탁을 하실 수밖에 있느냐? 그래서 소헌素獻 조○구 조 정승 대감을 신임하여 쓰시게 되었는데 그러자 목호룡睦虎龍이란 사람이 노론 틈 사이에 역적모의가 있었다고 고발을 하게 되어 필경 신축, 임인 이태 동안에 굉장한 옥사가 일어났으니, 노론 사대신 이하로 문무조신과 사류환관들까지 허다한 사람이 그 옥사에 상하였는데 이것이 소위 신임옥사辛壬獄事라고 하는 것이며 노론 소론 사이에 첨으로 피를 흘린 사건이다.

그 후 갑진년에 경종대왕께서 별안간 승하하시고 지금 상감마마께서 등극을 하시고 보니 의례히 또 한 번 판국이 뒤집힐 것이로대 상감마마께서는 원래 하해 같으신 도량이신 데다가 북곡北谷 홍치중洪致中 홍 정승 대감이시라든지 학암鶴岩 조문륜趙文命 조 정승 대감 같으신 이의 진언도 있어서 탕평책을 쓰시게 되었구나. 탕평책이란 것은 아무쪼록 편당들 사이에 화해를 시켜서 서로 죽여내고 몰아내는 폐단을 없이 하려시는 성지이시다. 아랫사람들이 능히 그 뜻을 받고 보았으면 나라에 그런 다행이 없을 것이언만 원래 서로 원한이 골수에 박힌 터이라 그게 그렇게 되지를 않고 말았구나."

여기까지 이야기한 김 정승은 이야기 갈피를 찾으려는 모양으로 잠깐 생각을 하다가 다시 입을 열었다.

"상감마마께서 등극을 하신 이후에 탕평책을 쓰신 까닭으로 다행히 일시에 판국이 뒤집히는 일은 없었으나 자연 노론들이 많이 기용되어 차츰 세력을 잡았고 그 후 무신년에 이인좌李麟佐, 신천영申天永 등이 난리를 일으켜 일시 소동한 일이 있었는데 그자들이 난리를 일으킨 구실인즉 경종대왕께서 별안간 승하하신 것은 천수가 아니시며 그 이면에는 노론 놈들의 궁흉극악한 음모가 있는 것인즉 이 대역부도들을 그대로 두어서는 안 된다는 것이고 심지어 무욕誣辱이 상감마마께까지 들어갔구나.

일이 이렇게 되고 보니까 노론들은 소론을 보고 역적 놈들이라 하고 소론은 노론을 보고 역적 놈들이라 하여 감정이 점점 험악하여가다가 그 후 을해년에 와서 소론 중의 박사정朴師正, 류수항柳壽恒 등이 역적모의를 하였다는 옥사가 일어나서 필경 신임 사건에 직접으로 한 게 있는 소론 명색들은 전부 죽어나고 쫓겨나고 일망타진으로 결단이 났으며, 그때 신임 사건에 관계된 묵은 기록을 전부 불살라버리고 『천의소감』이라는 기록을 새로 꾸며서 발표하셨으니 이것이 소위 올해 을해옥사乙亥獄事라고 하는 것이다. 그러니까 ○○에서 상감마마께서는 아무리 넓으신 도량으로 탕평책을 쓰신다 하여도 아래서 도웁는 신하들이 그렇지 못한즉 필경 어느 구석에 가 탈이 나던지 탈이 나고 말거니와 또 상감마마께서는 당신께 차마 말 못할 누명을 씌우려고까지 한 소론 일파에 대하여서 설혹 심히 가려서 처벌은 아니하실망정 맘으로 좋으실 까닭이 있는 일이냐."

김 정승은 여기서 잠시 말을 끊은 후 다시 시작하였다.

"자아 이제 가만히 생각하여보아라. 지금까지의 관계가 이렇게 내려왔으니까 동마마께서도 의례히 압바마마 성지를 이어서 노론을 애호하시고 소론에 대하여서는 오히려 군부의 원수처럼 생각하시리니 하였던 것인데 그게 뜻밖에도 아주 반대로구나. 동마마께서는 어리신 때부터 경종대왕을 뫼시고 지내던 내시와 내인들을 데리고 계셨기 때문에 아마 그 사람들에게 이야기를 들으셨던 모양이지. 그 사람들이 이야기를 하고 보면 의례히 노론이 역적이고 소론이 충신이라고 할뿐더러 황송할 말씀으로 지금 상감마마께서도 꼭 온당한 처사만 하신 양으로는 말을 아니할 것인데 동마마께서는 어려서부터 그네들 말을 들으시고 아주 선입주가 되어서 꼭 사실이 그런 줄로 믿으시는 모양이더구나.

뜻밖에 일이 이렇게 되고 보니 첫째 상감마마께서도 외로 생각하셔서 대단히 불쾌히 여기시는 중이요, 소위 노론 양반님네는 지금 눈이 벌겋게 되어가지고 동마마 밀어낼 궁리를 하는 중이란 말이다. 알아듣겠니?"

"네, 알겠습니다."

문성국이도 이제서 노론 양반들이 동궁 배척하는 이유를 어렴풋이 깨달았으며 김 정승의 이야기가 결코 거짓말이 아니라는 것을 믿게 되었다. 말을 멈추고 문가의 얼굴을 바라보고 있던 김 정승은 또 입을 열었다.

"저 양반들의 입을 모아가지고 하는 일이고 보면 필경은 어떻게든지 자기네 소원대로 만들고야 말 것이요, 그렇게 되고 보면 세손을 대신 들어서게 함은 또 원수 잡힐 위험이 있고 보니까 이번에는 딴 데서 종사 이을 사람을 구하게 될 것이니 (※한 줄 알아볼 수 없음.) 이애 성국아."

김 정승은 눈을 가느다랗게 하고 웃었으며 문가는 알아들었다는 듯이 몸을 친친하고 있었다.

동궁께서 노론에게 미움을 받는 내력이며 노론들이 동궁께 대하여 불측한 생각을 품게 된 이유에 대하여 자세한 설명을 하고 난 김 정승은 좀 다심스러운 모양으로 문성국을 향하여 또 한 번 물었다.

"그래 잘 알아들었니?"

"네 소인네 같은 무식한 무엇이 어떻게 다야 알아듣사오릿가만은 대강 의취만은 잘 알아들었사와요."

"그렇지. 원래 이야기가 좀 장황하였으니까 아무도 한 번 들어가지고는 잘 기억할 수가 없을 것이다. 그러나 서로 올씬갈씬 다투어 내려오던 그 맥락만 알고 보면 그 관계를 미루어가지고 앞으로 어떻게 될 것을 알 수가 있단 말이다. 그렇지 않으냐?"

"지당합시요닛가."

"첫째, 동마마 처지가 그렇게 괴상하게 된 것을 잘 알겠지."

"네……."

"암 그런 내력을 모르고 겉으로만 본다면이야 아무리 부자분 사이가 이러니저러니 하여도 동마마 지위는 반석같이 튼튼한 것 같지만 반석이 얹힐 데가 있어야 붙어 있지 않겠니?"

"그럽죠."

"그러니까 무슨 일을 억지로 하여서도 못 쓰는 것이로대 또 까닭 없이 자분필락하여서 돌아올 기회까지 막아서는 아니 된단 말이다. 모든 일이 급기야 매듭을 짓는 것으로 말하면 하늘님 생각이시로대 우리는 내리시는 복을 놓치지 않도록 준비하여야 한단 말이다. 알아듣겠니?

일테면 지금 너의 남매로 말할지라도 네 생각에는 왕자를 낳아도 소용이 없겠으니 차라리 옹주나 나시기를 바란다 하지만 결단코 변변치 못한 우리 인간의 지혜를 가지고 미래의 하늘님 뜻을 측량하여서는 안 된단 말이다. 안 된다는 까닭은 내가 다시 이리 말하지 않아도 깨달은 바 있으려니와 본래가 천유불칙풍우天有不則風雨하고 인유조석화복人有朝夕禍福이라고 하늘에는 측량할 수 없는 풍우가 있고 사람은 조석 사이에 화복 있는 법이 아니냐? 무슨 일이 어떻게 될는지를 누가 미리 알겠니."

김 정승은 풍부한 세상 연력을 젊은 사람에게 들려주는 모양으로 구시렁구시렁 이야기를 하였으나 이것이 문성국에게는 무서운 열병의 시초가 되는 것이었다. 그는 지금까지 김 정승의 이야기를 듣고 벌써 열병에 걸려가지고 있었으며 김 정승도 그런 줄을 잘 알았다. 그러나 이왕 손을 대인 이상에는 아주 옴짝할 여유가 없도록 하기 위하여 그는 아주 휘갑까지 하려는 생각이었다. 김 정승은 또 말을 계속하였다.

"그러니까 이번 일 같은 것은 옹주 낳기를 바란다고 꼭 옹주가 날 것도 아니겠고 왕자가 낳기를 조인다고 꼭 왕자가 탄생될 것도 아니겠으니까 실상 별 관계가 없으되 맘 쓰는 경우는 아니란 말이다. 아까도 말한 것과 같이 옹주가 나고 왕자가 나는 것은 하늘님의 처분이시로되 우리가 첨부터 옹주를 바라고 앉았을 묘리는 없겠고 또 만일 네 누이의 몸에서 왕자가 탄생만 되고 보면 노론 양반님네의 세자궁을 몰아내는 음모가 더 속히 실현될는지도 모르는 것이다."

"네, 그 말씀도 알아듣겠습니다."

문가는 어찌 될 셈판도 모르고 허연 잇속에 떠서 금방 무슨 으쓱한 도리나 날 것같이 가슴을 설레고 있었다.

"이게 다 무서운 말이다. 어디 한 마디를 함부로 옮길 말이 되냐. 네니까 특별히 이런 귀뜨임을 하는 것이니 그쯤만 알고 이 자리에서만 들어두어라."

김 정승은 최후로 문가의 입을 틀어막고 말을 끊었다.

"염려 맙시오. 이런 말을 누설할 리가 있겠습니까."

김 정승은 안심이라는 듯이 말없이 고개만 끄덕여 보였으나 속맘으로는 남모르게 웃었다. 오냐, 네가 비분망상병非分妄想病이라는 열병을 좀 앓아보아라. 나는 네놈의 남매를 시켜서 대소조 사이를 좀 벌어집었으면 순원이 족한 것이다. 이것이 정말 김 정승의 배짱이었다.

김 정승을 하직하고 나온 문성국은 공연히 맘이 커져서 다리가 어디가 되는지를 잘 알 수가 없었다. 술을 먹게 하는 세상 같고 보면 우선 한 잔 먹었으면 생각이 들었다. 김 정승 대감과 마주 앉아 이야기를 하는 것은 첨 일도 아니지만은 이렇게 오랜 시간을 이야기하여보기는 첨이었으며 그나 그뿐이랴 이야기 내용이 다 기막힌 나라의 비밀이며 그 대감도 몇 번이나 말하던 것과 같이 좀처럼 입을 떼기 어려운 것을 저에게 이야기한 일을 생각하면 그것만으로도 별안간 키가 좀 자란 것 같았다. 그러나 그보다도 그 크나큰 비밀이 제 몸에도 분명히 무슨 이해관계가 있는 것을 생각하여본즉 그만 어깨가 으쓱하여지는 것을 느꼈다. 흥, 응달에도 볕 들 날이 있더라고 우리 같은 놈도 좀 솟아날 때가 있겠지 이렇게 생각하며 으쓱으쓱 서슬 있게 걸었다. 그는 지금 열병을 앓기 시작한 것이다.

후원에 피는 꽃(8)

저녁이 되어 자리에 누워서도 문성국이는 잠이 잘 들지 아니하였다. 어찌 상기가 되는 것 같고 잠자리가 몸에 잘 붙지 않는 것 같아서 도무지 이상스러웠다. 좋은 셈인지 걱정스러운 셈인지도 잘 구별하기는 어려웠으나 아무렇든지 자기 몸에 무슨 중대한 새 소임이 실린 것만은 느껴졌다. 어처구니같이 무지스럽고 덜편스러운 큰 기계가 돌아가는 틈서리에 자기도 한 구정이를 메고 앉아 같이 돌아가는 것같이도 느꼈으며 미구에 올라가게 된 용○가에 서서 안개가 끼고 구름이 덮여들어 가는 광경을 바라보고 있는 것 같기도 하였다.

그러나 차차 밤이 깊어가고 사방이 괴괴하여짐을 따라서 문성국의 열병도 차츰 열퇴가 되었다. 차차 맘이 가라앉고 정신이 냉정하여짐을 따라서 그는 현실의 자기를 발견하였다. 그는 무식하고 지체 없는 한낱 사약에 불과한 문성국이었다. 아무리 별안간 키가 커진 것같이 느껴도 현실은 현실대로 조금도 변하는 일이 없지 않은가. 또 팔을 뽐내고 나서면 소리 없이 돌아가는 크나큰 판국을 곧 이리저리 돌려나 놀 것같이 느껴지지만 실제 문제로서 성국이 자신의 할 수 있는 일이 무엇인가를 생각할 때 그는 헛심이 쓰였다. 한극하여야 동궁 소속의 액속들과 연락하다가 뒤탈 없을 만큼 양념을 하여가지고 상감마마께 고하여바치는 재간밖에 없지 아니한가.

이것이 부자분의 사이를 이간 붙이는 데는 상당이 효력이 있을는지 모르나 무식한 문가의 생각에도 그까짓 일이나 하면서 큰소리하기는 좀 창피한 것 같았다.

또 그리고 생각하여본즉 김 정승의 이야기도 결국 들으나마나 한 것이었다. 아까 들을 때는 온통 세상에 없는 보물이나 얻어본 것같이 느꼈으나 결국 따지고 본즉 그리한 비밀은 아나 모르나 일반이었다.

김 정승 말마따나 매듭은 하늘님이 지으시는 것이니 비밀을 알고 모르고가 하늘님 생각을 좌우할 것은 아니었다. 일테면 지금 경우에도 비밀을 알았다고 옹주가 별안간 변하여 왕자의 탈을 쓰고 탄생될 것도 아니겠고 또 하늘님 생각으로 왕자가 탄생되고 보면 설령 그런 비밀을 모르고 있을지라도 큰 소임이 돌아오게 되면 돌아올 것이니, 그러고 본즉 세상일은 다 분수가 작정되어 있다고 할 것이며 이 작정된 분수만은 알던지 모르던지 슬기롭던지 미련하던지 도저히 인력으로 어찌할 수 없을 것이 아닌가. 사실 그렇다 하면 무엇이 좀 더 되어보겠다고 날치는 사람만 어리석은 사람이 되고 말 것이다.

그는 이러한 생각을 하며 혼자 신고를 하다가 어느덧 잠이 들고 말았다. 그러나 이튿날 아침 일어난 때에는 여전히 열병의 발작을 아니 느낄 수 없었다. 그는 무슨 기쁜 일로 먼 길이나 떠날 사람같이 공연히 가슴이 설레어서 아침밥도 맛을 잘 모르고 먹었으며 숟가락을 놓기가 무섭게 대궐로 뛰어 들어갔다. 누의를 만나보고 싶었던 것이었다.

누의는 곧 만났었다. 남매가 한 대궐 안에 있으면서도 전과도 달라서 무시로 만날 수가 없는 터이지만 이날은 마침 만날 기회가 있는 것이었으며 누의를 만나자 그자는 어제 김 정승 만난 이야기부터 하였다.

"어제 사동 김 정승 만났지."

"무슨 이야기 있습디까?"

"이야기도 많이 하였지만 자네 애기 있단 말이 옳으냐고 그래. 있다 하니까 고마운 일이라고 하면서 왕자나 한 분 탄생하라고."

"그래 무어라고 하였소?"

"늘 하던 말과 같이 우리는 차라리 옹주 나시기를 바란다고 하였지."

"그래 그 말대답은 무어라고 합디까?"

"펄쩍 뛰면서 그게 무슨 말이냐고 바라는 대로 될 것은 아니라도 왜 첨부터 옹주를 바랄까 보냐고."

"그래서요?"

"그래서 차츰 이야기가 시작되어가지고 장황히 이야기를 들었는데 이야기를 듣고 보니까 딴은 왕자를 낳아놓고 볼 참이던걸."

누의동생은 눈을 샐쭉하게 떠서 옆으로 흘겨보면서

"세상에 오빠처럼 어수룩한 사람은 없습니다. 딴은이란 다 무어요. 내가 옹주 낳기를 바란다니까 오빠도 그걸 정말로 알고 있었더란 말이요? 입으로 말하는 대로 될 것도 아닌데 왕자 낳기를 기다린다고나 하면 또 쓸데없는 구설이나 돌까 보아 옹주 타령을 한 것이지 열 달 고생하기는 일반인데 동가홍상이라고 왜 옹주를 바랄 듯하오? 옹주 나기를 바라기는 고사하고 할 수가 있으면 아들을 꾸어서라도 나놓겠소."

문성국이는 일껏 별 이야기나 되는 것처럼 어제 들은 이야기를 좀 꺼내려다가 부여 제 핀잔을 먹고 본즉 말문이 꽉 막혀버렸으며 남매간이라도 제 누의가 언제부터 저렇게 맹랑스러워졌나 싶어서 물끄러미 그 얼굴을 바라보고 있었다.

후원에 피는 꽃(9)

"그야 꾸어다는 그만두고 어디다라도 왕자를 낳소. 누가 말리겠나. 하지만 맥없이 왕자만 나놓으면 더 긴할 것이 무엇이냔 말이지."

성국이는 일부러 좀 반대하는 수작으로 나갔다.

"오빠도 참 맥없이는 왜 맥없이란 말이오. 맘대로 못하는 일이 되어서 그렇지. 왕자만 탄생된 담에야 세상없기로 그대로 군으로 늙게 할 것 같소?"

"이 사람 말조심하소. 고기는 설고 고장이 많다더라고 눈도 코도 안 생긴 일에 공연히 그 소리를 하다가 또 몸 괴로운 일 생기리."

"생기긴 무에 생겨? 여기 어디 말 샐 데 있소?"

"그래도 밤말은 쥐가 듣고 낮말은 새가 듣더라고 말이란 조심하여야지."

"오빠나 조심하시오. 내 걱정은 그만두고."

"아니 그런데 자네가 별안간 무슨 뾰족한 수가 났단 말인가. 왕자가 생겨나고만 보면 군으로 늙히지 않겠다니 무얼 믿고 그러는 말이야. 대리공사까지 하시는 생때 같은 동마마가 있겠다, 세손까지 딱 작정이 되어 있는데 그야말로 선불리 굴다가 역적 누명이나 써보려고 이러나."

"생때 같은 동마마는 못 물어내는 것으로 아오? 지금도 부자분 사이가 불상견인데."

"아무리 불상견이니 못 볼 사이니 하여도 역시 핏줄이 땡기는 부자간이겠고 또 대왕대비전이며 중전마마가 기출이나 다름없이 보호를 하시는데 누가 손이나 질러보겠게."

"다 그만두라오. 대왕대비전은 무어 천년만년이나 사시는 줄 아오? 또 중전마마라는 이야 지금 대왕대비 그늘에 있으니까 다 법에 떠 버티어서 어떠구러하여 뵈지 그이가 무슨 힘 있는 줄 아오? 차라리 늙은 여우가 다 된 영빈만도 못하지."

"그것도 꼭 그렇게 할 말은 아니야. 상감마마 생존 시에 위에 여쭈어가지고 이리고 저리고 하는 힘은 차라리 영빈만도 못할 법하지만 국상이 나놓고 보면 그래도 중전 분부라야 힘이 있지 빈궁이 열 마디를 하면 소용이 무엇이야."

"국상 나는 이야기는 하여 무얼 해."

"하하, 저런 사람 보게. 자네 대왕대비 돌아가실 줄은 알면서 어찌 상감마마 돌아가실 생각은 못한단 말인가. 상감마마께서도 나라님 수로는 벌써 한갑, 진갑 다 사신 셈이야."

문 소의도 이 말에는 좀 겯질리는 데가 있었다.

"그거야 마지막 길이니까 할 수 없지."

여자는 젊은 생각에 상총이 있음을 믿고 무엇이든지 상감마마께 매달리기만 하면 되려니 생각을 한 것이다. 그는 상감마마 생각이면 세상에 못할 일이 없고 제가 조르는 일이면 상감마마께서 안 들으실 리가 없다고 잔뜩 낙관하였다가 뜻밖에 정말 뜻밖에 상감마마 돌아가시는 말을 듣고 본즉 고만 용기가 착 꺾이는 것을 느끼는 모양이었다. 은총에 상기가 되어 교만방자한 젊은 여성은 자기와 및 자기를 사랑하시는 임금님 신상에는 죽음은 고사하고 모든 불행까지도 있을 것을 상상치 아니하였던 것이다.

성국은 이 기회를 이용하여서 어제 김 정승에게서 들은 중대한 비밀을 이야기하였으며 이번에는 문 소의 역시도 반가운 소식으로 알고서 귀를 기울이는 모양이었다. 이와 같이하여 문가 남매들 사이에 어떤 목적을 위하여 서로 협력할 일이 은근히 약속되었을 것은 물론이었다.

그 후 얼마 지나지 아니한 때였다. 동궁에서는 부리는 내인이 부족하여 새로 빼어 쓰기로 하고 액속들의 딸을 불러들여 본 후 두어 사람 지목하여 잡은 일이 있었다. 그는 김수완金守完이라 하는 사약의 딸과 윤가라는 별감의 딸이 있으며 그것들을 뽑은 것은 아침나절 일이었다.

이날 낮에 대조에서 동궁을 불러 세우시고

"네 내인을 빼어 쓴다 하니 어찌 나에게 아뢰지 않고 이런 일을 맘대로 하나뇨?"

소조에서는 또 언제나 하시는 것과 같이 아무 말씀 없이 꾸지람을 들을 뿐이었으나 대조에서는 이것을 시초로 하여 여러 가지 꾸지람을 하셨다.

처소로 돌아오신 동궁께서는 또 분함을 이기지 못하여 펄펄 뛰셨다.

"아까 한 일을 금방 어떤 놈이 아뢰었단 말이냐?"

그러나 그는 뻔한 일이었다. 약정* 소속으로 직접 상감마마께 말씀을 아뢰는 것은 문싱국이밖에 없으며 문성국과 김수완은 서로 친한 사이였다. 김수완이가 제 딸을 내인으로 들여놓기 싫음으로 문성국에게 말을 하여 문가의 입으로 말씀을 아뢴 것은 다시 물어볼 여지도 없는 사실이었으며 그와 같이 조소사의 구별이 없이 동궁 일이 대조에 아시게 되는 일을 생각하면 분하고도 걱정스러웠다. 그러나 그들은 아무리 분하여도 어찌할 수 없는 조재였다.

후원에 피는 꽃(10)

문 소의 배 속에 들어 있던 문제의 아기는 계유년 봄에 이 세상 사람이 되었다. 성국이 남매는 남모르게 왕자 탄생을 얼마나 축수하였으며 성국 이모는 절에 가승이 되어 있다가 별안간 머리를 기르고 환속하여 기다리고 기다리는 왕자를 받을 양으로 궐내에 들어왔으나 낳은 애기는 역시 옹주였다. 하늘님이 그들의 소원을 아직 허락하지 아니하신 모양이었다. 아마 상감마마께서도 늦게 생남을 바라시다가 실망을 하셨을 것이다.

그러나 문 소의는 그 후 또 애기가 있어 갑술년 여름에 만삭이 되었었다. 이번에야말로 왕자를 탄생하리라고 벼르고 별렀으나 음양을 짚어보나 점을 쳐보나 도무지 딸이라는 사람이 많았었다. 상감마마께는 배 모양이 전과 다릅니다, 아기 노는 모양이 매우 세차외다 하여 이번에는 아들임 즉하다는 말씀을 늘 미사치고 있으나 속으로는 여간 걱정되는 것이 아니었다. 자기는 아직도 젊은 몸이요 낳는 감이니까 이번에 못 낳으면 다음번에 낳지 하고 앞길을 볼 수도 있지만 상감마마께서 춘추가 벌

* 대궐 안, 궁중, 궐내.

써 육순이 넘으셨으니 나라님 수한으로는 그만만 하여도 벌써 상수이신지라 언제 무슨 일이 있을지를 어이 알랴 생각을 한즉 맘이 조급하였다.

유월 초생이 되자 정말 해산 날짜가 박두하였었다. 배 모양이 아래로 쳐지고 어찌 이삼일 내로 산점이 있지 아니할까 하게까지 되었으며 승으로서 환속하였다는 성국 이모가 제 집과 대궐 사이를 들어왔다 나갔다 하고 있었다.

이때였다. 홍화문弘化門 수문장 박진환朴鎭桓의 집에는 하루저녁 야심한 때에 저동 리 정승 댁에서 하인이 왔으며 지금으로 곧 좀 만나보자는 전갈이었다.

리 정승이라는 이는 시임 정승은 아니었다. 그러나 그는 사리에 밝기로 유명하야 이인異人이라는 칭송을 받는 유명한 장단대신長湍大臣 리종성이었다. 이 대신이 부르신다면 아무 관계가 없을지라도 한낱 수문장쯤으로서는 안 가 뵈올 도리가 없으려니와 박 수문장에게는 이 대신이 세상에 둘도 없는 은인이었다.

박 씨는 본래 사람도 녹록지 않고 성질도 충직한 편이었으며 일찍이 무과에 급제하였으나 오직 발천拔薦*하여주는 사람이 없고 운수가 건둔하여 수십 년래에 낙척불우한 생활을 하였으며 끝끝내 뜻을 얻지 못하여 고향을 찾아 내려가기로 결심을 하게까지 되었다.

정말 한양을 이별하고 길을 떠나는 날 그는 만복 불평을 억지로 참고 동적리洞籍里 나루터를 썩 당도하여본즉 유유한 한강물은 말없이 흘러가련만은 한 많은 박진환은 그 강물을 건널 생각이 없었다. 무면도강無面渡江이라는 옛글이 생각이 난 것이었다.

별안간 딴 생각이 난 박 씨는 나루 머리의 분요한 데를 피하여 조용

* '발천發闡'의 잘못으로 보인다. 앞길을 개척하여 세상에 나선다는 뜻.

한 굴레를 찾아가지고 강변의 백모래를 깔고 터 벌리고 앉아서 흘러가는 강물도 들여다보고 물 건너 산천도 바라보며 가만히 곰곰 생각을 하니 도무지 천고가 적막하고 육 척이나 걸신 되는 자기 몸이 불쌍하여 견딜 수가 없었다. 그래서 땅바닥을 두드리며 통곡을 하다가 에라 이놈의 한 세상을 안 난 셈 잡아라, 이렇게 결심을 하고 흘러가는 강물을 향하여 뛰어들고자 하였다.

그러나 모래톱 근처의 강물이란 별로 깊지를 아니하고 사람이 빠져 죽을 만한 수심은 대개 십여 간 밖이나 되는 터임으로 박 씨는 혹시 한 번에 풍덩 가라앉을 만한 데가 없는가 위로 아래로 오르내리어 살펴보고 있는 중 어떤 낚시대 메인 노인 하나를 만났다.

그는 비록 낚시대는 메였을망정 사리도 알고 사람도 점잖아 보이는 노인이었으며 박 씨는 그를 못 보았어도 그는 박 씨의 행동을 아까부터 주목하여 보았던지 먼저 말을 걸었다.

"여보 이 양반, 보아하니 무슨 회포가 기신가 보구려. 상관없는 일이면 이야기나 좀 들읍시다."

박 씨는 일껏 결심한 것이 허리가 꺾였으나 보아하니 상없지 아니한 노인이라 묻는 말에 대답지 아니할 수가 없었다.

"신세가 여북하면 젊은 놈이 강변에 나와 통곡을 하고 앉았겠습니까. 들어 신신치 아니한 말을 들어는 무엇하시게요?"

"아니요. 세상사는 인인성사因人成事라고 혹시 또 이야기하다가 일이 되는 수도 있지 않소? 내 무얼 알겠소만은 보아하니 신수도 헌앙軒昂하시고 앞길도 있어 뵈는데 어째서 그러시오?"

"앞길이 있으면 신세가 이 모양이겠습니까? 명색 무과 급제라고는 일찍 하여가지고도 벌써 수십 년을 남북촌으로 좇아다녀야 말 한 마디 공손하여주는 사람이 없이 이날 이때까지 끌어가려 왔으니 내 인물이 부족하거나 내 신수 건둔하여 그러하겠지만 이놈 세상을 무슨 맛으로 산단 말씀이요. 그래 화가 나서 고향에 내려가려다가 여기까지 와놓고 보니 강물을 건널 생각이 없습니다그려."

박 씨는 이만 하고 말을 끊었다.

후원에 피는 꽃(11)

강변에서 낚시대를 들고 나타난 노인이야말로 다른 사람이 아니라 장단대신 그 양반이었던 것이다. 요 동안 벼슬을 사퇴하고 얼마 동안 장만 향제에 내려가 정양할 예정이었던바 무슨 생각하든 일이 있었던지 시골집을 내려가지 않고 요사이 날마다 한강에 나와서 낚시질로 세월을 보내고 있었다. 그러나 그 낚시질이야말로 강태공의 곧은 낚시 격으로 한 번도 고기를 낚아본 적 없는 낚시질이었다.

이날도 강가에 나와서 전과 같이 물리지도 않는 낚시줄을 늘이고 있다가 박 씨의 행동을 수상히 여겨 유심히 보았던 모양이며 그 사람의 기골과 범절이 버리지 못할 인물인 것을 보고 좀 생각이 달랐던 것이다.

"그만하면 알겠소이다. 하나 젊으신네가 그만 일에 만리전정을 버린단 말이요. 나는 저동 사는 리 첨지라는 사람이요. 그런데 우리 집 이웃에 사는 리종성 리 정승 대감을 내 친하게 아오. 내 그 양반에게 당신을 천거하여줄 터이니 이 길로 가 그 리 정승 집을 찾아가되 한강서 리 첨지를 만나서 여기 와 기다리라고 하였다고만 하면 거기서 알 터이니 염려 말고 가 기다리시오."

박 씨가 가만히 생각을 하여본즉 이야기는 꿈에 본 것 같은 이야기나 노인의 품이 하도 실없어 뵈지 아니하니까 또 한 번 속아보지 싶은 생각이 났다.

"네. 그럼 노인 말씀대로 하겠습니다만 영감은 언제 다시 뵈올까요?"

"내일 아침 만나지요."

이와 같이 약속한 후 박 씨는 먼저 저동 리 정승 집을 찾아왔다. 그래서 그 노인이 시키던 말을 한즉 그 집에서는 저녁상도 잘 차려주고 후히 대접을 하며 수청방에서 기다리게 하여주었다.

이튿날 아침 주인 대감을 만나본즉 그가 곧 어제 강상에서 보던 노인인 줄을 알고 박 씨는 일희일경을 하였다. 이이가 바로 유명한 리 정승이던가 하니 놀랍고 이제야 설마 무어든지 하나 붙겠지 생각을 하니 기뻤었다. 그리고 박 씨는 과연 리 정승의 추천으로 곧 홍화문 수문장이 되었으니 이는 바로 멀지도 아니한 지난달의 일이었다.

박 수문장은 은인 리 대신이 부르신다는 말을 듣고 곧 쫓아가 보니 대신은 안사랑으로 불러들여 조용히 이야기를 하였다.

"내일 새벽 파두 친 뒤에 얼마 안 있다가 자네 지키는 홍화문으로 웬 여자가 함지박을 홍보로 싸서 이고 들어올 것이니 불문곡직하고 그 함지박을 몽둥이로 때려 깨어뜨리소. 그러면 그 속에서 간난 어린애가 나올 것이니 어린애가 나오거든 또 불문곡직하고 칼로 찍어 두 동강에 내소. 이 일은 소중한 일이니 실수 없도록 조심하되, 만일 내 말대로 아니하고 보면 후환이 있을 것일세."

"네, 염려 맙시오."

"내 이 말을 부탁하려고 깊은 밤에 자네를 청하였네. 이제 곧 가서 자고 명심하여 거행하게."

"네."

박 씨는 무슨 까닭인지는 모르나 세상에서 이인이라 하는 이요, 자기에게는 은인이 되는 장단대신의 명령이니까 대답만 하고 돌아왔다.

이튿날은 특별히 일찍 출동을 하여 군복에 환도를 차고 홍화문 안에 가 기다리다 파두 친 후에 문을 열어놓고 자기 친히 떡 버티고 서서 지켰다.

여름 새벽의 선득선득한 공기는 청신하기 짝이 없었으며 정신이 다 쇄락하였다. 거리의 어둔 기운이 차차 벗어지고 골목의 실안개가 차츰 눈에 띄기 시작할 때쯤 하여 과연 어떤 여자가 홍보에 싼 함지를 이고 홍화문을 들어섰다. 그 여자는 복아 내인이었으며 함지에 든 것은 음식 같이 보였다. 그러나 박 수문장이 이것을 그대로 보아 넘길 리는 만무하였다.

몽둥이가 올라가자 함지박이 땅에 떨어져 딱 갈라지며 속으로부터 그야말로 피도 안 마른 갓난애가 나왔다. 이를 본 박 수문장은 허리에 찼던 환도를 빼어 한 번에 찍어 두 동강을 만들었다.

함지박을 이었던 여자는 어진혼이 빠져서 땅바닥에 주저앉았으며 까닭 없이 엉엉 울고 있을 뿐이었다.

"네 이거 어디로 가져가는 것이냐? 바로 말하여야지 그렇지 않으면 한칼에 목이 베어지렸다."

박 수문장의 호령은 추상같았다.

"문 소의 본댁에서 문 소의께로 가는 것이어요."

"분명 그러냐?"

"네 어찌 거짓말을 하오릿가?"

이 사건은 당일로 친국이 되었었다. 그러나 사실 하지 않아도 알 수 있는 진상은 친국을 하셨으나 결국 불분명하였으며 죄 없는 하인만 목이 베어지고 이날 새벽에 새로 옹주를 낳아서 품고 누워 있는 문 소의와 그 일족에게는 별로 국문을 아니하셨다.

상감마마께서도 짐작이 없으실 것은 아니로되 차마 못하시는 정리가 있으신 까닭이었음은 물론이었다.

국상國喪(1)

동궁 춘추가 이십이 세 되시던 병자년 동짓달이었다. 그때 덕성합에 계시던 바 별안간 병환이 나셔서 신열 두통이 대단하시며 눈이 짓거분하여 눈곱이 심히 끼고 안수가 쉴 새 없이 흐르는 등 증상이 심상치를 아니하더니 필경 이것은 천연두인 줄을 알게 되었다. 본래 격화는 심하신데 늦게 하시는 마마가 되어서 조심스럽기 한이 없으며 동궁께서 이런 위험한 병환으로 앓으시니 나라에도 큰일이건만은 주야로 시탕하는 이는 오직 빈궁뿐이오, 어머니 되시는 영빈이 가까이 와 있어 주야로 초조하는 이외에 정말 믿을 만한 사람은 아무도 없었다.

장인 홍봉한이 내직으로 있을 때에는 이러한 일에는 침식을 잊고라도 정성으로 보호하였었다. 그러나 그는 마침 평안감사의 임이 되어 평양 가 있었으며 상감마마께서는 한 대궐 안에 계시면서도 그 아든님이 마마 출장하여 경춘전로 옮겨 가기까지 한 번을 들여다보신 일이 없으셨다.

동궁마마께서 쓸쓸한 가운데 중병을 치르고 나신 지 얼마 되지 아니하여 정축년 이월 달에 중전마마께서 환후 계셨으며 이달 십삼 일에는 돌연 침중하사 수조手爪가 다 푸르오시고 검은 피를 토하사 요강에 그득하게 되였으며 토혈 후 원기 늠철*하오시나 좀 뒤늦게 달려오신 동궁께서는 이 모양을 뵈옵고 토혈하신 그릇을 붙드시고 체루涕淚가 종횡하셨으

* 위태로워서 두려움.

며 미처 대조에 아뢰실 새도 없이 그 그릇을 손수 드시고 중궁전 장방에 나오셔 의관을 보이시며 약을 의논하실 제 눈물이 앞을 가리워 말을 잘 이루지 못하실 지경이었다.

이때 중전에 모였던 내인들 가운데도 좀 나이 많고 유심한 사람들은 동궁의 이러하신 모양을 뵈옵자 각각 가슴속에 남모르게 감개를 느꼈다. 중전께서 비록 평일에 기출이나 다름없이 동궁을 사랑하셨다 할지라도 친생과 다르오서 간격이 없지 못하련만 동궁께서 이처럼 하심은 역시 천성이 효하고 착하신 까닭이라. 이것을 미루어 보건대 만일 압바마마께서 어려서부터 항상 가까이하시고 자애를 들이우셨으면 얼마나 효도스러운 아드님이 되셨으랴 하는 것이 그들의 생각이었다.

밤이 되매 중전마마께서 늡철하신 가운데에도 동궁 생각을 하시고 큰 병환 끝에 어찌 있으랴 하오서 몇 번이나 가라신 분부가 있었음으로 야심한 후에야 경춘전에 잠깐 내려와 계셨다. 그러나 옷끈을 끄르지 못하시고 적적한 밤공기에 모래 하나 구르는 소리에도 귀를 기울여가며 날이 새기를 기다리셨다.

"지금 좀 어떠시더냐?"

"혼침하오서 아무리 여쭈어도 대답이 아니 계오시니다."

동궁께서는 놀라 일어나서 곧 중전으로 오셨다. 중전마마께서는 과연 혼침하사 잠드신 어른같이 아무리 엿자와도 대답이 없으셨다.

"소신 왔소이다…… 소신 왔소이다…… 소신 왔소이다."

목이 갈라지도록 열 번 스무 번을 부르짖어야 마침내 대답이 없으신 것을 보시고 동궁은 망극함을 못 이기어 그 자리에서 자지러질 것같이 통곡을 하였다.

밝은 날에는 상감마마께서 아시고 물어오셨으니 양전 사이가 극진치 못하시나 병환이 위중하오시니 오신 것이었다. 이때 중선 환후 섬섬 침중하여 인삼차를 연하여 흘려 넣는 중이었으며 만좌가 창황한 중 동마마께서만은 압바마마 오심을 뵈옵고 고만 황송국축하시와 고개를 들지 못하시고 한편에 부복하여 계실 뿐이었다.

창황한 가운데 좁은 방에서 한편에서 굽적이고 부복하여 있는 동궁을 보시자 상감마마께서 또 그대로 있으실 것은 아니었다.

"의대 입은 모양하고 행전 친 발이 그게 다 무엇이니?"

어제부터 창황한 가운데 입으신 채로 지내신 옷이니 물론 매무새도 단정치 못하였었다. 그러나 상감마마께서 그런 내력을 아실 까닭은 없었다.

"내전 병환이 이러하신대 몸을 어찌 저리 가지리."

상감마마 분은 점점 엄하셨으며 동궁께서 지금까지 근시들이 다 감격하도록 효성에 넘치신 행동 하시던 것은 간 곳 없이 묻혀버리고 어디까지나 불효무상한 사람으로 중인 환시지하에 더구나 이 경황없는 가운데 꾸지람을 듣지 아니하면 아니 되게 되었었다.

그러나 뉘 감히 옆에서 아뢰리요. 옆에서 보는 선희궁이 부질없이 애를 쓰고 애처로워하였으며 빈궁이 남모르게 가슴을 태우는 이외에 여러 궁인들까지라도 동마마 위하여 열 번 가엾게 생각하였으며 상감마마 보시기에는 동마마의 처신 행동이 어디까지 불효무상한 일이었다.

국상(2)

환후가 침중하시던 중전마마께서는 필경 이월 십오 일 신시에 관니각이란 집에서 승하하셨다. 본래 중전마마께서 평시에는 대조전 큰방에 거처하시고 또 낮에라도 감기 기운만 계셔도 건넌방에 와 지내시더니 환

후가 위중하시여

"대조전이 어떻게 지중하관대 내 이 집에서 몸을 마치리요."

하오서 급히 관니각으로 나시니 역시 대조전에 딸린 집이었다. 동궁은 관니각 아랫방으로 내려가시와 곧 고복皐復을 시키고 발상을 하려 할 때 상감마마께서 여러 내인을 데리시고 회고담을 시작하사 양전이 서로 만나오시던 일로부터 수십 년 동안 지내시던 역사를 장황히 이야기하셨다.

상감마마께서는 이때 공고히 특별히 사랑하시는 일성위日城尉 병이 위중하여 옹주를 내보내시고 그편 소식에 용려가 무궁하신 터이라. 비록 성궁은 이곳에 계시오나 그야말로 신재심부재로 맘은 딴 데 가 계시던지 중전 발상이 어떻게 되는 것은 도무지 잊어버리신 모양 같았다.

그러나 말씀이 끝나기 전에는 발상을 할 수 없고 말씀은 용이히 끝나지 아니함으로 동궁과 빈궁이며 또 중전에 매인 사람들은 속으로 망극하고 미안하기 짝이 없으나 결국 아무 때든지 그 말씀이 끝나시기를 기다릴 수밖에는 다른 도리가 없었다.

이렇게 민망히 지나는 중 불행히 일성위 부음이 또 들어온지라 상감마마께서는 그제야 통곡을 하오시고 즉시 거동을 납시니 궁중에서는 신시부터 준비하던 발상이 저물게야 되셨다.

그동안 동마마께서는 가슴을 두드리며 애통망극하시다가 발상을 하게 되매 차마 몸을 부지할 길 없는 듯이 몸부림하며 우시니 그 극진하심이 친생 모자간이라도 이에서 더할 수가 없었다. 그러나 이튿날 대조에서 환궁하사 부자분 서로 대하오실 제는 또 국축한 모양으로 엎드려 계셔 대조에서는 종시 동궁의 곡읍하시는 모양을 못 보시고 마셨으니 역시 불만하게 아셨을 것은 물론이었다.

중전마마 시신은 염하온 후 경운각에 옮겨 뫼시고 거기서 입재궁入梓

宮*하여 빈전이 되었으며 옥화당이란 집이 동궁 거려청居廬廳**이 되어 오삭거려***를 거기서 하시게 되었었다.

대체 동궁께서 부자분 사이는 날로 협하여가고 주위 형편이 여러 가지로 불리한 이때에 중전마마 상사를 당하신 것은 여러 가지 의미로 불행한 일이었다. 첫째 궁중에서 유력한 의지를 잃으셨고, 둘째 이 병환 중에 오삭거려를 하시고 보면 병환에 해로울 것은 물론일 것인즉 그것도 걱정이었다. 그러나 화불단행으로 불행은 이에 그치지 아니하였다.

대왕대비 즉 인원왕후께오서 춘추 칠순이 넘사오사 심히 쇠약하오신 중 중전 국상 후에 척하오서 항상 몸에 중지 나시더니 이월 그믐께부터 증세 더치사 삼월 이십육 일에 또 승하하시니 이는 동궁께서 영영 의지할 바를 잃으시는 동시에 궁중 전체가 의지를 잃었다고 할 것이었다.

인원왕후 성덕이 탁월하오서 전래의 법도가 지엄하시던바 이제 두 분 성모께서 한 달 동안에 연첩 불행하오시니 궁중의 법도를 뉘 능히 지키며 동궁 사랑하심이 자별하오서 평시에 음식 같은 것도 매양 별찬을 자주 만들어 보내시며 대소조 사이가 불합하신 소문을 듣자시면 은근히 염려하오서 민망히 여기오시며 국상 후에도 동궁에서 상복 입으신 것을 보시면 차마 가엾어하사

"저리 하고 있으니 가뜩 울기 많은데 어찌 견디리요."

하고 걱정을 하시던바 이제 또 세상을 버리시니 동궁께로는 이제까지 믿어오시던 궁중의 금성철벽 같은 의지가 일시에 무너진 셈이었다.

영모당永慕堂에서 염습하와 경복전으로 옮기시고 빈전은 통명전에 정하사 그믐날 입재궁을 하시니 대조 거려청은 체원합體元閤이 되었었다.

* 왕이나 왕비의 시신을 관에 넣는 일.
** 상제가 거처하도록 마련한 집.
*** 상제가 다섯 달 동안 여막에서 지내는 일.

상감마마께서는 대비 환후 중부터 초황망조*하오사 주야로 머무오서 지성으로 시탕하시고 인산 안 오 삭을 조전朝奠부터 륙시곡읍**에 한때도 궐하시는 일이 없으셨다. 이때 상감 춘추가 육십사 세오시며 더구나 지존의 지위로서 그와 같이 예절을 지키시니 물론 특이한 정력과 특이한 효성이시거니와 당신께서 이와 같이 예절에 엄격하시고 효성이 과하시니만치 동궁 하시는 모양을 보실 때 그 본심은 아시지 못하시고 한결같이 불효무상으로만 생각하시는 것도 괴이치 아니한 일이라 할 수밖에 없었으니 양 성모의 국상은 이 점으로 보아도 또 동궁께 얼마나 불리한 일인지를 알 수 있는 것이었다. 그러나 불행은 그에서 그치는 것이 아니요 층생첩출로 여러 가지 슬픈 결과를 맺는 것이었다.

국상(3)

옥화당의 다섯 달 거려 이것은 동궁께 정말 못할 일이었다. 동궁께서는 병환 끝에 자전 상사를 당하사 슬퍼도 하시고 맘을 많이 쓰시니 병환은 점점 더하시고 과거는 잦사오신데 동궁에서 생기는 일은 문가 남매가 듣는 대로 대조께 아뢰는지 두 분 사이는 점점 망극하여질 뿐이었다.

대조와 소조에서 오삭거려를 하시는 동안에 대조는 경운각에 곡하러 오시면 동궁의 거려청이신 옥화당에 가오서 무엇이고 걸리는 대로 꾸중이시고 소조께서 인원왕후 비전인 통명전을 가시면 거기서 또 꾸중을 듣게 되었다. 원래 대조에서는 사람이 많은 곳일수록 동궁 허물을 드러내시는 전례이심으로 인원왕후전에서는 가끔 꾸지람을 듣게 되셨다. 차차

* 초조하고 황급하여 어찌할 줄을 모름.
** 새벽, 아침, 한낮, 지녁, 초밤, 밤중에 곡을 하는 일.

일기는 더워가고 몸에 상복은 입어 갑갑하신데 여러 사람 모인 가운데 꾸지람을 자주 듣고 보신즉 그대로 격화와 병환이 점점 더하사 내관 매질하시기와 의대병이라는 이상한 증세가 생기기 시작을 하셨다.

유월 달이 되자 정성왕후貞聖王后(즉 중전마마) 인산이 되오시니 밖에서는 그 준비로 하여서 일종의 활기를 띠우고 있었다. 사십 일이나 오십 일 전부터 장생전 안에서 수십 명 장색을 지휘하여 주야 겸행으로 만들고 있던 여러 가지 차비가 다 준공되고 오부五部 자내 각동 젊은랑(젊은 사람들이란 말) 중에서 뽑혀 나오는 여사군*의 채비도 다 되어가지고 습의를 하기 시작할 때쯤은 슬프니 좋으니 하는 것은 완전히 잊어버리고 그저 큰일을 치른다는 들썩한 기분이 사람들 맘을 지배하고 있었으며 움쑥만 하면 거리에는 벌써 구경꾼으로 가득 차는 형편이었다.

한번 습의를 하려면 각처에서 준비하여가지고 각각 준비한 곳에 보관되어 있는 여러 가지 차비를 대궐 문 앞으로 가지고 모여야 하고 습의가 끝나면 또 본처로 돌려보내게 되는데 구경꾼은 거기서부터 따라서 인산 전 며칠 동안은 온 장안 사람이 모든 것 다 버려두고 인산으로 세월을 보내는 것 같았다.

인산도감에 관계가 있어 차비관 하나라도 차려 간 사람은 말할 것도 없거니와 기타 여사군, 그때 잡어까지라도 인산에 직접 소임이 있는 사람은 소임이 있어서 분주히 지나고 그렇지 아니한 사람들은 높은 구경 좋아하는 도회지 사람의 본색을 발휘하여 어디 구경거리가 없는가 하고 찾아다녀 항상 길에 사람이 널려 있는 형편이었으며, 가까운 시골에서는 인산 구경을 위하여 서울 와 묵어가며 기다리는 사람들도 적지 아니하였다.

* 조선시대에 여사청에 속하여 인산 때 대여大輿나 소여小輿를 메던 사람.

습의는 대습의라 하여서 정말 인산 때 행렬과 똑같이 대소여大小轝를 위시하여 신여神轝, 채여彩轝붙이며 기타 거장집물과 기치창검을 다 늘어 세우고 인산 행렬의 어릿광대인 죽산마, 죽안마붙이까지 다 끌고 나와서 질서정연하게 하는 연습이 두 번이었는바 이때 연습 때에는 연로의 가게는 말할 것도 없거니와 죄○들까지도 다 문을 다치고 거리는 인산인해를 이루었으며, 그 외에 대여면 대여, 소여면 소여만을 따로 빼어서 하는 부분적 연습은 몇 번이 되는지를 알 수가 없는데 그중에서도 대여 연습 같은 것은 분명히 구경거리가 되기도 하였다.

천 명도 넘어 뵈는 그 마혼 여사군들이 첫째 구경스러웠다. 그 시기 사람으로는 그렇게 많은 사람이 똑같은 복색을 하고 난 모양이란 것은 용이히 보기 어려운 일이었다. 그도 거추장스러울 세 자락 옷이나 펄렁거리고 질서 없이 돌아다니는 모양쯤이면 과거장 중에 모여든 선비라도 볼 수가 있겠지만은 여사군 모양으로 베 두건 베 형전에 감발짚석이 하고 엉덩이밖에 아니 내려오는 베 등거리에다가 바른 어깨에 백목을 엇대어 왼편 겨드랑이 밑으로 떨어뜨린 복색, 이와 같이 홀가분하고 날쌔 뵈는 복색을 한 사람이 이렇게 모인 광경이란 다른 데서 별로 찾아볼 수 없는 것이 사실이었다. 또 수백 명 여사군의 두건 쓴 머리가 간들간들하며 일자로 쭉 깔려 있는 위에 영롱한 단청이며 휘황한 휘장으로 꾸며진 눈이 부시는 대여가 물 위에 뜬 배와 같이 덩실하니 떠오른 것도 좀처럼 보기 어려운 좋은 구경이라 할 것이었다.

대여 앞, 뒤에는 앞으로 두 줄 뒤로 두 줄 백목으로 꼬아 만든 벌이줄이 있어서 한 줄에 각각 수백 명씩이 매달렸으며 대여 위에는 네 귀에는 물그릇을 놓고 여사 감독이 너 발 닷 발이나 되는 기다란 주장朱杖*대를

*주릿대나 무기 따위로 쓰던 붉은 칠을 한 몽둥이.

들고 올라서서 감독을 한다. 물그릇에 담긴 물이 출렁거리거나 넘치면 아니 되는 것이다. 이와 같이 하여 대여는 솔발 소리에 맞추어 물 흘러가듯이 곱게 흘러나갈 때까지 연습을 하는 것이며 이 연습이 계속되는 동안 장안 거리는 지금 말로 하면 인산 경기라고도 할 만한 활기를 가지고 있었다.

국상(4)

유월 이십오 일, 정말 인산날은 돌아왔다. 시골서는 한재旱災가 심하다 하여서 매우 소동되고 있는 모양이며 따라서 동궁의 책망거리가 하나 더 생긴 모양이나 당장 인산을 치르는 데는 연일 일기가 개여서 매우 편하였으며 이날은 묘시 발인이었음으로 시간이 매우 이르건만도 내리쪼이는 아침볕은 명랑한 가운데에도 벌써 더운 기운을 뿜고 있었다.

시각이 되기 전부터 대여는 돈화문 앞에 등대하고 있었으며 기타 온갖 차비는 다 순서 찾아서 앞설 것은 앞서서 각각 제자리를 지키고 뒤따를 것은 옆으로 비켜서서 차례가 돌아오기를 기다리게 하였으며 시각이 되자 재궁은 먼저 소여에 뫼시여 돈화문을 나와가지고 비로소 대여에 뫼시게 되는데 소여가 재궁을 뫼시고 나오자 동마마를 위시하여 중전에 딸렸던 수많은 궁인들의 망극한 울음소리는 넓으나 넓은 대궐 안이 물 끓듯 하였으니 무심히 모여 섰던 궐문 밖 구경군도 이때만은 고개가 저절로 숙어져서 엄숙하고 비참한 기분이 제절로 솟아나는 것을 금할 수 없었다.

동궁께서 대여를 곡송哭送하고 돌아오실 제 상감마마께서는 또 꾸지람을 시작하셨다. 이때 대조에서 보신 소조의 처신 행동에는 꾸지람 재료가 아니 되는 것이 없으며 겸하여 상감께서도 요 동안 심구가 매우 불편하신 중인 것은 살피기 어렵지 아니한 일이었다. 첫째 상중으로서 칠십 노인이 상복을 몸에 입으시고 하루 육시곡읍을 하시니 효심이 지극하시고 예법을 어렵게 아시는 까닭으로 이와 같이 노력을 하실지라도 맘에 좋을 이치는 물론 없는 것이요, 거기다가 세상에 없이 사랑하시는 일성위 상사가 났으니 부마도 불쌍하거니와 세상에도 다시없는 그 따님 신세가 불쌍하셨고 중전과는 본래 금슬이 없으셨다 하지만은 그래도 상사가 나고 보면 맘에 좋지는 못하실 것이고 거기다 또 한재 소동까지 있어 용려를 하시게 되니 어디로 보던지 화증도 나실 것이요, 또 차차 쇠모지년衰暮之年이시라 노인네 예증으로 다심하시고 말씀이 많게 되니 이 틈에 끼어서 꾸지람 복을 타신 이는 동궁이셨다. 그러나 또 동궁께서는 이 반갑지 않은 복을 타시고 능히 삭이실 처지가 되지 못하니 이 결과는 자연 나라의 불행이 될 수밖에 없었다.

동궁께서 반우反虞*에 영곡차로 나가실 제 대조에서 또 불러 세우고 여러 가지로 꾸지람이 대단하셨다. 이날 동궁께서는 백관군민이 다 감읍하도록 반우영차를 맞이하사 슬피슬피 우셨으니 대개 사람이란 무슨 울적한 회포가 있다가라도 한번 실컷 울고 나면 적이 속이 시원하게 되는 법이라 얼마큼 울기가 풀리실 법하건만은 싸이고 싸여 병환이 되신 동마마의 울기는 이만쯤 설기泄氣로는 풀리지 아니하였다.

반우에 영곡을 마치시고 돌아오신 동마마는 마치 불에 달은 쇳덩이와 같으셨다. 무어든지 닿으면 타고 무어든지 스쳐하기만 하면 벌써 연기부터 풀썩 나는 모양으로 동마마께 가까이하는 사람은 모두 신수불길한 사람이었으니 맞고 상하고 잘못하면 목숨까지 달아나는 형편이었다.

* 묘지에서 장례가 끝나면 혼백을 모시고 본가로 반혼反魂하는 절차.

아까부터 시녀 내인을 위시하여 벌써 칠팔 인째 내인이 상하였음으로 궁중은 전전긍긍하여 모든 사람들이 몸 둘 곳을 알지 못하였으니 그들은 마치 성난 사자나 호랑이 우리 속에 같이 들어 있는 신세와 같았다. 호랑이나 사자가 우리 밖으로 나갈 리 없겠으며 자기네가 우리 밖으로 나갈 재주도 없으며 더구나 사자나 호랑이의 성난 것을 달랠 재간은 도저히 없었다. 섣불리 성낸 사자를 달래본다고 그 앞에 가 얼찐대다가는 남보다 먼저 죽을 것밖에 아무 소득이 없을 것은 명백한 결과였다.

이날 저녁에 동마마께서는 덕성합 뜰에서 호곡하시며 삶이 없고자 하시니 아무리 가까이 가기 무시무시한 중일지라도 이러하신 모양을 뵈옵고 아무 말씀도 아니할 수 없는 터이라 장방 내관 김한채金漢彩라 하는 자가 옆으로 가며

"동마마 고정하오서서."

하고 여쭈었다.

"이놈아 남의 속도 모르고 고정하라고. 내가 참을 수 있으면 미쳤다고 이러겠느냐?"

"그래도 참으셔야지 어찌하오릿가?"

"이놈, 그래도!"

하고 그래도에 급히 힘을 주시여 동마마 바른팔이 번듯하시더니 다음 순간에는 김한채의 몸이 땅바닥에 가로놓인 것을 보았으며 조금 후에는 동궁 바른손에 김한채의 대강이 드신 것을 뵈웠다. 동궁께서는 김한채의 핏방울 덧는 대가리를 들고 궁중으로 다니시며 내인들에게 회시를 하시니 온 궁중이 악연하여 거의 산 빛이 없으되 동마마께서는 무슨 벼르고 벼르던 역적의 머리나 베인 것 같은 기색이 있으시며 적이 핏기가 진정되신 듯하였다.

국상(5)

동궁의 울화병은 다섯 달 거려하는 동안 부쩍 심하게 되었으며 한번 더친 병세가 용이히 가라앉을 수는 없었다. 지금까지는 사람을 때리기는 하여도 죽인 일은 없었으나 이제는 사람을 죽여보았고 그 죽인 사람의 머리를 들고 다니며 회시까지 하여보았다. 이런 일이란 한번 시작하기가 어려운 것이지 시작을 한 뒤에 두 번 세 번 저지르기는 아주 용이한 일이며 또 동궁은 이 사람 죽이는 참혹한 행동 가운데서 자기 맘을 위로하는 무엇이 있다는 것을 분명히 맛보아놓았다.

동궁의 맘이 아무리 거칠어졌다 할지라도 평소에 죄 없는 사람을 죽이실 리는 없었다. 그러나 한번 울화가 떠올라서 당신 생에 쫓아버리고자 원하실 때에 옆에 사람의 생명쯤이 그리 소중할 까닭도 없으며 더구나 이왕 저지르기 시작한 일이고 본즉 그 충천의 울기를 푸는 방법으로 하여서 인간의 숨은 본능인 살생의 쾌락을 고르는 것이 도리어 자연한 형세라고도 말할 수 있는 것이었다.

이로부터 동궁에서 사람이 죽어나가는 것은 그리 희귀한 사건이 아니었으며 따라서 동궁에 매인 사람들은 몸 둘 곳이 없어하며 항상 발을 제겨 드디고 사는 형편이었거니와 동궁께서는 궁중에서만 이러하실 뿐 아니라 이때부터는 대조의 처분에 대하여서도 감히 항거하는 때가 있게 되었다.

그해 구월 일이었다. 동궁께서는 인원왕후전 침방 내인 빙애라고 하는 것을 데려오시니 이는 동궁께서 해포 두고 벼르시던 현안을 해결하신 것이었다. 오랫동안 벼르다가 소원을 이루신 까닭인지 이 빙애에게 대한 동마마의 향념은 특별하였다. 그사이 내인들을 가까이하셔도 특별히 돌보시는 법이 없고 따로이 아끼시는 일이 없으셨다. 그러나 이 빙애를 데려오신 때에는 세간 범절부터 없는 것이 없이 장만하여주셨으며 아끼고 두호하시는 품이 대단하셨다.

한 달이 지나 시월 달에 대조에서 이 일을 아시고 진노하오서 동궁을 부르셨다. 드러난 허물이 없는 때에도 꾸지람이 끊일 새 없거든 하물며 허물이 드러나 있는데 오죽하실 까닭이 없었다.

"네 어찌 감히 그리하랴?" 하사 엄책을 하오시고 필경 그 내인을 잡아내라신 엄명이 내리셨다. 그러나 동궁께서는 대조 명령에도 항거하시고 그 내인을 내놓지 아니하셨다.

대조에서는 당장에 잡아내라신 분부가 추상같으신지라 좌우가 황황하여 재촉하는 사람이 뒤를 따라 넘어오대 동궁께서는 세상없어도 내놓지 않기로 결심을 하시고

"못 잡아간다."

한 말씀을 거듭하실 뿐이었으니 동궁에 모신 사람들은 당장에 벼락불이 눈앞에 떨어질 것같이 당황한 형편이었으나 어찌할 도리가 없었다. 만일 이러한 때에 섣불리 무슨 말씀을 여쭈었다가는 그야말로 목밖에 베어질 것이 없음으로 모든 사람은 말도 없이 떨고 있을 제 일이 급함을 보고 세자빈이 일시 처변을 하여 당신이 부리는 침방 내인 연상약한* 것을 잘 타일러가지고 빙애라 일컬어 내보냈었다.

대조에서 다행히 그 내인들의 얼굴을 알지 못하심으로 당장 급한 파색은 이렇게 하여 모면하였으나 대조와 소조 사이의 정면충돌은 뜻밖에도 한낱 내인 문제로 하여 일어났으며 이 일 역시 사람 죽이는 일과 일반으로 시작이 어렵지 시작만 되고 보면 다시 거듭하기 쉬운 일이니 실로 한심한 현상이라 아니할 수 없는 것이었다.

* 나이가 서로 엇비슷함.

이날 밤 대조에서는 동궁을 또다시 공묵합 거려청으로 부르시와 꾸중을 많이 하시니 동궁께서는 원래 화기가 떠오르시고 압바마마께도 역심을 품으셨든 차에 이날 밤 대신 이하 여러 신하가 입시한 자리에서 이와 같이 또 꾸지람을 들으시고 보니 죽어버리겠다는 이외에 다시 생각나는 일이 없으셨다.

동궁은 어전을 물러나오는 길로 양정합 우물로 뛰어드셨다. 마침 이날은 동짓날이라 우물가에는 얼음이 얼어붙어 서슬이 퍼런지라 비록 빠져 죽지 아니할지라도 위험하기 짝이 없는 형편이었은즉 그 놀랍고 망극한 광경은 형언할 수가 없었다.

마침 방직이 박세근朴世根이라 하는 것이 가까이 있어 뒤좇아 들어가 업어 뫼시니 다행히 물이 깊지 아니하였음으로 별일은 없었으나 몸에도 상처가 있으셨으며 업혀 나오신 후도 얼마 동안 기운이 막혀 호흡이 통하지 못하는 형편이었다.

대조에서 친히 이 모양을 보셨으니 어찌 진노치 아니하시며 대신·이하 신하들이 다 목도하여 보았으니 그 실체됨을 어찌 이로 기록하리요.

이와 같이하여 동궁 병환은 국상 중 점점 더하여졌으며 대소조 사이도 더욱 망극하게 될 뿐이었다.

국상(6)

사람을 꾸짖는 것도 두 가지가 있으니 하나는 듣는 사람이 자기 잘못한 것을 알고 그 잘못을 다시 거듭하지 않도록 주의시키기 위하여 하는 것이요, 또 한 가지는 결과야 어찌 되었던지 당장 자기 맘에 맞지 아니함으로 화풀이 겸하려 하는 것이다.

만일 꾸지람이 이 둘째 경우와 같은 동기, 즉 자기 화풀이를 하기 위하여 하는 것이라면 이것은 실상 꾸지람이라기보다도 웃사람 된 영악이라 할 것인즉, 다시 말할 것도 없거니와 그 동기가 비록 듣는 사람의 반성과 개과천선을 위한 것이라 할지라도 꾸짖는 방법이 틀리면 또한 그 본래의 목적을 이루지 못하는 것이다.

첫째 꾸지람은 이유가 분명하여야 된다. 누가 듣던지 잘못되었고 당사자가 들어보아도 잘못된 줄을 알 만치 분명히 잘못된 것을 가지고 나무라지 아니하면 아니 되는 것이니 만일 이유가 분명치 아니한 것을 가지고 꾸지람을 한다면 꾸지람 듣는 사람은 의례히 약한 자임으로 어찌하지 못하고 듣기는 하나 맘으로 항복할 리는 만무하며 맘으로 항복치 아니하면 꾸지람의 효과는 없는 것이다. 그러기에 속담에 "면주 고름이 전라감영全羅監營이라."는 문자가 있는 것이다. 면주 고름이 전라감영이란 말은 "명기위전明其爲殿이라야 적내가복賊乃可服."이란 말이 무식한 사람들 가운데 와전하여서 된 말이니, 즉 도적놈이라도 도적질한 증거를 분명히 댄 뒤가 아니면 항복치 않는다는 말이다.

그리고 또 한 가지는 필요한 때에만 하는 것이다. 무엇이던지 남발을 하면 효력을 잃어버리거니와 형벌이나 꾸지람도 남발을 하고 보면 효력이 없을 뿐만 아니라 도리어 반감을 사는 것이니 이 두 가지 중의 하나를 범하고 보면 꾸지람은 결국 화풀이밖에 아니 되고 마는 것이다.

그런데 대조에서 동궁을 책망하시는 태도는 이 두 가지를 다 범하시는 경우가 많았다. 첫째 동궁만 보시면 크고 적고 간 무엇이고 꾸지람을 하셨으니 이는 꾸지람의 가치를 없이하시는 것이요, 둘째로는 별로 꾸지람거리가 아니 되는 것까지 꾸지람을 하시는 일이 많이 있었으니 그 꾸지람은 결국 듣는 사람의 반감을 살 것밖에 없었다.

가령 당장에 큰 문제가 되어 있는 빙애 사건으로 볼지라도 대조에서 꾸지람을 하려면 할 수는 있을지 모르나 그 꾸지람에 동궁이 감복하실 일은 없을 것이었다. 왜 그런고 하니 임금이나 동궁이 맘에 드는 내인을 관계한다는 것은 궐내에서는 항다반의 일이다. 아버니도 그러하셨고 한아버니도 그러하셨고 전일의 성군현주라고 일컬으시는 선왕선조께서 다 그러하신 일이니 그것이 동궁께만 큰 죄가 될 리 없는 동시에 그러한 조건은 아무리 엄책을 하신대도 동궁께서 심복되실 리 만무한 일이었다. 칠십 당년에 아랫궁 내인 관계하사 애지중지하시는 상감마마나 아직 젊으신 처지에 웃전 내인 데려다 관계하신 동궁이나 털어놓고 대보면 도덕상으로 별로 우열이 있을 것 같지 아니하며 그 사이에는 다만 위엄의 고하가 있을 뿐일 것이다.

그러나 사실인즉 빙애 사건에 대한 대조의 진노는 과연 대단하셨다. 상감마마께서 그 아드님은 미워하시되 그 아드님께 딸린 며느님과 손주는 극진히 사랑하오시는 터이로대 이번 사건에는 꾸지람이 빈궁에게까지 번졌었다.

"세자가 빙애를 데려올 때에 알았으려든 네 나에게 고치 아니할까 싶으냐. 너조차 나를 기이니* 그럴 데가 어디 있으리. 네 남편의 정을 권련하여 저번에도 새우는 일이 없고 그 자식을 거드니 인정 밖이라 내 너를 미안히 생각하였더니 웃전 내인을 감히 데려다 그까짓 일을 하되 네 날더러 고치 아니하고 내 오늘 물으되 즉시 말하지 아니하니 네 형세 저러할 줄 몰랐다."

하사 땅을 두드리시며 엄책하시고 빈궁이 아뢰기를

"어찌 감히 남편의 한 일을 위에 이리이리하다 하올까 보니잇가. 소인의 도리가 그렇지 못하오이다."

* 어떤 일을 숨기고 바른대로 말하지 않다.

하니 더욱더욱 엄교가 지중하셨으며 장인 홍봉한이 참다못하여 위에 아뢰되

"옛말에 부득어군不得於君이면 열중熱中이라 하였사오니 군신도 그러하옵거든 하물며 부자 천성이시오릿가. 자애를 잃사오서 전전하여 저리 하오시니 이마저 생각하오심을 천만 바라압나이다."

하였더니 또 격노가 대단하셨다. 그 신하가 선대 적부터 사랑하시는 충신으로서 벼슬한 후 일품에 오르기까지 충고 한 번을 당한 일이 없는 터이건만은 이번에는 세자빈 죄까지 곁들인 처분이시던지 엄교가 대단하시고 필경 삭직까지 하시와 홍봉한까지 얼마 동안 문밖에 나가 대죄를 하고자 하는 형편이었었다.

국상(7)

빙애 사건이 있은 후 정축년 해가 저물기까지 부자분 사이에 서로 만나실 기회가 없었으며 무인년 세초에 상후 미령하오시나 소조에서 역시 병환으로 일향 문안을 아니하오시니 부자분 사이 점점 망조할 뿐이었다.

무인 이월 스무일해 날에 시월 사건이 있은 후 첨으로 대조에서 소조 계신 관희합을 찾아오시니 첨부터 자애지정으로 보시고 싶어 오신 것이 아니오, 쌓이고 쌓인 꾸지람을 하시고자 오셨던 터이니와 와보시니 동궁하고 계신 모양이 어찌 또 눈 걸리지 아니하리요. 곧 숭문당에 와 앉으시고 소조를 부르오시니 쌓이고 쌓였던 끝이라 여러 가지 조건을 들어서 꾸지람을 하시고 꾸지람 끝에는

"네 그동안 한 일 바로 아뢰라."

는 명령을 하셨다. 아마 대조에서 사람 죽인 사건을 아시고 대답을

바로 하나 시험하기 위하여 이런 질문을 하신 모양이었다. 그리고 동궁께서는 아무리 아시면 큰일 날 일이라도 어전에 나가면 당신 하신 일은 바른대로 아뢰시는 성질이신지라 이때 역시 은휘隱諱* 없이 대답을 하셨다.

"심화 나오면 견디지 못하여 사람을 죽이거나 닭 짐승 죽이거나 하여야 적이 나으니이다."

"어찌 그러하니?"

"맘이 상하여 그러하였나이다."

"맘이 어찌하여 상한다?"

"사랑치 아니하오시기 섧고 꾸중하오시기로 무서워 화가 되어 그러하오이다."

이 말씀을 할 때 동궁의 태도는 옆에서 뵈옵기에도 가엾을 만치 슬프신 모양이 나타나고 있었다.

"그래 사람을 몇이나 죽이니?"

"첨에 당방 내관 김한채를 죽여 효수하옵고 그 뒤에는 선희궁 내인도 하나 죽엿사오며 모두 내관 다섯 사람과 내인 네 사람을 죽이니다."

대조에서 이 말씀을 들으시자 용안에 측은한 빛을 띄우시고 진노가 좀 감하오서 한참 동안 말없이 앉으셨다가

"내 이제는 그리 말니라. 너도 그리 마라."

하옵시고 세자를 돌려보내셨다. 다른 때 같으면 의례히 청천벽력이 내렸을 것이건만 동궁의 측은한 태도가 성심을 감동하여 일시 천륜지정을 움직이게 하였던지 혹은 동궁의 은휘 없는 태도를 가상히 보셨던지 이날은 뜻밖으로 이와 같이 순순하게 용서하오시고 그 길로 경춘전을 나

* 꺼리어 감추거나 숨김.

오시와 세자빈을 보시고 또 물으셨다.

"세자 말이 내 사랑치 아니하여 섧고 꾸중하기 무서워 심화가 되고 맘이 상하여 사람을 죽인다 하니 그럴시 옳으냐?"

이때 상감마마 태도는 정말 자애에 넘치시는 사랑하는 부모의 태도이셨으며 세자빈은 이 말씀을 듣자 울기부터 하였다. 빈궁은 아까 대조에서 관희합 동궁 처소로 가시는 것을 뵈옵고 또 무슨 변이 나는가 하여 속을 졸이던 터에 뜻밖에도 부자분 사이에 전에 없던 의사소통이 있으신 줄을 듣고 보니 기쁘고 놀라운 생각이 일시에 북받쳐 오른 까닭이었다.

"그러하옵다뿐이오릿가. 자소로 자애를 입삽지 못하와 한 번 놀라고 두 번 놀래어 심병이 되어 그리하오니이다."

세자빈은 앞서는 눈물 가운데 간신히 이 말씀을 아뢰었다.

"그래서 상하여 그러하다는고나."

상감마마께서는 저윽히 뉘우치는 듯이 이와 같이 말씀을 하셨다.

"상하옵길 이르오릿가. 은애를 들이오시면 그렇지 아니하오리이다." 말씀을 아뢰자 세자빈은 또 느껴 울었으며 상감마마께서는 화기가 가득하신 기색으로

"그러면 내 그리하마…… 잠은 어찌 자며 밥은 어찌 먹었느니 내 묻는다 하여라."

빈궁은 너무도 기쁘고 감격하여 고쳐 절을 하고 손을 부비며

"이러하와 그 맘 잡게 하시면 작히 좋사오릿가."

여쭈오니

"그리하여라."

분명히 대답하시고 돌아서 가시는지라. 빈궁은 상감마마 가신 후에도 얼마큼 꿈속과 같이 서 있을 뿐이었다. 이것이 꿈인지 이것이 생

시인지 모든 일이 하도 뜻밖이며 하도 기뻐서 도리어 믿음직하지를 못하였다.

다음 시간 동궁 내외분이 만나신 때 두 분 사이는 다음과 같은 회화가 있었다.

“사람 죽인 일은 어찌 묻지 않는 말씀을 하여 기시닛가. 수시로 저리 말씀을 하시고 나중은 남의 탓을 삼으시니 답답한 일이오이다.”

“알고 물으시니 다 하였지.”

“무엇이라 하오시더닛가?”

“그리 믿나 하오시대.”

“내 이리이리 듣자웠으니 이후는 부자분 사이 행여 낫자오릿가.”

동궁은 화를 내어 대답하셨다.

“자네는 사랑하는 며느리기 그 말씀을 곧이듣잡는가? 부러 그리하오시는 말씀이니 믿을 것이 없고 필경은 내가 죽고 마느니.”

이는 불길한 예언이었다. 동궁께서는 이 불길한 예언을 하시고 장래에 닥쳐오는 운명을 내다보시는 듯이 무연히 앉아 계셨다.

국상(8)

일시 천륜지정이 농하시와 자애를 들이신다 처분하오신 상감마마께서는 과연 자애를 들이셨던가, 혹은 또 동마마 헤아림과 같이 일시 하신 말씀에 지나지 아니하셨던가. 남편을 생각하고 나랏일을 생각하는 세자빈이 암암리에 무궁한 축원을 하면서 상감마마 처분이 실지 있으시기를 바라셨다.

그래서 그럼 어딘지 정성왕후, 인원왕후 두 분 소상을 차례로 무사히 지내였고 두어 달 동안은 별로 현저한 사고 없이 지나갔었다. 그러나 이것도 길지는 못하였다. 국휼 후 동궁께서 정성왕후 능소에 전알 못하여 계심으로 대조에서 능형에 수가시키오시니 그해 장마가 지리하다가 그날 마침 대우가 내리는지라. 대조에서 일세가 이러함은 소조 데려온 탓이라 하오서 능상에 미처 가기 전 소조를 돌려보내시고 대가만 가오시니 자애를 들이우시는 성심이 이러할 길 있으리요. 대우 중 중로에서 회가하여 돌아오신 동궁은 격기가 오르오서 중로에서 진정하신 후 간신히 돌아오셨으며 돌아오신 후 선희궁과 빈궁을 붙드시고 아마도 살 길이 없노라 슬피 우시더니 그 후에 하시기를 의대를 잘못 입고 가서 그 일이 생겼는가 하사 소위 의대증이 더하시게 되었었다.

이 의대증이라는 증세는 세상에도 기괴한 것이었다. 매양 의대 한 가지를 입으려 하오시면 같은 의대를 열 벌이나 스무 벌이나 내지 삼십 벌까지 지어서 신장인지 하는 것을 위하여놓고 혹 불에도 태운 후 한 벌을 순하게 갈아입으시면 천행이고 만일 시중드는 이 조금 잘못하면 의대를 입지 못해서 당신이 애를 쓰실 뿐 아니라 사람이 다 상하게 되는 것이었다.

이와 같이 한 벌 의대를 입으실 제 적어도 십여 벌 많으면 수십 벌씩을 같이 지어가지고 일시에 버리게 되니 나라 기구가 사가와 다르다 할지라도 옛날 규모에 동궁 세간이 원할 것 없으니 무명인들 어찌 이로 지○하리요, 미처 짓지 못하면 사람 죽기가 파리 목숨이었다.

대체 이 병환이 옆에서 뵈우면 당신이 화기 뜨시와 부러 저리하시나 싶으되 실상인즉 당신께서도 어찌하지 못하시는 일이었으며 의대를 입지 못하여 애를 쓰시다가 어떻게 하여 한 벌을 입으시면 당신께서는 다행다행하사 그 옷이 더럽기까지 입으셨으며 이 중 때가 심하실 때는 홀연히 지나가지 아니한 사람이 뵌다 하셔 다녀오실 때는 미리 사람을 멀리 내어놓아 사람을 금하고 다니시되 혹시 미처 피하지 못하여 얼핏이라도 눈에 뜨이시면 그 의대를 못 입사오서 벗어버리시고 새로 입으시게 되는바 새로 입으시기가 또한 그렇게 어려우심으로 결국 비단 군복 한 짝을 입사오시려면 군복 몇 짝을 무수히 소화하신 후 겨우 한 벌을 입으시는 것이니 병환인즉 세상에도 기괴한 병환이셨다.

동궁 병환이 이러하시고 대조에서 꾸지람이 여전하시니 어찌 문안인들 하고자 하시리요. 이해 섣달에 상후가 대단히 미령하시나 동궁께서 문안치 못하시니 대조에서는 또 병환 중 한심하여하시는지라. 그때 영상이 김상로인바 동궁께서 잘 말씀하여달라 부탁하시면 동궁 앞에서는 그 부득지不得志하심을 설워하여 들으시기 고마우시도록 말씀하나 어전에서 말씀할 때에는 그러할 리 만무한 것이었다. 이때 대조 환후가 침중하오시니 국사를 어찌할고 근심하오시는 말씀을 대신에게 자주 하시니 그에 신하들 처지도 대소조 사이에 말씀 아뢰기가 극히 난처하려니와 영의정인즉 소조 앞에서는 흐르는 듯 좋게 말씀하면서 대조에는 성의를 봉승하여 눈물을 흘리며 망극한 모양을 하니 이것이 결코 동궁을 위한 태도가 아닌 것은 물론이다.

곧 묵청거려 하오시는 데가 방 두 간의 좁은 처소이며 대조에서 속방 지게 밑에 눕사오시고 바깥방 한 간에 삼제조三提調와 의관이 입시하시니 대신은 머리 두오신 데 바로 엎디니 세세밀밀한 말씀이라도 다 아뢸 수 있으되 와내*에는 선희궁이 주야 대령하여 있고 기타 근시하는 내인들이 있는지라. 그들을 꺼리어 말씀으로 아뢰지 않고 매양 방바닥에 손가락으로 써 뵈오면 상감마마께서는 문지방을 두드려 탄식하시고 영의정은 엎디어 설워하였다.

* 침실 안.

그런 까닭으로 옆에 사람이 군신 간에 무슨 말씀이 있는지는 알지 못하나 이것이 동궁께 다 불리한 일이며 위에서 탄식하시고 영의정이 설워하는 조건이 모두 동궁으로 인연함인 것만은 틀림이 없을 것이었다.

이때 경상이 일국의 대신으로 어찌 슬프지 아니하리요만은 실상인즉 나랏일을 근심하는 성의보다도 동궁의 지위를 좀먹기 위한 한숨과 눈물이 그 사이에 섞여 있는 것을 보아 넘길 수 없는 일이었다.

새로운 등장자(1)

기묘년 이삼월간에 정성, 인원 양 성모 대상도 지나시고 오월 초승에는 인원왕후 부태묘*까지 되실 예정임으로 인원왕후 대상 후 예조에서 간택을 청하였다.

간택이란 명성왕후 안 계신 대신 중전 되실 이를 간택합시사는 것이니 그때 상감마마 춘추가 육십육 세의 고령이사대 나라에서는 아무리 고령이실지라도 중전 위를 비우지 못하는 법이며 또 빈궁을 중전 위에 승차케 함은 숙종대왕 때부터 조훈으로 막으신지라 불가불 새로 간택을 하실 수밖에 없는 것이었다.

상감마마께서는 대조의 주청을 좇으시와 효소전孝昭殿에 고하시고 사월 달에 간택을 하오시니 신랑은 비록 칠순 고령이실지라도 규수는 그렇게 점잖은 규수가 많을 수 없는 터인즉 결국 노인 신랑이 어린 규수를 모아놓고 친히 고르시는 진기한 광경을 이루게 되었으니 이런 진귀한 광경은 물론 나라님 간택 이외에서 볼 수 없는 광경이거니와 아무리 나라에

* 임금의 삼년상을 마친 뒤에 그 신주를 종묘에 모시던 일.

서 하시는 간택일지라도 이러한 광경은 정말 몇백 년에 한 번이 드문 진기한 일이 될 것이었다.

간택령이 내리고 단자를 받고 정작 간택을 하게 되어 장안의 사대부집 처녀가 다 모여들었다. 그들은 사랑스럽고 묘하였다. 그러나 상감마마께서 그들을 둘러보실 때에 한줄기 쓸쓸한 생각이 떠오르는 것을 금하실 수가 없었다. 그들은 꽃으로 이르면 아직 봉오리였으며 과실로 이르면 아직 붉지 아니한 선과실이었다. 꽃으로 보기에도 앞길이 창창하고 과실로 먹기도 다음 철을 기다려야 할 것이었다.

상감마마께서는 이왕 동궁을 위하여 간택하실 때와 전연 생각이 다르신 것을 수시로 느끼셨다. 어린 동궁을 위하여 간택을 하실 때에는 아홉 살, 열 살의 어린 처녀들도 어린 대로의 어여쁜 모양을 사랑하실 수가 있었으며 그 장래를 약속하는 어린 자태야말로 도리어 맘에 지녀운 것이었다. 그러나 이번에는 그와 다르셨다. 아무쪼록 나이 많고 몸도 숙성하여 색시꼴이 확실히 박인 규수만이 눈에 띄우셨으며 머리채가 전반 같고 매무새에 눌린 젖가슴이 양편 겨드랑 밑으로 뾰리통하게 솟아오르는 이런 처녀일수록 부지중 더 눈에 띄우시는 것이었다.

원래 이 간택은 무슨 필요보다도 법에 거리끼어 하는 간택이로대 간택을 하는 이상 칠십 군왕의 심장 속에도 아직 식지 아니한 피가 있는 것을 느끼시는 것이었다. 돌아다보건대 과거의 ○지 아니한 생활은 항상 법과 형세 가운데에 얽매여 분투와 노력으로 지내오신 것이었다. 편당싸움으로 눈이 벌건 신하들을 조화 통제하시렸다, 영명하신 임금이라는 영광스러운 명예를 잃지 않기 위하여 주야로 맘 쓰시렸다, 법도가 엄격하신 어머님께 효성으로 섬기렸다, 몸은 비록 일국의 지존으로 계시나 맘은 잠시도 한가한 몸이 없이 전력을 다하여오신 것이었다.

그러나 이제는 받들어 봉양하시던 모후도 이미 삼년상까지 받들었고 당신의 여년도 그리 많지 아니할 것을 생각하실 때 더구나 날로 달라가는 정력을 생각하실 제 이 세상 왔던 즐거움으로 저 몸에 맡겨 맘에 편한 생활을 하여보았으면 하시는 희망이 부지중 가슴속에 싹 돋는 것을 느끼셨다.

몸에 맞갖고* 맘에 편한 생활, 이러한 생활 가운데서 색이라는 조건을 뗄 수는 없는 것이다. 물론 상감마마께서는 언제든지 색에 부족이 있으실 것은 아니나 색에도 여러 가지가 있는 것을 생각지 아니하면 아니 된다. 왕께서는 현재 총애하시는 문 소의가 있으시고 또 수많은 궁녀들이 언제든지 맘대로 할 수 있는 터이시니 그중에는 나이 어린 사람도 있고 나이 젊은 사람도 있으며 고운 사람도 있고 깨끗한 사람도 있을 것이다. 그러나 그것은 다 가꾸어 기른 화초였다. 그들은 눈에 익은 빛깔과 코에 익은 향취밖에 가지지 아니한 화초였다.

왕께서는 저물어가는 인생의 마지막 희망으로 심산유곡에서 자연히 자라난 기화요초가 생각나셨다. 깊고 깊은 양가의 규중에서 곱게곱게 기른 순결한 처녀 그 몸과 그 맘으로부터 샘물같이 솟아오르는 젊은 생명을 곁에 두고 그 따습고 부드럽고 명랑한 선율 가운데에 잠겨보고 싶으신 것이었다.

반백이 넘으신 용수를 쓰다듬으시면서 의막에 늘어앉은 규수들을 이리저리 둘러보시는 상감마마 가슴속에는 이러한 희망이 있으신지라. 익은 과실과 같이 지금 당장에 성숙된 규수가 아니면 눈에 차실 까닭이 없으셨으며 젖내 나는 수많은 어린 규수들은 도리어 느낌 많은 성신에 한 줄기 쓸쓸한 감정을 더처드릴 뿐이었다.

간택이 이와 같이 신랑의 생각 하나로 결정되는 경우에는 청탁의 들

* 마음이나 입맛에 꼭 맞다.

어갈 여지가 비교적 적은 때이며 경우에 따라서는 전연 책략 쓸 기회가 없기도 할 것인즉 이러한 의미로도 이번 간택은 자미 있는 간택이었다.

새로운 등장자(2)

많은 규수 중에는 과년한 규수도 더러 있었으며 그러한 규수 중에는 성의에 맞갖진 규수도 없지 아니하였다.

상감마마께서 보아 돌아가시노란즉 규수 중에 방석을 깔지 아니한 규수가 있으므로 내인을 시켜 그 까닭을 물어보았다.

"방석에 아비 이름이 쓰였삽기로 감히 깔고 앉지 못함이옵니다."

이것이 대답이었으며 그 방석에는 김한구金漢耉라고 쓰여 있었다. 원래 대궐에서는 먼저 받드신 단자를 보아서 그 단자 수대로 의막을 마련하되 각각 누구인 것도 알 겸 또 자리가 섞이지 않도록 하기 위하여 머리 방석에다가 규수의 부친 성명을 적어 붙이는 것이었다.

김한구는 위에서 아시지 못하는 신하였다. 그러나 그 규수의 처신과 응대에는 매우 신기하게 생각을 하셨다.

이윽고 낮것으로 사찬하시는 음식상이 나와서 여러 처녀들 앞에 놓였는데 그 상에는 색지로 만든 가화假花가 가득히 꽂혀 있는지라. 위에서는 여러 처녀들의 의견을 물어보실 량으로 수수께끼 같은 문제를 내셨다. 첫째 문제는

"음식 중에는 무슨 음식이 제일 좋으냐?"

하는 것이었으며 여러 처녀들 대답은 가지각색이로대 대체는 밥이 좋으니 떡이 좋으니 국수가 좋으니 떡 중에도 경단이 좋으니 증편이 좋으니 하여 어린이들 소견에 생각나는 내로 내답한 평범한 것뿐이었으나

유독 방석을 피하여 앉았던 김 씨 집 규수만은

"소금이 아니오면 음식을 만들 수가 없사오니 여러 가지 음식 중에는 소금이 으뜸이압나이다."

하는 대답을 하였으며 이 대답을 들으신 상감마마께서는 더욱 기특히 여기시며 다음 또 이러한 문제를 내셨다.

"꽃 중에는 무슨 꽃이 제일 좋은 꽃이냐?"

또 여러 처녀들 대답은 가지각색이었다. 함박꽃이 좋으니 모란꽃이 좋으니 매화가 좋으니 국화가 좋으니 도화가 좋으니 이화가 좋으니 해당화가 좋으니 화석류가 좋으니 그도 저도 못 본 색시는 맨드라미 봉선화가 좋다는 사람도 있었고 자디잔 채송화까지 끄집어낸 규수가 있는 가운데 오직 김 씨 집 규수만은

"면화꽃이 제일 좋은 꽃이옵니다."

하였다. 면화꽃은 밖에 가꾸되 화초로 심는 법이 없으며 꽃빛이 또한 변화치 아니한지라 위에서 이상히 생각하셔

"어찌 그러하니?"

하고 그 까닭을 물어보게 하신즉

"면화는 사람의 의복감을 만드는 꽃이기로 꽃 중에 제일 좋은 꽃이옵니다."

라고 대답하여 궁중에 여러 사람을 놀라게 하였으며 상감마마께서도 더욱 칭찬하셨다.

그담 문제는

"세상에 무슨 물건이 제일 깊겠느냐?"

하는 것이었으며 그 대답에는 산이 깊으니 물이 깊으니 정이 깊으니 꿈이 깊으니 별소리가 다 많은 중 유독 김 씨 집 처녀만은

"세상에 깊은 물건이 많사오대 다른 것은 다 측량할 수가 있사오나

오직 사람의 맘은 그 깊이를 측량할 수 없사온즉 사람의 맘이 제일 깊으니이다."

하여 또 여러 사람을 놀라게 하였다.

"그러면 세상에 제일 높은 것이 무엇이뇨?"

이것이 다음 문제였으며 이 대답에는 남산 북산으로 삼각산 인왕산이 다 나오고 글자나 배운 처녀 중에는 태백산 한라산으로 지리산 구월산이 다 나왔으되 오직 김 씨 집 처녀는 또 뜻밖에도

"많은 인간이 넘기 어려워하는 보릿고개가 제일 높으나이다."

하였으며 이 대답은 더욱더욱 상감마마를 감탄케 하였다. '보릿고개'란 말은 농가에서 쌀만 가지고 일 년 양식을 대지 못하고 보리를 심어서 여름부터 가을 한철까지는 그것을 먹는 터인바 그 보리가 익기까지도 양식을 대지 못하여 늦은 봄이 되면 어려운 농가에서는 보리 익기를 하늘같이 바라보며 기다리는 고로 이때를 가리켜 '보릿고개'라 하며 농가에서 일 년 중 제일 넘기기 어려운 고비가 되어 있는 것이니 김 씨 집 처녀가 이러한 사정을 능히 알게 된 데는 따로히 이유도 있거니와 아무렇든지 인정세태에 통투한 사람이 아니고는 말하기 어려운 일이 규중처녀의 입으로부터 나온 것을 듣고는 놀라지 아니할 사람이 없었다.

상감마마께서는 최후로 지금까지 물으시던 것과는 좀 다른 문제를 내셨다.

"이 전각의 서까래가 모두 몇이겠나뇨?"

이것이 문제였다. 지금까지는 의사만 가지고 대답할 수 있는 일이었으나 이 문제만은 실지를 새어보지 않고는 대답할 수 없는 것인즉 이런 대답에도 무슨 다른 수가 있는가를 보시고자 함이셨다.

서까래가 몇이냐는 문제가 나자 여러 처녀들은 처마를 쳐다보고 손가락질을 하는 사람에 고개를 끄덕여 세는 사람에 세다가 잊어버리고 되풀이하는 사람에 법석을 하는 가운데 또 김 씨 집 규수만은 여전히 엄연히 앉아서 고개를 소곳하고 있을 뿐이었으나 급기 수효 대는 것을 본즉 또한 틀림이 없었다. 그래 상감마마께서도 이상히 생각하시고 어찌하여 알아낸 까닭을 물어보신즉

"아무리 명령이 있으셨다 할지라도 존전에서 고개를 들고 수다스러히 몸 가질 길이 없기로 뜰 앞에 낙수 떨어진 흔적을 세어 알았나이다."

하여 끝끝내 딴 점의 성적으로 그만하면 일국의 국모로서 부족이 없겠다는 인정을 받았으며 겸하여 자태는 돋아오는 달과 같다. 범절이 지극히 속성하였음으로 첫째 상감마마께서 수망으로 타점打點을 하셨고 겸하여 궁중의 물망까지 흡연히 그 앞으로 돌아가 어느덧 움직이지 아니하는 후보자가 되어버리고 말았었다.

그러나 그 규수의 부친 김한구라는 이는 상감마마께서도 첨 들으시는 이름이었거니와 궁중의 아무 사람에게도 생소한 이름이었으나 그는 대체 어떠한 사람인가를 좀 알아볼 필요가 있는 것이다.

이야기는 십여 년 전으로 거슬러 올라가게 된다. 충청도 서산 땅에 김 생원 댁 한 집이 있으니 관향은 경주요 문벌을 따지면 번듯한 터이며 호주 김 생원도 문필이 무식치 않고 인물도 끌끌하였으나* 원대 낙향한지 여러 대에 환로가 막히고 주인 김 생원도 명도 기구하여 그러하였던지 수십 년 과거에 번번이 낙방되고 보니 본래 적빈한 가세에 삼순구식三

* 마음이 맑고 바르고 깨끗하다.

旬九食 지경이 되었으며 소위 집이라는 것도 간수는 수십 간 되나 여러 대 상전하여오는 고옥에 손을 대어보지 못한 지가 여러 해 되고 보니 동붕서퇴東崩西頹하여 이 귀퉁이 저 구석이 무너지고 찌그러져 나려왔으며 지붕에는 골창이 지고 풀까지 나서 우거지니 집집이 돌아다니는 거지들까지라도 이 집을 바라보고는 중로에서 돌아서 가는 일이 많은 형편이었다.

그러나 이 썩어진 집이나마 묘 터전과 한가지로 김 생원의 손을 떠난 지는 벌써 오랬으며 지금은 그나마도 빌어 들고 있는 형편일 뿐 아니라 겨울을 나고 내년 봄 눈 삭임 때나 되면 그나마도 주저앉아 버리기가 십상팔구였다.

형편이 이러하고 본즉 이제는 아무렇게든지 무슨 새 도리를 꾸미지 아니할 수가 없는 것이다.

겨울은 되어 날은 점점 치워가고 배에서 쪼르륵 소리는 나는데 주인 김 생원이 아무리 밤잠을 못 자고 생각하여도 없는 것은 없었지 별 도리가 있을 리 없었다. 그러나 어떻게든지 이 자리를 뜰 수밖에는 없고 뜨는 이상에는 죽으나 사나 서울로 나가볼 것이라고 결심을 하였다. 불농불상不農不商하고 글자나 읽고 들어앉았는 처지로 생액에 서어하기는 아무 데를 가도 일반이니 그럴 바에는 근수루대선득월近水樓臺先得月이요 향양화목이위춘向陽花木易爲春*이라니 양지 곁에 선 나무가 꽃 먼저 피는 격으로 대궐 밑으로 나가면 좀 나을 도리가 있겠지 원래 인총도 많고 팔도 사람이 모여드는 곳이고 본즉 속담에 인인성사라고 그때도 사람이 그런 데를 가야 무엇을 하든지 나을 것이라고 생각을 한 것이다.

그래서 서울을 가면 무엇을 어떻게 하겠다는 생각은 아무것도 없이

* 소린의 시로, "물가에 있는 누각이나 정자에서는 먼저 달을 볼 수 있고 햇빛을 향한 꽃나무는 쉽게 봄을 맞이할 수 있다."는 뜻이다.

따라서 서울 친구한테 선통 여부도 없이 별안간 서울 길을 떠난다고 집안 식구에게도 이르고 근처 친구에게도 말을 하였으며 어떻게 반계곡경으로 노수량이나 변통하여가지고 여러 대 낯익은 고향을 버리고 서울 길을 떠나게 되었다.

내행은 부인과 며느리가 있었으나 이렇게 떠나는 길에 보교 하나가 있을 까닭 없었고 가위 남부여대로 나섰으나 그나마 짐질, 임질도 할 형편이 못 되는 식구들이며, 또 김 생원의 어린 딸 네 살 먹은 아해가 있어 걸어 따를 나이도 못 되고 그렇다고 어머니가 네 살이나 된 딸을 업고서 원행을 할 수도 없으며 또 아무것도 없으나 헌 누더기라도 버리기 아까워 대강 줄여 싼 것이 한 봇짐이었음으로 원 식구 이외에 이왕 부리던 늙은 하인과 동리 사람 하나가 동행을 하게 되었으니 늙은이는 어린애를 업기 위하여 젊은 사람은 봇짐을 지고 가기 위하여 따른 것이었다.

그럭저럭 일행은 여러 사람이 되었으며 날은 치운데 거기다가 부인네가 끼었고 본즉 노자는 달리고 길은 붓지 않고 서울을 가서는 어찌 되었던지 그는 다음 일이라 할지라도 당장 서울까지 갈 일이 망연하였다.

원래 겨울날 추운 김에 부인네 걸음으로 삼백여 리 길을 걸어가는 것이 극난한 일인 것은 물론이다.

새로운 등장자(4)

살길이 없어 고향을 떠나가는 이를 예나 지금이나 누가 그리 소중히 알 것은 아니로대 원래 여러 대 살던 곳이요 김 생원 집 형세가 상없지 아니한 까닭으로 일가나 친구들은 말할 것도 없거니와 동리상 사람들까지라도 매우 섭섭히 여겼으며 눈물을 흘려 작별하는 사람도 많이 있었다.

김 씨 나던 전날 저녁에 이웃집 순남 어멈은 감주를 한 양푼 하여가지고 와서

"하도 섭섭하여 이것을 좀 만들었으니 좀 잡수어보서요." 하고 내놓았으며 건너말 개똥 할멈은 인절미를 한 동구리 하여 가지고 와서

"하도 섭섭하여 떡을 좀 하였으니 짐이 되시더라도 가지고 가시다 애기도 주시고 요기나 하서요." 하고 내놓으며 나오는 눈물을 막으려는 듯이 눈을 서너 번이나 끔적거리고 있었다.

"이제 마님은 서울로 가시면 차차 좋은 도리가 생기시겠지만 저희들 같은 사람은 다시 만나뵈옵지 못하겠지요."

개똥 할멈 눈에서는 필경 눈물이 쏟아졌으며 이를 본 주인마님 역시도 눈 속이 화끈하는 것을 느꼈다.

안에서 이와 같이 눈물겨운 장면이 벌어졌을 제 사랑에도 몇 사람의 동리 부로들이 모여 와서 가느다란 기름불을 돋우어가면서 은근히 작별을 앗기고 있었다.

"이렇게 떠나가시면 좀처럼 이 편쪽 길은 못하시겠지요?"

"자주 온달 수는 없지만 산소도 기시고 일가 댁도 있으니까 일 년에 한두 번은 자연 다니게 되겠지."

"그저 그러시겠지요."

"일 년에 한 번을 뵈옵기로 저희들이야 생원님이 저버릴 리 없고 생원님도 저희 못 알아보시겠습니까만은 젊은 애들부터는 또 다를 게요. 그러니 한 동리서 몇 대를 뫼시고 지난 보람 있습니까?"

이것은 또 다른 사람 목소리였다. 이야기는 대개 이런 말에 지나지 아니하였으나 그 순박한 부로들의 속 깊은 정리는 차마 떨어지기 어려운 탓이 있었다.

이튿날 이른 아침에 일행은 필경 길을 떠났다. 생각나는 일 많은 고

향을 등지고 떠나가는 그들은 동구 밖을 나가며 몇 번이나 돌아다보았으며 이 집 사리문 앞 저 집 담 모퉁이에 희끗희끗 나서서 먼발로 작별을 앗기는 동리 여자들을 바라볼 때에 떠나가는 내행들은 한없는 감개를 느꼈다.

이날은 해미 땅을 지나 홍주읍 동문 밖에서 잤으며 이튿날은 간신히 체산 신체원이란 데를 대였다.

이틀 동안 걸은 길이 아직 백 리가 못 되었으되 애써온 ○○ 발병도 났으며 겸하여 일기도 사나워 처질 염려가 있었다.

그렇지 않아도 솜옷 한 가지를 똑똑히 못 입은 그들은 온종일 찬 바람에 ○니기가 여간 고충이 아니었으며 더구나

"제발 사람 살리노라고 일기나 좋았으면."

하고 축수한 보람도 없이 이튿날 일어난즉 하늘은 회색빛이 되었고 쌀쌀한 북풍에 가루눈이 풀풀 날리고 있었다. 오늘은 물어보지 않아도 무서운 추위다. 그러나 노자 생각을 하면 그렇다고 주막에서 밥 사 먹고 묵을 수는 없는 형편이었음으로 그들은 비장한 결심으로 또 길을 떠났다.

생원님이 앞서고 마님이 뒤섬으로 아씨도 그 뒤 따르고 서방님 배행격이며 그 뒤에는 할아범과 짐꾼이 따랐다. 이날은 원체 추운 까닭인지 길에 행인도 적었으며 주막거리를 지나도 적적하였다. 그러나 길에서 만나는 사람치고는 그리로 지나가는 사람이 없었으며 주막거리에서도 눈에만 띄면 일부러 문을 열고라도 내다보았다. 아무가 보아도 온 집안 식구가 나선 모양 같은데 솔가 된 것으로 보아서는 이사 가는 사람도 같지 않고 도무지가 이상스러운 데다가 하도 으스스하고 추워 뵈는 까닭으로 더구나 눈여겨뵈는 것이다.

이날은 과연 추웠다. 코끝 귓부리가 무질러 지나가는 것같이 아리고

아팠으며 발부리는 벌써부터 감각을 잃었고 살빛은 질그릇같이 되었었다. 더구나 등에 업힌 어린애가 딸랑달랑 떨 때에 그들은 뜨뜻한 주막방에 홀연듯이 그리웠으나 한 걸음이라도 가기는 하여야겠고 또 별로 팔아주는 것도 없이 많은 일행이 폐를 끼치기 어려워서 주막을 지날 때면 몇 번씩이나 돌아다뵈는 것을 억지로 지긋지긋 참으며 걸어가고 있었다.

그리 아무리 참아도 할 수가 없어서 일행은 예정보다 일찍이 신창에서 주막에 들렀다. 더운 장국을 하여달래서 속도 녹이고 더운 방에서 손발도 녹이고 나니 적이 살 듯은 하였으나 고만 몸이 노곤하여져서 다시 길에 나갈 용기가 없는 형편이었다.

새로운 등장자(5)

일행이 얼어서 감각도 잃고 안 걸어보던 원행에 아프기도 하여 뻣뻣한 나무 끝들같이 된 발들을 끌고 죽어가면서 온양온천을 대여 들어갈 제 바로 초입에서 마상객 하나를 만났다. 그는 연경을 쓰고 불쾌한 얼굴이 추위는 모르는 것 같은 모양으로 부담마* 위에 높이 앉아 거들먹거리며 나왔다. 얼어빠질 것 같은 발을 억지로 끌고 들어가는 그네들 일행으로서는 그 사람의 신세가 지상선地上仙같이 뵈였으며 따라서 여러 사람의 시선이 부지중 일제히 그 사람에게로 모였었다.

그러나 급기 가까워지면서 본즉 그것은 리사관이라 하는 아는 친구였다. 그는 김 생원의 얼굴을 알아보자 말을 멈추고 뛰어내리며 안경을 벗어 손에 들고

* 부담롱을 싣고 사람도 함께 타도록 꾸민 말.

"자네 이게 웬일인가?"

하고 반가이 알은 체하였다.

"서울까지 좀 가는 길일세만은 자네는 시골 댁에 다니러 가시는 길인가?"

"그러네. 그런데 이 설중에 서울 길이 웬일인가?"

그는 이렇게 물으며 먼저 지나쳐간 일행을 유심히 보았다. 이때 김 생원은 그 아들을 불러서

"이애 이 어른 뵈어라. 한산 리 교리 장이시다."

그는 한산 리씨 목은 자손이었으며 지금 교리 벼슬로 있는 사람이었다. 그리고 그 친구를 바라보며

"이게 내 자식일세."

젊은 사람은 길가에서 절을 하였다. 리 교리는

"길가에서 절이 다 무엇인가."

하고 붙들어 일으키듯 하면서

"그래 부자분이 동행이신가?"

이번에는 김 생원을 바라보며 이렇게 물었다.

"부자분이 아닐세. 이번에 솔가를 해가지고 서울 올라가는 길일세."

"솔가를 해가지고! 여하간 다시 들어가세. 자네도 오래간만에 만났고 또 솔가를 하여 서울로 가신다니 궁금도 하고 길가에서 여러 말을 할 수가 없으니 주막으로라도 들어가세."

"우리는 원래 여기서 잘 수밖에 없네만은 자네는 아직 가실 터인데 길이 축나지 않겠나?"

"상관있나. 들어가세."

리 교리는 앞장을 서서 어떤 커다란 주막으로 들어가면서

"이 집이 좋으네. 이리로 들어오시게 하게."

그리고 또 소리를 쳐서 주인을 불러가지고 자기가 다 지휘를 하였다.

"여보게 내행이 계시니 조용하고 따뜻한 방으로 뫼시고 사랑양반도 방들은 쓰셔야 하겠네. 그리고 이 손님네는 어차피 곧 저녁을 잡수서야 할 것이니까 무어 국이나 좀 끓이고 음식을 뜻뜻하게 하여서 곧 잡수시도록 하게."

그러고 나서 김씨 부자와 같이 한방에 들어앉았다.

"그래 솔가를 하고 서울을 가신다니 그러면 서울다는 무슨 배치를 좀 하였나?"

김 생원은 쓸쓸하게 웃었다.

"배치라니 무슨 배치가 있을 것 있나. 고향에서도 견딜 수가 없어서 어차피 자리를 뜨기는 하여야겠는데 아무 데를 가도 별 도리는 없으니까 안왕이부득빈천安往而不得貧賤으로 아무 데를 가도 굶기는 일반일 바에는 서울로 나가볼까 하고 불계하고 나선 길일세. 가위 주토무방走兎無妨이지."

"사정이 그렇기도 하겠네만은 백사지白砂地 땅에 적수공권으로 들어가서 어떻게 한단 말인가?"

"서울 들어가서 어떻게 될 것은 아직 생각도 없네. 지금은 이 일행을 어떻게 하면 서울까지 끌고 갈까가 걱정이지."

리 교리는 걱정스러운 눈치로 고개만 끄덕이며 들었다.

"그래도 서울 가거든 먼저 군명이를 찾아보게. 그래도 그 사람을 붙들고 의논하는 것이 제일 나으리."

군명이라고 하는 것은 두 사람이 다 친한 친구였으며 생활에도 여유가 있고 친구 일에 성근 있는 사람이었다.

"글쎄……."

"불계하고 그렇게 하게. 그러니까 자네 부자분하고 내행이 두 분이시고 어린애는 자네 따님인가? 그러면 원식구는 다섯 식구시로구먼."

"그렇지."

"집은 그리 큰 집 아니라도 견디겠네만은 아무렇든지 내 말대로 하소. 백척간두가 되어서 그렇게 떨고 일어난 바에야 이것저것을 사리고서 되겠나? 반대로 실술 잡어야지, 허허허."

"자연 그렇게 될 수밖에 없겠네."

"나는 시골집에 갔다가 한 열흘 있으면 올라가겠네. 올라가는 길로 군명이에게 들르면 자연 자네 소식을 알겠지만 자네도 십여 일이 지나거든 나 있는 데를 들러보게."

이때 리 교리는 문을 열고 자기가 데린 마부를 부르더니

"부담 위에 얹힌 대련을 이리로 가져오너라."

하고 명령하였다. 대련이란 옛날 부시쌈지를 크게 확대한 것 같은 ○○구의 이름이다.

새로운 등장자(6)

리 교리는 하인을 시켜 대련을 들여다 놓고 그 속에서 엽전 꾸미를 주어 내놓았다. 엽전은 열 대여섯 꾸미나 되는 모양이었다.

"자 이것은 내 쓰고 남은 노자니 자네 가지고 가게. 그렇게 떠났으면 노자인들 넉넉하겠나."

리 교리는 돈을 내놓으면서 이와 같이 말하였다.

"이 사람 노자를 다 내놓으면 자네는 안 쓰는가?"

"집에 대갈 것은 몸에도 있고 없기로 여기까지 와서 집에 못 가겠나. 염려 말고 가지고 가게."

그리고 그는 또 웃옷을 벗더니 속에 입었던 양피 배자를 벗어놓으며

"이것은 자네 따님 입히시게. 이만하여도 어린애 몸은 따일 것이니."

"아 이 사람아. 노자부터는 모르겠네만은 설중에 나선 사람이 모의를 벗어놓으면 어떻게 하나?"

김 씨는 벗어 내놓는 털배자를 밀막으며 이렇게 사양하였다. 그러나 리 교리는 힘쩍게 말을 하였다.

"아니 두말 말게. 우리네야 이것 한 겹 더 입으나마나 하지만 어린애가 등에 업혀서 좀 춥겠나. 이건 자네 따님에게 선사하는 것이니 그리 알게."

김 씨도 다시 여러 말을 아니하였다. 친구가 정으로 주는 것을 이면치레로 여러 말을 하는 것은 도리어 대접이 아니라 생각을 한 것이다.

"주는 것이니 받기는 하네만은 너무 몰염하네."

"그런 말 말게. 우리 터에게 재 되는 대로 서로 나누어 쓰는 것이지 몰염 여부가 어디 있나. 자아 그럼 나는 떠나네. 자네는 오늘 밤 잘 쉬시고 평안히 올라가서 속히 전접奠接*할 도리나 하게."

"그럼 평안히 다녀오시게. 인제 서울서 만나지."

리 교리는 떠나갔다. 김 생원은 마루 끝에 나서 작별을 하고 그 아들은 저만큼 따라 나가며 작별을 하고 들어왔다.

"뜻밖에 그 어른을 만나서 적잖은 신세를 졌고나."

김 씨는 아들이 돌아오자 이렇게 말하였으나 속으로는 발등의 불을 끈 것 같은 안심으로 흐느꼈다.

인제는 서울까지 대가기에는 걱정이 없는 것이다.

"첫째 인제 어린애가 살겠습니다."

* 자리 잡고 살 만한 곳을 정함.

이것은 아들의 대답이었다.

"엇다, 이것을 갖다 너의 어머니 드리고 그런 말씀이나 하여라."

그는 배자를 집어서 그 아들을 주며 이렇게 말하였다. 아들은 그것을 들고 내행이 들어 있는 사첫방으로 들어갔다.

"어머니 이것 보서요. 아까 그이가 한산 사는 리 교리인데요. 어린애가 등에 업혀 칩겠다고 이것을 벗어주고 갔었답니다."

그 어머니는 그것을 받아 무릎에 놓고 어린 딸에 머리를 어루만지며

"에그 세상에 고마운 양반도 있지. 네가 인제 살았고나. 한산 리 교리 참 그 양반 복 받으실 양반이다. 이 은혜를 어떻게 갚아본단 말이냐."

그는 눈물에 젖은 음성이었다. 이튿날 온천을 떠난 일행은 끝끝내 무사히 서울을 대였다.

김 씨는 우선 식구를 남대문 밖 어떤 보행객주에 들어앉게 하고 자기만 나서서 리 교리가 말하던 군명이라는 친구의 집을 찾아갔다. 주인은 마침 집에 있었으며 사정을 듣자

"그게 될 말인가? 전접할 도리는 차차 어떻게 하더라도 위선 내 집으로 들어오시도록 하게. 내행이 보행객주에 기실 수가 있나. 어○가 우선 하인을 내보내서 뫼서 오게 하세."

이렇게 말하였다. 그러나 김 씨는 한마디쯤은 인사를 안 닦을 수가 없었다.

"한두 식구도 아니고 자네 댁엔들 어떻게 들어올 수가 있나."

"그게 무슨 말인가? 몇 식구가 되기로 상관이 무엇인가. 그런 걱정은 그만두고 어서 뫼서 오도록 하세."

이와 같이 말하였으며 그래서 필경 일행은 이 집에 와서 신세를 지게 되었다.

며칠 후에 그들은 몇몇 친구의 주선으로 남촌 진고개에다 조그마나

마 집 한 채를 얻고 당장 조석 지을 부정지속과 약간의 식량을 얻어가지고 명색 살림을 시작하였다.

그래서 충청도 김 생원은 차츰 행세마당에 출입을 하기 시작하였으니 이 새로운 등장자의 성명이 곧 김한구였으며 그 아들은 구주라고 하였었다.

이 새로운 등장자는 서울 온 지 십여 년에 여전히 궁조대를 면치 못하였으며 다만 옛날과 비교하여 현저히 달라진 것이 있다고 하면 그것은 그의 어린 딸이 그동안 장성하여 어느덧 과년한 처녀가 되었다는 것뿐이었다. 그러나 가세도 빈한하거니와 아직까지도 새로운 등장자 된 설움으로 혼인도 못 정하고 있던 것이 도리어 행복이 되어 오늘날 간택에 수망으로 입선이 된 것이었다.

새로운 등장자(7)

쌀나무가 어떻게 생긴지도 알지 못하는 규수들 틈에서 홀로 김 처녀가 '보릿고개'라는 넘기 어려운 고개가 우리 인간에 있다는 것을 알게 된 이면에는 이와 같이 눈물겨운 역사가 있는 것이거니와 설령 그가 '보릿고개'란 말을 옛날이야기 삼아서 하는 그 어머니 입으로서 들었다 할지라도 그 고개는 일중의 무형한 고개거늘 "세상에 제일 높은 것이 무엇이냐?" 하는 질문에 능히 이것으로 답할 의사가 난다는 것은 항상 나랏일을 근심하고 백성을 사랑하는 증거라고도 할 수 있는 것이며 한낱 규중처녀로서 벌써 이러한 생각을 가졌다는 것은 천생으로 국모의 자격을 갖춘 것이라고 생각한 수밖에 없는 것이다.

김 처녀가 간택에 수망으로 뽑힌 이유는 그 특이한 천품이 군계일학과 같이 빛나는 까닭이었거니와 한번 지정이 되자 궁중의 수망이 홀연히 향응하여 모든 사람이 다 찬성하고 환영하게 된 까닭인즉 규수의 집 처지가 서울 행세바닥에서 새로운 등장자의 대접을 받는 까닭이었다. 김한구가 서울로 이사한 지도 거연 십여 년의 세월이 지났으되 아직까지도 이 신참자의 설움 이것은 정말 김한구의 부자로 하여금 가끔 남모르는 눈물을 흘리게 한 적도 있었거니와 오늘날에 와서는 노신참자라는 것이 도리어 유련한 도움이 되었으니 세상일은 정말 새옹득실塞翁得失에 비길 수밖에 없는 것이다.

이때 궐내에서는 인원, 정성의 두 성모께서 일시에 승하하신 이후로 궁중의 삼엄하던 법도가 무너지는 동시에 상감마마 역시 권태를 느끼신 기회를 타서 문 소의 이하 여러 궁인배와 상총이 자별한 화원옹주 등 여러 사람들이 제각기 궁중의 세력을 잡아보겠다고 암중비약을 하는 터이었음으로 새로 온 중전이 궁중 사정을 알 만한 조신들 집에서 들어오는 것을 꺼리고 있었던 것이다. 만일 그리한 가정에서 중전이 들어오시고 보면 밖으로 세력이 서서 만만치 아니할 염려가 있음으로 아무쪼록 그러한 관계가 없는 한미한 집에서 들어오기를 바라던 것이다. 그러나 간택은 상감마마께서 친히 하시는 터임으로 농간을 부릴 도리가 없어 결과가 어찌 됨을 염려하고 있던 중 천행으로 김한구 같은 신참자의 딸이 걸리고 보니까 상감마마 성의도 맞추어드릴 겸 모든 사람이 다 칭송을 하고 찬양을 하여 그 간택에 변동이 없도록 협력을 하게 된 것이었다.

간택은 끝끝내 김한구 따님으로 결정되어 유월 달에 가례를 거행하시게 되니 지금까지 진고개 바닥 오막살이 초가집에서 조석이 간데없이 쪼들려 지내던 궁조대 김한구는 일조에 왕실폐부지신王室肺腑之臣이 되어 고기가 변하여 용을 일우는 모양으로 모든 것이 돌변을 하게 되었다.

김한구는 돈녕부 참봉으로 첨부터 가지고 도정으로 동지사와 지사와

판사와 영사에 이르기까지 다시 말하면 종구품의 첫째 계로부터 정일품까지 가는 수십계를 하루 동안에 고여 오르게 되니 귀 뒤의 뿔관자가 별안간 도리옥으로 변하였을 뿐 아니라 그에 따라서 수간두옥은 솟을대문으로 변하였고 망혜포의芒鞋布衣는 금의서대錦衣犀帶로 변하였으니 더할 것 없이 김 생원 집이 하루 내로 오홍 부원군 댁으로 변한 것이다.

유월 간택 후 상감마마께서는 이 현철단아하신 어린 중전을 특별히 총애하시며 따라서 부원군 이하 김문에 대한 신임이 융숭하셨다. 이렇게 되고 본즉 십여 년째 서울 행세바닥에서 새로운 등장자로 설움을 받아오던 김한구는 이제 조선 사이에 새로운 등장자로 나타났으며 척리 사이의 새로운 등장자로 나타난 것이다. 그러나 다 같이 새로운 등자라는 처지에 있건만 이번에는 전과 달랐다. 자기 몸과 자기 집이 부귀하여진 것도 다르거니와 그에 따라서 주위가 자기를 대접하는 것도 달랐다. 궁조대로 행세바닥의 새로운 등장자가 되었을 때 그들은 비웃고 업수히 여기는 태도가 아니면 본체만체하는 냉담한 태도로 대하는 것이었다. 그러나 오늘날 새로운 등장자가 되고 본즉 주위에 모인 사람들은 다 사귀고자 하는 친절한 태도로 손을 내밀고 달려드는 것을 보았다. 더구나 김 부원군은 색목이 노론임으로 당시 조정에서 세력을 가지고 있는 대관들은 일변 동색이란 이유로 하여서 친절한 태도로 맞이하게 되었다.

이와 같이하여 혜성과 같이 나타난 새로운 세력은 또 동궁께 대하여 어떠한 태도를 가질 것인가. 그는 묻지 아니하여도 동궁께 대하여는 불리한 존재였다. 첫째 그는 색목이 노론으로 노론들과 거취를 같이할 것은 물론이요 둘째로 나라님 장인 된 그는 또다시 나라님의 조부 되기를 희망할 것은 물론인 까닭이다.

골육骨肉의 이산離散(1)

기묘 유월 달에 상감마마 가례를 거행하옵시고 다음 윤유월에 세손 책례를 명정전에서 거행하오시니 이때 세손 춘추가 팔 세라 엄연숙성하여 감탄치 아니할 이 없었으니 이때 외면으로 보면 나라일이 태산반석 같으되 궁중의 경색은 조석을 헤아리기 어려운 형편이었다.

대조와 소조 사이가 점점 망극하여가는 한편으로 동궁 병환은 점점 심하여져서 전에 없던 해거가 많아가는 중 제일 난처한 것은 세손에 대하여 미안히 생각하시는 일이었다. 동궁께서 본래 자녀사랑이 범연치 아니하신 중 특히 세손께 대하여는 사랑도 자별하시며 특별히 소중하게 여기시와 천출과 군주들이 감히 우러러보지 못하게 하시던바 그와 같이 사랑하시는 세손께 대하여서도 이제는 미안한 생각을 가지시게 되었다.

동궁께 실망하신 대조에서는 세손께 희망을 부치시게 되었으며 세손께서도 한숙성영명하여 응대와 행동이 성심에 합당하시니 대조께서 세손을 자주 데려다 두오시고 애무가 자별하셨으며 그러하시노라니 자연 사랑하오시는 하교도 자주 계오시며 종사를 위하여 세손을 믿으시며 나라일을 세손께 의탁하려시는 성지가 하교 중에 나타나는 일이 많았었다.

소조에서 연설(상감마마 일언일동을 떼지 않고 적은 기록)을 매양 사관에게서 벗겨다 보오시는바 연설 가운데며 나라의 중탁重托을 세손께 하노라시는 마디에 이르러서는 부지중 화증이 불어나게 되었었다. 동궁께서 원래에 손을 사랑하실 뿐 아니라 세손에게 무슨 허물이 있는 것은 아닌즉 직접으로 세손만 애지중지하시는가 생각을 하면 결코 평탄한 감정으로 지낼 수가 없는 것이었다. 이러한 것을 볼 때에 동궁께서는 병환 중에도 별스런 생각이 다 나셨다. 나라의 중탁을 세손께 하면 나는 장차 어찌하려는가. 나를 없이하려는가, 나를 쫓아내려는가, 나에게는 손톱만치라도 사랑이 없으시니 무슨 일은 못하시리요. 이와 같이 생각을 하고 이래로 미움과 꾸지람받아 내려오던 일을 회고하면 일시에 격화가 치밀고 눈앞이 캄캄하여져서 무슨 일을 할는지 알 수 없는 형편이 되는 것이었다.

원래 제왕가 부자간이 자고로 어려운데다가 더구나 병환 중이시라. 그 연설을 계속하여 보시다가는 동궁과 세손 사이조차 어떻게 될는지 알 수 없다는 것은 옆 사람이 보기에도 위태로운 형편이었음으로 세자빈과 홍봉한이 주선을 하여서 동궁께 베껴가는 연설 가운데서 세손에 대한 일은 일체 빼기로 하고 간신히 급한 위험을 면한 것이었다.

아래로 세손께 대한 사랑이 전과 같이 순전하지 못하신 동궁께서는 위로 모빈께 대하여서도 또 불행한 일이 생겼었다.

경진 정월 이십오 일, 즉 동궁 탄일이었다. 원래 해마다 이날이 되면 즐거웁고 평탄하게 넘어본 적이 없었다. 대조께서 이날이 되면 본래 그대로 넘기시는 일이 없으시고 차대를 하오시던지, 춘방관 불러 동궁 말씀을 하시든지 필경 무슨 파란을 일으키시고야 마셨으며 동궁께는 그 일이 섧고 애달게 생각하사 하필 탄일날 굶사오시고 궁중이 화화하게 지나신 일도 많았었다.

이날도 또 무슨 일로 필경 탈이 나서 격화가 대단히 오르시더니 이놈의 팔자가 살아 무엇하리 한탄을 하시며 심지어 칠순 노모 선희궁께 불공설화*를 무수히 하시되 부모께 대한 존대 말씀도 다 잊어버리시고 단지 불분하는 상말로 못할 소리가 없이 다 하셨으니 부모께 대하여 이런 말씀 하기 첨일 뿐 아니라 대조에는 항상 야속한 생각이 있으실지라도 그 어머님께는 일행 효성으로 대하시던 터에 별안간 이 지경에 이르니 이는 결코 건강한 정신이 아니신지라 선희궁도 항상 변한 말씀을 들으되

* 공손하지 아니하게 하는 말.

같이 있어 목도하지 아니하는 일임으로 혹시 전하는 이 과하지 아니한가 생각을 하였다가 이날 친히 해괴한 광경을 당하시고 비로소 악연히 놀라서 얼마 동안 말을 못하고 있었다.

또 이날 세손 삼남매는 아버님 탄일이라 하여 장복을 갖추고 절하여 뵈옵고자 하니 세손이 구 세요, 두 군주가 칠 세, 오 세의 어린 나이라 장복을 갖춘 이 어린 삼남매는 과연 아무가 보아도 귀여웠다. 그러나 동궁은 추상같은 호령으로 그들을 쫓아내셨다.

"부모 모르는 것이 자식을 알랴. 물러가라."

하사 사색이 엄려하시니 어린 삼남매는 어찌할 바를 알지 못하여 쫓겨 나오고 말았다.

분명 동궁은 이제 위로 부모의 은정이 끊이고 아래로 자녀의 정리까지 잊고자 하였다. 그는 장차 누구를 의지코자 하심인가?

골육의 이산(2)

화평옹주가 세상을 떠난 후로 상총이 화원옹주에게 있었다 함은 전에도 가끔 기록한 바이거니와 그러한 까닭으로 자연 무슨 일이 있는 때에는 동궁께서 그 누의께 부탁하시는 일이 많았고 옹주 역시 자기 의견으로 동궁을 위하여 힘써드리지는 못하였으나 그 오라버니 부탁하시는 일에 대하여는 위에 여쭈어 풀어낸 일도 한두 번이 아니었다. 그러나 경진년에 동궁 병환 더하신 뒤로는 그 남매간 역시 전과 같지 못하였다.

전에 조용히 부탁하시던 동궁이 이제는 무슨 일이고 네 이렇게 하여내라고 강청을 하시게 되었으며 또 어떤 때는 옹주에게서 재물을 가져오시는 일도 있게 되었다. 또 그 누의 없는 사이 무슨 일이 나면 어찌하리

하사

"네 집에를 나가면 다시 안 보리라."

하고 호령을 하사 한동안 집에를 못 나가게 하시니 옹주가 그 양자 후겸의 관례를 유월 순간에 지내려 하다가 필경 못 나가고 말았었다. 또 동궁께서는 당신 병환의 당하오신 일이 점점 어려우니 한 대궐에서 지내오실 길이 없어 별안간 생각키를 대조에서 이어를 하오시면 당신이 혼자 계셔 후원에 나가 군기나 가지고 소창을 할 수 있겠다 하사 칠월 초생에 화원옹주를 또 조르셨다.

"아무리 하여도 한 대궐에서 지낼 수 없으니 네가 웃대궐을 보자던지 무슨 계교로나 뫼압고 가라."

하시며 또 빈궁에게도

"자네가 정처鄭妻를 졸라서 어떻게든지 이 일이 되도록 하여내소."

하여 날마다 독촉이 성화같으신 중 어느 날은 이어하시도록 하여내지 않는다는 탓으로서 있는 빈궁의 면상에 바둑판을 집어 던져 왼편 눈을 상하니 다행히 망울은 상하지 아니하였으나 무섭게 부어올라 오랫동안 고생을 하였었다.

그러한 중 이어 문제는 뜻밖에 어렵지 않게 해결이 되었으니 그는 안으로 화원옹주의 운동도 있었거니와 밖으로 조신들의 조력도 적지 아니하였으니 그 까닭인즉 하나는 세자빈 관계로 하여 홍 씨의 운동이 유력하였고, 또 하나는 대소조 사이를 이간하는 데는 아무쪼록 한 걸음이라도 사이가 떠서 직접 서로 눈으로 보지 않는 편이 낫다는 필요로 그리한 것이니라.

여하간 이어 문제는 곧 결정이 되어 칠월 초팔일로 택일이 되었는바 초육일에는 또 옹주를 불러다 놓고 환도를 빼어 손에 들고 일러 가로사대

"이후에 무슨 일이던지 있으면 이 칼로 너를 버히리라."

하여 광경이 무시무시할 쯤에 옹주 신상에 혹 무슨 일이 있을까 염려하여 뒤따라왔던 선희궁이 이를 보았으니 자모 된 맘이 어떠하였으리요. 옹주도 광경이 좀 박한지라 울며 여쭈어 가로대

"이후는 잘하올 것이니 한 목숨만 살어지이다."

하며 애걸하였다. 동궁은 또

"내 이 대궐만 있기 또 답답하여 싫으니 나를 온양을 가게 하여주려느냐? 내습으로 다려가 하는 줄은 너도 알 것이니 가게 하여내라."

하시니 칼을 겨누며 하시는 말씀이라, 열 번 안 될 일이기로 안 된단 말을 어찌하리요.

"그리하오리다."

하고 도망하듯이 몸을 빼서 물러갔다.

옹주는 그리한다 대답을 하고 물러갔고 동궁에서는 일각이 삼추같이 거동령 있기를 기다리시다 좌우에서는 그 일이 어찌 쉬우리 싶어 걱정을 하던 중 대조께서는 경희궁으로 이어를 하시면서 곧 소조께 온양 거동령을 내리셨다. 참 신기한 일이라 아니할 수 없었으며 거기다가 하직 말고 바로 떠나라신 분부까지 내리시니 이 마디만은 옹주의 주선이 소조의 희망대로 되었다 하겠으며 진작 옹주가 대소조 사이에 있어 힘을 많이 썼던들 얼마큼 낫지 아니하였을까 하는 생각까지 보는 사람의 머리에 솟아나게 하였다.

그러나 거동의 위의는 소조하기 말이 못 되었다. 소조 생각에는 전배나 많이 세우고 순령수 소리나 시원히 시키며 취타나 장히 하고 가시기를 바라신 듯하나 대조에서 어찌 그리하실 성심이 기시리요. 더구나 신하들이야 그때 누가 대소 사이에 감히 입을 벌이리요. 이렇게라도 거동령 난 것만 고맙게 알지 아니하면 아니 될 형편이었다.

동궁께서 온양 길을 떠나시니 비록 일시라도 동궁에 맨 사람들이 죽을 고비를 벗어난 듯 한숨을 내쉬었으며 이때 세자빈이 중상을 당한 외에 언제 무슨 일이 있을는지 조석을 측량할 수 없는 형편임으로 동궁께서 환궁하시기 전에 하직이나 한다 하여 올케를 위시하여 여러 친척들이 대궐을 다녀 나가게 되었으니 이것으로만 보아도 그때의 풍색을 가히 짐작할 수 있는 것이었다.

동궁께서는 이와 같이 하여 지정 간 어느 누구도 안심하고 옆에 모시기 어려울 만치 위험한 인물이 되셨다.

미행微行(1)

동궁이 온양 길을 떠나실 제 오직 선희궁이 자모지정이라 어찌 회란回鑾*하오실고 조이는 맘과 권권한 정을 잊지 못하여 찬합 같은 것도 준비하여 보내고 또 공주 영장營將으로 있는 그 조카 이인강에게 부탁하여 어찌 지나시는 모양이나 이어 알리라 부탁하는 등 애를 쓰고 있었다.

소조에서 온행溫行을 떠나실 때 사람들이 다 죽게 되였더니 성문을 나서자 격화가 좀 내리시던지 일로에 작패 없도록 하라 영을 나리시고 지나시는 곳에 은위恩威가 병행하여 백성들이 진명지주시라 고무애○鼓舞愛○하였다 하여 행궁에 드신 후에도 일향 덕을 드리오사 온양 일읍이 고요안정한 가운데 축수찬양하고 지나는 형편이었다.

그러나 온양이 본래 조그만 골에 바닥도 좁고 볼만한 경치도 없으니 십여 일 머무시자 싫증이 나신지라 다시 환궁하오서 이번에는 평산 문제

* 환궁.

를 꺼내셨다.

"온양은 답답하니 평산을 가겠노라."

하시나 온양서 들어오신 길로 또다시 그런 말씀 할 길이 없어 평산은 온양보다도 더 좁고 갑갑하다는 말씀을 하여 간신히 그 길은 단념하시도록 하였었다.

평산 거동을 단념하신 동궁은 후원에 나가 말도 달리시고 군기붙이를 가지고 소일을 하셨으며 내관들을 시켜 대취타까지 하셨다. 그러나 그것도 하루 이틀이고 열흘 보름이지 항상 그것으로만 만족하실 수 없는 것은 물론이었으며 그 결과는 대궐 밖으로 나가는 미행이 되어 나타난 것이다.

동궁께서는 그동안 탈선도 많이 하셨고 과거過擧도 많으셨다. 그러나 그것은 대궐이라는 특별한 구역 안에서 일어난 일이었으며 대궐 밖에 나가는 것은 상감마마 분부 없이 감히 못할 일로 알고 지내셨다. 그러나 인제는 대궐이라는 테 밖에를 자의로 뛰어나가게까지 되신 것이었다. 즉 동궁께서는 대궐 안 실○이라는 한 특별한 세상으로부터 민간이라는 그보다 넓고 큰 한 세상에 진출하기 시작하신 것이니 결과는 여러 가지 의미로 보아 상당히 중대한 것을 상상할 수 있는 것이다. 더구나 이때 동궁께서는 병환이 더욱 심하사 언어행동이 본심에서 나오지 아니할 적 많고 뫼시고 나가는 것이 무식한 액예들뿐이니 나가서 며칠씩 돌아다니실 제 어찌 실체가 없으시며 민간에 폐단이 아니 되리요. 더구나 동궁께서 병환으로 이러하시니 뫼시고 다니는 액예들이 농간인들 아니할 리 없는 것이다. 그런데다 바깥에서 생긴 일은 궐내에서 생기는 일과 달라 한 입 거르고 두 입 전하는 동안에 사실을 보태고 과장하여 점점 크게 되는 것인즉 이러한 소문 하나가 구르고 굴러 대궐 안으로 들어올 때쯤은 몇 갑절 몇십 갑절이나 붓고 커지는 것이며, 그것이 쌓이는 때에 그것이 동궁 신상에 무섭게 컴컴한 그늘이 되어 가리워질 것은 상상키 어렵지 아니한 일이었다.

동궁은 첨으로 치밀어 오르는 화기에 답답함을 못 이기어 대궐 밖을 나가보셨으니 별로 갈 데도 없었든 고로 여기저기로 돌아다니시다가 도로 대궐로 들어오셨다. 그러나 그 이튿날은 또다시 미행을 나섰다. 그러나 미행이라 하지만은 위의를 갖추지 않고 동궁이로라는 발표만 없을 뿐이지 군복을 갖추시고 액예들을 데리시고 나가셨음으로 보는 사람이 보면 물론 동궁이신 줄 알 수 있는 형편이었다. 이날도 또 길로 다니시다가 늦게 금성위 궁을 찾아가셨다. 금성위는 동궁께서 제일 공경하시고 또 동궁을 위하여 제일 유붕하던 화평옹주 부마 박명원이니 역시 동궁께 대한 향념이 대단하였음으로 동궁께서 제일 믿으시고 제일 정답게 아시는 매부님이었다.

금성위 궁에 가신 동궁께서는 심기가 화평하사 조금도 병환 있으신 어른 같지 아니하시며 즐거이 이야기하시고 오래 앉아 노시다가 거기서 하룻밤 주무셨으며 이튿날은 또 소풍을 다니시다 늦게나 대궐로 들어오셨다.

이틀 후에 또 불현듯이 미행하실 생각이 나셔서 의대를 갈아입고자 하시니 그때 의대 시종을 맡은 것은 연전 대소조 사이에 큰 문제가 되어서 표면으로는 벌써 귀향 가 있는 소위 빙애였다. 의대를 가시는 중 무엇이 합당치 못하셨던지 화증을 내시와 몹시 때리시니 이러한 때에는 전일에 총애하시던 것도 잊어버리사 그 몸에 소생이 있다는 것도 잊어버리시고 다만 무지개같이 내쳐 오르는 화기를 좇아 행동하실 뿐이었다.

동궁께서는 빙애를 때려 거꾸러뜨리고 또 표연히 대궐문을 나가시니 그때는 벌써 빙애의 목숨이 떨어졌었다. 동궁은 나가 아니 계실 뿐 아니라 언제 환궁하실는지도 알 수 없고 시체를 그대로 두고 볼 수 없음으로 또 빈궁의 주선으로 장사를 치르게 되었었다.

미행(2)

빙애는 동궁께서 관계하시던 여자 중에 제일 사랑하시는 여자였으며 어떻게 생각하면 여자에게 대한 애틋한 사랑이라는 것은 이 빙애에게 첨으로 느끼셨다고도 할 것이었다.

동궁께서 병환이 없으신 때는 빈궁을 소중히 아시고 아끼기도 하시나 역시 법으로 붙들어 매인 관계라는 범위를 넘어갈 것은 아니었으며 기타 관계가 있는 궁녀들 같은 것은 본래 그때그때의 일시적 충동으로 가까이하였다 뿐이지 별로 곱게 보았다거나 귀엽게 알았다거나 무릇 이성 간에 일어난 어떤 아릿다운 감격성의 느낌을 가진 것은 아니었다.

그러나 빙애에 대한 관계만은 그와 다른 것으로 볼 것이었다. 그가 함부로 손댈 수 없는 웃전 내인으로 있을 때에 동궁께서는 오랫동안 두고 그를 연모하셨으며 인원왕후 승하하신 후 가까이 데려오시자 동궁께서는 전례에 없이 그를 위하여 방을 장식한다, 세간을 장만한다 그의 환심을 사기에 급급하셨고 급기 대조에서 이 일을 아시고 꾸지람이 시작되시자 동궁께서는 전례에 없이 상감마마 분부까지 거역을 하셨다. 이러한 경과를 살펴보건대 빙애야말로 동마마께 대한 유일이요 또 최초의 연애 대상이라고 할 것이었으며 이제 그 몸에는 소생까지 있는 터인즉 만일 동궁께서 다소라도 본심이 있으시고 보면 일시 사소한 불만으로 그를 즉석에서 운명하도록 때리실 리는 없는 것이다.

하기는 동궁께서 여력膂力이 과인하시며 군기붙이 쓰시는 데 한숙하신 까닭으로 홧김에 한두 번 갈기시는 매가 뜻밖에 치명상이 되는 수도 있기는 할 것이다.

그러나 그렇다 할지라도 본정신이 계시고 보면 그만큼 또 매를 조심하실 것이다.

이와 같이 무지개 같은 화기에 떠서 대궐문을 나가실 제 뫼시고 나가는 액예들도 살얼음을 디딘 듯 전전긍긍하여 살았거니 싶은 생각이 없었으며 무엇이고 그저 하라시는 대로 거스르지 않기가 위주며 또 무엇이고 다만 한동안이라도 착심하실 것을 얻어드렸으면 하는 생각뿐이었다. 그러나 동궁께서 즉 이 화기 진정되어 사색이 부드러우신 눈치를 뵈우면 그들은 벌써 딴 생각을 하였다. 이런 존귀한 어른을 뫼시고 나와서 좀 이용할 방법은 없을까 하는 것이 그들의 생각이다.

동궁께서도 화기가 치밀어 올라올 때에는 넓은 거리를 살○ 돌아다니시는 것밖에 다른 생각이 없으셨다. 이러한 때에 지금 세상 모양으로 비행기가 있었고 보면 비행기를 타셨을 것이고 자동차가 있는 것 같으면 전속력으로 하강 '드라이브'를 몇 차례씩 거듭하셨을 것이다. 그러나 이것도 저것도 없는 그때에는 사람의 느린 걸음이나마 재촉질을 하여서 기다랗게 뻗힌 거리를 달려가는 수밖에 없었으며 이렇게 하다가도 즉 이 화기가 진정되고 보면 어느덧 심심한 생각이 머리를 들기 시작하였다. 무엇 좀 자미 있는 일은 없는가? 이 답답한 마음 위로하여줄 것은 없는가 하는 생각이다.

"여봐라 길로만 다니기도 심심하구나. 어디 구경거리가 없냐?"

동마마 처분이었다. 그러나 별감들은 감히 대답 못하였다. 별로 자미 있는 구경이라고 있을 까닭도 없거니와 이러한 판에 섣불리 대답을 하였다가는 어떻게 될는지를 몰라서 서로 끼리끼리 얼굴만 바라보고 대답을 못하는 것이다.

"그래 구경거리가 도무지 없단 말이냐?"

인제는 가부간에 무슨 말씀을 여쭈어야 하겠는데 없습니다 하였다가는 또 한 화증을 내실는지도 모르는 터이고 동마마께서 무예를 좋아하시는 줄은 다 아는 일이었음으로

"한량들 활 쏘는 것이나 보실는지요?"

그중의 김 별감이란 자가 벌벌 떨면서 이렇게 여쭈었다.

"아무 데라도 가자."

동궁께서는 그저그저 답답하신 중이라 이렇게 대답을 하셨다. 그들은 행차를 청룡정이라는 사정으로 뫼셨다.

이날은 새해 첨으로 일제히 모여들어 습사習射를 시작하는 날이던지 혹은 편사便射 같은 놀이가 있었던지 아직 정초 일기가 소랭하건만은 한량도 많이 모였으며 기생들도 나오고 구경꾼도 많이 모여 사정 뒤로 둘러서 있었다.

별감들이 "쉬" 소리를 치며 들어선즉 구경꾼들은 좌우로 싹 갈라섰다. 보아하니 귀인을 모셨고 모신 사람의 복색이 별감이고 본즉 그가 누구인지는 자세히 몰라도 여하간 귀인 행차인 것만은 분명한 까닭이다.

행차가 사정 안에 들어선즉 한량들도 눈이 휘둥그레졌다. 비단 군복에 별감을 데린 귀인 이어가 누구인가 또 어찌하여 별안간 여기에 나타났는가. 아무도 이 어른이 동궁이시라는 것은 생각 밖이요 어찌 된 까닭을 상상할 수가 없어 서로 꾹꾹 지르며 수군거리다가 그중의 노성한 사람 하나가 별감을 꾹 질러 물어보았다.

미행(3)

한량은 넌지시 물었다.

"어인 행차시오?"

"동궁마마 행이시오."

별감은 대답하였다.

"네 그러서요."

그 사람이 별안간 황송한 모양으로 움츠러지는 것을 보고 별감은 또 말하였다.

"미행이시니까 상관 마시고 모든 것을 하던 대로 하여나가시오. 그리고 앉으실 자리나 보시기 좋은 데로 변통하여보시오."

그 사람은 분주하게 몇몇 사람과 귓속말을 하더니 제일 구경하기 좋은 자리를 널찍이 치우고 새로 오신 손님께 앉으시기를 권하였다. 거기는 방석까지 준비가 되어 있었다. 한량들은 별안간 추위를 만난 것처럼 모두 뽐내는 기세가 좀 줄어지고 조심조심하는 모양이 보이며 계제가 있는 대로 슬금슬금 곁눈질을 하여 좀처럼 가까이 뵈웁기 어려운 귀인의 위의를 우러러보고자 하였다.

그러나 활 쏘던 순서며 모든 것은 여전히 진행을 시키고 있었다. 깍짓손 뚝 떨어져 일자一字 대가 건너가자 무겹(과녁 서는 데)에서는 기를 둘러 맞고 아니 맞은 것과 과녁이 맞었으면 알과녁인가 아닌가를 구별할 수 있도록 군호를 하였다. 그러면 이편에서는 획창獲唱*하는 사람이 그 군호를 받아가지고 목소리를 뽑아서 외쳤다.

"김 아모 일시관중이요."

이요를 이상스럽게도 길게 뽑으며 꺾어 외였다. 이것은 화살이 알과녁을 맞혔다는 말이며 이렇게 외이는 때는 기생들이 소리를 모아가지고

"지화자지화자아…… 지화지화지화지."

* 국궁에서 쏜 화살이 과녁에 맞았을 때 "맞혔소!" 하고 외치는 사람.

하고 창을 하여주었다. 호협한 한량들은 자기의 수단을 기리는 이 미인군의 아릿다운 창성에 한번 으쓱하는 것이다.

살이 과녁에 안 맞은 때에는 이것저것이 없으나 과녁에 맞기만 하면 비록 알과녁에는 벗어났을지라도 역시 창은 하여주었으며 그러한 경우에는 획창은

"정 아모 변이요."

라고 소리를 쳤고 기생들은 그 뒤를 따라 창을 하여주었다. 한량들이 깍짓손을 뚝 떼고 과녁을 건너다보며 활시위 떠난 자기 살의 운명을 기다리는 그 순간의 긴장미라는 것은 옆에서 보기에도 자릿자릿한 것이었으며 그런 까닭으로 활 쏘는 구경이란 아마도 자미 있이 할 수 있는 것이다.

동궁께서는 원래 좋아하시는 일인 데다가 그만하여도 모든 것이 눈새로운 까닭으로 한참 동안 수십 명 한량들이 거위 한 순을 돌려 쏠 때까지 자미 있게 구경하셨으며 그동안만은 모든 것을 잊어버리실 수가 있었다.

동궁께서도 가끔 후원에서 활을 쏘시기도 하시고 쏘이시기도 하시지만 거느리고 노시는 사람들은 내시와 내인들뿐이시다. 만일 동궁께서 무과 시위 때나 대궐 안 관무대 같은 데 참석을 하신 것 같으면 씩씩한 무사들의 활 다리는 구경도 하셨으련만은 동궁께서는 불행히 한 번도 그런 기회에 참석치 못하신 까닭으로 정말 뜰밋뜰밋한 장정들이 늘어서 습사를 하는 광경이란 오늘날 첨 보시는 바이었다.

어느덧 종띠*임 즉한 숙련한 한량들이 활을 쏘기 시작하였다. 그들은 거위 실수가 없달 만치 깍짓손을 뗄 때마다 과녁에 살 박이는 소리가 딱

* 활터에서 한 패를 나눈 각 무리 중 수띠의 다음가는 사람.

딱 들렸으며 지화자 소리가 연해 일어났다. 그중에서도 한 사람은 풍신도 좋고 체격도 좋으며 입은 의복도 화려하거니와 가진 활도 매우 좋아 뵈었다. 지금까지 나와 쏘던 중 제일 강궁임 즉하며 또 제일 치레한 활이기도 하였다.

그들이 한 순을 쏘고 난 때에 동궁께서는 김 별감을 돌아다보시며

"지금 둘째로 서서 쏘던 사람이 누구인지 그 활이 매우 좋아 보인다."

이렇게 말씀하셨다. 분부를 듣자운 김 별감은

"좀 갖다 보실까요?"

이렇게 여쭈어보았으며 동궁께서는 또

"아무리나."

라고 대답을 하셨다.

김 별감이 말씀을 전하자 그는 황송하고 영광스러운 듯이 활을 바쳤다. 김 별감의 바치는 활을 받아 드신 동궁께서는 우선 궁력을 시험하여 보셨다. 그러나 잡아다리시는 활시위는 힘들지 않게 귀 뒤에까지 돌아왔으며 이를 본 활량들은 부지중에 모두 혀를 말았다.

이 활 임자 최대민은 강궁을 쏘는 것으로 제배간에 한목을 놓아주는 터이며 따라서 이 활을 보기 좋게 당기는 사람은 수많은 활량 중에서도 별로 없는 것이었다. 그러한 활이 뜻밖에도 구중궁궐에서 자라신 귀인의 손에 하잘것없이 휘어드는 것을 보고 그들은 아니 놀랄 수가 없는 것이다.

동궁께서는 달였던 시위를 슬그머니 늑거 노신 후 활을 한번 훑어보시고

"참 좋은 활이다."

하시고 김 별감에게 주셨다.

동궁께서 내주시는 활을 김 별감이 도로 갖다 전하자 그 활 임자 최대민은 머지 아니한 곳에 있어 동궁께서 칭찬하시는 말씀을 들은지라, 그는 김 별감에게 이러한 청을 하였다.

"이 활을 좋게 여기시는 모양 같으신즉 이 활을 바치겠소이다. 그렇게 여쭈어주."

김 별감은 이 말씀을 동궁께 아뢰었으며 동궁께서는 궐내에서 지나시는 일체로 생각하셨던지 별로 생각 안 하여보시고 가납하셨다. 그리고

"그게 누구인가 알아두어라."

하셨다. 김 별감은 바치는 물건은 가납하시는 줄로 말하고 최대민의 주소와 성명을 물은 후

"일후 무슨 처분이 있을 것이니 기다리시오."

하였다. 최대민은 자기 자긍하던 활이 귀인의 맘에 들어 헌상하게 된 것을 영광스럽게 알았으며 또 장차 무슨 영광스러운 처분이 있을 것을 꿈꾸고 있었다.

이때 동궁께서는 사정을 떠나 다시 거리로 나오셨으며 이때의 기분은 매우 유쾌하신 모양으로서 인제 그대로 환궁을 하실 것같이도 뵈였었다. 그러나 동궁께서는 중간에 딴 문제를 내셨다.

"내 너의들 사는 모양을 보고자 하니 너의들 집을 가자."

이 처분을 받은 별감들은 난처하였다. 누추한 집구석에 귀인 행차를 뫼실 수도 없거니와 또 만일 모셨다 무슨 일에 탈이 붙어 화를 내실는지 모르는 터임으로 그들은 서로 얼굴을 쳐다보았다.

"너의들 중에 뉘 집이 여기서 가까우냐?"

인제는 여하간에 무슨 말씀을 아니할 수 없게 되었으며 이번에도 낫

살이 더 먹은 죄로 김 별감이란 자가 말씀을 여쭈었다.

"소인네들이 집이라는 것은 도야지 우리나 다름없이 누추한 곳이 되와 마마 행차를 뫼실 곳이 못 되옵고 만일 바깥집 살림을 보시고자 하시면 좀 더 좋은 곳으로 뫼시겠나이다."

이때 동궁께서 실상은 대궐로 돌아가실 생각은 없고 그렇다고 또 금성위 궁을 가시기도 싫으셔서 어디서나 하룻밤 주무실 곳을 생각하시던 터이라 좋은 데로 뫼시겠다는 말씀을 들으시고

"그럼 아모러나 하여라."

하셨다. 이 분부를 듣자온 별감들은 서로 눈짓으로 의논한 결과 행차를 다방골에서도 첫째간다는 부자 윤동지 집으로 뫼셨다. 행차가 미처 닿기 전에 별감 하나가 달려와서 서슬 있게 대문을 떡벌이 집고 들어가면서 주인을 찾으니 배부르고 몸조심하는 주인이 그렇게 속히 나올 리는 없었다. 별감은 사랑 마당에 서서 호통을 치면서

"지금 동궁마마께서 미행으로 나오셨다가 여염집 살림하는 구경을 하시겠다 하셔서 여기를 행차하시니 주인은 바삐 나서 영전하오."

윤동지가 마침 사랑에 나와 있다가 이 소리를 듣고 본즉 도저히 앉아 버틸 계제가 못 되는지라 높이 갓을 떼어 쓰고 외관을 정제한 후 마루로 썩 나서면서

"그래 동궁 행차가 어디 기시단 말이요?"

이렇게 물을 때쯤은 동궁 행차가 바로 대문 밖에 당도한 때였다.

"바로 문밖에 당도하셨소."

윤동지는 둥싯둥싯하는 몸을 헤엄치듯 하며 급히 문밖으로 나가니 과연 일위 귀인이 별감들에게 호위되어 기신지라 더욱 황송하여 허리는 노상 굽힌 채로 앞장을 서서 인도하며 한편으로는 사람을 시켜 안사랑을 어서 바삐 치우고 보료방석 새로 다 깔아놓으라 분별하였다.

"지금 앉으실 처소를 준비하는 중이니 그동안이라도 누추하나마 객실에 좌정하시게 하면 어떻소?"

윤동지는 별감에게 이렇게 물었음으로 별감이 여쭙는 대로 동궁께서는 사랑에 오르시와 잠시 좌정하시게 되었다. 물론 여기도 어느 틈에 방석은 다 새것으로 바꾸어져 있었다.

사랑 뜰에 들어서 보시고 사랑방에 앉아보실 때에 띠가 났고 규모가 좁은 것을 보시고 바깥집들이란 대궐을 줄여논 것 같아서 아무리 하여도 갑갑하구나 생각하셨으나 그래도 좁은 대신에 탐탁한 맛은 있다 싶으셨다.

그러자 안사랑의 준비가 다 되었다는 기별이 나왔으며 윤동지가 쫓아 들어가 둘러보고 나와서 정말 행차를 모시게 되었다.

중문을 들어서 또 한 번 안중문을 들어서신 때에 동궁께서는 깜짝 놀라셨다. 여기는 도저히 대궐 안 같은 데서 얻어 볼 수 없는 탐탁한 맛과 윤택한 기운이 가득 차 있었다. 어데 돌 하나 주초 한 개가 범연한 것이 없이 기둥이나 연목까지라도 비록 단청은 없으나 이틈*을 먹여놓은 듯 어느 구석에 엇부스하거나 까칠한 기운이 없었다. 물론 규모로 말하면 무엇이고 대궐보다 적었다. 그러나 그 적은 것이 빈약하게 뵈지 않고 섬세하고 얌전하게 뵈는 것이었으며 이러한 모든 기분을 동궁께서는 안중문 들어서시는 동시에 느끼신 것이다.

미행(5)

동궁께서 급기 안사랑에 들어가 좌정하시자 더한층 놀라셨다. 방 안

* 이와 이 사이의 틈.

의 차려놓은 모양은 그야말로 기름이 팽 돈다고 할 것이었다. 각장장판은 밀두○같이 길이 들어서 어른어른 사람이 비칠 듯하고 늘어놓은 문방제구는 화류목당조각花柳木唐彫刻으로서 대궐에서도 얻기 어려운 골라 뽑은 얌전한 물건일 뿐 아니라 가축을 잘한 까닭으로 길이 곱게 들었으며 기타 꾸며놓은 범절이 하나도 범연한 것이 없고 탐탁하게 앙그러져* 뵈었다.

"이건 대궐보다 낫고나."

동궁께서는 감촉되시는 대로 이렇게 말씀을 하셨다.

"대궐보다 날 길이 있사오릿가만은 이 집은 장안에서도 이르는 집이오이다."

김 별감이 또 이렇게 여쭈었으며 옆에 섰든 윤동지는 그 부대한 몸이 벌벌 떨리는 것을 금할 수가 없었다. 대궐보다 낫고나 하시는 말씀은 다시 말하면 너 이놈 나라님 이상으로 사치하는 놈이로고나 하는 처분이시니 그 결과가 어떻게 될는지 헤아릴 수 없는 일이었다. 원래 나라법이 검소한 것을 숭상하고 사치를 엄금하여 의복 주택에 다 각각 계급을 따라 제한이 있는 터인데 오늘날 특별히 무엇이라도 히다는 것은 없을지라도 당장 임금이나 다름없으신 어른께서 이렇게 처분을 하시고 본즉 이 일이 잘못되면 기둥뿌리도 아니 남을 장본이요, 더 좀 심하면 모가지라도 달아날 일이라 세상일에 이력 차고 조심 많은 윤동지는 몸 둘 곳이 없어하다가 김 별감이 돌아서는 것을 보고

"여보 속담에 죽고 살기는 시왕전에 매였다고 아무렇든지 뒤탈 없이 하여주오. 별안간 아무 준비 없이 앉았다 이런 행차가 드셨으니 어떻게 한단 말이요?"

* 하는 짓이 꼭 어울리고 짜인 맛이 있다.

이렇게 말을 하며 매달렸다. 이 모양을 본 김 별감은 제가 무슨 수나 있는 듯이

"우리 하라는 대로만 하면 관계치 않소. 우리 하라는 대로만 하시오."

"무어든지 지휘만 하오. 힘자라는 대로는 거행을 할 터이니."

주인 윤동지는 실없이 몸이 달았다. 배부르고 몸 편하여 장비야 내 배다 치라고 하고 편하게 들어앉아 즐겁게 지내다가 뜻밖에 어려운 일을 당하고 보니 그저 일 심정이 어떻게 하면 이 고비를 무사히 넘길까 하는 생각뿐이었다.

"첫째 동궁마마께서는 심심한 것을 싫어하시는데 저렇게 혼자 앉아 계시면 화증이 나실는지 모르겠소."

"그럼 어떻게 하릿가?"

"여기서 지금 다른 도리가 있소? 기생이나 불러 풍류나 들으시게 마련하시오. 그러고 귀인의 곁에 시녀가 떠나지 않는 법이니 옆에 뫼시고서 시중들 사람도 마련하시오."

"누가 있소? 그것도 기생으로 하라오?"

"그렇지 별수 있소."

"그럼 기생을 곧 부르리다."

이렇게 말을 하고 윤동지는 또 뒤뚝거리며 간다.

"지휘할 것 하고는 또 뵈옵시다."

김 별감은 가는 윤동지의 등 뒤에다 대고 또 이렇게 부탁을 하였다. 윤동지는 지휘할 것을 하고 또 쫓아왔다. 김 별감은 또 일렀다.

"저녁 진지를 공케 하여야 하지 않소?"

"별안간 준비가 없어 어떻게 하나!"

"준비 없을 것은 아는 일이니까 무어 굉장히 차리지 않더라도 입에 맞으시도록 차리면 되지요."

"네 그저 정성껏은 하지오만은."

주인은 또 바쁜 걸음을 쳐 안으로 들어갔다. 늙은 몸이 바쁜 걸음을 하지 않더라도 시킬 사람이 없음은 아니로대 행여나 실수 될까 하여 이렇게 애를 쓰고 돌아다니는 것이었으며 따라서 이 집은 안팎이 발끈 뒤집혀가지고 아무쪼록 탈 없이 치르고자 애를 쓰는 것이었다.

미구에 부르러 간 기생들도 차차 오기 시작을 하였음으로 그중에도 진연도 치러본 이력이 있고 사람도 영리한 두 사람을 뽑아서 대궐 안으로 이르면 시녀 내인 격으로 좌우에 뫼시고 섰다가 무엇이고 시중을 들게 하고 인제부터는 말씀 거래도 그 기생들을 시키게 되었다.

동궁께서는 홀로 앉아 계시다가 기생들이 들어와 현신을 하매 비로소 그것들의 이름도 물으시고 나이도 물으시며 집이 어디 있는 것도 물으셔서 첨으로 말씀하실 대수가 생김을 기꺼하셨으며 주인 윤동지 역시 비로소 무거운 짐을 벗어논 듯 얼마큼 안심이 되었고 그제부터는 별감들도 바깥사랑에 나가 진을 치고 동마마 계신 방 앞에는 한 사람씩만 돌아가며 번을 서기로 하였었다.

이윽고 방 안에서는 풍류가 시작되었다. 풍류라야 거문고 가야금에 장고가 끼었을 뿐이나 장안에서 듣기에는 이만한 정도가 차라리 제일 적당한 것이었다.

미행(6)

안사랑에서 풍류 소리가 들리기 시작하고 별감들이 한방에 모여 앉자 이번에는 그들도 무슨 노리개가 생각났던 모양이다.

"홍선왕보다 조앙을 잘 위하여야 하는 법인데 멋을 알고 이러나 모르고 이러나."

별감 한 자가 별안간 앉아 이렇게 말을 하며 또 한 자는 벌써 그 뜻을 알아듣고

"애 염치도 좋다!"

하며 껄껄 웃었다.

"염치가 좋지 않으면 쳐도 쳤다 안 쳐도 쳤다 남의 집에 쳤다 소리 듣기는 일반인데 아무러면 우리보고 고맙달 줄 아느냐."

이번 말은 좀 나직한 목소리로 하였다.

안팎으로 문밖에 늘어서서 행여나 미흡한 일이 있을까 조심조심하고 있던 주인집 사람이 이 소리를 듣자 부리나케 윤동지에게 보고를 하였다. 윤동지는 깜빡 잊었다는 듯이

"내가 미처 못 생각하였고나. 어서 사람을 보내서 기생을 부르되 그 사람들 수대로 불러라."

이렇게 지휘를 하여놓고 윤동지 자기가 사랑으로 나와 별감들 있는 방을 들어가며

"허, 여러분이 심심하여 안되었구려. 우리 같은 늙은이는 나와 앉아야 걸리적거리기나 하겠고 하여서 말동무나 하시라고 기생 몇 부르라 보냈더니 어쩐 일인가 이렇게 더디구려. 인제 곧 오겠지. 용서들 하시오."

이렇게 너스레를 부리며 미리 광고를 하였다.

"우리들이야 기생 아닌들 어떻다고 그걸 부르서요. 이건 너무 폐가 과합니다."

그래도 면대하여서는 이면치레를 다 하였다. 방 안에는 수정과 식혜 화채 등속 외 마실 물건이 상에 받혀 놓여 있었다.

"술을 먹게 하시는 같으면 이런 때 여러분이 같이 오시는 데는 그저 그거라야 되는데 저런 차디찬 국물을 갖다 놓으니 소용 있나."

윤동지는 연해 혼자 걱정을 하다 들어가더니 이윽고 기생도 차츰 모여들고 저녁상도 나오기 시작하였다.

동궁마마께 올리는 상은 십이 첩 반상에 곁상을 붙였으며 그야말로 꼭 잡수실 만한 것으로만 치성하여 만든 반찬이었다. 상을 올릴 때 윤동지는 뫼시고 있는 기생을 불러가지고

"백성들의 살림하는 모양을 아시고자 하시는 줄 듣자왔기로 여염집에서 상민 대접하는 상으로 차렸사오니 풍비치 못한 것은 용서하여주소서."

이렇게 여쭈어달라고 하였다. 상을 올린 후 기생이 이 말씀을 여쭈대

"내 만족히 여긴다 하여라."

하셨으며 진지를 잡수시다가 당신께서는 그저 칭찬하시는 의미시겠지만은

"음식도 궐내 음식보다 맛있고나."

하셨다. 문밖에 대령하여 있던 윤동지는 이 말씀을 듣자 또 속이 떨리는 것을 금할 수가 없었다. 집도 대궐보다 낫다 음식도 궐내 음식보다 낫다 하시니 한낱 무명소민無名小民이 임금님보다 거처 음식을 낫게 한다 하면 그런 황송할 데가 없는 일이다. 동궁께서도 저 말씀을 무슨 뜻으로 하시는지 모르되 응당 과남하게 여기실 것이요 설령 동궁께서는 하해 같으신 도량으로 용서를 하신다 할지라도 이러한 말씀을 혹시 근신에게라도 하시고 보면 그때 가서는 탈이 날 것 아닌가. 윤동지는 도무지 맘이 놓이지 아니하여 속으로 남모르게 초조하고 있었다.

그러나 실상인즉 대궐 안 살림보다 나은 것은 사실이었다. 더구나 음식 같은 것으로 말하면 도저히 나라님이 윤동지 먹는 앙그러진 음식을 잡수실 수 없는 것이다. 이것은 무슨 기구가 대궐보다 낫다는 것보다도 대궐 안 살림은 모든 것이 크고 벌어져서 풍비하고 떠들썩은 하나 규모

있는 여염집 모양으로 탐탁하고 앙그러지는 맛이 없는 까닭이다.

조심스러운 하룻밤은 새였다. 주인집 식구라고는 어린애 이외에는 한 사람도 잠을 잔 사람이 없었고 또 사랑방에 모인 별감들도 기생을 데리고 시달리노라고 잠들은 잔지 만지 한 모양이었다. 다만 안사랑에서는 상을 물리신 후 얼마 만에 풍류 한바탕을 들으시고서는 인하여 퇴등을 시키고 일찍이 주무셨음으로 밤이 들어서는 동궁마마보다도 바깥사랑 별감들 대접이 큰일이었다. 밤참을 내간다, 다시 목 축일 것을 내간다, 집안 식구는 모두 거기 매달리고 있었던 것이었다.

사랑축이 제풀에 지쳐서 괴괴하게 된 때쯤은 또 날이 거위 새게 되었음으로 안에서는 동궁마마께 드릴 조반 준비를 시작하게 하였다. 이 모양으로 조심조심하는 가운데 하룻밤을 새우고 조반과 아침진지를 무사히 치르고 난 때는 지금으로 이르면 열한 시가 되었으며 동마마께서도 차차 동가하실 때가 되었다.

이때 주인 윤동지와 김 별감이 따로히 만나 무슨 이야기가 장황하였었다.

미행(7)

김 별감을 끌고 딴 방으로 들어간 주인 윤동지는 무슨 말을 하였는가. 사람이 배가 부르고 몸이 편한 때는 조심이 많은 법이라 윤동지는 온 집안 총동원으로 힘자라는 데까지 접대를 하고도 행여나 무슨 뒤탈이 있을까 하여 김 별감을 불러가지고 지금 그 부탁을 하고 있는 것이다.

"일껏 영광스러운 행차를 뫼서가지고도 별안간 일이라 불민한 일이 많았으니 그런 사정이나 알아주고 뒤탈이나 없도록 하여주오."

"천만에 말씀이십니다. 동마마께서도 매우 만족하신 모양이니까 일후 좋은 처분이 내리시면 내리시겠지 뒤탈 될 것이야 있겠습니까."

"글쎄 그랬으면 작히 좋겠소만은 동마마께서 정말 만족히 생각하여 주셨는지 또 여러분도 과히 불편치나 않게 지내셨는지 모두가 죄송죄송하오."

"천만에 말씀이십니다. 저의들이야 아무렇게 지나기로 상관있습니까만은 간밤에는 모두 생일을 세였습니다."

"원 천만에 말이요. 그리고 이것은 그대로 작별하기가 섭섭하여서 여러분께 한 장씩 나누어 드리는 것이니 받아주서요."

주인 윤동지가 이렇게 말을 하며 내놓은 것은 음 쪽이었다.

"이건 또 무얼 이렇게까지 하십니까?"

김 별감은 이 모양으로 펄쩍 뛰는 소리를 하면서도 우선 음 쪽부터 펴보았다. 오백 량 음이었다. 이것은 자기도 바라지 않던 것이 생기니만치 속으로 만족하였다. 그러나 김 별감은 그렇다고 자기가 준비하였던 올무를 그대로 집어 내던질 위인은 아니었다.

"영감 댁에 와서 말할 수 없는 폐를 끼치고 또 생각 밖에 이런 것까지 유념을 하셔서 무엇이라고 여쭐 말씀이 없습니다. 그러나 우리는 나라님을 뫼시고 다니는 터이고 보니 어디 우리 맘대로 할 수가 있습니까. 오늘 동궁마마께서 이대로 환궁을 하시고 보면 아무 일도 없으려니와 오늘 또 미행을 하시다가 밖에서 주무시게 되면 또 한 번 댁에 와 폐를 끼칠는지도 모릅니다."

김 별감은 이렇게 말을 하여놓고 윤동지 얼굴을 바라보았다. 그 얼굴에는 금방 난처한 빛이 떠올랐다.

"오시는 것이야 열 번을 오시더라도 그 위에 없는 영광이지요만은 거행이 조심스러워 도무지가 어렵구려."

"꼭 오신다는 것은 아니외다. 그러나 나라님이 아무리 밝게 살피신데도 아랫사람 사정을 어떻게 다야 아시나요. 그러니까 이번만 하여도 댁에서 안팎으로 얼마나 노심초사하신 것을 모르시고 음식 거처가 몸에 맞갖진 것만 생각하셔서 또 아무 데로 가자 하는 처분이 내리시고 보면 거행 아니할 길도 없고 난처하단 말씀입니다."

이 말을 들은 윤동지는 입맛이 쓴 모양이었다.

"그래도 여러분 하기에 있겠지."

"그런 수도 있지요. 하지만 이런 일은 한번 처분이 계신 것을 달리 들려면 대신 가실 만한 데를 우리가 변통하여야 되겠으니 그 일이 딱하지 않습니까?"

윤동지도 이야기를 듣고 본즉 무엇이라고 조를 말조차 없어지는 것 같았다.

"그럼 어떻게 하면 좋겠소?"

"글쎄요."

"그래도 좀 잘 생각하여보오. 무슨 도리가 있겠지."

김 별감은 무슨 궁리나 하는 듯이 고개를 기웃거리고 앉았더니 이윽고 입을 열었다.

"오늘 동궁마마를 모시고 나갔다가 오늘도 환궁을 아니하시고 밖에서 머무시는데 영감 댁 말씀이 만일 나거든 달리 여쭈어볼 말이니 그렇게 되면 그 비발*은 영감이 무시겠습니까?"

"동마마 하룻밤 유하시는 비발 말씀이오?"

"네 무슨 꼭 그렇게 된단 말씀이 아니라 만일 그렇게 되는 때에는 영감이 좀 안아주셔야 하겠단 말씀입니다. 동마마 머무시는 비발을 영감께

* 비용.

당하라기는 우순 일이지만 영감 댁에서 치르시기가 너무도 조심스러우시다니까 비발은 나더라도 맘이나 편하시도록 하여보겠단 말씀이지요."

"그건 어렵지 않소만은 비발을 당하면 어떻게 당하나요?"

"헤헤헤, 저는 일이 난처하니까 이런 생각을 하였습니다. 오늘 저녁때 동마마께서 어디 딴 곳을 지정하시게 되면 이것저것이 없거니와 만일 영감 댁을 또 말씀하시고 보면 일껏 미행을 나오신 길이니 종색 다른 것을 구경하소서 여쭈어서 어떤 기생집으로 뫼실 경륜이지요. 이게 도리에 옳은 일은 못 되겠지만 임시변통으로 그렇게라도 할 수밖에 없지요. 그러나 그러노라면 비발 나는 것은 곧 행하를 하여야 되겠는데 어디 돈을 가지고 나오신 터도 아니요 그렇다고 궐내에서 획하*되어 나오기까지 며칠씩 내버려두기도 안되었으니까 그래서 영감께 말씀을 하는 것입니다."

"글쎄 그게 원 좋은 도리라는 길은 없소만은 부득이 일이 그렇게 되는 때는 비발은 내가 선당하지요." 윤동지가 기어 승낙을 하였다.

미행(8)

김 별감과 윤동지 이야기는 끝이 났으나 정말 동궁마마께서 가자시는 처분이 없었다. 윤동지가 들어가 알아본즉 동마마께서는 식후에 잠깐 누신 채 잠이 드셨다고 한다. 잠이 드셨으면 언제 일어나실지 알 수 없는 일이고 날은 벌써 한낮이나 되었음으로 윤동지는 또 낮 진지까지 진배할 수밖에 없는 형편을 살피고 곧 집안사람을 동독하여 낮 진지 준비를 하기 시작하였다.

* 주어야 할 것을 그어줌.

동마마께서 잠을 깨신 때에는 마침 낮 진지 올릴 시간이 되었음으로 결국 동마마께서는 이 집에서 낮 진지까지 잡수시고 다시 길로 나오셨다. 잡이가 광교 큰길로 나온 때에 별감들은 잠깐 말을 멈추고

"어느 편으로 뫼실는지요?"

여쭈어본즉 동마마께서는

"저리로 가자."

하고 남대문 쪽을 가리키셨다. 모르면 모르되 이 모양 같아서는 오늘도 또 환궁은 아니 하실 것 같았다. 남대문 편으로 한참 뫼시고 가노란즉

"오늘은 남산을 좀 올라가 보자."

하는 분부가 내리셨다. 눈도 안 녹은 남산을 올라가는 것은 고생스러울 뿐이라고 생각을 하였으나 어느 분부라고 감히 거역치 못하여 회동 골목으로 하여서 남산을 향하고 올라갔다. 가다가 눈 쌔고 쓸쓸한 모양을 보시면 동마마께서도 싫증이 나시겠지 생각을 하며 차차 가빠지는 숨결을 참고 올라갔다.

인가가 없어지고 눈이 쌓이고 솔 그림자만 충충하게 들여다뵈는 산골짜기를 당도하여도 동마마께서는 끝끝내 돌려 가자 말씀을 아니하셨으며 그 눈 속에는 무슨 사람들이 왕래를 하였는지 설중에라도 늘 사람의 자최가 끊이지 아니한 모양으로 상봉 누에머리(잠두)를 향하야 한 줄기 길이 트여 있는 것을 보았다. 일행은 그 발자취만 따라서 올라가고 있었다.

"거기 멈추어라."

잡이를 멈추고 숨○들으며 둘러본즉 어느덧 중턱은 넘어 올라왔으며 여기서는 서울 장안이 거위 다 내려다뵈고 있었다.

"저렇게 좁으니 갑갑할 수밖에 있느냐?"

동마마께서는 한참 나려다보시다가 이렇게 말씀을 하셨다.

그리고 또

"더 올라가자."

분부를 하셨다.

별감들이 한참 헐떡거리며 올라가노란즉 별안간 평평한 지형이 나섰다. 여기는 상봉이 가까운 곳이었으며 저만큼 당집이 보이고 당집 안에서는 장고 소리도 들리고 사람들 떠드는 소리도 들렸다.

"저건 무슨 집이니?"

동마마께서 물으셨다.

"당집인가 보압나이다."

"당집이라니 무얼 하는 데냐?"

"당집이란 무당이 굿도 하고 사람들이 기도하는 집이압니다."

"사람의 소리가 나는구나."

"아마 굿을 하는가 봅니다."

"거기로 가자."

동마마께서 당초에는 누에머리까지 올라가서 서울 장안을 한번 굽어보고자 하는 생각으로 남산을 올라오신 것일지나 당장 눈앞에 색다른 것이 있음으로 거기를 향하신 것이다.

당집을 들어서매 거기는 남녀 수십 명 사람들이 모여 있었으며 차린 것도 풍비하고 무당이 여럿 있어 굿으로는 매우 크게 차린 굿이었다. 그리고 지금은 마침 무당 하나이 작두 위에 올라서서 춤을 추는 중이었다.

전립에 붉은 술을 달아 쓰고 검정 정복을 입고 손에 색 부채를 든 서른 오륙 세 되어 뵈는 계집이 얼굴이 새파랗게 질려가지고 펄펄펄펄 용솟음을 치면서 시퍼런 작두날 위에서 춤을 추었다. 눈은 허공을 바라보고 입귀에는 거품이 북적거려 어떻게 보면 미친 것도 같으고 어떻게 보면 무슨 정령혼이 들씐 것도 같았으며 이러한 순간에는

"얼수! 얼수!"

하는 무당의 소리와 그에 맞추어 두드리는 장고 소리 이외에 아무 소리도 없어 당집 안이 일제히 긴장하여졌다.

동마마께서 여러 별감들을 데리시고 당집 안에 들어서신 것은 이 작두 타기가 시작하여 한참 긴장한 때였음으로 여러 사람들도 미처 자세히 살펴보지 못하였고 무당도 어떠한 귀인이 새로 오셨다는 것은 알지를 못하였다.

작두에서 나려온 무당은 여전 경련한 사람같이 긴장한 얼굴을 하여가지고 사방으로 돌아가며 돈을 청하였다. 버럭버럭 미친 것같이 달려들며

"돈 냐, 돈 냐."

하고 악을 썼으며 여러 사람들은 아끼지 않고 돈을 던져주었다.

그러나 동마마 앞에 왔을 때는 옆에 모셨던 별감이 호령을 하였다.

"이년 저리 가거라."

그러나 반은 실신 상태에 있는 무당은 여전히 버럭버럭 달려들었다.

이때 동마마께서는 일제히 내닫는 별감들을 물리치시고 허리에 차신 환도 자루에 손을 대셨다.

미행(9)

동마마 손이 환도 자루로 가자 시퍼런 칼날이 번듯하더니 금방 미친 것같이 날뛰던 무당 년은 목에서 시커먼 피를 뿜으며 땅에가 거꾸러졌다. 무당 년 작두 타기부터 정신이 빠져서 어릿어릿하던 여러 사람들은 얼굴에 찬물을 뿜은 것같이 정신이 활딱 났다.

여러 사람들 눈에는 그제서야 비단 군복에 환도 찬 젊은 귀인이 바로 뵈였으며 그를 옹호하고 선 여러 별감들이 바라뵈였다. 그와 동시에 먼저 닭의 색기 풍기듯 풍겨 달아나는 것은 무당들이었으며 그 뒤를 쫓아서 무슨 까닭인지도 모르고 뛰어 달아나는 사람이 대부분이었다. 그러나 미처 못 달아나고 어름어름하던 사람들도 겁이 나기 시작하였다. 무당이 저 잘못하여서 목이 버졌는지 혹 굿에 관계한 사람은 모조리 죄를 당한 것인지 까닭을 알 수가 없음으로 역시 한 편쪽으로 슬슬 빠져 달아나기 시작을 하였다.

모든 사람이 흩어져 달아나는 것을 보신 동궁께서는 들고 계시던 환도의 피를 무당 년 전복 자락에 씻어 칼집에 끼우신 후

"인제 나려가자."

하고 분부를 하셨다. 그래서 비탈진 산길을 조심조심하며 내려오란즉 실상 올라갈 때보다도 시간이 걸렸으며 행차가 또다시 큰 거리에 나선 때에는 정월의 짧은 햇발이 벌써 다 저물었었다.

큰길에 나선 그들은 또 주저주저하였다. 바로 대궐 안으로 뫼서야 옳을지 또 어디를 가자실는지 알 수가 없는 까닭이다. 동마마께서는

"인제 돌아가자."

하시며 종로 편을 가리키셨다. 그래서 별감들은 인제 환궁을 하시는 줄로 알았었다. 그러나 행차가 종로 근처를 접어들자 동궁께서는 또 다른 분부를 내리셨다.

"오늘 밤을 또 지낼 만한 곳이 없느냐?"

또 김 별감이 대답하였다.

"장안 만호가 다 마마 신하이신데 어디를 가시기로 하룻밤을 못 지내시리잇가."

"좀 심심치 않게 지낼 데가 없느냐 말이다."

"아뢰옵기 황송하오나 여염에서 좀 호화롭게 놀라면 기생집을 가는 풍속이 있사오니 그런 것을 혹 구경하실는지요?"

김 별감은 필경 계획하였던 것을 여쭈어보았다.

"그도 관계치 않다. 가보자."

동마마께서는 또 생각하실 여부도 없이 찬성하셨다. 동마마를 기생집으로 뫼시는 데 대하여서는 아침부터 그자들 머릿속에 다 계획이 있던 것으로서 가면 뉘 집을 가고 무엇을 어떻게 하겠다는 경륜이 다 섰고 따라서 아까 기생 편에 선동을 하여 약차하면 만반거행에 유루가 없도록 하라는 부탁을 하여놓았던 것이다. 그때부터도 궐내 액속이며 각궁 집청지기가 기생 사회에 세력을 잡고 있어 일종의 후원자처럼 되어 있음으로 그들의 지휘고 보면 그것만으로 괄시를 할 수가 없으려니와 더구나 오실 손님이 동궁마마이시고 본즉 지휘를 받은 기생집에서 안 오시는 날 아니 오시더라도 오전부터 있는 힘 없는 힘을 다하여 만반준비를 갖추어놓고 소식 있기를 기다리는 중이었다.

별감 하나이 먼저 달음질을 하야 통지를 하고 뒤따라 동마마 행차는 광이골 김소담이란 기생집으로 들어가셨다.

이 김소담의 집을 고른 이유는 첫째 들어 있는 집이 내외사 분명한 오십 간질이나 되어 일행이 충분히 용신할 만한 까닭이요, 둘째는 집간부터 크니만치 방세간이며 기타 꾸며놓은 범절이 어느 기생집보다도 나으며 식사 범절이며 기타 공궤에 대하여서도 제일 침침함 즉한 까닭으로 특별히 이 집을 고른 것이었다.

행차가 김소담의 집을 당도한즉 소담의 집은 안팎을 깨끗하게 소제하고 문전에는 황토까지 펴놓았으며 평생 동저고리 감투 바람으로 기다란 장죽을 손에 들고 한 손은 허리춤에 찌른 채 슬슬 돌아다니는 기생 서방도 이날은 제법 옷깃을 차리고 황송스러히 멀찌가니 서서 행차를 영접하고 있었다. 또 방 안에는 보료방석이 모두 새 비단으로 만든 것이었다.

동마마께서 좌정하신 후 먼저 참차에 과실을 올렸으며 이윽고 어제 다방골 윤동지 집에서 모양으로 좌우에 뫼실 기생이며 풍류할 기생들이 뽑고 뽑아 일류 기생으로 쭉 들어섰다. 또 별감들은 역시 어제 모양으로 한 사람씩만 돌아 뜰 앞에 번을 돌기로 하고 그 나머지는 사랑방에 가 진을 쳤으며 역시 어제 모양으로 기생들을 불러서 저의는 저의끼리 행락을 시작하였다.

비발 나는 것은 장안에서도 엄지가락을 꼽는 부자 윤동지가 당하기로 약속이 있어 벌써 광이골 김소담이 집에 행차가 드셨다는 통지까지 하여놓았고 동마마는 기생들이 모시고 풍류라도 들려드리는 동안에는 다른 탈이 날 것도 없고 그들은 만날 땐 그럼으로 아주 길을 펴고 노는 판이었다.

미행(10)

광이골 김소담이 집에서는 안에 계신 동궁마마나 밖에 있는 별감들이나 다 같이 행락 기분에 잠겨 있을 제 남모르게 애를 쓰고 있는 것은 다방골 윤동지였다. 광이골서 통지가 가자 오늘은 자기 몸소 쫓아오지는 아니하였으나 노성한 차인을 보내면서도 그래도 맘이 뇌지 아니하여 그 아들을 안동하여 보내였었다. 그 아들은 김 별감을 찾아본 후

"부친은 늙은 몸이 간밤에 감히 방 안에 들지 못하고 밖에서 새인 까닭으로 자연 촉한이 되었던지 감기가 들어서 몸소 오지 못하고 내가 대신 왔소이다."

먼저 윤동지가 몸소 오지 못한 이유를 설명하였다.

"과히 대단치나 않으신가요?"

"네 그리 심하지는 않으나 춘한노건이라고 늙으니 일을 알 수가 있나요? 그래서 조심스럽지요. 그리고 여기 일은 여기 같이 온 이 정사용께서 다 알아서 조치하도록 맡아가지고 왔으니 그리 아시고 의논하여 하시지요."

윤동지 아들은 이렇게 소개를 한 후 돌아갔으나 일을 맡아가지고 왔다는 정사용이란 사람은 아직 남아 있었다.

동궁께서는 병환의 발작으로 만사에 무심하사 사람을 죽이고도 돌아서 잊어버리시며 모든 것이 꿈속 같으신지라. 어제 오늘 이렇게 지내시되 이것이 당신 체면에 어떻게 되는지를 생각하시는 일이 없으시고 그저 목전에 뵈는 것이 좀 색다른 것을 자미 있게 여겨 격화를 일시 잊어버리고 지나시는 터이요, 또 동궁을 뫼신 액속들로 말하면 저의들부터가 풍전등화 같은 목숨이라 어느 때 무슨 일로 동마마 환도가 목에 내릴는지 철여의가 머리골을 바술는지 모르는 신세로서 뫼시고 문밖에 나온 이상에는 그저 보채는 애기 달래듯이 탈 없기로만 위주였다.

그러한 까닭으로 어느 틈에 일의 잘잘못을 가릴 수가 없으며 이것이 동마마 체면에 좋고 그른 것을 생각할 여유가 없었다. 보채는 애기 울리지 않기 위하여 이것저것을 뵈어주듯이 동마마께서 화증을 내실까 두려워서 잠시라도 맘 붙이실 것을 찾아내기에 눈이 붉은 형편인즉 그들의 처지로 보아서는 어제 오늘은 성적이 탈 없이 지나시고 자기들도 호강스럽게 놀았으니 그 이상 더 바랄 것이 있을 수 없는 것이다.

이날 밤은 지난밤과 같이 안온치는 못하였다. 기생의 시침 문제로 하마터면 풍파가 이는 것을 간신히 면하였다.

원래 이 사회의 경위로 말하면 이날의 주인은 김소담이요 그 나머지 기생은 아무리 많아도 다 이 좌석의 홍취를 도웁기 위하여 불려온 객인 까닭으로 놀 때에는 이것저것의 구별이 없을지라도 모두 주인 기생의 권리를 침범치 못하는 것이요 또 외입쟁이 경우로도 새로 부른 기생 중에 눈에 드는 것이 있고 보면 요다음 다시 그 기생의 집을 찾아갈지언정 그 당장에서 물건 골라잡듯이 상대의 기생을 바꾸지 못하는 것이다.

그러나 동마마께서 그런 경위를 아실 까닭도 없겠고 또 그런 경위를 짐작하신다 할지라도 지금 그런 세패한 절차에 구애하실 형편이 아니신지라 저녁 진지 후 풍류도 들으시고 춤도 보시며 노시다 퇴등을 하고 주무실 때가 되매 시침은 춤추던 기생 경월이라고 하는 것을 골라잡으셨다. 일이 이렇게 되매 오늘 놀이가 특별인 줄을 알지 못하고 제가 주인이요 제가 귀인을 뫼시겠거니 자긍하고 있던 주인 기생 소담은 빨끈하고 성을 내었으며 그 눈치를 동마마께서도 짐작을 하셨다. 소담이가 빨끈하여가지고 밖으로 나와서 기부며 별감에게 하소연하는 것을 듣고 별감이 깜짝 놀라 백방으로 타이른 결과 겨우 낯을 풀고 들어가 뫼웠기에 망정이지 그 불쾌한 얼굴빛을 두 번만 동마마께서 보셨고 보면 또 밤중에 목 베지는 난리가 날 뻔하였었다.

시침하라시는 분부를 받은 경월이란 기생이

"오늘의 주인은 김소담이온즉 소담이를 시침시키시는 것이 당연하외다."

하고 여쭈어보았으나 동마마께서는

"그게 무슨 상관이냐?"

하사 들은 체도 아니하셨으며 경월이가 또

"마마께서 이러하오시면 소인은 다시 소담이 볼 낯이 없게 되나이다."

하고 여쭈어보았으나 동궁께서는 화를 내시며

"그년이 그래서 성을 내고 나갔고나. 인제 들어올 제도 한 모양이면 내 목을 버이리라."

동마마의 이 분부는 농담의 말씀 같지도 아니하였음으로 경월이도 가슴이 덜컥하여 다시 말씀을 여쭙지 못하였었다.

그러한 계제에 소담이가 웃는 낯으로 들어와 거행이 여전하였음으로 다행히 위험을 면하였으니 실상 따지고 보면 목숨이 경각에 있은 것이며 이튿날 동마마 솜씨 아는 별감들에 이 말을 듣고는 얼굴빛이 다 해쓱하여졌다.

미행(11)

향락에 잠긴 동마마와 및 수종하는 일행들은 가까이서 들리는 삼십 삼천의 파루 소리도 어스름한 꿈결에 들어 넘기고 이튿날 일고삼장한 후에 비로소 원앙몽들을 깨였다

늦게 깨여가지고도 속미음이요 조반이요 차릴 절차는 다 차려야 하는 고로 아침은 한낮이 기운 뒤에야 먹게 되는 것이 이런 사회의 전례가 되어 있는 것이며 이날이라고 전례보다 한시 반시라도 이를 도리는 물론 없는 것이다.

한낮이 훨씬 겨워서 김소담의 집을 떠나신 동마마께서는 사흘 만에 바로 환궁을 하시게 되었다. 어찌 몸이 좀 고단하신지 당신 처소에서 편안히 쉬실 생각이 나신 모양 같았으며 환궁하시는 길로 곧 자리를 펴게 하고 누워 기셨다.

동궁마마께서 대궐 안에 누워 기실 때쯤 하여서 뒤치다꺼리를 하기에 분주한 것은 다방골 윤동지 집 차인의 정사용이라고 하는 자였으며 동마마께서 매수(낮잠)에 드신 동안 나는 새떼같이 활동을 하고 있는 것

은 동마마 미행하신 소문이었다.

사실을 사실대로 전하는 것은 말할 것도 없거니와 세상에 소위 소문이라고 이름 붙는 것치고 사실 그대로를 옮기는 법은 없는 것이다. 나룻도 붙이고 꽁지도 달고 별별 채색을 다 하여가지고 굴려 돌리는 것이 소위 소문이란 것의 정체다. 동마마 미행하신 소문인들 어찌 그 전례에 벗어나리요.

첫째 왈, 동궁께서 별감들을 데리고 미행을 나오셨는데 청룡정 활터에 가셔서 여러 한량들 활 쏘는 구경을 하시고 그중에서 활 잘 쏘고 기운꼴 씀 직한 한량들은 특별히 가까이 불러 보시고 당신께서 일간 부르실 것이니 그때에는 일제히 모이라고 분부를 하셨단다. 또 그날 여러 사람들 가진 활 중에서 특별히 좋은 활은 골라 담아서 가셨다더라.

이것이 동마마께서 사정 구경 가셨던 소문의 줄거리였다. 물론 그날 그곳에 참석하였던 한량들이야 제 눈으로 본 일을 이렇게까지 허무하게 불려 말할 리는 만무하지만 그 사람들 입으로 나온 말도 서너 사람의 입만 거치고 보면 어느덧 소위 풍설과 혼선이 되어버리고 말았다.

그리고 거기에 부록으로 달리는 소문으로는 이러한 것이 있었다.

동궁께서 청동정에만 가신 것이 아니라 다른 사정에도 가셨더라지. 황학정에도 가셨더란 말이 있어.

어디인가 뉘 집에 가서는 환도를 뺏어 가셨대.

동궁에서 무사는 모아 무엇하시고 군기는 모아 무엇하실까?

이런 등속의 꼬리는 결코 거저 달리는 것이 아니요, 어떤 부류의 흉한 사람들이 무슨 목적을 위하여 일부러 만들어 붙인 것이 분명하였다. 그러나 그것이 한 소문으로 떠돌아다니는 이상 듣는 사람이 진가를 가릴 수 없을 것이요 누가 어디서 어떻게 붙였다고 말할 수 없는 일이었다.

이상은 청룡정에 구경 가셨던 소문이거니와 그담은 다방골 윤동지

집 가셨던 소문이었다.

동궁께서는 궁로를 많이 데리시고 다방골 부자의 집을 가셔서 돈 십만 량을 당장 바치라고 하셔서 음으로 바쳤는데도 별감들 행패가 무쌍하여서 주인집 식구에 매 안 맞은 사람이 없고 밤을 새어 북적이며 기생을 불러들여 질탕히 놀고 하마터면 동궁마마 솜씨에 그 집 며느리까지 큰일 날 뻔하였는데 지금 다방골 바닥에는 모두 수군수군 야단들이란다.

또 한편 말을 들으면 이러하였다. 동마마가 미행을 하시다가 어떤 젊은 여자를 보고 탐을 내어 뒤를 쫓으신즉 다방골 부잣집으로 들어가는지라. 그래서 그 부자집을 들이치고 그 여자를 뺏어내려 하였는데 그 여자는 그 집 며느리더라나. 별감들이 호랑이 날치듯 하는 것을 모두 음 쪽을 쥐어주어 무마를 하고 그러는 동안 연상약한 기생을 불러다가 아까 쫓겨 들어오던 복색을 시켜 내놓았더니 동마마께서 그 집안 사람을 차제하시고 그 계집과 하룻밤을 자고 가셨다나. 그리고 별감들은 모두 기생을 불러다 앉히고 하여서 돈을 문청 쓰고 겨우 모면을 하였다니 그럴 데가 어디 있어.

먼저 이야기대로 하면 동궁께서 강도가 되고 다음 이야기대로 하면 동궁께서 색마가 되신다. 윤 씨 집 들어가신 일은 원래가 온당타 할 수 없고 그 끝에 무슨 좋은 소문이 날 리는 만무하겠지만 이렇게까지 엄청난 소문이 된 것은 뜻밖이었다.

무론 이 소문도 윤동지 집 식구들 입에서 나는 것은 결코 아닐 것이요 몸조심하는 윤동지는 집안 식구들까지 단속하여서 그런 일이 있단 말도 입 밖에 내지를 못하게 하는 형편이었다. 그러나 정말 사정 아는 윤씨 집에서 입을 봉한 것과는 도리어 허무한 소문에 날개가 나는 장본이었다. 어느 누가 시초를 내었는지 뿌리 없는 소문만 며칠 안 되어 온 장안에 자자할 지경이다.

동궁께서 사정 구경을 가신 것과 윤동지 집에서 하룻밤을 지나신 일이 그렇게 흉악한 소문을 전할 때 남산에 오르신 일이며 기생집 가신 일이라고 사실대로만 전하지 아니할 것은 물론이다.

남산에서는 굿을 하는데 별안간 동마마께서 다수한 궁로들을 데리고 나타나셔서 무당도 죽이고 구경꾼도 죽인 까닭에 굿 임자 무당 구경꾼 할 것 없이 풍비박산이 되었다는 것이었다.

굿 임자 무당 구경꾼 할 것 없이 풍비박산을 한 것만은 사실일 것이다. 그러나 달려들며 덮어놓고 인명을 상하였다는 것은 사실이 틀려도 여간 틀리는 것 아니었다. 굿 구경을 늘 하던 사람으로도 무당 년이 신이 나서 날칠 때 보면 곧 무서 무서 하거든 하물며 첨으로 보시는 동마마 눈에 그 버럭버럭 소리치며 달려드는 모양이 얼마나 무엄하게 뵈었을까 함은 상상키 어렵지 아니한 일이며, 더구나 좌우에서 별감들이 호통을 치며 물러가라고 꾸짖는데도 불구하고 여전히 달려드는 모양을 보실 때에 그 요악스러운 물건을 베어버리시는 것은 오히려 당연한 결과였다. 다만 거기서 생각을 하신다면 당신 몸이 미행이시며 따라서 무당 년도 막중 존전인 줄을 모르는 터인즉 그 점으로 보아서 용서를 하면 할 것이었다.

사실이 이러하건만은 소문은 까닭 없이 여러 사람을 살상한 것같이 되어 마치 동마마께서 피에 주린 살인마나 되는 것처럼 되었으니 그 또한 놀라운 일이었다. 또 그뿐 아니라 이날 당집에서 본 사람들로 말하면 아무도 이 어른이 동궁이시라는 것을 알 만한 여가가 없었다. 그런데도 이 흉악한 소문은 뚜렷이 동궁의 하신 일로 전하고 있으니 이것도 이상한 일이라고 아니할 수 없는 것이었다.

생각건대 남산에서 풍비박산이 되어 쫓겨 내려온 사람들이 첨으로 전한 소문은 결코 동마마로 지목되지 않고 어떤 군복 입은 사람이 이리 이리하였다고 전하였을 것이다. 그래서 그 소문이 돌다가 동마마의 다른 소문과 마주친 때에 옳지 그러면 이것도 동마마 이야기로구나 하여 어느 덧 동마마 이야기로 확정된 것일 것이다.

광이골 가신 일은 원래 사실대로만 전한데도 신통치 못한 일이거니와 이 소문에는 여러 가지로 질탕하게 노신 이야기 끝에 행하는 한 푼도 없이 그대로 환궁을 하셨다는 말도 있고 또 전날 다방골 부자에 집에서 뺏어 오신 음 쪽을 그대로 내주셔서 기생 서방이 졸부가 되었다는 말도 있으며 또는 실컷 노시고 뒤치다꺼리는 어떤 부자에게 복정을 지으셨다는 말도 있어 거기에도 여러 가지 풍설이 붙어 다니고 있었다.

이러한 소문이 돌아다니자 듣는 사람의 감상은 여러 가지였다. 아무 분개 없이 그저 자미 있는 이야기로 알고 옮기는 위인들은 말할 것도 없거니와 다소 유심한 사람들은 혹 의심도 하고 혹 애석히 여기기도 하고 혹 속으로 기뻐하는 자도 있었다.

동궁께서 천질이 영명하시다는데 이런 일을 하실 리가 있나 하는 것은 의심하는 사람들의 생각이었으며 이러한 사람들은 궁중 사정에 비교적 서투른 사람들이었다.

동궁께서 근래 과거가 많으시다더니 대궐 밖에까지 나와서 무슨 실체를 하셨나. 설마 소문과 같지는 않겠지만 아무렇든지 그게 무슨 실체이신가 참 딱한 일이다. 이와 같이 생각하는 것은 궐내 사정을 짐작하는 사람들 중에 동궁을 아끼는 이의 생각이었다.

옳지 세상이 다 아는 밧남아*로구나. 대궐 안에서 살인을 하다 못하여 밖에까지 나와 살인을 하고 불한당이나 다름없는 일을 하고 부랑패류의

* '방탕아'의 뜻으로 보인다.

하는 짓을 하고 그렇게만 하면 당신 신세도 끝장 다 보는 날이요. 이렇게 생각을 하며 속으로 웃는 자는 평일부터 동마마 지위에 대하야 불측한 생각을 가졌던 자들의 배짱이었다. 그리고 이러한 자들은 겉으로는 딱하게 여기고 걱정을 하는 체하면서도 그 입으로 전하는 소문이란 것은 점점 흉악하게 꾸며진 것이었다.

"이러이러한 말이 있으니 도청도설*을 믿을 것은 아니로되 소문만이기로 그런 망극할 데가 있소?" 하고 정말 근심스러운 낯으로 옮기는 이러이러한 말인즉 아무쪼록 세자궁께 불리하도록 제 입으로 꾸며낸 말이었다.

동궁께서 미행을 하시는 결과는 원래부터가 온당치 못한 데다 이와 같이 일부 음흉한 무리들에게 이용까지 당하여 당신 신상에 여간 불리하신 것이 아니었다. 그러나 동마마 미행은 그 후에도 끊이지 아니하였다. 정월, 이월, 삼월 석 달 동안을 두고 혹 당일로 다녀 들어오시기도 하고 혹 이틀, 사흘 만에 들어오기도 하시는 도리 없는 미행이 수를 헤아릴 수 없이 많았으니 그리하신 중에 실체인들 적을 까닭이 없으며 민간 폐단도 아니 되었달 길이 없을 것이었다. 그러나 아무도 그것을 말릴 수는 없었다.

미행(13)

미행으로 하여서 세상에서 무엇이라 하거니 그것이 장차 어떠한 영향을 당신 신상에 미치거니 그러한 것에 대하여 동궁께서는 조금도 관심

* 길거리에 퍼져 돌아다니는 뜬소문.

하실 일이 없었으며 설령 그것으로 하여서 장래에 큰 화를 받을지라도 장래를 염려하여서 목전의 답답한 앎을 참을 만한 여유는 없으신 형편이었다.

그뿐 아니라 동궁께서는 당연한 순서로 서울 장안을 돌아다니시는 미행만으로 만족을 느끼지 못하시게 되었다. 후원에서 군기 놀이 하시기에 싫증이 나신 것과 같이 좁다란 돌구멍안을 개미 쳇바퀴 돌듯이 되돌아 도는 일에도 싫증이 나신 것이다. 그래서 삼월 그믐서는 멀찌감치 금수강산 평양을 향하여 미행의 길을 떠나시게 되였었다.

내려가시는 연로에서는 순전한 미행이실 뿐 아니라 훌훌하게 지나시는 행차이시며 열 읍 수령들도 대개는 알지 못하고 지났으며 설혹 알고라고 알은 체할 수가 없는 형편이었다. 그러나 급기 평양 부중을 당도하셔 자리 잡아 앉으시고 본즉 감사가 어찌 모르며 감사가 알고서야 아무리 내가 동궁이로라 아니하신들 어찌 영중에 안연히 있으리요. 더구나 그때 평안감사는 정휘량鄭翬良이라 하는 이였으니 그는 화원옹주 시삼촌 되는 이로서 다른 신하와도 처지가 다를 뿐 아니라 그는 천성이 조심 많고 각근*한 성질이었다. 그럼으로 성문 밖에 나와 대령하고 있으면서 모든 것을 공궤하여드렸다.

일이 이렇게 되매 여기서는 별로 탈선을 하실 일도 없고 날마다 낮이면 산천 구경 밤이면 풀색 구경으로 지내셨으며 때마침 삼사월 좋은 시절이라 버들빛 새롭고 강물이 부드러진 평양의 경치는 과연 좋았을 뿐 아니라 이때쯤은 날마다 보아도 날마다 새로워지는 것 같아서 같은 경치를 되풀이하여 보아도 싫증이 나는 줄 모르게 하였다.

모든 것을 다 잊어버리시고 아무 불편한 일 없이 날마다 새로운 경치

* 정성을 다하여 부지런히 힘씀.

가운데 소요하시며 밤이면 미인 불러 시침시키고 이렇게 지나시기 이십 일 만에 사월 스무날께 평양을 떠나 환궁하셨다. 이때 평안감사 정휘량은 동궁 행차를 지송*하여 장림長林을 나오다가 피를 토하였었다. 이십 일 동안 밤낮으로 노심초사한 결과다.

또 한편으로 동궁 장인 홍봉한은 동궁께서 서도 미행을 떠나신 후 거위 대궐 안에서 지내다시피 하며 잠을 못 자고 애를 썼다. 이때 홍봉한의 지위는 정승이었다. 이해 이삼월 동안에 이천보, 이후, 민백상의 세 대신이 차례로 작고하였음으로 홍봉한이 그 뒤를 받아 삼월 달에 대배하였더니 대배를 하자 곧 동궁 미행 사건이 생긴지라. 다른 신하와 달라 보도의 책임이 자별한 터임으로 천행으로 딴 일이나 없기를 바라고 넌지시 감사에게 알려 소식을 줄달어 들으며 손 들여 물을 쓸고 있는 것이었다.

또 궁중에서는 동궁의 미행을 절대 비밀에 부치고 병환 중이신 것같이 보이고 있었다. 장번 내관 윤인식이란 사람을 동궁 대신 속방에 누여 두어 언어 범백을 동궁 하시듯이 하고 박문흥이라는 사람은 그 앞에서 각색 일을 수응하여 어디까지든지 병환 중이신 것처럼 하고 있었다.

방울을 훔치려는 자가 그 소리 남을 꺼려서 제 귀를 틀어막고 훔쳤다는 이야기가 있거니와 대궐 안에서 동궁 미행을 비밀히 하는 것은 이 옛날이야기와 똑같은 일이었다. 동궁께서 다수한 궁노들을 데리시고 서관대로 오백오십 리 길을 백주 공연히 왕복하시며 평양 보중에서 이십 일씩 두류하서 모를 사람이 없이 되었다는 사실은 생각지 아니하는 일이다. 그러나 대궐 안에서는 번연히 그런 줄을 알면서도 아니할 수도 없는 사정이 있는 것이었다. 그리고 이 병환 중이시라는 이십여 일 동안이 동궁의 근시들에게는 무엇보다도 고마운 안식일이었다. 언제 목이 달아날

* 백관百官이 임금의 거가車駕를 공경하여 보냄.

지 모르는 극도의 불안으로부터 이십여 일씩 해방이 된다는 것은 퍽 감사한 일이 아니다. 그리고 그보다도 다행한 일은 동궁께서 서관 미행을 다녀오신 뒤로 병환이 얼마큼 진정되신 일이었다. 서도 다녀오신 뒤로는 차대도 하시고 강연도 하셨으며 말씀하시는 것과 행동범절이 평소와 같으셨으며 오월 중순에는 오래간만에 웃대궐 가오서 대조께 승후*까지 하셨다.

보통 경우 같고 보면 동궁께서 대조께 승후하시는 것은 늘 있을 것이니 따로히 들어 말할 것도 없는 일이나 지금 형편으로는 이번 승후가 작년 칠월에 대조에서 웃대궐로 이어하신 후 근 일 년 만에 첨 있으신 일이며 지난 삼월 달에는 세손이 웃대궐에서 입학을 하시고 관례를 하셨으니 부모 되신 양궁이 당연히 참관하실 것이로대 그때는 미행 난리로 정신이 없으신 때라 가실 생의도 못하고 만 터인즉 오늘날 당하여는 대조께 승후하신 것도 한 경사만 싶은 형편이었다.

미행(14)

동궁께서 서관 미행으로부터 들어오신 후 병환은 좀 진정되었으며 다시 미행도 하신 일이 없으나 이때쯤은 묵은 문서가 모두 들추어나서 미행을 간하는 상소들이 들어오기 시작을 하였다. 상소를 하는 이들로 말하면 다 떠돌아다니는 흉악한 소문들을 듣고 하는 터이며 그중에는 동궁께서 상소를 보시고 반성하시기를 바라는 이보다도 아무쪼록 문제를 벌이집어 가지고 대조께서 이 일을 아시도록 하려는 음험한 계획에서 나

* 웃어른께 문안을 드림.

온 것도 있었다. 그리고 이러한 상소일수록 저 혼자 강직한 체하고 은휘 없이 사실을 적어 넌지시 사실 적발을 일삼는 일이 많았다.

그들의 적발한 사실 가운데는 동궁께서 알지 못하시는 일이 많았다. 그러나 동궁께서는 그것저것을 가리지 아니하시고 다 쓸어 덮어두셨으나 아주 모른 체하실 수도 없음으로 상소한 신하들 대접으로 미행 시에 수행하던 액예들을 혹은 목을 베고 혹은 정배도 보내셨다.

그러나 이 일이 끝끝내 무사히 넘어가지는 못하였다. 이해 구월 달에 대조에서 정원일기를 들여다보시다가 서명언徐命彦의 상소 가운데 서관 미행하신 말이 있음을 발견하셨다. 세상이 다 떠드는 동궁의 미행 사건을 대조에서 인제서 아셨다는 것은 오히려 이상한 일이었으나 세상이 다 아는 일을 궁중에서만 비밀에 부치는 효력은 이런 데 나타나는 것이었다. 만일 미행 당시에 그 일을 비밀히 아니하고 궁중이 다 알았고 보면 문 소의나 문성국의 입을 통하여서라도 대조에서 벌써 아시고 무슨 거조가 있었을 것이로대 사오 삭을 지나 김이 다 빠진 뒤에 정원일기에서 비로소 발견하셨고 본즉 대조에서 동궁을 책망하시는 것도 자연 좀 원화가 될 수밖에 없었다.

그러니 뜻밖에 이 일을 발견하신 대조께서는 이상히 진노하사 창덕궁 거령을 내리셨으며 이 말씀을 듣자 동궁께서도 이번에야말로 의례히 비상한 거조가 있으시려니 하여 당신 벌이신 군기붙이를 다 치우게 하신 후 그때 항상 거처하시던 한취정에 앉아서 처벌을 기다리는 죄인의 심리로 조마조마 가슴을 졸이며 앉아 계셨다.

이때 빈궁이 자리에 있었으매 동궁께서는 여러 해 만에 정으로 하는 말씀을 빈궁께 하셨다.

"아무래도 무사치 못할 듯하니 어찌할고."

빈궁도 같은 생각인지라 무슨 말씀으로 위로를 하여야 좋을지 알지 못하였다. 그래서 억지로 농담과 같이 대답하였다.

"안타깝소만은 설마 어찌하시리잇가."

동궁께서는 고개를 흔드시며

"어이 그러할고. 세손은 귀하여하시니 세손 있는 밖 날 없이하여도 관계할까."

빈궁은 속이 찌르르함을 느꼈다. 그래서 아무쪼록 일시라도 위로하여드리려는 생각으로 다음과 같이 대답하였다.

"세손이 마노라* 아들인데 부자가 화복이 같지 어떠하오릿가?"

동궁께서는 또 깊이 생각하시는 모양으로 고개를 흔드시며 말씀하셨다.

"자네는 못 생각하네. 질지이심**하여 점점 어려우니 나는 제하고 세손을 효장세자의 양자를 삼으면 어찌할가 본고."

여러 해 만에 진정으로 하시는 말씀을 첨 듣는 자리에 이와 같이 구슬픈 말씀을 듣는 세자빈은 한없이 슬펐다.

"그럴 리 없나이다."

동궁께서는 앞일을 머릿속에 그리는 모양으로 방바닥을 들여다보시며 또 말씀하셨다.

"두고 보소. 자네는 귀하여하니 내게 딸린 사람이로대 자네와 자식은 예사롭고 나만 그리하여 병이 이러하니 어디 살겠는가."

빈궁은 다시 대답을 못하고 울었으며 동궁께서도 아무 말씀이 없었다.

그러나 이때 창덕궁 거동은 중지되고 말았으며 다만 근시하는 내관들을 치죄하시는 데 그쳤다. 일이 뜻밖에 이와 같이 순순하게 지나간 것

* 상전, 마님, 임금 등을 이르는 말.
** 몹시 미워함.

은 첫째 정휘량의 주선한 힘이 많았었고 둘째로는 본래 대조께서 적은 일에는 세미한 점까지 까다롭게 살피시와 질지이심히 꾸지람을 하시되 정말 큰일에는 도리어 그처럼 하지 아니하신 편이니 전에도 동궁께서 인명 살해하신 일을 아신 때에 큰 거조가 나려니 생각한 반대로 맘이 상하여 그러하다고 도로여 위로하시든 일 같은 것이 그 전례였다.

이번에도 이 고마우신 전례에 의하여 다행히 큰일 없이 지났으며 따라서 동궁께서도 저윽히 안심은 되셨으나 매양 이러한 경우를 한번 지내신 뒤에는 병환 증세가 더하여지시는 터이라. 이때도 시월 달에 들어서는 더욱 중태가 되어 좌우가 황황하게 지내었다.

고변(1)

대조에서 서관 미행을 아시고 풍파가 있은 후로 동궁께서는 별로 미행을 나가신 일이 없으니 병환은 점점 침중하여지고 궁중에서 지나시는 모양은 점점 난맥이 될 뿐이었다. 이해 시월에 세손빈 간택이 있으나 부모 되시는 양궁이 역시 참예치 못하시고 십이월에 삼간이 되는데 삼간에도 부모를 아니 뵈울 수 없어 대조에서 동궁과 빈궁을 부르셨다.

동궁께서는 며느리 재목 얼굴 볼 일을 기꺼하시면서 급기 거동을 하시게 되매 본병환의 의대증이 발작되어 의대를 입으실 수가 없었다.

"이거 못 입겠다. 갖다 불살러라."

하실 때에는 의대 일습과 심지어 망간까지 한 벌이 쫓겨 나가 불 속으로 들어가고 만다.

"응, 이거 또 못 입것거나 내가거라."

하시면 또 한 벌이 쫓겨 나온다. 이렇게 몇몇 벌을 불사르고 나서 천

신만고로 한 벌 의대를 입으신바 마침 그때 쓰신 망건에는 도리옥 관자가 없어 커다랗고 넓적한 통정옥通政玉 관자가 달려 있었다.

대소조 부자분은 사현합에서 만나보시자 대조에서는 먼저 동궁의 의대 입으신 모양을 살피셨으며 물론 첫눈에 용정 관자를 발견하셨다. 귀인의 귀 뒤에 사기판같이 커다란 관자가 붙어 있는 것은 아무가 보아도 눈 설어 뵈고 어울리지 않는 일이었다. 그러나 아 이것이 무슨 그리 큰일 될 것은 없건만은 대조에서는 적은 일에 심하게 구시는 전례에 의하여 당장에 진노하오서 일껏 며느리 간택에 불러놓시고도 처녀가 들어오시기 전 내리쫓고 마셨다.

동궁은 말없이 공손하게 물러가셨다. 그러나 본궁에 돌아가신 후에는 부왕께 대한 불공한 말씀을 기탄없이 하셨다.

"늙은이가 (※20자 정도 알아볼 수 없음)."

이만한 정도쯤은 아주 대접하는 편이었다.

"나는 아비도 어미도 없는 놈이다. 잡아먹지 못하여 으르렁대는 애비도 아비라고 하더냐?"

이런 말씀도 하였다. 동궁께서 이런 말씀 하실 때에는 거의 본정신이 없으신가 싶으되 이러하신 태도가 계속되는 것은 아니었다. 삼간 때에도 그처럼 불평이 환궁하셨으되 오후에 내전에서 의논하시고 세손이 별궁 가는 길에 옹주가 안타고 창덕궁에 들러서 뵈웁게 한 때에는 화기만면하사 기꺼하시며 그 며느리를 어루만지시며 기특히 여기시는 모양이 조금도 무슨 병환 있으신 것 같지 아니하였다.

세손빈은 판서 김시묵金時默의 여식으로 결정되어 여러 가지 통절이 있는 중에도 이듬해 임오 이월에 가례까지 무사히 지났었다. 그러나 동궁 병환은 해가 바뀔수록 점점 망극한 일편이었다.

궁중에서 사람도 여전히 죽어 나가고 병자년에 애매히 술 일로 하여 꾸지람 들으신 이후 그 치원하시던 반감으로 궁중에 항상 술을 들여서 낭자하기 한이 없으며 서도 미행 시에 기생 하나는 데려다 궁중에 두셨고 또 가끔 잔치라고 하시면 기생도 불러들이고 내관들 계집까지 불러들여서 한데 섞여 잡되이 노시니 궁중의 존엄한 법도와 체모라는 것은 전연 없어진 형편이었다.

또 동궁께서는 그 거처하시는 곳을 이상히 꾸며서 모든 것을 산 사람의 거처보다도 죽은 사람 빈소에 가까이 하시니 심지어 당홍으로 명정 같은 것까지 만들어 거셨다.

그러나 그보다도 이상한 것은 그해 오월에 지은 지하실이었다. 땅을 파고 삼간을 세운 후 사이에 장지를 들여 마치 광중* 모양을 만들었으며 드나드는 문은 위로 내되 겨우 사람 하나 용신할 만한 판장문을 만들고 그 판장문 위에는 떼를 입혀 덮으니 겉으로 보기에는 집 지은 흔적도 없었다. 준공이 되자 동궁께서는

"묘하다."

칭찬하시고 그 속에 등을 달아놓고 앉아 계셨다.

"인제 안심이다. 늙은이가 거동을 하여도 모든 것을 이 속에 감추었으면 설마 알 길이 있으랴."

동궁께서는 그 광중 같은 속에 혼자 앉으셔서 이 모양으로 혼자 말을 하셨다. 늙은이라는 것은 물론 부왕을 가리킨 말씀이다.

"흥, 모든 것을 여기다 두면 된다."

동궁께서는 정말 만족하신 모양으로 거듭 이렇게 말하셨다.

동궁께서 말씀하시는 모든 것이란 무엇인가? 항상 당신께서 가지고 노시는 물건일 것인즉 그것은 칼이며 환 같은 군기붙이를 가리킨 말씀일

* 시체가 놓이는 무덤의 구덩이 부분을 이르는 말.

것이다. 동궁께서는 이 지하실을 군기붙이 감추는 비밀한 장소로 만드신 것이며 어떠한 때에는 당신도 들어가 계실 생각이신 것이었다.

고변(2)

동궁 병환이 이러하신 중 이해 윤오월 초승에 윤급尹汲이라는 사람의 집 하인 라경언羅景彥이란 자가 형조에 고변을 하였으니 그는 동궁께서 부왕을 시역코자 도모한다는 무서운 고변이었다.

그자의 공초에 의하면 동궁께서는 전해 정월부터 여염 간에 비행으로 출몰하여 세상에 불평을 품은 장사패를 연락하는 동시에 군기와 재물을 뺏어 들여 궁중에 쌓아두고 거사할 준비를 하여 나려오던바 요사이 모든 준비가 다 되어 어느새 웃대궐을 들이칠는지 알 수 없고 벌써 며칠 전부터 장사패들이 몰려다니며 수군거리는 것을 보았다는 것이었다.

이 고변을 들으시자 상감마마께서는 크게 놀라셨다.

"이게 무슨 말이니, 이런 법이 있을가 보냐."

부자분 사이가 위연만 하신 것 같으면 한낱 하인배의 고변으로 졸연히 동궁을 의심하실 리가 만무한 일이로대 원래가 마땅치 못하신 데다 들으시느니 참소뿐이라. 이 말씀을 들으시자 먼저 당신 신변부터 겁을 내셨다. 당장 어디서 쳐들어오는 것같이 당황한 모양으로

"급히 성문을 닫아라."

분부하셨고 또

"군총을 풀어서 대궐을 옹위하라."

하셨다. 분부가 한번 내리자 좌우가 황황하여 ○마가 팔방으로 뛴다, 군총이 모여든다 불시로 대궐을 철통같이 옹위하였으며 대궐의 경위가

끝나자 상감마마께서는 비로소 삼공육경三公六卿과 삼사정원三司政院이며 각 영 장신將臣을 불러 좌우에 세우시고 친국을 시작하셨다.

대궐 뜰에 잡아 꿇리니까 여러 말씀을 물으시기 전에 소매로부터 한 봉서를 꺼내 올렸으니 그 봉서의 내용인즉 아까 형조에서 입으로 고변한 것보다도 더욱 망측하고 더욱 자세한 고변이었다. 거기에는 동궁 미행 후에 세상에서 떠들던 흉악망측한 소문을 다 건져 적었으니 이것으로 보면 동궁은 미행으로 여염에 출몰하며 천하 무뢰지배를 연탁하여 도당을 삼아가지고 민간에 돌아다니며 불한당같이 재물을 빼앗고 부녀를 겁간하였고 무죄한 생명을 함부로 죽였고 도처에서 폭행을 할 뿐 아니라 또 한편으로 궁시붙이며 환노 등 군기를 보는 대로 몰수하여 궁중으로 들여가고 있었는데 근래에는 도당도 인수가 많아지고 군기도 준비가 충분함으로 그자들을 데리고 웃대궐을 들이쳐 용상을 차지하려는 계획이 섰으며 이 며칠 동안으로 그자들의 행동이 더욱 수상하여지고 여기저기 뭉쳐있어서 비밀히 숙덕거리고 무슨 지휘인가를 기다리는 모양 같은즉 불측의 화변은 조석을 헤아릴 수 없다는 것이었다.

위에서는 이 봉서를 보시자 라가의 문초를 정지하신 후 그자를 법사로 내여 맡기시고 좌의정 홍봉한에게 그 봉서를 내주시며

"경이 가지고 가 동궁에게 물어보오."

하고 분부를 하셨다. 홍봉한은 곧 봉서를 가지고 창덕궁에 내려가 동궁께 뵈우니 동궁께서는 먼저 고변이 있어 친국하신다는 말씀을 듣고 초조히 지나시다가 눈앞에 봉서의 내용을 보시고는 한참 동안 기가 막혀 말씀조차 없으셨다. 이윽고 정신을 차리시와 다만 한마디 말씀으로

"이럴 리가 있소. 너무도 억울하오."

하셨으며 홍 씨 또한 다시 말이 없었다.

홍 정승이 복명할 제 동궁께서도 창황히 따라가시와 어전에 부복대

죄하였으며 홍봉한은 동궁께서 애매하신 양으로 아뢰었다. 그러나 상감마마께서는 좌우간에 이렇단 말씀이 없으시고 여전히 크게 진노하신 기색으로 먼저

"그자를 내여 버이라."

분부하시고 다음 동궁을 향하사

"물러가라."

한마디 분부를 내리실 뿐이었다.

대체 이 일은 등 뒤에서 사촉한 자 있음이 분명하니 첫째 그자의 소매 속에 봉서 있음이 이것을 증명한다. 충분히 강을 하여 익혀 보내면서도 무식한 자가 막중존전에서 친국을 당하고 보면 선망후실하여 갈피없이 지껄이지나 아니할까 하여 적어준 것이 봉서이니 이것 한 가지만으로도 이 고변이 라가 제 생각으로 한 것이 아님을 알 수 있는 것이다. 이미 동궁께서 애매히 모함을 당하셨다 하면 모함한 그자를 충분히 문초받아 무슨 목적으로 모함코자 하였으며 또는 저 혼자 생각인지 어떤 자의 사촉을 받았는지 그러한 관계를 충분히 밝히지 아니하면 아니 될 것이다. 그러함에도 불구하고 상감마마께서는 불계하고 버이라는 처분만 내리셨고 좌우에 시려한 여러 신하들도 모두 입을 봉하고 그런 말을 아니하였다. 그리고 우목하니 서서 동마마의 돌아 나가시는 뒷모양만 바라보고 있었다.

고변(3)

어전을 물러 나오시던 동궁께서는 부왕의 처분도 야속하거니와 여러 신하들의 태도가 분하여 견딜 수 없으셨다. 그래서 발을 멈추고 돌아서

노기가 타오르는 눈으로 그들을 바라보시며 음성을 가다듬어 책망하셨다.

"옛말에 대신을 공경하라 하였으니 내 대신을 책망치 못하려니와 그 외 제신 중에 한 사람도 사촉한 자를 핵실*하여보옵시다 여쭙는 일 없으니 조정 제신이 모두 역적이 아니고 무엇이뇨?"

이것은 커다란 불덩이였다. 이 불덩이가 여러 사람 발등에 떨어질 때 그들은 소스라쳐 놀라지 아니할 수 없는 것이었으며 상감마마께서도 만일 조금이라도 세자를 애매히 생각하시고 그자의 고변을 괘씸하게 생각하실 것 같으면 세자의 던지신 이 불덩이에 다시 한 번 생각하셔야 될 것이었다. 그러나 사실인즉 임금과 신하가 다 같이 들은지 만지 신경이 없는지 있는지 한 태도를 취하였다. 다만 판서 한익모韓翼暮라는 이가 비로소 기회를 얻은 듯이 사촉한 자를 핵실할 필요가 있음을 주장하였으나 위에서 듣지 아니하셨다.

상감마마께서는 풍부하신 경험에 의하여 이 일을 심하게 들추면 그 결과가 얼마나 커지며 결국 당파싸움에까지 이용되어 허다한 신하를 상하게 되는 것인 줄을 아신다. 그리고 일을 이와 같이 적극적으로 벌이집기로 말하면 동궁의 신변에 대하여서도 좀 더 알아보실 필요가 있는 것을 생각하시는 터이었다. 그러한 연로하신 상감마마께서는 이런 것이 다 귀치않으셨다. 아무쪼록은 일을 돌려서 처분하고 싶으셨다. 거기다가 좌우에 뫼신 신하들 역시 이 일이 벌어지는 것을 원치 아니하였다.

그들은 고변자의 등 뒤에 대개 어떤 사람이 있는 것을 짐작하고 있는 것이며 만일 고변자를 핵실하여 그 실정이 드러나고 보면 결국 자기네 신변에까지 어떠한 불똥이 튈는지 모르는 터임으로 그들 역시 일을 줄여

* 일의 실상을 조사함.

서 처분하시도록 여쭈울 것이다.

고변자가 고변을 다 하고 난 뒤에는 그 외에 더 이용할 가치가 없는 것이며 도리어 오래 살아 있으면 비밀이나 후설시킬 염려가 있는 터인즉 한시바삐 내다 버이는 것이 필요한 일이다. 다행히 고변의 당사자가 나라의 둘째 임금이신즉 사실 여하는 불문하고 이러한 자는 곧 내다 버이는 것이 옳다고 여쭈울 것이다.

이때 대궐로 내려오신 동궁께서는 외롭고 분하고 원통하야 맘을 지접하실 리가 없으셨다. 그러한 중에도 제일 분한 것은 소위 라경언이란 자를 핵실 한번 못하신 일이었다. 대조에서 이미 법사로 넘겨 처참하라신 분부가 계셨은즉 소조의 힘으로 어찌할 수는 없으나 그자를 그대로 버여서 입을 없애버린다는 것은 참 분하였다.

"네 그놈이 윤급이 집 하인이라니 윤급이 집에 가서 그자의 부자형제간 붙이가 있거든 잡어오라. 한달음에 거행하렸다."

동마마의 호령은 추상같았으며 이윽고 경언의 아우 상언이란 자를 잡어 대령하였었다. 그래서 시민당 손지각 뜰에 꿇어놓고 문초를 하셨다.

"형제 일신이라니 네 형 하는 일은 너도 알렸다."

"황송하옵지 소인은 아무것도 모르나이다."

"어이 그럴고. 바로 대라."

"과연 모르나이다."

"그놈도 흉한 놈이로구나. 그대로 안 되겠다. 기왓장 끌님을 시키되 무릎에 돌을 실어라."

긴 대답 소리가 나더니 숫기왓장을 제쳐놓고 그 위에다 상언이를 꿇어앉혔다. 그리고 그 무릎 위에는 방치돌만이나 한 돌을 실어놓았다. 그렇지 않아도 기왓장 모서리가 마른 정강이에 박혀서 눈에 불이 나는데 돌까지 실어놓고 본즉 상언이는 입을 딱딱 벌렸다.

"이놈 바른대로 말 못할까."

"아무리 물으셔도 모르는 것이야 어찌하오릿가?"

"그놈 돌 하나 더 실어라."

상언이 무릎 위에는 돌 한 개가 더 실렸다. 상언은 눈을 감고 입을 악물고 있었다.

"네 그놈 바른대로 설할 때까지 자꾸 실어라."

상언의 무릎 위에는 돌이 자꾸 실려서 턱을 치받게 되였었다.

"그래도 바른대로 말을 못할까."

"죽이신대도 모르는 것이 어찌하오릿가."

"그놈 독하다. 네 돌 내려놓고 땅바닥에 꿇려라."

상언은 인제서 숨을 돌렸다.

"이놈 말 듣거라. 너의들이 공연히 남의 말을 듣다가 네 형은 벌써 목이 버졌고 너마저 죽으면 무슨 소용이 있느냐. 네가 바른대로 말하면 네 형은 이미 죽었으니 할 일 없거니와 네 죄를 용서하고 후히 상급할 것이니 바른대로 말하여라."

동궁께서 순순히 달래어 이르셨다.

"그처럼 말씀하시는데 알면 어찌 말씀 아니하오릿가. 과연 모르나이다."

여전히 뻗쳤다.

고변(4)

동궁께서 좋은 말로 일러도 듣지 않는 것을 보시자 다시 불길같이 화를 내셨다.

"네 이놈 곱게 다뤄 안 될 놈이다. 주리를 틀어라."

긴 대답 소리와 같이 상언의 몸은 팔을 뒤로 제쳐 결박한 채 땅바닥에 굴렀다. 양편 정강이를 위아래로 단단히 결박하고 그 사이로 여섯 자 길이 되는 참나무 방망이를 끼웠다. 이것이 소위 주릿대라고 하는 것이며 주릿대는 두 개가 있어서 좌우로 어기게 된 것이었다. 기운차 뵈는 별감들이 주릿대를 좌우로 갈라 쥐고 들어서자 상언이는 몸서리를 쳤다. 그는 주릿대 맛을 아는 모양이었다.

"그놈 정신이 날 때까지 한 모태 내려라."

동마마께서 분한 생각으로는 그자를 한 매에 때려죽여도 신신치 아니하셨다. 그러나 행여 무슨 사실을 토설할까 하셔서 분하고 급한 맘을 참으시는 것이었다.

"에구구, 에구구."

지긋지긋 눌리는 주릿대 밑에서 마른 정강이가 부러지는 것같이 느끼는 상언이는 이 모양으로 고함을 쳤다.

"그놈 상투 풀어 뒤로 제쳐 매라."

상투를 풀어 그 머리끝을 뒤로 결박한 팔뚝에다 잡어매고 보니 입이 벌어지고 모가지가 뒤로 제쳐졌다. 인제는 아파도 아프다 소리조차 입으로 못할 뿐 아니라 호흡부터가 곤란한 모양으로 헉헉하고 있었다. 주릿대는 여전히 지긋지긋 내리눌렀다.

"그만 늦궈라."

이윽고 동마마 분부로 주릿대는 잠깐 늦궈졌다.

"그래도 말을 못하겠느냐?"

"네, 죽사와도 여쭐 말씀은 없나이다."

고통을 못 이기어 온몸을 뒤틀고 있던 그자는 어깨로 숨을 쉬면서 간신히 이렇게 대답을 하였다.

"네 그놈 뜨거운 맛을 좀 보아야 될까 보다. 단근질을 하여라."

추상같은 분부가 떨어지자 긴 대답 소리가 나며 단근질할 준비는 시작이 되었다. 이윽고 반 탄 숯이 이글이글 타오르는 화로와 집게와 쇳조각 등속이 갖다 놓였으나 상언은 입을 악물고 눈을 감은 채 정신을 가다듬는 것처럼 가만히 앉아 있었다.

"뜨거운 거동을 보기 전에 바로 말을 못할까?"

상언은 그제야 눈을 뜨고 둘러보고자 하였으나 고개를 뒤로 제친 까닭으로 맘대로 뵈지 아니하였다. 그러나 이 말이 떨어지면 또 단근질이 시작되려니 생각을 하면 몸서리가 나서 곧 입을 벌릴 용기가 없었다.

"인제 말을 하라느냐?"

동마마께서는 그자가 머뭇머뭇하는 모양을 보시고 이렇게 물으셨다.

"죽어도 여쭐 말씀은 없나이다."

그자는 여전히 내뻗쳤다.

"네 그놈 배를 헤치고 단근질을 하여라."

긴 대답 소리와 동시에 좌우로 달려들어 저고리 앞자락을 헤친다. 바지춤을 내리 문지른다 하여서 배때기를 내놓았으며 다음 순간에는 싯벌겋게 달은 쇳조각이 배꼽 위에 놓였다. 희고 무거운 연기가 펄석 일어나며 지글지글 기름 끓는 소리가 들렸다. 뱃가죽은 경련적으로 물결쳤으며 결박된 몸뚱이를 뒤틀었다. 그자는 울고 부르짖는 대신에 이만 보득보득 갈고 있었다.

"그놈 아직도 부족한 모양이다. 더 하여라."

또 싯벌건 쇳조각은 배 위로 옮겨 갔다. 이번에는 먼저번에 녹은 기름이 고여 있음으로 마치 기름 그릇에 인두를 담근 모양이었다. 지글지글 끓는 소리 희고도 무거운 기름 연기 이러한 것이 아까보다도 현저하게 들리고 보였다. 그러나 그자는 고통에 못 이겨 정신을 놓았고 다만 뱃가죽만 반사적으로 꿈틀꿈틀 뒤틀리는 것을 볼 뿐이었다.

"이놈이 까무러쳤나이다."

"그럼 단근을 잠깐 멈추어라."

동궁께서는 어떻게 하던지 그자의 입에서 고변한 음모의 정체를 알아내고자 애를 쓰셨다. 그러나 그자는 끝끝내 무슨 말을 할 것 같지 아니하였다.

얼마 후에 그자는 정신이 났다. 휘 하고 숨을 쉬었다.

"네 그놈 머리끈을 풀어주어라."

상언은 그제서 고개를 바로 들었다.

"이놈 들어라. 아무리 미련한 소견이라도 목숨 아까운 줄은 알겠고나. 바로 말하면 네 목숨은 살 터인데 왜 말을 아니하느냐?"

"열 번 죽사와도 정말 모르나이다. 제발 상덕으로 어서 죽여주소서."

그자는 이 말대답도 어깨로 숨을 쉬어가며 간신히 하였다.

"네 그놈을 주릿대로 대가리서부터 내리족쳐라."

동마마께서도 인제는 단념을 하시고 분풀이나 하시려는 것이었다.

미구에 그자는 피투성이가 되어 거꾸러졌으며 다시는 숨기척도 없었다.

고변(5)

이튿날 동궁께서는 입직 춘계방을 데리시고 웃대궐 홍마목 월대 위에 가 대죄를 하시면서 드나드는 관원들에게 위에 잘 말씀을 하여 무사토록 하여달라고 부탁을 하셨다. 그러나 그들은 아무도 동궁을 위하여 말씀을 아뢰는 사람이 없었다. 동궁께서는 월대 위에 부복하시와 이제나 무슨 분부가 계실까 이제나 무슨 처분이 있을까 하고 맘으로 고대하였으나 윤오월의 기나긴 여름 해가 다 넘어가고 밤이 다 깊어가도록 아무런 처분도 없었다. 동궁께서는 온종일 한밤을 식사도 폐하시고 월대 위에 부복하여 계시되 슬프고 분한 생각이 가슴에 북받쳐서 시장한 줄도 잘 모르셨다.

밤중이나 된 때에 승지 리유수라는 이가 아뢰어 비로소 장전帳前에 입시하라신 분부가 내리셨음으로 춘방이 모시고 들어갔었다. 위에서는 여러 가지로 박절한 엄교를 내리시고 날이 밝은 뒤에야 비로소 환궁이 내리셨다.

동궁께서는 궐문 밖으로 나오시다가 다시 금천교 위에 부복하여 두어 식경이나 대죄하여 계시더니 이때 홍봉한과 윤동도가 옆에 와 서 있었다. 동궁께서는 그들을 보시자 분한 생각을 이기지 못하사

"온 조정 신하가 나에게는 모두 역적이여."

하셨다. 그러나 홍봉한은 아무 말도 없었고 윤동도는

"너무 과도하신 말씀이시오."

하고 어름어름하였었다.

그 이튿날 동궁께서는 또 대죄를 하실 제 영상 신만申晩과 좌상 홍봉한이 옆에 와 뫼시고 서 있었다. 동궁께서는 또 그들을 보시고

"잘 아뢰어 무사하게 하여주오."

하고 부탁하셨다. 홍봉한은 역시 아무 말이 없었으나 영의정 신만은 외면을 하고 돌아서며

"당신이 잘못하여노시고 대신더러 미분하여달라시니 낸들 어떻게 할 수가 있나."

이와 같이 혼자 말씀을 하였다.

동궁께서는 속으로 이를 부드득 가셨다. 원래 동궁께서는 신만을 좋아하지 아니하셨으니 그 까닭은 이러하였다. 신만이 본래 대신으로 있다가 친상을 당하여 오랫동안 거상을 하다가 이해 봄에 비로소 탈상이 되어 다시 정승이 되니 대조에서 본래 신임하던 신하로 삼 년간을 못 보시다가 만나보시니 탐탐히 반겨하사 그동안 지난 일이며 생각하시는 일을 이야기하시는 중 동궁 말씀이 제일 많으신지라. 동궁께서는 신만으로 하여 혼이 나서 그 정승복 입고 밉다 하사 신만이를 사위스럽고 무섭게 생각하시며 대조께 무슨 참소나 하는 것처럼 생각하시던 차에 또 말대답이 이러한지라 더욱 절치부심하시와 불공대천지수와 같이 미워하셨다.

그러나 동궁께서도 대신은 어찌하실 수가 없음으로 그 아들 영성위를 잡어다 죽이겠노라 벼르기 시작하셨다.

영성위 신광수는 동궁과 동복누의 되시는 화협옹주의 부마이니 그때 사자원 제조로 있었는바 라경언의 사건이 있은 후 화색이 박두하여 오늘 잡아온다 내일 잡아온다 벼르시는 중에 있었으며 사람은 비록 안 잡혀왔으나 영성위 관복, 조복, 융복을 위시하여 일용 제구와 패옥과 띠까지 갖다가 깨트리고 불살라버리시니 영성위 생명이 실로 호흡지간에 있었다.

이 일 비록 대조에서는 자세히 알지 못하시니 사정을 아는 선희궁의 노심초사는 비길 데가 없는 형편이었다. 한편으로 무죄한 사위의 목숨을 걱정하렷다, 한편으로는 점점 망극하여가는 아든님 병환을 설워하렷다, 음식이 맛이 없고 밤에 잠을 이루지 못하여 흰 털이 날로 늘어가며 주름살이 시각으로 생기는 것같이 느꼈다.

이때 동궁의 병환은 아주 극도에 미친 느낌이 있었다.

"내 칼을 품고 가서 사생결단을 하리라."

이것이 그때 동궁 입으로 나오는 말씀이었다. 칼을 품고 간다는 곳은 물론 대궐을 가리킨 것이다.

"내 수구水口로 하여 웃대궐을 가서 날 잡아먹으려는 놈들 배를 가르고 그 칼에 나도 죽겠다."

이러한 말씀을 맑은 정신으로 하실 리는 만무하거니와 비록 병환으로 하시는 말씀이라도 놀랍고 망극한 일이었다. 더구나 당신께 잘 아니하여준다 하여 옹주에게 보내신 편지는 사연이 망극망극하여 차마 거두지 못한 말이 많으니 모든 것이 병환의 소치요 생각 밖에 일이라고 할 수밖에 없었다.

그런 때에 동궁께서는 말씀만 그렇게 하실 뿐 아니라 윤오월 초십일 날에는 수구로 웃대궐을 간다 하여 얼마큼 헤매고 다니며 고생을 하시다 돌아오신 일까지 있었다.

일이 이 지경에 이르매 황황한 소문이 어찌 보태어 아니 나리요. 무서운 소문이 낭자하니 위아래 대궐이 다 ○○○ 지났었다.

대처분(1)

동궁이 장사패를 데리고 웃대궐을 들이쳐서 차마 못할 일을 하려 한다는 라경언의 고변은 모함이라 일컫고 그대로 넘겼으나 상감마마 맘속의 미안은 결코 사라지지 아니하였었다.

고변한 내용이 전부 사실은 아닐지라도 전연 무근한 말도 아닐 것이다. 더구나 미행으로 여염에 나가서 행패를 하였다는 말 같은 것은 분명히 근거가 있는 말일 것이다. 궁중에서도 사람 죽이기를 초개같이 하거든 여염에 나가서라고 아니 그럴 리가 있으랴. 그 이외의 말도 그럴 리가 있으랴고 안심할 수는 없다. 그 광패한 자식이 무슨 일을 할는지 뉘 알리.

이것이 상감마마 머릿속에 떠도는 생각이셨다. 라경언의 고변이 있은 후 연로하신 상감마마께서는 밤이 깊도록 잠을 이루지 못하시고 전전반측하여 생각하시는 일이 항상 이 일이었다. 어떠한 때는 설령 미워하실지라도 역시 천륜 소재에 아끼는 생각이 있으신지라 제가 아무리 광패하기로 설마 그렇게야 하랴 하고 고개를 흔드시며 속맘으로 부인을 하여 보시다가도 다음 순간에는 역시 안심을 할 수가 없어 의심이 앞서고 말았었다.

상감마마께서는 또 대신들과도 몇 번이나 의논을 하여보셨다. 그러나 그들은 다 한 모양으로 망극하고 슬픈 얼굴을 할 뿐이요 별로 말이 없었다. 그러나 말없는 그들의 표정은 말하는 이상으로 동궁께 대한 불신을 표시하였다.

"무슨 말씀을 하오릿가?" 하고 조상하는 것도 같고

"우리는 빈말이라도 좋게 할 수는 없소." 하는 눈치가 그들의 노련한 표정 가운데 역력히 나타나고 있었다. 일껏 좋도록 말한다는 것이

"지금은 병환 중이시여니와 병환이 나시면 영명하신 천품이 다시 나타나시겠지요."

하는 말이었다. 그러나 이 말도 자세히 다시 듣고 보면 결코 동궁을 위한 말은 아니다. 이를 노골적으로 말하자면 병이나 나시면 모르되 지금 형편으로는 어찌할 수 없소 하는 뜻이니 속담에 때리는 시어미보다 말리는 시뉘가 밉다는 격이다. 어떤 대신은 또 이렇게 대답하였다.

"신들이 감히 무슨 말씀을 하오릿가만은 전하께서 당하신 처지가 극히 난처하시니 종사대계宗社大計와 천륜지정天倫之情에 유감이 없도록 깊이 처분하소서."

이것도 얼핏 듣기에는 두루뭉수리같이 대체만 들어 말하는 것 같으되 실상인즉 역시 무서운 말이었다. 종사대계를 위하여는 동궁을 그대로

두어 아니 될 것이요, 동궁을 잘못 처치하면 천륜지정에 유감이 될 것이니 이 난처한 소조를 잘 생각하여 조치하라는 뜻이다.

국가 대사를 같이 의논하는 대신들도 이 일에 대하여서는 결코 이상으로 구체적 의견을 말하지 아니하였다. 원래 행세하는 사람이란 비록 예사로울 일이라도 남의 부자간 사에 입을 벌리는 법이 없거든 하물며 이런 비상한 경우에 백전노졸의 그들이 선부른 말을 할 리는 만무하였다.

나라에 큰일이 있을 때 유일의 자순* 기관인 대신들이 이 모양이고 본즉 상감마마께서는 다시 의논하실 자리도 없고 부질없이 맘만 답답하셨다. 고변은 있었고 아랫대궐에서는 흉악한 소문이 끊이지 않고 아드님 성질이며 하는 일을 생각한즉 어떠한 때에는 잠시도 평안히 있을 수가 없어 누셨다가도 벌떡 일어앉으시며 맘을 졸이시는 형편이었다. 그러나 아직도 어떻게 하겠다는 방침은 작정이 없으셨다.

그러나 아주 작정하지 아니하면 아니 될 기회가 돌아왔다. 유예미결하여 조치할 방법을 정하지 못하시는 상감마마께 최후의 방침과 최후의 결심을 하도록 한 것은 동마마 어머니 되시는 영빈 리 씨였다. 리 씨는 처지가 처지인 만치 아래 대궐 소식을 자주 들었으며 망극한 소문을 들을 때마다 모골이 송연하였다. 병난 원인이야 어찌 되었던지 병세가 이 때도록 극진하여 부모를 알지 못할 지경이니 사정에 차마 하지 못하여 임염**도일하다가 만일 병증이 급작이 발작되어 차마 생각지 못할 일을 저지르고 보면 사백 년 종사를 어찌하리요. 내 들어가 성궁을 보호하는 일이 대의에 당연하고 이미 병이 할 일 없이 되었으니 차라리 몸이 없는 것이 옳고 삼릉 혈맥이 세손에게 있으니 천만 가지로 생각을 하여도 나

* 윗사람이 아랫사람에게 의견을 물어 의논함.
** 차츰차츰 세월이 지나거나 일이 되어감.

라를 보전하는 도리가 이밖에 없다고 정리로 보아 제일 차마 못할 친어머니가 제일 먼저 최후의 결심을 하였었다가 둘도 없는 장성한 아들이며 그 병난 원인이 부왕의 총애를 받지 못한 데 있는 것을 생각하면 영빈은 가슴이 미어졌다. 왜 그 아들 하나를 사랑하지 못하신가 생각을 하면 상감마마 처사가 야속도 하였다. 그러나 이제는 그러한 일을 생각하고 있을 시기가 아니었다. 이제는 탓할 것도 원망할 것도 없고 애틋한 인정도 다 잊어버리고 오직 목전의 급한 일을 예방하지 아니하면 아니 될 형편이 된 것이다.

대처분(2)

동궁께서 열하루 날 수구로 하여 웃대궐을 가신다고 수구 속을 헤매다 돌아오신 일을 영빈이 들은 것은 그 이튿날이었으며 영빈이 동궁 처치에 대하여 최후의 결심을 한 것은 이 소문을 들은 뒤였다.

이 소문을 들은 영빈의 머릿속에는 언제인가 칼을 빼어 손에 들고 옹주를 협박하던 동궁의 얼굴이 나타났으며 영성위 조복과 군복을 불사르고 잡아온다 벼르는 광경이 눈에 뵈었으며 세자빈에게 바둑판 던지던 일이 생각났다. 또 대궐 안에서 죽어 나간 사람들을 생각하고 몸서리를 쳤다.

물불을 분간 못하는 울화의 발작, 월등히 타고난 여력, 손에 익은 무기 이러한 것을 생각할 때에 만일 병세가 별안간 악화되어 눈에 뵈는 것이 없이 칼을 들고 날치고 보면 무슨 괴변을 일으킬는지 측량할 수가 없는 것같이 생각되었다.

만일 지금에 병들어 가망 없는 아들 하나를 아끼다가는 위로 종사대계에 어떠한 득죄를 할는지 알 수 없고 아래로 풍전등화 같은 사위며 며느리의 목숨이 어찌 될는지 모르는 터이라 이왕 구하지 못할 목숨이면 하나를 희생하여 여러 사람이 편안함만 같지 못하다는 것이 그의 생각이었다. 그래서 필경 최후의 결심을 하였다.

정말 결심을 하고 난 때에 그의 맘은 한없이 슬펐다. 작년 가을 창덕궁을 갔을 때 반가워하기도 유난히 반가워하고 대접도 유난히 융숭하게 하여 잔을 올리고 축수하던 일이 생각났다. 또 후원을 갈 때에 소교를 대련大輦 모양으로 꾸며서 타기를 강권하고 앞에 대기치大旗幟를 세우고 취타를 시키며 따르던 일도 생각이 났다. 그때는 하는 일에 주책이 없음을 보고 병세가 깊어감만 속으로 설워하였더니 이렇게 못할 결심을 하고나 생각한즉 이것이 모자간의 영결이 되었으며 그때 동궁이 중병 중에도 그처럼 유난히 하던 일은 역시 무엇이 가르치는 듯싶어서 더욱더욱 슬펐다. .

그러나 영빈은 슬픔으로 하여서 결심을 좌우하지는 아니하였다. 십삼 일 아침에 먼저 세자빈에게 봉서를 보내었다.

"작이 소문은 더욱 무서우니 일이 이리된 후는 내가 죽어 모르거나 살면 종사를 못 들어야 옳고 세손 구호하는 일이 옳으니 내 살아 다시 볼 줄 모르노라."

이것이 봉서의 내용이었다. 말은 간단하나 그 속에는 무서운 결심이 숨어 있었다. 그리고 또다시 상감마마를 뵈우러 갔었다. 이날 상감마마께서는 무슨 전좌를 하실 일이 있던지 아침부터 경현당 관○청에 계셨다. 영빈은 최후의 결심을 하고 어전에 나갔으나 용안을 뵈옵자 눈물이 앞을 섰다. 그러나 그는 느껴 울면서도 할 말은 하였다.

"세자의 병이 점점 깊어 바랄 것이 없사오니…… 소인이 차마 이 말씀을 정리에 못할 일이로대 성궁을 보호하옵고 세손을 건지와 종사를 편안히 하압는 일이 옳사오니 처으— 처분을 하소…… 서."

철석같은 결심을 하였건만은 끝에 가서는 말을 이루지 못하고 느껴 울었다. 금방 세상이 사라질 것같이 설워 우는 영빈을 물끄러미 바라보시든 상감마마 눈에도 어느덧 누수가 핑 도는 것을 보았다. 그러나 다음 순간에는 상감마마 용안에 결심의 빛이 나타날 뿐이었다.

영빈은 울음을 진정하고 다시 말씀을 아뢰었다.

"부자지정으로 차마이라 하시나 병이니 병을 어찌 책망하오릿가. 처분은 하오시나 은혜는 끼차오시고 세손 모자를 평안하게 하소서."

정신을 수습하여 여기까지 말씀을 아뢴 영빈은 다시 느껴 울었다.

상감마마께서는 영빈의 아뢰는 말씀을 들으시고도 아무 말씀이 없으셨다. 그러나 두고두고 이럴까 저럴까 유예미결하시던 일만은 곧 결심을 하신 것이 용안에 나타났으며 시각을 머무르지 아니하고 창덕궁 거동령을 내리셨다.

영빈이 자기 입으로 차마 못할 처분을 단행합시사 아뢰어놓고도 당장에 거동령이 내리는 것을 보고는 새삼스러이 가슴이 덜컥 주저앉는 것을 느꼈다. 그래서 간신히 자기가 거처하는 양덕당陽德堂으로 나가 가슴을 두드리고 기절을 하엿다. 여러 사람이 부르주무르고 더운물과 약을 흘려 넣어 얼마 후 정신을 차렸으나 정신을 차리자 또다시 기절이 되었다. 이렇게 하기 삼사 차 만에 비로소 기운이 지치고 흥분이 줄어서 기절하는 증세만은 없어졌으나 끝없이 흐르는 눈물로 베개를 적시면서 머리를 싸매고 식사를 폐한 채 누워 있었다.

그는 일이 지난 뒤에도 내가 역시 경솔하여 세상에 인정으로 못할 일을 합시사고 한 것이 아닌가 하고 깜짝 놀라 일어나기를 가끔가끔 하여서 옆에서 간호하는 사람들을 놀래고 있었다.

대처분(3)

가엾은 동궁께서는 대조의 위엄에 눌리고 겁이 나 인하여 병이 되신지라 어떻게 하면 그 부왕의 감시로부터 벗어나 볼까 하는 희망이 거위 본능적으로 발작되는 것이었다. 부왕 앞에 나가기를 죽기보다 싫어하는 것도 그 까닭이요 한 대궐 안에 있기를 싫어하는 것도 그 까닭이요 심지어 지하실까지 만든 것도 역시 그 까닭이다. 단 삼간이라도 좋고 축축하고 콤콤한 땅속이라도 좋으니 정말 감시하는 눈을 떠나는 곳이 있었으면 좋겠다 이것이 동궁의 희망이며 그 희망을 실현한 것이 그 괴상한 지하실이다.

동궁께서는 부왕의 위엄을 이와 같이 극도로 무서워하는 한편으로 자포자기의 반항심도 가지게 되었다. 머리 위를 덮어 누르는 한없는 압박에 대하여 피하고자 하여도 피할 길이 없을 때 도리어 반항의 태도를 취하는 것은 자연한 형세이며 이 최후적 반항이야말로 모든 것을 가장 용감하게 만드는 것이다.

무서운 생각이 앞을 설 때에는 땅을 파고 들어가고자 하다가도 한번 반항심이 들어가면 모든 것을 무시하였다. 금하는 술도 먹고 사람도 죽이고 자의로 수십 일씩 미행도 다닌다. 그뿐 아니라 그 무서우신 부왕을 걸어 차마 못할 말까지 하게 된다.

그러나 이 반항의 불꽃이 꺼지는 때에는 또다시 공포증이 시작되는 것이다. 동궁께서 라경언의 고변이 있은 후로 겁은 나시고 좌우에 믿을 만한 사람이 없음으로 춘방 리창임의 헌책*을 좇아 춘천에 내려가 있는 위임대신 조재호趙載浩를 청하여 그로 하여금 부왕께 말씀을 여쭈어보고

* 일에 대한 방책을 드림.

자 하셨다. 그래서 문학 조유진趙維鎭을 내려보내시고 하루바삐 올라오기를 기다리고 계셨다. 조재호라는 이는 조문명의 아들로서 이왕 우의정까지 지내었으나 본래 소론으로서 노론에 추파를 보내다가 박쥐 구실로 양편에 다 신임을 잃게 됨으로 춘천에 내려가 형세만 관망하고 누었던 터인즉 그가 올라온다 할지라도 무슨 그리 유력한 후원이 될 것도 아니언만은 외롭고 무서우신 동궁께서는 그에게라도 부탁을 하여볼까 하신 것이다. 그러나 그 역시도 "대신은 행동을 경거히 못한다." 일컫고 올라오지 아니하였다.

그러나 이와 같이 겁을 내시다가도 병화가 발작되면 또다시 반항적 태도를 가져 수구로 웃대궐을 가랴노라는 것 같은 일이 생기니 대개는 무서운 생각이 골똘할수록 반항도 커지는 것이다.

동궁께서 십일 일 밤에 수구로 돌아다녀 ○치시고 십이 일은 통명전에 계시더니 별안간 들보에서 부르짖는 듯한 소리가 나는지라. 그 소리 들으시고 탄식하여 가로대

"내 죽으랴 하는가 보다. 그 어인 일인고."

무연히 앉아 계셨다. 이런 때는 병화가 가라앉고 본정신이 나신 까닭으로 역시 모든 일을 무섭게 생각하시는 것이다.

그러한 중 십삼 일에 거동령이 들리시매 심히 겁을 내시와 아무 말씀 없이 기계와 말을 다 감추게 하신 후 교자를 타시고 사면휘장을 가리신 후 경춘전 뒤로 가시니 이때 사람이 눈에 보이면 변이 나는 까닭으로 교자에 뚜에*를 하고 사면장을 치고 다니시는 것이었다.

이윽고 한낮이 가까이 되자 무수한 까치가 난데없이 모여들어 경춘전을 위싸고 우짖으니 보는 사람이 다 이상이 여기며 이것이 무슨 조짐

* '뚜껑'의 잘못.

인 것을 알지 못하였으나 오직 세자빈만은 이것이 그지없이 흉한 조짐인 양싶어서 가슴이 떨리는 것을 금할 수가 없었다.

세자빈은 이날 아침에 시어머님 되는 영빈의 봉서를 받아 보았으며 그 봉서의 내용이 망극 초민하여 받아 보고 나서 눈물을 흘리고 울었다. 그러나 그때까지는 그 봉서의 뜻을 미처 깨닫지 못하였다. 아드님 병환으로 하여서 노심초사하는 말은 늘 들어오던 끝임으로 오늘 봉서도 역시 전과 같이 걱정한 말이거니 하였을 뿐이었다.

그러나 뒤미처 거동령이 내리고 본즉 가슴이 뜨끔하여 그 봉서의 내용이 다시 생각났으며 더구나 선원전 거동을 경화문으로 듭신다는 말을 들을 때에 한없는 흉조를 느끼지 아니할 수가 없었다.

본래 상감마마께서 선원전에 거동하시는 길이 둘이 있으니 하나는 만안문이요, 하나는 경화문이라. 전부터 만안문으로 드시는 거동에는 탈이 없으되 경화문으로 드시는 거동인즉 반드시 탈이 나는 터인데 이날 거동령이 경화문으로 나고 보았는즉 그것만으로도 벌써 뒷일이 평탄치 못할 것은 알 수가 있는 것이었다. 들보가 울고 오작의 이상한 징조가 있고 경화문으로 하시는 거동령이 내리고 영빈 봉서에 "내 살아 다시 올 줄 모르노라." 하는 마지막 작별 같은 사연이 있다. 이런 모든 것을 종합하여 생각할 때 세자빈은 극흉의 조짐을 느끼지 아니할 수 없는 것이다.

대처분(4)

임오 윤오월 십삼 일 이날의 거동령은 예사로운 거동령이 아니었다. 기우제를 지낸다 일컫고 별안간 창덕궁 거동령이 내리며 성문을 일시에

닫치고 천아성*을 계속하여 불며 군사를 풀어서 큰길에 결진하니 이는 지금 말로 하면 계엄 상태였다. 원래 천아성이란 것은 국상이 나거나 난리가 나거나 나라에 큰일이 있기 전에는 불지 않는 비상경보의 소리로서 도성 안 사람도 대개는 국상 때나 한 번씩 들어보는 소리인즉 천아성만 불어도 장안이 벌컥 뒤집히게 되는 것이다. 그런데다 성문을 닫고 길에다 군사까지 결진을 하였고 본즉 온 도성 안 백성들이 까닭을 알지 못하고 경겁소동을 하는 형편이었다.

상감마마께서는 이와 같이 계엄령을 펴신 후 신변을 특별히 용위하시고 창덕궁에 거동하셨다. 그래서 먼저 경화문으로 하여 선원전에 전알하시고 그다음 휘녕전으로 가서 전좌를 하시니 이날 전좌하신 모양이 역시 평시와 달랐었다.

평시에는 좌우로 벌려 서서 옹위하던 장관들이 이날은 상감마마 전좌하여 계신 평상 앞뒤로 둘러싸고 옹위하되 시위 재신과 장관들이 모두 칼을 떼어 손에 들고 있어 금방 무슨 불우지변을 구계하는 것 같았으며 또 월대 위에는 장사 별군직 두 사람이 칼을 빼어 들고 경계하고 월대 아래에도 또한 칼을 빼어 든 장관이 병장기 가진 군사를 거느리고 늘어서 있었다.

상감마마께서는 이와 같이 엄중한 경계를 하신 후 세자를 부르셨다. 장차 대처분을 하려 하시니 다른 때와 달라 위의도 갖추실 필요가 있을 것이요 또 성궁이 지존하니 만일을 경계할 필요도 있을 것이다. 그러나 궁중에 앉아 계신 세자를 다스리기에 이와 같이 엄중한 경계를 하는 이면에는 평일 세자의 행동이 얼마나 과장되고 얼마나 확대된 모양으로 상감마마께 보고되어 있는가를 가히 엿볼 수 있는 것이었다.

* 1. 변사가 생겼을 때 군사를 모으기 위하여 길게 부는 나팔 소리.
2. 임금이 대궐을 나설 때 부는 태평소 소리.

대조께서 휘녕전에 전좌하시기 전에 동궁께서는 덕성합에 계시와 미시未時 후나 대가가 휘녕전으로 오신다는 소식을 들으시고 또다시 세자빈을 청하셨다.

이보다 먼저 세자빈은 동궁께서 경춘전 뒤로 가시며 덕성합으로 오라시는 전갈을 들었다. 그러나 일간에 동궁 병환이 우심하고 더구나 지금 거동령을 들으시고 흥분되신 터인즉 동궁 심회를 헤아릴 수 없는지라 가까이 뵈옵다가 목숨이 없어지기 십중팔구임으로 바로 동궁 계신 덕성합을 가지 않고 먼저 손이 거처하는 황경전으로 가서 세손을 만나본 후 "아무 일이 있어도 놀라지 말고 맘을 단단히 먹으라." 열 번 스무 번 신신부탁을 하였으니 그 뜻인즉 자기 몸이 금방 죽어 나올라도 놀라지 말라는 것이었다.

이때에 거듭 부르시는 전갈을 듣고 덕성합을 나간 빈궁은 뜻밖에도 첩첩한 근심 중에 싸여서 힘없이 앉아 계신 동궁을 뵈웠다. 응당 격화가 대단하시려니 화증을 내시려니 겁을 내고 들어간 빈궁은 신색이 창백한 채 벽에 의지하여 말없이 앉아 계신 동궁을 뵈옵고 도리어 놀랐었다.

동궁은 빈궁이 들어옴을 보고 이윽고 입을 여셨다.

"아마 괴이하니 자네는 조히 살겠네."

슬픈 음성이었다. 빈궁은 무엇이라 대답할 말이 없어 눈물을 흘리며 손을 빌고 앉아 있었다.

대조께서 부르신다는 처분이 동궁께 전한 것은 이때였다. 동궁에서 아무 말 없이 일어나 용포를 달라 하여 입으시며,

"내가 ○○을 앓는다 하려 하니 세손 휘항*을 가져오라."

하셨다. 그러나 빈궁은 세손 휘항이 작을 것을 생각하여 내인더러 동

* 조선시대에 머리에 쓴 방한모.

궁 쓰시는 휘항을 가져오라 일렀다. 이를 본 동궁은 빈궁을 물끄러미 바라보시며

"자네가 아모커나 무섭고 흉한 사람이로세. 자네는 세손 데리고 오래 살랴 하기 내가 나가 죽겠기로 사위하여 세손 휘항을 아니 씌우려 하지. 내 자네 심술을 알겠네."

빈궁은 청천벽력같이 놀랐다. 이날 여러 가지 이상한 조짐에 가슴이 놀라기는 하였으나 동궁 신상에 그런 변괴가 있으리라고는 생각지 못하였으며 또 전례에 의하여 무수한 엄교가 있은 후에는 동궁의 격화가 더욱 성하여 이번에야말로 모두 죽어날 일이 났다고 생각을 하던 차에 이 말을 듣고 보니 가슴이 선득하여 대답할 바를 알지 못하였다. 그는 다만 자기가 애매한 말씀을 들었다는 것보다도 나가면 꼭 죽을 줄로 생각하는 그 말씀에 더 놀란 것이다. 그러나 이러한 때에 자기 맘을 의심받는 것은 본의가 아님으로 곧 세손 휘항을 갖다 드리며

"그 말씀이 전하 맘에 없는 말이시니 이를 쓰소서."

한즉 동궁께서는

"글쎄 사위하는 것을 써 무엇하겠노."

하시고 조용히 휘녕전을 향하셨다.

대처분(5)

동궁께서는 살길이 없으려니 생각하고 종용히 사지에 나가는 결심으로 부왕이 전좌하여 계신 휘녕전을 나갔다. 그러나 급기 현장에 당도하여 그 삼엄한 경비를 본 때에 새삼스러이 놀라지 아니할 수 없으며 나 하나를 죽이는데 이렇게까지 하지 아니하면 아니 될 것인가 생각하셨다.

동궁이 월대 아래 엎디시매 여러 사람들은 더욱 긴장하여 칼자루를 굳게 쥐고 내려다본다. 상감마마께서는 보검을 들어 책상을 두드리시며

"네 어찌 감히 군부를 시역코자 하나뇨?"

동궁께서는 정신이 아득하였다. 병화로 하여 날칠 때에는 무슨 소리를 하였는지 모르거니와 적어도 본정신을 가진 지금 생각으로는 묻기만 하여도 어마어마한 말이었다.

"아버님 그럴 리 없나이다."

"말 말아라. 누구를 또 기망코자 한다. 이 천지에 용납지 못할 극악대대極惡大憝 놈아."

책상을 두드리시며 이렇게 호령하시는 상감마마 용안에는 살기가 등등하여 우러러뵈옵기가 무서웠다.

"너 같은 놈을 살려두었다가는 사백 년 종사를 부지하지 못할 것이니 내 비록 살자지명殺子之名을 들을지라도 준상을 유지하고 종사를 보전함이 옳기로 너를 죽이는 것이니 그리 알아라."

상감마마 처분은 추상같았다. 동궁께서는 죽이신다는 처분을 들으시자 용포와 사모를 벗고 엎디셨다. 이때 앞뜰에 서 있는 위졸들에게 우에서 무슨 분부를 하시며 위졸들은 일제히 병기를 땅에 놓고 엎디어 통곡을 하였다. 이 모양을 보신 상감마마께서는 더욱 진노하사

"저놈들을 모다 행형하리라."

하시니 대개 그자들이 처분을 봉행치 아니함을 노하심이다. 이 모양을 보신 동궁께서는 부왕께서 위졸들로 하여금 자기 몸에 형벌을 더하라 하신 줄로 살피고 위에 여쭈어 가로대

"망극한 죄명은 과시 애매하오나 죽으라 처분하시니 하라시는 대로 죽사오리다."

하시고 강사포 자락을 쭉 찢어 목을 매셨다. 이 모양을 본 궁관 윤면

헌尹勉憲과 한건韓蹇 두 사람은 멀리 부복하여 있어 그동안 부자분 사이에 무슨 말씀이 있었는지는 알 수 없으나 달려들어 목매신 것을 끌러놓으며 눈물을 흘리고 울었다. 이때 상감마마께서는 또 수죄를 시작하셨다.

"무슨 죄인 줄을 모른다. 과연 그럴까. 네 칼을 가지고 웃대궐을 오고자 수구로 헤맨다 하니 칼을 가지고 웃대궐을 오면 누구를 죽이랴는 생각이뇨? 또 네 사사로이 병장기를 모으고 패류들을 연락한다 하니 그는 장차 무엇을 하랴 함이뇨? 군부를 시역하여 만고에 없는 강산대변을 저지르고자 하고도 오히려 하늘이 무서운 줄을 모르나뇨?"

수죄는 또 계속이 되었다.

"그는 아직 덮어두고라도 네 궁중에서 무죄한 사람을 초개같이 죽였으니 만일 살인자사殺人者死라는 국법을 너에게 쓰고 보면 목숨이 열이라도 부족이 아니뇨? 또 민간에 나가 불한당질을 하고 무죄한 인명 살해와 부녀 겁간과 양민 구타와 모든 행패를 다 하여 너의 실덕을 세상이 다 미워한다 하니 그러한 것을 하나만 범하여도 용서치 못할 중죄어늘 네 한 몸으로도 다 저지르니 네 몸이 열이면 어찌 다 속할가 보냐."

동궁은 자기 죄를 아무리 발명하나 소용없을 것을 알고 이제는 다만 비는 말이 있을 뿐이었다.

"아버님 아버님 잘못하였사오니 용서하옵소서. 이제는 하라 하시옵시는 대로 하고 글도 읽고 말씀도 다 들을 것이니 이리 마오소서."

그 소리는 목숨을 비는 척은 한 소리였다. 그러나 노기가 충천하신 상감마마 귀에 그 말이 들어갈 것은 물론 아니었다.

"전생에 무슨 업원으로 너 같은 극악대대가 자식으로 태어나서 늙은 아비게 못할 일을 시킨다."

"아버님 아버님 살려주소서."

이와 같이 수죄를 하시고 애걸을 하시고 하는 동안에 자연 동궁 소속의 궁관들이 동궁 신변에 가까이 와 뫼시었으며 혹 눈물을 흘려 설워하는지라 이를 보신 상감마마께서는 그들을 다 몰아내게 하셨으며 그들이 몰려 나가는 틈에 동궁께서도 한데 휩쓸려 전문 밖을 나가셨다. 그래서 시직 한건의 손을 잡으시고

"어찌하면 좋으냐?"

말씀하셨다. 한건은 세자의 옥수를 받들고 낙루하면서

"저하께옵서 어찌하여 여기를 나오셨나닛가?"

동궁께서는 눈물을 흘리시며

"위에서 처분이 하도 절박하시기로 차마 듣조울 수 없어 잠깐 나왔지아."

하신다. 잠시 동안 서로 붙들고 눈물을 흘렸으나 억색한 가슴이 터지는 것 같음을 느낄 뿐이었다.

대처분(6)

동궁이 궁관들을 따라 잠시 뒷문 밖을 나가신 동안 휘녕전 뜰에는 커다란 나무궤가 들어왔으니 이는 상감마마 분부로 밧소주방에 있던 쌀뒤지를 들여온 것이었다. 뒤지가 들어오자 뒤따라 어린 세손이 문정전으로 들어와 한아버님 마마께 그 아버님 목숨을 빌었다.

"아비를 살려주소서."

상감마마께서는 깜짝 놀라셨다. 어린 세손에게 그 부친 처분하는 광경을 조금이라도 뵈고 싶지 아니하셨든 것이다.

"어찌 여기를 오니? 나가라."

대조에서는 다만 이렇게만 엄하신 태도로 이르셨다.

"아비를 살려주소서."

"어서 나가라."

상감마마 분부가 지엄하신지라 세손은 다시 말씀 못하고 쫓겨 나갈 뿐이었다.

이때 전문 밖에서는 시직 한건이 동궁의 옥수를 받들어 잡고 눈물을 흘리며 말을 하였다.

"신도 저하의 뒤에 엎디어 위에서 처분하시는 말씀을 듣자온바 참으로 만만 황송하옵고 만만 긴박하오나 그러하실수록 더욱이 공경하시고 효성을 다하시와 천의가 감동하심을 따라옵서야 옳지 않소오닛가. 이제 여기 나오심은 비록 위에서 처분하시는 말씀을 차마 들으시지 못하심이나 인하여 위에서 노하심을 돋우어드리기도 쉽삽고 또는 전하께서 나오신 틈을 타서 사기가 더욱 망측하게 되지 아니할는지도 어찌 알겠나잇가? 지금 도로 들어가시와 사죄하심이 옳을 듯합니다."

이 말씀을 들으신 세자께서는 장황 중에도 사기를 깨달으시고

"참 그렇구나. 그럼 도로 들어가겠다."

이와 같이 대답을 하시며 다시 전문 안을 향하여 들어가셨다. 그러나 미처 전문 안을 드시기 전에 승전선전관이 나와 전교를 전하고 ○○가 전진을 하여 세자를 에워쌌으며 그 에워싼 가운데는 커다란 쌀뒤지가 놓여 있었다.

이때 상감마마께서는 차비문 밖에 친히 나오셔서 어서 거행하라 재촉을 하셨으며 포장 구선복具善復은 칼을 짚고 서서 장사군관을 지휘하여 세자를 부축하여 그 뒤지로 들어 뫼셨다.

세자는 뒤지선을 붙들고 상감마마를 돌아다뵈우며

"아버님 아버님 나 하나뿐인 자식을 비록 불초하오나 어찌 차마 죽이시나잇가. 살려주소서. 이제부터는 하라시는 대로 잘하겠나이다."

이와 같이 애걸애걸하며 슬피 우셨다. 이 모양을 본 신하들은 눈물을 아니 흘린 사람이 없었다.

그러나 상감마마께서는 조금도 용서하심이 없었다. 칼을 들어 흔들고 눈을 흘기시며

"종사대계를 위함이다. 너는 원망치 말고 어서 들어가거라."

이와 같이 말씀하신 후 장사로 하여금 세자를 붙들어 앉힌 후 뚜에를 덮고 자물쇠를 덜컥 채웠다. 뒤지란 보통 여염집에서 쓰는 것도 무거운 널로 튼튼히 하거니와 더구나 대궐 안에서 쓰는 기물이란 크기도 크고 투박하고 튼튼하기도 몇 갑절 더한 터인즉 한번 그 속에 가 갇히고 보면 아무리 장사라도 옴낫하기 어려우며 이때가 오월 중순의 한참 더운 때이니 잠시만 들어앉아도 숨이 턱턱 막힐 것이어든 화기는 남보다 많으신 동궁께서 잠시를 그 속에서 견디실 수 있으랴. 차마 피 흘리는 광경을 보기 어려워하시는 상감마마 성의를 헤아려서 이와 같은 방법을 누가 여쭈어드렸을 것이다. 실상은 형벌 중에도 가장 참혹한 형벌이었다.

이때 동궁빈은 아버지 목숨을 빌다가 한아버님 엄명에 쫓겨 나온 세손을 데리고 왕자 재실이라는 데 있다가 일이 마지막 그릇된 줄을 알고 세손을 내보낸 후 칼을 찔러 자진코자 하였으나 주위가 붙들어 그도 뜻과 같이 못하고 일이 어떻게 되어감이나 알고자 하여 휘녕전 뜰로 통하는 건복문이라는 문 앞에 왔으나 뵈는 것은 없고 혹 가다가 동궁께서 애걸하는 소리와 대조께서 호령하시는 소리가 한두 마디씩 들리니 간장이 끊어지는 듯한지라 목을 놓고 통곡을 하였다. 그러나 이 ○○ 중에 누가 그 울음소리를 여겨들으며 설령 들은 사람이 있기로 누가 아는 척을 하리요. 목숨을 애걸하던 동궁은 필경 뒤지 속에 갇히시고 그를 설워하는 빈궁의 설움은 부질없이 혼자 슬펐다.

상감마마께서는 뒤지를 선인문 안마당에 놓아두라 하시고 포장 구선

복과 옥당玉堂 홍낙순洪樂純으로 하여금 군사 백 명을 데리고 수직하라 하셨으며 처분 후에도 환궁치 아니하시고 눌러 창덕궁에 계셨다.

이날 조정의 공경재상들이 모두 선유한다 일컫고 문밖으로 나가고 오직 홍계희, 김상로 배만 남아 궐내에 있었으니 그들의 뜻을 가히 알 것이었다. 옆에 있어가지고는 체면으로라도 동궁 구원하는 말씀을 아니할 수 없고 실상인즉 구원하는 말씀은 하기 싫으니까 일부러 피신을 한 것이다.

"온 조정 신하가 나에게는 모두 역적이야."

이것은 동궁께서 전에 하신 말씀이었다.

대처분(7)

동궁이 폐위되고 마지막 가는 형벌까지 받았으니 그담으로 당연히 문제 될 것은 그 처자의 처분일 것이다. 건복문 밑에서 천지가 아득하여 통곡하고 있던 세자빈은 이윽고 정신을 수습하자 이렇게 있지 못할 줄을 알고 "소조 이미 폐위하여 계시니 그 처자가 안연히 대궐에 있기도 황공하옵고 세손을 오래 밖에 두옵기가 중한 몸에 두렵사오니 이제 본집으로 나가지이다. 그러나 천은으로 세손을 보전하여지이다." 하는 뜻을 적어 위에 올려달라 내관에게 주고 하회를 기다렸다.

그러나 그 하회가 있기 전에 빈궁 오라버니 되는 이가 들어와 폐위서인 된 일과 본집 나갈 일을 말하고 인하여 남매 붙들고 통곡을 하였다. 이윽고 청휘문으로 저성전 자내에 가마를 놓고 빈궁이 타게 되었음으로 윤 상궁이란 내인이 안타고 별감들이 가마를 메었으며 상하 내인들이 뒤따르며 통곡하여 이제 나가면 어찌 될지를 모르는 박명한 주인을 위하여 설워하였다. 이때 빈궁은 가마에 오르자 기절하였으나 안타고 있던 윤 상궁이 주물러 겨우 정신을 차린 후 집으로 들어가니 그때 광경은 아무도 눈물 없이 볼 수가 없었다.

다음 세손은 홍봉한의 아우 홍림한과 그의 삼촌이 보호하여 외가로 나오고 세손빈은 역시 그 친정 되는 김 씨 집에서 가마를 들여보내어 태워가지고 세손 계신 곳으로 나오니 세손 모자가 망극지통한 변고를 당한 후 첨으로 여기서 만나본지라. 충년에 아버니를 잃으신 어린 아드님을 보는 어머니의 맘은 말할 것도 없거니와 세손이 비록 십일 세의 충년이시나 천출이 지효이신지라 그 망극한 설움을 어찌 알지 못하리요. 그들은 곧 손길을 마주 잡고 통곡운절하였을 것이로대 서로서로 지극히 아끼는 맘은 솟아오르는 설움조차 맘대로 풀지 못하여 첩첩한 설움을 가슴에 쓸어 담고 도리어 위로하는 말을 하였다.

어머니는 아들의 손을 잡고

"망극망극하나 다 하늘이시니 네가 몸이 평안하고 착하여야 나라히 태평하고 성은을 갚사울 것이니 설움 중이니 네 맘을 상치 말라."

이와 같이 신신부탁하였으며 세손이 보는 데서는 눈물을 보이는 일이 없었다.

이때 세자빈은 폐하여 서인의 몸이 된지라 단지 한 몸으로 친가에 들어왔으나 세손은 그렇지 아니한지라. 세손궁에 매인 상하 내인들이 다 나와 뫼시게 되었고 또 세손의 장인 되는 판서 김시묵과 그 아들 기대도 와서 뫼시게 되었으며 홍 씨 집만 가지고도 용납을 할 수 없어 남장 밖으로 격린되어 있는 ○리고 리경옥李敬玉이라는 이 집을 빌려 담을 트고 쓰게 되었었다.

세손이 이와 같이 하고 계실 때에 유선 박명원이라 하는 이가 홍 씨 집 대문 밖으로 와서 세손이 석고하시게 하라 충고를 하였었다. 동궁에 대한 처분이 이미 결정된 지금에 와서는 문제가 세손에게 있으니 충년의 세손은 처지가 극난하며 지금 경우를 당하여 부친이 망극무쌍한 죄명으로 극진한 형벌을 당하였으니 세손인즉 비록 무죄하나 오히려 죄인의 아들인지라 석고대죄하여 처분을 기다리는 것이 당연한 일이었다. 그러나 충년의 세손을 어찌할 길 없어 다만 나진 집에 거처하며 처분을 기다리게 하였다.

대체 세손이 총명인자하시니 비록 죄인의 아들이라 하나 종사를 이음에 거리낄 것이 없을 것이로대 동궁 대처분에 직접 간접으로 책동을 한 자들로 보면 그 아드님이 왕위에 오르시는 것은 무서운 일이라 아니할 수 없으며 따라서 그 무엄한 무리들의 책동은 당연한 순서로 세손에게까지 미치지 아니하면 아니 될 것은 전례가 자재한 일이었다.

장희빈을 배척하는 데 참여한 무리들이 그의 소생이신 경종의 등극하심을 꺼리어 세자 때부터 그 폐위를 엿보았고 급기 등극을 하시매 공황을 일으키어 여러 가지로 책동을 하는 가운데 몇 번이나 피비린내 나는 참극을 거듭하였으니 소소한 은감殷鑑이 머지 아니한지라 어찌 안심을 할 수가 있으리요. 본래 대조에서 세손은 사랑하시는 터이니 그 점은 특별히 안심이 된다 할지라도 세상일을 어찌 측량하리요. 성의를 알 길 없어 망극하여하던 중 이튿날에는 상감마마께서 폐위된 자부께

"네가 보전하여 세손을 구호하라."

하시는 성지를 내리셨다.

성지를 받자운 어머니는 세손을 위하여 감읍하였다. 그리고 세손을 어루만지며

"나는 네 아버님 안해로 이 지경이 되고 너는 아들로 이 지경이 되니 누구를 원망하며 누구를 탓하리요. ○○— 이때에 보전함도 성은이시니 ○어태 의지하여 명을 삼음도 또한 성상이신지라. 너에게 바라는 바는

성의를 받자워 힘쓰고 가다듬어 착한 사람이 된즉 성은을 갚삽고 네 아버님께 효가 되리니 이 밖에 더한 일이 없나니라."

이와 같이 경계하고 눈물을 흘렸다.

대처분(8)

뒤지 속에 갇히신 동궁은 수직하는 포장 구선복이 호기롭게 지휘하는 목소리를 알아들으시고

"너 이놈 벌역을 받을 날이 있으리라."

하고 호령을 하였으나 구선복은 조금도 미안히 여기는 일이 없고 입만 한 번 실죽하여 보였다. 형식으로만 보면 이리 폐위하여 한낱 서인이 되었고 겸하여 당장 사형을 집행하는 중에 있는 죄인이고 본즉 아무렇게 대접을 할지라도 상관이 없을 것이다. 그러나 그가 엊그제까지 복명하고 섬기던 대리 군주이고 본즉 비록 이제 죄를 얻어 뒤지 속에 갇혔을지라도 전일 정리를 생각지 아니할 수 없을 것이다. 그러나 구선복은 그렇지 아니하다.

그뿐 아니라 그는 여러 가지 수단으로 뒤지 속에 있는 불쌍하신 동궁을 음해하고 있었다. 첫째, 뒤지 둘레에는 진풀을 쌓아 올려 그 훈증한 기운이 뒤지 안을 싸도록 하였다. 그렇지 아니하여도 오뉴월 폭양이 내리쪼이는 뒤지 안은 시루 속같이 찌는데 진풀까지 씌워 찌게 하였으니 그 안에 갇혀 계신 세자의 고생은 상상도 할 수 없는 것이었다.

또 그는 뒤지 옆에서 음식을 낭자히 먹으면서 아무쪼록 뒤지 안에 계신 주린 동궁의 비위를 거들었으며 그뿐 아니라 무식무엄한 군졸들을 꼬드겨 동궁을 놀리기까지 하였다.

"떡을 자시고 싶거든 떡을 좀 드리릿가, 술이 자시고 싶건 술을 좀 드리릿가?"

동궁께서는 무슨 말씀을 들으시던지 차마 군졸들을 데리고 탄하시기도 창피하게 생각을 하셨던지 아무 말씀도 아니하셨다. 그러나 이러한 것이 모두 홍계희의 사촉인 줄을 아시고 그를 지명하여 저주하셨다.

"계희야, 이놈. 네가 차마 이 지경까지 하느냐. 너는 너의 자자손손에까지 앙화가 있으리라."

무서운 저주였다. 그러나 저주란 항상 약자의 콧노래에 그치는 것이다.

동궁이 이렇게 되신 후 옛일을 잊지 않고 가끔 뒤주 옆을 와서 기침을 하고 우는 것은 시직 한건이뿐이었다. 동궁께서는 그의 기침 소리에 한건인 줄을 아시고

"네가 여기를 어찌 왔느냐. 오지 마라."

하시더니 두 번째 목소리를 알아들으신 때에는

"와서 쓸데 있느냐 네 몸에 해만 돌아갈 터이니 오지 마라."

하시고 세 번째에는

"네가 자주 오면 네 몸에만 해로울 뿐 아니라 내 몸에도 해로우니 오지 마라."

하셨다. 한건이가 자주 오기로 당신 몸에 해가 될 일은 없을 것이로대 아끼시는 신하가 당신으로 인하여 죄를 입을까 염려하사 못 오게 하신 것이니 이 말씀을 들을 때 한건은 더욱 눈물을 흘리며 슬피 울었다. 과연 한건은 그곳에 자주 간 죄로 귀향을 갔고 조유건은 조재호에게 간 죄로 귀향을 갔으니 이는 추후의 일이었다.

동궁께서는 그 속에 갇혀 계시면서도 오히려 일루의 희망을 버리지 아니하고 가끔 혼잣말을 하셨다.

"위에서 비록 잠깐 참소를 들으시고 이렇게 하셨을지라도 죽기 전에 필경 들어 내놓으시겠지. 내가 이 지경이 된 줄 알면 와서 구제할 사람도 있겠지."

이와 같이 말씀하시는 것을 수직하던 군사가 들었으니 와서 구할 사람이란 조재호를 가리키심일 것이다. 그러나 그 조재호 역시 대신은 행동을 경거히 못한다 일컫고 올라오지 아니하였으니 동궁께서는 끝끝내 바라지 못할 일을 바라고 계신 것이었다.

또 천륜지정에 설마 맘을 돌리시겠지 하고 기다리시던 부왕 전하께서는 그 아드님을 뒤지 속에 굳게 가두신 채 아흐레 동안만 수직하라 분부하시고 십오 일 날 웃대궐로 개가凱歌를 불리고 올라가셨으니 어디까지든지 큰 역적 난리를 평정하신 일례로 하시는 것이었다. 회심되시기를 바라시는 부왕께서 또한 이러하시니 지금에 동궁을 구할 이가 누가 있으리요.

대개 아흐레를 수직하라 하심은 본래 인명이 남칠여구라 하여 굶어서 죽는 시기를 남자는 이레, 여자는 아흐레를 잡는 터임으로 동궁께서는 비록 남자이나 그래도 혹시 몰라서 아흐레까지 지키게 함이었다.

여드레 되는 이십 일 날 오후에 큰비가 쏟아지고 뇌성도 들리니 뇌성은 평시에도 몹시 싫어하시던 터이라 하늘도 짓궂어 이 세상을 떠나는 불행한 동궁에게 그 듣기 싫은 소리까지 들려줌이던지 이 비가 내리기 전까지는 아직 생존하신 기척이 들리더니 이 비가 지나간 후에 영영 소식이 감감하게 되었으니 과연 팔 일이 다 저물고 구 일에 걸쳐 명도가 진하신 셈이었다.

동궁은 수한이 진한 뒤에도 뒤지를 열지 않고 여전히 선인문 안에 놓여 있었으니 그에는 또 여러 가지 까닭이 있는 것이었다.

대처분(9)

세자가 필경 뒤지 속에서 자견하여 계시니 유유한 남은 한은 비록 끝날 때가 없을지라도 현실의 문제만은 이에서 끝이 난 것이었다. 인제 사랑하고자 하여도 사랑할 상대자도 없고 미워하고자 하여도 미워할 상대자도 없으며 다만 남은 것이 있다면 제왕가에 태어나 가지고도 참혹히 굶어 죽어간 그 수척한 시체가 있을 뿐이다.

그러나 그 시체의 처분 역시도 문제가 없지를 못하였으니 일국의 동궁이요 십여 년 동안 대리 저군으로 있다가 필경은 서인이 되어 형벌에 죽은 이 시체를 그중의 어떤 자격으로 대우를 할 것이냐 하는 것이 문제가 된 것이다.

옛말에 죄를 미워하고 사람은 미워하지 아니한다 하였으니 제정신으로 죄를 지은 경우에도 그러하거든 하물며 병으로 하여서 죄명을 얻은 불행한 동궁에게 어찌 침착이 없으리요. 첨에는 형벌을 행하려니 폐위도 하였거니와 이미 형벌의 목적을 이루어 목숨까지 없는 후에야 다시 복위를 허락하고 동궁의 예로써 장사를 지내는 것이 당연한 일이었다.

그러나 상감마마께서는 대처분을 내리신 후에도 노기가 풀리지 아니하셨으며 따라서 죄는 미워하되 사람은 불쌍히 여기실 만한 여유가 없으셨다. 상감마마께서는 동궁께 대한 대처분을 하신 후 동궁께 근시하던 내관이며 별감이며 기녀무녀와 장○붙이까지 다 정법을 하셨으며 또 동궁께서 상해 쓰시던 세간을 다 찾아내어 살피신 결과 거기서도 오해가 생기셨으며 또 그날 동궁이 입으신 의대로 하여서도 오해가 생기시와 동궁을 어디까지든지 불효패악한 자식으로 생각하신 것이었다.

의대에 대한 오해라 함은 이러하였다. 동궁께서 본 병환이신 의대증으로 하여 여러 벌 의대를 갈아입으시다 그날 공교히 생무명 의대를 입어 계시니 첨에는 용포에 가리어 아니 뵈었다가 나중 용포를 벗고 부복하신 때에 대조에서 그것을 보셨다.

대조에서는 상해 보시와도 도포나 용포 등속이나 보셨지 속에 입은 무명 의대는 첨 보시는 일이라 이것이 병화 관계인 것은 알지 못하시고

"네가 나를 차마 업시코자 한들 생무명 거상을 어이 입었나뇨?"

하사 그것을 무슨 당신께 대한 저주나 같이 생각하셨으며 또 세간을 살피던 중에서는 여러 가지 군기붙이도 나왔는바 그중에는 상장喪杖같이 생긴 속에 칼을 집어는 것이 있었다.

동궁께서는 본래 무기를 좋아하시는 까닭으로 신변에 환도붙이며 보검이 떠날 때 없었거니와 국상 때에는 상장 같은 것을 여러 번 만들어서 그 속에 보검을 장치하신 일이 있었다. 그때 말로 하면 칼단장 같은 것을 만드셨으니 이것도 결국은 무기를 아끼고 좋아하는 나머지 일종의 취미로 만드신 것이요 그것을 가지고 어찌하겠다는 목적이 있는 것은 아니었다.

그러나 상감마마께서는 이것을 발견하신 때는 그렇게 호의로 해석하실 성심이 물론 없으셨다. 그래서 오직 놀랍고 분하게 생각하사 정말 동궁이 시역의 대죄를 저지르고자 한 줄로만 생각을 하여 계심으로 복위를 시키고 복제를 마련하는 등속 일은 거론도 할 나위가 없는 형편이었다.

그러나 이왕 동궁이 생존하셨을 때 "내게는 다 역적이여." 하시던 조정 신하들도 벌써 세상을 떠나 계신 동궁께 대하여는 그 이상 더 냉담한 태도를 가질 필요도 없을 뿐 아니라 이다음 세존의 시대를 생각할지라도 이제부터는 아무쪼록 동궁을 위하는 체하여두는 것이 도리어 필요하다고 생각하는 형편이며 또 대처분 전에 잠시 파직을 당하여 문밖에 나가 있던 좌의정 홍봉한도 대처분 후에 곧 기용되어 다시 들어와 있었음으로 좌우 알선한 관계도 있어 이십일 일 날에는 비로소 복위를 허가하셨으며

그와 동시에 대신들이 입시하여 초종 절차를 정하게 되었다.

이때 상감마마께서는 비록 복위는 허락하셨으나 성노가 아직도 불같으신지라 상감께서는 모든 것을 박약하게 하시려는 의향이시며 첫째 빈소부터 용동궁에 하라 하셨다. 그러나 그에 관계하는 이들은 또 일후 세손이 유한으로 생각하실 것을 염려하여 이왕이면 장례만은 후하게 하기를 바라니 그 사이의 절충이 과연 극난하였다. 그러나 필경 빈소는 시강원으로 정하고 삼도감은 법대로 하기로 작정한 후 좌의정 홍봉한이 도제조가 되었고 또 그때 예조판서가 정용순鄭容蓴이라는 이였었는데 주밀하고 근신하기로 유명한지라 특히 그에게 호조판서의 직무까지 겸대하여 예문과 비용에 당한 것을 맘대로 제작하되 유감이 없도록 하라는 것을 대신들이 은근히 부탁하고 맡기게 되었으니 이것은 돌아가신 세자께 충성코자보다도 실상인즉 장차 들어올 세손의 시대를 생각하여 자기네 몸과 자기네 자손을 보호하려는 면밀한 욕심에서 나온 것이었다.

대처분(10)

동궁 복위하고 장례 절차를 정한 뒤에 비로소 뒤지를 빈소로 작정된 시강원으로 옮겨다가 시신을 모셔 내게 되었다. 도제조 홍봉한이 지켜서고 동궁 소속 궁관들과 내시가 둘러서서 뒤지 문을 열었는바 첨으로 뒤지 안을 들여다본 궁관은 깜짝 놀라 뒤로 물러섰다. 뒤지 속에서 어떻게 되셨는지 그렇지 않아도 첨으로 들여다뵈옵기가 어쩐지 불안하던 터에 급기 들여다본즉 동궁께서는 한 다리는 뻗고 한 다리는 오그리고 모잡이로 비스듬히 누셔서 눈을 똑바로 뜨시고 쳐다보셨다.

동궁께서 굶어 돌아가신 것은 물론이요 무서운 더위에 그 찌는 속에 계셨으니 의례히 시신이 상하여 여지가 없으려니 하였다가 뜻밖에 똑바로 쳐다보시는 눈과 마주친 때에 그는 놀라지 아니할 수가 없는 것이다. 여러 사람이 그의 얼굴을 쳐다보았다. 그러나 그는 아무 말 아니하였으며 다음으로 들여다본 사람들도 아무 말 없이 외면을 하고 돌아섰다.

"그대로 뫼셔 내기가 어려울 것 같습니다."

그중의 한 사람이 입을 떼었다. 뒤지 문은 상당히 널렀음으로 산 사람은 한꺼번에 몇 사람이라도 드나들 수가 있었다. 그러나 세자궁께서는 모잡이로 한 발을 뻗고 비스듬히 기대어 누신 채로 시신이 되어 굳어버렸음으로 그 시신을 분사치 않게 뫼셔 내기가 용이치 아니한 것이었다.

필경 뒤지를 깨트리고 뫼셔 내었으며 시신을 옮겨 모신 뒤에 뒤지 바닥에서 동궁이 그 안에서 돌아가시기 전 쓰신 듯한 유일의 친용품을 발견하였으니 그는 부채 종이를 뜯어 깔대기 모양으로 접은 것이었다. 이것은 동궁께서 자기 요를 받아서 타는 목을 축이시던 제구다. 찌는 듯한 뒤지 속에서 더웁기는 하고 땀은 흐르고 보니 갈증이 오죽하였으리요. 그 미칠 듯한 갈증을 조금이라도 풀기 위하여 응당 짜고 붉었을 자기 요를 받아 자시던 일을 생각할 때에 여러 사람의 눈에는 일제히 뜨거운 이슬이 맺혔다.

시체는 옮겨 뫼셨으나 꼬부러지신 한 짝 다리와 똑바로 뜬 채 운명되신 두 눈은 아무리 하여도 펴지지 않고 아무리 감겨드리고자 하여도 아니 되었으며 또 피부가 그 더운 일기에도 뜻밖에 상하지 아니한 것을 보고 그 어른의 말로를 슬퍼하시는 사람들은 원한이 맺혀 그러하시다고 생각을 하였다.

시신을 빈전으로 모시고 난 때에 도제조 홍봉한은 위선 상주를 뫼시기 위하여 새벽에 자기 집을 나갔다. 그래서 세손 모자에게 말씀을 전하고 곧 대궐로 들어가게 할 제 여기서도 또 일장의 비극이 일어났다. 홍

정승은 장차 대궐로 향하려는 그 따님의 손길을 잡고

"세손을 뫼셔 만년을 누려 만경복록晩境福祿이 양양하소서."

하고 방성통곡하며 그 따님 또한 참고 참았던 한없는 설움이 터져 마주 붙들고 통곡하니 온 집안사람이 뉘 아니 울었으리요. 생각하면 일찍 십구 년 전에 어린 처녀로 여기를 떠날 때에도 역시 온 집안사람의 눈물 속에서 떠났었다. 물론 그때의 눈물과 지금의 눈물은 눈물의 성질이 전연 다르다. 그때의 눈물은 앞길의 광명과 영화를 기뻐하는 중에도 임시 이별을 설워하였거니와 이제의 눈물은 인생의 비극을 당면하여 그것을 슬퍼하는 눈물이었다. 그러나 한편으로는 십구 년 전의 눈물과 십구 년 후 이날의 눈물과는 서로서로 무슨 맥락이 인한 것같이도 생각되어 인생의 무상을 느끼게 ○○○.

빈궁은 들어와 시민당에서 발상하니 싸이고 싸인 설움이 첨으로 흘러 나갈 길을 얻은 듯하여 유유히 한 깊은 울음소리가 금방 몸까지 쓰러질 듯하였으며 세손은 근독각勤○閣에서 발상하니 아직 충년이로대 천출의 효심이라 애끊는 울음소리가 근시들의 옷자락을 적시게 하였다.

처자 되시는 상제님들은 이와 같이 슬피 하셨으나 대조에서 동궁 복위는 허락하셨으나 신하 복제는 필경 허락지 아니하셨음으로 대전관代奠官이며 내관들까지라도 모두 천담복*으로 거행할 뿐이었으며 첨에는 천의를 헤아리지 못하여 제전도 극히 약소히 하다가 마침내 제를 감하라신 처분은 없었음으로 제전은 다 유감없이 차렸었다.

칠월에 인산이 되니 이때쯤은 상감마마께서 성노도 좀 풀리셨으며 거행하는 이도 성심으로 하여 만만 유감이 없이 거행이 되었고 인산 후에는 상감마마께서 묘소에 친림하사 친필로 제주題主까지 하시고 고유하

* 국상 · 일반상의 삼년상을 치르고 백 일간 입는 옥색의 제복.

시기를

"내가 할 일은 다 하였으니 너는 슬퍼하지 말어라."

하시고 인하여 시호를 사도라 하셨으니 생각하기를 슬피 하신다는 뜻이었다.

동궁이 대리를 하신 후 십여 년 동안 동궁을 중심으로 하고 소용돌던 궁중과 조정의 어떤 암류도 이제는 부질없이 한 무더기 묘소 흙이 남아 있을 뿐이었다.

그다음

사도세자 인산 후 위에서는 곧 춘방을 다시 설시하사 세자빈은 혜빈이라 부르게 하셨으며 여러 달 만에 첨으로 혜빈을 인견하셨다. 혜빈은 여러 말 아니하고

"모자 보전함이 다 성은이올소이다."

아뢰고 눈물을 지우니 상감마마께서도 혜빈의 손길을 잡으시고 낙루하오시며

"네 저러할 줄 생각지 못하고 내 너 볼 맘이 어렵더니 내 맘을 피이게 하니 아름답다."

칭찬을 하셨다. 혜빈은 언제인가 세자께서 "자네는 사랑하시는 며느리니 운운" 하시던 일이 생각나서 피눈물이 솟는 듯하였으나 자긋이 참고 오직 성은을 감격으로 받자왔다.

그리고 또 아뢰되

"세손을 경희궁으로 데려가오서 가르치오실가 바리압나이다."

하였다. 남편이 부왕 떨어져 자란 관계로 부자분 사이가 석그러지고

마음이 맞지 아니하여 끝끝내 저렇게 된 일을 생각하면 세상에 다시없는 세손이 또 그렇게 될까 겁이 난 것이다. 지금 자기 몸에 대하여는 세손이야말로 세상에도 다시없는 의지로 그를 보는 것이 무엇보다 위로인즉 사정으로 하여서는 도리어 수하에서 내놓을 수가 없는 형편이다. 그러나 세손을 보호하여 그를 안전한 처지에 두기 위하여는 이 차마 못할 일도 참고 할 수밖에 없는 것이다.

"네 떠나 견딜까 싶으냐?"

상감마마께서는 이렇게 물으시며 혜빈을 쳐다보셨다.

"떠나 섭섭하기는 작은 일이요 우흘* 뫼서 뵈옵기는 큰일이올소이다."

혜빈은 이와 같이 대답하고 눈물을 흘렸다.

이와 같이 하여 세손은 충년부터 그 한아버님 밑에서 길리게 되었으며 인하여 울며 어머니 품을 떠나 웃대궐로 갔었다. 그러나 세손의 신상은 비록 부모를 떠나서 있을지라도 행복스러웠다. 상감마마께서도 세손 사랑이 지극하셨고 또 그 조모 영빈은 아든님 사랑까지 그 손자 몸에 옮기어 좌와기거와 음식범백에 일심으로 가꾸고 사랑하였으며 세손이 또한 총명하고 영리하여 조부마마 성심에 거슬리는 법이 없고 또 글 읽기를 좋아하여 일호라도 게을리하지 아니하니 그 지위는 더욱더욱 안전할 뿐이었다.

그러나 혜빈은 어느 날 어느 때에 그 아들을 잊은 적이 없으며 동궁 역시 비록 충년이시나 날마다 일어나 그 모빈께 봉서로 문안하고 그 문안 답장을 보기 전에 맘을 놓지 못하여 위아래 대궐에 갈려 있는 모자 사이에는 꿈과 넋이 서로 넘나들고 있었다.

* '위를'의 의미로 보인다.

또 그해 섣달 일이었다. 상감마마께서 세손을 데리시고 혼궁에 오셔서 칙조*를 받으시고 환궁하실 때 세손을 데리고 가려 하시다가 세손이 모친 떠나기를 어려워하여 우는 양을 보시고

"세손이 너를 떠나기 어려워하니 두고 가자."

하며 혜빈을 바라보셨다. 혜빈은 오래간만에 보는 세손이 탐탁히 그리웠다. 그러나 또 참었다. 그리고 생각하였다. 혹 당신이 자애하시는데 세손이 그 자애는 생각지 아니하고 어미만 못 잊어하는 것을 서운이 아시지나 아니할까 하는 생각이었다. 그래서 담과 같이 아뢰었다.

"내려오오면 우히 그립삽고 올라가오면 어미가 그립다 하오니 환궁 후에는 우히 그립사와 이리하올 것인즉 데려가옵소서."

상감마마께서는 화기가 만면하사 세손을 데리고 올라가셨으며 혜빈은 남모르게 울었었다.

그러나 모빈의 이 공력은 헛되지 아니하였다. 이후 병신 삼월 초오일에 영조께서 승하하시고 동궁이 등극하기까지 열다섯 해라는 기나긴 세월에 허다한 파란과 단련을 무사히 넘긴 것은 세손이 첨부터 가까이 뫼시여 성의를 잘 승순**한 덕이라고 할 수밖에 없는 것이다.

상감께서는 세손을 사랑하시면서도 혹시 아비 죽인 일을 원망치 않는가 혹시 당신 천추 후에 당신 하신 일을 뒤집고 당신 부리시던 신하에게 원수를 갚지나 아니할까 춘추가 높으시고 기력이 쇠하실수록 의려가 판단하셨으며 또 한편으로는 오흥부원군 김귀주를 위시하여 "죄인의 아들이 종사를 잇지 못한다." 주장하는 무리도 없지 아니하였으니 어떠한 때는 세손의 생명이 풍전등화같이 위협한 적도 없지 아니하였다. 그리고 왕께서는 필경

* 칙서.
** 윗사람의 명령을 순순히 좇음.

"한아버님 하신 일은 하나도 뒤집지 아니하오리다."

하는 다짐까지 세손에게 받으셨다.

그러나 세손은 끝끝내 이러한 파란과 세변을 벗어나 천승의 지위를 누리었으며 아버님 묘소를 수원 화산으로 옮기어 능소나 못지않게 모시고 만고풍상을 겪은 어머님께 자경전 높고 빛난 집에서 만년을 편안케 하였었다.

—《매일신보》, 1934. 1. 1~ 4. 23.

제3부 전기

오호 고균거사古筠居士

—김옥균 실기

서언

병인丙寅 삼월 이십팔 일은 조선의 선각자 고균 김옥균金玉均 씨가 상해 동화양행에서 자객 홍종우洪鍾宇의 손에 비명의 죽음을 당하던 기념할 날이다. 춘풍추우 이래 삼십삼 개 성상에 반도의 시사時事는 날로 선각자의 이상을 떠나 유심자의 눈물이 새로 방타滂沱할* 뿐이라. 이날을 당한 우리들의 감개는 실로 범연치 아니한 것이 있다. 때마침 동경에 있는 동포 중에는 동씨同氏의 전집을 간행할 취지로 김옥균 전집간행회를 조직하였으며 그 전집 자료를 모집하기 위하여 김진구金振九, 김철호金喆鎬의 양 씨가 귀국 활동 중이던바, 씨 등이 모집한 자료 중에는 기왕 세간에 개명되지 아니한 부분이 불소不少하였음으로 이 기회에 그 재료를 토대로 하여 선각자의 경력한 파란을 일차 회고함이 또한 도이徒爾**의 사事가 아님을 생각하였으니 이 본문의 기술을 착수한 동기였었다. 지상에 연재되기 이십오 일간 비록 지사志士의 진면목을 소개키 부족하나 그 소지素志의 대략을

* 눈물이 뚝뚝 떨어짐.
** 보람이 없음.

방불케 하고자 노력하였노라. 고稿가 필畢한 후 서사書肆(=서점)로부터 상재上梓*를 청하여 마지아니하였으나 나는 김 씨 전집의 간행이 불원에 있음과 졸고가 아직 완비치 못함을 자신하는 이유로 일시 사절하였었다. 그 후 전집간행회의 계획이 먼저 일본문으로 간행하고자 함을 알았고 동회同會의 김진구 씨 역시 소책자 간행에 찬동하였음으로 ○○ 서사書肆의 희망을 좇아 이를 상재케 하였다(저자).

불우의 선각자 김옥균의 추억

세이게이마루西京丸의 진객

갑오년 삼월 이십오 일에 일본 고베神戶를 떠난 우선회사의 세이게이마루사 상하이 부두에 도착한 것은 이십칠 일 오후의 일이었다. 여러 승객들이 차례로 상륙하여 각기 흩어져 갈 때에 가장 뒤늦게 나오는 네 사람 일행이 있으니 그네들은 모두 양복을 입었으며 그중의 한 사람은 신장이 크고 살빛이 백석白晳**하며 콧대가 서고 안광이 형형하여 당당한 풍채가 매우 비범하였으나 내인거객來人去客이 낙역부절絡繹不絶하는 상하이 부두에서 그네의 일행을 특히 주의하는 사람은 별로 없었다.

이윽고 일행은 미국 조계에 있는 뚱허양행東和洋行에 투숙하였으며 숙박부에 기록한 성명을 보면 아래와 같았다.

도쿄 코지마치구 유라쿠정 일정목東京麴町區有樂町一丁目一

이와다 미와岩田三和(44세)

* 인쇄에 붙임.
** 얼굴빛이 희고 잘생김.

동소同所—기타하라 누부츠구北原延次(33세)

동 시바구芝區 사쿠라다혼고정櫻田本鄕町—타케다 타다이치竹田忠一(40세)

동 코지마치구麴町區 나가정永町 일정목—청국 공사관 서기 우푸른吳葆仁(36세)

이상과 같이 적혀 있으나 그네의 언어와 행동을 보건대 이 사람들이 과연 일본 사람이냐? 하는 의심도 없지 못하였다. 다만 풍채 당당한 신사의 성명이 이와다 사와케로서 나이 어린 기타하라와 같이 일호실에 들었고 몸이 석대하고 눈이 부리부리하며 다혈질로 된 중년 신사의 성명은 타케다 타다이치로서 삼호실에 들게 된 것만 알게 되었다.

동화루상東和樓上의 비극

하룻밤을 지난 이십팔 일 아침에 본즉 삼호실의 신사는 선명한 조선 옷을 갈아입고 나왔다. 그제야 이 사람은 조선 사람 홍종우로서 까닭이 있어 변명變名하였고 일호실의 신사도 조선의 망명객 김옥균으로서 이와다라 변명하였으며 다만 수행의 청년만이 본래의 일본인인 줄을 알았다. 이날 오전에는 김 씨의 발론發論으로 오후 한 시부터 거류지를 구경하기로 하여 마차 세 대를 부르게 한 후 그는 볼일이 있어 먼저 나가고 중국인 오 씨는 김 씨의 부탁으로 청복淸服을 사기 위하여 나가고 홍 씨는 은행에 볼일이 있다 하여 역시 뒤를 따라 나가고 연소한 수행원만 여관에 남아 있게 되었다.

이윽고 김 씨는 먼저 들어와 신기가 불평하다 일컫고 웃옷을 벗은 후 침대에 누워 통감通鑑을 보았으며 뒤를 이어 들어온 홍종우는 김 씨 방에 들어와 이리저리 거닐면서 무슨 생각을 하는 것 같았다.

이때 김 씨는 수행의 청년을 불러 아래층 사무실에 가서 세이게이마루의 마쓰모토松本 사무장을 청하도록 이르라 분부하고 안약을 꺼내 점안한 후 눈을 감고 침상 위에 앙와仰臥하여 있었다. 그러나 청년의 발자취가 아직 층계를 다 내려가기 전에 옆에서 거닐고 있던 홍종우는 숨겨 가졌던 권총을 들어 김 씨의 우편 볼에 대고 한 방을 쏘았다. 불의에 습격을 당한 김 씨는 비조飛鳥와 같이 몸을 일으켜 홍종우의 뒤를 쫓았으나 자객이 계속하여 발사하는 총탄은 거듭 그의 배꼽을 맞추었고 중상을 못 이기는 김 씨가 팔호실 앞에 넘어진 때에는 거듭 등더리를 맞추어 전후 세 방의 탄환은 김 씨에게 치명을 주고 말았다.

사무실을 찾아가던 청년이 홍종우의 황망한 걸음이 자기를 질러감을 보고 전광 같은 의심이 일어나 다시 이 층으로 달려 올라간 때에는 그의 부형같이 사모하든 김 선생이 낭하에 넘어져 있었으며 그의 머리를 부둥켜안고 금창이 무여지는* 슬픈 소리로 "김 선생"을 연호하였으나 그의 입에서는 다시 한 마디 대답도 없었다. 아아, 그의 영령은 이미 이 세상을 떠나고 만 것이다.

양화진두楊花津頭의 참형

이십구 일에 시체는 수행 청년의 손으로 입관되었으며 며칠 후에는 향자向者**에 타고 오던 세이게이마루로 다시 일본을 향하기 위하여 상하

* '무너지는' 혹은 '미어지는'으로 보인다.
** =접때. 오래지 아니한 과거의 어느 때.

이 부두에 운반되었다. 그러나 운반 절차에 미비한 점이 있다 하여 수구守柩하는 청년이 일본 영사관을 방문한 동안에 시체는 거류지 경찰의 손을 거쳐 청국 관헌에게 인도되고 말았다.

며칠 후에 황해를 횡단하는 청국군함위원호清國軍艦威遠號에는 조선 지사 옥균의 시체가 자객 홍종우와 한 가지로 탑재되어 있었으며 사월 십사 일에 경성 시외 양화진에는 사지를 찢고 목을 베어 단 참혹한 수급首級에 "모반대역부도죄인옥균謨叛大逆不道罪人玉均, 당일양화진두當日楊花陣頭, 불대시능지처참不待時陵遲處斬."이라 쓴 목패가 달려 있는 것을 보았다.

아아, 이것이 고균거사 김옥균 씨의 참담한 최후였다.

심야의 군신 대화

이야기는 다시 십 년 전으로 돌아간다.

갑신년 십일월 이십구 일 밤에 창덕궁 안 지밀에서는 미간에 천고千古의 수색愁色을 띄우고 어전에 지척하여 도도한 웅변으로 천하의 대세를 의논하는 삼십사 세의 청년이 있었다.

청년의 시국관

그의 논지는 이러하였다. "지금 천하의 대세를 살피건대 멀리는 서양 제국의 동양 정책이 십 년 이래로 돌연히 변하여 영불로英佛露의 모든 강국이 호시탐탐한 눈으로 서로가 엿보는 중 우선 내옹奈翁* 일 세 이래로 동양 침략에 착목한 불란서에서는 내옹 삼 세 때에 벌써 안남교지安南交趾

에 세력을 부식하고 이제 다시 청불전쟁을 야기하게 된바 지금 청국의 내정은 재정의 군박窘迫**이 극도에 이르고 군병은 절제가 무엇인지를 알지 못하는 오합의 무리이며 겸하여 정부에는 일정한 방침이 없은즉 금번 전쟁의 결과가 청국에 불리할 것은 명약관화한 사실이며 불란서가 청국을 굴복시킨 담에는 그 손길이 조선에까지 미칠 것은 왕년 병인년의 전례를 볼지라도 다시 의심할 여지가 없을 것이니, 그리된다 하면 목하 피폐한 국력으로 장차 어찌 순응할 것이며 한편으로는 노서아露西亞의 극동 진출이 날로 절박한 형편에 있으니 이는 장차 무슨 계책으로 방어하리요. 또 가까이는 근자에 일청 양국의 사이가 점점 불화하여 연전 도동渡東시에 견문한 바로도 지금 일본에서는 군비 확장에 유일 부족한 형편인바 이것이 일청전쟁을 준비하는 것임은 다시 의심할 여지가 없사오며 전일에 다케조에竹添 일본 공사가 신臣으로 더불어 의논이 불합不合하여 신의 일을 사사건건히 방해하여온 것은 위에서도 감촉하시는 바거니와 금번 귀국하였다 온 뒤로 돌연 태도가 일변하여 도리어 신으로 더불어 사귀고자 하는 것을 보면 일본의 정책이 일변한 것을 가히 알 수 있으며 따라서 일청전쟁이 멀지 아니한 것을 짐작할 수 있는바 그때에 조선 땅은 전쟁지가 되고 말 것이니 그는 장차 어찌하리요. 사위의 형편이 이러하여 부질없이 상규常規만 지키고 안연히 있을 때가 아니거든 지금 내정을 살피건대 당오전當五錢의 폐해는 전정의 문란이 궁극하여 실정이 일심日甚할 뿐 아니라 조정에는 간신이 충만하여 천총天聽을 옹폐하고 청국에 자뢰藉賴***하여 권세를 농로弄路하는 등 국사의 한심한 바가 일, 이에 그치지 아니하니

* 나폴레옹.
** 몹시 구차하고 궁색함.
*** 무엇을 빙자하여 의지함.

마땅히 여정도치勵政圖治*하여 안으로는 제도를 혁신하여 민력을 함양하고 밖으로는 독립을 세계에 선포하고 문호를 개방하야 신지식을 흡수함이 목하의 급무이라 함이었다.

왕비 임석과 위언危言

청년의 의논이 한참 도도한 때에 침전으로부터 출어한 왕비는 왕 전하와 더불어 청년의 의논이 유리함을 감탄불기感歎不已하였으며 여러 가지로 간곡한 순문詢問이 있은 끝에

"지금 일청日淸이 교전하면 승부가 어떠할 것이냐?"는 질문을 하셨다.

"일청이 단독으로 교전하오면 승부를 예측키 어려우나 일불日佛이 서로 합할진대 승리는 반드시 일본에 있습니다."고 청년이 대답하매 국왕 전하는 다시 말을 이어

"그러면 우리 독립할 방책이 이때에 있지 아니하냐?"

이때 청년은 다시 옷깃을 바르게 하고 대답하여 말하길

"성교聖敎는 과연 지당하오나 전하 폐부肺腑의 신臣이 무비청국無非淸國에 반부攀附**하여 구양狗羊의 역役을 다하오니 일본이 비록 독립을 시키고자 할지라도 아니 될까 두리나이다.*** 신이 이 말을 내는 것은 진실로 생사가 유계維係한 바이오나 이제 국운이 조석에 있은즉 신이 일신을 아끼지 못하나이다."

이때 청년의 안색은 창백하였으며 그의 입 그의 눈에서는 마치 화염

* 온 힘을 다하여 정치에 힘씀.
** 어떤 연줄을 타고 섬기어 따름.
*** '두려워하다'의 옛말.

을 토하는가 의심하게 되었으니 처참한 공기는 지밀에 가득하였었다.

군신제우君臣際遇와 밀칙密勅

청년의 말이 떨어지자 왕비는 위로하여 "경의 이 말이 나를 의심하는 듯하나 나라의 존망이 달린 일이라 내 한낱 부인의 몸으로 어찌 대사를 그릇하리요. 경은 은휘없이 말하라." 하고 국왕 전하는 그 뒤를 이어 말하길 "경의 말은 내가 이미 아노니 무릇 나라의 큰일과 위급한 때를 당하여는 경의 주책籌策에 일임할지라. 경은 다시 의심하지 말라."

이 말을 들은 청년은 비로소 안심하고 다시 여쭈어 가로되 "신이 비록 감당할 길 없사오나 금일 금야의 우악優渥*하신 성교가 정녕 이 귀에 있으니 어찌 감히 저버리오릿까. 원컨대 전하의 친수親手 밀칙을 얻어 항상 몸에 지녀지이다."

전하는 이를 쾌락하시고 밀칙을 친히 쓰신 후 보압寶押을 거시고 겸하여 대새大璽를 찍어 청년에게 내렸으며 왕비께서는 주찬酒饌을 갖추어 사궤賜饋**하신 후 청년이 물러 나온 때에 동천東天이 이미 붉었더라.

만조백관이 당쟁에 눈이 붉고 사대부권을 일삼아 다시 국가의 안위를 생각하지 아니하며 세계의 대세를 규측하지 못하는 당시 조선에 있어서 이 군계일학의 식견과 성의를 가진 청년은 과연 누구인가. 묻지 아니하여도 양화진두에 효수된 김옥균 그 사람이었다.

* 은혜가 매우 넓고 두터움.
** 음식을 하사함.

이때 만일 한양의 정계는 어떠하였는가.

검은 구름은 하늘에 날치고 무거운 공기는 땅에 서리어 폭풍우의 전조는 모든 사람을 공포 중에 몰아넣었다. 궁중에서는 침수에 들지 않고 우수 중에 싸이는 을야乙夜*가 어제도 그러하고 오늘도 그러하였으며 민간에서는 간 곳마다 귀속과 눈짓이 교환되어 심상치 아니한 때임을 알게 하였다.

월전月前에 귀국하였다가 시월 삼십 일에 새로 귀임한 일본 공사 다케조에 신이치로竹添進一郎 씨는 돌연 태도가 일변하여 소조蕭條한 유생의 기풍을 버리고 오만방자한 태도를 가지게 되었다. 국왕께는 일본 외무대신의 명목으로 무라타총村田銃** 십육 병柄을 헌상하고 다시 정부의 명령으로 사십육만 불의 상금을 환납한 후 양병비養兵費에 충용充用키를 권하고 다시 좌우를 물리친 후에 도도 수천 언言으로 세계의 대세와 청불淸佛의 시국을 통론한 후 조선 내의 개혁할 필요와 국정 독립의 필요를 역설한 일도 있으며, 자기가 주인 된 천장절天長節 축하연의 공회석상에서 청淸 영사 천수탕陳樹常은 '무골無骨 해삼'이라고 매도하여 방약무인한 태도를 가진 것과 십일월 육 일 일본 초혼제 여흥에 홍紅을 일본에 비기고 백白을 청국에 비긴 격검 경기가 홍승백패됨을 보고 길조라 하여 기뻐한 것이 국가를 대표한 주외 사절의 행동으로는 결코 심상치 아니하여 이미 정계의 의운疑雲을 권기捲起하였고 더구나 일본군의 야간 조련이 무슨 화단禍端의 전조와 같이 보인 것도 무리한 일이 아니었다.

한편으로 청장淸將 위안스카이袁世凱는 비밀히 군중軍中에 영을 내려 병

* '이경二更'을 오야의 하나로 이르는 말.
** 초기에 일본에서 개발한 소총.

졸은 심야에도 의대를 풀지 아니하고 전시와 같은 계엄을 하였으며 사대당事大黨의 수령으로 위안 씨와 이신동체異身同體인 우영대장 민영익閔泳翊은 연일 동별궁에 머물러서 위안 씨와 같이 계엄 중에 있고 전영대장 한규직韓圭稷과 좌영대장 이조연李祖淵 등도 각기 군총을 단속하여 자못 경비하는 바가 있었다. 그중에서도 중심인물인 민영익은 근일 인후병을 칭탁하고 일절 예궐치 아니하며 시월 십칠 일에는 심야에 돌연 위안스카이를 그 본진에 방문하여 장시간의 밀담으로 위안 씨의 경계를 더욱 견고케 하였고 십구 일 밤 삼경에는 연경당에 비치하였던 대포 이 문을 수리한다 칭탁하고 청장 우자오유吳兆有 진에 수송하는 등 완연 시가전을 준비하는가 의심하게 하였다. 그뿐 아니라 민은 일본인 이노우에 가쿠고로井上角五郎를 대하여 "지금부터 삼십 일 이내에 우리 정계에는 반드시 변사가 있을지니 군 같은 외국인은 조심하라."고 경고한 일까지 있었다.

국면의 긴장은 가히 예상할 수 있지 아니하냐.

독립당의 활동

대체 사대당의 이 계엄은 무엇을 목적함이며 이에 대하여 양립을 불허하는 독립당 편에서는 또한 어떠한 태도를 가졌는가.

과연 독립당 제성諸星의 활동은 실로 맹렬한 중에 있었다. 김옥균, 박영효朴泳孝, 서광범徐光範 등 수인은 오래 독립 개혁의 대지大志를 품고 시기의 도래를 일일천추一日千秋와 같이 고대하였으나 사대당 전성의 당시에 있어 그네의 뜻을 펼 길은 도저히 없었다. 정부의 요직을 띈 자가 사대당이요, 재정을 맡은 자가 사대당이요, 빈약하나마 병력을 장악한 자가 사대당 중의 중심인물이요, 겸하여 그네의 후원으로는 삼천의 청병淸兵과

모략 종횡한 위안스카이가 있었다.

다만 그네들의 의뢰할 것은 개국 진취의 신시험에 성공하고 대세 순응에 수보數步를 먼저 나간* 동린東鄰의 호의밖에 없거늘 당시 일본의 위정자는 아직 반도 정국에 진출하여 열국과 각축할 여력이 없었으며 더욱이 조선 공사 다케조에 신이치로는 소조한 유생의 기질로 졸규拙規를 묵수할 뿐 아니라 사대당의 중상책에 빠져서 김 씨 일파를 경박재자輕薄才子로 지목하며 본국 정부에까지 참무중상讒誣中傷의 보고를 보내었다.

독립당 일파는 이와 같이 고립무원한 중에도 그네의 결심이 거익去益 공고하여 혹은 소장유위小壯有爲한 인물을 일본에 유학시켜 무예 기타를 수득케 하며 혹은 장사壯士를 연락하여 우익을 삼으며 혹은 후쿠자와 유키치福澤諭吉, 고토 쇼지로後藤象二郎 등 인방隣邦 재야의 지사와 기맥을 통하여 폭탄군도爆彈軍刀 등의 무기를 수입하는 등 제반 준비에 급급 불해不懈하는 중이었다.

이와 같이 하여 혁명의 기운이 자못 익어가는 때에 마침 일본 공사는 태도가 일변하여 반대는 접근이 되고 방해는 찬조가 되었으며 더욱이 최근 십수 일 내에는 공사 관원과 독립당의 왕래가 자못 빈번하여졌다.

또 일방으로는 근일 독립당의 밀회가 수수하며 그중의 주동자인 김옥균은 혹 일본 공사관에 혹 동지의 사택에 혹 궐내에 동번서섬東飜西閃하여 가위 황홀난측恍惚難測한 활동을 하고 있었다.

대립지 못할 양당의 긴장이 이러한 때에 김 씨가 돌연 밀칙을 청하여 신변에 휴대함은 그 뜻의 있는 바를 다시 의심할 여지가 없을 것이 아니냐.

* 원문은 '먼저나간'으로 되어 있으나 '먼저 나간'의 잘못으로 보인다.

십일월 이십구 일 창덕궁 지밀에서 밀칙이 내린 후로 이러구러 사오 일이 지나서 십이월 사 일이 되었다. 조선 정부에서는 처음으로 우편제도를 실시하게 되어 전동 골목에 우정국을 신설하고 당상 홍영식은 이날 내외 현관을 초청하여 성대한 피로연을 배설하게 되었다.

당상 대감은 오전부터 마을에 나와서 만반 설비를 친히 지휘하였으며 초대한 손님의 출석 여부에 대하여도 일일이 자세한 보고를 듣고 있었다. 아마도 이날 연회는 특별히 성대할 것인가 보다.

마침 궐내에서는 적체된 정원政院 문안을 이날 조조부터 처리하게 되어 위에서는 일출 후 취침하고 황혼에 기침하시는 전례를 깨게 되었으며 모든 승후관은 오후 삼 점 종에 일제히 예궐하였다가 일찍이 사퇴하였음으로 초대받은 정부 대관들은 몰수히 출석하게 되었으며 다만 외빈 중에는 일본 공사 다케조에 신이치로 씨와 독일 영사가 신병으로 미참한다 하며 현관顯官 중에는 후영대장 윤태준尹泰駿 씨가 마침 야직을 당하여 불참한다는 통지가 있을 뿐이었다.

날이 저물고 정각 육 점 종이 되매 과연 내외 명사는 차제로 모여들어 가위 기라만당綺羅滿堂의 성황을 이루었다. 대체 이 연회에 참석한 손님은 누구누구인가. 좌석을 한번 살펴봄도 또한 흥미 있는 일이 될 것이다.

기다란 탁자 양편 머리에는 이날의 주인 되는 당상 홍영식 씨와 금릉위 박영효 씨가 상대하여 앉았고 주인의 우측으로는 미국 공사 후트, 윤치호尹致昊 주사, 일본 공사대리 시마무라 히사시島村久, 김옥균, 통사 가와가미川上, 승지 민병석閔丙奭, 청국 영사 천수탕, 영 영사 아수돈* 등 제씨가 차제로 늘어앉고 주인의 좌측에는 독판督辦 김홍집金弘集, 미 영사관 서기 즈거털**, 사사 신낙균申樂均, 서광범徐光範, 좌영대장 이조연李祖淵, 세관

고인 목인덕穆麟德***, 청 영사관 서기 탄 꿍야오譚賡堯, 우영대장 민영익, 전영대장 한규직 등 제씨가 차제로 늘어앉았었다.

일말 흑운黑雲의 부동浮動

자리가 어울리고 말소리 웃음소리가 섞여 일어나는 중에 김옥균은 곁에 앉은 시마무라 서기관을 바라보며

"군君이 천天을 아는가?"

"요로시."

이와 같이 수응酬應****하고 피차 의미 있게 얼굴을 바라보았다. 이때 그들의 언동은 결코 심상한 수작*****이 아닌 것을 알 수 있었으며 맞은편에 자리를 잡은 사대당의 수령 민영익 같은 이들은 미상불 그들의 태도를 항상 주시하고 있었으나 그것이 무슨 뜻인지는 물론 알 길이 없었다.

그뿐 아니라 식탁이 열리고 순배가 도는 중에도 김 씨는 수차 자리를 떠나서 문밖을 드나들며 시간이 지날수록 얼굴에 초조한 빛이 나타나니 좌석이 돌연 긴장하여 주객의 얼굴에는 모두 의구의 빛이 나타나기 시작하였다. 이 좌중을 덮은 한 조각 검정 구름은 과연 무슨 전조인가.

* 애스턴W. G. Aston.
** 스커더Charles L. Scudder
*** 묄렌도르프.
**** 요구에 응함.
***** '수적酬的'으로 되어 있으나 '수작酬酌'의 잘못으로 보인다.

봉화는 일어났다

밤은 구 점 종이 가깝고 연회도 장차 끝이 나게 되어 바야흐로 다과를 나누는 때에 우정국 부근에서는 돌연 청천벽력과 같은 일대 소동이 일어났다.

"불이야! 불이야!" 하는 불넘소리가 창황이 일어나자 우정국 북창 밖 멀지 아니한 여염에서는 충천하는 화염이 일시에 일어났다. 만좌가 경동하여 각기 자리를 뜨며 소방의 책임이 있는 각 영 대장은 즉시 출동을 준비하는 일찰나에 어느덧 자리를 떠났던지 민영익은 임리淋漓*한 선혈을 전신에 무릅쓰고 문밖으로부터 달려 들어오며 동시에 우정국 문전에는 사람의 소리가 물 끓듯 하였다.

개혁의 봉화인 이 화광火光을 보고 개혁의 첫 희생인 이 선혈을 목도한 사대당의 여러 사람은 이제 사변의 유래를 직각하였을지며 그네의 심담은 한없이 떨렸을 것이다.

그러나 이 자리의 유혈극은 이로써 일단을 고하였으며 김, 박, 서 삼인은 북창으로 뛰어나와 잠시 은신하였다가 문외의 소동이 약간 진정됨을 보고 입으로 "천천天天"의 암호를 연호하며 보조를 빨리하여 어디로인지 종적을 감추었다. 이제 그네들은 어디를 향하는가.

현상지전기발의絃上之箭己發矣

독립당의 당초 계획은 우정국 연회에 각 영 장신將臣을 모아놓고 그때

* 피, 땀, 물 따위의 액체가 흘러 흥건한 모양.

를 타서 안동별궁에 불을 놓으면 별궁은 중대한 곳이요 이미 연석宴席에 있어서 중인을 접한 이상에 소방의 책임이 있는 각 영 장신은 현장에 출동치 아니치 못할진즉 그곳에 장사를 매복하였다가 호포일성號砲一聲에 일제히 하수下手하여 우선 사대당의 수령을 일망타진하고 그 길로 궁중에 들어가 만사를 요리하기로 하였으나 별궁의 방화는 경계가 엄중하여 성공치 못하고 모든 계획이 차착差錯*하게 되어 이제 위기일발에 장사長蛇를 일逸한 감이 불무不無하게 되었다.

생명을 도賭한 중대한 계획은 이제 시위에 얹힌 살이 깍지 손을 떠났다. 앞길은 바람이냐 비이냐 이때를 당한 김 씨 일파의 흉중은 살피고 나머지가 있을 것이다.

일 공관의 방문

우정국의 북창으로 뛰어나와 종적을 감춘 김, 박, 서 삼 인은 곧 교동의 일본 공사관을 향하였다. 이는 당초의 계획이 변경되었음으로 일본 공사의 태도가 따라서 변하지나 아니하였는지 그 기색을 탐지하고자 하는 면밀한 주의에서 나온 것이었다.

중로에서 이인종, 서재필의 양인을 만나

"여러 장사들을 경우궁 문전에 가 기다리게 하라."

이와 같이 계획 변경 후의 제일 명령을 내리고 다시 걸음을 재촉하여 달려갔다.

* '저색齟齰'으로 되어 있으나 '차착差錯'의 잘못으로 보인다. 어그러져 순서가 틀리고 앞뒤가 서로 맞지 아니한다는 뜻이다.

궁월宮月만 교교하다

이때 일본 공사관에는 입추의 여지가 없도록 군대가 정렬하여 살기가 등등하였으며 김옥균의 내방함을 듣고 내당에서 나온 사람은 다케조에 공사 그 사람이 아니요 금시 우정국에 출석하였던 시마무라 서기관으로서 그는 소리를 가다듬어 말하길

"공 등은 어찌 궐내를 향하지 아니하고 여기를 왔소."

이 말을 듣고 이 모양을 본 김 씨는 웃어 가로대

"공 등의 뜻이 변치 아니하였으니 우리는 안심이노라."

이와 같이 대답하고 곧 몸을 돌려서 창덕궁을 향하였다. 이때 금호문은 이미 닫혔고 수문 군사는 개문開門을 거절하였으나 곧 고성대질하여 궁문을 열고 들어가니 이때 사위는 적적요요한데 궁금宮禁의 월색은 백주와 같이 교교하며 가끔 순라하는 군졸의 그림자가 땅 위에 가로 비낄 뿐이었다. 숙장문을 거쳐 협양문에서 가로막는 무감武監을 꾸짖어 물리치고 곧 합문 밖을 당도하니 이미 내통이 있는 윤경완은 병정 오십 명을 거느리고 그곳에 등대하였는지라. 군졸을 단속하여 호령을 기다리게 하라 하는 한 말을 뒤에 남기고 곧 전내로 올라가니 위에서는 이미 매수寐睡에 드시고 다만 환관배가 평복으로 황망히 들어오는 김, 박의 행동을 보고 놀라서 내유來由를 물었다.

김 씨는 묻는 말에 대답지 아니하고 환관 유재현柳在賢을 불러 곧 기침을 청하라 한즉 유환柳宦은 여러 번 그 사유를 물었다. 김은 다시 여성대규勵聲大叫*하여 말하길 지금 국가위난의 제際를 당하여 너희 같은 환관배가 어찌 감히 여러 말을 하느냐. 유환이 두리여서 들어갈 때에 위에서는

* '고성대규高聲大叫'의 뜻으로 보인다.

이미 음성을 들으시고 침실로부터 김옥균을 부르시는지라. 김, 박, 서의 삼 인은 곧 침전에 들어가 우정국의 사변을 고하고 잠시 청하는 때에 마침 동북간으로부터 일성포향一聲砲響이 굉천동지轟天動地하는지라. (이것은 김 씨 등의 기정 계획) 곧 어가가 경동되어 편전 후문을 나서게 되었으며 윤경완이 이를 호위하여 따라갔다.

일본병에게 청원

김 씨는 다시 일본의 경위警衛를 청함이 필요하다 상주하니 국왕께서는 이미 깨달으심이 있어 "그대로 하라" 윤허하셨으나 왕비께서는 "만일 일병을 청하면 청병은 장차 어찌하리요." 하여 의아하시는 기색이 있는지라. 기색을 살핀 김 씨는 곧 말씀이 그치기 전에 청병도 청한다 봉답하고 양처에 각각 사람을 보내었으며 일본 공사에게는 금요문 내로內路 상에서 김 씨가 연필을 드리고 박 씨가 백지를 드려 "일본 공사 래호아日本公使來護我" 칠 자의 수칙手勅을 적어 금릉위로 하여금 친히 다케조에 공사에게 전하도록 하였다.

일행이 돌연 숙연

어가는 곧 경우궁 후문에 이르러 전후 육리문의 어약魚鑰*을 파쇄破碎하고 궁내에 드시니 이때 궁내 직소에 있던 윤태준, 심상훈沈相薰 제인도

* 자물쇠의 일종으로 보인다.

사변을 듣고 뒤쫓아 호종扈從*하였으며 또 한규직도 우정국 변난을 도피하여 병정의 복색으로 변장하고 대궐을 거쳐 이곳에 달려왔었다. 겸하여 일 공사관에 청병 갔던 유재현은 들어와 문금門禁으로 통하지 못한 것과 외간外間에는 하등 가경可驚할 사실이 없음을 복명하니 왕비께서는 김옥균을 향하여 유래를 물으셨다. 아아, 지금에 이 사변이 무중생유無中生有의 소동으로 판명되면 김 씨 일파의 계획은 다시 수포로 돌아가고 말게 되는 일대 위기를 제회際會하였다.

마침 이때에 인정전 부근에서 연하여 이차 굉굉한 포성이 들려오는지라. 김 씨는 곧 한규직을 대하여 네가 장병의 직임으로 이 변란 시를 당하여 솔병내위率兵來衛할 바를 생각지 아니하고 단독일신으로 이 불경한 복색을 차려 상심上心을 놀라시게 하니 이 사변의 출처는 네가 진실로 알리라 하고 또 유재현을 향하여 너 같은 서충배鼠虫輩가 대세를 알지 못하고 아녀자의 습태를 하니 이로부터 말이 많은 자는 입참立斬하리라 하고 곧 윤경완尹景完을 불러 이를 명하니 일행이 숙연하여지며 한규직도 묵묵히 뒤를 따를 뿐이었다.

일행이 경우궁 정전을 당도한 때에 금릉위는 이미 다케조에와 일본군을 거느리고 왔으며 일행은 적이 안심을 하였더라.

철통같은 경위警衛

대가大駕와 및 비빈妃嬪들이 왕전에 좌정한 후 일본 공사와 김, 박, 서의 제인은 좌우에 시위하고 일병은 대문 내외를 경계하여 일체 출입을

* 임금의 거가車駕를 모시어 좇음.

금지하게 하고 전영소대장前營小隊長 윤경완은 당직 병정을 거느리고 전정殿庭 내외에 배립하였으며 서재필은 사관생도 정난교鄭蘭教, 박응학朴應學, 정행징鄭行徵, 임은명林殷明, 신중모申重模, 윤영관尹泳觀, 이규완李圭完, 하응선河應善, 이동호李東虎, 신응희申應熙, 이건영李建英, 정종진鄭鍾振, 백낙운白樂雲 등 십삼 인을 거느리고 전상殿上에 시립을 하였으며 이인종李寅鍾, 이창규李昌奎, 이규정李圭貞은 이은종李殷鍾, 황용택黃龍澤, 김봉균金鳳均, 윤경순尹景純, 최은동崔殷童, 고영석高永錫, 차홍식車弘植 등의 장사로 더불어 전문殿門 외外에 시립하게 하니 철통같은 경위는 가위 물 부어 샐 틈이 없게 되었는지라. 이에 김 씨는 신임하는 무감 십여 명을 대문에 파송하여 재신 중에 사변을 듣고 오는 자가 있거든 먼저 명자名刺를 통하여 허가를 맡은 후 들이게 하였다.

사대당의 몰락

이때 우정국 변난을 면하여 나온 홍영식, 이조연 두 사람은 대궐을 거쳐 이미 이곳에 당도하였던바 이조연은 한규직, 유재현 양인과 이어耳語가 빈빈頻頻하여 장차 청병清兵을 인입고자 하는지라. "금릉위는 이(이조연), 윤(윤태준), 한(한규직)의 삼영대장三營大將을 향하여 힐책하여 말하길, 지금 변란을 당하여 외국병의 청원을 한 이때에 삼영사三營使는 장병의 신임을 가진 몸으로 어찌 속히 나가 군총을 풀지 않고 서로 얼굴만 바라보며 이어만 교환함은 무슨 까닭이냐." 하니 대답할 말이 없이 된 영사 중 윤태준은 먼저 나가기를 청하여 문밖을 향하고 이조연, 한규직은 김씨를 향하여 입을 열고자 하였으나 김 씨 역시 금릉위와 같은 말로 힐책하니 이조연은 소리를 높여 부르짖어 말하길, "내 주상을 뵈옵고자 하니 나를 들이라." 하였다. 이때 서재필은 칼을 비껴들고 꾸짖어 말하길 "내 아문衙門의 명을 받았으니 다시 명이 있기 전에는 허락지 못한다." 하며 여러 장사들도 분연히 일어나니 한, 이 양인은 어찌하지 못하여 각 영 군졸이 모여 있는 경우궁 후문을 향하여 갔다. 그러나 먼저 나간 윤태준은 소중문 밖에서, 뒤에 나간 두 사람은 중문 밖에서 다 장사의 칼끝에 초로와 같이 쓰러지고 말았다.

다음 사변을 듣고 달려온 조신 중에 민영목閔泳穆, 조영하趙寧夏, 민태호閔台鎬 삼 인은 대문 내에서 차제로 도하의 혼이 되니 당초 타점打點되었던 사대당의 수령들은 이로써 거의 다하였다.

건설의 제일보

이에 중사中使*를 보내어 각국 공사관에 사유와 선후책을 통하여 위문의 뜻을 표하고 시급히 시행할 정령을 품주稟奏**고자 의논할 제 왕비와 동조東朝는 급히 대궐에 들어가기를 주장하시며 환관녀宦官女 수백 인이 일실一室에 잡처하여 조금도 기탄하는 빛이 없이 첩첩남남喋喋喃喃***하여 매사를 인순고식因循姑息****으로 천연遷延고자 하는 중에 날이 이미 밝은지라. 김 씨는 우선 궁중의 곽청廓清*****이 필요함을 깨닫고 장사들로 하여금 유재현을 결박하여 정청政廳 위에 꿇리고 그 죄목을 수고數告한 후 서리

* 왕의 명령을 전하던 내시內侍.
** 윗사람에게 말씀을 아룀.
*** 작은 목소리로 즐겁게 이야기를 주고받는 모습이나 남녀가 정답게 속삭이는 모습.
**** 낡은 관습이나 폐단을 벗어나지 못하고 당장의 편안함만을 취함.
***** '확청' 의 원말. 더러운 것이나 어지러운 것을 떨어버리거나 숙청하여 말쑥하게 함. 폐단을 없애 깨끗하게 함.

같은 칼날이 일제히 번뜩이어 중인의 면전에서 주륙을 행하니 만좌가 실색하여 다시 입을 떼는 자가 없는지라. 곧 궁녀 환관 중의 무용한 자를 전부 문외에 축출하고 인하여 대개혁을 행할 제 먼저 중요한 관직을 좌기左記와 같이 임명하였더라.

영의정領議政	이재원李載元
좌의정左議政	홍영식洪英植
전후영사前後營使 겸 좌포장左捕將	박영효朴泳孝
좌우영사左右營使 겸 대리代理	서광범徐光範
외무독판 우포장外務督辨右捕將	
좌찬성左贊成 겸 좌우참찬左右叅贊	이재면李載冕
이조판서 홍문제학吏曹判書弘文提學	신기선申箕善
예조판서禮曹判書	김윤식金允植
병조판서兵曹判書	이재완李載完
형조판서刑曹判書	윤웅렬尹雄烈
공조판서工曹判書	홍순형洪淳馨
한성판윤漢城判尹	김홍집金弘集
판의금判義禁	조경하趙敬夏
예문제학藝文提學	이건병李建昺
호조참판戶曹叅判	김옥균金玉均
병조참판兵曹叅判 겸 정령관正領官	서재필徐載弼
도승지都承旨	박영교朴泳敎
동부승지同府承旨	조동면趙東冕
동의금同義禁	민긍식閔肯植
병조참의兵曹叅議	김문현金文鉉

수원유수水原留守	이희선李熙善
평안감사平安監司	이재순李載純
설서說書	조한국趙漢國
세마洗馬	이준용李埈鎔

이로써 개혁의 건설적 제일보는 착수된 것이었다. 전후 좌우영 좌우 포청의 장임을 박(박영효), 서(서재필) 양인에게 분배하여 군경의 실권을 장악하고 육해차관陸海次官에 상당한 병조참판의 직을 서재필에게, 후설관喉舌官*의 중임을 박영교(금릉위 백형)에게 분배하고, 김 자신이 내무차관 겸 탁지차관에 의한 것은 장차 내정 재정에 크게 포부를 시행하고자 하는 준비였을 것이다.

대가재천환궁大駕再遷還宮

소란 중의 일야一夜는 경과하고 십이월 오 일이 되었다. 이날은 조조부터 또 난관을 봉착하였으니 그는 내전의 제위가 환궁을 주장하여 마지 아니함이다.

원래 대가를 경우궁에 이어하게 함은 지리와 규모의 대소 관계가 소수의 군병으로도 수비하기 용이하여 능히 대국大局의 안돈을 기다릴 수 있는 까닭이었으며 당초 김 씨의 계획으로는 일시 강화에 천이하여 시국 정돈 후에 환어하게 하고자 하였으나 이 계획은 다케조에 일본 공사의 만류로 인하여 중지하게 된 것인바 이제 대사가 미정한 때를 당하여 다

* '승지'를 달리 이르는 말. 임금의 명령을 비롯하여 나라의 중대한 언론을 맡은 신하라는 뜻.

시 환궁하게 됨은 실로 중대한 문제라 아니할 수 없었다.

김 씨는 내전 외 명령을 저당抵當타 못하여 일시 계동 이보국 저가 경우궁보단 작으므로 그곳에 잠시 이어하게 하고 아직 이삼일의 여유를 얻어 자립의 계획을 수행하고자 하였으나 그 역시 여의치 못하였다.

계동으로 이어한 후에도 환궁 문제가 여전히 긴급하게 일어나며 일본 공사가 또한 이에 찬성하여 수비상 소호少毫도 염려할 바가 없음을 장담하였음으로 필경 이날 오후 오시五時경에 환궁을 결행하였으며 환궁 후의 경위警衛도 경복궁과 같이 하였더라.

신정략新政略의 발표

이날 전기前記와 같이 소란한 중에 미 공사, 영 영사, 독일 영사의 접견과 일본 공사의 여러 가지 주달奏達이 있었으며 신정략의 발표를 행하니 그는 대개 좌기左記와 같았다.

一. 대원군을 불일배환不日陪還케 하고 조공朝貢의 허례를 폐지하도록 할 일.
一. 문벌을 타파하여 인민 평등으로 하고 인재 등용의 길을 열 일.
一. 전국지조법全國地租法을 개혁하여 이간吏奸을 막고 민곤民困을 구하며 겸하여 국용國用을 유족裕足하게 할 일.
一. 내시부를 혁파하고 그중의 우재優才만은 등용하게 할 일.
一. 전후 간탐奸貪 중 우심尤甚한 자는 정죄할 일.
一. 각 도 환상還上*은 영영 와환臥還**으로 할 일.
一. 규장각은 혁파할 일.

一. 급히 순사를 두어 경찰警察을 밝히*** 할 일.

一. 혜상공국惠商公局을 혁파할 일.

一. 전후 유배 · 금고에 처한 자를 작량酌量**** 방면할 일.

一. 사영四營은 합하여 일영一營을 만들되 영중營中에서 초출抄出하여 급히 근위대를 설치할 일.

一. 모든 내정은 전부 호조에서 영할하되 기여其餘의 일체 재부아문財簿衙門은 혁파할 일.

一. 대신과 참찬은 매일 합문閤門 내 의정소에서 회의하여 정령政令을 포布하게 할 일.

一. 정부 육조 이외의 모든 공관은 전부 혁파하되 대신, 참찬으로 하여금 의정품계하게 할 일.

이상 정책은 실로 그네의 포부를 대략 표명한 것이니 문벌을 타파하여 인민 평등을 주장하고 용관용직冗官冗職의 혁파와 지조地租의 개혁으로써 행정 · 재정의 정리를 단행하며 군제를 개혁하여 시대에 순응케 한 그네의 정견은 물론 당년에 있어 벌써 일두지一頭地*****를 빼어난 것이라 아니할 수 없을 것이나 이 혁명적 신정책이 당년의 사부士夫 계급을 얼마나 격노하게 하였으며 경악케 하였을까 함은 물환성이物換星移******한 사십여 년 후의 금일에 있어서도 형평 운동이 도처에 압박을 당하고 삭발 · 양장한 사부의 후예가 경성의 한가운데에서 오히려 노론소론을 입에 올

* 각 고을의 사창에서 백성에게 꾸어주었던 곡식을 가을에 받아들이는 일.
** 봄에 관아에서 백성들에게 대여하였던 환자還子 곡식을 가을에 거두어들이지 아니하고 해마다 모곡耗穀만을 받아들이던 일.
*** 일정한 일에 대하여 똑똑하고 분명하게.
**** 짐작하여 헤아림.
***** 다른 사람보다 한층 뛰어남.
****** 사물은 바뀌고 세월은 흘러감을 이르는 말.

리고 오당피당吾黨彼黨을 운위하는 사실에 감鑑하여 족히 추상할 수 있을 것이다.

청병淸兵의 돌연 내침

이날 일모日暮에 전례에 의하여 각 궁문을 폐쇄하고자 할 제 돌연 우자오유吳兆有 진중의 청병 일대一隊는 선인문宣人門의 폐쇄를 방해하였으며 각 영의 청병은 선인문 외 우자오유 진영에 내회하였다는 보고가 있었다. 실로 예기한 사변은 그 서막을 열게 된 것이다.

보고에 접한 신임 전영사 박영효는 노기가 격발되어 즉시 무력에 소愬고자 하였으나 김 씨(김옥균) 기타의 권지勸止한 바가 있어 선인문은 개방에 일임하고 한편 전후 영병營兵 사백 명을 발하여 사대四隊에 분한 후 각각 요지에 분둔分屯하여 동정을 살피게 하고 일본 공사도 본국 병을 단속하여 엄중한 계엄 중에 이날 밤을 경과케 하였다.

적극론과 반대론

우자오유 군이 무단히 내침함을 당하여 박 신임 전영사가 무력으로 해결하고자 함에는 이러한 이유가 있는 것이라 한다.

당시 양편의 병력을 살피건대 청병은 정규병이 사백 명, 상민商民으로 변장 내주한 자가 약 팔백 명이라 칭한즉 도합 일천 이백여 명의 병력이 있으며 정부 편에는 일본 청병請兵이 이백 명, 전후 영병營兵이 약 팔백 명, 역시 일천여 명의 군세로서 정예한 점으로는 오히려 이편에 유리한 형편이 있은즉 광일지구曠日持久하여 저편으로 하여금 준비의 여가를 주지 말고 이러한 기회에 적극책을 취하여 일기 격퇴함이 군략상으로 유리하다 함이었다.

이때에 제일 먼저 반대의 뜻을 표한 것은 다케조에 일본 공사였다.

그러나 이 일본 공사의 반대하는 이유가 단순한 사기事機에 인함인가 혹은 그 이면에 무슨 이유가 있음인가. 이는 실로 중대한 관계가 있는 것이며 성패의 분기점이 이에 있다 하여도 가할 것이다. 그러나 아직 우리는 이것을 전의詮議하기보다 사기의 변화를 주시하기로 하자.

전기前記와 같이 계엄 중에 하룻밤을 경과하고 십이월 육 일 아침에는 청군 사마司馬 위안스카이에게 일서一書를 송하여 그 무리한 행동을 힐책하고 겸하여 금후 만일 너희들이 무리한 행동을 거듭할진대 결코 호사好辭로 상대치 못하리라는 경고를 발하였다.

그리고 한편으로 박 전후영사와 서 좌우영사는 급히 영문營門의 모든 사무를 정리하는 동시에 우선 각 영소營所의 군기를 조사한즉 총검은 전부 습기가 차고 청화鯖花가 덮여 심한 것은 당초에 탄환부터 장전할 수가 없었다. 이에 박(박영효) 전영사는 신임하는 부하 신복모申福模에게 지급히 총기 소제를 명하였으며 장명將命을 받은 신복모는 군기고의 소재 총기 전부를 꺼내 해개解開 소제에 착수하였다.

일 공사의 태도 연화軟化

이때 다케조에 일본 공사는 돌연 이(이재원), 홍(홍영식) 양 대신을 향하여 일본병의 철귀를 고하였다. 그는 지금 등루거제登樓去梯*의 악희惡戲를 감행하려는가. 전일의 약속은 어찌하였으며 전일의 의기는 어찌 되었는가. 그 이면에는 반드시 무슨 이유가 복재하였을 것이다.

원래 일본의 대청對淸 태도가 돌연 강경하게 된 이유는 안남安南의 관계로 하여 일어난 청불 교전의 기회를 이용하여 반도에 뿌리박힌 노대제국老大帝國의 세력을 구축驅逐하고 새로이 자국 세력을 부식扶植고자 함이었다. 그러나 반도 정국이 마침 다사한 이때에 청불의 관계는 일대 변동이 생겼으니 프랑스의 여론은 '페리' 내각의 주전론主戰論을 반대하였으며, 대만의 점령과 남청 각지의 대전으로 전국의 불리를 깨달은 청국 또한 휴전을 희망하여 강화講和의 기운이 돌연 농후하게 되었다.

이를 간취看取한 일본 정부는 곧 방침을 일변하여 대청연對淸軟의 정책을 의정하는 동시에 즉시 기선을 인천항에 전파하여 그 뜻을 다케조에 공사에게 전달하니 이 사절이 도착한 것은 즉 십이월 삼 일의 오후였다.

이와 같은 훈시를 접한 다케조에 공사가 다시 소조무능蕭條無能한 구일舊日의 면목으로 돌아간 것은 차라리 당연한 결과가 아니냐. 전야前夜에 박 영사의 적극론을 반대하고 지금에 또 등루거제의 악희를 감행고자 하는 그 이면에는 이러한 중대 원인이 복재하였으나 세계 통신의 계통 외에 명예적 고립을 당한 당시 조선에 있어서 신정부의 대신 제씨가 이러한 소식을 상상하기는 만무한 일이었다.

일 공사의 신약속

이 의외의 선언을 들은 신정부의 제씨는 자립의 계가 아직 미비한 것과 각 영 군기를 소제 중임을 누누이 설명하고 아직 삼 일간의 경호를 청

* '다락에 오르게 하고 사다리를 치운다'는 뜻으로, 사람을 꾀어 어려운 처지에 빠지게 함을 비유적으로 이르는 말.

한 결과 다케조에 공사는 종래의 관계상 단연히 거절하기 불능하여 면강勉强 승낙하고 또 사정후事定後 사관士官 십 인을 교사로 정하여 근위대의 조련을 행할 일과 삼백만 원의 국채를 융통하여 재정 정리에 사용하게 할 일과 재정 정책에 능통한 경험자 수인을 간발하여 고빙*에 수응할 일 등을 일일이 승낙하고 즉시 일본 정부에 보고하기로 약속하였다.

일본 공사의 이 승낙은 신정부 제씨의 초조한 흉금를 위로하기에 충분하였다. 그러나 이 약속은 과연 실현의 가능성이 있었는가? 당시에 있어서 이를 아는 자는 다만 다케조에 공사 자신뿐에 그쳤을 것이다.

청 사관 내청來請 알현

십이월 육 일 오전의 일이다. 일본 공사의 철병 귀관설이 겨우 낙착되자 청진淸陣의 한 사관이 들어와서 도독 우자오유로부터 국왕께 올리는 일서一書를 정하고 알현을 청하는지라. 이(이재원), 홍(홍영식) 양 대신은 성정각誠正閣에 좌정하여 이를 접견 응수하고 상서에 대하여는 도승지 박영교로 하여금 봉칙사답奉勅賜答하게 하였다.

이윽고 다시 청진 통사通詞가 와서 고하여 말하길, 위안스카이가 지금 폐현을 청하고자 하여 병사 육백 명을 거느리고 입궐하되 이 대隊에 나누어서 동서문東西門으로 들어온다 하였다. 이 말을 들은 김 씨는 통사와 차비관을 불러 "위안(위안스카이) 사마의 알현은 가하거니와 병사를 거느리고 들어옴은 결단코 허락지 아니한다. 만일 이를 고집할 시는 마땅히 불호광경不好光景이 있으리라." 경고하고 한편으로는 다케조에 일본 공사에

* 학식이나 기술이 뛰어난 사람에게 어떤 일을 맡기려고 예의를 갖추어 모셔옴.

게 고하여 군대를 단속하게 하며 또 한편으로는 각 영 병사에게 영을 내려 해개解開하였던 총기를 급히 꾸미게 한 후 각 대신 참찬으로 더불어 관물헌觀物軒 후당에서 정무를 의논하고 있었다.

청병淸兵 돌연 내습

오후 두 시 반 청진에서 다시 일 봉서를 다케조에 공사에게 보내었다. 그 봉서가 다케조에 공사에게 전달되자 미처 개봉도 하기 전에 돌연 총성이 난발하며 청병은 동남문東南門으로부터 협공하여 들어오니 궁중에는 다시 대소동이 일어났다.

아아, 이제 청병의 책전은 성공할 시기가 들어온 것이다. 전후영의 조선병은 총기 소제에 여념이 없고 다만 이백 명의 일본군으로 경위되는 이때에 사백의 군세로써 동남문을 협공하면 앞으로는 궁궐을 가히 점령할지요 뒤로는 일본 공사관과의 연락을 절단하여 고립무원한 독립당의 일파를 낭중에 몰아넣고 임의로 요리할 수 있을 것이며 이 계획에는 겸하여 내응까지 있음을 의심할 수 없었다.

오호 만사휴의萬事休矣

과연 총성이 일어나자 어느덧 왕비와 세자, 세자빈은 궁전을 떠나 북산으로 피신하였고 왕대비, 대왕대비, 순화빈도 뒤를 따라 궁문을 탈출하였다. 이 말을 들은 김 씨가 황망히 침실에 들어간 때에는 국왕께서도 이미 가신 곳이 없으며 실내가 적적하여 인영人影을 볼 수 없었다.

비빈이 궁문을 탈출한 뒤에 국왕께서는 무감 병정 사오 인을 거느리시고 역시 궁문을 탈출하여 북산을 향하실 제 관물헌 후당에서 정무를 의논하던 조신은 비로소 이를 알았다.

어가가 산록山麓을 당도한 때에 뒤로부터 행차를 정지하라 대성질호大聲疾呼하는 이가 있으니 그는 김옥균, 서광범의 양인이었다. 양인은 급히 달려와 어가를 만류한 후 다시 산을 내려와 연경당에 모시고 변수邊樹를 보내어 다케조에 공사를 청할 제 이때 관물헌 전후에서는 일군日軍과 청군淸軍이 격전을 계속하여 탄환이 우비雨飛하되 조선군은 적수공권赤手空拳으로 어찌할 바를 알지 못하여 각각 도산逃散하고 말았다.

김 씨는 다케조에를 향하여 일이 이에 이르러 어찌할 도리가 없으니 급히 인천을 향하여 후도後圖를 생각하자 상의할 제

국왕은 이 말을 들으시고 "나는 결단코 인천에는 가지 않겠다. 대왕대비 행도소行到所에 가서 비록 죽어도 곳을 같이함이 당연하다." 말씀하니 일행은 어찌할 바를 알지 못하여 정正히 유예미결하고 있는 중에 탄환은 점점 가까이 내리는지라 위험을 피하여 뒷산으로 이어하게 하고 이와 같이 하기 오륙 차에 필경 동북 궁문을 당도하니 때는 이미 황혼이라. 왕비는 사람을 보내어 어가를 청하며 국왕께서는 뜻을 결정하여 군신의 만류를 물리치고 무감의 등에 업혀 곧 북묘北廟를 향하고자 하셨다.

이때 금릉위는 장검으로써 무감의 배에 겨누어 어가를 멈추게 하며 입었던 모의毛衣를 벗어 땅에 깐 후 잠시 좌정하시기를 청하고 일·청 양군의 형세를 살피기 위하여 다시 궐내로 들어갔다.

그동안 김(김옥균), 서(서재필) 양인은 비록 어가를 협박할지라도 인천을 향하자 주장하였으나 다케조에 공사는 묵묵부대하고 있는 중에 산상으로부터 조선 별초군 백여 명이 일행에 대하여 방포함을 보고 또 청병이 이미 전각에 입거한 보고를 접한지라. 그는 비로소 입을 열어 말하

길 일본병의 보호가 도리어 성궁聖躬에 누를 끼칠 듯하니 잠시 퇴병하여 선후책을 강구함만 같지 못하다 하였다.

일본인 아사야마淺山가 통역하여 고하니 국왕께서는 이 말을 들으시고 급히 북궐을 향하셨다. 아— 만사는 이미 쉬였다.

죽기는 어리석다

만사는 이미 쉬였다. 대가를 따라 북묘로 향할 것인가? 북묘 근지에 청병의 매복이 있어 일행을 기다릴 것은 명약관화한 사실이니 그 손에 목숨을 버리는 것은 너무도 의미 없는 죽음이다. 그러면 어디로 갈 것인가. 이제 독립당의 제인은 갈 곳이 바이없다.*

하릴없어 다시 다케조에는 대답하여 말하길 그들이 먼저 무례무의한 행동을 하여 양국의 체면을 오욕한지라. 아국我國이 또한 마땅히 병력으로써 종사從事할지니 공들은 나를 따르라 하였다.

이제 그네의 갈 길은 여기밖에 없다. 김옥균, 서광범, 서재필의 세 사람은 곧 다케조에 공사를 따르기로 결심하였으나 오직 홍영식만은 본래 성질이 인후 공정하고 평일의 교제가 심히 원융하였으며 사변이 일어난 후에도 또한 병정을 보내어 민영익을 보호한 일이 있었고 또 위안스카이와도 계분이 심히 두터운즉 혹 무사하기를 바랄는지 하여 세 사람의 결심한 바를 말하고 자량自量 처신하기들 청하니 홍영식은 개연히 "나는 대가를 따르겠다." 하였다.

* 어찌할 도리나 방법이 전혀 없음.

군신이 상대읍별相對泣別

김 씨는 이에 홍 씨의 손길을 잡아 말하길 "군君은 비록 호종扈從할지라도 다른 염려는 없을까 하니 군은 안에 있으라. 우리들이 밖에 나가면 반드시 회복할 날이 있으리라." 하고 다시 어전에 나가 하직을 고하니 국왕은 경문驚問하여 말하길 "이제 이 위난지시危難之時를 당하여 경들은 장차 나를 버리고 어디로 가고자 하나뇨?"

여러 사람은 눈물을 머금고 여쭈어 가로대 "신 등이 국가의 후은을 입었사오니 어찌 저버리오릿까? 금일에 전하를 따라 죽지 아니함은 다른 날을 위하여 국가를 위하여 전하를 위하여 다시 청천백일을 볼 날이 있기로 아직 권도權道*로 하직하나이다."

찬 바람은 살을 베이고 저문 빛은 북산을 덮어오는데 병화兵火를 피하여 나온 군신이 대읍하여 기약할 수 없는 고별을 할 제 그네의 정회가 과연 어떠하였으랴. 지금에 유심자는 응당 만국의 눈물을 흩뿌릴 것이다.

일행이 진정할 길 없는 가슴을 부둥켜안고 초초히 쫓겨 가는 어가를 전송한 후 궁중의 형세를 살피기 위하여 달려갔던 금릉위도 다시 현장에 들어와 이를 보며 이를 듣고 위연히 탄식하여 말하길 대사大事도 이미 쉬였거니와 홍 군(홍영식)도 또한 쉬였구나. 여러 사람의 입에서는 다만 무거운 한숨이 새어 나올 뿐이었다.

* 목적 달성을 위하여 그때그때의 형편에 따라 임기응변으로 일을 처리하는 방도.

산상의 재차 회의

일 공사를 따라서 궁문을 빠져나온 일행은 북산 위에 이르러 다시 후사를 의논하게 되었다. 이제 다케조에를 따라간다 할지라도 우리들의 생사를 알 수 없으니 차라리 이로부터 각각 분비分飛하여 혹 인천 혹 원산 혹 부산으로 향하면 그중 혹 일이 인은 생존할 수 있으려니와 만일 전부 다케조에를 따르다가 일시 함몰의 비운을 당하면 다시 여망이 없지 아니하냐 한참 의논이 분분한 중 다케조에 공사는 아사야마 통역으로 하여금 급히 불러 말하길 "우리 군대를 잠시도 머무르지 못할 형편이라 곧 인천을 향할진즉 제공公은 의아하지 말고 속히 오라." 하였다. 일행은 이에 결심하고 뒤를 따르니 정계의 폭풍우는 이에 완전히 불행한 일단락을 고하게 되었다. 독립을 꿈꾸던 계획은 허다한 희희犧犧로부터 사대당의 거름이 되었으며 청국의 횡포한 세력을 더욱 조장한 결과에 그치고 말았다. 장차 그네의 운명은 어찌 될 것인가.

구사일생의 망명

어가를 배종하였던 홍영식, 박영교의 양인은 위안(위안스카이) 씨의 독수에 걸려 참혹히 사거死去하였고 다케조에를 따라간 몇 인은 구사일생의 모험으로 일본 공사관에 도착하였으나 미구에 공사관 역시 포위되어 지구持久의 계가 없음으로 칠 일 오후에 중위重圍를 파하고 인천을 향하여 퇴각하였으며 중로에 허다한 곤란이 앞에 당하였으나 팔 일 저녁에는 근근이 인천에 도착하여 선중에 몸을 던졌더라.

청천벽력같이 일어난 갑신정변은 중첩한 흑운黑雲 간을 섬과閃過*한 일도전광一道電光에 불과하였다. 그러나 독립당의 일파가 독립무원한 가운데에서 이 일섬의 전광을 방사하기까지에는 실로 칠 년간의 고심참담한 내력이 있는 것을 알아야 될 것이다. 강릉부사 김병태金炳台 씨의 영식으로 충청도 아산군에 출생한 그는 김병기 씨의 양사자養嗣子** 되어 경성에 나왔으며 나이 스물이 넘어 일찍이 대과급제의 영화를 보았으나 정언지평의 말직에서 방황하기 이래 칠 년간 씨의 환해宦海*** 생활은 결코 순풍괘범順風掛帆의 행운아가 아니었다. 그러나 일찍이 대지大志를 품은 그는 몸이 비록 미관말직에 있으나 그윽이 국정의 대세를 살피어 부패문란이 극도에 달함을 보고 우선 이것의 확청廓淸 개혁을 단행하기로 결심하였다.

이와 같이 남모르는 목적을 품은 그는 우선 교제를 널리 하여 유위有爲한 동지를 구하였으니 금릉위 박영효, 서광범, 유상오柳相五 등은 실로 동지의 동지였으며 더욱이 부마 금릉위가 참가한 것은 밖으로 세인의 신망을 더하고 안으로 궁중부중宮中府中의 연락이 편리하게 되어 무엇보다도 힘찍은 조건으로 볼 수 있었다.

* 번쩍이며 지나감.
** 호주 상속인인 양자.
*** 관리의 사회. 흔히 험난한 벼슬길을 말함.

일차 계획이 와해

그네들 중에 구체적 계획이 있은 것은 이로부터 칠 년 전 되는 무인의 해였으나 마침 중요 동지의 사망으로 제일차 계획은 필경 토붕와해土崩瓦解에 돌아가고 이래 삼 년간에 하염없는 세월을 보내던 김(김옥균), 박(박영효), 서(서광범)의 삼 인은 우선 외국에 유람하여 세계 대세와 문물 제도를 살필 필요가 있음을 생각하고 같이 일본에 도항하기를 경영京營하였으나 박 씨는 사정이 있어 이를 중지하였고 김 씨 홀로 인천을 출발하여 일본을 향하게 되니 때는 신사 십이월이었다.

일본에 도항한 김 씨는 출유 반년 만에 다시 귀국의 길을 떠났다. 이때 한성 정계에는 소위 임오군란이 돌발하여 민비의 출궁, 대관의 학살, 대원군의 부활, 일본 공사관의 습격 등 중첩한 파란이 왕래하였으며 이로 인하여 일어난 대일본의 국제 문제는 자못 중대하게 되었다.

김 씨가 한성에 도착한 때에는 정국이 다시 일변하여 대원군은 사대당의 책략 중에 빠져 청국 군함으로 바오딩保定*부府에 호송되고 일본으로부터는 전권대사 이노우에 가오루井上馨와 전권공사 하나부사 요시모토花房義質가 한성에 들어와 담판을 개시하였다. 그 결과 조선 정부는 손해배상과 기타의 요구를 일일이 용납하여 조약을 체결하고 박영효를 수신사로, 김만식金晩植을 부사로, 서광범을 종사관으로 정하여 일본에 파견할 새 김옥균은 다시 일행으로 붙어 일본에 도항하게 되니 재차 도항은 김 씨로 하여금 다른 때 일본의 세력을 이용하게 한 제일차의 준비 시대가 된 것이었다.

* 중국 허베이성河北省 중부에 있는 도시.

도동과 활약

수신사 일행에 참가하여 재차 일본에 도거한 김 씨(김옥균)는 일본 정부가 조선을 독립국으로 대우하여 태도가 자못 은근함을 보고 박 씨(박영효)와 더불어 의논한 결과 일본의 세력을 이용하여 연내의 숙원을 도달함이 가장 편리하겠다, 생각하고 이에 득의의 외교 수단을 발휘하여 대활약을 개시하게 되었다. 한편으로는 조아朝野의 명사를 역방歷訪하여 혹은 조선의 국책을 물으며 혹은 동양의 대책을 논의하여 견문을 넓히기도 하였고 후쿠자와 유키치, 고토 쇼지로 같은 재야의 거인들과 친교를 맺어 후일의 지반을 굳히기도 하였으며 또는 유학생을 파견하여 인재를 양성할 계획도 세웠고 국정 개혁의 재원으로 국채 모집의 운동까지도 하여보았다. 그러나 수신사의 일행은 국채위임장을 휴대하지 아니하였음으로 비상非常한 곤란을 비상備嘗한 후 겨우 일본 외무경 이노우에 가오루의 알선으로 요코하마 정금은행正金銀行에서 십이만 원(이 금액은 일본인의 기록에는 십칠만 원)을 기채起債하게 되었으나 이 금액은 십일만 원의 상휼금償恤金을 지불한 외에 근근僅僅 공사 일행의 여비를 보충하였을 뿐이었다. 그러나 이 수신사 일행의 도일渡日이 그들의 개혁 운동을 촉진함에 불소不少한 영향이 있은 것은 물론이었다.

일행은 일본에 두류하는 동안 일본이 주초세酒草稅를 올리고 육해군을 확장하기에 급급한 실정을 보았으며 또 외무경 이노우에 가오루가 사실을 설하여 말하길 폐국弊國의 군비 확장은 비단 폐국의 국방을 안전하게 할 뿐 아니라 귀국의 독립을 위하여도 주의하는 바가 있노라 하여 암암리에 선동하는 언사를 듣기도 하였다. 따라서 지금까지 고립무원의 궁지에 있던 독립당의 일파는 이에 다소의 우익을 발견한 감이 있는 것이었다. 사자使者의 사명을 마친 후 복명의 길을 떠날 제 박 씨(박영효)는 귀국하여 후일의 준비로 양병養兵에 종사하기로 하고 김 씨(김옥균)는 아직 일본에 머물러 더욱 획책에 진력하기로 하였으니 그 목적은 정치 개혁의 자금을 조달하고자 함이었다. 그러나 필경 정식의 국채위임장이 아니면 성공하지 못할 것을 깨달았으며 또 위임장만 있으면 성공할 수 있다는 일본 정부 당로자當路者*의 언질을 받게 되었음으로 김 씨 역시 뜻을 결단하고 고국에 돌아오니 때는 계미 유월이었다.

간물奸物의 목인덕

일본으로부터 귀국한 김 씨(김옥균)는 새로 포경사(이때 일본인이 이해夷海의 포경사업이 유리함을 역설하였음으로 그를 관할하는 관원으로 임시 제정한 관직)에 임명되어 외아문外衙門에 출사하게 되었다. 이때 조영하趙寧夏가 청국으로부터 독일인 목인덕을 고빙하여 역시 외아문에 출사하였는바 그는 원래 간녕奸佞**한 성질로 조영하, 민영목, 민영익 등의 유력자를 추수하여 자못 기괴한 언행이 많은지라. 따라서 김 씨와는 피차 의견이 불합하던 중 마침 정부에서는 당오당십當五當十의 악전惡錢 주조가 전정錢政 문란의 원인이 될 것을 들어 격론, 반일半日에 완부完膚***가 없이 공격한 후 만일 이만한 이치를 알지 못한다 하면 군君은 무학무식의 배輩가 될지요 이를 알고도 구차히 인언人言을 영합한다 하면 이는 심술이 부정不正한 것이라고까지 극언한 일이 있던바 이 반일의 격론이 김 씨의 전도에 영향을 준 바는 실로 막대한 것이 있었다.

* 중요한 지위나 직분에 있는 사람.
** 간사하고 아첨하는 재주가 있음.
*** 흠이 없이 완전한 채로 있는 살가죽. 흠이 없는 곳을 비유함.

전도는 새로 양양

김 씨(김옥균)는 목인덕과 격론한 후 즉시 예궐하여 전후 사상事狀을 상주上奏한 결과 곧 당오전의 주조를 정지하고 포경 자금과 재정 정리 자금으로 삼백만 원의 국채 기용을 윤가하게 되었으며 국채위임장과 정중하신 권탁眷托까지 배수拜受하게 되었었다. 갈망하던 정식 국채위임장을 수중에 가지게 된 김 씨는 내심으로 아사장성我事將成을 부르짖었을 것이며 만일 삼백만 원의 자금이 김 씨 수중에 들어온다 하면 그는 실로 운용풍호雲龍風虎의 세로 한성 정계를 혁신하게 될 것이다.

그뿐 아니라 한편 박 씨(박영효)는 전일의 계획에 의하여 정계 혁신에는 우선 병력이 필요함을 깨닫고 이해 유월부터 광주유수廣州留守에 자원 취임하여 육백의 건아를 수하에 거느리고 친히 신식의 조련을 여행勵行하는 중인즉 한편으로 자금이 입수되고 한편으로 이 군대가 성양成樣되면 부패무여腐敗無餘한 한성 정계가 곧 장중물掌中物이 아니고 무엇이랴. 이때 독립당의 전도는 실로 양양한 바가 있었다.

일본 정부 태도 표변

김 씨(김옥균)가 갈망하던 위임장을 받아들고 희불자승喜不自勝하는 한편으로 사대당 및 목인덕 배輩는 백방으로 저해책을 강구하여 고육반간苦肉反間의 계計가 무소부지하게 되었으나 다행히 국왕의 결심은 이미 견고하여 다시 승간乘間할 여지가 없이 되었는지라. 김 씨는 이에 서재필, 서재창 등 오십 명의 유학생을 인솔하고 삼차 일본에 도항하게 되었다.

그러나 그들의 저해 수단은 이에 그치지 아니하고 일본 정부에까지 그 독수를 뻗쳐서 천재일우의 위임장으로 하여금 일편一片 휴지를 만들고자 하였으며 이보다 먼저 목 씨(목인덕) 술중에 빠져서 김 씨를 소격시의疎隔猜疑하던 암용무능暗庸無能의 일 공사는 필경 김 씨의 휴대한 위임장이 위조물이라는 보고까지 본국 정부에 발하게 되었다.

과연 김 씨가 도동의 길을 떠나기 위하여 다케조에 공사를 방문한 때에 공사의 태도는 자못 냉락하였으며 급기 도쿄에 도착하여 먼저 외무경 이노우에 가오루를 방문하매 그 언사, 기색이 돈연히 냉담하여 다시 친절, 은근하던 전일의 이노우에가 아니었으며 심지어 김 씨의 일언일동에까지 시의猜疑의 시선을 던지게 되었다. 그러나 이는 다만 다케조에의 저해가 유효하였을 뿐 아니라 일본 정부의 외교 방침이 수월數月간에 순연히 변하여 조선에 대하여는 아직 염수부동斂手不動* 방침을 취하게 된 것이니 이는 독립당에 대한 일본 정부의 제일차 등루거제였다.

재차 삼차의 실패

이와 같이 등루거제의 횡액을 당한 김 씨는 오히려 굴하지 아니하고 도쿄 주재 미국 공사 '빙감'**에게 의뢰하여 그의 주선으로 요코하마에 있는 미국인 '모르스'***, '미들톤'**** 등을 미국에 보내어 기채起債할 방법을 강구하게 하였다. 그러나 당시 영미 자본가는 아직 조선이 어떠한 나라임을 이해할 길이 없었음으로 역시 여의치 못하였다. 〔일설에 의하면 이

* '염수'는 어떤 일에 손을 대지 아니하거나 또는 하던 일에서 손을 뗀다는 뜻.
** J. A. Bingham.
*** W. R. Morse.
**** Middleton.

때에 비록 성수成數*의 차관은 성립되지 못하였으나 전기前記 미국 상인으로부터 십만 원 내외를 차득하여 운동비에 공하였으며 이 금액은 그 후 정부에서 상환하였다 하여 자못 신빙할 점도 있으나 씨氏(김옥균)의 수록과 일본인의 기록에 의하면 전연 실패에 귀하고 말았다.]

이와 같이 위산違算** 실패를 거듭하여 일방으로 중대한 계획은 화병畵餠***에 돌아가고 일방으로는 돌아와서 국왕과 정부에 대한 면목이 없이 된 김 씨는 갑신 일월에 제삼차로 후쿠자와 유키치, 고토 쇼지로 등 민간 유지有志를 개介하여 일본 제일국립은행의 시부사와 에이치澁澤榮一에게 교섭을 개시하였던바 다행히 이십만 원 차관의 의가 성립되었으나 이것조차도 일본 외무경 이노우에 가오루의 동의를 얻지 못하여 필경 도로徒勞에 귀하고 말았다.

중위重圍에 빠진 김 씨

이와 같이 일본 정부의 배신으로 일사一事도 성공하지 못한 김 씨(김옥균)는 갑신 삼월에 궁여의 몸을 싣고 고국에 돌아오니 국내 사정인들 무엇이 반가웠으랴.

첫째 대사업의 준비로 양병에 종사하는 박 씨(박영효)는 자금 부족으로 누차 김 씨의 원조를 청하였으나 사불여의하여 유지할 방책이 묘연하였음으로 계미 십이월로써 유수의 직을 사면하게 되어 애지중지하던 부하를 들어 한규직, 윤태준 등의 영솔한 전후영에 분속하게 하고 말았으

* 일정한 수효를 이룸.
** 계산이나 계획이 틀림. 또는 그 계산이나 계획.
*** '그림의 떡'이라는 뜻. 그림 속의 떡은 먹을 수가 없으므로 실용적이지 못함을 비유해 이르는 말이다.

며 사대당의 수령 민영익이 새로 구미 만유로부터 귀국하여 종횡한 예봉은 가히 당하지 못할 것이었으며 겸하여 목인덕의 간계는 제민諸閔의 세력을 종합하여 독립당 배척에 경주하니 양당 알력의 세는 이에 점점 노골화하여 실로 감당하지 못할 형세가 있음으로 김 씨는 일시 동교별제東郊別第*에 귀와歸臥하여 형세의 추이를 관찰하고 있었다.

반발적 운동 촉진

갑신 춘하春夏의 제際를 당하여 독립당의 계획은 실패로 참담한 상태에 빠지고 사대당의 발호는 날로 방사하여 저지할 바를 알지 못하였다. 그러나 구국의 일념이 절절한 독립당 일파는 이 일시의 차질로써 낙담하지 아니하고 도리어 결심을 굳게 하며 준비를 촉진하여 반발적 탄력으로써 이에 책응하게 되었다.

일시 미국 만유를 경영하던 박 씨(박영효)는 시국의 험난이 도저히 유유관광悠悠觀光할 시기가 아님을 살피고 단연히 이를 정지한 후 장사壯士의 모집과 동지 구취鳩聚에 급급하였으며 일시 동교별제에 귀와하여 울울 부득지하였던 김 씨도 국왕의 소명으로 다시 한성 정계에 나타나서 암중비약을 개시하였다.

* '동교'는 동쪽 교외로, 조선시대에는 주로 서울의 동대문 밖을 말하였음. '별제'는 별장別莊.

홍영식의 참가

이때 독립당 일파에는 간과하지 못할 새 세력이 첨가되었으니 그는 미국으로부터 새로 귀조歸朝한 홍영식이 일파에 가담하게 된 일이었다. 홍영식은 대신 홍순목洪淳穆의 차자로서 지위, 문벌이 혁혁할 뿐 아니라 돈후 공정한 자질과 탁락卓犖*한 기우氣宇**와 섬부贍富***한 학식을 겸비하여 실로 일세에 망중望重한 청년 명사였다. 원래 민영익으로 더불어 교계가 친밀하여 같이 구미 만유의 길을 떠났던바 워싱턴華盛頓 체류 중에 민(민영익)으로 더불어 정견의 충돌을 보게 되었다. 민(민영익)은 사대주의를 고집함에 대하여 홍(홍영식)은 독립, 자주를 역설한 결과 필경 단연히 손을 뿌리치고 동서東西에 분로分路하여 민(민영익)은 구주歐洲 만유의 길을 떠나고 홍(홍영식)은 태평양을 건너 고국에 돌아오니 유력한 동지를 갈구하던 독립당의 제성諸星이 어찌 이를 간과하였으랴. 미구에 홍영식은 독립당 중 가장 존경하는 일원이 되었다.

이에 앞서 서광범이 미국으로부터 귀국하였으며 보국 이재원, 독판 김홍집 등 유력자 속속 가담하게 되니 독립당의 근거는 거연居然**** 확호불발確乎不拔한 것이 되었다.

* 1. 두드러지게 뛰어남.
2. 높고 빛남.
** 기개와 도량을 아울러 이르는 말.
*** 가멸고 풍족함.
**** 슬그머니, 쉽사리.

외세의 주합湊合

내정內情이 이러한 때를 당하여 외세가 또한 일대 변동을 보게 되었으니 그는 동년 유월 이후로 풍운의 절박을 보게 된 청불清佛의 관계와 이에 따라서 일본의 대조선 정책이 변동된 일사一事였다.

전년 후쿠자와 유키치의 천거로 한성에 도래하여 《한성순보》에 집필하던 이노우에 가쿠고로는 조선 정부의 지급하는 월봉이 극히 소액임으로 생계 유지가 곤란하게 되어 공사관에 보호를 청하다가 뜻을 얻지 못하고 이해 오월에 경성을 떠나 귀국하였던바 동년 팔월 초에 이르러 청불전쟁이 피하지 못할 것을 간파한 일본 외무성에서는 약간의 보호금을 이노우에에게 교부하여 조선에 재도再渡케 하였으며 한편으로 공사관 서기 시마무라 히사시는 김(김옥균), 박(박영효) 등 독립당에게 추파를 보내어 형세의 회전은 차차 구체화하였으며 구월 중순경 일본선의 재래齎來한 신문은 청불 교전의 보報를 전하게 되니 조선의 상하上下는 일시 '산우욕래풍만루山雨欲來風滿樓'*의 느낌이 있었다.

계획의 구체화

사기事機 간파에 민활한 김(김옥균), 박(박영효) 일파는 이제야 계획의 구체화를 상의하게 되었다. 한편으로는 일본 공사관과의 교제를 친밀히 하고 한편으로는 이노우에 가쿠고로를 개介하여 일본으로부터 폭약, 일본도 등의 무기를 수입하였으며 일면으로는 장사壯士의 단속, 유학생도의

* "산의 비 오려 할 제 바람은 누를 에워싸네."
중국 당나라 시인 허혼許渾의 구절로 '어떤 일이 생기기 전 심상치 않은 징조'를 의미한다.

연락 등 착착 구체적 준비에 착수하게 되었으니 이것을 구체화한 것이 곧 십이월 사 일 우정국의 사변이었다.

× ×

독립당 일파가 필경 거사를 하기까지에는 전기前記한 바와 같이 전후 칠 년간에 실로 고심참담한 바가 있었다. 이는 그 대략을 기술한 것이거니와 대하大廈*의 경퇴傾頹**가 일발一髮의 위危에 있고 간녕의 도徒가 상하에 충만하여 반근착절盤根錯節***의 세력을 가진 중에 있어 계획한 바를 일차 누설하면 일신일가一身一家의 운명은 실로 살육멸망이 있을 뿐이라. 이와 같은 위험을 무릅쓰고 회천回天의 대계를 주책하던 그들의 고심은 다만 상상에 맡길 뿐이다.

비참한 실패

이와 같이 하여 고심으로부터 실패에까지 도달한 독립당의 관계자 중에는 당시에 피살된 자가 홍영식, 박영교 이하 사십여 인이며 일본에 망명한 자가 김옥균, 박영효, 서광범, 유혁로, 정난교, 신응희, 이규완, 서재필 등 십여 인이며 부지하락不知何落된 자가 수십 인에 달하여 당년의 참상은 차마 기록치 못할 것이 있었다.

* 1. 덩실하게 큰 집.
  2. 규모가 큰 건물.

** 낡은 건물 따위가 기울어져 무너짐.

*** '서린 뿌리와 얼크러진 마디'라는 뜻으로, 처리하기가 매우 어려운 사건을 이른다. 『후한서』 「우후전虞詡傳」에 나오는 말이다.

일난거一難去 일난복도一難復到

갑신 십이월 월 칠 일에 십 년 마일검磨一劍의 중대한 계획을 실패하고 다케조에 공사의 뒤를 따라 망명의 길을 떠난 김 씨(김옥균) 일파는 중로에서 누차 추격을 당하여 구사일생의 난관을 통과한 후 근근 인천에 내박來泊 중인 일본선 텐사이마루千歲丸에 투신함을 얻었다.

그러나 목인덕이 인솔한 추병은 곧 뒤를 이어 당도하여 일행의 인도를 강청하니 다케조에 공사는 이에 일행의 하륙을 청하였다. 경솔소루輕率疏漏로써 그들의 백년대계를 그르치게 한 다케조에는 이제 또 위해가 박두한 자리에 당하여 그네의 생명조차 적당의 수중에 던지고자 한 것이었다.

다행히 텐사이마루의 선장 쯔지 토자부로辻藤三郎는 원래 호협추담豪俠麁擔의 호한好漢으로서 목전에 이 광경을 보고 미심히 생각하여 그 연유를 물은 후에 "이미 선중에 들었은즉 공公 등의 진퇴는 나의 수중에 있을 뿐이다. 비록 공사의 명령이라도 준봉하지 아니할지니 공 등은 안심하라." 하고 완강히 저항하여 인도 청구에 응하지 아니하였으며 다시 다케조에 공사와 의논하여 일행을 화물 선창에 은닉하여 비로소 무사함을 얻었다.

그뿐 아니라 쯔지 선장은 일행의 경우를 비상 동정하여 항해 중 위로와 공궤供饋가 극진하였으며 또 일행과 분수分手함에 당하여 그는 씨氏 등에게 청하여 말하길 공公 등이 이로부터 일본에 거주할진즉 조선의 성명으로는 불편이 많을지라, 청컨대 나는 제공諸公의 허락을 얻어 명명자가 되리라 하고 김 씨(김옥균)를 '이와다 슈사쿠岩田周作'이라 명명하니 이는 김 씨의 사업이 교각磽角한 암전岩田을 경작함과 같아서 노이무공勞而無功하였음을 의미한 것이었으며 김 씨가 일본명을 사용할 시에 이와다로 성을 모冒하게 된 것은 이로부터였다.

망명 중의 김 씨

수일 후 에도江戶에 도착한 일행은 전일의 연고를 찾아 일시 후쿠자와 유키치 저邸에 작객하였으나 남의 가정에서 장시일 작폐함은 미안하다 하여 교우바시구京橋區 곤야정紺屋町에 일행 십삼 인이 동거하였으며 일습 일 원 이십 전 식의 일복日服을 신조新調하여 질소한 생활을 개시하였었다. 그러나 국가 대사를 생각하는 경경일념耿耿一念이야 어찌 변함이 있으랴. 이래 상하이 객잔에서 비참한 최후를 마치기까지 십 개 성상을 지나는 동안 혹은 절해의 오가사와라小笠原 섬에서 신세의 낙막을 탄하며 혹은 삭풍난설朔風亂雪의 홋카이도北海島에서 고영경경孤影煢煢 부질없이 비통의 눈물을 뿌린 때도 있으나 종시일관 오히려 소지素志를 버리지 아니하고 획책주선한 바가 있었으며 또 기려羈旅의 생활 중 거사의 면영을 상상할 만한 허다한 일화도 끼쳐둠이 있었은즉 필자는 수회에 긍하여* 망명의 중에 그의 생활을 기록하여보고자 한다.

천성의 외교가

김 씨(김옥균)는 실로 외교가였다. 어려서 향리에 있을 제에도 인리隣里의 군소群小는 모두 씨氏를 추종하였으며 급기야 장성하여서는 씨의 가는 곳에 항상 빈객이 운집하는 상태였다. 그럼으로 씨(김옥균)가 도쿄에 망명한 후에도 그의 주위에는 항상 각양각색의 사람이 내회하였나니 후쿠자와 유키치, 고토 쇼지로 같은 지사도 있으며 도야마 미쓰루頭山滿, 이

* 걸치다.

쿠노 한스케的夜半介 같은 낭인배도 있었고 이누카이 쓰요시犬養毅, 오자키 유키오尾崎行雄 같은 서생도 있으며 와다 엔지로和田延次郎, 이시이 카쓰타로石井克太郎 같은 유소년도 있었다. 때로는 박도博徒* 협객배와도 상종한 일이 있으며 씨(김옥균)의 신변을 엿보는 자객까지도 오히려 포용하여 접근하게 하였다.

일본 정부의 냉대

오직 일본의 정부 당국자는 조선 당로자가 전부 씨의 반대당임으로 그들의 환심을 사기 위하여 혹 국교상의 누가 될까 하여 항상 그를 소원 냉대하고 있었다. 당초 김 씨가 후쿠자와, 고토등의 민간 유지와 결탁하여 대사를 경영할 제 참의參議 이토오 히로부미伊藤博文와 외무경 이노우에 가오루는 "정부가 목하 조약 개정에 착수하여 전력을 경주하는 차제에 고토의 손을 빌어서 한국 개혁에 관계하게 함은 불가하다."는 이유로 저해, 반대하던 일본 정부가 청·불 국교가 단절되어 청조의 힘이 반도에 불급한 것을 간파한 때에는 다케조에 공사로 하여금 김 씨 일파에게 추파를 보내어 원조를 약속하고 대사를 야기하였다. 그러나 급기 다케조에 공사의 계획소루計劃疎漏로 일이 실패에 들어가고 김 씨 일파는 망명의 몸이 되어 다시 도쿄에 나타나매 그는 경원주의를 취하여 이노우에 외무경은 김 씨의 면회까지 사절하였다. 이 배신적 행동에 분개한 김 씨는 갑신개혁 전말을 상세히 기록하여 이노우에에게 친시한 후 만일 일본이 어디까지든지 배신적 태도를 취할진대 우리들은 이를 천하에 공포할 뿐이라

* 노름꾼.

고 위하威嚇*한 일이 있었다. 이로부터 일본 정부는 더욱 김 씨를 기탄하게 되어 국외에 추방할 기회를 기다리고 있었다.

마침 이 년을 경과한 병술 봄에 사대당은 자객 지운영池運永을 보내어 김 씨를 엿보게 되니 일본 정부는 이를 기회 삼아 동년 유월에 지운영을 본국으로 추방하는 동시에 김 씨에게도 퇴거 명령을 발하였다. 이때 김 씨는 미국에 향하고자 하였으나 여비 기타의 준비가 여의치 못하여 몇 번 기한의 연기를 청한 후 필경 동년 팔월 칠 일에는 일본 정부의 강제 집행에 의하여 이윤과李允果의 일인一人을 인솔하고 오가사와라를 향하게 되었다.

계획에 실패하고 이성異城에 망명한 몸이 다시 동지와 지구知舊를 작별하고 일엽편주에 몸을 붙여 절해고도絶海孤島를 향할 제 그의 정서야 과연 어떠하였으랴. 급기 지정지指定地에 도착함에 인연人煙은 희박하고 장려瘴癘**가 혹심하여 도저히 건강을 유지할 수 없었으며 천성으로 교제를 좋아하는 김 씨의 적소謫所로는 더욱 견디기 어려운 곳이었다.

이에 병들은 김 씨는 형용이 초췌하여 다시 구일舊日의 면영을 볼 수가 없었으나 그러한 중에서도 교제를 좋아하는 그는 어촌의 유소幼少들을 동무 삼아 매일 군소성군群小成群의 성황을 이루었으니 후일 상하이 객잔에 수종하였던 와다 엔지로 같은 소년은 역시 당시에 종애鍾愛하던 소년 중의 일인이었다.

* 위협.
** 기후가 덥고 습한 지방에서 생기는 유행성 열병이나 학질.

인도 청구와 거절

고균거사가 오가사와라 도중島中에서 한 많은 세월을 보내는 동안 우리는 그를 추방하는 구실이 되던 자객 지운영의 행동과 일본 정부가 김 씨를 추방하던 전말에 대하여 좀 더 자세한 일을 알아보기로 하자.

먼저 갑신정변 당시에 김 씨 일파의 독립당을 궁중으로부터 구축한 청병清兵과 사대당의 일파는 일본 공사관을 포위, 공격하여 필경 충화衝火* 소각하였으며 이소바야시磯林 대위를 위시하여 일본 장교의 사상자도 다수 내었음으로 이 급보에 접한 일본 정부는 외무 서기관 구리노 신이치로栗野愼一郎와 참사원 의관 이노우에 코와시井上毅 등을 먼저 파견하였고 다음 이노우에井上 외무경을 특파전권대사로 하고 육군 중장 다카시마 토모노스케高島鞆之助, 육군 중장 가바야마 스케노리樺山資紀 등이 수행하여 육해군의 호위병을 인솔하고 을유 일월 삼 일로서 경성에 내도來到하여

一. 국왕의 국서로써 일본 황제에게 사의를 표할 일.

一. 부상병을 구휼, 손해배상으로 금 십만 원을 교부할 일.

一. 일본 장교를 살해한 흉도는 엄형에 처할 일.

一. 공사관의 기타, 방옥房屋을 교부하고 이만 원의 공비公費를 제공할 일.

一. 호위병의 영사營舍를 공사관 부근에 선정할 일.

등의 오 개조를 제시하고 담판을 개시한 결과 조선 정부는 전부 이에 승낙하였음으로 그 조약의 실행으로 서상우徐相雨, 목인덕이 국서를 봉하고 일본에 도항하게 되었었다.

* 일부러 불을 지름.

당시에 서상우, 목인덕 등의 사절은 망명객의 인도를 일본 정부에 청구하였으나 일본 정부는 한일 간에 죄인 교환 조약이 없음과 국사범은 국제법상 환부치 아니하나 조선으로부터 자객을 보내어 조처하는 일에는 묵허한다는 양해를 얻게 되었었다.

지운영의 도동

익년 병술(1886년) 조춘早春에 조선의 당로자는 지운영을 자객으로 선정한 후

지운영 전권 위임장

命汝特差渡海捕賊, 使臨時計劃一任便宜, 爲國事務亦爲全權勿汎擧行事.

(그대에게 특차로 바다를 건너 역적을 잡을 것을 명하고 임시 계획을 일임하는 것이 마땅하니, 국사에 힘쓰고 또한 전권을 사용하여 거행하라.)

어보御寶

이러한 위임장을 주어서 일본에 도항하게 하였다. 이 위임을 받은 지운영은 보양保養 여행이라는 명목으로 경성을 출발하여 중로中路 일본의 명승을 관광하고 약 삼 개월의 시일을 허비한 후 도쿄에 도착하여 교바시구京橋區 나베정鍋町 이세관伊勢舘에 투숙하였다. 그러나 김 씨에게 접근할 기회가 없음으로 지池(지운영)는 전일 김 씨가 호조참의 재직 시대에 그 부하에 주사主事가 되었던 연고를 이용하여 일일은 김 씨에게 일서一書를 정呈하여 면회를 청하였다.

그러나 김 씨 편에는 지운영이 경성을 출발할 시에 이미 동지로부터

선통한 바가 있어 지씨의 도동을 예지하고 있었음으로 서면을 접한 때에는 '대이구의待已久矣'라는 듯이 회심의 미소를 띄우고

"귀하의 도래는 실로 반갑도다. 사적 정의는 마땅히 도극추영倒屐趨迎할지나 돌이켜 생각하건대 귀하는 조선의 관인이요 나는 조선의 국사범인즉 금일의 상봉은 후일 귀하에게 누가 될까 두려워하노라."

는 의미로 정중하게 사절하였다. 김 씨는 이와 같이 직접 면회를 사절한 후 한편으로는 유혁로, 신응희, 정난교 삼 인에게 기절奇絶 묘절妙絶한 밀계를 수授하여 지 씨 농락을 개시하였으니 그는 지 씨가 경성 출발 시에 정부로부터 오만 원의 획하劃下*가 있었다는 보고가 있었음으로 그를 우롱하여 소지한 오만 금을 몰수하고자 함이었다.

지 씨 농락에 착수

밀계를 품은 유 씨(유혁로) 등 삼 인은 우연한 기회같이 지 씨(지운영)를 방문한 후 연하여 고정苦情을 하소연하여 말하길 "김옥균은 동시 망명객이나 일본인의 원조자가 다수함으로 자연 유족한 생활을 하건만은 우리들은 그렇지 못하여 부지육미자삼일不知肉味者三日이로라." 하였다. 이를 들은 지 씨는 크게 동정을 표하고 즉시 성찬을 설하여 대접하였으며 이로부터 삼 인은 수수數數 왕래하여 그의 환심을 사며 일면으로는 김 씨를 악평하여 그의 동정을 살피고 있었다.

김 씨에게 접근할 기회를 얻지 못하여 고심 중이던 지 씨는 삼 인의 태도가 이러함을 보고 그들을 이용함이 유일의 방편이라 하여 그윽이 득

* '획급'과 같은 말. 주어야 할 것을 한 번에 다 주지 아니하고 나누어 줌.

의의 웃음을 머금고 더욱더욱 관대에 힘을 썼다.

지 씨 망중에 입入함

일일一日 유 씨 등 삼 인은 전과 같이 고정을 토하매 이를 본 지 씨는 삼 인을 대하여 "군 등은 부질없이 고민을 일삼지 말고 조선을 위하여 충의를 다하면 자연 자유의 몸이 되리라." 하여 우선 척후의 제일탄을 발하는지라. 유 씨 등 삼 인은 내심으로 예정 계획이 순조로 진행됨을 기뻐하면서도 짐짓 이해치 못함과 같이 "우리들은 조국에 작죄하고 해외에 망명한 몸이라. 비록 뜻이 있은들 무엇으로써 조국에 충의를 다하랴."고 반문하니 지池는 다시 일보를 진하여 "조국 정부의 해독害毒을 제除함이라." 고 설명하였다. 이와 같이 삼 인에게 농락된 지 씨는 필경 자기가 왕명을 띠고 김(김옥균), 박(박영효)을 제하기 위하여 이에 온 뜻을 자백하고 삼 인의 원조 얻음을 기뻐한다고 말하였다.

자백을 받은 삼 씨는 "그러면 여러 가지 준비한 바가 있을지니 그 증거를 보이라." 하였으나 그만큼 자백한 지 씨도 이 점만은 용이히 말하지 아니하였다. 이에 삼 씨는 노기를 발하여 "우리들이 실심을 토로함에 불고하고 군이 아직 비밀이 있음은 우리들을 기롱함이라. 사이지차事已至此하여는 군을 살하고 우리들도 또한 자진할 뿐"이라 하여 기세가 자못 처참하였다. 이에 놀란 지 씨는 필경 면치 못함을 알고 국왕의 조서와 단도를 출시하였다. 지를 유인하여 이에 이른 삼 인은 절도할 웃음을 억제하고 더욱 정색하여 말하길 "군의 적성赤誠은 다시 의아할 여지가 없은즉 우리들도 군을 종從하여 견마의 세를 다하려니와 군의 도일에 대하여는 일본 정부의 주목이 엄중하며 근근近近 군을 구속하여 소지품을 검사하리라는 풍설도 있은즉 만일 군의 신변에 일조 착오가 생하면 대사가 낭패될 뿐 아니라 이와 같은 물품이 발견될 시는 국교 문제가 야기될는지도 또한 알 수 없은즉 차라리 우리들에게 임치함이 안전하다." 하여 감언이설로 설복하고자 하였으나 지 씨도 이것만은 응치 아니하고 다만 좌기左記 약정서와 소경所經 대개와 대사증품大事證稟의 삼 종 증서를 친필로 기록하여 삼 인 전前에 교부하였다.

약정서

지운영 봉奉

特命全權斬逆賊玉均大使之委任狀，入日本，與國事犯柳赫魯，申應熙，鄭蘭教，議定斬玉賊之計劃而成事後，運永歸稟，事實，使之續籍卽招還國，立於政府之意，成此票出給事開國四百九十六年四月二十九日池運永.印

(역적 옥균을 베는 대사의 특명 전권의 위임장을 가지고 일본에 들어와서 국사범 유혁로, 정난교, 신응희와 함께 역적 옥균을 벨 일과 이룬 뒤의 일을 의논하여 정하며, 운영은 돌아가 사실을 품하고, 속적하며, 그리고 환국할 수 있게끔 하고, 정부의 뜻을 세우며 이것을 표시로 준다. 개국 사백구십육 년 사월 이십구 일 지운영 인.)

그리고 대사증표에는 성사 후 오 일 내로 금 오천 원의 출급을 약속하였었다.

교묘한 구금법

이와 같이 수적手蹟을 받은 삼 인은 백방으로 계책을 다하여 지 씨 소

지금을 유출하고자 하였으나 결국 지의 수중에 금전의 준비가 풍부치 못함을 간파하고 그의 신변에 비장秘藏한 위임장과 단도를 절취하여 증거로 첨부한 후 이 연유를 경시청에 고발하니 경시청은 처치에 곤란하여 우선 김 씨에게 도쿄 재주在住를 금지하였다. 김 씨는 도쿄를 떠나 요코하마 영英 조계 구란드 호텔*에 이주할 시에 삼 씨에게는 또 일계를 수하고 갔다.

삼 씨는 곧 지池를 방문하고 김 씨가 거주 금지를 당하여 요코하마에는 치외법권이 있어 일본의 경찰권이 불급한즉 우리들이 목적을 달함에 실로 천재일우의 호기회임을 말하여 필경 지 씨로 하여금 동 조계 구라부 호텔에 이주케 하고 김 씨에게 발견될 시는 경계할 염려가 있은즉 절대로 외출치 말라 하여 흔적도 없이 구수拘囚하여놓았으며 일면으로는 일본 당국에 교섭한 결과 일본 정부는 다시 조선 정부에 교섭하여 초전招電을 발하게 되었다.

지 씨는 이 초전을 접한 후에도 오히려 전기前記 삼 인에게 농락됨을 알지 못하고 일 선편船便의 유예를 청하여 주저 준순逡巡**하며 김 씨의 수급이 수중에 굴러들기를 고대하고 있었다. 그러나 필경 내무대신의 명령에 의하여 이세산李勢山 공중원에 일 주간 억류 생활을 보낸 후 기선 요코하마마루橫濱丸로 인천에 송환되니 이 일 막 희극은 지금껏 사람으로 하여금 포복절도케 한다.

교환 조건의 실행

김 씨의 신변을 엿보던 지운영은 전기前記와 같은 관계로 본국에 송환

* 그랜드 호텔.
** 어떤 일을 단행하지 못하고 우물쭈물함.

되었으나 일본 정부는 지운영의 소환을 조선 정부에 교섭할 시에 김 씨도 국외에 추방할 일을 교환 조건으로 하였음으로 일방으로 김 씨에게도 퇴거 명령을 발하였다. 이때 김 씨는 미국에 도항키를 계획하였으나 여비 기타의 준비가 여의치 못하여 수차 연기를 청하였던바 씨의 준비가 여의치 못함을 간파한 일본 당국자는 이를 일시 공중원에 억류하였으며 필경 오가사와라에 추방하게 된 것이었다. 당시에 이 명령을 집행한 자는 가나가와현神奈川縣 경부장(지금 경찰부장) 덴 겐지로田健治郎였으며 김 씨를 상대하여 능히 직무 집행을 다하는 자는 강퍅정한剛愎精猂한 씨氏 일인뿐이었는바 씨가 후일 대신의 지위를 점득한 것은 당시 김 씨를 상대하여 능히 직무를 다한 공로로 내무대신 야마가타 아리모토山縣有朋에게 발탁된 까닭이라고까지 전하게 되었다.

추방의 측면 이유

일본 정부가 김 씨를 절해고도에 추방한 이면에는 또 한 가지 이유가 있었으니 그는 씨 등을 중심으로 하고 활동을 개시한 소위 낭인배의 행동이 매우 위험한 것을 깨달은 까닭이었다.

당시 일본에는 전국시대의 유풍이 아직 사라지지 아니하고 개국 진취의 기운이 울연하여 액완扼腕*, 대담, 비예睥睨**, 일세一世하는 호협불패豪俠不覇의 사士를 배출하였다. 그들은 혹 현양사玄洋社가 되며 혹 흑룡회黑龍會를 모아 단체적으로 또는 개인적으로 해외 진출을 도모하였으며 한·청韓淸의 땅에 나가 일장 활극을 연출하는 것은 그들의 이상이 되었었다.

* 분격하여 팔짓을 함.
** 눈을 흘겨봄. 둘레를 흘겨보고 위세를 부리는 것.

따라서 김 씨 일행의 일본 망명이 그들의 호재료가 되었으며 중에는 김 씨를 간판으로 하고 불궤의 계획을 세워 도리어 김 씨에게 누를 끼친 일도 있으니 을유(1885년)의 해에 오이 겐타로大井憲太郎, 코바야시 쿠스오小林樟雄 등이 조선 정부를 전복하고자 계획하다가 일이 미연에 발각되어 일본 정부로 하여금 김 씨를 위험시하게 한 것은 그 실례의 하나이다.

충실한 후원자

그러나 후쿠자와 유키치, 고토 쇼지로 등을 위시하여 몇몇의 지사들은 씨의 충실한 후원자가 되었고 고토의 막하인 이시이신石井信 같은 이는 김 씨의 인격에 심취하여 수십만의 사재를 김 씨 후원에 경주하였으며 그의 모친도 김 씨를 친자와 같이 애지중지하여 후일 김 씨의 흉음을 들은 때에 삼 일간 음식을 폐하고 통곡하였다 한다.

심야의 인물 검정

김 씨와 이시이 씨의 교계가 이와 같이 친밀하게 됨에 대하여는 양인의 성격을 약여케 하는 일장의 일화가 있었다.

원래 이시이 씨는 고토의 막하로 김 씨를 위하여 고토, 후쿠자와 두 사람 사이의 사첩使諜이 되였던바 재지才智 종횡한 김 씨의 태도가 소박질실한 그의 안목으로는 아무리 하여도 경박재자와 같이 보이는지라 씨는 고래 무사의 관례에 의하여 일차 인물 검정을 행하기로 하고 일일은 동지 사이토齋藤 모某와 더불어 김 씨를 축지표가築地瓢家에 초청하여 동양

정책을 논하며 조선의 전도를 담하다가 주기방감酒氣方酣한 심경에 이르러 이시이는 돌연 비수를 김 씨 면전에 겨누어 가로대 "설단舌端*의 강개만이 무엇에 쓸 것이냐. 군으로 하여금 진실로 조선의 전도를 생각하고 동양의 대세를 우려한다 하면 평소의 안일 우유優遊는 그 무엇이냐? 만일 군으로 하여금 다만 이름을 우국개세憂國慨世에 빌어 누를 우리에게 믿게 할진대 우리들은 지금에 군의 일명一命을 절하여 군과 같은 소재자小才子를 동양 경영의 대무대로부터 제거하리라."

용모 괴위魁偉한 이시이 씨는 광망임리光鋩淋漓한 보도寶刀를 가지고 성색聲色이 구려하여 면전에 핍박하며 동좌의 사이토 씨 역시 노목怒目이 당연瞠然**하여 척비액완揚臂扼腕하니 살기가 돌연 좌중에 가득하였다.

이때 김 씨는 태연자약한 태도로 조용히 개구開口하여 말하길 "과연 이도利刀로다." 사기辭氣는 심히 냉락하였다. 이에 서서히 손을 들어 비수를 뺏어 땅에 놓은 후 "양군의 후의는 보답할 말이 없노라." 하여 고쳐 정색하고 순순히 자기의 소신을 말할 제 혹은 강개격월慷慨激越하여 성루聲淚가 구하俱下하고 혹은 세심 밀려密慮 백년의 대계를 말하니 양 씨는 비로소 평신저두平身低頭하여 사의를 표하며 선생은 과연 대장부라는 탄성을 발하였다.

그리고 다시 김 씨에게 당야當夜의 기념을 청하니 김 씨는 곧 이시이 씨 가졌던 도낭刀囊을 집어 들어 당시唐詩 한 수를 서증하였다.

시 왈

賣墨年年過並州 無端知府問從由 家在北斗杓星下 釖掛南窓日角頭.

(먹을 팔면서 해마다 병주를 지나니, 무단히 지부는 이유를 묻네, 집은 북두칠성 별 아래에 있고, 칼은 남창 일각에 걸렸어라.)

* 혀끝.
** 놀라거나 괴이쩍게 여겨서 눈을 휘둥그렇게 뜨고 물끄러미 보는 모양.

현양사와 밀약

인물 검정을 행한 결과 김 씨의 진가를 발견하게 된 이시이 씨는 이래 김 씨의 후원자로 가장 충실한 일인이 되어 시종일관 활동을 계속하였다. 이제 후쿠자와, 고토, 이시이 등 삼 씨가 김 씨를 위하여 획책하던 일, 이 예를 소개하여보자.

재거를 도모하는 김 씨가 혹은 국내의 동지를 연락하며 혹은 대원군에게 밀사를 보내어 의견을 진술하는 등 자자孜孜* 노력하는 바가 있었으나 개혁의 대업은 결코 필설로써 능히 할 바가 아니고 병력을 용用하여 혁명을 단행할 수밖에 없으며 그에 필요한 병력은 일본에서밖에 구할 수 없는 형편이었다.

이제야 김 씨의 후원자들은 구마모토態本의 현양사와 묵계가 있어 일조유사지시一朝有事之時에 오백 건아는 일어나 선봉이 되기를 약속하였다. 그러나 간요肝要**한 병기 탄약의 수입은 당시 엄금하는 바이라 그들의 고심은 실로 이 점에 있던바 이때 마침 창원 금광 사건이 발생되었다.

창원 금산 사건

당시 조선 각지에 있는 광산 채굴은 제 외인外人의 수연불기垂涎不已하는 바로서 일본의 농상무성도 이를 조사하고 미쓰비시三菱도 이를 계획하였으나 조선 정부는 절대로 이를 허락 아니하는 형편이었다. 이때 나가사키長崎 모某 인이 또한 광산의 탐색을 뜻하고 조선 내지에 잠입하였던바

* 부지런히.
** 썩 중요함.

거민의 습격한 바가 되어 중상을 당하였다. 일이 국제 문제가 되매 조선 정부는 폭행자의 괴수 수인을 검거하여 사형에 처하기로 하였다.

이때 피해자는 그 형벌의 참혹함을 보고 자진하여 폭한暴漢의 방석放釋을 청하였던바 조선 정부는 그 후의에 수응하고자 하여 특히 그에게 한하여 일 개소의 광산 채굴을 허가하니 그는 경남 창원 부근에 있는 금산이었다. 이에 미쓰비시가가 이를 인수, 경영하고자 하였으나 사정에 의하여 중지하고 그대로 방기되어 있음을 들은 이시이신은 곧 운동을 개시하여 외무대신 아오키 슈조青木周藏의 원조로 마침내 나가사키 모某와 공동하여 이 금산을 채굴하게 되었다. 광산을 경영함은 제일로 군자를 얻고 제이로 병기를 수입할 수 있고 제삼으로 장사壯士를 수송하기에 편리한 줄은 아나 이에 투입할 자금이 없음은 제이의 난관이었다. 김 씨는 기려羈旅의 몸으로 물론 도리가 없고 후쿠자와, 고토도 또한 여력이 없었으며 이시이 씨 또한 연래로 김 씨 후원에 재산을 경주하여 이제는 잔여의 전부를 투입할지라도 금산을 경영키에 부족한 형편이었다. 부득이 광업가 후루카와 이치베에古河市兵衛에게 이 금산의 유망함을 설명하고 또 이시이 씨를 주임으로 할 일을 교섭하여 마침내 쾌락을 얻었다.

이제야 후루카와는 기사와 광부를 파견하여 채굴에 착수하였으나 미구에 그 광맥의 빈약함을 발견하게 되어 채굴을 중지하고 돌아왔다. 금주金主이며 광산의 경력자인 후루카와의 단정이 여사함으로 이시이 씨 일파가 아무리 초려하나 도리가 없이 되었다.

원래 그들은 이 금산을 채굴하면서 광산의 소용이라 하여 다수의 탄약을 수입하고 광부에 칭탁하여 구마모토의 건아를 인입할 계획이었으나 이제는 무참한 실패에 돌아가고 말았다.

군자軍資와 산림 불하

창원 금산에 실패한 후원자들은 다시 군자 조달에 초려한 결과 이번에는 산림 불하에 착목하였다. 산림을 불하함에는 고토 백작이 현재 농상무대신이요 불하한 산림으로 돈을 만드는 것은 후쿠자와 씨가 담당하기로 하였다. 그래서 산림을 물색한 결과 우선 아키타秋田현에 적당한 산림이 있음을 발견하였다. 일본에서 산림지대로 굴지하는 아키타현 중에서도 번주藩主 사타케가佐竹家에서 수백 년 이래 고심 식재한 수십만 정보의 대산림구가 있는바 명치유신 당시에 전부 국유에 편입한지라 이것을 불하하기로 결정하고 이시이 씨는 아키타현 사람임으로 사타케가에 대한 일체 교섭과 불하 청원에 관한 재료, 수집을 담임하게 되어 혹은 좌후佐侯를 달래며 혹은 그 가령家令을 달래어 승낙을 받기도 하고 혹은 아키타현에 출장하여 재료를 수집하는 등 만반 준비를 정돈한 후 전 번주藩主인 후작 사타케 요시나리佐竹義生와 더불어 고토 백작을 그 사저에 방문하여 산림 불하를 사타케 후작의 입으로 고토 백작에게 간청하게 하였다.

한편으로 후쿠자와 씨는 미쓰비시, 미쓰이三井에 교섭하여 아키타 산림의 일부를 저당하고 삼백오십만 원을 차입키로 밀약을 체결하였으며 이시이 씨는 재료를 충분히 수집하여 청원서를 아키타 지사에게 제출하고 농상무대신인 고토 백작은 이 산림의 불하를 편리하게 하기 위하여 당시 산림국장을 경질하는 등 계획은 매우 익었었다.

의외의 계획 실패

그러나 이 계획 역시 실패에 돌아가고 말았다. 즉 이때 산림 불하를 출원한 자 중 사타케가의 산림 이외에도 큐슈九州 시마즈가島津家의 대구大區 산림이 있었는 고로 신新국장은 친히 그 산림을 답사하게 되어 큐슈 지방에 출장하였던바 조사가 심히 곤란하여 엄류수월淹留數月에 마침내 동절을 당하게 되니 강설이 심한 아키타 산림의 답사는 필경 연기할 수밖에 없이 되었다.

그뿐 아니라 신국장은 가고시마鹿兒島 출신이었음으로 의회와 및 반세般世 간에서는 시마즈가의 산림을 불하하기 위하여 산림국장을 경질하였다는 비난, 공격이 비등하였으며 또 마침 취인소取引所* 문제가 분규하게 되어 의회의 공격은 농상무대신인 고토 백작 일신에 집중하게 되니 이토 오 수상은 정국의 소강을 얻기 위하여 고토 백작의 인퇴引退를 강요하였으며 백작 자신도 대세의 무가여하無可余何됨을 간취하고 필경 괘관掛冠** 을 단행하게 되니 사타케가의 산림 불하 운동도 또한 실패에 돌아가고 말았으며 군자 조달에 일대 돈좌頓挫***를 보게 되어 동지 일동은 무연히 서로 얼굴만 바라보게 되었었다.

이는 김 씨 후원자들의 고심 활동하던 일, 이 예에 불과하거니와 전후 십 년간 김 씨를 중심으로 하고 계획된 거사의 음모 중에는 실로 흥미진진한 것도 적지 아니하였었다 한다.

극도의 궁핍

군자금의 조달은 이와 같이 하여 차례로 실패되었으며 김 씨는 항상

* '거래소'의 옛 용어.
** 관직에서 물러남.
*** (기세가) 갑자기 꺾임.

채귀債鬼의 포위 공격을 받고 있었다.

대사를 계획함에 금전이 필요함은 물론이거니와 김 씨와 및 일행의 생활비만도 여간 소액은 아니었으며 겸하여 교제가 광범하고 금전에 범연한 김 씨는 낭중에 백금이 있으나 천금이 있으나 춘설과 같이 사라지고 말았다. 씨의 우거에 운집하는 빈객 서생은 산해진미에 취포醉飽하는 것으로 예를 삼았으며 씨가 일차 외출하면 차임車賃 같은 것도 일 원이고 오 원, 십 원이고 내지는 백 원이라고 손에 집히는 것이 한정이었으며 내유來遊하는 서생배로서 혹 급急을 고하는 자가 있으면 낭전囊錢을 경傾하여 수응할 뿐 아니라 혹 수중에 소저所貯가 없는 때에는 여구旅具 등속을 전집典執하여서라도 이에 수응하였으며 축일내회逐一來會하던 서생 중에 만일 질병, 기타의 사고가 있을 시는 친히 완사腕車*를 몰아서 그 우거를 방문하며 침석 하에 십 원, 이십 원의 금원金圓을 깔고 오는 일이 많았다. 더구나 씨로 더불어 추축하는 동지 중에서 씨를 위하여 후원이 된 자는 후쿠자와, 고토, 이시이 등 삼 인에 그칠 뿐이요 기여其餘의 배輩는 대개 씨의 음호를 받은 자이었으니 씨의 궁핍은 실로 상상하기에 족한 것이었다.

니코라이 교주

일본의 정부 당국자는 이미 박해를 가하여 병술로부터 무자까지 이 년간을 오가사와라의 고도에, 무자로부터 경인까지 이 년간을 홋카이도에 찬축竄逐**하였으며 재야의 정치가는 당면의 소 문제에 악착하여 동양

* 명치시대의 용어로 '인력거'를 말함.
** 죄인을 멀리 귀양 보내어 좇음.

전 국면의 장래를 고려하는 자가 없고 몇 지사, 낭인의 획책 주선하는 바가 있으나 역시 여의치 못하여 궁핍 불능 자존하는 이때에 도쿄 스루가다이로駿河臺路 국교회의 니코라이 교주는 인人을 개介하여 김 씨에게 교섭하여 말하길 "망명 지주志主의 궁상을 차마 보지 못하노니 오만 금, 십만 금은 나의 포교 비용 중에서라도 진정하겠노라." 하였다.

이때 반도 경영에 열중한 러시아露國는 개혁 독립당의 수령과 친교를 맺어둠이 일조유사지시一朝有事之時에 많은 원조가 될 것을 생각하고 니코라이 교주를 개介하여 이와 같이 추파를 보낸 것이었다.

김 씨는 궁핍지여窮乏之餘에 다소 동념動念되는 바가 불무不無하였으나 대계 성취에 비록 금전이 필요하다 하나 또 금전만으로는 성취되지 못할 것을 생각하였으며 겸하여 러시아의 진의를 측량키 어려웠음으로 다만 후일 하등의 조건이 없고 단순히 금전을 대여한다 하면 일시 비용費用함도 무방하다는 회답을 하였었다. 그러나 한편으로 씨를 추종하는 일본의 후원자들은 전부 이를 반대하여 태도가 자못 강경하였음으로 씨도 또한 이를 단념하게 되었었다.

리훙장李鴻章의 유인

다음 김 씨에게 추파를 던진 것은 청국이었다. 청 말의 대정치가인 리훙장은 애자愛子 리칭팡李經芳이 일본 공사로 도쿄에 주차駐箚*함을 이용하여 수차 친서를 김 씨에게 부치고 베이징北京에 내유를 권유하였으며 동양의 전도는 한일청韓日清 삼국의 일치 협력함이 아니면 해결할 길이 없

* 외교 사절로서 외국에 머물러 있음.

으니 군君으로 더불어 파비把臂* 담론하여 동양 백년의 대계를 정하고자 한다 하였다. 그러나 그 진의의 여하는 물론 규지窺知하기 어려웠다.

리홍장의 권유을 받은 김 씨는 과거 십 년의 망명 생활을 회고하고 일본의 현세를 살피건대 세월은 공홀倥惚하고 시사時事는 일비日非한데 도저히 백년하청百年河淸을 좌대坐待할 수 없는지라. 마침내 의意를 결하여 속장束裝을 준비하니 씨의 후원자로서 씨의 심사를 양해하고 이에 찬조한 자는 다만 후쿠자와, 이시이, 도야마 등 몇 사람에 불과하였다.

김 씨 도청渡淸을 결심

울울鬱鬱 부득지하여 창해일우에 국척跼蹐**함이 의미 없음을 깨달은 김 씨는 리홍장의 권유가 있음을 기회 삼아 청국에 도거渡去키로 결심하였으나 이 결심이야말로 씨에게 대하여는 실로 배성일전背城一戰의 최후 시험이었다.

선년先年 이래로 간계를 농하는 위안스카이의 마수가 리홍장을 통하여 이제 다시 나타나게 될 염려도 있으며 날로 부패하여가는 청국의 내정이 도저히 같이 백년의 대계를 의논할 반려가 아닌 것도 생각하였다. 그러나 이중당李中堂***은 역시 일세의 웅雄이라 일석一席에 상대하여 대세의 추이를 논하고 사체事體의 득실로써 설說하면 그의 흉중에 비록 일말 흑운의 배회함이 있다 할지라도 응당 번연 각오함이 있을지며 그로 하여금 일조一朝 각오하는 바가 있을진대 동양의 장래를 위하여 많은 행복이

* '서로가 팔을 끼다'라는 뜻으로, 사이가 매우 가까움을 나타냄.
** 황송하여 몸을 굽힘.
*** 리홍장.

되리라는 일편의 기대가 씨로 하여금 이 결심이 있게 함이었다.

여비 조달에 고심

김 씨는 이미 청국행을 결심하였으나 그에 필요한 비용조차도 출처가 없었다. 후쿠자와 씨 먼저 일천 원을 제공하고 이시이 씨 또한 낭저囊底*를 털어서 일천 원을 만들었으나 이것만으로는 도저히 여비에도 차지 못하며 외국의 귀인을 방문함에 당하여 다소간 방물을 궤증饋贈함도 또한 없지 못할 예의임으로 이것들의 준비에 고심한 김 씨는 도야마 씨 소장의 보도寶刀 일 구를 도취盜取한 힐병詰柄까지 장만하였다.

〔이때 김 씨는 도야마 씨 취장就藏의 일본도가 희대의 일품임을 알고 이중당(리훙장)에게 진정할 방물의 하나로 기증을 청하였던바 물질에 담백한 도야마 씨로도 이 종애鍾愛하는 보도만은 증여를 거절하였다. 그러나 재차 이를 청한 때에는 나에게 이언二言이 없으니 군君이 임의로 도거盜去하라, 그러면 도거한다 하여 피차 양해하에 도취한 일이 있었다.〕

마침 도야마 씨는 모 광산의 관계로 약간 금을 조달하게 되었음으로 동지들은 도야마 씨와 상의하여 그중에서 사천 원을 김 씨 여비에 보용하기로 하였던 바가 금액은 오오사카大阪에서 조달하게 되었음으로 김 씨로 더불어 오오사카를 향하였다.

이때 동지 중에는 자객의 난을 염려하여 미야자키 도텐宮崎滔天 외 양삼 인의 동반을 권하였으나 김 씨는 이를 물리치고 다만 오가사와라 이래로 수종하여오던 와다 소년과 이중당에게 궤증할 방물과 기타 필요품

* 주머니 밑바닥. 특히 지갑의 바닥.

을 구구購求하기 위하여 이발사인 카이군지甲斐軍治를 오오사카까지 동반하였을 뿐이었다.

출발 시에도 동지 제씨는 타인의 이목을 끌어 김 씨 일행을 신바시新橋에서 승차하게 하고 동지들은 시나가와品川 역에 등대等待하였다가 별회를 서叙하는 등 매사를 비밀리에 주선하였던 일행이 오오사카 역에 도착한 때에는 의외의 출영객出迎客이 있었으니 그는 이일식李逸植, 홍종우의 두 사람이었으며 그들은 김 씨보다도 먼저 도야마 씨에게 은근한 악수를 교환하고 그 여관을 매일 수차례씩 방문하는 등 매우 친절한 태도를 보였었다.

자객의 승간乘間

그러나 오오사카에서 조달하려던 도야마 씨의 주선도 여의치 못하고 도쿄 동지들의 주선도 여의치 못하여 김 씨는 부질없이 오오사카에 엄류淹留*하게 되었던바 그간 소네자키曾根崎에 근거를 두고 김 씨의 신변을 엿보던 이일식, 홍종우 등과 왕래가 빈번하게 되었으며 이일식은 김 씨의 궁핍함을 보고 일계日計를 안출案出하여 말하길 "나는 영업자금(그때 이일식은 일청 간에 왕래하며 약종상을 한다고 자칭하였다) 수만 원을 상하이 은행에 임치한 바 있으니 선생이 만일 필요가 있으면 이를 취용하라." 이에 김 씨는 일만 금을 차용하기로 하여 절수切手**를 청한즉 일식은 이를 쾌락하고 또 말하길 "만일을 염려하여 명의를 달리하였은즉 절수로 인출하

* 오래 머무름.
** 수표.

기는 곤란하다. 선생이 이미 청국에 출유할진대 중청中淸의 대상항大商港인 상하이를 일견함도 무방할지요, 그리되면 나는 홍종우를 수행하게 하여 선생의 소요 자금을 인출하리라." 하였다.

이와 같이 하여 김 씨는 홍종우로 더불어 상하이에 도항하게 되니 파란 많은 김 씨의 일생이 이로써 종결될 것이야 그 누가 알았으랴.

김 씨도 비부지非不知

대개 이일식, 홍종우는 여하한 인물이며 김 씨는 그들이 위험인물임을 알았는가? 알고도 동행하였다 하면 그 이면에는 과연 여하한 이유가 복재伏在하였던가. 이는 한 흥미 있는 문제가 될 것이다.

이(이일식), 홍(홍종우) 양인은 항상 비분강개하여 지사로 자처하는 자이다. 홍은 선년 무자에 일본에 도항하였다가 삼 년 후 다시 프랑스佛國에 출유하여 불어와 구주의 사정도 약해하는 자이다. 양인은 기왕 김 씨가 도쿄 재류 시에 씨를 방문하고 시사를 통론하여 차차 접근하기를 꾀하였으나 김 씨 좌우의 인人은 이를 위험시하여 경계를 불태不怠하였음으로 마침내 접근의 기회를 얻지 못하고 돌아갔으며 그 후 오오사카에 근거를 두고 기회를 엿보던바 이해 일월에는 오오사카 니시구西歐에 있는 대석당인포大石堂印舖에서 어보御寶 이 종을 주문하여 칙서를 위조한 일도 있었다. 따라서 김 씨도 그들이 자기에게 불리한 인물인 것은 도쿄에 와서 씨를 방문한 때부터 알고 있었다. 도쿄에서는 일차 이시이 씨를 향하여 인실隣室에 있는 그들을 가리키며 "나를 살해하고자 온 자가 저기 있다. 그러나 서배鼠輩가 감히 무엇을 하리요." 하고 냉소한 일도 있었다 하며 오오사카에서 그들을 만났을 때에도 수행하는 와다에게 위험인물이라고 친히 주의한 일까지 있었다면 즉 씨는 그들의 심간을 통견洞見한 바가 있었을지나 대담한 그는 소호도 이에 겁하지 아니하고 수수 왕래하였으며 어떠한 때에는 단신 그들의 소굴에 들어가 도연히 취와醉臥한 일까지 있었다.

부득이한 고충

그러나 씨는 이 방담放膽한 중에서도 자못 경계한 바가 있었으니 상하이 도항 시 선중에서는 항상 수행하는 와다를 홍 씨(홍종우) 선실에 동침하게 하여 그의 동정을 살폈으며 상하이 상륙 시에도 다소 지의遲疑*하는 빛이 불무不無하였다 한다. 그러면 그와 같이 위험한 인물인 줄을 알면서도 동행한 이유는 무엇인가. 그는 다만 궁여의 일책으로 그들의 금전을 이용하여 중국행의 목적을 달하고자 함이었다. 이것이 물론 모험인 것을 알지 못함은 아니나 이와 같이 하여 다행히 리훙장을 상봉하게 되면 그를 설복할 자신은 나에게 있은즉 사事가 혹 성공될지요, 만일 불행하여 중도에 우해遇害한다 할지라도 하염없이 일본 객관에서 노기복력老驥伏櫪의 설움을 맛보는 것보다는 못할 것이 없다는 씨 일류의 대담과 만부득이한 고충에서 나온 것이었다.

* 의심하고 주저함.

영욕무언寧欲無言

이와 같이 하여 조선의 선각자 김옥균은 상하이 객잔에 피를 흘리고 영원히 불귀의 객이 되었으며 조선 정부는 외교단의 충고가 있었음에 불구하고 그의 유해를 양화진두에 능지陵遲하였다.

조선의 국사國事는 수개월 후에 동학란의 발발이 있었고 그는 곧 일청 교전의 도태선이 되어 급전직하 다시 수습지 못한 현상이 되었으니 이 이후의 사事는 영욕무언일 뿐이다.

도쿄의 김 씨 묘

김 씨의 수급이 양화진에 효수된 때 지난번 김 씨를 수행하였던 카이 군지는 사람으로 하여금 이를 절취하게 하여 도쿄 혼고구本鄕區 쿠마고메정駒込町 진정사眞淨寺에 매장하였으며 또 씨의 후원자의 일파가 아오야마靑山 묘지에 씨의 유의遺衣를 장葬하였으며 그 후 갑진甲辰에 사자嗣子 김영진金英鎭 씨가 비를 세우니 그 비문은 다음과 같았다.

청산묘 비문

정면

金玉均字伯溫, 號古愚別號古筠, 氏本安東, 開國四百六十年辛亥正月二十三日生, 壬申文科及第, 歷任至吏曹參判, 甲午被害, 享年四十四.

(김옥균의 자는 백온伯溫, 호는 고우古愚, 별호는 고균古筠이다. 본관은 안동

으로 개국 사백육십 년 되는 해인 신해 정월 이십삼 일생이다. 임신년에 문과에 급제하여 이조참판을 역임하였고 갑오년에 피살되었으며 향년 사십사 세였다.)

측면

大韓光武八年三月二十八日立.

(대한 광무 팔 년 삼월 이십팔 일 세우다.)

후면

嗚呼抱非常止才, 遇非常之時, 無非常之功, 有非常之死, 天之生金公若是已耶, 磊落雋爽, 不泥小節, 見善如已, 豪俠容衆, 公之性也, 魁傑軒昻, 特立獨行, 百折不屈, 千萬且往, 公之氣也, 扶神壇之國家, 奠盤泰之安, 翼聖李之宗社, 基天壤之庥者, 公之自任之志也, 公任天朝, 未始不顯矣, 得于君, 未始不專矣, 然, 頑士奸戚, 締比盈廷, 偸狃恬嬉, 壅遏沓弄, 愷切之言, 適招衆怒, 深遠之慮, 反致群疑, 內而政令多岐, 生民愁苦, 外而隣交失道, 嘖說紛至, 國旣不能自立而有朝夕之憂, 慨然奮決, 諸欲以淸君側, 至開國四百九十三年甲申冬, 糾同志奉乘輿于慶祐宮, 處置朝廷大事, 越三日扈上歸昌德之闕, 餘孽囑淸將犯順, 衆寡相懸, 空拳張鬪而勢莫能支, 僅以身投日本使館, 因而渡海, 間關爲命, 群奸畏公甚而且讐公, 欲甘心於公, 前後遣刺客項背相望, 公防之密而且得庇護之力甚至, 終不得售然, 公亦一日未安於漂游之中, 南移不毛, 北選窮髮, 其困苦逼阨多人所不堪, 處之晏和, 未嘗介于懷, 論東方事, 每謂三國不爲從, 不可以角紫髯之桀驚, 忽以甲午三春飄然振衣于春申之浦而, 爲凶人洪鍾宇之所掩擊, 屍還故國遭肢解之辱, 日本之志四且忿且怒悲哀之如親戚, 以遺衣招魂而葬之青山之阿, 于今己十有一年矣議者或謂, 公躬逢聖明, 位亞公孤, 從容規諫, 敷陳心齊, 言必聽計必用事無不可成者, 乃擧措乘激, 跡涉太暴, 至於敗不旋踵, 且旣槖載求全則固宜靜處俟之, 韜光鍊精, 視可以動, 乃不審勢量時, 徑就危地終以取禍, 其自輕亦甚矣, 此非知公之言也, 方權奸跋扈, 國勢綴旒, 不可徒以口舌爭, 則不忍沾沾自潔, 坐視吾國之危而不救故寧一借奮雷之擊, 以掃淸亂本而乃其事去, 不屑爲溝瀆之諒, 苟吾身在焉, 吾君可安, 吾國可保, 所以萍蓬異城, 益堅益壯, 而若其西行之事, 意甚徵人莫有窺之者不幸中途折使千舌寂寂, 蓋公之事, 不可以成敗論, 當視其志焉已耳, 忠而見讒, 信而被疑, 從舌何限, 未有如公之遇之酷, 而公之志終始一貫, 至或詩歌飮博, 風流如乎而不蕩, 禪門靜悟, 枯僧如乎而不捨一片憂愛之丹, 鬱勃磅礴金石可透而今世則亡, 斯人也有期命, 天歟公卒之年, 日淸戰後起人謂公之死有以激之, 而國人始稍知公志, 成思奮興而繼誌, 公雖死爲功於國大矣, 公嗣子英鎭, 將建碑以伸孝思, 謂吾與工有生死誼, 請爲文, 不能以不文辭, 淚筆蕪言告後之人, 使知公之爲非常人.

大朝鮮開國五百十三年甲辰二月十八日
正一品錦陵尉 朴泳孝撰.
從二品 李埈鎔書.

오호라 비상한 재주를 가졌으나, 비상한 시대를 만나, 비상한 공도 없이, 비상한 죽음을 맞이하였으니, 하늘이 김金 공公을 만드심이 이와 같은 것일 뿐인가. 뜻이 커서 작은 일에 구애받지 않고, 영특하고 굳세며, 작은 의리에 얽매이지 아니하고, 선한 행동을 보기를 마치 자기에게서 나온 것처럼 좋아하며, 호방하고 의협심이 있어 무리를 포용하는 것이 공의 성품이다. 걸출하고 의기가 당당하며, 특별히 우뚝 서 지조를 가지고 독자적으로 행하며, 백번 꺾여도 굴복하지 않으며, 천만번이라도 또 행하는 것이 공의 기질이다. 단군의 국가를 도와 탄탄한 안정 위에 올려놓고, 이씨의 종묘와 사직을 보필하여 천지의 나무 그늘이 될 수 있는 기틀을 마련하는 것이 공이 자임한 뜻이다. 공은 조정에 나아가 일찍이 밝게 드러나지 않은 적이 없고, 임금의 뜻을 얻음에 소신껏 행하지 않은 적이 없다. 그러나 완악한 선비와 간악한 척신들이 붕당을 지어 조정의 뜰을 가득 채우고, 탐내는 것을 보통으로 알고 편안해하고 기뻐하며, 간절한 말은 막고 방자하게 농락하니, 이는 대중들의 분노를 불러들였고, 심원한 생각은 도리어 군중이 의심을 하게 하였다. 안으로는 정령이 많고 나뉘어져 생민이 근심걱정으로 고민하고, 밖으로는 외교가 실패하여 질타와 충고가 그치질 않으니, 국가가 이미 자립할 수 없어 아침저녁으로 걱정이 되었다. 분개하여 떨치고 일어나, 임금의 곁을 깨끗이 하고자 했다. 개국 사백구십삼 년 갑신 겨울에 이르러, 동지들의 뜻을 모아 수레를 받들어 경우궁으로 모시고 조정의 대사를 처리했으나, 삼 일이 지나 주상의 뒤를 따라 창덕궁의 문으로 돌아갔다. 남은 무리들이 청나라 장수에게 따르는 사람들을 범할 것을 부탁하니, 수의 많고 적음이 서로 현저하여 빈주먹으로 서로 싸우니 그 기세를 감당할 수 없었다. 간신히 몸만 일본 사관에 투신하여, 그로 인하여 해협을 건너 간관間關*으로 몸을 피하였으니, 간신들이 공을 심히 두려워하였는데 또 공에게 놀래어 공을 마음대로 하려고 하였다. 전후에 자객을 보내었지만 서로가 주변만 살폈으니, 공이 방비를 치밀하게 하기도 했으며 또 비호하는 힘이 심히 지극했으니 끝내 뜻을 이루지 못했다. 공 역시 떠돌아다니는 중에 하루도 편안한 적이 없었으니, 남쪽으로 옮겼을 때는 불모지였고 북쪽으로 옮겼을 때는 초목도 나지 않는 곳이었으니, 그 곤란함이 심한 것은 사람이 감당하기 힘든 정도였다. 그러나 편안하고 침착하게 대처하면서도 회한에 빠

* 시모노세키의 옛 이름이 '적각관赤間關'이었다. 여기에서 간관을 따온 것일 수도 있다.

져 있은 적이 없으니, 동방의 일을 의논하여 매번 삼국이 합종하지 않으면 서양인의 오만함을 제어할 수 없다고 말하였다. 갑오년 삼월 봄에 춘신포에서 표연히 속세를 떠났으니, 흉인 홍종우의 불의의 공격을 당한 바 되어, 주검이 고국으로 돌아오면서도 사지가 찢겨지는 욕을 당했으니, 일본의 지사들이 분노하고 슬퍼하기를 마치 친척처럼 하였다. 남긴 옷으로 혼이라도 불러서 청산의 언덕에 장례를 지냈으니, 지금 십일 년이 되었다. 말하는 자들은 혹 공 자신이 임금의 덕을 만남에 임금 아래에는 공이 홀로였으니, 조용히 헤아려 간하매 자신의 속 뜻을 펼치면 임금과 마음이 합하여, 말하면 반드시 듣고, 계책을 이르면 반드시 쓰여서 이루지 못할 것이 없었다. 그리하여 행동이 격해지고 발자취가 너무 갑작스러워서 패함에 이르렀지만 발길을 돌리지 못했다고 한다. 또 이미 (불난 곳에서) 짚을 이고 안전하기를 구했은즉 진실로 마땅히 고요한 곳에서 기다려야 하는 것이니, 빛을 감추고 나타내지 아니하여 익숙하게 하고 주변을 살펴야 하는데, 시세를 살피지 않고 때를 헤아리지 않아서 곧바로 위험한 곳으로 나아가 끝내 그 때문에 화를 불러들인 것이니, 그가 스스로를 가벼이 행한 것이 심하다 할 것이다. 이것은 공에 대해 알고 하는 말이 아니다. 때는 바로 권세를 가진 간신들이 발호하고 국가의 형세는 깃발에 달린 술처럼 위태로우니 헛되이 입으로만 쟁론 할 수 없었은즉, 차마 자신만이 깨끗하다고 여기면서 나라의 위기를 앉아서 보고 있을 수 없었음이다. 그러므로 옛날의 편안함을 구하지 않고 떨쳐 일어나 혼란의 근본을 제거하려 하였으니 이에 그 일을 거행하였다. 작은 의리를 마음에 두지 않았으니, 진실로 나의 몸이 있어야 나의 군주가 안전할 수 있고 나의 국가를 보전할 수 있으니, 그러한 이유로 머나먼 땅에서 떠돌아다녔다. 그럴수록 더욱 견고하고 더욱 훌륭해졌다. 그리고 미국으로 가려던 일은 뜻이 매우 은미하여 아는 사람이 별로 없었는데, 불행히도 중도에 꺾이고 말았으니 씁쓸할 뿐이다. 대개 공의 일은 성공과 실패로 논할 수 없으니 마땅히 그 뜻을 봐야 할 뿐이다. 충성스러웠으나 참소를 당하고, 신의가 있었으나 의심을 받았으니, 말로 어찌 한정할 수 있으리오. 예부터 공처럼 혹독한 일을 만난 경우도 있지 않았다. 그러나 공의 뜻은 시종일관하였다. 시와 노래, 음식과 쌍륙, 바둑과 풍류도 즐겼으나 방탕하지는 않았다. 불가의 고요함을 깨달은 야윈 스님 같았으나 세상을 근심하는 마음을 버리지 않았으니, 돌무더기가 우루루 떨어지면 쇠붙이와 바위를 뚫을 수 있으니, 지금 세상에는 실패했으나 이 사람은 하늘의 명을 바라고 있었던 것이다. 하늘이 그런 것인가. 공이 졸한 해에 일본과 청나라의 전쟁이 그 후에 일어나니, 사람들이 공의 죽음이 있고나서 그것 때문에 전쟁이 격발되었다고 하니, 이제 사람들이 비로소 조금씩 공의 뜻을 알게 된 것이다. 모두 떨쳐 일어날 것을 생각하여 그분의 뜻을 계승하니, 공은 비록 죽었으나 나라의 큰 공이 되었다. 공의 후사 영진이 묘비를 세워 부모 생각하는 마음을 나타내려하였다. 내가 공과 생사를 같이한 의리가 있다 하여 나에게 글을 청하였다. 눈물로 먹물을 삼아 거친 말로라도 후세인들에게 고하는 글을 쓰지 않으면 공公이 비상한 사람이었음을 알게 할 수 없기 때문이라 하였다.

대조선 개국 오백십삼 년 갑진 이월 십팔 일
정일품 금릉위 박영효 짓다.
종이품 이준용 쓰다.

선생의 시문과 서書

一. 선생의 시

선생이 일본에 망명한 지 월명년越明年* 병술 팔월에 이세산으로부터 오가사와라에 환還할 당시에 한 시詩를 지어 제 우인友人에게 보여 말하길

鬱鬱拘囚伊勢山, 天公好與東風便.

不妨推縛出闤闠, 千里笠原一日環.

(울적히 이세산에 갇혀 있다가, 하느님 때마침 동풍을 보내시어, 속박에서 벗어나 저자로 나는 길, 오가사와라 천리길 하룻새에 돌아가네.)

二. 선생의 문文

이때 자객 지운영의 사事가 현로顯露함을 견見하고 선생은 인하여 서書를 국왕께 정呈하여 말하길

臣金玉均誠惶誠恐頓首百拜.

(신 김옥균 참으로 황공하와 머리를 조아려 백배하나이다.)

주상전하께 백白하노니이다. 신이 미충微衷을 술述하여 성덕을 번煩하고자 한 지 기구하였으나 천의가 진노하사 장차 과격過激의 거擧가 있으리라 함을 듣고 시기가 없음으로 금일에 지至하였나이다. 그런데 근경에 지운영이란 자— 돌연히 일본 도쿄에 내來하여 일본인 모모에게 약約하여 말하길 대조선국 통리군국사무주사統理軍國事務主事 지운영이 대군주의

* 명년을 지난 다음 해라는 뜻으로, '후년'을 이르는 말.

특명을 수受하여 전권포적대사全權捕賊大使의 위임장을 대래帶來하였으니 만약 나를 위하여 역적 김옥균을 주륙하여주면 그 성공 후 오 일을 기하여 금 오천 원을 상여할 것이오. 만일 그 기간이 과하되 상을 여與치 아니할 시는 나의 대래帶來한 친필 위임장으로써 조선 정부에 소하여 즉시 그 금액을 청구함을 득하리라 하오니 신이 이를 듣고 경악함을 마지아니하여 백방으로 그 사정을 탐색하여 대략 지운영의 거동을 상실詳悉*하온바 이에 감히 군명을 봉하여 존엄을 모冒하고자 하노이다. 복유하건대 지운영배로 하여금 해외에 내하여 외람히 군명을 칭하고 경경히 이와 같은 조약을 위爲하게 하면 크게 전하의 성덕을 상치 아니하오리까? 지운영이 휴대한 위임장은 과연 전하의 친수한 것이오니까? 신이 이를 알지 못하거니와 그 문文에 말하길

"命汝特差渡海捕賊使臨時計劃一任便宜爲國事務亦爲全權勿擧愆事"**라 하고 년, 월, 일의 상上에 대군주의 어새를 검하였나이다. 신이 작년 일본 고베에 재在할 시에도 장갑복이란 자가 천위지척天威咫尺에서 이와 같은 위임장을 수受하였다 함을 들었나이다. 이 장갑복, 지운영배의 휴대한 위임장은 그것이 사위私僞로 조造한 것인지는 알지 못하오나 만약 불행히 참으로 전하의 친수한 것이라 하면 신이 외국에 유랑하는 신身이라도 또한 전하를 위하여 일언의 간쟁이 없을 수 없나이다. 알지 못하거니와 전하는 장갑복, 지운영배로써 여하한 자라 하여 친히 이와 같은 중대한 위임장을 여與하였나이까. 만약 위임장이 외인의 이목에 접촉하면 이 일이 홀연히 만국에 전문傳聞될 염려도 없지 아니하노니 신은 진실로 통한유체痛恨流涕함을 금치 못하나이다. 이럼으로써 그의 위임장을 수취하여 이것이 세상에 전파되지 아니하도록 무도務圖하였나이다. 복유 전하— 신身

* 내용을 빠짐없이 자세히 앎.
** '지운영의 도동' 부분

이 만승의 위位를 천踐하여 생민의 부모가 되사 널리 천하만국과 공히 교통의 조약을 정하시지 아니하셨나이까. 어찌 이와 같은 경거를 행하여 국체를 손損하고 성덕을 오汚함을 고顧치 아니하나이까. 금일의 천하는 고古와 부동하여 각국이 호상互相 그 흔극釁隙을 규窺하여 타국의 내정을 찰지하는 사事—장掌을 시視함과 여한—유하오니 전하— 행幸히 성의聖意를 반성하는 바 있기를 신이 절망하여 마지못하나이다. 신이 따로 사정을 진술하여 전하의 명단明斷에 소訴하고자 하나이다. 전하께서 신에게 역적의 명을 가할진대 신이 하죄로 유由하여 그러하오니까? 요유竊惟하건대 이것은 전혀 전하의 성의에서 나옴이 아니오, 반드시 간신배가 자기의 혐의로 잔혹 무상無狀의 행동을 영逞하고자 함이니 전하는 총명이 군주이시라 설사 간류가 참무讒誣* 날조하는 사事— 있을지라도 그 성명을 옹폐壅蔽치 못할 줄로 아는 고로 신이 감히 다언多言을 요치 아니하나이다. 다만 작년의 사事는 세간에서 혹은 너무 급격에 근近하다 의議하는 자— 있으나 전하는 시試하여 그윽이 성찰하소서. 아방我邦의 민족閔族에 재在하여는 민閔으로써 성姓한 자는 그 사람의 현불초를 불문하고 이를 신중信重하여 고굉股肱**과 복심腹心을 삼은 지 이십 년의 세월에 이르렀으나 민족閔族으로서 능히 전하의 성의를 답하여 생민에게 윤택을 줄 만한 정政을 시施하고 가국家國을 부강에 이르게 할 만한 모謀를 건建한 자— 과연 몇 인이 있나이까. 다수는 국國을 매賣하는 죄인으로 혹은 청국 관리의 력力을 자藉하여 우리 국권을 멸여蔑如고자 하는 자도 있으며 기타 허다의 죄는 일일이 매거枚擧하기 곤란하온대, 더욱이 간신이 곤전의 총寵을 받고 감히 성명聖明을 옹폐하여 국사를 파하고자 하는 자도 또한 적지 아니하외다. 전하— 평생에 깊이 이를 우憂하사 절竊히 신에게 유諭하사 이를

* 없는 말을 지어다가 남을 헐뜯음.
** 다리와 팔이라는 뜻으로, 온몸을 이르는 말.

없앨 계를 도圖하시고 신도 또한 감읍하여 주상한 바 있나이다. 신이 이와 같이 하여 금今에 재在하여 이와 같은 간류를 삼제芟除*치 못할 시는 천재千載의 밑에 전하로 하여금 망국의 군주를 면하게 하기 불능함으로 곧 국가를 위하여 신명을 척擲하여 사事를 거擧하였거늘 오늘에 이르러 도리어 신을 보고 역적이라 함은 어떤 이유이오니까? 신은 반드시 전하의 성의가 아닌 줄을 아나이다. 혹은 신 등이 당시 외국의 힘을 자藉하였다 평하는 자— 있으나 이것은 당시 내외 사정상 만부득이에서 나온 것임은 전하의 숙지하시는 바이올시다. 신이 외국에 유리하여 구차히 여명을 보保하는 것은 진실로 본의가 아니오나 그윽이 생각하건대 신이 우매하여 전자에 군상君上과 국가를 위하여 소지를 관철하지 못하였으나 인신人臣의 분의分義는 진盡하였다 하여 이에 성명을 세상에 감추어 여생을 보내고자 함이 실로 신의 뜻이로소이다. 그러나 간신배가 외람히 성의聖意를 맞추어 일가一家의 공리를 꾀하고자 하여 자의로 무언誣言을 구조하기를 꺼리지 아니할 뿐 아니라 가장 심한 자는 작년 겨울에 장갑복에게 만착瞞着되어 아희와 같은 설說로써 삼국을 교란하여 해害를 생령에 태胎함에 이른 것은 신이 전하를 위하여 비悲함을 마지 아니하나이다. 복원伏願— 전하는 금후로부터 무용無用의 의심을 제하고 간신배의 무언에 미迷치 마시고 깊이 국가의 대계를 신愼하여 화기禍機를 미발에 방防하여 조종祖宗 오백 년의 기업으로 하여금 그 서緖를 타墮치 않게 하소서. 오늘에 천하의 형세가 날로 변하고 날로 환換하여 순시瞬時라도 안심하기 불가하오니 전라도 삼도, 즉 거문도巨文島는 이미 영국의 탈奪한 바가 되어 전사前事의 복철覆轍이 이에 있으니 전하는 어떻다 하나이까. 재조在朝의 제신은 과연 하계가 있나이까. 금일의 조선국에서 영국의 명名을 아는 자는 과연 몇

* 베어 없앰. 무찔러 없앰.

인이나 되나이까. 설령 재조의 제신—이라도 영국이 하처에 재하냐 문問하면 망연하여 답키 불능한 자— 왕왕 개연하오니 이를 경警하면 혹 물物이 래來하여 나의 지체肢體 교咬하여도 그 고통을 감感치 못할 뿐 아니라 하물何物이 나를 교함인지도 부지함과 여한바 그 국가의 존망을 논함이 치인痴人의 몽夢을 설함과 같음은 족히 괴사怪事라 할 것이 없나이다. 사세 이미 이와 같은데 전하는 하등의 책策이 있어 망국의 주主 됨을 면하고자 하나이까. 전하의 복심고굉腹心股肱 된 자— 또 하등의 책이 있어 전하를 위하여 국가의 안녕을 보保하리이까. 금일은 한갓 안전眼前 쾌락에 투안偸安할 시가 아니오, 또 청국은 만사를 조선 국가에 간섭하여 스스로 보호의 책임을 맡은 것과 같으나, 거문도를 회복하여 조선을 위하여 봉역封域을 온전히 하기 불능한즉 향후에 또 외국이 타항他港을 빼앗는 일이 있으면 전하는 어떻게 하고자 하오며 청국은 무슨 방법으로써 이를 교수하고자 하겠나이까? 신이 들은 바에 의하면 청국은 일찍이 아국에 고하여 말하길, 영국은 속방屬邦과 영지가 매우 많아 별로 아국을 경영할 여가가 없을 뿐 아니라 장차 노국露國과 교전하고자 하는 세가 있음으로써 부득이 일시 거문도를 령領한 것인즉 소호도 조선국을 위하여 가히 우憂할 것이 아니라고 하였나이다. 당시에 신이 이를 듣고 심중에 그윽이 분만忿懣을 감堪치 못하였나이다. 이제 영국이 노국과 교전할 일이 있음을 공하여 일항港을 점령하면 노국도 또한 영국과 교전할 일이 있음을 공하여 일 항을 점령할 것은 화火를 관觀함보다 분명하오이다. 요행으로 천하 무사하여 영로英露가 동양에 상쟁하는 사事— 없다 할지라도 전하—시試하여 신身을 영불독로英佛獨露의 군君이 되사 이를 사思하소서. 만약 이에 일국一國이 있는데 내가 이를 취하여도 조금도 저항할 자— 없다 하면 전하는 과연 이를 여하히 하고자 하리이까. 금일 조선이 즉시—라 그런데 재조의 제신이 일책의 국가를 유지할 자— 없고 오직 매관회뢰賣官賄賂*를 시사是事

하여 국민을 잔학하고 인人을 임任하대 현우賢愚를 불문하고 너는 대원군의 당파라 너는 김옥균의 당파라 하여 아희와 같은 말로써 취사取捨를 행함에 불과하니 이것이 어찌 국가의 장계이오니까. 그런데 그 간신배가 신이 인국에 재在함을 기화로 하여 무사誣詐를 농弄하여 일가一家 사리私利를 계計키 위하여 무고의 인人을 살殺하고 재財를 탈한 사事— 불소不少하옵고 더욱 심한 것은 금회의 사事로써 누累를 전하에게 급케 함에 이르렀으니 신은 실로 말할 바를 알지 못하나이다. 전하— 만약 간사의 말을 청聽하고 불명의 처치를 행하고자 하나이까. 무지의 인민은 이 때문에 의념이 증장增長하여 나중에 세간에 소란함에 이르오니 이것이 전하의 심우深憂할 바로소이다. 비록 일본 정부라도 도연히 병兵을 외인에게 가假하여 인국을 소동케 함과 여한 부정의 사事는 있지 아니하리이다. 신은 이상에 누술함과 같이 당초부터 생민을 위하여 정신을 진盡할 뿐이오, 감히 난폭의 거동을 하여 생민을 다독荼毒한 사事는 없나이다. 원컨대 전하는 이를 국내에 공포하여서 인심의 진정鎭定을 모謀하소서. 일설에 리홍장이 일본 정부와 약속하여 자객을 보내 신을 해하고자 모謀하는데 일본 정부는 이를 방관할 뿐 아니라 문득 그 자객을 보호하고자 하는 모양이 있는 것은 그 증적이 이미 명료하다 말하는 자— 있으되 신은 이를 믿지 아니하나이다. 어떤 까닭이냐 하면 설령 일본 정부로 하여금 지난번에 조선의 사事에 간섭함을 회悔하여 신을 살殺하여 그 구口를 멸하고자 하는 뜻이 있다 할지라도 당당한 일국의 정부로서 이와 같은 아희의 조약을 할 리가 없사옵고 리홍장도 또한 일국의 대신으로 어찌 경솔히 인소人笑를 초招할 일을 하오리까. 대개 위안스카이 등의 소아가 다만 자기의 공리를 구하기에 급하여 외람히 전하를 기欺하고자 함에서 발한 것이오니 전하는 행

* '회뢰'는 뇌물을 주고받음. 또는 그 뇌물.

幸히 그 술중에 빠지지 마옵소서. 생각하건대 청국이 참으로 아방을 위하여 계計하고자 하면 능히 시세時勢에 통효하여 적이 지능이 있는 자를 아방에 보내 이를 유도할 것이어늘 이를 불위하고 위안스카이와 같은 구상유취口尙乳臭로 시세時勢를 변치 못하는 자를 파견하고 고顧치 아니함은 신은 그 뜻을 해解치 못하나이다. 위안스카이는 본래 두소斗筲의 소인小人으로 다만 전하와 곤전의 환심을 득하여 리훙장에게 추천하여주기를 바랄 뿐이니 그의 일신을 위하여 계計하기도 불능커든 어느 겨를에 전하를 위하여 계를 득하오리까. 신이 우매할지라도 청국의 대大함으로 또 아我와 순치의 관계가 있는데 짐짓 이와 상소相疎함이 이 득책得策이 아닌 줄은 아오니 전하의 간신은 위안스카이 등과 같은 무식의 도徒와 결당하여 국권을 멸여하오니 이것을 신이 좌시치 못하는 바이로소이다. 이제 조선을 위하여 모謀하건대 청국은 본래 족히 받아들이지 못할 것이오, 일본도 역연하여 이 이 국은 각기 자가自家 유지에 여력이 없는 모양이온데 어느 겨를에 타국을 부조함을 득하리이까. 근년에 청국의 안남安南 유구琉球를 타국이 점령하여도 청국이 감히 일언의 저항을 시試치 못하였나이다. 그런데 아방으로 하여금 고침안와高枕安臥를 득케 하리라 말함은 실로 가소可笑할 만한 일이오 일본은 전년래前年來로 하등의 사고思考인지 일시 열심으로 아방의 국사에 간섭하더니 일변一變의 후로는 홀연 이를 기棄하여 원치 아니할 모양이오니 또한 족히 시恃할 수 없삽나이다. 과연 하온즉 장차 여하히 하여야 가하오리까. 오직 외外로는 널리 구미 각국과 언의言義로써 친교하고 내內로는 정략을 개혁하여 우매의 인민을 가르치되 문명의 도로써 하고 상업을 흥기하여 재정을 정리하고 또 병兵을 양養함도 난사難事가 아니오니 과연 능히 이와 같이 하면 영국은 거문도를 환부할 것이오, 기타 외국도 또한 침략의 념을 절絶함에 이르리이다. 오늘에 우리나라의 인구가 이천만에 과하고 물산과 같은 것은 설령 인조人造의 정품精

品은 없을지라도 천산天産의 물품에 이르러는 이를 일본 및 청국의 북부에 비하여 훨씬 우優한 것— 많사온데 그중 오금五金 각 광鑛은 가히 승수勝數치 못하오니 이와 같은 고유의 부富한 재원을 거擧하여 타국에 위뢰委賴하고자 함은 신이 비悲를 금하지 못하는 바로소이다. 신이 다년 견문에 거據하여 전하께 주상한 바 있사온데 전하는 이를 기억하시나이까? 그 뜻은 금일 우리나라 소위 양반을 삼제芟除함에 있나이다. 우리나라 중고中古 이전 국운이 융성할 시에는 일체의 기계 물산이 동양 삼국에 관冠하였는데 오늘에 속하여 다시 그 흔적도 없음은 다른 까닭이 아니옵고 양반의 발호전횡跋扈專橫에 인하여 그렇게 되었나이다. 인민이 일물一物을 제製하면 양반 관리의 배輩가 이를 횡탈하고 백성이 신고辛苦하여 수뇌銖腦를 적積하면 양반 관리 등이 와서 이를 약취하는 고로 인민은 말하되 자력으로 자작하여 의식衣食하고자 하는 시는 양반 관리가 그 이利를 흡수할 뿐 아니라 심함에 이르러는 귀중한 생명을 잃을 여慮가 있으니 차라리 농상공의 제 업業을 기棄하여 위危를 면함만 같지 못하다 하여 이에 유식遊食의 민民이 전국에 충만하여 국력이 날로 소모消耗에 귀歸함에 이르렀나이다. 방금 세계가 상업을 주로 하여서 산업의 다多를 경競할 때 시時에 당하여 양반을 제除하여 그 폐원弊源을 삼진芟盡할 사事를 무務치 아니하면 국가의 폐망을 기대할 뿐이오니 전하— 행하여 이를 맹성하사 속히 무식무능無識無能, 수구완루守舊頑陋의 대신보국大臣輔國을 출黜하여 문벌을 폐하고 인재를 선選하여 중앙집권의 기초를 확정하며 인민의 신용을 수收하고 널리 학교를 설設하여 인지를 개발하고 외국의 종교를 유입하여 교화를 조助함과 같음도 또한 일 방편이라 하노이다. 대원군은 원래 천하의 형세를 통치 못하여 이로써 양曩에 일조一朝 완고頑固의 거동이 있었으나 금일은 이를 회오悔悟하는 상이 있어 인심의 반할 바이온즉, 원하건대 일시 군君에게 위委하대 국가의 전권으로써 하여 만일 군이 과실이 있거든 전하—주권主權을 휘揮하여 스스로 이를 광정匡正함이 가하오니 이것이 혹은 금일의 위급을 구하는 일책일까 하노이다. 비록 신臣과 같이 난難을 해외에 피避히 하는 자 십여 인이 모두 충성, 직실한 자이오니 전하— 이를 본국에 소환하여 이를 채용하여 정사를 임하면 타일 국가의 사事를 할 만함을 신이 보保하는 바로소이다. 박영효, 서광범, 서재필의 삼 인은 연방소장年方少壯하고 또 충성스럽고 곤란을 경력하여 능히 외국의 사정을 관찰한 자이오니 전하—속히 이를 소환하사 이를 신임하시면 곧 국가의 동량이 되리니 천하 각국이 누가 전하의 성덕을 찬양하지 아니하리이까. 신을 처處함에 이르러서는 오직 무실無實의 죄명을 소제銷除하면 곧 천하의 공론에 종從할 것이라고 말하겠나이다. 신은 천지에 서誓하여 다시 영총榮寵을 모慕하는 념이 없사오니 전하—진실로 이를 지득하시고 또 장갑복, 지운영배와 같은 자는 사형에 처함을 불요하나이다. 그들이 비록 대죄가 없는 것은 아니오나 당초부터 기극機隙을 득하지 못하게 하였으면 어찌 능히 성총을 고혹하고 성덕을 누함에 이르렀으리이까. 원하건대 전하는 천부天父의 인애로 신의 우매한 직언을 용납하여주심을 천만병식千萬屛息하여 기간祈懇하기를 마지 아니하옵나이다.

—박문서관, 1926. 10.

해설

친일 인사에서 민족주의자로, 바로잡은 민태원의 삶과 문학

_권문경

1. 민태원의 생애와 언론 활동

민태원은 필명으로 부춘산인富春山人, 우보牛步, 민우보閔牛步 등을 사용했으며, 1894년 12월 28일에 부 민삼현閔參鉉과 모 권 씨 사이의 5남 중 4남으로 태어났다. 본적은 충청남도 서산군 음암면 서산리 604이며 형제로는 1남 태형泰珩, 2남 태용泰瑢, 3남 태흥泰興, 5남 태황泰璜이 있다. 민태원의 형제 관계가 5남 1녀라는 자료도 있으나 누이는 제적등본에 없었다. 물론 누이가 일찍 사망해 호적에 오르지 못했을 가능성을 배제할 수는 없다. 할아버지는 민재정閔載鼎이며 산청현감이었다. 그래서 고향 마을에서는 민태원의 집안을 '산청 댁'으로 불렀다고 한다. 아버지 민삼현은 농사를 지었다고 하는데 여흥 민 씨 항렬배자를 확인한 결과 공목공지애공파의 28세世였다.

1909년 민태원은 이용태李容泰와 결혼하고, 1910년 4월 8일 경성고등보통학교에 입학한다. 경성고등보통학교의 민태원 학적부를 보면 부인 이용태의 언니, 즉 처형이 민태원의 보증인으로 되어 있다. 아마도 서산을 떠나 경성에서 생활해야 했던 때문으로 보인다. 이용태와의 사이에 충근과 옥경玉卿 남매가 있었다고 하는데 아들 충근은 일찍 사망한 듯 호적에 오르지는 않았다. 딸 옥경은 1923년 5월 11일에 태어났다. 이용태가 일찍 사망해 진명여고 교사인 전지자와 재혼했다. 이용태의 사망 연도는 확실히 알 수 없으나, 1927년 6월 1일에 발행된 《동광》 제14호에 실린 민태원의 약력에서 부인의 이름이 이용태인 것으로 보아 1927년 이후인 것을 알 수 있다. 두 번째 부인인 전지자와 재혼한 해도 1927년으로 알려졌는데 아마도 이해에 이용태가 사망하고 전지자와 재혼한 것으로 보인다. 1932년 8월 21일 전지자와의 사이에 딸 수정琇政이 태어났고 그 이전인 1929년 3월 8일 딸 경래卿來가 서자녀로 입적되어 있다.

1914년 3월 23일 경성고등보통학교를 졸업하였다. 졸업 후 곧 의학 공부를 목적으로 강산의학岡山醫學에 시험을 치렀으나 학비 곤란으로 여름에 돌아오고, 이후 민태원과 마당을 격한 이웃집에 살았던 것으로 알려진 이상협의 소개로 《매일신보》에 입사한다. 민태원의 생애에서 빼놓아선 안 될 것이 이상협과의 관계다. 민태원은 유광렬, 김형원, 정인익과 함께 하몽하사천왕何夢下四天王으로서 평생을 이상협과 행보를 같이하며 살았다고 할 수 있다.

1920년 《매일신보》를 퇴사하고 《동아일보》에 입사한 것도 《동아일보》 편집국장으로 취임한 이상협의 영향으로 보인다. 민태원은 입사한 후 《동아일보》의 지원을 받으며 동경 와세다 대학 정치경제학부로 유학하는데 이 역시 이상협의 전폭적인 후원을 받아 이루어졌다. 이상협은 민태원을 도쿄 통신원으로 보내야 한다고 주간인 장덕수를 설득했다. 민태원을 큰 재목으로 키우기 위해서는 대학 교육이 필요했고 한편으로 《아사히》, 《마이니치》 등 일본 신문사에서 새로운 신문 제작 기술을 배워오도록 하기 위해서였다.

이상협의 기대에 부응이라도 하듯 민태원은 1923년 와세다 대학을 졸업하고 《동아일보》에 사회부장으로 복귀한 후 사회면 기사의 문장부터 뜯어고치기 시작했다. 예를 들어 '그러하였다더라'는 '그랬다 한다'로, '백골난망으로 여기더라'는 '송구스러워했다'로 고문체나 어휘 등을 새로운 문체로 고치는 데 전념했다.

민태원은 언론인으로서 탁월했다. 그러나 이상협을 뛰어넘는 것은 아니라는 평이 일반적이다. 앞서 말한 대로 이상협 아래 사천왕의 일인으로 일생을 통해 언론인으로서 행보를 같이한 때문인 듯하다. 하지만 민태원은 신문 편집에 탁월한 능력을 발휘했고, 지면 혁신 아이디어가 대부분 이상협으로부터 나왔다면 이를 실제로 돋보이도록 편집한 사람은 민태원이었다고 한다. 이는 대한언론인회에서 발행한 『한국언론인물사화』의 자료와도 일치한다. 이상협은 대기자나 대논객이 아니라 신문사를 만들고 진용을 짜고 지면을 안배하는 등 경영을 합리화하는 데 더욱 신경을 쓴 신문인이라는 것이다. 이상협은 신문사 창립의 대방침을 결정하는 최고 기획에 참여하고 간섭했지만 대부분 편집국장한테 맡기고 신문사 전체의 운영에만 전력을 기울였다. 여기서 평생을 두고 언론 생활을 함께해온 이상협과 민태원의 자연스러운 역할 분담이 엿보인다. 다시 말해 이상협이 경영인이었다면 민태원은 편집인이라고 할 수 있을 것이다.

1923년 12월 1일 《동아일보》 정치부장으로 전임한다. 1924년 4월 2일 박춘금 등이 《동아일보》 사설에 대한 항의의 표시로 송진우 사장과 김성수 이사를 요리점 식도원에서 권총으로 협박하는 사건이 일어났다. 4월 25일 박춘금 사건을 계기로 《동아일보》 편집국장 이상협은 사장 송진우의 인책을 요구하며 사표를 제출하는데 여기에는 송진우와 이상협 두 사람의 반목도 깔려 있다고 한다. 민태원 역시 5월 16일 《동아일보》를 사직하고 《조선일보》 편집국장으로 취임한다. 그러한 때문인지 당시 《동아일보》 사원 목록에는 해임으로 기록되어 있다.

《동아일보》를 사퇴한 이상협, 민태원을 비롯한 기자들이 《조선일보》로 들어가면서 《조선일보》는 일대 혁신이 이루어진다. 신석우가 송병준이 발행하던 《조선일보》의 판권을 매수해 이상재를 사장으로 추대하고 '조선 민중의 신문'이란 이름을 걸고 혁신 《조선일보》를 발행하게 된 것이다.

1925년 2월 파스큘라 주최로 천도교 기념관에서 열린 〈문예 강연 및 시 각본 낭독회〉에서 민태원은 '저널리즘과 문예'라는 제목으로 강연을 한다. 민태원이 파스큘라와 신간회의 모체가 된 정우회의 결성에 참가했다는 자료가 있는데 필자는 그에 대한 근거를 찾지 못했다. 뒤에서 살펴보겠지만 저술을 검토하면서 정리한 민태원의 성향은 민족주의적이며 또한 반사회주의적이었다. 물론 이 시기에는 아직 반사회주의 경향이 분명히 나타나지 않았다. 당시 민족주의 성향을 띤 진보성과 사회주의 성향이 맞물렸듯이 민태원도 사회주의 성향이 아닌 민족주의자로서 파스큘라 주최의 강연회에서 강연을 했던 것은 아닌가 추측된다.

민태원이 정우회에 참여한 점도 마찬가지다. 정우회는 화요계 조선공산당의 합법적인 사상단체로 알려져 있다. 만약 정우회에 참가한 것이 맞다면 정우회의 강령이 '대중을 교양할 것, 민족 정치 운동 그리고 타협적 혁명을 촉진할 것' 등이었고 민태원이 이러한 타협적 강령에 동조했을 가능성은 있어 보인다. 분명한 사실은 민태원이 정우회의 성향을 받아들였다면 사회주의로서가 아닌 협동전선의 성격에 동조했을 것이라는 점이다.

1925년 전조선기자대회가 열렸고 언론인들의 단체 활동이 절정을 이루었는데 그 중심기관은 무명회와 철필구락부였다. 전조선기자대회가 끝난 지 이틀 후인 4월 29일 '전조선민중대회'를 개최하려 했으나 경찰의 제지로 해산당하자 각지 대표들이 시위를 벌였고, 이 장면을 취재하던 사진기자 3명이 경찰에게 구타당하는 사건이 일어난다. 이에 대해 각사 대표와 법조계 대표가 회동하여 당국에 항의하기로 하고 민태원과 송진우를 무명회 측 대표로 선임한다. 또한 8월 1일 총독부가 《개벽》에 발행정지 처분을 내리자 무명회는 9월 1일 임시총회를 열고 민태원, 한기악, 송진우를 교섭 대표로 선정한다. 1921년 창립된 무명회는 1923년부터 사실상 기능이 정지된 상태였다가 1924년 박춘금 사건이 일어나면서 1924년 8월 17일 언론인 30여 명이 모여 무명회 부활을 논의했다. 이때 무명회를 부활시키되 회원 자격에 제한을 두었는데 바로 '민중의 정신과 배치되지 아니하는 신문기자'라야 했다. 이로 보아 무명회가 진보적이었으며 또한 민태원이 무명회를 비롯한 언론계에서 상당히 무게 있는 역할을 담당했음을 알 수 있다.

1926년 11월 이상협이 《중외일보》를 창간하자 민태원은 《조선일보》를 사직하고 《중외일보》 편집국장으로 취임한다. 이때 민태원은 《조선일보》를 떠나 《중외일보》에 가는 것을 상당히 고민했다고 하는데 결국 이상협과의 의리를 택했다고 할 수 있다.

1928년 12월 민태원은 사설 「직업화와 추화」에서 중국의 배일이 "애국심의 발로"이고 "경의를 표할 가치가 있"으며 더불어 중국의 배일운동이 직업화되면 그 순수함을 잃고 사회 손실도 크다고 썼다. 이로 인해 《중외일보》는 무기 정간된다. 중국의 배일에 대한 옹호를 문제 삼아 1929년 1월 12일 총독부는 《중외일보》에 발행정지를 명하는 동시에 편집 겸 발행인인 이상협과 편집국장 민태원을 신문지법 혐의로 기소했다. 1월 31일 경성지방법원은 이상협에게 벌금 200원, 사설 집필자인 민태원에게 징역 3개월에 집행유예 3년을 선고한다. 이상협은 판결에 승복했으나 민태원은 항소했고, 3월 27일 경성복심법원은 징역 3개월 집행유예

3년의 원심을 확정한다.

여기서 두 가지를 확인할 수 있는데 첫째는 민태원이 중국의 배일을 옹호하는 이외에 직업화된 배일운동을 경계했다는 것이다. 직업화된 배일운동은 사회주의 운동으로 읽히고 민태원이 사회주의 운동에 반대 의사를 표명했다고 볼 수 있다. 이 시기 이후 사회주의에 대한 민태원의 비판적인 글들이 나타난다. 둘째는 민태원이 재판 과정에서 보여준 매우 단호한 태도다. 이상협이 판결에 승복한 데 반해 민태원은 불복하여 항소했다. 타협 불가능한 부분에 대한 민태원의 비타협적인 태도를 확인할 수 있다.

1930년 10월 《중외일보》는 자진 휴간에 들어가고 민태원은 퇴사한다. 1932년부터 1933년까지는 《만주신문》(민태원이 정한 제호는 가칭 《동명일보》, 후에 《만몽일보》라는 이름으로 발간됨)의 발간을 위해 신경新京을 오간다. 이 모라는 친일파가 관동군의 후원으로 신문을 낸다는 말을 듣고 손을 뗐는데 이때 지병인 폐결핵이 더욱 악화된다. 민태원이 《만주신문》의 창간을 위해 기울인 노력은 후에 친일 인사라는 오해를 사는 큰 근거가 되었던 것으로 보인다. 이 때문에 《만주신문》에 관해서는 2장에서 민태원의 친일 문제와 관련해 구체적으로 살펴보고자 한다.

1934년 6월 20일 지병인 폐결핵으로 경성 궁정동 자택에서 사망했다. 장례식은 동아일보장으로 치러졌다. 민태원의 임종에 대한 글은 유광렬이 쓴 「기자 반세기」에서 찾을 수 있다. "병세가 절망적이던 2, 3일간은 눈물도 마른 듯이 며칠을 소리로만 흐느끼다가 최후로 한 방울이 오직 눈물 한 방울이 모로 누운 그의 왼편 눈에서 오른편 눈으로 한 일一자를 그리고 흐르면서 조용히 숨을 거두었다."

민태원에 얽힌 몇 가지 일화 중 하나는 우보牛步란 필명에 대한 것이다. 평소 민태원이 기자라고 하기에는 행동이 굼뜬 편이었던 까닭에 얻었다. 외모는 잘생겼던 듯 경성의 모某 여성들이 모여 미남자 투표를 한 결과 당시 미남으로 유명했던 한기악보다 더 잘생긴 명사로 꼽았으며, 1932년 잡지 《만국부인》이 뽑은 '부위별 미남'에서 '다리 미남'으로 선정되었다고 한다.

2. 민태원의 친일 문제에 대한 검토

민태원이 친일 인사로 분류되는 가장 큰 근거는 《만몽일보》의 창간에 관여한 데 있어 보인다. 민태원이 창간에 관여했다는 자료는 최상철의 『중국조선족언론사』, 정진석의 『한국언론사』, 대한언론인회의 『한국언론인물사화』 등 여러 자료에서 확인할 수 있었다. 최상철의 『중국조선족언론사』에 따르면, 《만몽일보》는 광복 전 만주에서 조선문으로 발간된 가장 영향력이 큰 어용신문이었다. 서울 총독부 기관지인 《매일신보》의 만주판 혹은 일본 관동군의 기관지나 다름없었다. 영리를 도외시하고 일본의 국책적 견지에서 만들어진 것으로 완전히 일제의 선전 홍보 정책의 일환이었다. 특히 일제의 대륙팽창주의의 야욕과 밀접한 관련이 있었다.

《만몽일보》의 친일 성격은 두말할 필요가 없어 보인다. 하지만 김을한의 『그리운 사람들』을 보면 민태원이 《만몽일보》에 관여한 경위와 손을 떼게 된 이유가 분명히 드러나 있다.

> 1932년 만주사변이 일어나자 나(김을한—인용자)는 신문기자로서 만주에 파견되었다. 그것은 종군기자로서가 아니라 일본군과 장학량 군대 사이에 전투가 벌어진 결과 만주에서 농사를 짓던 수많은 동포가 피해를 입게 되었으므로 그 사항을 조사하는 것이 참목적이었는데 봉천, 대

련, 무순, 철령, 사평가, 장춘, 정가둔, 할빈, 제제하루 등 남북 만주를 고루고루 보고 난 뒤에는 결론으로서 만주에는 우리 동포가 백만 명이나 있다고 하나 넓고 넓은 남북 만주에 산재해 있었으므로 그들을 한데 묶어서 정신적 단결을 굳게 하려면 무엇보다 신문이 필요하다는 것을 통감했었다. 그리하여 만주의 지배자인 관동군과 일본 영사관에 물어보았더니 배일排日만 하지 않으면 허가를 해도 좋다고 하므로 나는 서울에 돌아오는 길로 즉시 우보 선생에게 의논을 하였다. 그때는 마침 《중외일보》를 그만두고 궁정동 자택에서 병 치료를 하고 있을 때인데 선생은 나의 이야기를 듣고 나더니 자기도 전혀 동감이라고 하면서 라이프 웍(필생의 사업)으로 자기도 협력하마고 하였다. 그 결과로 나는 선생을 사장으로 정하고 만몽일보사를 창설하기에 고심참담하였는데 우보 선생과 일을 함께 하기는 그때가 처음이었다. 그러나 선생과 나는 신문기자로는 경험이 있었을지 모르나 신문사를 창설한다는 일은 처음 되는 일일뿐더러 이렇다 할 자본주도 없었으므로 도무지 일이 잘 진척되지를 않았었다. 그리하여 선생은 병중임에도 불구하고 엄동설한에 몇 번인가 만주에도 갔었는데 그 때문에 신병만 더 악화되었을 뿐 일은 좀처럼 성공되지 못하였다. 그러던 가운데 간도 용정촌 민회장으로 있는 이 모라는 친일파가 관동군의 후원으로 신문을 낸다는 말을 듣자 선생과 나는 즉시 그 일에서 손을 떼었으며 그 후 얼마 아니 가서 선생은 필경 폐환으로 세상을 떠나니 《만몽일보》는 비록 남의 손으로 창간이 되었으나 선생에 있어서는 마지막 일이 되고 만 것이었다.

여기서 알 수 있듯이 김을한이 먼저 《만몽일보》 발간을 제의했으며 이 모라는 친일파가 관동군의 후원으로 신문을 낸다고 하자 김을한과 민태원은 손을 뗐고, 그로부터 얼마 후 민태원은 사망했다. 김을한과 민태원이 추진하고자 했던 《만몽일보》는 친일 성격과는 달랐고, 이 모라는 친일파에 의해 신문 창간이 추진되자 손을 뗐으니 친일 성격의 《만몽일보》는 민태원과 아무 관련이 없다.

다음은 기존의 연구에서 친일 성격을 보여준다고 지적한 민태원의 저술들을 살펴보자. 한 연구는 「음악회」(《폐허》 제2호, 1921. 1)의 임정렬이란 인물에 대해 "일본인으로서 조선의 예술을 사랑하고 두 나라 관계 악화의 해소를 위하여 부인의 독창회를 계획하는 행위가 그야말로 '인도주의'적 견지에서 행해진 것이냐, 아니면 어떤 정치적인 불순한 동기가 내포된 것이냐 하는 것은 민태원의 작가의식을 해명하는 데도 중요한 계기가 되리라고 본다. 기미독립운동 직후의 사정 등을 고려해볼 때 아무래도 우리 쪽의 입장에서 보면 그것은 긍정적인 편으로 보기는 어려운 것"이라고 언급한다. 즉 기미독립운동 직후의 악화된 관계가 임정렬 같은 인물에 의해 해소된다는 것은 우리 민족에게 부정적일 수밖에 없다는 뜻이며, 민태원의 작가의식이 해명된다는 것은 친일적인 작가의식에 대한 지적으로 보인다.

「음악회」에서 임정렬에 대한 묘사는 유종렬柳宗悅(야나기 무네요시)과 아주 흡사하다. 민태원이 「'조선민족 미술관'의 설립과 유씨」(《현대》 제9호, 2. 5)를 비슷한 시기에 썼던 것을 상기하면 더욱 확실하다. 당시에도 친한親韓 인사는 존재할 수 있으며, 기미독립 이후 악화된 관계 속에서 이 친한 인사들에 대해 이야기하는 것은 문제라는 지적은 받아들이기 어렵다. 다시 말해 시기를 문제 삼으며 이 시기에 이들에 대해 쓰는 것은 문제라고 하는 태도는 편협하다고 할 수 있다.

「오호 고균거사—김옥균 실기」에 대해서는 좀 더 적극적으로 친일 문제가 거론된다. 김옥균은 식민지 시기 내내 김기진, 김진구, 민태원 같은 친일 논객에 의해 반복적으로 거론되고 칭송되었다는 것이다. 「오호 고균거사—김옥균 실기」가 과연 친일적인 성격을 가졌는가를 알기 위해서 「오호 고균거사—김옥균 실기」 이전의 김옥균 서사를 살펴볼 필요가 있을 듯하다.

김옥균 서사의 제1탄이라고 할 수 있는 「김옥균소전」이 《학지광》에 실렸음은 시사하는 바가 크다. 《학지광》은 동경 유학생 사회의 친목단체인 대한흥학회를 개칭하여 확대, 개편한 동경 조선인 유학생 학우회의 기관지이기 때문이다. 유학생 학우회는 후에 3·1운동의 촉매가 된 2·8 학생운동에서 중추적인 역할을 하며 반일 선전지 겸 민족주의 사상을 고취하기 위해 《학지광》의 편집에 힘을 기울였다. 이러한 《학지광》에서 김옥균 서사의 제1탄을 터트렸다는 사실은 김옥균을 민족주의 사상을 고취하기 위한 민족의 영웅으로 조명했음을 보여준다.

《개벽》에는 두 차례에 걸쳐 김옥균 서사가 실렸다. 기자의 「충달공忠達公 김옥균 선생」(《개벽》 제3호, 1920. 8)과 민영순閔泳純의 「충달공실기忠達公實記의 거듬」(《개벽》 제4호, 1920. 9)이다. 창간 당시 편집인은 이돈화, 발행인은 박달성, 인쇄인은 민영순이었고 천도교 청년회 간부 중 이돈화, 김기전, 박달성 등 삼인방이 초창기 대부분의 글을 집필했다. 「충달공실기의 거듬」을 민영순이 쓴 것으로 보아 필자가 '기자'로 된 「충달공 김옥균 선생」 역시 이들 중 한 사람이 썼다고 해도 무방할 듯싶다. 《개벽》에서 김옥균 서사를 주도한 사람들은 천도교 청년회 간부이자 《개벽》의 편집진이었으며 김옥균 서사는 이들이 주도한 '문화계몽운동'의 일환이라고 할 수 있다.

「오호 고균거사—김옥균 실기」는 1926년 3월 29일부터 4월 22일까지 《조선일보》에 연재되었다. 연재 당시 《조선일보》 사장은 이상재였다. 앞에서도 언급했듯이 이상협 등 기자들이 《동아일보》를 이탈한 후 《조선일보》로 들어가고 이때 '조선 민중의 신문'을 표방하는 혁신 《조선일보》

가 만들어진다. 이상재가 사장으로 취임한 이후에 《조선일보》는 《동아일보》의 자치론과 민족개량주의를 비판하며 항일적인 태도를 유지한다. 이런 《조선일보》에 「오호 고균거사 — 김옥균 실기」가 실린 것은 《학지광》이나 《개벽》과 같은 기조의 김옥균 서사라고 할 수 있다. 즉 김옥균을 민족주의 사상을 고취하기 위한 민족의 영웅으로 조명한 것이다.

민태원은 민족주의자였다. 민족주의자들, 특히 민족개량주의자들 중에는 1930년대 이후에 친일로 경사되는 부분이 분명히 있다. 민태원이 비타협적 민족주의자였는지, 민족개량주의자였는지는 분명하지 않다. 이 태도가 분명해지는 시기인 1930년대에 민태원은 폐결핵으로 요양 중이었으며 1934년 생을 마쳤기 때문이다. 분명한 점은 친일 활동을 했다는 자료가 없다는 사실이다. 또한 친일 문제와 관련해 민태원의 마지막 태도를 보여준다고 할 수 있는 《중외일보》의 사설 「직업화와 추화」는 내용도 배일적이지만 재판 과정에서 보여준 태도 역시 단호했다. 이 점에서 민태원의 배일은 확연하게 드러난다. 친일 행적에 대한 구체적인 자료도 없이 《만몽일보》 창간에 관여했다는 이유로, 혹은 유종렬을 바라보는 등의 편협한 시각으로 민태원을 친일 인사라고 재단했던 것은 아닐까.

3. 민태원의 작품에 대한 검토

우리는 민태원을 수필가로서 기억하지만 민태원이 남긴 작품들은 수필, 번안소설, 단편소설, 역사소설, 시, 전기류, 기행문, 희곡 , 논설 등 장르가 다양하다. 사실 민태원처럼 많은 장르를 넘나들며 작품을 남기기도 어렵다. 소설만 하더라도 초기 번안소설부터 현대소설에 이르기까지 굉장히 넓은 스펙트럼을 지녔다.

창작소설 중 「어느 소녀」는 백철의 『신문학사조사』에서 자연주의 경향의 소설로 언급되었다. 염상섭은 《매일신보》(1934. 8. 12, 15, 16)에서 역사소설 『새 생명』에 대해 호평하기도 했다. 이외에도 「음악회」에서는 당시 음악회의 풍경을, 역사소설 「천아성」에서는 꼼꼼하게 묘사해놓은 궁중 생활을 살펴볼 수 있는 것도 큰 의미다. 선집에 싣지는 않았지만 번안소설은 다른 작품들에 비해 일찍 연구자들의 관심을 얻은 편이다. 『애사』, 『무쇠탈』처럼 다른 번안소설들도 세간에 나오기를 기대해본다.

「오호 고균거사—김옥균 실기」는 사학 분야에서 일찍부터 자료적 가치를 인정받아왔다. 그런데 장르 구별이 좀 애매하다. 전기라고 하기도 애매하고 역사소설이라고 하기도 애매하다. 이것이 「오호 고균거사—김옥균 실기」의 문학적 위치라고 말하는 편이 가장 정확할 듯싶다. 민태원은 작가 서언에서 김진구 등이 제시한 자료를 토대로 저술했다고 밝히고 있는데, 그 자료 중 하나가 김옥균의 『갑신일록』이다. 갑신정변 부분은 김옥균의 『갑신일록』을 토대로 저술되었음이 확실하다. 갑신정변 이외의 부분, 즉 일본에서의 망명 생활 등은 어떤 자료를 토대로 하는지 아직 정확하게 밝혀지지 않았다. 일본에서 오랜 망명 생활을 하다가 암살을 당하는 등의 이유 때문에 국내에 김옥균에 대한 자료가 부족했고, 따라서 「오호 고균거사—김옥균 실기」 이전의 김옥균 서사는 김옥균을 전면적으로 다루는 것에는 미흡했다고 할 수 있다.

『한국 근대소설의 형성 과정』에서 김영민은 근대 계몽기에 출현한 창작 '역사 · 전기소설'은 그 이전에 '인물 기사' 및 '인물고'의 단계를 거쳤다고 말한다. 1920년대의 김옥균 서사들도 김영민이 말한 외형적인 단계들을 거친다. 「오호 고균거사—김옥균 실기」가 발표된 1926년은 근대 계몽기가 아님에도 불구하고 똑같은 단계의 순환이 일어나고 있다는 점을 지적해둘 필요가 있다. 인물 기사나 인물고는 성격 면에서 역사 · 전기소설과 별 차이가 없지만 작품의 길이에서 가장 큰 차이를 보인다. 앞에서 언급했듯이 「오호 고균거사—김옥균 실기」 이전의 김옥균 서사들은 자료 불충분으로 인해 본격적인 전기물을 탄생시키기 어려웠기 때문일 것이다.

그렇다면 「오호 고균거사—김옥균 실기」는 근대 계몽기의 역사 · 전기소설과 문학적 성격을 같이하는가. 김영민은 역사 · 전기소설이 부분적, 간접적으로 1930년대 이후 역사소설의 출현에 영향을 미쳤겠지만 그 영향이 지대했거나 결정적이었다고는 보기 어렵다고 이야기한다. 결론부터 말하자면 「오호 고균거사—김옥균 실기」는 근대 계몽기 역사 · 전기소설의 성격을 계승하고 1930년대 역사소설로 나아가는 중간단계였으며, 여기에 그 문학적 의미가 있다고 보인다.

부제인 '김옥균 실기'에서 드러나듯이 서술은 객관적인 입장을 견지한다. 민태원은 김옥균을 초인적인 영웅으로 만들지 않고 자료에 의거해 객관적으로 서술한다. 영웅적 형상의 약화다. 또한 근대 계몽기의 역사 · 전기소설에서 나타나는 선형적 서술 구조를 극복하고 있다. 예를 들어 「오호 고균거사—김옥균 실기」는 첫 장에서 김옥균의 드라마틱한 죽음이라는 결말을 미리 보여준다. 그 후 갑신정변과 일본에서의 망명 생활 등 죽음에 이르는 과정을 서술하는데 이는 근대 계몽기 역사 · 전기소설에서는 볼 수 없는 소설 기법이다.

수필 「추억과 희망」은 봉건적 잔재에 대한 민태원의 혐오감을 말해준다. 작품 중에 어떤 반가班家에서 가세에 쪼들려 며칠 동안 밥을 굶다가 부인이 구걸한 밥인 줄 모르고 먹은 선비가 나중에 걸반乞飯임을 알고는 수치를 느껴 자진한 내용이 있다. 민태원은 이들을 칭찬하는 세상에 대해 다음과 같이 말한다. "그는 왜 의관을 벗고 땅을 파지 못하였나. 그러면서도 어찌 그리 개결介潔한 체는 하는가. 좀 현대인이 될 일이다." 봉건적 잔재에 대한 혐오감은 다른 논설에서도 많이 찾아볼 수 있다.

민태원은 「청춘예찬」을 통해 수필가로서 명성을 얻지만 이 작품에 대한 연구 자료는 의외로 많지 않다. 「청춘예찬」이 실린 《별건곤》 제4권 4호는 부제가 '청춘호'였던 만큼 '청춘'을 주제로 기획되었다. 이돈화의 「청춘사」, 홍명희의 「청춘행로」, 조재호曺在浩의 「청춘기의 특징」, 이광수의 「청춘송青春頌」, 김동환의 「젊은이들아」와 '청춘일기'라는 소제목 속에 김영팔의 「문예광시대」, 정인익의 「공상광시대」 같은 글들이 「청춘예찬」과 함께 실렸다. 유광렬의 「닷는 꿈」, 김기진의 「말하지 못할 꿈」 등은 '청춘의 꿈'이라는 소제목 아래 실렸으며, 이외에 최린, 한용운 등의 「만일 나에게 청춘이 다시 온다면」이라는 글이 있다. '청춘'을 주제로 '기획호'를 내야 했던 사회적 필요성이 무엇이었는지 궁금해진다.

「이태왕 국장 당시」는 제목 그대로 국장 당시의 궁중과 사회 분위기를 보여주는 좋은 자료다.

여기에서 민태원의 작품들을 전부 검토하기는 어렵다고 보인다. 따라서 민태원의 작품들 중에 잘못 알려진 부분들과 보완되어야 할 부분을 지적하는 것으로 대신하고자 한다.

먼저 번안소설 『설중매』는 기존에 창작소설로 분류되었다. 이 작품은 번안소설임에는 분명해 보이나 아직 누구의 작품을 번안했는지 밝혀지지 않았다. 『죽음의 길』은 민태원의 작품 연보에 포함되지 않았던 작품이다. 원작자를 쉥키위치라고 밝히는데 역시 누구인지 정확하지 않다.

『오색의 꼬리별』(《매일신보》, 1930. 10. 28~1932. 3. 20)도 민태원의 작품 연보에서 빠져 있었으며 과학소설이라고 되어 있다. 민태원 사망 이후 《매일신보》(1934. 6. 22)가 그 소식을 알리면서 간단한 약력을 실었는데 여기에 『오색의 꼬리별』이 포함되어 있었다. 저자 이름이 계명성으로 되어 있어 그동안 민태원의 작품으로 파악되지 못한 듯하다. 민태원은 계명성이란 필명을 이 작품 외에는 사용한 적이 없다. 《매일신보》의 오류로 인해 약력이 잘못 기재되었을지도 모르지만 다음의 몇 가지 이유에서 『오색의 꼬리별』은 민태원의 작품으로 보인다.

작품을 연재한 1930년부터 1932년까지는 민태원이 《중외일보》를 그만둔 시기다. 호구지책이 필요했을 터인데 이때만은 뚜렷한 작품이 보이지 않는다. 이후 『세 번째의 신호』(《매일신보》, 1933. 6. 20~10. 7), 「천아성「(《매일신보》, 1934. 1. 1~4. 23), 『새 생명』(《매일신보》, 1934. 4. 24~6) 등을 쉴 새 없이 지속적으로 연재했던 점을 감안하면 이 기간에도 작품이 있을 것이라는 추론이 가능하다. 그다음은 이상협과의 관계다. 이상협과 민태원은 언론인으로서 행보를 함께해왔다. 비록 재정난으로 인해 《중외일보》를 자진 휴간하고 민태원이 퇴사했다지만 이상협은 이후에도 1931년 6월까지 《중외일보》를 이끌어나간다. 이 상태에서 민태원이 다른 신문사에 소설을 연재하기는 의리상 쉽지 않았을 것이다. 따라서 다른 필명을 사용했을 가능성이 있다. 마지막으로, 《매일신보》에 연재된 소설의 저자를 《매일신보》에서 혼동하지는 않았을 것이다.

이번 선집에는 실리지 않았지만 논설들을 통해 민태원의 의식을 검토할 수 있다. 대략 몇 가지 키워드로 정리하면 '민족주의적' 혹은 '계몽주의적', '근대주의적' 혹은 '자본주의적'이 될 것이다. 저편에는 봉건적 유습에 대한 혐오감, 반사회주의, 배일 의식이 자리한다. 이 모든 의식들은 서로 맞물려 혼융되어 있다고 할 수 있다.

민태원의 많은 논설 중 계몽주의 성격을 지닌 대표적인 것은 「두뇌로써 지도하라」(《신민》 제50호, 1929. 6)이다. '지식청년의 농촌 진출'을 찬동하는 글로, 당시 사회주의 경향 이외에 또 다른 줄기로서 자리 잡았던 계몽주의 운동에 민태원이 서 있음을 확인하게 해준다. 「한 의문」(《문예공론》 제2호, 1929. 6)에서는 프로예술을 비판한다. 더불어 "예술이 우리 생활을 떠나서 존재할 수 없는 것이며 우리 생활의 내용이 심각한 관조와 교묘한 표현을 기다려 예술의 형식으로 나타나는 것이니 그곳에 인생의 영혼이 집 지어 돌고 혈맥이 움직임으로써 우리에게 어떤 감동을 줄 수 있으면 그것은 곧 예술로서 존재의 가치가 있다고 할 것입니다." 라는 예술관을 드러낸다.

이와 같은 민태원의 의식은 일본 식민지하의 조선에서 나름의 진보성을 지닌 의미 있는 한 흐름이었다. 친일이라는 오해에 갇혀 폄하되었던 민태원의 삶과 문학이 민태원 선집의 발간을 계기로 새롭게 자리매김되기를 기대해본다.

1894년 12월 28일 민삼현閔參鉉과 권 씨 사이의 5남(태형泰珩, 태용泰瑢, 태흥泰興, 태황泰璜) 중 4남으로 태어남. 본적은 충청남도 서산군 음암면 서산리 604. 민태원의 형제가 5남 1녀라는 자료도 있는데 민태원의 제적등본에는 5남만 있음. 누이가 일찍 사망해 호적에 없을 가능성을 배제할 수는 없음. 아버지 민삼현은 여흥 민 씨 항렬배자를 확인한 결과 공목공지애공파의 28세임. 할아버지는 민재정閔載鼎이며 산청현감이었다고 함.

1909년 이용태李容泰와 결혼하여 충근忠根과 옥경玉卿 남매를 둠. 아들 충근은 일찍 죽어 호적에 오르지 못함.

1910년 4월 8일 경성고등보통학교 입학.

1914년 3월 23일 경성고등보통학교 졸업. 졸업 후 곧 의학 공부를 목적으로 강산의학岡山醫學에 시험을 치렀으나 학비 곤란으로 여름에 돌아옴. 민태원과 마당을 격한 이웃집에 살았던 것으로 알려진 이상협의 소개로 《매일신보》 입사.

1920년 《매일신보》 퇴사. 이상협과 함께 《동아일보》 입사. 《동아일보》의 지원을 받으며 동경 와세다 대학 정치경제학부로 유학. 학우회 편집부장 부원으로 활동(학우회 회장이었다고 하는 자료도 있지만 학우회 회장 명단에는 없음).

1923년 와세다 대학 졸업.
5월 7일 《동아일보》 사회부장으로 취임.
5월 11일 이용태와의 사이에 딸 옥경 태어남.
12월 1일 《동아일보》 정치부장으로 전임.

1924년 4월 2일 박춘금 등이 《동아일보》 사설에 대한 항의 표시로 송진우 사장과 김성수 이사를 요리점 식도원에서 권총으로 협박하는 사건이 일어남.
4월 25일 박춘금 사건을 계기로 《동아일보》 편집국장 이상협은 사장 송진우의 인책을 요구하며 사표를 제출하고 민태원 역시 5월 16일 《동아일보》 사직. 당시 《동아일보》 사원 목록에는 해임으로 기록. 《조선일보》 편집국장으로 취임.

1925년 2월 파스큘라 주최로 천도교 기념관에서 열린 〈문예 강연 및 시 각본 낭독회〉에서 「저널리즘과 문예」라는 제목으로 강연.

4월 29일 '전조선민중대회'가 경찰의 제지로 해산당하자 각지 대표들이 시위를 벌이고 이 장면을 취재하던 사진기자 3명이 경찰에 구타당하는 사건이 일어남. 이 사건에 대해 각 사 대표와 법조계 대표가 회동하여 당국에 항의하기로 하고 민태원과 송진우를 무명회 측 대표로 선임.

8월 1일 총독부가 《개벽》에 발행정지 처분을 내리자 무명회는 9월 1일 임시총회를 열고 민태원, 한기악, 송진우를 당국과의 교섭 대표로 선정.

1926년 11월 이상협이 《중외일보》를 창간하자 민태원도 《조선일보》를 사직하고 《중외일보》 편집국장으로 취임.

1927년 경성부 당주동 136에 거주. 처 이용태가 죽은 후 진명여고 교사인 전지자全智子와 재혼함.

1928년 12월 민태원의 사설 「직업화와 추화」를 문제 삼아 《중외일보》 무기 정간됨.

1929년 1월 12일 총독부는 《중외일보》에 발행정지를 명하는 동시에 편집 겸 발행인인 이상협과 편집국장 민태원을 신문지법 혐의로 기소.

1월 31일 경성지방법원은 이상협에게 벌금 200원, 사설 집필자인 민태원에게는 징역 3개월에 집행유예 3년을 선고. 이상협은 판결에 승복했으나 민태원은 항소.

3월 8일 최금주崔金珠와의 사이에 딸 경래卿來 태어남. 서자녀庶子女로 입적.

3월 27일 경성복심법원 징역 3개월, 집행유예 3년 원심 확정.

1930년 3월 23일 전지자와 혼인신고.

10월 《중외일보》가 자진 휴간하고 이때 민태원도 《중외일보》 퇴사.

1932년 8월 21일 전지자와의 사이에 딸 수정琇政 태어남.

《만주신문》(제호는 가칭 《동명일보》) 발간을 위해 신경新京을 오고 감.

1933년 이 모라는 친일파가 관동군의 후원으로 신문을 낸다는 말을 듣고 손을 뗌. 이때 지병인 폐결핵이 더 악화됨.

1934년 6월 20일 오후 7시 지병인 폐결핵으로 경성 궁정동 자택에서 사망. 장례식은 동아일보장으로 치러짐.

9월 26일 둘째 형 민태용의 아들인 경근京根을 양자로 삼음.

10월 6일 부인 전지자도 폐결핵이 전염되어 사망.

딸 민옥경은 김홍문金洪文과 결혼해 5남(건상鍵相, 인상寅相, 윤상潤相, 태상太相, 영상榮相)을 두었고 양자 민경근은 아들 형수炯洙가 있음. 2009년 민옥경 사망.

| 작품 연보 |

■ 수필

1917년　「화단에 서서」, 《청춘》 제9호, 7. 26.

1918년　「자연의 음악」, 《청춘》 제14호, 6. 16.

1921년　「창전窓前의 녹일지綠一枝」, 《학지광》 제22호, 6.

1924년　「추억과 희망」, 《개벽》 제46호, 4.

1926년　「잡지」, 《문예시대》 창간호, 11. 10.

1929년　「청춘예찬」, 《별건곤》 4-4, 6.

「진품 중 진품 신선로」, 《별건곤》 제24호, 12. 1.

1930년　「소설 읽던 이야기」, 《신소설》 21, 1. 1.

1934년　「이태왕李太王 국장 당시」, 《삼천리》, 5.

■ 소설(창작)류

1920년　「어느 소녀」, 《폐허》 제1호, 7. 25.

1921년　「음악회」, 《폐허》 제2호, 1. 20.

1923년　「만찬」, 《동명》 제23호, 2. 4.

「황야의 나그네」, 《개벽》 제35호, 5.

1925년　「어느 사람들의 회화」, 《신민》 창간호, 5. 10.

「적막의 반주자」, 《생장》 제4호, 4. 1.

1930년　『오색의 꼬리별』, 《매일신보》, 1930. 10. 28~1932. 3. 20.

1933년　『세 번째의 신호』, 《매일신보》, 6. 20~10. 7.

1934년　『천아성』, 《매일신보》, 1. 1~4. 23.

『새 생명』, 《매일신보》, 4. 24~6. 22(사망으로 인해 49회에서 중단).

■ 번안 및 번역소설

1918년　『애사』, 《매일신보》, 1918. 7. 28~1919. 2. 8.

1919년　『설중매』, 《매일신보》, 5. 23~8. 31.

1920년　『부평초』, 《동아일보》, 4. 1~9. 4.

1922년　『무쇠탈』, 《동아일보》, 1. 1~8. 20.

『죽음의 길』, 《동아일보》, 11. 28~1. 18.

■ 희곡

1935년　「의의 태양」, 《사해공론》 1-2, 6. 7.

■ 시

1922년　「겁화」, 《동명》 제4호, 9. 24.

■ 기행문

1921년　「백두산행」, 《동아일보》, 8. 21~9. 8.

■ 전기류

1926년　「오호 고균거사－김옥균 실기」, 《조선일보》, 3. 29~4. 22.

1929년　「박명의 지사 김옥균」, 《삼천리》 제2호, 9.

■ 논설 및 기타

1917년　「조선의 조류」, 《청춘》 제11·12·13호, 1917. 11. 16, 1918. 3. 16, 4. 16.

1920년　「엄처병嚴處病의 신유행과 여자교육」, 《현대》 제8호, 10. 30.

1921년　「'조선민족 미술관'의 설립과 유씨」, 《현대》 제9호, 2. 5.

「생명론」, 《계명》 제2호, 6. 15.

1922년　「문단에 대한 요구」, 《동아일보》, 1. 2~1. 3.

1925년　「인격적 향상에 노력하자」, 《신여성》 제20호, 3. 1.

「쩌나리즘과 문학」, 《생장》 제3호, 3. 1.

「경제적 파멸에 당면하여」, 《신민》 제9호, 1. 1.

1926년　「보기 싫은 현실의 환영」, 《신민》 제17호, 9. 1.

「반만년 문화사상으로 보아」, 《신민》 제19호, 11. 1.

1927년　「길은 하나다」, 《조선지광》 제63호, 1. 1.

「준비로의 두 가지」, 《신민》 제21호, 1. 1.

「침체의 운명을 가진 부흥이 아닐까?」, 《신민》 제23호, 3. 1.

「속성은 난기이다」, 《신민》 제24호, 4. 1.
「구실 이외에 잠재한 이유」, 《신민》 제26호, 6. 1.
「감시는 게을리하지 마라」, 《현대평론》 제6호, 7. 1.
「교육자의 직업화가 폐단」, 《신민》 제28호, 8. 1.
「개선할 두 가지」, 《신민》 제31호, 10. 1.
「전 조선 중등전문학교 웅변을 들은 소감」, 《별건곤》 제10호, 12. 20.

1928년 「현하 언론기관의 사명」, 《조선지광》 제75호, 1. 1.
「회수도 그다지 불난不難하리라」, 《신민》 제38호, 6. 1.
「현대인의 화장심리」, 《현대부인》 제4호, 6. 8.
「결과만 보고 있겠다」, 《신민》 제41호, 9. 1.
「조선의 신문 문예」, 《한빛》 제9호, 9.
「실행하기 쉬운 한 가지」, 《별건곤》 제17호, 12. 1.
「직업화와 추화」, 《중외일보》, 12. 5.

1929년 「두뇌로써 지도하라」, 《신민》 제50호, 6. 1.
「한 의문」, 《문예공론》 제2호, 6.

1930년 「내 손으로 개척하자」, 《학생》 제11호, 2. 1.
「유교의 공죄」, 《조선농민》 제6-3호, 6. 1.
「대기자와 명기자」, 《철필》 제1호, 7. 9.

■ 단행본

1923년 『무쇠탈』, 덕흥청림德興青林, 9. 20.

1925년 『부평초』, 박문서관, 6. 25.

1926년 『오호 고균거사—김옥균 실기』, 박문서관, 10.

1934년 『서유기』, 박문서관, 1. 15.

1947년 『갑신정변과 김옥균』, 국제문화협회.

1969년 『김옥균 전기』, 을유문화사, 3. 1.

■ 기본자료

민태원, 『嗚呼 古筠居士』, 《조선일보》, 1926. 3. 29~4.
민태원, 『嗚呼 古筠居士—김옥균 실기』, 박문서관, 1926.
민태원, 『갑신정변과 김옥균』, 국제문화협회, 1947.
민태원, 『김옥균 전기』, 을유문화사, 1969.
민태원의 제적등본.
경성고등보통학교 민태원 학적부.
신일룡 외 2명 경찰심문조서 중 증인 민태원 심문조서, 1925. 9. 12.
「민태원 판결문」 소화 4년 형공 제54호, 1929. 3. 27.
일제강점기 《동아일보》 사원목록 중 민태원 부분.

■ 단행본

경기고등학교 칠십년사편찬회, 『경기칠십년사』, 경기고등학교동창회, 1970.
공임순, 『식민지의 적자들』, 푸른역사, 2005.
국사편찬위원회, 『국사관논총』 제66집, 1995.
국사편찬위원회, 『한민족독립운동사 3』, 1988.
김동환, 『자유와 평화』, 삼천리사, 1931.
김민환, 『한국언론사』, 사회비평사, 1996.
김영민, 『한국 근대소설의 형성 과정』, 소명출판, 2005.
김을한, 『그리운 사람들』, 삼중당, 1961.
김준엽, 김창순 공저, 『한국공산주의운동사 3』, 청계연구소, 1986.
대한언론인회, 『한국언론인물사화』, 사단법인 대한언론인회, 1992.
동아일보 80년사 편찬위원회, 『민족과 더불어 80년』, 동아일보사, 2000.
민태원 외, 이지누 엮음, 『잃어버린 풍경 2』, 호미, 2005.
柳光烈, 「한국의 기자상—민태원 선생」, 『기자협회보』, 1968. 2. 15.
———, 『기자 반세기』, 서문당, 1969.
鄭晋錫, 『한국언론사』, 나남출판, 1995.

———, 『인물한국언론사』, 나남출판, 1995.
조선일보사 사료연구실, 『조선일보 사람들—일제시대』, 랜덤하우스중앙, 2004.
최상철, 『중국조선족 언론사』, 경남대학교 출판부, 1996.
최원식, 『민족문학의 논리』, 창작과비평사, 1982.
최 준, 『신보판 한국신문사』, 일조각, 1990.
김기진 · 홍정선 편, 『김팔봉 문학전집 Ⅱ—회고와 기록』, 문학과지성사, 1988.

■ 논문

권문경, 「우보 민태원 연구」, 인하대 석사논문, 2009.
박진영, 「소설 번안의 다중성과 역사성」, 《민족문학사연구》 33호, 2007.
백순재, 「민태원의 문학과 '청춘예찬'의 문제점」, 《한국문학》 49호, 1977. 11.
염상섭, 「우보와 '새 생명'」, 《매일신보》, 1934. 8. 12, 15, 16.
이선아, 「'불우지사 김옥균 선생 실기'의 저술 배경과 내용」, 《전북사학》 제28집, 2005.
李漢鎔, 「'인물론' 우보 민태원」, 《월간 신문과 방송》, 1977. 3.
조동길, 「민태원 시탐閔泰瑗試探」, 『공주대학교 논문집』, 1990. 12.

한국문학의 재발견-작고문인선집
민태원 선집

지은이 | 민태원
엮은이 | 권문경
기　획 | 한국문화예술위원회
펴낸이 | 양숙진

초판 1쇄 펴낸 날 | 2010년 4월 5일

펴낸곳 | ㈜현대문학
등록번호 | 제1-452호
주소 | 137-905 서울시 서초구 잠원동 41-10
전화 | 516-3770
팩스 | 516-5433
홈페이지 www.hdmh.co.kr

값 12,000원

ISBN 978-89-7275-539-5 04810
ISBN 978-89-7275-513-5 (세트)